姒锦 作品

孤王寡女

《2》

忆风流 上

青岛出版社
QINGDAO PUBLISHING HOUSE

图书在版编目（CIP）数据

孤王寡女. 2，忆风流／姒锦著. — 青岛：青岛出版社，2017.1

ISBN 978-7-5552-3503-3

Ⅰ. ①孤… Ⅱ. ①姒… Ⅲ. ①长篇小说－中国－当代 Ⅳ. ①I247.5

中国版本图书馆CIP数据核字（2017）第018229号

书　　名　孤王寡女2忆风流
著　　者　姒　锦
出版发行　青岛出版社
社　　址　青岛市海尔路182号（266061）
本社网址　http://www.qdpub.com
邮购电话　010-85787680-8015　13335059110
　　　　　　0532-85814750（传真）　0532-68068026
责任编辑　那　耘
责任校对　王苏苏　贾松波
特约编辑　李文峰　崔　悦
装帧设计　苏　涛
照　　排　梁　霞
印　　刷　北京彩虹伟业印刷有限公司
出版日期　2017年1月第1版　2018年4月第3次印刷
开　　本　16开（700mm×980mm）
印　　张　35.5
字　　数　500千
书　　号　ISBN 978-7-5552-3503-3
定　　价　59.80元

编校印装质量、盗版监督服务电话　4006532017　0532-68068638

建议陈列类别：畅销·古代言情

目录 CONTENTS 上

目录 下

CONTENTS

第一章　机关屋

他俊逸的容色，一如往昔，倾国倾城。

可这沉重的一小步，却让静谧的广场瞬间有了压力。下面广场上的人仰望着他上高台，目光看向他那一双绣了祥云的黑色长皂靴，黑色长风氅，突然有一种乌云压顶的错觉。

这时，墨九已替东寂弄好领口，慢慢躬身施礼，退回他身后，如同一个极为合格的侍女。

她敛目垂手，不敢去看萧乾。

见他慢慢走近，并没有多看她第二眼，她稍稍放心，竖着耳朵倾听。

萧乾云淡风轻地走到宋熹案桌之前，抬袖拱手，微微欠身："微臣参见太子殿下。"

宋熹似乎这时方看清萧乾不太正常的面色，微微眯了眸，虚扶着椅子扶手，摩挲着，声音带了一丝笑道："萧使君免礼。"顿一下，见墨妄过来招呼萧乾坐在他的左边席侧，目光又跟着转过去，关心地问："萧使君今日气色不佳，可是身子不舒服？要不要请太医？"

"微臣无碍。"萧乾回以淡笑，"不劳殿下费心了。"

二人尽管立场不同，但在正式场合仍保持着客套的礼节。可这一瞬，宋熹没有忽略他眸底灼热且阴凉的光芒。他唇角一牵，半丝别扭都无，只微微朝他点头，又随意端起茶盏喝一口茶，与桌侧的诚王和宋骜，还有几位权臣小声寒暄着，一双温和的眸中自始至终并不曾有半丝变化，与"病美人"萧使君相比，一袭风华，虽风格不同，却各有千秋。

墨家大会在午时开始，取"日中阳盛"之吉兆。

这会儿，与会的人已陆续到齐，但离大会开始还有小半个时辰。墨九站得久了，腰有些酸软，腿也不太舒服，看广场上的人和高台上的人，都找得到人聊天神侃，心情不由得烦躁。

瞥一眼姿态如故、面带微笑的鸳鸯和翡翠，看她们站得端正，挺胸收腹，终于发现侍女这个工作真不是人干的，装也累。

她略皱眉头，小声轻唤："殿下……"

"嗯？"东寂回头看她，"怎么了？"

墨九下意识拿眼风瞟一下萧乾的方向，又走向东寂的身侧，耳语道："这个……我可以请一会儿假吗？我想方便一下，有些站不住了，怕在这里磨皮擦痒的，丢了太子殿下的人。"

她玩笑的样子，又恢复了本性，宋熹似很受用，微拧的眉头松开，瞥着她带笑的脸："食友自去便是。你虽假扮我的侍女，却并非我的侍女，你是自由的。"

你是自由的……这句话入耳，墨九也很受用。

她眉梢一挑，笑得轻松："够哥们儿，就等你这句话了。"

"让鸳鸯跟着你？"宋熹似有犹豫，"今日临云山庄龙蛇混杂……"

"不必了。虽龙蛇混杂，可能够进得来的人都是有名有姓的大人物，还有墨家弟子清理过的。再有，我是你的侍女，谁还能乱来不成。"墨九谢绝了他的好意，不等他再回答，便躬着身子，退着慢慢从高台后方预留的台阶下去了。

见左右无人了，她长松一口气，身心都舒坦了。

"果然人在高处不胜寒哪。"

人一旦站在了高处，虽然可以居高临下远眺四方，却也受万众瞩目，神经绷得太紧，不是那么愉快的。她这样的性子还是适合混迹在人群，过逍遥自在的神仙日子。

整个临云山庄里，没有人认得她。

这种感觉相当美妙，不论她走到哪里都不会引起人家的注意，而且旁人晓得她是东寂的侍女，多少都会有些顾虑，胆子小的，远远地绕道便走，胆子大的见着她的面儿，也都恭称一声"姑娘好"。

墨九感受到了权力带来的尊贵，慢慢也就参悟出一些往常不会去思考的问题至为什么很多人都会向往至高无上的权力，上了一层台阶，还想再上一层台阶，非权力巅峰便停不下来？

权力的巅峰，真的可以将一个人的成就感和人生爽点推到极致。

可那个权力的巅峰，是萧六郎要的吗？

想起天隐山上偷听到的那些话，她脊背暗自生寒。

权力虽好，可也令人生畏啊！

默默想着，走在去茅厕的路上，她闲闲地观察着风景，同时也在看临云山庄的庭院布置。她发现这里的假山亭台都遵循着八卦方位，很有些意思。

除此之外，在庭院的四周，还有八间按八卦方位建成的屋子，与其他屋子有些不同，每一间屋子的外面，都有二至四名墨家子弟守着，似乎别有用途，只不知做什么用的。她观察着，又不免感慨，墨家果然还是墨家，没有钜子也没有受到影响。这一瞬，为了她家祖师爷，她的私心里其实也希望左右两派能摒弃前嫌，共同开创墨家盛世……

这般一想，方姬然坐上钜子之位，也算好事一件。

一边慢行，一边想着，直到步入庭院深处，她方觉自己在杞人忧天。

摇了摇头，她失笑轻叹："唉！"

"在叹什么？"

一个清凉得似乎不带人间烟火味的声音，揪紧了墨九的心脏。

下意识转头，她循声望去，茂密幽香的腊梅树下站着一个黑袍飘飘的男人。

"你……"

惊呼着道了一个字，她立马闭紧嘴巴。

萧六郎对他的醉红颜一向有信心，她戴着这个人皮面具，连自己都认不出自己了，他又如何能够认得出来？他之所以会上前搭讪，大抵是发现她的身形有些熟悉，又或者她在东寂身边的表现让他生了疑。这个人心思缜密，只是在试探。她此刻断断不能心虚出声，一出声，就完了。

克制着见到他突然涌现的澎湃情绪，她像普通侍女见到他时一样，害羞的小眼神轻轻瞄他一眼，带了三分畏惧七分害怕，怯怯朝他福了福身，便匆匆从他身边的小道跑过去，想要开溜。

萧乾盯着她的背影，目光危险一眯："阿九要去哪里？"

一声只出现在春梦里的"阿九"，用他魅惑轻浅的声音唤来，带了一种与性有关的磁场和质感，让墨九如遭雷击，耳朵嗡一声响，只觉天地万物都寂静了。

身子僵硬着，她迈不动步。

那个人的声音，专注的表情，一个专属的称呼，直击她的内心，这一瞬，她辨不清那一个梦是真是幻了。腊梅的幽幽清香入鼻，还有属于萧六郎的香味，混乱了她的思维，好一会儿，她震荡的心绪方才归位，吸着那沁人心扉的清香，她慢慢转头。

……是萧六郎，没错。

……却不是昨夜春梦中的萧六郎。

……他少了邪魅，添了清凉，也多了几丝病态。

在高台上时，她只远远注视了他一眼，这时距离近了，她终于有机会仔细打量他。黑色狐皮的风氅披在他坚毅挺拔的身上，一顶风帽遮了他的头，苍白的面色，眼周隐隐的青色，让他的状态看上去很不好，若非天生冷艳俊美，这气色直接被人拉到医馆都不冤。

短短一日，这厮是经历了什么？

她狐疑地想着，嘴里“啊……嗯……”不停。

看他不解，她指着自己的嘴巴，歉意地福身告饶，又指了指前方不远的茅厕，尴尬一笑：“嗯，嗯。”

装哑巴难度太大，她憋得有些感慨。

他静静看她的表演，一步一步，慢慢走近，带着说不出的强势与威仪，直到站到她的面前，他方才慢慢脱下头上的风帽，将墨色的束冠显露在她的面前，一头黑发绾得很整齐，无一丝凌乱。这个人不管走在哪里，不管有没有生病，都很注意形象，一丝不苟，这让墨九稍稍汗颜……还有一丝冲动。

她很想扒开他的风氅，看看他腹上可有那一道刀疤。

这冲动稍纵即逝，因为萧六郎严肃的面孔没有半分旖旎。

一切都只是她自己的幻想而已。

收回心神，她睁大一双眼睛，不解地盯着他：“嗯……啊？”

目光一闪，萧乾唇角牵开，笑了：“你是要逼我揭了你那层皮吗？”

这句话真是太直接了，直接得墨九连反驳的力气都没了。

“六郎太聪明了！既然认得，早这么说不就完了？让我装哑巴装得这么累。”墨九慢悠悠瞪他一眼，心底有那么一丝丝无奈的困惑。这家伙是不是真的做黑无常去了，怎么会对她的事情了如指掌？她百分百地相信人皮面具的伪装相当完美，她样貌已是大变，连墨妄没有认出她来，萧六郎又怎么可能认得出？

“你怎么会来？”他在问，语气微微暗沉。

“哦，我呀？我看今儿天气不错，出来晒晒太阳。”她顺口说，脑子混乱。

“是不错，风轻云淡，美男环绕，适合你。”

“六郎果然善解人衣……哦不，善解人意……”

说到此处她停了下来，目光直勾勾盯住他。

萧乾也回望着，在等她的下文。

墨九的眼睫慢慢往下沉，目光全是疑惑：“萧六郎，你……”她欲言又止，往四下看了看，看四周都没有人，又慢慢转过头，盯住他不放。

就在刚才，她想明白了一件事。

人皮面具瞒不住萧六郎，也许不是他认出了她，还有一种可能，是他在她的身边或东寂的身边布了眼线吧？那么，她的事岂非都瞒不住他？会不会她昨夜做了一晚上春梦的事，他都知晓了，这才用这么怪异的目光看她？

目光一凛，她逼视着他：“你怎会晓得我戴了面具？除此，你还知道些什么？”

她似恼似嗔的模样儿，小妖精似的，灵动又勾人。

萧乾苍白的面孔上露出一丝浅浅的笑意。

这个笑容颇有些意味深长，还有一丝不符合他禁欲系男神的邪魅之气，让墨九下意识怔住，想到昨晚梦中斜倚在红毡毯上的男子，那一个又一个夺魄勾魂的迷人微笑。

她高仰着头，目光有瞬间的空茫："你在笑什么？"

萧乾慢慢道："你希望我知晓什么、不知晓什么？"

这样的回答，似是他知了，又似在试探？墨九与他狐狸般狡猾的视线对视着，心绪突地纷乱，一种不受控制的情愫浮入心房，让她的心怦怦跳着，比常速快了无数倍，几乎要蹦出胸腔。

他在诱惑她？

或者……是云蛊在诱惑她？

毛孔里霎时布满一层汗意，她怔忡了。

昨晚的春梦似乎不是那么简单，云雨蛊的成长加快了？

微微紧了拳头，她觉得这真是一种可怕的经历。

恍然想起，上一次她受伤，萧六郎说他可以感受。

他说，她痛，他也会痛。还有昨天晚上，她明明睡得很热，突然间就感觉冷得不行，那是不是因为他身在冷处，她才会冷的？而他的冷，会不会催生了云雨蛊的成长？曾经她觉得云雨蛊是她可以逼迫萧六郎的唯一筹码，其实并不觉得讨厌，可如今一种被云雨蛊反制的感觉，让她特别不爽。

真是一件匪夷所思的事，太疯狂了。

墨九悻悻地耷拉着眸子，怪怪地瞅着面前的萧六郎。

"你认出了我，不会拆我台吧？"

"不会。"他说得认真，见她舒了气，又笑道，"只要你求我。"

萧六郎不让她参加墨家大会，如今她厚着脸皮来了，想来拆台的事他应当不会做，墨九稍稍放了心，又消化了一下春梦给她带来的暧昧与涟漪，做贼心虚地往四周看了看："下回再求吧，这大白天的，你的身份与我侍女的身份太不搭调。人家看见萧使君热情地与我叙话，很容易生出误会。"

"阿九放心，"他浅浅带笑，"有侍卫看着。"

又一声温情脉脉的"阿九"，似春梦重现，让墨九身上麻酥酥的，很是受用，鸡皮疙瘩纷纷收紧，不太自在地别开脸："都让侍卫来望风了，萧六郎是有什么重要的事与我说？"

萧乾望着她那张陌生的脸，想着面具下俏丽的容貌，眉心微微一皱，保持着冷静与淡然："墨妄给我备有休息处，过去说会儿话吧。"

这算是他的约会邀请？墨九翻了个白眼，不巧被明晃晃的阳光一刺，她顿时半眯起来，忽闪忽闪的长睫毛在眼睑下方投上一片阴郁，为她的脸添了几分阴郁：“我与你？不太好吧？”

萧乾抿了抿唇角，似是不喜她刻意的疏远，语气也沉了下来：“你不顾我告诫，去了菊花台，明知我不喜你蹚这浑水，还扮成这样跑到墨家大会。墨九，你这肆意妄为的毛病，就不需要解释一二？”

这话听得墨九心火上来了。

她慢腾腾上前两步，眼睛一眨不眨地盯着他：“萧六郎你说话之前想明白了没有？”她歪着脑袋，看阳光下他黑眸中那一抹复杂的细碎淡金色，“我是什么样的人，我有什么毛病，与你半根汗毛的关系都没有。你管好你自己的事得了，少来管我！”

这句话太呛人，萧乾蹙紧眉头，却没有吭声。

看他没有吵架的意思，墨九轻咳一声，也发现自己有点冲，不太符合身份，赶紧站直了身子，理顺了衣裳，又朝他福身：“萧使君若无其他话要说，那奴婢便先去方便了。话不投机半句多，东寂还等着我呢。”

说到这里看萧六郎那张脸，比先前更白了几分，她心里窒了窒，也不那么舒坦了，不由得又好心地劝解：“年轻人哪，多注意身体。你以一副纵欲过度的样子出现在人前，太破坏你清心寡欲、不近女色的形象了。”

萧乾眉头轻皱：“阿九这么想的？”

纵欲过度说出口，不免就让她想到那个太过真切的梦。

心里微微一紧，墨九有些不敢面对他了。

因为她隐隐的第六感告诉她，虽然那个梦只是她自己的梦，但因为云雨蛊的存在，说不定萧六郎也可以感觉得到，也许与她有一场同样的梦，这才导致了他今儿变成这般……毕竟云雨蛊，顾名思义，本为云雨有生，这样的好事，那两只虫子又怎肯错过机会？

她眉心的朱砂痣对着他，红若滴血。

对上他幽深的眼眸，看他眸中浮上一层复杂的神色，墨九略退一步：“这般看我做甚？我脸上长花了？”

萧乾揉了下太阳穴，一张苍白的面孔像上好的羊脂白玉，半丝瑕疵都无，可偏生那眸下的乌青之色为他的样子带来数不出的阴郁：“我在想，你的醉红颜，似是不想痊愈了？”

说到醉红颜，墨九像被蚂蚁蜇了腿，抬脚便踹向他。

“萧六郎，你可恶！你故意的是不是？”

萧乾眉头微微一皱，没有躲开，任由她踢在腿上，淡淡道：“我很遗憾。”

遗憾你个头！墨九心里咒骂着，阴恻恻地看着他的脸，几乎可以确定这醉红颜与近不近男人没有关系，除非萧六郎自己不是男人。可他下药时说两个月便会好起来，如今快到两个月了，她肌肤的红色却丝毫没有减轻，她很怀疑这厮的说辞，还有下药的目的。

“你到底要怎样才肯为我解毒？”

她问得很认真，很生气，萧乾却一本正经：“求我。”

“求你？”墨九看着他一脸傲娇的样子，“你觉得这样很好玩？”

萧乾毫无血色的脸上露出一丝浅笑：“你总得帮我缓了心头这气。”

“那我更不求了。”墨九绷着张脸，“憋不死你！”

她就是不愿意输这口气，而且她还真的不相信萧六郎会让她一辈子觍着一张大红脸见人。将懊恼的情绪压下，她斜着眼睛瞥他，似笑非笑：“再说，醉红颜罢了，有什么稀奇？我明儿让东寂帮我找几个太医瞧瞧，就算治不好，无非一个面具就解决了。面具多有意思！我想做貂蝉就做貂蝉，想做西施就做西施，呵呵，萧六郎，你慢慢玩吧，姑娘我不奉陪了。”

她真不给萧乾面子，转身就往茅厕走。

萧乾眉心紧紧皱起，看着她不曾回头的背影，捂了捂气血翻腾的胸膛，紧抿住嘴巴，没有说话，手却一晃，撑住了边上腊梅树下的高高花台。

他的难受，让墨九心里跟着一窒，下意识顿住脚步。

那一瞬，她明显感觉到了心里的难受。

也几乎可以确定，那是云雨蛊的感应。

她皱了皱眉头，有些恼火，想回头问问他怎样了。

可思考一下，她还是决定忽略情绪，继续往前走。

背后，萧乾突地轻唤：“墨九。”

墨九忍不住了，回头看他，静静不动。

他幽暗的墨眸，清凉如故，又似有浓浓的恼意。

“你不要与他太过亲近，不然后悔的是你。”

墨九看着她，沉吟片刻，唇角挑出一抹笑：“他对我好，会给我烧菜吃，会顾及我的感受，不管我有什么要求，他从不问缘由都会答应我，他给我充分的自由，任由我做自己喜欢做的事，尊重我所有的决定。这样的男人，我不与他亲近，与谁亲近？与你吗？小叔子。”

看他眸中冷光乍现，似乎恼意更甚，一些本来不会说的话，慢慢从墨九的唇间蹦了出来：“还有，萧六郎，你长得俊美有什么用，有天大的本事又有什么用？我告诉你，这些从来不是女人喜欢一个男人的标准，也不是女人真正想要的。男人味是什么，你懂得吗？我给你举个例子好了，东寂因为我找他，昨天晚上冒着倾盆大雨赶回菊花台，头发顾不得擦，衣服顾不得换，就来见我。因为我想来墨家大会凑热闹，他二话不说便应了，我说怎样就怎样，你懂这是什么吗？这是男人对女人的宠爱！你若宠不起一个女人，就不要招惹她，懂不懂？”

萧乾的声音突然就沙哑下来，不若平常清亮：“你想说什么？”

“打铁趁热，泡郎趁色！”墨九捋了捋鬓角落下的发，笑道，“我得趁人家对我有感觉的时候，紧紧抓住了，以便脱离萧家那个万年大坑。夫婿不喜，婆婆不疼，人人欺负的地方，有什么可留恋的？”

听她一字一句说得很认真，萧乾眉心皱成了一个“川”字：“你爱慕他？”

墨九的表情很是自在：“是啊，我爱慕他。”

萧乾眼睫一敛，眸底幽深冷肃，沉静的目光许久没有改变方向，一直盯着她的眼，似乎想要看穿她的心思。

“还有，”墨九润了润嘴巴，笑着补了一刀，“不要总欲求不满地看我，这样我会很害怕你云雨蛊发作，突然扑过来行不轨之事。萧六郎你晓得的，我们的关系不适合有那样亲密的举动，你也不要用那么暧昧的称呼叫我。我是你嫂嫂，这个关系是六郎亲手促成的，这辈子，不会改变了。”

一句话点中萧乾的死穴。

任由她翩翩离去，他未再吭声。

墨九心里并没有面上那么平静。

离开了萧乾的视线范围，她的情绪便低落下来。

但她先前那席话并不是为了赌气随口而说，确是心中所想。

大抵是云雨蛊的日益长成，萧六郎对她的影响力也越来越大，这样错位的感觉有些失控，也让她慢慢有些惶恐。人最怕的是什么？怕的是无法掌控自己的内心，怕的是不由控制的未知感。

墨九向往逍遥自在的日子，对自由的渴望很大，她不喜欢受任何人束缚，但萧乾的存在，让她越来越不像自己。昨夜的梦是一个方面，另一个方面是因为她与萧乾的中间确实有一道不可跨越的鸿沟。

这个时代的开明程度远远不如后世，女性地位低下，嫂嫂与小叔子，单是这两个称呼，就足以将一切情愫与暧昧扼杀在摇篮里。更何况，这份情愫，她与萧六郎谁也不敢保证，是不是来自云雨蛊的诱惑。

若有一天蛊毒解去，他或者她，发现爱错了人，岂不荒唐？

不如趁着现在，彼此保留一点距离，看清自己的心更好。

再说，他总是欺负她，她气他一气也是好的。

这么思考着，她从茅厕转了一圈出来，就看见在园子里抱着猫发呆的彭欣。

正午的阳光很灿烂，可她脸上没有血色，一如既往的苍白无神。这庭院中遍种腊梅，幽香扑鼻，可她似无半分舒服的感受，眼睛一眨不眨地看着一处，衣角随风轻荡，与竹林里的沙沙风声遥相呼应，让这晴朗的天，一个人，一只猫，互相依偎，陡然有了凄凉的感觉。

院中除了她，并无他人，墨九不知她在看什么。

是没有找到情郎，还是斯人心已变?

墨九站在竹林边上，看着她冷漠却雅致的面孔。

这个女人不足二十岁，长得漂亮大气，身材高挑纤细，原是绽放热情与青春的年纪，却提前进入了中年似的，像一朵早早枯萎的花，身为苗疆圣女却为情所困，也不知她的身上到底发生过多少伤心欲绝的事。她离去的男人、没了的孩子，终是让她变成这样一个不苟言笑的人，还强自镇定，装成无怒无喜，委实可怜至极。

墨九心底暗叹，觉得情感一事确实恼人。

她很怕麻烦，有点小自私，若情事都像彭欣这般，她宁愿不要也罢。

墨九原想上前与她打个招呼，可走了两步，又恍惚想着自己变了样子的脸，彭欣识不得，为免多生事端，她打量了她一眼，便换了方向，从她身前的一条小径上独自离去。

走了几十步，那一个腊梅遍种的庭院中，便出现了一个亭子。亭子里，一块在风中轻摆的衣角吸引了她的注意力。这个园子里，可供人更衣方便，也可供人离开广场上的喧闹小憩片刻，是谁在那里呢?

回头瞥一眼彭欣，墨九稍稍绕一点道，从亭子侧面过去。

然后她看见了俊雅不凡的小王爷宋骜。

丰神俊朗、张狂不羁，皇室富贵养出来的年轻公子，非普通男人可比，而长年的放荡生活，让宋骜的身上有着一种其他男人都没有的风流倜傥。墨九凭着比人多活一世的识人经验，她可以明显看出，宋骜的表情很自在清闲，优哉游哉地盯着走来走去的墨家女弟子，一张傲气俊逸的脸上似笑非笑。若他是彭欣那个情郎，两个人连孩子都有了，想来见着她，他不该这样轻松才对。

她打消了心底怪怪的念头。

低眉，垂目，她迅速从宋骜坐着的亭中绕过去。

“哎，小丫头！”她的脚步声没有逃过宋骜的耳朵。

他转过头来，朝墨九大喊出声。

那是皇子，墨九穿着侍女装，他的喊声，墨九不敢不予理会。

她讷讷转过头来，头微微垂着，一副紧张和害怕的样子，不敢吱声，嘴里呜一声，朝宋骜福身请安，却没有只言片语。

宋骜有些奇怪，挑高了眉梢：“鬼鬼祟祟的，在做什么？”

墨九依旧不敢出声，只装聋作哑，呜呜着指自己的嘴。

宋骜轻嗤一声，慢慢站起来，从亭子里往她的方向走来，每迈一步，俱是皇子的威压，声音也清亮好听："先前看你在皇兄身侧不是有说有笑吗？怎么在小爷这里就变成哑巴了？"

没想到这厮记忆力这么好，观察这么细致，连宋熹身侧的侍女都有注意，墨九心里发毛，一时不知道该怎么办，只愕然地看着他，一步步后退，装出一副惊恐的样子。反正这宋骜风流成性，若旁人见到这情形，也只会以为他在调戏侍女，她若跑掉了，东寂也可以帮她收拾残局。

她做好了脚底抹油的准备。

这时，耳朵却突地灌入一句不冷不热的声音。

"这位可是当朝的小王爷宋骜？"

墨九转头看去，是抱着猫的彭欣，脸上未有半分喜色。

"你是哪个？"宋骜挑高下巴，不悦地看她。

这位皇子习惯了高高在上，受万人拥戴，冷不丁被一个妇人质问，心下自然不喜，那抬高的眉梢，微微凝重的表情，还有满脸的疑惑之色，不似作假。

他应当是认不得彭欣。

而且彭欣远在苗疆，应当也不会与小王爷扯得上关系。

可彭欣找他又是为何？

墨九正准备装死瞧个热闹，便听彭欣道："可否请小王爷屏退左右？民女有几句话，想单独与小王爷说说。"

"凭什么？"宋骜傲气的嘴唇，有一丝冷笑。

"民女要说的话，小王爷会感兴趣。"彭欣不恼，只冷声回答。

盯着她鬼一样苍白的脸色，又看一眼她怀里瞪着大眼珠子的肥猫，宋骜思考了一下，抬手挥退两名侍女，又慢吞吞看向墨九："还不走，是等着小爷我的棍棒恩宠？"

"王八蛋！"墨九心底默默骂了一句这个混世魔王，虽然好奇死了彭欣有什么话要单独与他说，可人家把话都说到这分上了，她想死皮厚脸地待着，也没那么大的脸。

灰溜溜地出了园子，她继续回到东寂的身边做"女站神"，静默不语。东寂回头看了她一眼，什么也没有问，从他眉目间淡淡的笑意来看，他的情绪似乎不错，墨九也报以一笑，与他对视着，那种舒服和熨帖的感觉又涌上心头。

这个男人确实很令人温暖。

她敛着目，眼风却四处扫射。

那边的萧乾静静坐着，几乎不与任何人交谈。

不论在哪里，宋熹是八面玲珑的，而他是孤独的。

墨九心里叹了一声，就看见宋骜与彭欣一前一后入了桌席，两个人的桌席隔得有些远，宋骜坐在宋熹的右首近旁，彭欣则坐在高台左面的宾客席上。古人以左为尊，看得出来尚雅为了媚蛊，对彭欣很礼遇，可即使她坐在那里，与皇子身份的宋骜仍然是八竿子打不着的关系和距离，若不是墨九在园子里亲眼看见她找上宋骜，怎么也无法将这两个人联系起来。

她看看这个，又看看那个，心里疑窦丛生。

这时，墨家乾门长老出来了，清了清嗓子，向在座的人执了礼，便说了长长的一段客套话。翻译过来大意就是，诸位牛哄哄的大人物，感谢光临墨家大会，让临云山庄蓬荜生辉，让墨家无比荣幸。这是一个墨家新钜子产生的大会，也是墨家子弟交流的平台。在说辞里，他特地感谢了许多人，譬如宋熹、宋骜、萧乾、谢忱等，末了终于步入正题。

"墨家大会正式开始！"

千唤万唤始出来的盛会，墨九顿感庄肃。

"下面向大家介绍墨家的新钜子，方姬然。"

微微抬头，墨九看见了坐在墨家席位中间的方姬然。

一顶帷帽，轻纱覆面，这位新钜子给人的感觉一直都是神秘尊贵的，众人对她的容貌都好奇不已，却无人敢让她揭下面纱。可是，也许源于血缘，墨九看着那一层面纱，想到自己也有可能步上的后尘，却无端有些心疼她……早知如此，多搞一副面具送她，她就不用这般遮遮掩掩了。

胡思乱想着，方姬然并没有看她，只起身颔首，朝众人致意。

与墨九猜的没差，她还没有重新坐下去，便听见尚雅带了一丝笑意的刁难。

"就这样确定新钜子，未免太过草率。"

尚雅身为墨家右执事，说话是有分量的，她略带讥诮和奚落的声音传入众人耳中，整个广场便安静下来。在公共场合，这个妇人目光锐利，毫无平常的媚态，一举一动都非等闲之辈，看众人关注的目光纷纷朝她看来，她轻笑一声，慢慢从案桌后方站起，朝众人施了一礼。

"众所周知，方姑娘乃四柱纯阴的新钜子命格，又开启了神龙山祭天台的机关手印，我等本不该对方姑娘的身份存疑才对。可墨家新钜子干系重大，遍数天下的墨家子弟都关心着这场盛会，容不得半分差池，身为右执事，我不得不慎重一些。"

这个尚雅，言辞极为得体，也犀利。

墨九轻瞄一眼，看方姬然被她说得僵在那里，不由得皱了皱眉，默默猜测着尚雅下面还会出什么幺蛾子，却见墨妄冷冷瞟了尚雅一眼："右执事想要如何慎重？"

这两个人一个为左执事，一个为右执事，共同执掌墨家大权数年，在墨家内部都是头一份的人物。可两个人向来敌对，凡是左派赞同的事，右派都必然反对，没少为墨家带来麻烦与风雨。在场的人对这件事莫不知晓，所以尚雅的质疑，没有人意外。

他们在意的是钜子要如何确定，能不能确定。

尚雅又会有什么刁难，阻挠新钜子上位。

在众人疑惑的目光中，尚雅随意地捋了捋发，轻柔的动作里含着一丝笑，忽而又瞟向广场上，媚态万千地娇笑道："大家恐怕不知，四柱纯阴、紫微垣位出生的女子并非方姑娘一个。至于神龙山祭天台第一层的手印，是否只有方姑娘一人可以开启，尚未可知。就这般轻率地确认了钜子，尚雅以为，是对墨家祖宗的不负责任，是对老钜子一番心血的亵渎。"

一句比一句犀利，却又句句在理。

有了尚雅打头，其余右派的墨家人都出声附和。

场上也有人议论纷纷，点头不已。

墨妄似乎并不意外她的来势汹汹，侧首淡声问："召开墨家大会之前，右执事为何不明言，非得这时才说？"

尚雅牵唇一笑，声音有些委屈："我原就希望左执事再核实一下的，可左执事联络了多位声威压人的长老，尚雅心有余而力不足，无奈只得遵从，等到墨家大会时，再恳请众位公道的言语了。"

受了媚蛊的影响，尚雅虽然在男女之事上不太检点，可她能从那么多的弟子中脱颖而出，坐到右执事的位子上，也是有真本事的。这几句话不轻不重，说得头头是道，不仅反将墨妄一军，也将前因后果都阐述得极为清楚，让墨妄无从辩驳。

论口舌之能，墨妄向来不如她，只蹙眉道："新钜子之事，非我一人可定。之前已与尔等相商，虽各有争执，但总归依了墨家的老规矩，在钜子之下，以少数服从多数，方才决定召开墨家大会的。"

尚雅浅笑盈盈，站在案几后，身子娇美纤细，语气却凝重有力："左执事不必顾左右而言他，如今的重点不在该不该召开墨家大会，而在于你找到的方姑娘……是否真的是墨家钜子。"

墨妄紧紧握拳，盯住尚雅，双唇抿了抿，沉着声音问："那依右执事之见，命格符合、能开启祭天台第一层都不能做新钜子，那要如何才能尊为钜子？"

尚雅笑着摇了摇头："左执事不必动怒。非我刻意刁难，命格符合、能开启手印，自然可做墨家钜子。但左执事也知晓，墨家钜子向来沿用禅让制，任贤、任能，能做钜子的人，自然非碌碌无为之辈，总得有些真本事方能服众吧？我墨家以墨学为根本，以机关巧术为辅弼，堂主、长老、执事，本事无不各有千秋……"

微微顿了顿，她笑着望向方姬然。

“只不知这位方姑娘都会些什么？”

几句话出口，就连左派的人都皱起了眉头。

高台上的几位权臣，也都带了一抹复杂的目光看向方姬然。

因有老钜子的严苛条件在先，大家先前并没有在意这件事，可尚雅点出来的也有道理。若她是一个什么都不会的人，又如何做钜子，如何让天下的墨家子弟听命于她？

方姬然若无本事，就驾驭不了。

那么，这个新钜子就失去了应有的意义，无非墨妄的傀儡。

在这僵滞的一刻，尚雅又补了一刀。

“尤其方姑娘连真面目都无法示人，实在让我等疑惑可否当得钜子大任。”

一听她又拿方姬然的脸说事，墨妄不由得皱起眉头，似有了恼意。

“右执事，还说不是刁难？”

他字字句句都在维护方姬然，可方姬然却不以为意地笑了，轻纱下的面孔若隐若现，沙哑的声音难得清楚，每一个字入耳，莫不铿锵有力。

“师兄莫急，听听右执事怎么说吧。”

劝住墨妄，她缓缓看向尚雅：“想来右执事都准备好了，就不必拐弯抹角了。”

“瞧方姑娘说的。呵呵。”尚雅轻轻一笑，纤细的腰肢扭了扭，佯怒地笑道：“你可千万不要误会，这并非尚雅有意刁难，而是天下墨家子弟的心声，希望新钜子可以做到一件事。”

是什么事，新钜子应当做到的？

众人的心弦都吊了起来，注视着尚雅的脸。

她却浅浅笑着，瞄了一眼方姬然。

“来人哪，请方姑娘入墨家机关屋！”

机关屋是个什么东西，在场有许多人都未必知晓，但墨九听了却是惊诧莫名，也稀罕得紧。在上辈子，她曾在一本介绍墨家的书上看见过，战国晚期，有一位技艺高超的墨家子弟，在解读了鲁班和墨家祖上留下的机关术残篇断简后，将一些失传的机关术重现人前——他制造出了威力远胜于后来秦人的踏弩、巨堞部队的战斗型机关屋，令人惊叹不已。但当时的墨家尚未遭遇秦国机关部队的威胁，钜子认为他严重违反了墨家禁令，将他逐出师门。于是机关屋，也自此在墨家失传。

那时墨九听了，便有些遗憾。

那是科学，是机械技巧，当真可惜得紧。

没想到失传的机关屋居然可以重现，墨九不由得兴奋起来。

站在东寂的身后，虽然她刻意控制情绪，可那蠢蠢欲动的心思还是引起了东寂的注意。他略略偏头，眼风微微扫过墨九的脸，又含笑转过头去，淡然地看着尚雅。

"右执事，可否容本宫插一句话？"

不管他如何客气，谁也不能忽略他太子的威仪。

尚雅微眯着眼，看着他俊朗的面孔，唇角的笑容扩大了："太子殿下，那是尚雅的荣幸。"

东寂笑容不变，语气清和地道："这原是墨家的家事，本宫来做客，不应当干涉。可正如右执事所言，墨家钜子干系重大，今上也极为重视。那么，这机关屋之试，可否容本宫与十一皇弟、五皇叔、萧使君、谢丞相等人一同做个见证？"

这一番话恩威并重，合情合理，尚雅自然不会拒绝。

不仅没有拒绝，她顺着竿子往上爬，福身一笑道："不瞒太子殿下，尚雅原本也有此意，只不敢劳烦诸位，既然太子殿下不辞辛劳，我等自是求之不得。"

说罢她转身扫了广场上的众人一眼，笑道："为新钜子的机关屋之试，尚雅特地在各门中选了七名女弟子，与方姑娘一同入机关屋。若方姑娘连墨家普通女弟子都不如，想来……"

没有说完，她呵呵一声，余下的话大家自然都懂。

若连普通女弟子都不如，方姬然自然没有资格做钜子。

那么另外一位四柱纯阴的女子，可不就有机会了？

尚雅并不说破，再施一礼，笑道："那麻烦诸位一同前往后院吧？"

此刻正当午时，天气很不错，阳光灿烂，普照天地之间。时下的人吃两餐习惯了，虽然园子里有水果和点心摆放着，但众人都没有饥饿的感觉，无人动那些点心。可墨九习惯了一日三餐，顿顿不少，一到中午，肚子就很不舒服。去到后院，偷偷顺了两块点心，就搁在了袖子里，准备找到机会就啃。

兜里有了粮，她踏实了，开始观察机关屋。

这个时候，她才发现所谓的机关屋就是她先前如厕时发现有墨家子弟守卫的八个房间。它们按八卦位排列着，八个房间的中间还有一个占地更大的屋子，类似于中央控制室，建筑风格与其他屋子不同。

与她一样，怀了好奇心的人不少。

他们嘴里啧啧有声，看着紧闭的屋子，都不免好奇。

此时都在准备，院子里众人四散着，议论声不少。

"据传此机关屋可困住千军万马，若不得其法，进去了，就出不来。"

"这么小一个屋子，如何困得住千军万马？"

"屋子可大可小啊，测试是小机关屋，若困千军万马，自然是大机关屋。"

“千军万马是傻的吗？干吗要把自己装进去？”

“机关屋可借地利之险，似屋非屋，误入此间的人都不知是陷阱。”

“不过传说而已！再说，早就失传的东西，就算有人青出于蓝，能够把机关屋重现于人前，也只是仿品，有没有机关屋的厉害也未可知。依在下观之，此屋也无甚特别。”

“哈哈，确不如墨家女弟子生得特别。”

“可别乱说，小心惹来非议！”

“兄台何必当真，说说而已，小弟对女弟子无甚兴趣，对那个新钜子倒有几分好奇。看她帷帽遮脸，腰细、臀翘、胸圆，就不知那张脸，又是何种风景。”

“钜子你也肖想，莫非不要命了？”

“莫说了，看，乾门长老过来了。”

墨九听着那些男子的议论，心里又好笑又好气。

怪不得都说男人是下半身动物，莫论走到哪里，观察的焦点始终是姑娘的身子，看见长得漂亮的眼睛就挪不开了，哪里管什么大事在眼前？她看一眼东寂，又看一眼离她不远的萧乾，下意识挤了挤眉头……不知他有没有觉得方姬然的身材很好？

她心思未落，就见乾门长老与尚雅耳语几句，撸着长胡子站在了众人跟前，对着一个个竖着耳朵的家伙，高声道：“诸位，老夫主持这次墨家大会，为了避嫌，乾门弟子没有参与机关屋之试。故而，除了方姑娘之外，右执事分别从坎、艮、震、巽、离、坤、兑七门中选出一个对墨家机关术较为精通的女弟子，同入机关屋。”

他又细述了选取过程，表示了人选的公正性，然后清了清嗓子：“当然，想必诸位都猜到了，今日用来比试的机关屋比不得祖宗智慧，其中的机械之巧，也只是临时磨刀而已。”

墨九觉得他这几句话意味深长，含意不少。

一来当着太子和权臣的面，否定了墨家如今尚能制造出大规模杀伤性武器——机关屋的能力，免得将墨家置于水深火热之中。二来嘛，自然也是为了表明态度，他们并非有意与方姬然为难，只是一个普通测试而已，连这点本事都没有，当不了钜子。

“这次小试共分为三轮。第一轮为初级机关屋，八个姑娘各入一间机关屋，最先出来的四人胜出，余下四人淘汰。第二轮，胜出的四人，进行中级机关屋之试。第三轮，获胜的两人，进入终极比试……”

乾门长老的话极为有力，可他刚说到这里，一个女弟子慌慌张张地跑了过来，抹着汗水道：“长老，不好了，采红姑娘身子突然不适，闹肚子，头发晕，脸都青了，怕是没法入机关屋比试了。”

事到临头出了岔子最是麻烦。

要知道，这个机关屋初级也极为难人，若只略知皮毛，入了机关屋，初级都过不了。这七名陪方姬然“练手”的女弟子，都是从墨家七大门中层层选拔出来的高手，如今突然病倒一个，短时间内，又上哪里再去选一个？

众人面面相觑，又小声议论开了。

墨九也正瞧着热闹，觉得此事蹊跷，不料宋熹却突地偏头，凑近她的耳侧，他声音极轻：“九儿可有兴趣一试？”

墨九怔了怔。

不得不说，这个男人确实太了解她了。从她先前在高台上听见机关屋时的动静，便知道她对这个东西有极大的兴趣——这种只属于传说级别的东西，对一个后世研究机关术的人来说，那诱惑力无疑是巨大的，与八卦墓对她的吸引力几乎一样。

她目光微微一亮，低头靠近他：“我可以吗？”

东寂笑道：“我说可以，自然就可以。”

太子果然了不起啊！墨九瘪了瘪嘴，还来不及说话，便听宋熹笑着对墨妄、尚雅和乾门长老道：“本宫座下有一侍女，对机关之术也颇感兴趣，既然差了一人，不如由她顶替好了？就当玩乐，输赢不必在意。”

他是太子，在这个园子里他就是老大。他把话都说成这样了，人又是他的侍女，旁人又哪里好说什么。众人除了感慨太子殿下座下能人辈出之外，哪怕心有疑惑也不好多问。

“那自然是好的。”乾门长老松了一口气。

墨九绞着双手静静侍立，霎时感觉有无数道目光朝她看来。

有方姬然，有墨妄，有尚雅，却没有一个目光属于萧六郎。

他是这里唯一认出她的人，可他似乎一直在忽略她，对她视而不见。

这感觉让她心里略有涟漪，不知是苦还是甜。

扭头看她一眼，宋熹轻声笑道：“请乾门长老继续宣布规则吧。”

墨九轻轻瞄向他，又看向墨妄深深皱着的眉头。

他有些不高兴，不过却很镇定。看来，墨妄与方姬然是有准备的。

园子里这么大的动静，身为墨家的左执事，比右执事还大的墨家一号人物，他会连这个事都不知道吗？如此看来，虽然这个机关屋不一定就是失传的机关屋原型，但方姬然肯定对它有过了解。那么，尚雅既然出了幺蛾子，另外的几个女弟子，应当也有涉及的。

也就是说，比试的八个人中，只有她完全没有准备，胜出的可能性极小。

而且，她就算有机会，可是要胜过方姬然吗？

若胜了，以后姐妹可能没的做了。

若不胜，钜子之位也许再无机会。

可胜与不胜，对她而言，又有什么关系与影响呢？

心里头有一点矛盾，她默默把视线转向萧乾。

他在两个侍卫的簇拥下，默默走向八个机关屋最中间的休息屋子，一袭墨般的风氅轻轻摆动，风帽又被他戴在了头上，神秘、尊贵，那冷艳俊美的绝代风采，场中男子确实无人可比。

有天下第一美男之称的“判官六”啊！她莫名叹一声。

“走吧，先过去坐一坐。”东寂目光含笑，低头盯住她。

太子殿下的热络，让她承受了无数好奇的目光。

墨九微微卷了卷手心，仰头看他：“你为什么会对我有信心？”

东寂轻轻一笑，回答得很快：“有没有信心都不打紧，只要你开心就好。便是初级机关屋都过不了，又有什么关系呢？反正你又不是墨家人，随便进去玩玩看看就好了。”

随便玩玩就好。墨九看他轻轻眨动的睫毛下，那一双含笑的眼里，突地浮出一丝调皮，还有一种居于高位的、不在乎世态的慵懒，似乎把这个受万众瞩目的墨家大会当成了他家后花园随意玩耍，也有些忍不住笑。

她道：“我以为这种事就小王爷干得出来。”

宋熹瞄了一眼与萧乾坐在一起的宋骜：“一个爹生的。”

这个回答很巧妙，墨九忍俊不禁：“也是。”

方姬然与另外六个女弟子都下去准备了，更衣的更衣，喝水的喝水。宋骜、萧乾、诚王、谢忱等位高权重的家伙都入了那间“中央控制室”，有人过来请宋熹入内就座，墨九默默地跟他上去，瞅了一眼，然后就发现那间屋子不得了。

它有八个方位，八个方位上有八个不同的照壁，这种照壁有一点像后世的玻璃板，坐在里面的人可以透过这个玻璃板看到八个机关屋里面的情形，既可以杜绝作弊，又可以观察到每一个闯关姑娘的一举一动。

这一刻，墨九不由得感慨：墨家巧术果然天下无双。

也在这一瞬，她终于知道历史上的墨家为什么会陷入那样多的麻烦，也明白包括至化帝在内的各国为什么都关注墨家、关注墨家大会了——他们有太多让人觊觎和垂涎的东西了。掌握的技术远远超越了这个时代的程度……有那么一瞬间，她真怀疑墨家老祖宗是不是后世穿越过来的科研分子，懂得太多的东西，成就了墨家让人垂涎的领先科学技艺，也毁了墨家。

“请问这位姑娘叫什么名字？”

乾门长老走过来，看着墨九，微微笑着。

墨九还没有想好怎么回答，宋熹便笑道："长老唤她九儿就好。"

本来墨九不便开口，以为东寂会瞎编一个名字的。

没有想到他会这么说，她看他一眼，不好再多说。

一声"九儿"，让墨妄看她的目光更为复杂。不仅如此，尚雅、方姬然等人都跟着看了过来，有疑惑，有猜测，又不太确定。只有萧乾依旧静静独坐，永远一副玩单机游戏的样子，那病态十足的面容，疏离、冷漠又似在深思，让墨九生恨，又有一些说不出的郁闷。

"那九儿姑娘也下去准备一下吧。"

入得机关屋，不知几时出来，如厕是大家共同的选择。

墨九先前上过茅厕，没有尿意。她挤过去问鸳鸯要了一个铜镜，走入腊梅树丛中，找了个偏僻无人的地方，专心地对着镜子自照，想看看这张脸到底会不会被人认出来，同时也思考着，一会儿要不要全力以赴。

突然，阳光下面多了一个颀长的影子。

她侧目过去，竟然看见了萧乾清凉如故的面孔。

骂了他一顿，她以为他不会来了。

可他又出现在面前！她微微诧异："又有什么事？"

萧乾目光微微一眯，像回避着烈日的光线，又像在专注而深沉地凝视她。

"这般爱美，又何苦戴这样丑的面具。"

他以为她偷偷照镜子是因为爱美？说到美，墨九就怀念起了没有中醉红颜的毒时那一张粉嫩白皙的漂亮脸蛋儿，对萧六郎的怨念也就更重了几分。高高仰着头，她下巴上都是倔强："要你管我，姑娘我乐意。有种你把醉红颜给我解去啊！"

萧乾不答，只问："为何不听话，非要蹚这浑水？"

看他毫无理由就来干涉她的样子，就像她的家长似的，墨九就来气。

她见四下无人，就着手上的铜镜，就朝他胸膛上砸了过去："我喜欢做什么事用得着你管吗？小叔子！我警告你啊，别坏我的好事，你们选了方姬然，是不是觉得我不如她？我还偏就不信了，我今儿就非得赢给你看，赢一个钜子回来。"

如她用脚踹他时一样，萧乾依旧没有动弹。

他由着她的铜镜砸在胸口，只低低看一眼她白皙的手。

"把你塞在袖子里的点心吃了吧。"

受到他的"关心"，墨九想到饥肠辘辘的肚子，又瞪他一眼，赌气地哼哼："怎么又来关心我了？怕我入了机关屋出不来，会活活饿死呀？"

他皱了皱眉头："我懒得给你收尸！"

墨九挑衅地一哼："收尸也轮不到你，有东寂呢！你还是好好顾念着你们选的新钜子吧。”

她酸不溜秋的话，让萧乾挑了挑眉头，没有吭声。墨九也懒得理他，掏出袖子里的点心就啃了起来，一眼都不瞄他，却可以自在地在他面前毫无压力地吃东西。

看着她圆润修长的手，雪白的肌肤，精巧粉红的指甲，一点一点将点心喂入两片嫣红的嘴唇，萧乾就站在她的面前，嘴角慢慢勾起：“慢点，不急，别噎着。”

这样奇奇怪怪的他，让墨九有点失去冷静。

她梗了一下脖子，咽下点心：“你不要站我面前可好？”

萧乾不以为意，轻轻掸了掸衣袖，突兀道：“入机关屋而已，不要有心理负担。”

他莫名的劝慰似乎带了一丝暖意，墨九心里一松，又塞入第二块点心，却听他轻声道：“因为无论你负担多大，都赢不了！”说罢，见远处有一个墨家女弟子款款过来，东张西望，他深深盯她一眼，掉头自去了。

看着他颀长却孤寂的背影，墨九恨恨咬牙：“本姑娘我非得赢！”

那个墨家女弟子果然是寻她来的，走近了，看着她手上的点心，笑了一笑，随和道：“九儿姑娘，准备好了就请吧，就差你一人了。”

墨九一口吞下点心，跟着她过去。

进入那个为她准备的机关屋时，她抬头看了一眼，上面只有一个字：离。

与墨九初时想的不太一样，机关屋里面并没有机械的冰冷之气，反而如同入了花台水榭，有不知从何方飘出的丝竹之声，袅袅入耳，沁人心脾。竹编的桌几上已奉好了茶水，有两个女弟子伺候着，完全没有半分比试的肃穆之态，像请她前来休闲的。

她微微眯眼，唇角浮上一丝笑意。

“这待遇不错啊！”

“应当的。”女弟子对她报以一笑。

除了方姬然这个有着钜子命格的人，另外六名女弟子在墨家的地位也很高，而墨九又是太子殿下的贴身侍婢、东宫里出来的人。两名女弟子看着她，一举一动都毕恭毕敬：“姑娘稍等。”

墨九客气地笑了笑，静坐竹编椅上，并不多言。

入机关屋之前，她在中央的休息屋里瞄见了那些玻璃板。如此她便晓得，她在机关屋里的行为统统都会被休息室里的人瞧到。她不怕别人，就是想到萧六郎的话有些膈应。一想到他这会儿也能瞧着她的样子，她捋了捋鬓角的发，顿时有些不自在。

这时，一个女弟子在香炉上插上了一炷香。

屋内的气氛，随着那香飘出的气味，慢慢有些迫人。

那女弟子点燃了香，又躬着身子在香炉里吹了一下，等香火越发烧得旺起来，她方才转头对墨九笑道："姑娘，以一炷香的时间为限，若一炷香时间后姑娘还未出得机关屋，就算最终得以出去，也算落败。"

嗯一声，墨九看着红彤彤的香头。

"机关屋何时启动？"

那女弟子眼睛眯了眯，看着她："从姑娘入屋时，已启动。"

已经启动了？墨九心里微窒，不由得转头。

进来的入口没有了。

她从门口而入，入门之后，却已无出路。

眉心微微一锁，她又看向四周。

与她入屋时一样，屋内陈设简单、朴素，四周都很空旷，根本就没有发现任何与机械构造相关的东西。除了一把竹质的座椅、一个竹质的桌几、一壶滚烫的茶水之外，只有几排木质结构的乐器架。乐器架子造型各一，有些小文艺，很是独特，它们呈半弧形分散在竹桌子的周围，像一个个古代乐器展示柜。

她的目光慢慢凝聚在乐器架上。

上面，林林总总放了不少乐器。

这会儿，耳边的丝竹声依然未绝，她像入了一个音乐屋。

摸着鼻子，她笑着瞥那女弟子："这做得真有些精巧，佩服佩服！"

两个女弟子看着她，只是微笑，默不作声。

墨九慢慢站起身，明亮的眼神撩着她们笑，猛一个凑头靠近："哎，我说二位姐姐，我是一个小菜鸟，只是喜欢机关而已，本事嘛，连入门都不够资格，你们会给我一点提示吗？"

她似笑非笑，女弟子却答得严肃："不会。"

另外一个女弟子适时接上一句："因为我们只会奉茶，不会机关。"

墨九眼珠子一转："姐姐生得好幽默。"

不消说了，为免作弊，奉茶的女弟子都不懂机关的。而且，机关屋里的情形都会尽入人眼，八间屋子，绝对没有任何一个人可以在里面作弊。但于墨九而言，这其实是一个真正的考验。不管怎么说，机关屋不可能临时布置，包括方姬然在内，另外的六名女弟子，她们都极有可能从不同的渠道事先得到一点消息，只有她一个人才是临场发挥。

"这不公平啊！"

她讷讷地说着，走向乐器架。

茶香袅袅，一件件古谱的乐器精致得像古董，有着淡淡的古董味，墨九说不上为什么，就是喜欢这样的东西。她一件一件用眼睛轻轻扫过。七根弦的古琴、形似梨子的埙、大小筚篥、古筝、洞箫，但凡她晓得的古乐器种类，这里应有尽有……只可惜，在这些乐器上都没有发现任何问题。

整个屋子，每一个地方，都普通得不能再普通，也简单得不能再简单。

有一炷香的时间为限，人的心理压力就会大上许多。

墨九从这一排乐器架走向另一排乐器架，眸中幽波游荡，不知情绪。

她见过无数的机关，也看过无数机关书籍，对机关之术涉猎极广。可不管是陵墓防盗的机关，还是用于武器作战的弓弩或弩机，或者是锁具与刑枷等用于现实生活的物品，其实都只是机械的一个部分，运用弹簧和力学的原理。机关的门锁，也基本形成杠杆原理，用以控制，总得有肉眼可见的组成成分。可这里什么都没有，清洁溜溜的一间房子……真的只是初级机关屋吗?

怪不得东寂说，让她来玩玩就好。

两名女弟子像门神似的，一左一右站着，面无表情地看着她。

她们不会影响她，也不会帮助她，却无端给了她压力。

在这些压力中，还有一个来自休息室，来自休息室里的萧六郎。想到有无数人盯着她，墨九心里的澎湃感就越来越强。尤其先前在萧六郎面前夸下海口，如果她连初级机关屋都过不了，怎么好意思见他?

她未必要赢最终，起码第一轮不能落马。

若不然，连她自己都会觉得，她与墨家钜子无缘，也做不成墨家钜子了。

有一种不自信，在特定的人面前会显得更严重。

萧六郎锐利的眼神不时在她脑子里晃动。

萧六郎那句“你赢不了”的话，也让她的心绪无端地不安起来。

她不论遇到什么事都很淡然，可步子丈量着机关屋，她踱来踱去，却有着从来都没有过的焦躁，不时揉着额头：“门……门会在哪个方位？”

眼看那炷香一点点往下燃烧，她突地站定。

就在她面前的地下，有两名女弟子的影子。

她抬头，并不见有灯火，只头顶上有几片亮瓦。

几乎霎时，她便想到，这间屋子，是为“离”。

离在八卦之中，象征太阳。

看来八间屋子的布置并非都一样的，与方位有关，也因方位而不同。

她把目光落在那一壶水上，唇角微微一扬，又坐了回去，不慌不忙地倒了一杯水在手上，晃晃悠悠地斜坐在椅子上，慢慢合上了眼，一口一口慢慢喝。

两名女弟子面面相觑，完全不理解她的行为了。一开始她很焦灼地在想法子，她们以为她再不济也要坚持一下的，如今她的样子，却像是放弃了。可放弃了比试，也不该这样悠闲自在才对啊!

一名女弟子抿了抿嘴唇，有些紧张地上前："姑娘，你不继续找了？"

"不急。"墨九乐呵呵睁开眼，淡淡瞄了她一眼，复又斜躺着，像在品一杯极品名茶，极为自在。末了，又在两名女弟子目瞪口呆的注视下，从兜里掏出一个小瓷瓶来，放到鼻端慢慢地嗅着，神色极为镇静，并无半分紧张。

女弟子回头看一眼香炉里的香，疑惑道："香已过三分之一。"

墨九微微一笑："不还有三分之二吗，急什么。"

女弟子互看一眼，又咬咬唇："姑娘，若不能破机关屋，我们会一直困在这里，直到比试全部结束，这个时间……很长，我们怕姑娘待不住。"

"我吃饱了进来的，待得住。"墨九轻轻看她们。

遇上一个这么不争气的，两名女弟子抿紧嘴巴，索性不再吭声了。

墨九轻轻合上眼，依稀听见外面有人在喊："恭喜方姑娘第一个出机关屋！"

很快，又有一阵恭喜声和嘈杂的喧嚣声。

墨九眉头紧紧蹙了起来。

不晓得这什么材料做成的机关屋，也忒不隔音了，无端让外面的人影响里面人的情绪。当然，也有可能是故意为之，给人造成心理压力的。可墨九默默嗅着那个瓷瓶，心绪却慢慢平静下来——那个瓷瓶里的药膏，是她以前从萧六郎的药庐里顺来的，有清心明目的作用。

她先前的情绪太浮躁，很奇怪的一种浮躁。入得这间离屋，她什么也没做，也没有感觉出什么岔子，脑子却不太清楚，就像离了魂似的，如今嗅着这药膏，她舒服了许多，不免又想……下回还得多拿点萧六郎的好东西，关键时候太好用了。

她坐在椅子上，胸口的堵闷散去，精神好了，整个人都舒服起来。

睁开眼睛，她看向屋顶的亮瓦。

正午的阳光从亮瓦的方位射入屋内。

她观察着，掏出怀里的小罗盘。

两名女弟子见她掏了罗盘，又睁大眼看她，目光闪出希望。

墨九托着罗盘，看着方位，又看一眼那光线的落点，紧蹙的眉头打开了，唇角浮上一抹笑意，慢慢收好小瓷瓶，把它当宝似的纳入香囊里，方才慢慢托着罗盘走向那一束光线下。

光线在罗盘上反射出一抹亮光，她突地把手探向乐器架上的一把古琴。

古琴砰一声脱离架子，被她纳入了掌中。

可机关屋并无异样，更没有出现机关。

难道是她估算失误？

墨九微微失神，盯着古琴的位置一动不动。这电光石火的一瞬，屋子里的光线暗了下来，先前从亮瓦上射下来的阳光倏地没有了，整个屋子都黑暗下来，一切都消失在了她的眼前，便连那两个女弟子也看不见了，只有黑暗里那一支还燃在香炉里的香提醒着她，她的人，依旧在机关屋中。

很显然，她抽错了乐器，开错了机关，让指引的光线消失了。

四周黑漆漆的，她看不见东西，如何再寻机关开门？

一瞬间发生的事，来得太快，她脑子里却飞快闪过一个念头。

按照她的想法，应当是不会错的。她观察了许久，那一束从上而下的光线，每一次的方位都不同，隔一个相等的时间，会分别落在八个不同位置，每一次照射的乐器也不同。而先天八卦的离位在正东方向，就是那一把古琴。为了准确，她特地用罗盘测过，不会有错。

按机关技巧，那一定是“关口”，开启机关的地方。

可她抽了那把古琴，不仅没有打开机关，反倒关上了光线。

到底哪里出了问题？

下意识地她突然想到巽墓，当时她也按常理跳入了池中，寻找生门，可结果生门的位置是一个大陷阱。想想，她还是太天真了，机关屋并不按常理出牌，那一个看似生门的东西其实才是死门。她有些懊恼，同样的错误，她又犯一次。同样的陷阱，她中了两次……可同样的手法，会不会出现在同一个人身上？

她想，也许是的。

每个人布置机关的手法会有类似。

这个机关屋的布置，兴许与巽墓改机关的人有联系。

墨家果然藏龙卧虎，老祖宗的本事，小瞧不得。

没有时间想那么多，她握紧手上的罗盘，走向先前她抽古琴的位置。

一个已变成了死门的生门，未必不会再成为生门。那个高人既然喜欢逆向思维，那么她就顺着他的意好了。墨九的手指摸索着那一排乐器架，一点一点摸过去，心里却不再忐忑——机关屋里一片黑暗，休息屋中的人都将看不见她。

乐器架上的乐器原本是满满当当的，那里缺了一个，就会与旁边有些不同。

虽然没有光线，可墨九还是轻松摸到了原位。

不急不躁地挪过去，她将古琴重新放了回去。

头顶上那一束太阳光线，果然照了进来。

黑暗了片刻的机关屋，又再次亮敞了。

光明的感觉让她轻轻松一口气，看两个紧张的女弟子也缓过劲来，她又笑着微微地眯了眼，想象着休息屋里的人会有什么表情和心思，萧六郎又会有什么表情，再一次关注着太阳光线从头顶的亮瓦射入的方向，看向那把古琴。

整个机关屋，除了那把古琴，确实没有旁的地方有古怪。

一朝被蛇咬，十年怕井绳。

做机关屋的人，一定不会想到她还会拿古琴吧。

唇角一牵，她笑了："置之死地而后生，会玩！"

但凡机关，都必须用杠杆或者齿轮来进行联动，既然这把古琴可以控制屋顶光线，那么在只有它可以控制的情况下，再试一次兴许就会有不同的结果了。借着光线，她冷不丁又去抽那把古琴。

啊一声，她听见了两名女弟子惊讶的声音。

这一次抽琴的动静，比上一次大了不少。

一阵机关运转的嚓嚓声里，乐器架后面，齿轮转动起来。

"呀！开了。快看，门开了！"一名女弟子惊喜地叫着。

墨九慢慢转头，她的背后，有一道门打开了。

嗒一声，门锁开启，正午的阳光透了进来。

两名女弟子完成了任务，欢天喜地地奔了出去，如同从牢房里得以脱身。

墨九看一眼还在燃烧的香，额角隐隐有一层细汗，不过，她长松一口气。

到底没有第一轮就在萧六郎面前丢了脸。

不过试想一下，初级机关屋尚且如此刁钻，后面又会怎样？

她边走边想，慢吞吞地出去。外间阳光正好，除了方姬然之外，还有两名女弟子正在休息室外面的园子里喝茶等待。等她出来，结果也就出来了。墨九不算最强，却也算运气好，吊了一个末尾，做了老四。

这里的姑娘加上她，正好四个，不需要再多说，剩下的人已然被淘汰。

"恭喜四位姑娘通过初级机关屋。"

乾门长老那张老脸上满是欣慰，不过他掠过墨九时的目光却多了一丝疑惑。在场的人里面，除了萧乾与东寂，恐怕没有人会相信墨九这样一个临时凑上来的小姑娘、东宫的侍女可以通过初级机关屋，而且，还胜过了从墨家内部精挑出来的四名女弟子。

这样一想，乾门长老略有尴尬。

他笑着恭维了东寂几句，又掉头严肃道："不过第二轮比第一轮更难。"

四个姑娘都望向他，侧耳倾听。

乾门长老却卖了个关子，淡淡说："比试的方式，也会不一样。"

"乾门长老便直说了吧，也让我们有个准备。"

一名胜出的女弟子有些不耐烦，冷冷打断了他。

然后，她挑衅的目光看向方姬然。

这个女弟子很显然来自尚雅的右系弟子，她眼中的对手也只有一个方姬然，并没有将长相平平、本事也平平的墨九放在眼里——当然，另外还有一个原因，墨九并非墨家之人。只要她不是最终获胜，她无须在意她的存在。

墨九也懒得理她，余光再次扫向萧乾。

不知为什么，她无端就会关注他的一举一动。可他却没有注意她，一张俊美却苍白的脸，似乎比先前在腊梅园中更白了几分，一双眸子半合着，好像对比试的结果没有半分兴趣，懒洋洋的神态添了一丝病气，清俊之气却未减分毫。他的不理不睬，让墨九满腔的沉郁憋在心头，只得悻悻收回视线，认真听乾门长老说话。

“这一局，四位姑娘将分成两组。”

分成两组？墨九不解地看向他。

“也就是说，两个姑娘一组，获胜的一组进入终极比试。”

乾门长老此言一出，那两名女弟子迅速结成了一组，成了战略同盟。她们的目的很明确，谁也不愿意与最后出来的墨九一组，以免影响她们的战绩。

人性真是残酷啊！

墨九笑着侧头望向方姬然，抿着唇，一声未吭。

方姬然身姿不动，帷帽也未摘，声音却带了一点笑意。

“那就委屈姑娘与我一组了？”

墨九眼梢一抬，轻轻瞥着方姬然，淡淡点头。

方姬然也默默看她一眼，帽纱微动，转身离去。

如同踢足球需要中场休息一般，这个比试第一轮结束到第二轮开始，中间有一个小憩过程。毕竟姑娘们入了机关屋几时出来尚不得知，她们也需要一个缓冲时间布置第二轮。

胜出的两个墨家女弟子，一个唤作云纾，是坤门弟子，一个唤作漓裟，是巽门弟子，两个人关系不错，头碰着头在小声叨叨，表情都有些忐忑，时不时瞥一眼方姬然。很显然，她们依旧把最大的对手当成方姬然，并没有把墨九放在眼里。不过，方姬然第一轮时第一个出来，实力确实是她们先前没有想到的。

所以，到了这会儿，她们也紧张。

方姬然四柱纯阴的命格，还开得了祭天台的手印，本来对她们就是一种身份上的威压。试想一下，若有一天方姬然真做了钜子，她们的日子还能好过吗？

墨九也瞥了一眼淡然的方姬然。

她不紧张，却矛盾，那矛盾感，还在逐渐增大。

方姬然有才，她并不嫉妒。

甚至于，她对方姬然新钜子的身份，也并没有吃不到葡萄说葡萄酸的心思。

真正让她郁闷的，是萧六郎始终认为她不如方姬然。

“你赢不了！”这句话就像一颗定时炸弹，时不时浮于她的脑海，让她获胜之心蠢蠢欲动，可若真胜了，她又能愉快吗？心事沉沉，她慢吞吞走到桌边，拿了一个果子，向东寂点点头，又转身消失在腊梅林的深处。

并不曾刻意想见谁，她就想静静心。

有时候，一个人单独待着，有一个好处，可以好好思考一些问题。

这一轮的胜负，不必多说，她必须全力以赴。

不论是为了方姬然，还是为了她自己。

可拿下了这一轮，于她而言，才是真正的考验。

考验的不是她与方姬然谁厉害，考验的是她墨九的选择。

若今日她胜过方姬然，事态必然会扩大。她不怕做活靶子，墨家钜子的交椅，她觉得自己也有能力坐得起。可到时候，会不会影响到萧六郎？万一这个机关屋与荆棘园的考验一样，又与谢忱那个老匹夫有关呢？

她没有刻意去想东寂的身份，可不论她想不想，他都是谢忱的亲外侄，是谢贵妃的亲儿子，难保他与谢忱不是一伙的，就为了揪住萧六郎。

她该不该信任他？

这个食友待她不错，她宁肯相信他并无私心。

然而，她不能赌万一。

如果没有天隐山上的事，她可以赌，什么后果都不顾地赌，只为那一口气。然而在天隐山上，性命攸关的时刻，萧六郎不顾一切地牵了她的手，选择了带她离开，她就不能在他需要的时候，放开他的手。

萧六郎不仅是南荣的枢密使，还是漠北草原的世子，他的身份太过敏感，如今的他踩在南荣的土地上，与每天踩在地雷上差不多，一不小心，他就有可能会万劫不复。

虽然他很讨厌，可她不想他毁在自己手上。

那一只手，那只温暖的手，与他奚落她的话，在她脑中交替。

心里矛盾到了极点，让墨九有些烦躁不安。她一路走，一路啃着果子，面儿上什么情绪都没有，可走在腊梅丛里，半晌没有见着人，她没来由地又有些失望，那感觉就像情窦初开的姑娘，矛盾、期待，又害怕、失落，患得患失。

她希望萧六郎会像先前两次一样，突然出现在她面前。

又害怕他出现时，她不知如何面对。

到底出现好，还是不出现好？她啃着果子想挠头。

对了，若他出现，她可以问问他有没有对她动过手脚。

在初级机关屋时，她对莫名其妙的烦躁情绪是有过疑惑的。

萧六郎太鬼了，他可以给她下“醉红颜”，难保不会出其他幺蛾子。

于是她为自己寻到了借口，又期待起萧六郎来。

然而，他并没有出现。

墨九四顾，眉头皱了皱，不由得想，大概不方便吧。

整个园子都有人在守卫，除了墨家弟子之外，还有禁军与侍卫，个个着装不同，看上去杂乱无章，却处处都有人的踪影，水都泼不进。萧六郎便是要见她，也不好寻找机会。这么想着，她又往第一次遇见他的地方去。

不远处，有墨家弟子在给园子里的人送茶水、果子和点心，墨九慢慢踱过去。

“来一点！”她拦在一个端托盘的弟子面前，把果子和点心拿了一点，转身就走。

那墨家弟子见鬼似的愣在那里，低头看看盘子：这什么姑娘啊？

她虽然只是侍女，但衣着质地好，头上钗环很精致，那名弟子看了看她，大概想起她是谁了，无奈地摇了摇头，招呼着后面的人，绕着道离开了。

墨九拿着果子掂了掂，等她们过去，便慢慢往前方绕。

园中花木扶疏，那座周围种满了腊梅的亭子暴晒在阳光下，琉璃瓦上有亮晶晶的反光。腊梅香扑面而来，亭中幽静的阴凉之处，果然有几个人坐着，其中一个是方姬然，一个是墨妄，还有一个……正是她想要寻觅的萧乾。

墨九心里一怔，眉头挑开，大步过去。

可离亭子五丈开外，她连亭子的边都没摸上，就有侍卫拦住了她。

“姑娘，请绕道！”他们不识得她。

墨九笑眯眯往亭子里看了一眼：“谁说我要过去了？”

瞥一眼萧乾的侧颜，又瞥一眼墨妄与方姬然，墨九不知道他们三个凑在一处可以说些什么。是趁着休息的时候随便调侃几句家常，还是在商讨她有多大能力？又或者在商量，如果方姬然不幸被她打败了，他们该如何应对吗？

想到这里，她突然便笑了。

这一笑，笑得她胃气都浮了上来。

到底什么时候，她与他们不是一国的了？

有什么事不能直接告诉她吗？需要她怎么做，不可以直接告诉她吗？

如今突然成了“外人”，她也不上赶着套近乎了。唇角微微一弯，她沿着来路便转了回去，把半路劫来的点心吃掉一块，胃好受多了，这才回到机关屋所在的地方。

这一晃，半盏茶的工夫过去了。

东寂看她一眼，微笑着问：“好受些了？”

“我有什么不好受的？”墨九慢吞吞坐在东寂的身边，目光半敛着，表情悠然自得。这个时候，萧乾和墨妄也已经回到了休息室，离她不过十步之遥，他们没有与她说话，她也没有看过去。

于是，隔着不远的距离，他们仿佛两个世界。

萧乾依旧是那个俊美得让人移不开眼睛的男人。

墨妄依旧静静伴在方姬然的身边，做她的大师兄。

事情的变数真大啊！

她心里感叹着，冷不丁抱紧双臂环住自己。

“冷吗？”东寂轻声问着，已经解下了身上的风氅，披在她的身上，“虽说今儿日头大，但园子里有风，你身子弱，机关屋又耗费心神，若是受了凉，就得不偿失了。”

墨九回过神，侧目瞥一眼风氅，含笑看他：“我能得什么？失什么？”

东寂唇角的笑意未变，温暖如故：“得失随心，不可强求。”

“说得好。可我……不太懂。”墨九目光微微一动，看了东寂一眼，似笑非笑。然而，这个角度却很刁钻，让她不经意又看见了萧乾的侧颜。他似转过头来，眉头淡淡一蹙，又别开与宋骜、墨妄说话去，似乎那细微的蹙眉并不曾有过。

人群三三两两，小声议论，气氛很融洽。

每一个人的脸上，似乎都没有比试之前的紧张。

墨九也微笑着，拢了拢肩上的风氅，小声与东寂说话，直到乾门长老高声宣布第二轮比试开始。

看她懒洋洋的没动，方姬然款款走了过来。

“九儿姑娘，请吧？”

一声“九儿姑娘”，她喊得很随意，墨九猜不透她晓不晓得是她，也不知道刚才在亭子里头，萧六郎有没有告诉她与墨妄，她的真实身份。抿唇默了默，她依旧没有与方姬然搭话，只冲她淡淡一笑，一同往机关屋去。

机械的力量是巨大的。

半盏茶的时间，机关屋已变得面目全非。

先前的八个机关屋，如今剩下两个，比之先前更大。

与上一轮不同的是，这一轮的机关屋里没有女弟子伺候。不过，屋内早已备好茶水等着她们。一入屋，茶的香气萦绕在鼻端，便在心底添了一丝说不出的清新。可屋内除了简单的一桌两椅，什么东西都没有，连初级时的乐器架都不见。只有正南方的墙角处，放着一个模样古怪的木质机械台，乍一看看不出模样，像一个沙轮，又像一个时钟，显得古里古怪。

墨九晓得猫腻肯定在那里，却不吭声，安静地坐下来。

咔嚓一声，机关屋的门合上了。

墨九下意识回望，看那扇门还在不在。

方姬然看着她，失笑道：“还未启动。刚才长老说话时你没注意听。中级机关屋将在未时一刻自动开启，如今这间屋子，只是一个普通屋子。”

墨九淡淡看她，唇角牵了牵，一言不发。

大抵她的态度让方姬然觉着无趣，她也没了言语。两个人默默坐在竹编椅上，计算着时间，都很安静，气氛也有着反常的怪异。最后，方姬然突地笑了一声，亲自为她倒了一杯茶："不必紧张，先喝一点水。"

她衣袖半撩，递茶时，有一股子淡淡的女儿清香传来。美妙的女子总归有美妙的地方，虽然方姬然如今失颜早衰，整日以帷帽遮脸，不得见人，但墨九却可以想象她之前有着何样的风采，不免觉得有些可惜，有些古怪。

这个与她有血缘关系的姐姐，她的今日，可是她的明日？

她正思考，方姬然沙哑的声音再次响起："外面可以看清这里，却听不见。"

"嗯……"墨九笑眯眯看她，神态自然，却不言语。

方姬然瞥着她的脸，似低笑了一声："妹妹，这一轮讲究二人配合，你就准备这般一言不发，坚持到底吗？"

一声妹妹，被方姬然带着笑意喊出，让墨九莫名一怔。

前世她是独生子女，没有姐妹，也从来不知姐妹之间该如何相处。思考一会，她抿了抿嘴巴，看着方姬然的帷帽，品一口那盏芬芳的花茶，静静看着方姬然，不带情绪地问："你什么时候认出我的？"

她猜测是萧六郎告诉她的，可方姬然却笑道："你从初级机关屋出来的时候。"

"为什么那时猜到是我？"墨九眼睛一撩，笑得狐狸般狡黠。

"很简单。"方姬然只是捧着茶水，并不喝，想来是戴了帷帽不太方便的原因。墨九看她这样，心里再次古怪地一蜇，却仍不动声色，只笑着等待答案。可这一次，过了好久，方姬然才犹豫道："太子殿下的侍女要参加机关屋比试，我们自然不能让她轻易坏了墨家的名声。"

"说人话！"墨九不喜欢绕弯。

尽管她隐隐猜到了答案，还是希望听到她亲口来说。

方姬然轻笑道："尚雅准备机关屋，我们提前知晓的。"

这个墨九先前已有预料，并不意外，只挑了挑眉，想听她接下来的话。

方姬然看着她的表情，突地一叹："初级的八间机关室，分为乾、兑、离、震、巽、坎、艮、坤，依次排列，却各不一样。但八室之中唯离室最难，安排你入离室，是墨家人默认的。我们没有想到，你可以在第一局胜出。"

听着她平静的声音，那一刻，墨九不知该喜还是该怒。

喜的是她听到了这样的答案，排个老四也算对得住自己。

怒的是这也太不公平了，他们居然这样小心眼整她。

"虽然从你们的角度来考虑，整我整得很合理，"不轻不重地笑着，墨九舔了舔嘴唇，不太愉快地将身子斜倚在竹椅上，语气轻柔地撩着方姬然，"但小姐我脾气不好，听了这话，心里不太舒服了。所以这个中级机关屋就靠你了，我懒得动。”

“你又猜中了吧？”方姬然问得莫名。

“是的。”墨九回答得更莫名，眼睛只睁开一条缝，“二人一组，不管如何，定有配合之意。反正我胜不胜出又没什么关系。我不想配合你了，方钜子，好自为之吧。”

“妹妹也太直接了。”方姬然笑着撩了撩帷帽，“这样多伤姐姐的心。”

“得了吧，我可从未把你当成姐姐。”墨九暗自算一下年龄，方姬然都不如她前世的年纪大。只不过古人可能心性老成，二十岁往上数的女子，都觉得自己成熟得不行了，想当年，她这个年纪，还觉得自己未出壳呢。

“你当不当我姐姐不重要。”方姬然直视着她，“为了萧六郎，你就会帮我。”

不得不说，方姬然是一个聪慧的女人，眼明、心亮，加上有过一段恋情，女人对女人又极为了解，她几乎把墨九的心思看得透透的，在外间墨九有意无意瞄向萧乾那些目光，可一次都没有逃过她的眼。

故而她都不需要猜，一句话就射中了墨九的靶心。

呵呵，墨九干笑，“他与我何干？不就是小叔子嘛，我小叔子又不止他一个，没了一个六郎，我家还有二三四五郎呢。”

“妹妹，这是一个赌局。”方姬然将手轻轻按在额头上，似乎那一顶帷帽给她带来了沉重的负担，她往上撩了撩，方才一字一顿压着嗓子道，“赌的人不仅是我，还有萧六郎。他的前途功业，都在这一局了。我若不赢，他必会万分为难。”

“他赢，他输……”墨九目光有些暗，“又与你何干？”

似乎知晓她会这么问，方姬然又笑了：“他是我的恩人，我靠他治失颜之症，你说他的事，与我有没有干系？”

这个解释相当合理，同时也让墨九想到，她也得靠萧六郎治这失颜之症呢。普天之下，当数“判官六”医术第一，无人可敌。若萧六郎都治不好了，她也只能洗白白等待下辈子轮回再做美女了……

“这么说来，我也得护着他？”她不愠不火地问方姬然。

“你心里不早就决定了吗？”方姬然的声音依旧带笑，可那一丝沙哑，洞悉世态也洞悉了她情绪的笃定，让墨九莫名有些不快……这份不快里，还有一种被方姬然看透了她在关注一个男人，可那个男人却对她爱答不理的郁气。

“万恶赌为先哪！”她揉了揉鼻子，“我向来不喜欢赌。”

“可你非赌不可。”方姬然安静地回答。

在她隔着层薄纱的目光盯视下，墨九浑身不自在——这个女人是吃定她了吗？

因为萧六郎而吃定了她？半合着眼睛，她倚着竹椅润了润嘴巴，突地觉得身上有些热，又直起身来，把东寂给的那件风氅脱下，搭在竹椅扶手上，漫不经心地道："你可能不了解我。我这个人哪，脾气真不怎么好。而且，我最不喜欢人家肆意猜测我的心思了。"

脱了风氅，她洁白的脖子在氤氲的微光下，像一块上好的羊脂白玉，无瑕、细腻，看得方姬然目光一热，捧住茶盏的手微微颤抖着，紧了又紧，倏地转了话风。

"好久不曾看过这么美的肌肤了。"

墨九眉头一扬，剜向她："你自己不也有？"

方姬然沙哑地呵笑一声，似乎难以启齿："曾经是的。"

墨九淡淡看她，这才反应过来，她头上戴的帷帽薄纱有些长，衣服领子也是竖着的，几乎遮掩了整个脖子，便连她的一双手也戴了一层纱套，不曾露出半片肌肤来。

心里略略一惊，她失神问："难道你的身上也……"

方姬然喑哑嗯一声："身体发生变化，又怎会只有面部？这三年，我吃着萧六郎给的药，方能保持着年轻女子的身形，若不然，恐怕已像我们的母亲一样，成了真正的老妪，佝偻、驼背、鸡皮鹤发……生不如死。"

心里刮着一阵飕飕的凉风，墨九看着她的淡然，有那么一瞬，失的不是颜，而是言。一个打小貌美、受尽男子倾慕的女子，有朝一日面临早衰会有怎样的心理压力，细想一下她都觉得脊背有汗。

这一瞬间，她虽然还没有失颜之症，但盯着面前的方姬然，却有一丝奇怪的同病相怜感慢慢爬上了心头。

"萧大郎……"她嘴里冒出一个名字，瞥见方姬然突然僵了身子，想来这个男人是她名义上的夫婿，让方姬然不舒服了，又抱歉地笑了笑，捋了捋发，不以为意地问："他是因为你失颜才与你生分的吗？或者说，你们之间发生的那些事，是因为你的失颜之症？"

"你在意这个？"方姬然语气比先前更沉，更哑。

墨九微微一怔，唇角往上勾了勾："不算太在意，我只是好奇，在一段感情里面，男人能承受女子容貌改变的心理尺度是多少。"

她也在想，如果有一天她也变成方姬然这个样子，可会有一个男人毫不在意地告诉她："我爱慕的不是你青春的容貌，而是你这个人。"

想想，她觉得画面太文艺，太喜感，不由得一哂："当然，你可以不回答。"

"我没有时间回答了。"方姬然侧了侧头，看向屋角。

墨九也跟着她的视线看过去，那里嗒的一声响，竟像有时钟在转动一般。紧接着，神奇的事情出现了，在机括咔咔运转中，屋子的光线变暗了，四个角落都出现了不同的机械台。而她入屋时，最开始看见的那个古怪的东西，居然变成了一个时钟。这不同于她之前见过的计时沙漏，这个东西，确实可以称为古老“时钟”了，样子像，形状也像。只不过，它的转盘刻度不同，是以子、丑、寅、卯、辰、巳、午、未、申、酉、戌、亥的时辰来划分的区域，而且，带动指针转动的是齿轮。

“我的乖乖！”墨九大为惊叹，墨家祖上果然厉害。

目光灼灼，她有些自豪，可方姬然却不像她那么大惊小怪，想来她是稀罕的玩意儿见多了，不像墨九，好多东西都停留在理论上，古老的东西并没有亲眼看见过。她走过去拿起挂在时钟上面的一个小木板，只见上面写着：“一个时辰为限，复原东、南、西、北四角的机械台，并且打开机关屋。”

她沉默地转头，看向屋内四角。

这时，墨九也走了过来，倚在她的身侧：“分工，一人一个？”

方姬然歪着头瞅她：“是不是不肯配合我？”

墨九目光一撩：“我帮我自己。我这个人啊，不爱输。”

方姬然默默抿了抿唇，目光有些怪异，却没有回答，径直走向屋子的南角。

墨九这才想起，她说她不爱输，那么方姬然便会想，若这一轮她们赢了，那下一轮，她不得全力以赴吗？淡淡看一眼方姬然的背影，她唇角牵了牵，并没有马上开始动作，而是仔细观察着东南西北四个角落的机械台。

这些东西，她只看过资料，没有亲眼见过。

方姬然所在的南角位置，是一个用于水利的汲水车，样子也有一点像农用的水车，不过齿轮比水车更为紧密，还带了一条长长的木杠杆和水槽，像是用于牵引或灌溉。东角上有一堆零散的木头和木板，宽窄不一，厚度也不同，里面还有小帆、锚、缆、绳等物，应当是漕舫一类。北角上，是一个有点像工业生产线的榨糖机，比后世的简易一些，但如何让一堆零件成功榨出糖来，也是一件费脑子的事。

单从这些便知道，墨家机械之巧，在这个时代，已无人可匹敌。

只不过，这原本的好事，也变成坏事了。

她默默转过身，看向最后一个角——西角。

然后，她怔住了。那里有火药料，包括硝石、硫黄、草木灰等物。

做火器？

看来这个中级机关屋中的测试，加了一个农、工、商、兵四个方面的机械考查，除此之外，还要在限定的时间内打开机关屋。如此来看，做一个墨家钜子比在后世做老大难多了，后世的老大们只需要动个手、签个名就成，在这里还得什么都会做。

方姬然见她不动，回过头来：“发什么呆呢？”

墨九一本正经回答：“我不会啊。喂，以你的能力，一对二，没问题吧？”

“没有问题。”方姬然低下头，继续专注于手上的事。

可就在墨九准备翻白眼的时候，她突地补了一句：“是不可能的。”

没想到她还能这样幽上一默，墨九耸了耸肩膀，慢慢走向那一艘漕舫所在的东角，坐下来，慢悠悠摆弄着木头板子，笑道：“我若真不帮你，你要怎么办？”

方姬然并不回答，手上也没有动。

她的目光，看着机关屋门口的锁，眼睛一眨不眨。

“怎么了？”墨九回头看她一眼。

方姬然声音有些发闷：“你遇到过四十八柱的鲁班锁吗？”

墨九皱了皱眉：“你不早晓得机关屋的布置吗，不会不知道吧？”

方姬然被她气笑，咳嗽一声：“晓得有布置，可我哪晓得如何布置。”

墨九在前世解开过三十六柱的鲁班锁，四十八柱当真没有遇上过。不过，她曾经用3D动画的模拟方式画图研究过，与三十六柱不同的地方，在于多了一轮榫头。看方姬然盯着木锁焦灼的样子，她唇角微微一翘：“先把眼前的事搞定吧，四个机械台不组合好，想什么鲁班锁呢？不过，我在想啊，我若是解开了，你没解开，人家会不会发现，原来我比你强啊？那样，方钜子会不会吃亏了？”

方姬然默默不语。

时间紧迫，墨九淡笑一声，也不再多言，认真看着手上的木板。

没有图纸，只有无数的木头、榫头和木板，有锚，有缆，有帆和桅杆……这样子凑一艘漕舫，比拼图游戏难多了。而且，这木板多达上千块，要把它们连接，箍紧，还不能出错，加上有时限，就需要经验与天赋了。哪一块木板应当装在哪个地方，若错一次，或者中途出错，便要从头再来。

“方姬然，这样不行。”墨九突然起身，飞快地走到她的面前，蹲了下来，“我们两个做一个，一个一个解决。我帮你先把这个汲水车弄好，再做下一个。”她顺手捡了两块木板连上去，让方姬然弄另外一头，“既然是二人一组，便是要配合的。配合的时候我们可以查缺补漏，看哪里有问题，以免返工，浪费时间。”

方姬然点点头：“你说得有道理。”

“我的话，一向有道理。”墨九也不谦虚，换了另外一块木板，瞄准榫头的位置，嚓地插入木槽中，看它们严丝合缝咬合在一起，挑了挑眉，“加快速度吧，还有三个机械台呢。尤其后面那个火器，我有些兴趣。”

方姬然闷闷地嗯一声，不再说话。

二人开始配合时有些生疏，但多来几次便慢慢熟练了。一个选料，一个上槽，并不需要过多言语，便可知对方的意思。不多一会儿，东角的漕舫、南角的汲水车、西角的榨糖机都弄好了，只剩下最后一个火器。

“短时间内制造火器，试过没有？”墨九微微弯唇。

“不曾。”方姬然回答得很坦然，“你呢？”

“没有。”墨九拿过硝石，摆弄着硫黄，“不过，不管会与不会，我们都不能太快。”

“哦？”方姬然淡淡抬头。

“因为我们太快，会被人盯上的。”墨九似有若无地在笑，“火器不是旁物，它可以杀人的，火药也是会爆炸的，我们利索地做好，会不会被人抢去做苦工——不给银子，还要整天被打骂的那种？”

她似笑非笑，方姬然静静看她，若有所悟。

有些东西，会而不精，更安全。

她笑了笑：“你呀，猴精似的，哪需要人来保护。”

这句话入耳，莫名有些怪异，墨九淡淡看她一眼：“谁在保护我？”

方姬然低头，抿住嘴巴，似乎没有听见她的话。

墨九瞧不到她的面容，蹲身把地上的稀泥与草木灰挪过来，又偏头：“说啊！”

“说什么？”方姬然一愣，见她弓着身子难受，拉一张条凳，示意她坐下来，却答非所问，“商量一下，我们做什么火器？”

这个机械台与另外三个方向的机械台不一样，材料都是做火器用的，可到底做成什么样的火器，却可以由着人自由发挥……但墨九的关心点明显不在这个事上面，她依旧揪着上一句话不放：“不要转移话题，你刚说，谁在保护我？”

方姬然帷帽微微一动，低呵一声，笑了：“你性子这般急可不好，以后是要吃亏的。”她像姐姐教育妹妹那般漫不经心地说完，不再理会墨九一直丢过来的眼刀子，拿了硝石过来，便开始配材料，继续问她火器的问题。

两个人鸡同鸭讲，墨九直接丢手不干了。

“方姬然，我不仅性子急，脾气也不好。”

方姬然手微微一顿，慢慢抬头，上下打量着她。长长的裙摆，纤细的腰身，戴了面具依旧精致的琼鼻、樱唇，一双乌黑晶亮的眸子，面前的墨九无疑是美貌的……她慢悠悠一叹，带了几分幽幽的笑意：“妹妹难道不知，古往今来，红颜美人，总会有很多人愿意保护的。你长得这般俊俏，自会有不少人保护，这又何须多问？”

这个逻辑没有问题。

可墨九觉得她说得太绕，反倒有了问题。

不深不浅地看了方姬然一眼，墨九心里计较着，也低头做事。

屋子里静了一会儿，方姬然看她沉默不语，不若先前那般眉目飞扬，抿了抿嘴唇，也不再问她，陷入了沉默之中。两个人各做各的事，四周安静着，气氛便古怪地凝重了，偌大的屋子里，只剩下正南面那一个古老的木质时钟，发出一种沙哑而沉闷的机括声。

久久，墨九突地抬起手背擦了擦额头：“做千人敌如何？”

“千人敌？”方姬然帷帽下的目光，熠熠生辉。

“没有听过？”墨九唇角微微一勾，慢吞吞伸了个懒腰，将搓好的一个大泥团中间掏空，放到一边可以晒到阳光的架子上晾烤，又抿了抿唇，回头朝方姬然眨了眨眼：“当然，我也没有听过。”

方姬然情绪一缓，笑着摇头道：“你倒有心思玩笑。”

“这可不是玩笑。”墨九老神在在地叹道，“因为千人敌，将从我们的手上制造出来。”火器的知识墨九所知不少，以前就曾研究过一种叫作“万人敌”的东西。万人敌出现在明末，是一种适合近距离作战的机动武器，也是守城利器。火力之强，可以把人马炸得血肉横飞，但那家伙重达几十斤，这里的材料有限，做不出来，只有做一个缩小比例的。故而，她称之为“千人敌”。

“好，那就千人敌吧。”方姬然听她大概描述了一下千人敌的制作，似乎对她很有信心，不再寻根问底，只把硫黄和硝石都拿到面前，轻声问她，“几分硝，几分硫？”

“硝石纵向爆发力大。”墨九沉默一瞬，回头看她，“爆破用。硝七硫三。”

“嗯。”照她的比例配着，方姬然片刻后又似想到什么，“若用于射击呢？”

“射击嘛，”墨九挑了挑眉头，“九硝一硫。”

方姬然嗯一声，点点头，深深看她一眼，低头默默配材料。

有了先前的配合，两个人做起事来很快。方姬然把硫、硝配好，墨九便接过来将这些材料通过泥团上预留的小孔装入泥团里面，又将她用白砒、硇砂、金汁、银锈等配制的毒火药料适量掺入，装上引线，再用手指把泥团压实。于是，一个“千人敌”便出现了。

缩小版的“千人敌”是椭圆形的，有一点像后世的手雷，在两军作战时，只要拉开引线将之抛入敌军之中，引发爆炸便可伤人。不过，千人敌比后世的手雷更大，结构也更简单。至于做工嘛，确实非常粗糙，而墨九看着自己的“手工”却有些得意，嘴里啧啧有声。

“真不错，就不知威力如何。”

她一门心思研究千人敌，方姬然的视线却早已转到了门口。

初级机关屋没有门，需要寻找门和出口，而中级机关屋是有门的，只不过门上有一个四十八柱的鲁班锁。如今四个机械台都已完成，她们只需要打开鲁班锁，便可以出去了。

胜利就在眼前，只一步之遥，方姬然比悠闲的墨九更为急切。

“妹妹，我去试试解锁。我从未试过四十八柱的……”

“试个屁！”墨九看着木质时钟转盘上的指针，笑着横她一眼，“等咱们把鲁班锁解开了，那二位姑娘恐怕都赢了……”

“那依你之意……该如何？”方姬然奇怪，不解锁又怎么出去？

“简单粗暴一点。”墨九耸了耸肩膀，突地抢到她面前，对准那扇门的方向，双手高高捧起“千人敌”，二话不说便挥了出去，然后大声厉喝：“靠后，趴下。要炸了！”

方姬然心胆俱惊，啊地尖叫一声。

打死她都没想到，墨九的“简单粗暴”会是这般。

电光石火间，她来不及思考，条件反射地趴在地上，紧紧捂住脑袋，连眼睛都不敢睁。可墨九举在半空的手却慢悠悠放了下来。似乎没有想到方姬然的反应会这么大，她回过头，一本正经地感慨：“你这个人就是缺少幽默感，我开个玩笑而已，哪会真的炸门，且不说炸开算不算我们赢，就说这么一炸，万一炸伤了花花草草的，也不好嘛。”

方姬然从地上抬起头，看她，怔怔不语。

这一幕肯定已经落入了休息室那些人的眼中。

墨九疯惯了，倒无所谓，可她好端端一个女子，这般狼狈地趴在地上，形象全无，得有多么难看！抿紧了嘴巴，她不言不语地爬起来，整理了一下帷帽和衣袖，一言不发地走向门的位置，低头拨弄鲁班锁，不再与墨九说话。

“生气了？”墨九微微一哂，盯着她的背影，半开玩笑半认真地咳一下，“如果你不生气，回头朝我笑一个，说不定会有惊喜哦。”

方姬然依旧默默不语。

墨九不顾手上的泥，捋了下掉在鬓角的头发：“四十八柱的鲁班锁罢了，小小玩意儿，把你急成这样！”

方姬然心里一跳。

她不知这墨九到底是太无知了，还是自身本事确实超前越后，一个四十八柱的鲁班锁，又怎会只是普通的小玩意儿？她回头，眼睛一眨不眨地盯住墨九，心思沉浮不定。

墨九无辜地瘪了瘪嘴，把玩着“千人敌”，也不上去帮她解鲁班锁，只认真说道：“不瞒你说，我以前曾在一本古籍上看过解法，不止四十八柱，六十四柱都有。我这个人你知道的，别的本事没有，就聪明机智，记忆力好，一不小心就想起来了。”

看方姬然似信非信，墨九唇一弯，倏地严肃了脸。

“下抽三，中抽二，上抽一。速度！”

最后两个字她加重了语气，就像赶时间似的，那紧迫的情绪也带动了方姬然的紧张。她虽然不知道墨九为什么自己不去开锁，但很怕另外两个墨家女弟子抢了先，二话不说便加快了动作，按墨九说的法子拨弄榫头。

“再来，下抽五，中抽六，上抽七！”

墨九玩耍着“千人敌”，就像在与方姬然唠嗑似的，坐在椅子上不动手，只动嘴。方姬然生病之后，身体状况原就不太好，加上鲁班锁太过复杂，她心里没底，便有些焦灼，额头很快便浮上了一层细密的汗水，脊背上也有些湿，手微微颤抖起来。墨九的样子与语气似在半猜半蒙，可用她的法子，不多一会儿，嚓一声，鲁班锁果然开了。

方姬然心里一喜，松了一口气。

扶着墙缓了缓，她带着一种几近虚脱的无力感，拉开了门。

外面的阳光有些晃眼，她微微一眯眸。

“恭喜二位姑娘！”乾门长老笑着过来，拱手作揖，“这一轮，你们胜了！”

听见胜了，墨九也没有什么反应。她默默走在方姬然的后面，懒洋洋出去，打了个哈欠，就好像在方姬然开锁的过程中，她根本不曾出过主意似的，不停揉眼睛，似困非困。

方姬然看她一眼，微微怔忡。

这时，对面的方向，两个墨家女弟子也匆匆从机关屋出来了。比起方姬然与墨九，她俩的样子更为狼狈一些，双颊通红，衣服脏污，头发凌乱，就像经过了一趟九死一生的长途跋涉似的，不若先前光鲜。看见墨九与方姬然已在园子里，她们脸色微微一沉，有些难看，等她们晓得不过只晚了一瞬，就只剩下沮丧了。

“就只差一点，再快一点就好了。”

“唉，早知道不与你争论了。”

听着她们的叹息，墨九却兴奋不已。

“看见没，”她挤眼睛，压着嗓子笑，“我们运气不错吧？”

方姬然隔着帷帽的轻纱看她，眉心蹙了起来。

真的只是运气不错吗？她不由得想到墨九先前那一声“速度”。

隐隐地，脊背慢慢发麻了。

人人都说她这个妹妹脑子不好使，可在她看来，她脑子其实太好使。一喜二怒三卖傻，谁也不知她的真假与深浅。而且，她大多数时候做事并不太认真，总是在嬉笑怒骂中用不正经的状态做正经事。以至于她到如今都搞不懂，墨九到底有几分靠实力，有几分靠运气，或者真如她所说，她只是博闻强识，书看得多？

而这些，还不算最可怕的。若她没有看错，墨九没心没肺的外表下，有一颗缜密、细腻的心，居然可以正确估算对手的实力，然后不多不少，恰到好处地抢在对手前面一点胜得比试。既不会让人输得太难看，也不会让自己太过张狂，引人注目。

“你怎知她们何时可以出来？”她低头问。

墨九一怔，狐疑地反问：“我知道吗？”

方姬然道：“你不知道？”

墨九撇了撇嘴巴：“我要知道，我就做神仙去了，还与你们凡人玩个什么劲。”

她说得很认真，可方姬然见识了她太多的不同，心里明显有了压力。她不太信，动也不动地看着她，欲言又止。墨九却根本不管她信不信，转身就离开了。她笑眯眯走到东寂的身边，把那件风氅抱在臂弯里，往椅子上一坐，与他唠了几句，便打着哈欠说困死了，然后用风氅盖住脸，谁也不看，谁也不瞟，对那些过来向太子殿下拍马屁说恭喜的声音也置若罔闻。

这一轮结束，就意味着下一轮要开始。

下一轮方姬然对墨九，结果又会怎样？

方姬然远远坐着，默默观察着呼呼大睡的墨九，沉默不语。

在中级机关屋之前，方姬然是自信的。

可中级机关屋之后，她的自信，全都化为了乌有。

一个不知深浅的对手，让她如履薄冰。

她没有把握能赢墨九……更没有把握，她这妹妹会不会为了萧乾，让她一手。

园子里的腊梅香味经久不去，幽香阵阵。参加机关屋比试的几个墨家女弟子纷纷落败，坐在腊梅林中，闷闷不乐地盯着方姬然和墨九，窃窃私语。墨九用风氅盖了头，方姬然头上有帷帽，两个人一左一右，都没有受多少眼刀子，看上去都一模一样镇定。

乾门长老没有马上宣布进入下一轮比试。

他去了那间休息房，请出墨妄、尚雅和另外几名长老小议。

如今的情形，偏离了预想的轨道。

墨九并非墨家的女弟子，她只是宋熹的侍女，也就是说，她的胜负本身不影响墨家钜子的人选。方姬然走到这一步，除了与墨九平局，已然战胜了其余的六名女弟子，算是墨家弟子中的翘楚了。按尚雅“任能任贤”的说法，加之方姬然四柱纯阴的命格，能开祭天台手印，自然当得起钜子之位……

可问题在于，比试还没有结束，还有一个高级机关屋。于是墨家便面临着一个尴尬：若墨九侥幸赢了方姬然，那岂非说墨家弟子连一个东宫侍女都不如？这让墨家的脸面往哪儿放？

可如果以此为由不比了，那不就表示墨家怕输？从此在江湖上，还怎么立足？

左右都是为难，一群墨家人寻了一间屋子坐下，讨论了好一会儿才重新出现在腊梅园里，一个个脸上的神色虽然不大相同，但为了墨家声誉，显然已经达成了共识。

乾门长老站在人前，抱拳拱手道："诸位，中级机关屋结果已出，方姑娘不负众望，旗开得胜，此乃墨家之幸。让我等惊讶的是，太子殿下麾下能人辈出，竟有九儿姑娘这般的卓绝大能，令我等钦佩不已，不过……"

看他微微停顿，似有踌躇，宋熹浅浅瞥一眼墨九，笑道："那依长老之意，方姑娘已旗开得胜，最后一轮，可是不比了？"

乾门长老绽开笑颜，老脸上皱纹深深："比！太子殿下先前已是说过，九儿姑娘入机关屋只为玩乐，这高级还没有玩过，怎能就不比了？"

一句"只为玩乐"，意味颇为深长。

也便是说，墨九赢了也只是玩乐而已，当不得真。

宋熹不置可否地一笑："长老所言极是。"

得了太子殿下的首肯，乾门长老似乎松了口气，他恭顺地走到宋熹的面前，又是揖礼一拜，客气道："不过，未时已过，经过两轮比试，二位姑娘都疲乏了，高级机关屋也要费时准备。我等商量，请殿下、王爷与诸位大人先入庄内稍作休憩，待用完膳，再进行比试。"

有了东西吃，墨九绝对不肯在园子里晒太阳了。

她跟着东寂，与鸳鸯和翡翠一道穿过腊梅园子，走到前方为来客安排膳食的大堂。今儿来的人多，墨家弟子大多在广场上排着队领饭，墨九粗粗看了一下，一碗白米饭，一个大馒头，一些荤素菜铺在饭团上，虽然简单、朴实了点，但分量足，油水还成。看来墨家也算有钱，普通人家，单单同时招待这么多人都得穷上一辈子。

当然，招待太子、王爷与权臣的地方与食物自然又不一样，只不过墨九没有机会去吃。她过了两轮比试，虽得太子青睐，但也不可与太子爷同桌而食。瞥着东寂被人恭敬地请入内室，她原本以为干着侍女的活，只能啃啃馒头了，却没想到有人请她过去，与那几个参与比试的墨家女弟子一道用膳。

看来，比起婢女，她的待遇好一些。

一桌饭菜，有酒有肉，可几个姑娘本就是竞争的关系，她赢了，人家输了，自然不会给她什么好脸色看。所以，在那几个女弟子暗带敌意的审视目光中，墨九没什么心情吃饭，在用了两碗米饭、一碗汤之后，匆匆离开了。

离比试还早，东寂那边有鸳鸯和翡翠伺候，她便不想过去，或者说她下意识想要独自一人瞎逛，看看有没有什么艳遇，借以平复一下焦灼与矛盾的心情。

然而，从临云山庄这头走到那头，她用脚步丈量了好久的土地尺寸，心情不仅没有平静，反倒越发浮躁了。这般胡乱想着，她正准备往腊梅园去碰一碰“艳遇”，就看见回廊的尽头急匆匆过去一个熟悉的身影。他手上拎了一个食盒，四下张望着，动作有点鬼祟——不是墨妄又是谁！

在自家的地盘上他为何这般？墨九目光怔了怔，赶紧躲在一根柱子后头，等墨妄走得远了，她方才拎着过长的裙摆跟了上去。这会儿整个临云山庄的人都在用膳，这边很幽静，墨妄那家伙走的道儿又偏僻，她几乎没有遇上人。

很快，墨妄入了一个僻静的院落。

墨九躲在拱形的院门外，探头张望。

临云山庄地方宽敞，院落也都很大气，可这个小院却显得精致、小巧，别致得似乎带了一丝天然的脂粉气。这会儿太阳西沉，冷风微微吹拂，这副光景，让院子看上去也有些凄清，不像有人居住的样子。

太安静了！墨九背靠着墙根观察着，不晓得这是谁住的地方，只见墨妄将捧着的食盒换到左手上，拿右手轻轻叩门，然后入了屋子。

那扇门重新关上了，墨九慢慢从拱形院门出来，犹豫了好久，才小心翼翼地猫着腰，绕到那间屋外，躲在一根乌漆的柱子背后，故技重施地上前，蘸上唾沫捅开窗户纸。

窗户纸捅开了，可室内却什么也看不见。

窗户里头有一道竹质的帘子，遮了视线。

可竹帘子却遮不住声音。

“师兄准备怎么做？”

“既然如此，不可留她性命了。”

“不，不行，绝对不行。她是我妹妹！”

“你啊，还是这般……”

“你依我。”

“好，我依你……”

刻意压低的声音传入耳朵，墨九如遭雷击。即便隔了一堵厚厚的墙壁，她依旧能够感觉到那个人说“不留性命”时，一字一句间冷冷的杀气，熟悉，却又不熟悉，分明是他，却又不像他，因为她心底的墨妄，无论如何也不会取她性命。

如今她是挡了方姬然的路，也挡了墨家的发展吗？太阳的光芒就洒落在屋檐的角上，可墨九却觉得仿佛站在了寒冬腊月的雪地之上，每一个毛孔都张开着，任由疯狂的冷空气进入体内。

并没有人背叛她，只是为大局的选择而已。

可墨九却觉得自己又一次被伤害了。

在这之前，她并没有想过一定要胜方姬然。

至少为了萧乾，她并不会轻易那样做，除非她有把握可以解决后续问题……

手微微攥紧，又张开，张开，又攥紧，几次三番之后，她发现自己情绪太激动，还站在人家窗下，太容易被人发现。于是她不敢再逗留，赶在墨妄出门之前从原路返回。等重新走上回廊，确定背后没有人跟随，她长长喘一口粗气，也不辨方向，拎着裙子便往前飞奔。

庭院深深，树影重重，她心脏怦怦直跳。

压抑的情绪终于释放出来，她奔跑着，想着事，一个没注意，身子便狠狠扎在一个人的身上。

宽敞的胸膛，清凉、干净，是她熟悉的味道。

可她心绪乱了，觉得萧乾与墨妄根本就是一伙的，抬头扫他一眼就变了脸。

“滚！”郁气上头，她恶狠狠推开他，错身往前。

萧乾身子不动，却一把拽住她的手腕，扯她过来。

“守好！”

他沉声吩咐的人是离他数步之遥的薛昉，还有声东、击西、走南和闯北几个暗卫，说罢他拽着墨九就换了一个方向。墨九冷不丁被他箍住，挣扎几次收不回手，胳膊被他捏得生疼，心里也像憋着一团燃烧的火，呼呼喘着气，瞪着大眼珠子，对萧乾更没有什么好脸色。

“王八蛋，你想做什么？”

萧乾并不理睬她的愤怒与狂躁，紧攥着她的胳膊，大步走在前面，一言不发地拖着她翻过了回廊外面的栏杆，往树林的深处走。等他停下脚步的时候，墨九怔了怔，这才发现他带她来的地方是山庄里堆放草料的地方。

太阳落下了树梢，天色变得昏暗，一堆堆的稻草把此处隔成了另一个世界。前后左右都是堆放的稻草，松软、平整，似乎还带了稻谷的清香味，远近都无灯火，在昏暗的光线下，一个个院落的屋脊，像兽似的静静潜伏。

观察片刻，墨九静静回头盯住萧乾，冷笑一声。

“孤男寡女，叔嫂相约，萧六郎，看不出来啊！”

萧乾面色一沉，也不回答，扯着她胳膊的手一松，她就跌坐在了稻草上。

墨九愤愤坐起，压着嗓子便骂：“你摔我？你凭什么摔我？！”

他其实并没有摔她，不过也没有反驳，只淡淡瞥她：“你不听话。”他的声音很平静、淡然，如往常一般给人一种山高水远的疏离感，无端便有了一种骇人的威压。墨九这会儿心烦意乱，受不得他的高冷，哼一声，恶狠狠拿掉头上的一根稻草，双目烁烁瞪过去：“萧六郎，我若要破坏你的计划，你是不是准备杀了我？”

萧乾一怔，低头看着稻草堆中的墨九，唇角一挑。

“你就这般自信一定会赢？”

人在气头上，想事情难免偏激。听他似笑非笑的话，墨九气就不打一处来。她不喜欢萧六郎这样咄咄逼人的目光，不喜欢他强制性地把她丢到稻草堆上，不喜欢他用那种笃定的语气说她赢不了……不喜欢被他们排除在另一个世界。

双手环住胸口，她轻哼着，以一种鄙视的目光瞪他。

“那我们赌这一局，如何？”

萧乾居高临下的视线里有一丝清风般的凉意：“如何赌？”

“我若输了，从此不再过问墨家的事，什么都依你。我若赢了……”她抬眼望着他，凝滞的小脸上忽地又带出一抹笑意，就像春花初绽在枝头，让他目光微微一暗，有刹那凝滞。

她却不管，轻轻抓住他的胳膊，一点一点从稻草堆上直起身子，贴着他的胸口，慢慢往上移动着，手从他的胳膊，转向他的胸膛，把“抓”改为“撩”，细白的指尖打着圈地转动在那一片结实的肌理上，神情似笑非笑。

“我若赢了，你给我做小妾！”

在她手指乱转的时候，萧乾身子着了火似的僵硬着，低头望她，一动不动，似乎被烧成了一尊雕像，失了言语，也失了动作，连先前的气势都小了几分。墨九晓得云雨蛊对彼此的影响，毫不掩饰对他的挑逗，指尖蜻蜓点水般一顿，又轻轻往上触碰他鼓胀的喉结，轻抚着、摩挲着，一字一顿地问：“六郎，你敢不敢赌？”

“墨九！”不知她究竟在搞什么名堂，萧乾全身的血液都似凝固了，僵硬着脖子低头看她，风姿清俊的身子凝成了一个古怪的冰雕。他极力压抑那一种让他无法把控的情绪，迟疑好一会儿才喑哑着声线道：“你若想赢，便全力以赴。”

墨九怔了怔。

他这完全是答非所问。

什么叫她若想赢，就全力以赴？

墨九晓得萧乾与墨妄是同谋，却不晓得先前听见的那事萧乾知不知情——当然，这个时候，她也不想问萧乾的想法，只一副受了刺激似的鬼样子，将娇软无骨的身子半靠在萧乾的身上，轻嘶一声，踮着脚，仰着头，以一种极为媚惑的姿势贴着他。

“你拽我过来，就为了告诉我这个？”

“是。”他淡淡说，“若这是你要的。”

“哦。”墨九慢悠悠点头，唇角弯起来：“这么说，你是想做我小妾了？”

萧乾眉头微蹙，目光专注，却不言语。

“想什么呢？不乐意？”墨九笑问着，眼睛微微一眨，扯了扯他的衣角，“那我们换一种玩法吧，我给你一个更好的选择机会。”她忽而又笑了，那笑声里有一种奇怪的凉，是他没有听过的凉，“你若肯抱着我，亲口说，就算没有云雨蛊，你也不会杀我，我也就不去赢那个方姬然了！”

第二章　重重惊险

萧乾一怔，视线有瞬间的迷离。

“墨……九？”

他轻唤她的名，用的疑问语气，似乎在他面前的墨九，会对他说那些话的墨九，不是他所认识的墨九，又仿佛在确定她的真实意图。

墨九翘了下嘴角，淡然剜他：“不认识祖宗我了？”

这样子的墨九，就是墨九了。萧乾微微抿了抿嘴巴，凉薄的眸中添了一丝无奈。他似乎只当她在玩笑，淡然一笑，压低嗓子道：“这般说话，才像你。”

“那你真不是好命的人！我温柔一些待你不好，反倒喜欢简单粗暴吗？小叔子……”墨九靠近他的胸膛，暧昧地唤他小叔子，用一种禁忌般的撩逗表情，似笑非笑地瞥他，娇俏、绵软的声线，呵气如兰般的媚骨风姿，让人骨头缝里透着酥、麻、痒。但凡一个正常男子遭到这番温柔攻势，想必都会心跳加快，血液沸腾，配合地说上些令彼此愉快的话，再增进一下关系……

可萧六郎什么话也说不出来。

他素来潜心养性，寡欲惯了，若非云雨蛊与墨九，当真从无淫念……故而，墨九勾魂的声音撩拨着他，他虽心有波涛，思想浮躁，恨不得直接将她压在草垛上成了事，却依旧可以保持一丝普通人没有的理智。

别开微红的眼，他掩饰地咳嗽一声：“阿九，不得胡闹！”

“嗯？！”墨九目光一凉，忽而又妖娆地笑：“看来你不准备接受我的提议？那么，我真全力以赴了。”

说罢她感觉到萧乾身躯微微有些僵硬，以为他是听见“全力以赴”有些紧张，不由得冷哼一声，默默松开手往后退。不靠着他，也不撩他，就像先前那番举动已经让她累极，软软坐回稻草垛子上，仰着头，蔑视地看向萧乾，正经道：“既然如此，我们两个便没什么可说的了。你先去吧，免得被人瞅见我俩一起从草垛子钻出去，误会我们做了什么见不得人的勾当。”

“我们之间的勾当，又何时能见得人？”萧乾突然道了一句，就在墨九愣怔之时，他一只手拎起她的胳膊，把她拉了起来，另一只手迅速搂紧她的腰，将她纳入怀里，若有似无地一叹。似满意，又似无奈地道：“见不得人，便先不见也罢。”

墨九性格虽然有时候很爷们，可她是个女人，也会有小女人的一面，也会期待被情郎紧紧搂住，温柔地在耳边窃窃私语，说些羞人的情话……换作往日，萧六郎如果这般给她一个强而有力的拥抱，说着这样的话，她肯定雀跃多过害羞，甜蜜大于心酸。

然而时间不对，一切都不对了。

这一瞬，她像被水浇了个透心凉。

“萧六郎……”她唤。

“嗯。”他低头，抚在她腰上的手又紧了紧，“怎么？”

他低沉的声音带着温热的呼吸，擦着她的额头飘过。他的胸膛紧紧贴着她，有一种淡淡的中药香氤氲在彼此之间。不是那种刺鼻的、闻之反胃的，而是那一种清爽干净，类似青草的清幽味。墨九从来都没有讨厌过这种味道，可这一瞬，她却讨厌了。在萧六郎的轻嗯声里，她讨厌了个彻底——

为了让方姬然胜出，向来孤傲冷漠的男人，居然可以如此放低底线，动手抱她！

怪异地呵笑一声，她推开他的胳膊，仰头道：“你晓得世上什么东西最不可信吗？”

萧乾微怔，低头凝视她，呼吸浅浅间似有笑意：“什么？”

“女人的话。”墨九也跟着他笑开，露出几颗白生生的牙，情绪并没有什么反常，而后还低着声，露出一种极为媚惑、妖娆，也极为古怪的笑意，淡淡朝他呵气道：“傻子，你祖宗逗你玩呢，还当真了？我为什么要让着方姬然？墨家传承千年，弟子遍天下，钜子之位，多大的诱惑力，我怎肯为你一个拥抱便放弃？”

轻言轻语地说完，她不带情绪地剜他一眼，转身离去。

“墨九，”萧乾手上空空，怀里空空，神色微微一暗，跟上两步，“站住！”

墨九被他突然拔高的声音吓了一跳，回头俏皮地笑：“六郎，还有事？”

“你在生气？”萧乾似乎有些莫名，眉头微蹙着，慢慢走近，沉默一瞬，又拉她过来，张开双臂抱住她，轻叹一声，好像有些懂了，又好像什么都没有懂，低头凝视她的眼，“你让我抱，我便抱了，莫非你定要逼我说那样的话？”

“哪样的话？”墨九抬眼，满眼都是笑。

“没有云雨蛊，我也不会杀你，可我……”为什么要杀你？

话还未说完，墨九便挣扎着低喝：“放手！”

“墨九……”他没有松手，反倒加重了力道，可眼前手影一闪。

啪一声，他脸颊上一阵刺痛传来。

他居然被一个妇人扇了耳光。

慢慢地，他松开搂紧她的手，抿唇盯着她，目光深邃、复杂，似压抑着某种情绪……墨九迎上他骇人的目光，嗤笑一声，似乎手被打痛了，不太舒服地缓缓揉了揉，轻轻推开挡在面前的他。

“萧六郎，你的节操呢？还要不要了？”

节操是什么萧乾不知道，墨九也没指望他会知道。刚才出手扇他那一耳光，完全是在盛怒之中又挣扎不开的下意识行为。她从来没有想过有一天会掌掴萧六郎……那个风姿绝艳、尊华无双的男子。可她打了也就打了，不后悔。他的强行拥抱与那一句问话，踩得她底线全面崩盘，她觉得萧六郎值得这个耳光。

“好自为之吧。”原想再教育他几句，不要为了达到目的不择手段，可墨九发现萧乾左脸的嘴唇边被她的指甲划了一条血痕，隐隐有血珠子冒出来，而他目有厉色，却一动也未动，当即就有些嘴拙了。

他的鲜血惹了她的眼，他的目光也乱了她的心。她没有办法再待下去……片刻也不行。

几乎下意识地，她掉头便往稻草堆外面走，就像背后有鬼撵似的，脚步迈得飞快，可不过刹那，一个身影便拦在了她的前面，身高的优势让他气势逼人，清俊、冷艳的气质变成了力道与野性，威压得她脚还没迈开，又落入了他的手里。

“你在发什么疯？”他低喝，喑哑的声音里有着墨九从来不曾见过的狂躁。

没错，几乎从来都没有。萧六郎淡如清风，高远若云，不管遇到什么事情，永远一副处变不惊的样子，不将世上的任何人看在眼里。他是孤独的、冷傲的，那是一种自我享受的孤独，不愿意与任何人为伍的一种自我封闭。可他居然被她激怒了，狂躁了，甚至都没再顾及男女大防、叔嫂关系，紧紧抱住她，半分不松。

奇怪的是，墨九突然不知该如何回答。

是她在发疯吗？好像打人的确实是她。

可她发疯，不都是他惹的吗？

墨九受不得他突如其来的激动，急欲挣脱他的怀抱。

“我看疯的人，根本就是你！”

一个紧紧抱着不放，一个拼命挣扎，这样的拥抱少了暖意，添了喘气，像在干仗。可男女之间的战争素来奇妙，没有胜负，甚至都没有对错，上一刻可以你侬我侬，下一刻便可以反目成仇；上一刻可以深仇大恨，下一刻就可以化干戈为玉帛，相视两欢颜。几次三番的推搡与强势占有的掠夺中，墨九终于体力不支，被萧乾紧紧纳入怀里，大口大口喘着气，慢慢冷静下来。

一冷静，智商也提高了。

自持如萧六郎，怎会突然间失了分寸？

生气如她，为什么被他抱住，转瞬便软了心肠？

为什么她看见他嘴唇的血滴，会心慌如此？

由他搂在怀里，尴尬地默然思考着，墨九终是反应过来——是云雨蛊。

一直以来，云蛊和雨蛊就像一双无形的推手，对她与萧六郎的情绪推波助澜。与当初在坎墓冰室会让云雨蛊感知更强一样，鲜血与情绪的波动似乎可以更为彻底地刺激云雨蛊，那么，就是她那一个耳光的原因了。

她抬头对上萧乾的眼，发现他的双目竟是赤红一片，粗重地喘着气，似乎压抑得很辛苦……心微微揪起，她重重推他："萧六郎？！"

"嗯。"他依旧轻嗯，却未放手，也不知是受云雨蛊蛊惑，还是下定了决心想要突破彼此的关系，将她的身子紧紧压在怀里，突地低头，便去寻她的唇……

他个子比她高，这般袭来挡了光，墨九面前的世界刹那便陷入了黑暗中。他灼热的呼吸，挤压一般的深拥，强势的掠夺感，让墨九心下忐忑，下意识抬手挡在身前，不让他得逞，可很快，她的手便被另一只更强有力的手拉开……

"萧六郎！你做什么，你清醒点。"她唤着他的名字，脑袋左躲右闪，不住往后仰身。可他却不罢手，扼住她的腰，低头便啃，在她的挣扎里，好几次吻在她的面颊上，温热的呼吸灼了墨九的心，一个站立不住，她后仰时脚腕被草垛子一硌，便被他过于澎湃的力道一下推倒在了稻草堆里。他随即压下，二人目光相视，皆微微一怔。

墨九想到了那个梦……

那次她在上，这次他在上。

那次是富丽堂皇的旖旎美景，而这次……竟是个稻草堆。

她惊了惊，狠狠瞪他："你起开，起开！"萧乾目光似着了火，仿佛没有听见她的低喝，简单粗暴地压了下去，双手扼住她的手，又专注地寻找她的唇，那急迫的样子，似在寻找一个得到救赎的出口，又似是想要让两个人的暧昧破茧而出，从此合二为一。

"喂，你弄痛我了。"墨九额头都是汗，低唤不止。

他无言，掌心猛地扼住她的后脑勺，逼她看向自己。

与他四目相对，他炽烈的气息就喷在脸上，只一瞬，墨九就觉得身上的肌肤被点着了，而她的暴脾气也被点着了。身子情不自禁在他的带动下战栗着，受伤与郁闷的心情，也被他的强势越推越高。她不要命地挣扎，狠狠掐着他的肩膀："你清醒一点，王八蛋，你清醒一点。云雨蛊，是云雨蛊，不是你想的！"

"是……"萧乾低低呢喃一声，呼吸灼热。

也不知他在说"是云雨蛊的原因"，还是在说"原本就是你想的"。

墨九从来没见过萧六郎这般模样——强势的、男人的、征服的、野兽似的。

她大脑有些迟钝，来不及考虑太多，只觉得在这样的情形下，在这样简陋的稻草堆里，她不能失去宝贵的第一次。可萧六郎毫不掩饰的欲望来得又快又烈，山崩地裂一样，引得风云突变，情绪灼烧，却没有半分墨九想要的那一种由情生欲的原动力。

“是的。”他突地又喃喃一声，双手捧着她的脸，嘴唇就重重压上了她的。

嘴唇相接，墨九傻了，瞪大双眼，不可思议地看着面前俊美的面孔，就像被人施了魔法一般，心脏以快于平常的速度怦怦直跳，脑子眩晕不已，几乎不能独立思考。这个吻没有前奏，也没有技巧，萧六郎并不懂得如何去吻一个女子，更从来都没有想过他会与任何女子有肢体上的亲密纠缠。他在她唇上品尝，只源于本能的冲动。

可轻轻地、柔柔地品尝着，他却没有接下去的举动。

用攻城略地般的手段，做风花雪月的浪漫事，这强烈的反差，让墨九呼吸急促，思维混乱了。

她不晓得是期待他进一步，还是应该再来一巴掌，彻底打醒他。

呼吸里都是他的气息，浅浅的中药味，伴着云雨蛊强烈的情感催动，涟漪一般席卷着感官，混淆了墨九的记忆，刺激了她的感官，让她记不得爱、恨、怨、愤，只想要寻找一处温暖的所在，安放自己漂泊的人生。

“萧六郎，你……”墨九含糊道，“你可知道自己在做什么？”

他嗯一声，并不多话，只专注地堵住她絮叨的嘴。

“喂……”她又喊。

他似有不耐，一口含上她的唇，不让她说话，像在汲取一种可以供他生存的养分，恨不得将她吃下肚腹。那低垂的睫毛忽闪忽闪的，专注的动作，柔和的神态，泛了欲念的呼吸，让始终睁着眼睛的墨九身子也跟着燥热……她想反抗，想推他，可她整个人都被他按入松软的稻草堆里，动弹不得。他的手还隔了衣裳在她后背轻抚，似在安抚，又似是为了让她更为贴近他。

“我从未想过……”他突地抬头，喘着气，低头凝视她，“可以与人亲密至此。”

墨九回视着他，呼吸也是不匀，双颊更是烫得惊人，但她神志似乎比他更清醒：“可剜开我们的躯体，真正亲密无间的，却是两条虫子。”

他眉头一蹙：“你这般以为？”

“不然呢？”墨九直直盯住他。

他短暂地思考一下，并没有回答，而是再次低头，用比先前更为热情的力量与急切，攻占了他平生第一次品尝的娇弱檀口，用研究药理一般的精神，刨根问底地吮着，贴着，沸腾如火，终于慢慢得了些领悟，试图撬开她的齿，一直在她腰上的手，也似得了神仙指点，慢慢爬移、探索……

活了两辈子，墨九从来没有这般被人对待过，头一回有那种汗流浃背，似期待还惶恐、似紧张还胆大的复杂情绪："萧六郎，不能这样。我们不能这样……"

一个清凉如冰的男子，炽烈起来竟堪比烈焰！墨九低喃着，感觉到他疯狂的掠夺，神志几近崩溃。可云雨蛊可以沉沦，他们却不能。虽然墨九不知道嫁过两次人的墨九儿还有没有第一次，身为现代人的她，对第一次也不像古人那般看重，可她仍然不想随便，至少……得有一个温暖的所在，有一张靠谱的榻吧？尤其在火一样的肢体纠缠中，对方得知道自己想要结合的人到底是谁，而并非受旁人旁事控制的吧？

"萧六郎……"她捧住他的脸，不让他亲，微眯起雾一般的眸，"我是谁？"

他微微一顿，看她的目光有刹那迷惑。

"墨九。"他答，声音沙哑。

墨九微微弯唇，在他幽暗的眸底看到了自己。

"墨九是谁？"

他染满了欲的目光微微一凉。

这一次，他没有回答。

墨九看见了他的迟疑，又轻柔地笑："小叔子，不确定了吗？"

静静审视着她，在她带着强烈抗拒的谴责目光中，萧乾伏在她身上许久，终于慢腾腾撑起身子，缓缓整理一下衣袍、玉带还有发束，英挺的眉头下，一双眸子似燃烧着的火，身姿却又清凉如冰，谪仙般的容色，哪里还有半分先前的激动与强势！

"是我……"他英眉浅蹙，微微欠身，将手递给墨九，要拉她，"是我唐突了。嫂嫂见谅！"

墨九愣怔一瞬，避开他的手，也避开他的视线，低头轻拍着身上的稻草絮末："不必。"

说罢她又抬头，轻飘飘瞄他一眼，娇媚地笑问："你们这里的小倌都多少钱？若是处，需要加价吗？"

萧乾像被雷劈了，眼睛一眨不眨地盯着她。

墨九却咧嘴笑开，轻拍在他摊开的手心上："说呗，怕我付不起账？"

"……"

"你这什么眼神？不要钱是吧？"墨九撑着身子起来，懒洋洋伸个腰，"时辰差不多了，我得去机关屋。小叔子，回见。"

久久，他终于闷闷地嗯了一声。

可在他嗯出声的时候，墨九的影子已经消失在了稻草垛里。

这个一波三折的亲吻是墨九活了两辈子的第一次，出乎她的意料，也让她心里很乱。

她并没有去机关屋，而是寻了一处安静避风的地方，躲在假山后面发呆。

其实墨九也是一个冷性子的人。与萧六郎的外冷不同，她是外热内冷，在感情方面，不肯轻易交付所有，与人接触，哪怕笑容满面，也会刻意保持心底的距离。若无云雨蛊，她想他与萧六郎在那样的身份状态下，一个外冷，一个内冷，也许一辈子都不会有什么交集。可云雨蛊在慢慢长大，它们在不停地摧毁他与萧六郎之间筑起的厚厚城墙，然后在他们情绪最激动、最没有防备的时候，将那面城墙毁灭。

与以前的暧昧不同，有了今日的亲吻，那层窗户纸算是捅破了。

尽管，捅破的方式依旧与云雨蛊有关，但若还像以前那般，恐怕不能了。

不知过了多久，她从混沌中回神，抬头望一眼已经昏暗下来的天际，这才想到了高级机关屋。

她心绪不宁地往腊梅园赶，可脑子太乱，走路飘浮，意识也恍恍惚惚，看见宋熹站在腊梅园的门口，她也没有反应过来，抬起眼皮看他一眼，就毫无知觉似的与他错身而过，径直往园子里走。

她反应慢，宋熹的反应却很快。

回身看着墨九的背影，他笑道："我等你这样久，你便自去了？"

他温暖的声音若春风徐来，冷不丁把墨九从寒冬拉回仲春。

"东寂……"

处在这样的世道，东寂对她很好，他还是太子，于公于私她都不该慢待他的。暗骂一声被萧六郎搞得糊涂了的自己，墨九回头时，脸上已经挂满了浅浅的笑意，好像先前一路失神的那人根本就不是她："东寂换了一身衣裳，比之前更好看了呢，我差一点没有认出来。乍一看见个美男，心道肯定不是等我，赶紧过去才好。"

宋熹微微抿着唇笑，没有回答，目光却盯在她不停眨动的睫毛上。

腊梅园门口很安静，一条铺往园中深处的道路上空空的，一个人都没有，只有幽幽的暗香盈鼻。二人对视着，墨九终于敌不过东寂，收敛了笑意，慢慢低下头，不自在地捋了捋垂落的发丝，轻笑道："东寂这般盯着我做甚？"

"九儿没事吗？"他不答反问。

"嗯？"墨九心里一窒，抬头，"我有什么事？"

"没事便好。"宋熹轻轻笑了，走到她的面前，慢慢抬手，拍了拍她肩膀上没有完全弄干净的稻草絮，不轻不重地说："高级机关比试已经开始，你都准备好了吗？"

在他做那个拍肩的小动作时，墨九的身子完全是僵硬的。

她不敢看东寂的眼睛，也不知道以他的耳目能够知道多少事情，只觉得自己像个舞台上的小丑，在一众原本想看漂亮花旦的观众面前，唱了一出可笑又拙劣的丑戏。她嗯一声，并没有多说什么，便跟着东寂往机关屋那边走去。

天已昏暗，园中光线不好，很快有个小太监拎了风灯过来引路。

墨九思忖着，轻声问："东寂，我是不是误了时辰？"

"不妨。"宋熹低头看她，轻描淡写地笑道："我让他们先候着。"

墨九恍惚一下，看着前方的风灯，步子慢慢放缓。

这便是身为太子殿下的权威吧，原本定好的时辰，他一句话就可以改变，他也可以毫无愧疚地让无数人等着。权力的重要性，对男人而言，比爱情或者生命更重，女人却太过于看重一些感官上的感受。萧六郎从漠北到南荣，所追求的不也是那一种可以凌驾于世人之上的权力吗?

想到萧六郎，她喉咙哽了一下，低低说："对不住！我给东寂添麻烦了。"

宋熹似有怅意，摇头笑了笑，不曾开口，只默默与她并肩往前。

冷风带着腊梅的香味刮过面颊，墨九拢了拢衣领，像走在二次元空间，盯着零落一地的腊梅，数着，数着，不停用数数字来静心。

在她一个人的静默中，宋熹的声音突然由风送入耳："九儿，我在那里等你，其实是想告诉你，不论你遇到什么事，我都可以替你善后。我不怕善后，也不怕等你，我只怕，你不肯让我等。"

墨九微微一怔，侧头看他："东寂，你……"

看她目中刹那的慌乱，宋熹微微牵唇，露出暖融融的笑意。

"有了这句话，有了我这样的朋友，九儿可安心了？"

墨九一怔。

这男人真会唠嗑。

若萧六郎有他这样的情商，那得多迷人！不过，他说得对，有一个许了这样承诺的太子做朋友，而且他一再声明是朋友，于她而言是好事，是一件应当感激的大好事。换作往常，她会有情绪多说几句好的，与东寂笑闹一下，可她今儿遇到了太多的事情，太累了，感官被另外一个男人占据，对一些太过细微的感受便有些迟钝。

她认真看着他，发自肺腑道："东寂，谢谢你。"

宋熹勾着嘴角轻轻一笑，这个笑容没有他在人前的太子爷尊荣，倒像一个吃到了糖的孩子，深邃的眼波里有一种剪不断理还乱的欢喜……墨九甚至发现，在他勾起唇角微笑时，脸颊上有一个隐隐浮现的小梨窝，让他原就温和的面容显得更为暖人心窝。

墨九不由得一叹。

若无云雨蛊，她恐怕会很容易受这种男人诱惑……

暗夜的腊梅园中，机关屋外面人头攒动，众人都在静静等待着最后一场比试。

墨九姗姗来迟，并不像普通姑娘那般羞羞怯怯，她淡然地跟在东寂后面，客气有礼却又生疏地与众人打过招呼，便坐了下来，下意识瞄了一眼萧六郎。

他坐在椅子上，安静地垂着目，气质与众人格格不入，高远得像飘在外太空。

二人视线撞上的一瞬又挪开，都无言语。

人都到齐了，乾门长老再次交代了一番高级机关屋的比试规则，啰唆了半晌，他正待宣布比试开始，突地有墨家弟子引了一个穿着锦袍的年轻男子匆匆过来。他走得很急，细听之下，似乎还有重重的喘声，越过层层侍卫与墨家弟子，他从中间走过，单膝跪地向宋熹请了安，禀报道："官家过来了。"

皇帝来了？墨九心中微微一滞。

来不及看旁人的反应，便听见园外尖细的唱喏声，划过夜空传来。

"陛下驾到！"

腊梅丛的小径中，一个被太监宫女簇拥的老头子过来了，一袭明黄的锦袍随风翻飞，让他慈祥带笑的面孔也陡然添了几分肃杀之气。休息室里的人，腊梅园中的人，朝堂上的人，墨家的人，无不出来迎驾，口中山呼万岁！

至化帝摆了摆袖子，俯视一眼接驾的众人，笑道平身，便哈哈笑着坐在了休息室的主位上，凝目看了一眼那玻璃板似的透视物，点了点头。

宋熹眼睛微眯："父皇过来怎不早些通报，也让儿臣等有个准备。"

至化帝笑道："哪需准备什么，朕原本也不打算来的，可临安这般大的盛会，万民都在关注，朕身为万民之主，又怎可袖手旁观？如此一想，在宫里便坐不住了。"又转头瞄了众人一眼，他脸上全是愉悦之色，"不过看来，朕没有白来，你们还未结束？"

等听完机关屋比试的过程和结果，至化帝脸上的神色更柔和了几分，没有皇帝的架子，却有长者的宽容："好，好！最后一轮比试，虽然朕来了，你们也无须紧张，只按规则便可。朕只旁观，不会干涉。"

墨九身为东宫的侍女，却通过了初级机关和中级机关的比试，这样的结果，让至化帝扫过来的目光多停留了那么一瞬。也不知道为什么，她总觉得这个老皇帝看她那一眼颇为深邃，不算亲切，也不算狠厉，却无端让她觉得脊背上有点蹿冷。

第三轮的开场，由于至化帝的到来，比前两轮更为刺激，气氛也更为紧张。

在两名墨家女弟子的带领下，墨九与方姬然分为南北两个不同的方向，各入得一间。

甫一踏入屋内，墨九便被幽冷、昏暗的光线和那一股子怪异的酸腐味压得有些透不过气。

那种味道她很熟悉，与她以前入得古墓的感受一样。

只不过，相较而言，这里稍稍淡一些。

她凝神观察着四周的环境，视线最终落在墙壁的一幅画像上。

那是一幅墨子的画像，庄重、肃穆，很有威仪。

而画像也是一种标志：从墨子始，是为第一局。

高级机关屋共有七七四十九局，每一局都有一幅墨家先祖的画像，每一局也都有一个不同的测试点，闯关成功，会自动进入下一局。等七七四十九局都闯过，再打开机关屋的门锁，就可以出去了。

墨九带着虔诚的心，走向墨子画像跟前，先鞠躬施礼再看题目。

“在编钟上，敲宫、商、角、徵、羽五音。”

墨九心里一窒，眯眼回望，那是一口铜质的编钟，就放在机关屋的正中，上面悬挂的钟体大小不一，逐一排列，有花、鸟、虫、鱼等各种装饰，很精巧，也很有古意。

机关屋共有七七四十九局，作为开场第一局，它其实不难。

时下但凡有身份、好风雅的人都粗通音律，可墨九却完全不懂。

不过作为一个机关的测试，若用音律来考人，会不会逻辑上不通？

墨九压抑着心里的小浮躁，慢慢走近编钟，蹲下身来仔细研究。编钟她不懂，但却知道频率与琴弦长度及弦内张力之间的公式。也就是说，编钟的钟体小，音调就高，音量就小，钟体大，音调就低，音量就大。根据“三分损益”法，那么可以得出算式。徵：81×4/3=108，羽：72×4/3=96，以此类推，徵、羽、宫、商、角的实际比数是108：96：81：72：64。

于是第一局，不通音律的墨九在小试了两次之后，还是过了。

高级机关屋确实很强大，不过转瞬便日月星辰轮转一般，换了另外一种布置。第二局、第三局，一局一局下去，每一局的场景都各有不同，春、夏、秋、冬四季在变换，但都有一幅墨家历代钜子的画像。画师的手法很好，每一张脸都栩栩如生，或带着笑容，或面色凝重，各有不同。每一局里包含的知识点也都不同。或文、或武、或学术、或理论，含力学、几何、小孔成像等等，几乎都是与机械有关的知识，可谓包罗万象。

可以说，在这样的时代，掌握这样全面知识的人，做墨家钜子都是屈才了。好在这些东西，对于经过严酷的九年义务教育、经过高考、经过大学四年、读过研究生，还踏踏实实学习过机关与机械、平衡等知识的墨九来说，都不算太难。

好多古人研究一辈子得来的东西，对她来说，不过一个记忆中的公式。

于是，身为一个穿越者，墨九占了方姬然太多的便宜。

不过一个时辰左右，她便顺利地通过了高级机关屋设置的七七四十九局。

休息屋内的那些人，在看到这样诡异的画面时会有什么感受她不知道，她此刻站在光线突然大炽的高级机关屋中间，目光四顾，却没有发现门或者类似于门锁的东西。

也便是说，真正的考验来了。

她的目光落在屋子正中，那里有一个垒起的高台。

高台上有一块圆形的磨盘似的石头。

它光滑、圆润，在通亮的光线下泛着莹莹的白光。

一种熟悉的感觉，似乎隔着数百年的历史长河慢慢萦绕上来，扼住了墨九的心脏。

她一步一步慢慢走向垒起的高台，一级级踏上台阶……

然后她清楚地看见圆盘的中间，有一个手印。

腊梅园中有冷风吹过。

休息室里静得落针可闻，气氛森凉。

上到皇帝下到宫娥，每一个人的表情各有不同，却都屏气凝神，静默肃然，眼睛一眨不眨地盯着那个透明的板子，像后世之人看电影似的，将视线焦点落在墨九的身上。

从墨九闯机关屋第一局到四十九局，这些人见识了奇迹的发生，却不敢相信这件事真正发生在眼前，整个休息室内许久都没有人说话。墨九破局的速度与破局的潇洒动作堪称完美，她出神入化的本领，更是让不懂行的人佩服得五体投地，而懂行的墨家人却心生凉意。

一个东宫侍女，怎会有这般本领？

他们根本就不肯信，也不敢信，宁愿相信只是见了鬼。

若眼前的事是真的，那么墨家代代传承、代代精进的本事，岂非都是笑话？

然而自欺欺人并没有什么用，每个人都看得真真切切，前面十五局，墨九过四关，方姬然只能过一关。中间十五局，墨九过三关，方姬然只能过一关，后面十九局，墨九过两关，方姬然依旧只能过一关。而且，与方姬然的慎重不同，她自信、从容，完全就是以一种玩乐的方法在闯关。后面速度减慢，似乎也只是她为了研究，自行停下的。

同一时刻，另一个机关屋里，方姬然正在一个玉碗前探索，她已经试了两次了，依旧没有找到方法。不论旁的，单从前面四十九局的反应与能力来看，不需要考虑，只要有脑子的人都看得明白，墨九的本事胜方姬然不是一点半点。

小瞧她了——这是很多人的想法。

初级时以为她凭运气，中级时以为她靠着方姬然获胜。

原来她才是真人不露相。

可墨九不是墨家人。

墨家钜子也并非可以解开机关就能胜任。

实际上，高级机关屋真正的考点不在前面，而在最后的手印。

“这个手印是何物？”至化帝轻袍玉带，凝眉坐在椅子上。在旁观了全程之后，他对机关屋里这个小姑娘有了更大的兴趣，见她凝滞一般停在石台前，他幽深的瞳孔光泽微微一黯，转过头，看向了一动不动的乾门长老，同时也打破了休息室里的沉寂。

面对皇帝，乾门长老有些紧张：“回陛下的话，此物来自神农山祭天台的手印拓片（古时候将碑文石刻、青铜器等形状及文字、图案拓下来的纸片，类似现代复制），我们将其原封不动地拓制在此，模拟了祭天台的机关模式，用作钜子之试。”

“哦。”至化帝点头，眉锋微微一挑，转而看向宋熹：“这个小丫头很有本事，这破关之势如同破竹。寻到如此人才，太子功不可没。”

宋熹幽深的眼眸微垂，带着笑容恭顺地道：“谢父皇夸赞，儿臣亦是无心栽花，竟得良株，这一番看见，同样叹为观止。”

至化帝哈哈大笑，捋了几把胡子，忽而又叹：“只不过这场较量于她多有不公。墨家祭天台的手印本为钜子而定，方姑娘已然可开启祭天台，而太子这个侍女，非四柱纯阴，更不可能开得了墨家钜子的祭天台。如此，虽她先发制人破了前面七七四十九局，却不得不折戟于最后一局，让后来者居上。遗憾，实在遗憾。”

宋熹淡淡地笑：“她参试时儿臣便已说过，只为玩乐，输赢并不打紧。”顿一下，他笑容扩大，抬眸盯着至化帝：“父皇既有惜才之心，等她输了比试，赏她个什么便是。”

“哈哈，好个惜才之心。”至化帝心情颇好，“既是太子替她求赏，朕便允了。”

皇帝父子二人说话的时候，休息室里无人开口。萧乾也只握着茶盏，修长的手指慢慢地在盏壁轻叩，唇上噙出一层浅淡的笑，可认真观之，他神色凉薄，又没有在笑。众人都习惯了这样的他，便是伴在君王之侧也宠辱不惊，让人觉得离这样的男子很远，仿佛他高在云端，自己低在尘埃，似乎也只有这样的男子方才称得上出色。

“快看，她按了！”

宋骜这个混世魔王最为关注的便是进度，在众人打着肚腹官司的时候，他完全不顾自家皇帝老子在侧，搬了椅子坐到最前方，盯着墨九就不转眼，就像一个喜欢看稀奇事物的孩子，让至化帝无奈摇头。

可他看好戏般雀跃的惊叫声还未落下，墨九将按手印的手又收了回来。

玻璃板并非后世的镜面那般，灯影摇曳中，她的脸有些朦胧，五官不太能看得清楚，隐隐只见乌黑的发、漂亮的大眼睛，嘴巴微微上翘着，似乎在笑，又似乎单单只是在思考。清俊的面容上，头上的珠钗带出的反光一闪又一闪，似清辉莹动，却有那么一种令人折服的沉着与优雅。

“她为何踌躇？”至化帝问。

事到如今，众人都明白，能不能打开手印便是决定胜负的关键。

墨九这么久没有动静，让他生了疑惑。

但皇帝的问题很难回答，因为他们都不是墨九。

沉寂中，墨妄回禀道：“懂机关之人，都对机关有敬畏之心。”

至化帝蹙眉望向他，饶有兴趣地问：“哦？这是何意？”

墨妄神色不变：“每一个看似出口的地方都有可能暗含凶险，最后一局的最后一个环节，若无万全把握，懂得机关之人定然不敢轻易尝试。这位姑娘不是墨家人，恐不知有手印一说，故而她对手印是懵懂的，不敢贸然试之，也是常理。”

至化帝神色稍缓，微笑着又看向玻璃板，道：“原来如此。墨家机关之巧，堪比神术也。”

他又宽和地嘉奖了墨家数句，机关屋里再次发生了变化。

安静许久的墨九，突地盘腿坐在石台上，动作像修道之人，合紧了眼睛。

众人都不知她在做什么，意图为何，纷纷面面相觑。

“长渊！”宋骜盯了这么久有些累，看墨九这般，终是按捺不住急躁的性子，又把他的椅子搬到了靠休息室右后侧的萧乾身边，用极低的声音问他，“小寡妇在搞什么？我这稀奇正在兴头上，她却断了弦，让小爷好生着急。”

“不知。”萧乾回答得很简洁。

“不能啊。”宋骜一双斜飞若剑的浓眉挑了挑，带着暧昧的声音凑近他的耳朵，“你可别蒙我，你们两个不是老相好吗？先前小爷尿急，看见你拖着她往草料房那边去，原想去听听动静，却被薛昉给拦住了。这厮忒大胆，连老子都敢拦……”喋喋不休地骂了一通，看萧乾面有不悦，他又摸了摸高挺的鼻子，似笑非笑地换了话题：“先不说这个。我问你啊，长渊，难道你们单独相处，她就没有给你透个底？”

萧乾斜眸睨他，冷冷地抿着唇，唇角似弯非弯，像在极力克制情绪，却仍是溢出一些杀气来。宋骜观之，骇了骇，便恍然大悟：“看来事情不太顺利？长渊，你莫不是节欲日久……不中用了吧？”

这般含糊的话，萧乾先是没听明白，微微一怔，等看着宋骜带着猥琐暗示的面孔，方才顿悟，唇角上勾，一字一顿道：“安王爷有多久没有松过筋骨了？”

“萧长渊！”宋骜咬牙切齿瞪着他，可人家没反应，他却看着萧乾冰凉的眼，忽而软软一叹：“罢了罢了，好人难做。小爷为了你的闺房之乐，好心问询一番，你却不领情。病人不诉病情，大夫再好的本事，又如何能对症下药，亏得你还是名满天下的神医，连这个都不懂！”

一番说道，宋骜扯三扯六，就是想打探。

换作往常，萧乾定不会理他。

可今儿大抵真受了刺激，他幽暗的眸子倏地一亮："对症下药？"

"咦！"宋骜惊诧于他的反常，觉得身上的汗毛都竖了起来，紧张地盯着他，疑惑地问："长渊，你不要吓我，莫不是……你那二当家的果然不中用了？"

萧乾不动如山，眸子有那么一丝阴凉："再多说一句，你就会不中用了。"

"别啊！"宋骜吓得缩了缩身子，双手放在裆前，用实际行动向他证实了自己对兄弟的看重，认真道："世间男子乐趣之所在，莫过于女子也。手足不中用可以，要二当家的不中用了，这辈子也就没活头了！"

萧乾淡淡瞥着，唇角上扬，幽暗的眸子微微一深。

从古至今的皇子，有哪一个不争权夺利？即便是没有表现出野心的，那也只是因为没有发展野心的势力，不得不退而求其次。可这个宋骜倒好，只爱风月美人，不贪皇权江山，若非藏得太深，便是真正的异类了。

"长渊，这事断断不能含糊，你不是神医吗，可以给自己看看。哦，好似大夫都把不了自己的脉、诊不了自己的病。那这样好了，我明日带几个好点的太医到你府上，好生为你诊治诊治。嗯，就这么办……"宋骜自顾自说着，一句比一句语速快。

萧乾淡淡看他："我怎么听着，你不是想为我治病，而是在幸灾乐祸？"

宋骜狭长的勾魂眼一眯："何必说实话呢，多伤感情！"

若有似无地哼一声，萧乾目光冷冷地睨他："那恐怕要让王爷失望了。"说到此，他似是没有了教训宋骜的心情，抿了抿唇角，冷不丁冒出一句："我只是不明白，妇人心思怎会那般难测。"

啊！宋骜发出一声惊叹。

这音调比之先前高出许多，休息室里的人都看了过来。

宋骜回扫过去，压根不管他皇帝老爹也在，双目一瞪："看什么看？没见过小爷叫唤啊？啊！啊！啊！"

这混世魔王素来跋扈，太后爱，皇帝宠，整天横行霸道，比哪个皇子的言行举止都要出格，众人都习惯了，见至化帝都只皱皱眉头，连责备都不曾，哪个又敢多嘴骂他。宋骜冲他皇帝老子竖了竖眉头，咂咂舌，又调回视线，拿一双八卦眼上下打量萧乾。

"长渊这般，似是为情所困？"

萧乾一怔，眯眸反问："何为情？"

宋骜哪懂什么情，想了想，他给了萧乾一个最为实际的回答："便是想睡她。"

想睡她，便为情？萧乾对他的理论不置可否，但自身有云雨蛊的影响，他实在不愿深究这个问题。是情？非情？连他自己都无法给出确切的答案，又如何能指望旁人。换了一个话题，他将导火线引到了宋骜身上。

"那元驰素日与女子交往，都是如何讨女子喜欢的？"

啊！宋骜又是一声惊叹。

只不过有了上次的教训，他放低了声音。

愣怔片刻，他盯着萧乾严肃的脸，用一种强力憋笑的动作，双手捂着肚腹，紧紧闭着嘴，噗噗不止，那表情极为滑稽。萧乾受不得他想笑又不笑的样子，冷冷剜他一眼，宋骜才终于收敛了怪异的表情，带着笑的尾声小声嗤他："长渊你不是吧，身为大丈夫，竟问出这般小意的问题来。"

萧乾波澜不惊，眼皮却微垂。

宋骜观他神态，笑意更大："小爷何曾讨过女子喜欢来着，想小爷我貌赛潘安，才比子建，怎会去讨女子喜欢，又有哪个女子值得小爷喜欢？不该都是女子凑上来，讨小爷喜欢吗？"

宋骜的话虽然拽了点，却也是事实。男尊女卑乃时下法则，哪有妇人不刻意巴结讨好男人，而是由男人去刻意讨好的，在宋骜的逼视下，萧乾面色越来越沉，一双眸子如同暴风雨前的阴霾，带着一丝疑惑望向还在机关屋中的墨九。

她依旧在打坐，似老僧入定一般，动作和姿态一点没变，柔美似绸的肌肤，柳枝似的细腰，完美得几乎没有一丝瑕疵。虽戴的面具改变了容色，可那泛着淡淡嫣红的唇却是她自己的，这会儿紧紧抿着，像一朵俏丽的小花，艳美得令人不可思议。

他心里一热，收回视线，望向宋骜："若妇人不肯让人亲近，那是为何？"

噗！看笑话不嫌事大，宋骜今日受到了不小的惊吓——哦不，是觉得惊喜。他怎么也没有想到向来视天下苍生如无物、冷漠绝情得恨不得不与人为伍的萧六郎会主动亲近妇人，更可怜的是，居然被妇人拒绝。

于是，他嘴上同情而惋惜地轻叹着，声音却难掩那骨子里的幸灾乐祸："这小寡妇也真是，性子太过刚烈了，怎么能拒绝你呢？难得千年节欲男想要开荤一回，就这么可怜地碰了壁，她实在过分。若一不小心损了老二威风，真给弄得不中用，那……"

"我在问你话。"萧乾不耐烦了。

"哦。"只顾着看笑话了，思路有点走错了道，宋骜想了片刻才想起他刚才的话，赶紧严肃了脸："一般来说，被你这般的男子收入房，应是妇人之幸，赶都赶不上的事，怎会拒绝？依小爷阅人无数的经验，若那个妇人打死不从，只有两个缘由。"

这番话萧乾似是有些兴趣。

盯着宋骜，他一副认真倾听的样子。

宋骜与萧乾认识这么久，处处萧乾都远胜于他，让他始终低了一头。这回他终于找到了“术业有专攻”的优势，得意扬扬地道：“第一，她心头有男人了。妇人若心头没人，不会拒绝优秀的男子。但妇人与男子不同，男子便是心头有人，也可以毫无压力与任何女子寻欢作乐，那只为取悦自己，得一时快活，与情无关。但妇人一旦心底藏了人，便是你再好都无用，她们的身子绝不肯让旁人亲近的，那样于她而言，比死还难受……”

这位在万花丛中打过滚的小王爷越说越激动，可萧乾想到墨九挣扎时那张视死如归的脸，连云雨蛊的诱惑都可抗拒的坚定，清俊的面容却越发难看了。

他满脸阴冷的样子，生生把宋骛骇得停住了嘴。

“不是吧，长渊，难道被小爷我说中了？”

萧乾心神微郁，慢慢张开嘴，问得艰难：“第二个缘由呢？”

宋骛缓口气，露出一个猥琐的笑：“她身子不便，来了癸水。”

萧乾眼神一敛，恨铁不成钢地瞅着他：“你以为我说的亲近是什么？”

宋骛瞪他：“你指的是什么？男子亲近女子，还能为什么？萧长渊，你可千万不要告诉小爷，你……你亲近她不是为了睡她，那是为了什么？亲个小嘴？搂个小腰？捏个小臀？爷的乖乖哟，你不是真这么没出息吧？”

萧乾横他一眼，手指摩挲着椅子扶手，陷入沉默。

他们两个不再嘀咕了，休息室内也安静得出奇。

同一时刻的机关屋里，更是静得可以吓死老鼠。

油灯的光线照在石台，让石台上面的图案与手印凹槽平添了一种神秘莫测的线条感，也将打坐的墨九映衬得更为庄重。

慢慢地，墨九从冥想状态中回过神，睁开了眼。

连过七七四十九局，她有些浮躁，情绪也有些不稳。面前的手印是什么，她大抵可以猜测得到，这个应当就是祭天台的那个手印，而且这应当是一个局，旁人精心设计的局。她不敢轻易尝试，却深知这个手印她不得不按，如果不按，就一定会引人怀疑。手印按下去会有什么结果她不知道，她却知道自己想要什么样的结果。于是，她将前世练瑜伽时的冥想捡了起来，试着在这最为紧张的时刻，进入冥想状态，也是希望通过心里意念得到云雨蛊的反馈信息。

彭欣曾说，云雨蛊的宿主可情绪互通，感受有无。

萧乾也曾经说过，她痛的时候，他也痛。

那么如果他很紧张，或者害怕，她应当也能感受到才对。

可她对云雨蛊的感知力一向不如萧六郎，于是，她故意试探似的按一下手印，又中途收回来，然后慢慢进入冥想状态，去感受萧乾的情绪。可坐了这般久，她却越来越淡然，比之先前还要淡然。那么，是不是说，萧六郎并不害怕她按下这个手印。

精神头好了很多，她心知有人观看，依旧不管不顾地伸了个懒腰，像是神游了几个周天回来，懒洋洋看向那个手印，毫不犹豫地按了上去。

手印与她的手一般大小，将手放入浅浅的凹槽中，竟是严丝合缝。

倒有些意思。她正觉好玩，耳边铛一声，便响起了沉重的机括运行声。

墨九面色一变，迅速转头，原本四周封闭的墙面上，缓缓拉开一扇门。

门没有锁，不待她走过去，便自动打开了。

外面的灯火与里面交会，柔光暖暖，可墨九的心却凉透了。

她居然开启了手印，她的手真的可以开启手印！

她是四柱纯阴的命格，若也可以打开祭天台的手印……那么是不是说明，她也有可能是墨家钜子？

萧六郎、萧六郎、萧六郎……这一瞬，她感受不到欣喜，脑子里始终跳动着这个名字——沮丧的是，看来云雨蛊的感应并不准确。她还是太天真了，居然相信了除科学之外的东西，以至于发生了这样的结果。

事情急转直下，萧六郎会怎么样？

她突然就有些心慌，从未有过的心慌。下了台阶，她用一种迟疑得比蜗牛还慢的速度，慢慢从机关屋踱出门口，那怦怦乱跳的心，毫不怜惜地告诉她，这件事肯定不会善了了。

从她入机关屋到现在，已过去一个多时辰。夜深了，风更凉，在机关屋门口，她被扑面而来的寒风一灌，打了个喷嚏，便正面迎上了过来的乾门长老。灯笼的光线下，他神色复杂，却没有多话，只摊手道："九姑娘里面请！"

墨九没有动，冷冷看着他，就那样迎着风口立着："我胜了吗？"

"是。"乾门长老脸上并无恭喜的笑意，却道了恭喜，"九姑娘胜得很漂亮，方姑娘现在还困在第三十七局……嗯，外面风大，先入屋再说吧。"

这个结果墨九并不意外，若是她与方姬然比试的题目一样，那么对她这个受过现代教育的人来说很容易，对方姬然这个纯正的古人来说，必定艰涩莫名。她能闯到第三十七局，就证明这个姐姐有着普通人无法比拟的才华，怪不得让萧大郎倾心，甚至连墨妄可以为她……杀了自己。

墨九向乾门长老道了谢，提着裙子进入休息室，一入门，目光正对上萧六郎清凉的眼。他似乎坐在那里许久未动，整个人都凝成了一座雕塑，安静、淡然，穿一身黑色织锦的袍子，神秘、尊贵，清俊的面孔在火光中泛着几丝凉意。见到她过来，他目光浅浅一眯，依旧端坐，喜怒皆不形于色。

"还不给陛下请安。"宋熹温和的提醒声打破了沉寂。

墨九回神，连忙小步过去，朝至化帝福了福身，像是紧张害怕似的，将嗓子压得尖尖的，小声地道："奴婢参见陛下。"

她颔首而蹲，样子恭谦，脊背却挺得笔直。至化帝的目光扫过她的头顶，皱眉审视着，并没有马上让她平身。过了许久，在众人安静的等待里，他才慢慢问：“你是东宫侍婢？”

墨九一怔：“回陛下，是。”

至化帝点了点头：“边上候着吧。”

等墨九应了声，他的目光却转向了墨妄：“左执事可有什么事，要向朕交代吗？”

帝王的威仪是不可触犯的，触犯的人都会完蛋的。

这里的墨家人都感觉到了至化帝眸中的冷气，墨妄自然也感觉到了。

可身为左执事，他不得不硬着头皮上前，拱手低头：“草民敢问陛下，所指何事？”

冷哼一声，至化帝怒不可遏，手上的茶杯应声而飞，啪地摔在地上，洒了一地的茶水：“不是说祭天台的手印只有墨家钜子可开吗，为何一个东宫侍婢都可以开启？左执事行走江湖，是不懂得欺君乃大罪？”至化帝声色俱厉，显然对之前的事存了疑惑，想要追究问责。

“这……”墨妄眸子微暗，“草民也不知为何。”

“荒唐！”至化帝刚吼一声，宋熹接过话去：“父皇息怒。”他笑了笑，温和地打着圆场：“方姑娘还未出来，究竟是怎样的情势如今还不明朗，不如再稍候片刻？”

听了宋熹的提议，至化帝神色微微一缓。

这些年，朝中谢萧两派的人都很懂得经营，根基也越发深厚，盘根错节的关系遍布南荣，他执政时也常常受他们掣肘。皇帝年岁越高就越恐慌，他生怕薨后自己的儿子驾驭不了这帮人，以致江山旁落。之前储君之位空着还好，如今他既然立了太子，便得在人前维护太子的威仪。皇帝给太子面子，太子才能在旁人面前树立权威。

皇帝依了太子之意，于是事情便再次陷入了等待。

出了这样的岔子，众人心中惊疑，各有猜忌，气氛也更为凝滞。

时间一点点流逝，这等待的过程，太过漫长。

方姬然并没有全部通过七七四十九局，她在第四十四局一试半个时辰也没有出来，已然超过了高级机关屋给的最高时间限制——两个时辰。

也便是说，她落败了。

她虽然败了，墨家钜子比的却不单单是个人能力，主要还是手印。

“你怎么看？”至化帝再次望向宋熹。

“依儿臣看，让方姑娘试试手印吧。”宋熹仍只是建议。

“有理。”皇帝手指在椅子上轻敲着，并不多言，只一个眼色，乾门长老就去照办了。约莫一盏茶的工夫，剩下的机关全部被拆除，依旧困在机关屋内的方姬然，迎来了于她而言最为重要的手印一试。

困在第四十四局的时候，她其实就知道自己败给墨九了。

从来没有想过墨九会有那样的本领，这时的方姬然也是茫然的。

看着祭天台上的手印，她没有犹豫，上得台阶，直接按在手印之上。她的样子很平静，可按了手印，室内也一直平静，没有半点声音。

门并没有打开，她依旧困在里面。

油灯的光线下，她藏在帷帽下的脸看不见，情绪也是不明。但她肩膀晃了一晃，似乎有些站立不稳。而后她又转过头来，再次将手放入手印的凹槽之中，依旧没有动静。第三次、第四次，她试了又试，终于无力地瘫软在石台上，一动也不动，背对着玻璃板的身影，像是软了下去……

“去把机关拆了，扶方姑娘出来。”

“喏。”

乾门长老下去了，安静的休息室里凉如一潭死水。

事情很明朗了，且不论东宫侍女为何可以打开手印，至少方姬然是打不开的，那么，上次在金銮殿暖阁里讲的事情，就是一种有预谋的欺骗，而且是对皇帝的欺骗。皇帝就在当场，亲自见到了这个事情，他的君权也受到了极大的挑衅，自然不能坐视不理。哪怕他私心里不想动萧乾，碍于脸面，他不得不找他要一个说法。

他幽冷的目光望向萧乾：“萧爱卿，你有什么要说的？”

从开始到结束，萧乾除了与宋骜小议了几句，一直静静地坐着，不表示意见，也不与众人交流。这会儿被皇帝质问，他也无半丝慌乱，依旧那般的风华绝代，神态安然：“祭天台乃墨家圣地，手印与机关，臣未曾亲见，不知详情。”

他淡然的声音夹了一丝冷意，可并非没有道理。

“难道没有人给朕一个解释吗？”

至化帝皱起眉头，低斥一声。墨妄上前跪地，仰着头道：“陛下明鉴，草民等并未欺君，方姑娘乃四柱纯阴的命格，祭天台上的手印，方姑娘也确实可以开启。”说到这里，他慢慢转头，看向了尚雅：“除了八位长老，右执事当时也在场。”

墨家左右派系之争，至化帝知道。

墨妄与尚雅不和，在场的人也无不知晓。

连机关屋之试，也是因此挑起的。

故而，尚雅的话，可信性就很大了。

众人都将疑惑的目光移向尚雅，尚雅似乎也有些疑惑，她慢吞吞走出来，看了看墨妄，拳头攥了又攥。左右两系争了这么多年，她对墨妄与左系的人并无半分好感，若有机会落井下石，肯定是会做的。但不管如何，他们的争，他们的斗，到底是墨家内部的事，如今墨家成了朝堂内斗和党羽之争的牺牲品，他们又要利用墨家，又想打压墨家，她身为右执事，怎么肯害墨家？

施施然福身，尚雅道："回陛下，草民确实亲见。"

八位长老同时跪下，神色凄然："陛下，草民等都亲眼所见，绝无欺骗。"

听见一群人此起彼伏的声音，墨九神色不定，心里却很确定。

她不相信这么多人会一起撒谎，尤其是尚雅，不可能撒谎帮墨妄。

那么，只能证明方姬然确实开启过祭天台的手印。既然如此，她与方姬然的手印不同，方姬然能开，她就肯定不能开。为什么祭天台的手印拓制到了这里，她可以开，而方姬然却开不得了？

这中间的环节哪里出了差错她不知道，却可以推论出一点：如果这个机关手印被人做了手脚，那至少做这个手脚的人得到了她的手印。那她什么时候，在什么地方留下过手印？得是她很亲近的人才能得到吧？

她思考着，听见墨妄又道："此处的手印出了什么问题，草民如今不得而知，现下就派人封锁机关屋，等明日天一亮，派人仔细探查……"

"探查？"至化帝冷哼，"全是你墨家的人，探查又有何意义？"

座上的人是君王，一言九鼎，无人敢质疑他的话。

墨九心里泛着凉意，余光情不自禁瞄向萧六郎。

他挺拔的身影在灯光下凝成了一抹清凉的影子，却不动不语。这厮到底是胸有成竹还是脑子秀逗了，火都烧到脚背上了，他还像与他半分干系都没有的样子。

"陛下！"这时，久未作声的谢忱突然出列，"老臣有一事启奏。"

但凡这老匹夫说话，就没有好事。

墨九微微凝神，看谢忱在皇帝面前跪下，垂首禀报道："这件事原本老臣早就想禀报陛下了，可事情牵涉太子殿下，老臣……"咬了咬牙，他马上又换了话题，"都说举贤不避亲，可向陛下讲明真相，老臣也不敢避亲。其实这位连闯机关屋，且可打开手印的姑娘，并非别人，而是当日金瑞殿的萧家大少夫人墨九。陛下莫要忘了，她与方姑娘一样，有着四柱纯阴命格。"

谢忱提醒得真是及时。

霎时，室内哗然，随即，在至华帝厉目的扫视下，又归于死一般的寂静。有些道理无须解释，有了谢忱的话就都清楚了。萧乾与墨妄串通藏匿真正的钜子，就不单是欺君之罪那般简单了。武器图谱早挠了天下野心人的痒痒，于是它便成了罪之源。

至化帝声音沉沉，却是对宋熹说的："太子，可有此事？"

墨九现在的身份是东宫侍婢，最应该解释的人自然是宋熹。他微拂袍袖，恭顺地致礼回答：“父皇，此事臣可以解释……”

“旁事不问，朕只问你，是也不是？”至化帝声音猛地抬高，铁青着老脸又掷了茶盏。这一回，茶盏是朝宋熹面前的地面掷下去的。清脆的瓷器声里，众人的心脏跟着猛跳，高高悬起。

宋熹看了墨九一眼，终是慢慢从唇间吐出一个字：“是。”

噼啪一声，静静燃烧的灯火突地一爆，声音在寂静的室内格外清晰，让人紧绷的神经几乎快要断裂。火光落在至化帝凝重的脸上，他眉心纹路皱得更深，目光也更为冷厉。

“来人，将枢密使萧乾及涉案一干人等押入大牢，由朕亲审。”

没有迟疑，没有商议，他流露出来的全是帝王的天威。南荣司法完善，由皇帝亲审的案子大都是特殊案件，获罪之人基本无法再翻身。也便是说，若萧乾入狱被定罪，显赫一时的萧家将在南荣的历史上画上一道休止符。朝廷内外，那些盘根错节的权力分配都将彻底洗牌，整个南荣都会掀起轩然大波。

至化帝说罢，室内寂静一片，气氛凝滞到了极点。除了灯火迎风跳跃，没有任何一人动弹，就连谢忱也跪在地上没敢起来。

殿前司的禁军来得很快。

伴着一阵阵嚓嚓的声音，二十来个披甲执锐的禁军就跑了进来，将这间休息室挤了个水泄不通。他们目标明确，却没有马上跑过去抓人，禁军统领远远站定，似是习惯了对萧乾恭顺，一时半会儿改不掉，竟当众向他施礼。

“萧使君，请吧。”

萧乾眼眸淡淡一扫，不疾不徐地起身，嘴角抿出一丝凉笑，只言片语都无，也没有向皇帝解释，可他眉宇间的冷漠与孤傲，仍旧让人无法忽视他强大的气场，心生惊惧。

看着萧乾的脸，墨九微微攥拳，这一瞬的情绪很是复杂。她似乎明白了什么，又没有完全明白，更找不到合理的理由来解释。但事已至此，说什么都没有用，怎么解决才最主要。她抢在萧乾之前，当先站在屋中，正待说话，萧乾就冷冷看来。

这一眼，很深。

似乎将她的想法看穿了，他抿紧的唇角生生带出一种阻止的寒意，对她的行为极是不满。墨九微微一怔，这时，宋骜却抢先跳了起来。

“慢着！”

他高声阻止了禁军，三两步抢过去，跪在至化帝跟前。

“父皇，使不得，使不得啊！事情还没有调查清楚呢，怎么可以把人投入大牢？父皇，你先问明白再下旨，成不成？”

这个混世魔王从小到大没少给至化帝惹事，至化帝却从未真正责罚过他一次，便是偶尔骂上几句，事后也只有依从。但凡他要的，他没有不允。

然而这一次，他却冷着脸拒绝了："你掺和什么？下去！这事谁也不得求情，不然，与萧乾一并论罪。"

"儿臣就求！"宋骜吃了秤砣铁了心要与他老子作对。

可至化帝的心脏却像置了冰，不留一丝余地，低头看着跪在面前耍无赖的儿子，一字一顿冷漠不已。

"来人，把安王一并押入大牢候审。"

他沉闷的声音回荡在室内，似惊涛骇浪一般，让人除了感到恐惧，也惊讶不已。爱子若命的老皇帝居然连小王爷一起打入大牢，这得下多大决心。

几个权臣互视一眼，赶紧懂事地给皇帝递梯子，一口一句"陛下息怒，小王爷少不更事"云云，为宋骜求情。连谢忱也猜度着圣意，委婉地规劝道："陛下，小王爷与枢密使情义甚笃，求情也是怀有体恤善意之心，不当受此牢狱之灾……"

"你闭嘴！小爷的事要你管？"宋骜恶狠狠打断他，不屑地撇了撇嘴，从至化帝面前站起，眼睛一眨不眨地盯住皇帝，道："父皇当真要关押儿臣？！"

至化帝别开脸："动手！"

"好样的，我就住大牢去，住一辈子，八抬大轿来了，也别想抬我出来。"赌气似的冷哼一声，他径直转身，头也不回地朝禁军走过去，伸出双手厉喝："来啊，给老子上绑！"

"小王爷，属下不敢。"禁军看着皇帝的脸色，快吓尿了。

"绑！"宋骜低喝。

那禁军脚都软了，看向至化帝沉沉的面孔，哪里敢给皇子上绑呀。可只静谧一瞬，至化帝却突地抬手，轻轻一挥："绑了！"

"父皇！"这一回出声的是宋熹，他漆黑的双眸里似有踌躇，考虑了许久，方才出声："皇弟任性也非一日两日，他素来有口无心，父皇无须与他计较。至于枢密使，儿臣也以为……"

"太子！"至化帝打断他，厉色望过去，那眸中之意是"你的事老子还没有和你清算，你却来帮别人求情"，不过出口的话却说得委婉许多："律法不论亲疏，犯错就该惩罚，你身为太子连这点都不明白吗？此事朕自有分寸，你无须为他们辩白。"

宋熹垂目，慢慢退下："是，父皇教训得是。"

幽幽的火光将一道道人影投射在地面上，宋骜倔强任性的样子让至化帝头痛，也让禁军无奈——他们不想开罪小王爷，可有皇帝口谕，又能如何？两名禁军战战兢兢地将宋骜的双手绑住，另外两名这才走过去看萧乾。

“萧使君，伸伸手。”

皇子都上绑了，对他自然也得同等对待。

可他在禁军中素有威仪，这两个人也有些紧张。

熠熠的灯火下，萧乾从容伫立，风华绝艳的身姿与平时并无不同。他唇角缓缓上扬，几不可察地露出一丝轻蔑的笑意，转瞬便又伸出手，只留下一道淡淡的声音。

“请便！”

两名禁军如释重负，拿着绳子绕过他的手腕，没敢太过用力。与宋骜一样，他们只想做一个捆绑的样子，可这时，一只葱段一般白嫩的手腕却伸了过来，径直拉住绳头，阻止了他们。

“住手，谁敢绑我家六郎！”墨九突兀地蹿过来，当着皇帝的面儿咄咄逼人地吼着禁军，那高仰的下巴，一脸严肃高傲的样子，似乎她才是这天下的主宰，皇帝给她提鞋她都会嫌他手粗。

众人再一次扼紧了心脏。

这墨九真是浑不吝啊，胆子够大。

可如果方姬然不是新钜子，那么墨九必然就是了。

他们不知皇帝舍不舍得宰了她，至化帝也为此伤透了脑筋。若非墨九有连闯初、中、高级机关屋的本事，以及她有可能是墨家钜子的身份，他当场打杀了她都有可能。

可这个妇人，偏生暂时杀不得。

“墨氏无礼！”老皇帝眸有怒意，可看她时的神色明显轻缓许多，“但念你有才，朕不与你计较。可你若是为了给萧乾求情，那就不必了。朕连亲生儿子都舍得关押，何况是你！”

亲生儿子都关押了，这个借口用得真好。

看来老皇帝的棋路高明，比她走得快了一步。

早知会有人为萧乾求情，先拿宋骜堵住了众人的嘴。可实际上，便是宋骜入了大牢，谁还能让小王爷吃苦头吗？他住在牢里与住在王府里，根本就没有本质上的区别，只是换一个地方潇洒罢了。

“我不想求情，只是舌头痒痒，不吐不快。”她眉梢一挑，丢下绳头，索性将戴在脸上的不太舒服的面具轻轻撕掉，也不管“醉红颜”会不会吓着人，直勾勾看着至化帝，又恢复了那一副半痴傻半认真的表情，“青天大皇帝，你若单凭谢丞相几句话就定下萧六郎的罪，也太轻信谗言了。做皇帝脑子这样简单可不行，一个弄不好，就搞得国破家亡的……”

“你……”至化帝几十岁的人，被一个十五六岁的小丫头指着鼻子斥责，顿时恼羞成怒，气血上涌，几乎想直接让人把她捏死。

但为了千字引与武器图谱，他又找到理由安慰了自己其实本不想动她的心，冷哼道："念你智力不全，朕便与你说道一二。朕只让人将他投入大牢，还未审，何时定下了他的罪？"

"虽未审，可入狱的污名如何洗去？萧六郎家世清白，人品贵重，南荣哪一个人不说他的好？入了大牢再出来，不也沾了一身霉灰？不管他有没有罪，军中与坊间都会传得很难听，到那时候，他怎么统领军马，为青天大皇帝你征战沙场？

"再者，入过狱的人，都是有前科的，你让萧六郎往后如何在朝中立足，如何与群臣共事？青天大皇帝，做事得讲证据。这个机关屋中的手印，到底是不是那什么山什么台上的，哪一个可以保证？这拓制的过程中，难道就不会出点岔子吗？不会有如同谢丞相一样的奸佞之人动手脚吗？青天大皇帝可别冤枉了好人，让奸人得逞啊！"

墨九噼里啪啦地说着，语速很快。

以至于她这边说完，那边至化帝还没回神。

萧乾淡淡看她，眸中情绪微荡："嫂嫂莫要冲撞了君王。"说罢他只一用力，便去扳墨九紧握粗绳的手。

可墨九却固执得很，他一扳开，她便继续抓住，一来二去，萧乾力量便用得更大了一些。没有想到，她竟当着众人的面儿，不抓绳子了，改为握住他的手不放。萧乾一怔，用力想要挣脱，她索性低头就去咬他的手，那孩子气的举动，让众人愕然不已。

"萧六郎，你是傻子吗？"

她自己傻里傻气，在大庭广众之下咬人，却骂人是傻子。

有人憋不住笑，萧乾却无奈一叹。

"嫂嫂不必如此，陛下自有圣裁……"

"我呸！还圣裁呢。"墨九毫不客气地鄙视皇帝，"古书上说，自古圣君明主皆亲贤臣，远小人，这个皇帝却专门亲小人，害贤臣，他怎么会为你证明清白！"

骂完了皇帝，在众人惊诧的抽气声里，她又瞪着一双晶亮的眸子，半仰着头，对萧乾严肃道："而且，我这人讲究。虽然你抛弃了我，我却不会随便就抛弃你……所以，我要跟着你，与你'共狱'！"

她似是而非的话让萧乾皱紧了眉头。墨九却挪开了注意力，眼风转向盛怒之下脸色铁青却极力压抑着暴躁情绪的至化帝，眸中溢出了一抹笑。

这几句话她便试探出来了，至化帝舍不得动她，至少在没有得到武器图谱之前她会非常安全。皇图伟业的基础是横扫千里的精兵利器，他想要，就必须付出代价。

“我最讨厌人家逼我做不想做的事，你不想我跟，我偏生要跟。”一字一顿地说着，她突然握住萧乾的手，又转头正经对皇帝道：“上次青天大皇帝虽然没把萧六郎许我做妾，但我心意已决，你允是不允都不打紧，把我一起绑了送入大牢吧，我陪他待审。青天大皇帝什么时候审完，我什么时候再出来。”

“墨九！”萧乾低斥。

“闭嘴！”墨九回头瞪他，“大人说话，小孩子别插嘴。”

“……”萧乾无语，室里众人皆无言。

这墨九到底是装疯卖傻还是真的傻，其实不重要，重要的是她有本事，有命定钜子拥有的一切，可以开八卦墓，开祭天台，可以拿到千字引。更何况，她先前说的那些话，看着疯癫，也并不是没有道理。

“那依墨氏之言，应当如何？”

至化帝锐利的眸子放缓，语气竟有商量之意。

众人皆知他看重墨家钜子，却不想这般看重。

谢忱每次遇上墨九这个妖女，被她乱七八糟的逻辑与言论一绕，脑子就会出现短暂的思路混乱，这厢看皇帝又被她蛊惑了，脊背上冷汗再一次蹿出，恨不得生啖了她。

一朝被蛇咬，十年怕井绳。

谢忱对墨九也有这般的忌惮。

尤其他深深知道，皇帝绝对不会动她。于是，他抬袖拭了拭额头的细汗，上前煽动道：“陛下，墨氏虽然是墨家钜子，却也是萧家媳妇，她的话，如何信得？”

“你的话信得，我的话为何就信不得？”墨九古怪地笑着上下打量他，“我数了数，谢丞相也不过两只眼睛、一个鼻子、一张嘴巴而已，怎么你的脸就那么大呢？动不动就想做皇帝的主，你是皇帝的爷啊？”

这般出格的话，让担心她的人紧张不已，生怕她一不小心触怒了龙颜，惹来大祸。墨九的话总是这样，听上去不中听，让人有些恼火，可仔细一品，回过味来，却觉得有那么几分深意，比如——想做皇帝的主。

至化帝冷冷扫了谢忱一眼，示意他退下，然后看着墨九精致的脸蛋儿上那一片红红的颜色，皱眉道：“墨氏有何谏言？”

墨九严肃着脸：“第一，核实祭天台的手印，与机关屋是否一样。”

这个建议皇帝也认为非常有必要，点了点头：“好，我便允了你。马上派人快马加鞭前往神龙山，再拓手印。”

“谢陛下。”墨九愉快地福了福身，有风低低拂过，吹得她凌乱的几丝碎发翻飞不止，脸虽难看了些，却别有一番动人的风姿。

她注视着至化帝，考虑了好半晌才慢吞吞道：“第二，请出布置机关屋的人，好好问问，不就都明白了吗？而且依我看，可以出题考钜子的人，自然比钜子还要厉害，青天大皇帝就不好奇这个人是谁吗？”

究竟手印是怎么回事，布置机关屋的人自然清楚。而且这个机关屋，不是谁都可以轻易布置出来的，能考得住方姬然的人，又岂是碌碌之辈。在机关屋的时候，墨九就深感其中知识复杂、包罗万象，非常人可为。后面的十来局她走得很慢，便是为了研究机关布置的手法。等走到第四十九局，她几乎可以断定，这个布置机关屋的人，与坎墓复位、巽墓改装的是同一个人。

这样强大的幕后高人，不趁机见上一见，那多遗憾。

从真相与好奇心两个方面入手，她又赢了。

至化帝一声示下，墨妄只有应承着，把目光投向尚雅。

“此事是右执事在安排。”

尚雅眉头一皱，却施施然福个身，望向乾门长老：“回陛下的话，为了比试的公正，此事一直由乾门长老负责，乾门弟子也因此没能参与比试。妾身与左执事一样，并没有干涉机关布置。”

事情发展到这个地步，乾门长老早已心有余悸。眼看问到了自己，他不得不硬着头皮上前禀报：“陛下，机关屋是由乾门首席大弟子曹元布置，草民这便唤他前来。”他说罢使了个眼色，便有跑腿的弟子噔噔噔下去了。

想到先前诡奇的机关屋，众人对这个曹元都产生了兴趣，便是至化帝也轻松一笑：“墨家人才济济，钜子已是才高八斗，这个可以出题考钜子的人，想必更是出类拔萃了。”

乾门长老低垂着头，谦虚几句，额头上的汗意更重了。

不多一会儿，乾门的首席大弟子就被人请了过来。墨九一看，就是先前过来汇报“官家来了”的那个年轻人。他来了，二话不说便汗涔涔跪在地上，先向皇帝请了安，又向乾门长老磕头。

“弟子有罪，请师父责罚。”

“何罪之有？”乾门长老眉挑得老高。

“机关屋中的布置并非全部由弟子所想，而是，而是弟子……受了新入乾门的师弟易展风指点。”

师弟？这么说来事情就玄妙了。事情绕来绕去，绕到最后居然是一个新入门的弟子来指点了首席大弟子，再由首席大弟子布置，而他们的考题考的人却是墨家钜子……这任谁听了都是一个天大的笑话。

至化帝面有疑惑，已是不悦：“那还不快把这个易展风叫过来，给朕见上一见？”

曹元趴在地上，额头都快要垂到地面了：“回陛下，易展风不见了。我先前拆机关之时便一直在找他，可整个临云山庄都翻遍了，却苦寻不到。”

人没了！节骨眼上不见了！众人皆有疑惑，至化帝更是冷冷出声：“荒唐！活生生的人，莫不是遁地了，怎会说不见就不见？长老莫非有所隐瞒？”

看皇帝发火，乾门长老急得跺脚，指着曹元便骂：“你个不晓事的，瞒得我好苦。快说，到底怎么回事？赶紧细细向陛下道来。”

曹元不敢撒谎，赶紧磕头称是。

据他说，前些日子他去神龙山总院时，有一个叫易展风的年轻人来投奔他，想要加入墨家乾门。此人称倾慕墨家已久，一心想要入门，曾上过墨家设立的教习堂，接受过墨家学术的洗礼云云。曹元见他年纪轻轻，非墨家人，却对墨家知之甚详，觉得他是个不可多得的人才，欣喜不已，便做主留下了他。

这一次做机关屋，乾门长老把布置机关的任务交给曹元一人完成，一来是为考核这个大弟子的功课，顺便学习；二来也是为了避免接触的人多，嘴太杂，从而泄密。

不过，机关屋是早已失传的，曹元能够接触到的内容，不过是乾门长老交给他的半本残篇。他绞尽脑汁，也无法想出可以接近祖上机关屋的机关来。

乾门长老怒其不争地指着他，恨恨道：“老夫交给你时便说，这件事以你的能力恐会有些艰难，但机关屋考的不仅仅是机关，只要到达最后一环，最终考量还是在手印。故而前面的便是简单了些也不妨事。”

曹元沮丧地耷拉着头：“是，弟子也是这么按师父的要求做的，可那个易展风来为弟子送水，无意间瞄了一眼弟子的图纸，便笑了起来，说这等简单的机关，是用来唬弄三岁小儿吗？

“弟子当即不服，把图纸给他，让他来解。没有想到，他拿笔在纸上勾勾画画，似乎不必过脑子就解了弟子耗时十日设计的机关。弟子脸红地向他讨教，他便说可以为弟子设计机关屋。弟子想给师父争口气，也就……应了。”

乾门长老道：“你个孽障！我不是交代过，除了你我，不许第三个人知晓？老夫还当真以为……以为你精进至此。”说到最后这一句，他目光有些闪烁。想来他也是有些怀疑自家弟子有这般能力的，只不过出于脸面的考虑，终究没有拆穿。

曹元羞愧不已：“弟子有罪，弟子有罪。”

在众人的盯视下，曹元磕头不止。可不论他磕多少个头，那个叫易展风的人还真像他的名字，嗖一下就随风飞走了。

寻不见人，多说已是无益。可不管机关屋是谁设计的，都不影响比试的结果，尤其是手印的结果。事情僵持在此，各有各的想法，最后还是至化帝拍板，让专人从临安去神龙山拓片，至于对萧乾与墨妄等人的处理，也不知是为了给将来的墨家新钜子一个脸面，还是皇帝也有自己的考量，他没有坚持将人投入大牢，而是采取了折中的方式。

一方面让他们继续留驻临云山庄，非令不得外出，相当于一种变相的软禁，等拓片回来再行决定。另一方面他派了重兵层层把守，并令太子宋熹坐镇临云山庄，不得回东宫，也算是对宋熹的一种变相惩罚。

此去神龙山总院，便是快马加鞭也得几日路程。

冬天来了，昼短夜长，天气大多时候阴冷干燥。山庄里面，里三层外三层的禁军，围得水都泼不进去，山庄外面，来瞧墨家大会热闹的人，各自猜度着变化，都不得其意，每日都有人来观望，人潮攒动，比赶集还要热闹。

于是，出不去的人便没有什么要事，整天闲得无聊。墨九这几天都快要长出霉来了。虽然她与萧乾等人一样被软禁，却没有失去自由，除了不能出山庄，其余地方都可以随便溜达。

由于那日她开启了手印——虽然这个手印的真假还没有得到证实，但连闯初、中、高级机关屋的能力，已经足以让山庄上上下下的墨家弟子对她刮目相看了。

所以，不管她走到哪里，墨家弟子都毕恭毕敬，不管她想吃什么，墨家弟子都想方设法地为她弄来。单就这一点，她觉得其实真做了钜子，那确实是一件乐事——墨家弟子遍天下，她岂不是可以吃遍天下了？

这两日，她想了很多。

她有想过去问一问墨妄那天的事，可他并没有怎么着她，如果把这件事情挑明了，那二人之间的情分就彻底完蛋了，以后相处更是尴尬。再说，就像一般人在背后说了坏话不会承认一样，墨妄说了那些话，又怎么可能直接承认——“没错，我说过，要杀你。”这根本就是无稽之谈嘛。

而且方姬然病了，那日从机关屋出来她便一病不起，不在人前露面了。墨妄整日陪着她，墨九去探望过一次，瞧着二人间的气氛，如果她真的问起那件事，确实有些扫兴，再怎么说，方姬然都是她这个身子的亲姐姐。

至于萧六郎，他住在临云山庄东头的一个独立小院，是墨妄专程为他安排的，比之东寂住的院子，一个在东，一个在西，隔了老远。萧乾那里墨九倒是去过两次，想问明白一些事情，可有了她在老皇帝面前的装疯卖傻救他脱险的经历，他似乎不太乐意见她，每一次墨九过去，不待她问出心里那些疑惑，他都以身子不适为由让薛昉把她送了回去，就像她是瘟神似的，其实摆明了是不想与她对话。

墨九感慨着，又想到他那日身子确实是不太好，早上来时还青白着脸，草垛子里他又那么生猛，用了那么大的力……想到那日的情形，她咳嗽一下，摇头回屋。

坐在榻上，她盘腿，开始进入冥想状态。

那日在机关屋玩了一次冥想，她闲得无聊就练一练，一来可以摒弃浮躁与烦念，二来每次在这种状态下，她都可以更为真切地感觉到藏在心底深处的另一种情绪，似由体内孳生，像她的，却又不像她的……她猜测这便是来自云雨蛊的感应。

她想加强练习，最好能达到控制萧六郎的地步，那样她的人生就完美了。美美地想着，她脸上满是笑意。

冷冽的风从未关严实的窗口飘入。

不知多久，她脑袋一垂，竟然睡了过去。

朦朦胧胧的，她身上慢慢温暖起来，感觉自己睡在了榻上，与一个男子如火如荼地进行着身体与爱、情与欲的探索，那个人身子很热，很暖，呼吸很重，气息很粗，萦绕彼此间的味道也是她熟悉的那一种。是他给了她温暖，让她冰凉的身子又活络了。她被他紧紧纠缠着，她快活地轻哼，像掉入了一团深不见底的浮泥，踩不到实地，又像飞翔在九天之上、白云之端，美得想要就此停留，再也不愿下来。

“六郎……六郎……”她低喊。

“阿九，阿九。”萧六郎的声音飘飘浮浮，似乎从很远的地方传来，“阿九快醒醒！阿九快点醒醒！醒醒！”

他柔和的声音有些急切，急切得让墨九身子一颤，脑子便有了一丝清醒，她很想睁开眼醒过来看看什么情况，却怎么也睁不开，眼皮子像是被胶水粘住了。

慢慢的，那一种被噩梦魇住了的恐惧感呼啸而来——脑子是清醒的，似乎与醒着时一样，可明知道自己在梦里，却无法自动醒转。

很快，梦里的萧六郎不在榻上了。他身上白衣飘飘，玉带款款，像一片轻烟似的，突然往上升起，似乎要飞离她的视线。他用冷冷的眸子看着她，似乎先前的旖旎只属于她一人。他清峻的面孔、孤傲的身姿，离她越来越远……

“萧六郎！六郎！你回来！”

冷不丁从榻上坐起，墨九冷汗涔涔，脊背上都湿透了。摸一下，她发现自己浑身冰冷。愣了愣，她侧过眸子，这才发现东寂坐在床侧看她，目光柔和，一动不动。

这几天在山庄里，她仍然由鸳鸯和翡翠伺候着，可并没有单独见过东寂。她萧家大少夫人的身份公开之后便有意避嫌，不给彼此惹麻烦。当然，也有一部分原因是与他交往，她心里不太踏实。她不敢完全相信一个萍水相逢的陌生人，哪怕他待她是那样的好，她也只能保持适当的距离。

几天来，这还是他们私下里第一次见面。

墨九拭了拭额头：“东寂怎么过来了？也不叫醒我。”

氤氲的灯光下，东寂的脸上一如既往的温暖，可仔细观之，他面色比前几日苍白了一些：“鸳鸯说你睡着了，我原想回去的，可刚从外间走过，便听见你在惊呼。我以为出了什么事，这才顾不得其他，闯了进来。怎么了？九儿做噩梦了？”

依旧亲切地唤着她九儿，东寂柔和带笑的样子让墨九有一种怪怪的感觉——她这般怀疑他，会不会亵渎了他的善意？

墨九挤出一抹笑：“那日的事，我没有为东寂添麻烦吧？”

她没有问他事后怎么向至化帝交代的，只关心他这般面色，是不是出了什么事。东寂唇角勾了勾，轻笑出声：“训几句而已，我是他的儿子，他还能打杀了我？”

“没事就好。”墨九也报以一笑，可想到他先前的话，她的笑容忽地凝滞在唇边。盯着东寂温和的脸，她皱着眉头问：“你都听见我喊什么了？”

东寂目光微闪，笑道：“说梦话都模模糊糊的，我在外间并没有听得很清……你做什么梦了？”

那样的梦实在不好分享，墨九尴尬地笑笑，正寻思找个旁的话题探一探东寂，鸳鸯便打了帘子进来，冲东寂福了福身，语气踌躇道：“殿下，萧使君求见……求见大少夫人。”

小院庭前的门洞开着，冷风吹着院里的树木呼呼作响，冬日的天空沉郁郁的，似有雷雨，压得人喘不过气来。

墨九住的这个小院是临云山庄坐北朝南的一个庭院，面积不太大，但布置精致，采光也极好，可即便这般，在这样的天气里，大白天的屋子里还得点上灯方能看得清楚。

墙壁上的油灯静静燃烧着，墨九静了一瞬，正思考着萧乾为什么这时求见，屋外便传来一道沉稳的脚步声——熟悉的脚步声。

她一惊，还未来得及出去，帘子撩开了，一种独属于萧六郎的气息便伴着那股子冷风卷入屋内，无端带出一股寒意。

气氛瞬间凝住，墨九哭笑不得。

又一个闯入她香闺的男人。

萧乾撩帘而立，高大修长的身躯压逼得那一扇女子闺房的门楣都显得秀气了很多。他脸上的阴霾，锐利的眸子，视线扫射那一瞬间的气场，让墨九觉得有一种来捉奸的即视感。

墨九有些莫名其妙，与他对视一瞬：“我去找你吧，你不理我，如今我好不容易睡个好觉，你却嗖嗖跑来了，都不等我收拾打扮好就入我房来。萧六郎，这样很不礼貌的，你不晓得？”

看了一眼坐在她床头的宋熹，萧乾眸子又是一暗。

他没有说，可墨九明显感觉到他在想——他来得，我便来不得？清了清嗓子，她觉得这个事有些乌龙，正想打个圆场，萧乾已挪开视线。

他朝宋熹淡淡施礼：“殿下好雅兴。”

宋熹唇微弯，面色和煦如春：“彼此彼此。”

两个男人对视着，情绪都没太大起伏，也并没有太多的话语，可只一瞬而已，却分明有暗流在涌动，有两把看不见的隐形兵器在激烈交锋。

墨九看看这个，看看那个，茫然……

做什么？为何这般深情凝视？

莫非……这两个家伙看对眼了？

撑着额头考虑一下，她道："你们两个可需要大媒？"

萧乾一怔，转头盯住抱着双膝看热闹的墨九，视线落在她白生生的手腕上，眉头一蹙，低沉的嗓音徐徐响起："客堂等你。把衣服穿好！"

说罢他放下帘子转身出去，只留命令声余韵绕梁。

墨九看着在空中胡乱跳动的珠帘，讷讷道："今儿山庄的膳食都是供应的火药吗？我又哪里惹到他了？"

宋熹端坐那处，眸色幽暗而温暖，也没有被萧乾冲撞之后的不悦，只淡淡笑道："整日待在庄子里不得外出，任是好脾性的人也都按捺不住了。这还真怪不得萧使君，我去客堂与他说说话，九儿慢慢出来。"

不待她吭声，宋熹便出去了。

瞧着他挺拔的背影，墨九久久不语。

这个男人到底为什么对她这般好？

谢忱的人？不，谢忱是他的人？

是友？还是敌？

个中关节太复杂，墨九想不通，在鸳鸯的帮助下换了一身素色的小袄，外罩一件同色披风，头上松松绾了个简单的发髻，一支带了粉色珠玉的钗环斜斜而插，脸上醉红颜的艳丽效果虽然还很强烈，却掩不住她天生的精致五官，没有花容月貌，也可桃之夭夭。

往铜镜一照，她撩眉。

看惯了醉红颜，也不那么难看了。

可如果没有醉红颜，这本是何等仙姿，她都快要忘了。

叹一口气，她慢悠悠出了卧室，刚迈入客堂，便被萧乾抬眼时那一瞬的寒冷给冻住了。

客堂里没有侍候的宫娥侍婢，只有宋熹与萧乾二人在座。一个着一袭墨色长袍，眉清目朗、英气勃勃，却又艳美至极、高冷风华。一个明黄的衣袍上绣四爪蟒纹，带着皇家的体面，沉稳庄肃、儒雅俊气、不急不躁。二人中间隔了一张楠木茶几，铁观音的香味纯正浓郁，却映衬得这一室的冰冷，如隆冬到来。

"你们在谈什么，把气氛搞得这么僵硬，一个比一个脸黑。"墨九扫视二人一眼，步履生风地坐在了堂上的第三把椅子上，随意地笑问："萧六郎，你又出来吓人了？”

萧乾没有答话，宋熹不方便答话，只有鸳鸯垂着眸子，小心翼翼捧上一盏茶给墨九，又福身退了出去，健步如飞，如同逃命般走远了一些。

如此，室内再次只剩下三个人了。

俗话说：三人行，必有奸情……而且大多属于复杂纠结的奸情。但两个英俊尊贵的男子加上一个脸比桃花更艳红的女子，就有那么一点违和感了。都说三角形是最稳定的图形，可三个人这样暧昧地组合在一起，却最容易引发矛盾。

“咦，怪了，怎么都不说话，不欢迎我来？”墨九再次开口，说罢却不等他们回答，又道：“不对啊，这分明是我住的地方，哪里轮得上你们不欢迎呢？是吧，太子殿下？”

为什么问宋熹，因为她语气不敬。

可旁人看来，却是她与宋熹关系显得很亲密。于是萧乾眉头皱皱，抿唇不语。宋熹对她的不敬不以为意，目光柔和地笑了笑：“我与萧使君随意叙了几句，并无什么正经的事，九儿不必在意……”

他一个人说着话，想要缓解凝滞的气氛，可等他说完，却没有一个人应答他。萧乾与墨九互相对视着，一个漠然不语，一个怒目而视。但不管是怎样的表情，他们二人的目光交会着，似乎眼里都只有对方，忽略了他这个太子殿下的存在，也似隔了一堵墙，让旁人插不进去。

一只手托起茶盏，宋熹低头饮一口茶，等抬头时，四周仍然没有动静，那两个人像有深仇大恨一般互相盯视着，谁也不挪眼。他抿了抿唇角的茶渍，黑眸徐徐一眯，唇角勾出一抹笑容。

“本宫刚刚想起还有要事待办，先行一步。”

萧乾转头看他：“殿下自便。”

他这姿态，太过“上位”，对太子的恭而不顺实在太明显。

宋熹含笑点头，又看了一眼墨九。

她也正看过来，见他要走，竟古怪地暗自松了一口气：“慢走，要我送你吗？”嘴里说着送他，可她娇憨推拒的样子，又哪里是想要诚心送人的。

东寂笑着摆手，自去了。

三人行终于变成了二人行，萧乾仍然如先前那样，一动不动地坐在楠木椅上，墨一般的双眸，幽光深深，面色淡若流水，看墨九时的表情却有些古怪。

墨九面对他而坐，不明所以地审视着他的侧颜，还有那淡然中又仿佛透了几丝浮躁的复杂情绪，缓缓眯了眯眼，哎一声，问：“萧六郎，你来找我，便是为了与我大眼瞪小眼的？”

见他不答，她弯了弯唇，缓了语气：“无事不登三宝殿，萧六郎，有事直说。

你我之间，犯不着这般遮掩。”

大抵她这句“你我之间”让萧乾舒服了，他眉头一松，冷不丁便冒出一句：“他来做什么？”

“他来……”墨九随口就回，可想想她其实也不知道东寂过来究竟要做什么，也忘了问他要做什么，又抿了抿唇，抬高下巴瞪他：“我为什么要告诉你？他来找我，又关你什么事？小叔子，你这人还真有趣，怎么对嫂嫂的事这么关注？”

他低眉：“不要与他太过亲密。”

“那两日我有事去找你，你不是说病了？我还以为你起不来榻了呢，现在又是从哪个石头缝里蹦出来的？”

他捧茶：“小病，好了。”

“回避什么，你心里有鬼啊？喂，你该不会也做噩梦了吧？”

噗一声，萧乾吐出一口茶。两个人鸡同鸭讲，不在一个频道上，萧乾很心累的样子，伸手揉着太阳穴，脸上的表情极为精彩。

墨九一叹：“你这只闷嘴葫芦，若有东寂一半善谈……”

眉头紧绞着，萧乾猛地放下茶盏，一句话都不说，起身就要离去，那神色间的情绪像乌云压顶，眉目沉沉，从墨九面前过去时，一袭风氅轻轻飘起，带起的冷风直扑墨九的面孔。

墨九二话不说，一把抓住他披风的角。

“再多迈一步，老子真的生气了。”

当墨九生气的时候，便会“九爷”附体。毕竟她不是闺阁中养出来的娇花，来自现代的女子，大多都带了一些女汉子的习性，受不得这种红白不说就被男人甩脸子的事，更不会像古时的小媳妇一般，受了男人的气，还得哑着，闷着，把泪水往肚里吞，却不敢多质问一句。

这个男人脾气太坏，她得好好调教一下。

萧乾一步都没有迈开。

一声凶悍的“老子”，让他诧异地挑了挑眉，像看怪物似的盯住她。那一副不敢相信她会如此粗俗的表情，让墨九自尊心再次受到了莫大的伤害。她眯了眼，寒着嗓子：“可你既然来了，我是断断不肯轻易放你离开的。有些事情，我以为我们还是当面说明白些的好。”

从机关屋出来，好多想不明白的事，她都有了新领悟。

一来方姬然那天莫名其妙那一句“你不需要保护”。二来八位墨家长老和尚雅的当庭证言，让她相信方姬然确实曾经开过神龙山的祭天台，既然如此，那便是事实。她不会为了一个既存的事实得理不饶人。三来在草垛子里与萧六郎比画出来的革命奸情，让她潜意识里还是愿意相信这个男人。四来两个人暧昧得太过酸爽，初时还有点小女儿的小心颤，时间长了她便憋不住了。一码归一码，最好说个明白。

两个人静静对视着。

眼波荡漾间，你眸中有我，我眸中有你。

有那么一刹那，墨九觉得萧六郎眼中是有情的。

“随我来！”他低沉的声音从头顶传来，墨九还没有回神，手腕便是一紧，被他紧紧握住了。他拖带着她大大方方地往外走，那沉稳的身姿与坚定的步伐，正如那一日他拖着她从天隐山下来。掌心一片温暖，薄荷的清凉幽香卷入鼻端，墨九微微失神，不待思考，脚就迈了出去。

两人一前一后，双手交缠。可刚出客堂的门，萧乾便放了手，头也不回地大步走在了前面。墨九盯着他的背影，微微怔了怔，便看见侍立在门边的鸳鸯和翡翠。

那电光石火中的一眼，墨九倒不觉得有什么，两个侍婢却惊愕了——她们居然看见萧乾拉了墨九的手！

小叔子拖着大嫂子，本就足够令人震撼了。

更何况这个萧使君还是有名的“女子勿近”！

她俩呆呆发愣，双颊涨得通红，有一种撞破人家奸情的窘迫感。墨九却不觉得尴尬，只淡淡朝她们笑了笑，便大步跟在了萧乾的背后，往后院而去。

在她心底，那个只隔帘一见的夫婿萧长嗣的存在感实在太弱，大多时候她根本就想不起他来，甚至她都快要忘记自己已经许过人了。毕竟她不是墨九儿，她只是墨九，来自现代的墨九。

从小院后门出去有一个小小的池塘，池塘边种植了成片的竹子，还有一个临水的亭子。古人住宅好依山傍水，尤其大户人家，便是没有活水的地方，也都会引入死水，形成一种有山有水的风水型住宅。

这会儿，池塘边很安静，尤其那亭子周围，成片的竹林海一样，在冷风中瑟瑟发抖，遮蔽了外间的视线，让这个亭子光线昏暗，却也格外幽静。

一路过来，为了避开旁人的视线，萧乾脚步比墨九快了几十步，墨九远远落在他的后面，前一个，后一个，那感觉有一种避着人约会似的紧张，也让墨九的心怦怦跳着，无端便红了耳朵。

她从竹林钻入亭子的时候，萧乾已稳稳地坐在亭子栏杆上。

“小叔子，很会选地方啊，不错，不错。”墨九左右望了望，又走到亭子临水那一侧，弯腰看亭子外的池塘。水清亮，池塘中有游鱼在轻摆尾巴，她捡起栏杆上一片黄色的落叶，随意地掷入池中，看游鱼来咬，不由得眯眼笑了，接着轻叹：“好一个偷情所在。”

萧乾肩膀微僵，她却又转了身。

“是你先说，还是我先说？”

萧乾眸中似有水波在轻荡："你正在说。"

墨九一愣，随即上扬唇角，笑容比先前扩大了几分。认识这么久，萧六郎都是一副不冷不热的性子，世间万物似乎都很难入他的眼，幽默这种事，更是难得一回。

她笑叹一声，静静坐在他的身侧，与他一样，慢条斯理地看着前方的水面。

许久，两个人都没有说话，在这静寂的时光里，她的情绪却慢慢变得宁和了，那颗累的、疲乏的、似乎带着一把枷锁的心脏，也恢复了淡然。

"还是你先说吧，来找我做什么？"

"有事。"他答。

"……"这样的回答叫回答吗？

墨九再次无语地侧眸，扫视着他棱角分明的侧颜，还有那一分萧瑟在冬风中的孤寂，这一瞬，他的冷漠似乎不再是冷漠，而变成了孤独，就像一个无家可归的孩子……

一种同病相怜的感觉，孳生在墨九心上。

她从异世来此，总觉得没有归属感，哪里都不是家。那么，萧六郎是北勐世子，在南荣如履薄冰的日子，与人争，与人斗，肯定也会有那种无根漂泊的寂寞感吧。

抿了抿唇，她收回视线，耐心了许多："有什么事？"

他目光飘远："钜子之位，是你要的？！"

这个时候来问这个问题，其实有点晚了，可他问了，虽然只是一个简单的询问，却让墨九的心豁然开朗——人都喜欢得到尊重，墨九亦然。

"还行吧。"她并没有否认自己的想法。她只是一个俗人，从来学不会一边凶狠地争夺，一边戴上一顶高高的帽子，站在道德的制高点，用藐视众生的语气否认自己的欲望。

"萧六郎，有些事情，我不方便与你说清楚，说了你也不会明白。总而言之，其实不是钜子之位对我很重要，而是我需要一种归属感，一种由于身份带来的归属感，还有一种认同感，一种来自社会的认同感。我首先得是一个活着有意义的人，其次才会去想怎么活，应该活成什么样。深宅妇人，争宠斗狠，每天睁开眼，都只能看见四角的天空，这个工作太有挑战性，不适合我，我也干不好。"

怔怔看着她，久久，他才问："总归，你是想走出萧家？"

他低沉的嗓音暗哑而醇厚，在幽幽的寒风中，像一根轻细的羽毛慢慢拨动着墨九的心弦，让她愣了许久，竟没有马上回答。这个男人言语不多，却字字厚重。他的话，让她下意识产生了一种错觉——若她说要离开萧家，就会把他推得很远。

这一刻，她竟有不舍。

可她是个率性的人，不能违心，也不想委屈自己。

“是的。若是可以，能让萧大郎休我出府就更好了。”说到此处，她顿了顿，视线落在萧乾那一双铺了淡金色的瞳仁上，寻着里面映着的自己，一字一顿道：“方姬然回来，我腾出个位子，对大家也都更好。”

萧乾静静看她，目光专注而幽深。

“你不喜欢她？”

“还行。谈不上不喜欢，也谈不上有多深的喜欢。我这种人，会与人保持安全距离，比较难真正喜欢一个人的。”

现代社会的人情冷暖与时下不同，墨九很难与他解释清楚，只抿唇回视，两排小扇子似的长长睫毛微微卷翘，闪动着，灵巧而妩媚，如池塘里的一汪碧波，美好得淡去了岁月的沧桑，又让岁月反过来想要怜惜她这一刻的孤寂。

萧乾怔怔抬手，指尖触上她的脸。

那小心翼翼的动作，似乎他指尖下的女人是世间少有的珍宝，容不得一丝一毫的亵渎，也容不得他随便侵犯……

墨九被风吹得有些凉意的脸霎时烫了。他凝视的眸子，带着怜惜与珍视，如同恋爱的情侣一般，让她心脏乱跳，眼睫毛闪得很快。

可他带着温暖的手指停留一下，又落了下去。

冷冷的空气里响起他的声音。

“还不是时候，阿九忍忍可好？”

墨九轻拧眉头，思考着他话里的意思：“为何？”

他没有回答，眸底的视线越发复杂：“便是你在萧家，也是自由之身，有我在，那些人不会为难你。”

不像以前的直接命令，他这回用的是商量语气，墨九好受了些，盯他小半会儿，淡淡回一个字：“好。”

她回答得这么快，反常得让萧乾眉头微微一蹙，果然，她接着便有了下一句：“不过，你得老实回答我一个问题。”

萧乾眸色沉了一下：“嗯，你问。”

墨九看着他的眼睛：“今日算是我们开诚布公的第一次交谈，我的话可能有些多，你也暂且忍一忍。我如果有什么说得不对的地方，你不要骂我，直接打我就是。”

“……”萧乾唇角抽了抽，嗯一声，温柔的语气，专注的视线，冷峻的气质，俊美无双的脸，再配上一副令人捉摸不透的性子，于女人而言，绝对的杀招。

这样子的他，让墨九心脏漏跳一拍，不期然就想到那个缠绵悱恻的梦里，那个妖气横生、邪气纵横、美得一塌糊涂的萧六郎，还有那一道低沉而魅惑的呻吟……

“萧六郎……”略略收敛心神，墨九道，“我不想逼问你对我的好……有几分是云雨蛊的原因，有几分来自自己的考量，因为如果你拿这个问题来问我，我同样无法回答你。毕竟，云雨蛊真实存在，我们便不能绕开这样的纠结。”

萧乾没有回答，目光烁烁。

知道他认同自己的看法，墨九弯唇，给了他一个柔和的微笑。这还是她从东寂身上领悟出来的，有时候不让别人为难，给人一个松缓的环境，会让自己更舒服，谈话也就更放松。

“还有那些过去的事情，我也都不问了。我只想问你一件事，因为它决定着我对今后的人生规划……”说完见他眉头皱得更紧，她条件反射地探手，轻轻抚上他眉心，“不要总皱眉，容易老。你看你才这点年纪，都快活成个老头了！”

她的指尖在他眉上轻轻摩挲，如同母亲般温柔，又如同妻子般关怀，萧乾定定看她，身子僵硬着，眸底有刹那的迷离，却没有推开她。

倒是墨九说完这话，解释道：“不好意思，我习惯了。以前我爸爸……不，我爹也总喜欢这样皱眉，我常这么做。可惜，他过世了。”

织娘也是寡命，墨九儿的爹死得早，萧乾并没有发现她指的爹，并不是墨九儿那个爹。他安静地听完，终于问起：“你要问我什么？”

咳！墨九这回真窘了。

人家什么都没有问，她便扯得离题万里。这也就罢了，她差一点连自家老底都抖出来。男人长得太好，果然不是好事。她叹一声，定了定神，笑道：“我想知道，祭天台的手印，方姬然是不是真的开启过？”

“是。”萧乾回答得很快。

墨九抿了抿唇：“那到底她是钜子，还是我？”

“你很快就晓得了。”

“嗯？”墨九挑眉，“此言何意？”

“陛下的差使回京了，已入宫面圣。如今园子里正在加紧拓制祭天台的手印机关。”萧乾淡然的语气与平常无二，带着惯有的清凉与不在意，包括那个可以让他万劫不复的测试结果。

这一瞬，墨九觉得，他其实什么都知情。

包括人人都满怀疑惑的手印秘密。

长长的一声“哦”，墨九也不知情绪是什么，只是思考着起身往亭子四周看了看，并没有见到人，又坐回来，慎重地盯着萧乾：“萧六郎，你其实也想要千字引，想得到武器图谱，是不是？”

萧乾眯了眯眸，定定看她。

幽暗的目光里多了几分思量。

墨九知道，这句话问得有些深了，涉及他敏感的身份，还有他的野心与宏图大志。时下男人都大男子主义，刚愎自用，未必肯与她一个小女子多说什么。但很奇怪，她就是期待，想要分享他的秘密。

“若有那么一日，”萧乾缓缓道，“墨九，你就嫁给我。”

沉沉的声音，似卷了寒风，刺入墨九的耳膜。

“我没听错吧？”太过突然的转折，她傻了。

萧乾并没有正面回答她的问题，却委婉地告诉了她，他确实有这样的野心与志向。不仅如此，他还许给她一个庄重的承诺。嫁娶乃人生大事，何况她如今还是萧长嗣名义上的妻，是他大哥明媒正娶的嫂子，以他这样迂腐的古人思想，能说出这句话，得需要多久的深思熟虑和道德修补！

嫁给他？墨九默了默，便想到那一日从土夯大道上抬头时的惊鸿一瞥，想到了萧府拜堂时的大红喜字，想到了坎墓冰室里的扶持，想到了巽墓水流中他的紧紧拥抱，想到了天隐山上温暖的牵手，想到了草垛子里毁天灭地般疯狂的亲吻……

她问：“为什么？为什么你要娶我？”

萧乾并不是那种擅长与女人做思想交流的男人，实际上在墨九之前，他从来没有与任何一个女人说过这样多的话。故而，即便他许了一个这世间女人都想要得到的最重承诺，却用了一句最为笨拙的话来回答。

“我们有过肌肤之亲，你便是我的人。”

墨九脸色一变，不知该哭还是该笑。

“好吧，我暂且认同你的诚意。不过，我并不在乎那什么肌肤之亲，在我看来，抱一下，亲一下，不是什么大事。”

见萧六郎脸上再次露出那种见鬼般的表情，墨九清清嗓子，淑女了一点，又道：“而且现在说这些为时过早，一来云雨蛊未解，二来你有没有那一天另当别论。眼下，我们还是想想燃眉之急的事为好。如果我还可以打开那个手印机关，你当怎么办？这个皇帝是个笑面虎，一旦察觉你的野心，后果会很严重的……”

“墨九，”他打断她，“你希望是你吗？”

“如果可能……”他神色如常，似乎半分都不担心结果，墨九抿了抿唇，严肃道，“我希望是我。”

萧乾默默看着她，眸中有暗芒跳动。可墨九却转过了脸，望向了平静的池塘：“因为钜子是我，我不仅可以找到归属感，还可以更好地帮助你，实现你的宏图大业。我也才能实现我在天隐山上向你许下的承诺……”

顿了顿，她又回头正色看他：“但如果钜子是我就会牵涉你的安危，那我就不希望是我了。”眨巴眨巴眼，她自负地道：“毕竟以九爷之智，是不是钜子的差距，只在于时间长短，大不了多费些工夫罢了。”

“好。”他突地轻道一声，墨九正狐疑地想问他，你以为墨家是你的啊，你说好就好，他的手便揽了过来，紧紧抱住她，低头在她唇上蜻蜓点水地一啄，就抽离开来，深深望着她，眸底似有一丝笑痕。

突如其来的流氓行径，震惊了墨九。

她摸了摸唇："萧六郎，你最好有一个合理的理由。"

他道："试一试变味没有。"

墨九咬牙："换一个。"

他又道："云蛊叫我亲的。"

墨九想打他："再换一个。"

他黑眸微暖，喟叹道："早晚都是我的，何不早些亲近？"

墨九一怔："呵呵，说得好有道理，我竟无言以对……嗯。"什么叫食髓知味，墨九总算领悟到了，这厮敢情亲了一次就尝到甜头了，啄一口不满意，索性按住她的后脑勺，就深深吻下去，不容她拒绝地将她身子禁锢在怀里，霸道地撬开了她的嘴，舌尖纠缠，津沫相交……

这一吻，似是他等了许久，热情、粗急……可墨九却有一种似曾相识的即视感——梦境与现实，云雨蛊与真感情，在他吞噬一般的热情里，她迷茫得傻傻分不清……

又过了两日，天气更冷了。

腊梅花开得正好，园子里幽香阵阵。

两日的时间，神龙山祭天台的手印机关便从墨家弟子的手上紧赶慢赶地拓制了出来。这日晌午时分，至化帝亲临腊梅园，直接入了高级机关屋，与众人一起见证这个伟大的时刻，见证墨家钜子的诞生。

机关做得非常精妙，虽然是两个人同试一个，但如果其中一个人先打开，可以再进行一次复位，由另一个人来试。虽然没有看到机关的内部结构，但单听乾门长老解释，墨九就有一种叹为观止的感觉。

"九儿，你先吧。"方姬然坐在墨妄为她特制的一把可转动木椅上，如同轮椅一般，帷帽低垂，轻纱遮脸，样子有些虚弱，不时咳嗽几声，显得没精打采。她那一夜受了惊，病情来势汹汹，而且治了几天好像都没有什么起色。

墨九深深看她一眼，嗯了声，走向那个圆盘。

手印就拓在圆盘的中间，光滑的石料、浅浅的凹槽，四周有飞鸟的花纹映衬，很简单的形状，却即将决定她一生的命运。

墨九眯了眯眸子，慢慢挽起袖口。

抬腕的一瞬，她有些迟疑。

可早晚都得按，不如早点按。

她眯上眼，将白皙的手腕放下去。

四周寂静一片，空间里呼吸可闻。

哐当一声，机括徐徐运转。

“开了，开了！手印打开了！哈哈，打开了。”人群里，谢忱的声音比谁都大，就像打开机关的人是他家闺女一样，这老头子眉飞色舞地嚷嚷着，就差蹦起来了。

事实胜于雄辩，墨九可以打开机关，便说明了一切。

机关屋里嘈杂一片，众人小声议论。

大多人的视线都落在墨九和方姬然的身上。

乾门长老走到方姬然的跟前，做了一个请的手势，态度有些无奈，神色里也有些为她惋惜。

“该方姑娘了。”

方姬然声音哑哑的，却带着笑，她咳嗽着，轻声道：“我与墨九手印不同，她打开了，我便不需要再试了吧。”淡淡说完，她回头看向墨妄：“师兄，我想回去休息。”

众人默默看着墨妄推她离开，目光复杂，情绪却各有不同。

当然，方姬然说的都是正理，上次的高级机关屋便已经证明了，她们两个手印不同，墨九能够开启的机关，方姬然就必然打不开，如今不试也罢了，若非得要试，反倒徒增恶意——让方姬然再在众人面前丢一回脸，感受一次那种突然被代替的沮丧。

钜子的事，已无争议。

可对于萧乾等人的处理，却不得不抬上桌面。

谢忱目光带着冷笑，看萧乾时格外亮。

可萧乾从头到尾都很淡定，似乎并不关心结果。

但他不关心，墨九却关心得很。她瞪了谢忱一眼，顾不得众人各种各样探索的目光，在一片窃窃私语中，猛地朝至化帝跪了下来。

“青天大皇帝！墨九有一事相求。”

所有人都看着她，目露怪异。

在他们看来，这个墨九从来没个正经的时候，便是跪人也从来没有像这般正正经经地双膝着地过，可为什么她这一跪，却跪得踏踏实实？

宋熹目光一怔，动了动嘴巴，似是想说什么，又忍住了。反倒是萧乾，什么也没有多言，只淡淡瞄她一眼就收回了视线，在人前，依旧与她保持着距离。

墨九没有看见宋熹，也没有瞄萧乾什么脸色，只一本正经地望向皇帝，等待他的答复。一个钜子而已，再大也只在江湖上，上不得庙堂，众人都替她捏了把汗，但至化帝似乎习惯了她的胆大，淡声问：“你想为萧六郎求情？”

墨九点头："青天大皇帝果然英明神武，一猜就中！"

这个马屁拍得至化帝哭笑不得，这还用猜吗？

不过人都喜欢听好听的，皇帝也不例外。

他含笑看她，目光满是温和："此事朕会细细审理，若他没做过，不会冤枉了他，反之，也秉公处置。"说罢他似是怕了墨九的胡搅蛮缠，清了清嗓子，面容肃穆地对众人道："闹了这些日子，这件事情也该有个定论了。墨九这个钜子是命定的不假，可朕觉得以她之才，命定还不够。"

皇帝的话掷地有声。

众人心有惊疑，却不敢问，只把目光望向他。

扫视众人一圈，至化帝突地笑开："都这样看朕做甚？这是好事。从今日起，墨九这个钜子，不仅是命定的，还是朕御赐的。"

哈哈一笑，他看向墨九。

"三日后，墨九金瑞殿听封，御赐金印。"

御赐的？墨九对这个不感兴趣。

"那萧六郎呢？你要把他怎么样？"

"萧乾欺君一案……"缓了缓语气，至化帝的目光投向镇定如常的萧乾，顿了良久，才叹了口气，严肃道，"着刑部、御史台、大理寺与朕共同来审，务必查个水落石出，不让一人蒙冤。"

第三章　变故

南荣至化三十年冬月底，天气已极冷，不到腊月，已飘起了飞雪。对南荣民间百姓来说，瑞雪兆丰年，是个好年头，可对于南荣朝廷来说，却面临着一次极大的震荡。

萧乾涉嫌欺君，当天夜里便入了御史台的大狱。次日一早，刑部尚书、御史大夫、大理寺卿三位南荣的司法主官便被至化帝召入宫中，秘谈了两个时辰方才出来。

这么大的动静，消息不胫而走。

不过一日间，朝廷上下都晓得了这事。

很快，消息就像长了翅膀似的传入坊间，而且走了样。

从达官贵人到升斗小民，人人口传，枢密使萧乾谋反，证据确凿，已被关押在御史台狱，只等秋后便要问斩。荣极一时的萧家就快要完蛋了。

大多数人都存了看好戏的心态，恨不得把舌头翻烂，一个个谣言传得活灵活现，就好像抓萧乾的人是他们自己一样。可也有一些头脑清醒的人，私心里不相信萧乾会谋反，毕竟他功绩在那里，位高权重，谋反既无动机也无契机，他若不傻，就不会做这样吃力不讨好的事。

于是，从墨家大会到萧乾谋反，临安府很是热闹。

坊间谣言满天飞，朝堂上却人人自危。

墨家大会尘埃落定了，谢家与萧家持续了数十年的对峙之局，如今看来胜败已经明朗。谢贵妃的儿子做了太子，萧家的顶梁柱却入了大狱，两相比较，一荣一辱，自见分晓。

人走茶凉，这一场斗争早早便被定了性。若萧家败于谢家之手，不仅萧家从此荣威不再，整个萧氏党羽都得受萧六郎的案子牵连。所以，这个时候，能与他撇清关系的人都想法子撇清，个个都恨不得在脑袋上贴一张条——我不认识萧乾。

有人说是萧家宅子的风水不好，从他们搬入临安，事情便一出接一出，没个消停的时候，终于把自己折腾进去了。也有人说，与风水何干？萧家的大少夫人还成了墨家钜子呢！

除了萧乾，墨九也成了临安府炙手可热的人物。

一个万众瞩目的墨家大会，钜子从方姬然变成了墨九，让临云山庄外押注之人大多输光了家底，不由得怨声载道。可对于墨家来说，钜子之位空悬数十年，终于有人出来主持大局，一统之势指日可待，却是一件大喜事。

墨九这两日很头疼。

当家难，难当家。位置有多高，责任就有多大，尤其墨家左右两系的内部争斗，与朝廷中的党羽之争并没有什么本质区别。还有乾、坎、艮、震、巽、离、坤、兑八大门，各有各的小猫腻，长老们也一个比一个资历老，若非墨九先闯坎墓，再破巽墓，还开了祭天台手印，又是四柱纯阴的命格，外加皇帝御赐，恐怕短时间内根本就无法得到承认。

如果能选择，墨九宁愿不要这份御赐。

至化帝打的什么如意算盘她心里有数，脑袋上给她冠了一个“御”，那墨家就成了“御赐”的墨家，得受朝廷的管束，相当于梁山好汉被招安，那意义完全不同。

可墨家已不是当初的墨家，无力与朝廷抗衡，这口气忍也得忍，不能忍还得忍。墨九理顺了这些关系，接手墨家事务，也没有急着改变什么，更没有去烧那新官上任的三把火，因为她还有一把更大的火需要烧——萧六郎还在狱中。

于是她以初上任还需磨合为由，并不具体管理，只说了一堆“左右两系需要精诚团结，共创和谐墨家”之类的指示，便专心处理萧六郎的事情。

昏天黑地的日子里，她觉得时间过得极慢。

短短两天，却像过了漫长的两年。

第三天，她从临云山庄回了一趟怡然居，避重就轻地与织娘说了一些自己的事。织娘身子不好，却心细如发，墨九虽然不提，她却问及了方姬然。

那日之后，墨妄也被带走了，方姬然独自住在临云山庄的小院里。墨九去探过病，可她心里似乎有坎过不去，只推说身子不适，不宜见她，便回绝了。墨九能理解她的别扭，也不勉强，让人好生伺候着，便离开了。

为免织娘担心，她只说方姬然很好，并没有告诉她临云山庄里发生的那些状况。织娘没有继续追问，可墨九却有些不敢看她的眼睛……她这个便宜娘，一双眼睛犀利得很，她生怕被看穿。

于是她领着蓝姑姑、玫儿和旺财一同回了萧家。

萧乾入了御史台狱，对萧家来说是一个极大的冲击，以往钟鸣鼎食的萧家，宾客络绎不绝，整日里府中都很热闹。这回墨九入得大门，便明显感觉冷清了许多。

大夫人、二夫人、三夫人，往常为一点鸡毛蒜皮的小事都能斗得面红耳赤，如今却个个都蔫了，便是老夫人，昔日雍容也似不见，两个眼窝明显深了许多。

两日过去，萧家并非没有作为。

萧乾入狱的当天，宋骜的母妃（萧妃娘娘）便在皇帝的寝殿外面跪了整整一夜，可皇帝知晓她要为萧六郎和宋骜求情，并没有召见她。诚王和诚王妃也领着宋妍入了宫，可至化帝只宣了诚王进去，陪着他下了两盘棋。结果，诚王依旧是摇着头出来的。

天家皇室，亲情不若民间。

至此，萧家这一番变故已不可避免。

从云端跌到地底，这些在宅子里衣食无忧的妇人虽不懂政事，却也能够嗅到暴风雨的气息。大祸将至，她们再也没了争斗的念头，只眼巴巴盼着事情过去。

一个大宅子，一个大家族，养这么多人，得有男人在外面撑着体面。以前萧六郎的存在，让萧府的人又嫉又恨。如董氏、袁氏、张氏之流，如萧六郎那些兄弟姐妹，对他各种不满。可出了这档子事，真没有了萧六郎，萧家也便没了顶梁柱，那乌云压顶一般的窒息感，终于落在了他们的头上。

“老大媳妇……”董氏许久不曾见到墨九，看她皱着眉头迈入屋子，竟是喜极而泣，上前握紧她的手，便把她引至炕桌前坐下，屏退了左右，小声问她，“六郎的事，可有眉目了？”

墨九盯住她红通通的眼：“大夫人直接问国公爷岂不更好？”

董氏叹息：“他爹这两日都没有回府，想必是在与朝中那些奸人周旋。依我说，若能把六郎弄出来，多使些银子也是好的，可听说这案子由官家主理，怕是使银子也无用了……这，咱们萧家，作的什么孽哟。”

临安山庄发生的事，董氏并不知情。

她能晓得的事，也大多来自外间传闻。

萧乾的案子悬了两日，刑部、御史台和大理寺天天在查，却未过堂，更没有定罪，所以萧乾仅仅属于“涉嫌”，按南荣律法，家里人是可以探望的。可大抵是谢忱从中作梗，这些天萧家人去了几趟，都被御史台狱以重罪犯人不得探视为由给拒绝了。

一个儿子生着重病，一个儿子又入了狱，惹上了大官司，萧运长头发都白了一半，在权臣间周旋，在刑部、大理寺和御史台上下奔走，没少花冤枉银子，可银子花出去却没有半点作用。

这风一吹，人人惊恐，便有一些曾受过萧乾恩惠的人，也对萧运长避而不见。

树倒猢狲散本是常理，但听董氏絮叨这些人情冷暖，墨九仍不免唏嘘：“大夫人不必着急，我会有办法的。”

董氏抬起泪眼，怀疑地拧着眉头问：“你能有什么办法？他们说六郎是重罪，不许家人探监。他爹去过了，老夫人也去过了，为这事，气得整整一天都没吃饭……”

墨九抿抿唇，不想与董氏多说，她领了蓝姑姑径直回南山院，收拾自己的东西。主要拿些剥好的松花蛋，她早说给萧六郎吃，却一直没有机会，以前送给他的，想来他也不可能自己动手弄来吃，趁着这个机会，她准备做些饭菜，再拎几个松花蛋去探监，给他改善伙食。

董氏默默跟在她后面：“九儿不准备回府住了？”

“这些天，不会回来。”墨九并不看她，专心与蓝姑姑和玫儿一道收拾衣物。她的身份一夜之间由深宅妇人变成了墨家钜子，萧家人虽不知个中情由，却也是震撼的——所以，她的去留，董氏也管不住了。

这晚的临安府，风雪很大，天地之间像铺了一层厚厚的银装。御史台狱在临安城西北角，有一座高大的土夯门楼，门楼下巡逻的兵士三五步一个，昼夜不停，轮班换防。

墨九的马车在暗夜的风雪中驶近，远远可见门楼的灯火，却突然停了下来。

驾车的是一个坎门弟子，是申时茂派过来跟着墨九的，叫阿陈。他嘴里吁一声，小声道：“九爷！有人挡道。”

这条小道很狭窄，只能容一辆马车通行，那一人一骑挡在路中，墨九的马车便过不了。

今儿出来，墨九也穿了一身男装，脸上戴着那日在腊梅园里用过的面具，与本来的样子大不相同。她闻言微微一怔，撩开帘子看了过去，只见马上的男子身量极高，戴了一顶宽大的风雪帽，把整张脸遮去了大半，让人辨不出长相。墨九微微皱眉，把头伸出去，看向马上那人：“兄台，借过。”

那人安静地站着，没有让开，却慢慢骑马过来。

“九姑娘可是要去探监？”

熟悉的声音入耳，墨九不由得一惊：“辜二郎？”喊罢她又笑了，“还真是巧，每次我做什么私密的事情，你都会恰好出现在我面前。”

“你进不去了。”辜二并不与她废话，直截了当地道，“你找的那个人，在半个时辰前被谢忱的人带走了。这一回，谢忱是准备把萧使君困死在牢里，不可能让他有机会翻身。为免他与外界联系，也不可能给机会让你见到他。”

墨九面色沉沉，却未吱声。

这两日萧运长在四处活动，她也没少花心思。可任凭她跑断了腿，御史台狱就像一个水都泼不进去的大铁笼子，把钱递上去也没人敢要。实在无奈，她借用了一点萧乾的药物，控制住了御史中丞，这才有了今天晚上的秘密探视，没有想到，竟被谢忱提前知晓。

墨九抱紧食盒，望着御史台的门楼，久久不语。

狂风席卷着雪花，门楼上的灯火昏黄而阴冷，让人骨髓生凉。

顿了一瞬，她慢吞吞道："辜家郎君是雪中送炭来的？"

似是没有想到她会这般问，辜二愣了愣方才点头。

"九姑娘，跟我来！"

风雪很大，灯火很暗，墨九看不清他的脸，却听清了他的声音——这火红火红的炭，来得真是及时，正如辜二这个人，永远出现在她最需要的时候。

墨九唇角微弯，淡淡道："那便多谢辜家郎君了。"

"不必。"辜二着一袭厚重的铠甲，肩膀上的披风被风吹得高高扬起，他立在马车边上，慢慢将头上的风雪毡帽拉开，目光沉沉地看着墨九，"不过得委屈九姑娘下车步行，做我的牵马小卒。"

墨九微微眯眸，看见了他脸上那一道浅浅的疤。

"不知辜家郎君为何愿意帮我？"

"不为什么。"辜二很淡然，"想帮便帮了。"

"不能吧。"墨九轻笑，"你曾说你叫什么名字？"

辜二怔了怔，不知她何意，墨九却笑道："我若没记错的话，叫辜仇，是不是？只不知，辜家郎君的仇人是哪一个？"

风雪下的辜二面上淡淡的，几乎没有什么表情。他没有承认墨九的话，当然也没有否认，只岔开了话，道："事不宜迟，九姑娘快着些。"

墨九没下马车，却正色问："若谢忱怪罪下来，你如何自处？如今人人都恨不得与萧家撇清关系，你这团炭火暖是暖，可墨九却不敢轻易消受。你可以给个理由吗？"

"我自有分寸。只要九姑娘不说，便无人知晓。"辜二再次将风雪帽戴在头上，翻身上了马，从马鞍上丢下一个包袱，静静背转过身，等着墨九。

墨九思虑一下，只能死马当成活马医了。

她飞快地换上那套小卒的衣裳，下了马车，拎着食盒站在雪地上，与辜二互望一下，然后一言不发地走过去，牵起他的马缰绳，往御史台狱的方向而去。

御史台狱里关押的犯人都非同一般，若非位高权重的朝廷重臣，也是皇家钦点的囚犯。外面的人想要入内，要经过一道道极为烦琐的程序。不过辜二与那些人很熟，守卫认出是他，只例行询问一下便放行。过了三道关卡，终于到达了关押重刑犯的地方。

牢头姓沈，与辜二很熟，见到他来，先是热情地寒暄。可一听辜二说要见的人居然是萧乾，当即变了脸。

“辜将军莫要吓我，这玩笑可开不得！”

“有何不可？”辜二挑挑眉，“我与萧使君相识一场，他出了事，我来送点吃的，能有多大的事？我又不是劫狱，沈兄，给个方便。”

沈牢头心都凉了半截：“不是我不给辜将军面子，辜将军要见任何人都可以，就是萧乾等人见不得。非兄弟与你为难，实在是……上头有严令，萧乾一案的犯人，都不许探视。”

“沈兄拿着喝茶。”辜二塞了一袋银子。

“这个，辜将军……”沈牢头踌躇着摇头，似乎舍不得那些银子，偏生心有不甘，又不敢抗命，只无奈地道：“我也不愿看萧使君身陷囹圄，可兄弟脑袋上吃饭的家伙更要紧，辜将军莫要与我为难了。”

“好，不为难沈兄。”辜二慢条斯理地说完，手一挥，只听见铛的一声，他腰上的钢刀便架在了沈牢头的脖子上：“如此这般，沈兄还方不方便了？”

“辜将军，你……”沈牢头万万没想到他会为了萧乾动武，竟是生生愣住，苍白了脸。可他估量着辜二也不敢真动手，只哼一声，便昂了头：“你便是要了我的命，我也不敢。”

墨九也没有想到辜二这般大胆，为了让她见萧六郎竟然劫持牢头。要知道，在牢狱里行这等事，等同劫狱，那可是要命的重罪。她眯了眯眼，看了一眼幽幽的灯火下钢刀的寒芒，伸手隔开辜二的刀，将脖子上那一枚玉扳指拿下来，在沈牢头眼前一晃。

“这个可以吗？”

玉扳指在昏黄的火光下闪着莹莹的光亮，便是不懂玉的人也可以看得出来，这是一块绝世好玉。可沈牢头惊住，看见的不是玉的色泽与价值，而是雕琢在玉扳指上的囚牛纹饰。

囚牛，传说中龙生九子中的老大。

那雕琢了囚牛的玉扳指，也是东宫太子宋熹的标记。

沈牢头再抬头时脖子有些僵硬，疑惑地盯住墨九出神。

她身穿平常小卒的衣服，样子却不怎么平常。她静静站在辜二的身边，一只手拎着绳子，让玉扳指在绳头上来回摇摆，一只手轻负背后，嘴角含着若有似无的浅笑，不多不少，配上那一张棱角分明的脸，那锐利的气场竟让身材高大的辜二似乎都成了她的陪衬。

思考着玉扳指的真假，沈牢头目光幽闪幽闪地停在墨九的脸上，迟疑了半晌，小声问："敢问这位小郎君是何人？"

"我是谁不重要。"墨九轻松地笑，"重要的是，沈牢头识不识得这个玉扳指？晓不晓得它的主人是谁？还有这牢门，方不方便开？"

沈牢头仍在犹豫："可太子殿下并没有……"

"开门！"墨九冷冷打断他，也不解释，只气势汹汹地瞪着他，目光中添了几分冷厉，"来之前，我查过南荣法典，便是犯人，家里人也可入监探望，更何况萧六郎的案件并未定性，官家都还未审，你们却欺上瞒下做这些勾当，罔顾南荣律法，就不怕脑袋上的家伙保不住？"

用他之言反问他，沈牢头顿时变脸。

"我等也只是依命行事，何曾做得了主。"

墨九嘲弄般微微勾唇，便不答话。辜二瞥她一眼，适时道："沈兄，官家的心思，旁人何曾猜得透彻？整整三日过去了，可有人来提审萧使君？没有吧。那沈兄有没有想过，这是为何？"

沈牢头微微眯眼："还请辜将军指点！"

"指点说不上，沈兄仔细一想就明白了。"辜二目光深了深，意有所指地暗示道："前些日子，官家有意把玉嘉公主许给萧使君，临安府上下哪个不知？官家是什么人哪，难不成会看错人？他看准的驸马，又岂会轻易定罪？……再说，便是萧使君做不成驸马，萧氏一脉，不还有牢里的安王、诚王？这些人，哪个又是沈兄得罪得起的？"

辜二厉害啊！

墨九瞥他一眼，又扫向沈牢头变幻莫测的目光。见他踌躇，晓得火候差不多了，慢吞吞从辜二的手上接过银钱袋，再一次塞入沈牢头的手上，笑吟吟地道："沈兄辛苦了，天气冷，去买壶好酒吃，暖暖身子。放心，这南荣的天塌不下来，便是塌下来，不还有人顶着？"

辜二看着空空的手指，再看一眼那个银钱袋，默不作声。

沈牢头却是瞥着墨九手上的玉扳指，慢慢地握紧了银子。

这一回，他没有再推拒。

虽然他不晓得太子殿下什么时候与萧六郎成了一伙，更不明白他为什么会把他的扳指赐给一个萧家人用以探视萧六郎，但他却知道辜二是谢忱的人。

想辜二都背叛谢忱了，自己一个小小的牢头而已，得见玉扳指放人，能有什么过错？而且，辜二的话无疑也给他提了个醒——自古神仙打架，吃亏的总是凡人。办这差事，他不过混口饭吃。天家斗法，谁咬死谁，与他何干？

悻悻然笑着，他松下紧绷的面色，赔笑道："二位说得极是，不过，这会儿还不能进去，怎么也得等到换防之时。"

御史台狱门禁极多，牢里更是戒备森严。

萧乾、宋鹫、墨妄等人都关押在御史台狱最东面的甲字狱。那个地方地势较高，相比其他牢室来，更为通风透气，地面也不那么潮湿，算是御史台狱里最为高端有格调的监牢了，所以，用来招待这些特殊的疑犯，自是再好不过。

但不管多好的监牢，都是监牢。

油灯的光线昏暗而阴冷，地面也似有多年不曾修缮，凹凸不平，处处可见高于地面的青石，一不小心就会跌倒。那一条狭窄的过道，长长地往前延伸，将逼仄的气氛推到了极点，如同一块巨大的落石，重重地压在墨九的心上。

每往里走一步，她的脚步就沉重一分。这样的环境，她不敢想，萧六郎那洁癖得几近变态的家伙，是怎样度过这三天的。

她曾入过皇城司狱，晓得住在牢里的感觉。

可比起皇城司狱，这御史台狱分明更冷、更黑。

一路行来，每个牢室都很安静。越往里，关押的人越少。这一段通道是斜着往下延伸的，一级级的台阶拉长了距离，路程也更加遥远，脚步声在寂静的空间里，隐隐有着沉闷的回响。

墨九恨不能飞奔过去，可也只能想想。

她不能走得太快，至少不能让人看出她在着急。

“到了！”沈牢头停在一个大铁门前，将两个正准备等人换防的狱卒三言两语打发了，方才利索地打开门锁，道：“他们都关在里面，你们随我来吧。”

“我不进了。”辜二定在原地，手按腰刀，“为免旁人起疑，辜某留在这里，给沈兄放风。”停顿片刻，他转头望向墨九：“速去速回，不可多留！”

换防确实是一个好时机，沈牢头让前来换防的两名狱卒自行休息去了，领他俩换了一身狱卒的衣服。那千篇一律的着装，头上都戴着帽子，又在午夜时分，若非熟悉之人不会轻易察觉异常。于是，神不知鬼不觉地拿狸猫换了太子，再把两名值班的狱卒打发走，此处也就没有旁人了。

看来这些牢头平常没少替人疏通关系！

墨九沉吟着，朝辜二点点头，认真道出两个字：“谢谢！”

辜二未置可否，也不知听见没有，目光投向墙壁上的油灯，眼睛一眨不眨，似在思考什么。墨九疑惑他的反应，也来不及问他，推门进去。

御史台狱是分区的，甲字狱的监舍不少，可里头关押的犯人却不多。据沈牢头介绍，自打萧乾一案的嫌犯被投入甲字狱，其余的犯人都转移了监舍。

“好待遇啊！居然还专人专牢……”

她玩笑地喃喃一声，耳侧突地传来熟悉的声音，似乎带了一丝疑惑，一字一顿地问：“小九？”

双脚微微一顿，墨九怔住。

她循声望去，一个用圆木做成的牢门里面，是墨妄年轻英俊的脸。入狱三天，他气色尚可，除了脸上肌肤略略黑了一些，似乎并没有多大的变化。

见她看过来，墨妄似是因为猜测得到证实，唇上勾勒出一抹阳光般灿烂的笑容，一如墨九初见时的明朗正气："果然是你，我以为我听错了。"

"左执事，你还好吧？"墨九朝他淡淡一笑，脚步挪到牢门口，隔了几根圆木，上下打量他，"看来没有吃什么苦头，还好还好，恭喜了！"

从金瑞殿暖阁那日起，她便不再叫他师兄。这样敏感的变化，墨妄自然察觉得出，可这一声恭喜，却是……像极了墨九，证明她确实还是墨九，只不过待他不同罢了。

墨九眸子略微一暗，轻轻笑开，并不去在意，只道："是的，我很好。你们这几天都还好吧？"

"嗯。"墨九认真点头，丝毫不觉自己的话有什么语病，"我很好，我姐很好，墨家也很好。左执事好好坐牢，不必挂念。"

好好坐牢，不必挂念？

墨妄苦笑一声，眸色怅惘："好。"

墨九盯着他闷闷不乐的脸，想到那日偷听的对话，手指微微攥起，又慢慢松开，然后轻轻一笑，指了指前方的牢室，把食盒拎在手上，朝墨妄作了一揖："还得给萧六郎送吃的呢，我先行一步了。案子的事，左执事莫要着急，我会想法子的。"

"好。"墨妄喉头有些哽，"墨家事务繁杂，钜子注意身子，不要太操劳。有什么不明白的，可找长老们商议……"

"会的。"墨九打断她，微笑点头："回见。"

"嗯，回见。"墨妄笑着收回叮嘱，道了再见。他话音未落，墨九已走出了老远，通道上冷风太大，吹得她袍角翻飞。那穿着宽大狱卒服的身子单薄，纤细，似一阵风都吹得倒，却有着山崩地裂都摧不毁的坚韧。

墨妄静立片刻，慢慢坐回去，合上了双眸。

他知道，她是个固执的人，一旦心里有了疙瘩便很难解开。可他没有想到，她笑吟吟地拎着满满当当的食盒，从他跟前走过，居然没有给他留下半点吃的。

到底是疏远了啊！

走在冷飕飕的通道上，墨九实际上并没有发现墨妄的情绪。都说老天造人是公平的，对墨九也一样。在很多地方，她都有着常人没有的聪慧，可在对人的情绪体察上，她却有些大而化之——尤其体现在她不关注的人身上，那神经更为大条。

她对墨妄的疏离并不是出于本意，而是出自本能，一种自然界的动物本能，主动远离危险和让自己不舒服的人和事。不过，她是钜子，他是左执事，她又不得不与他打交道。所以，她对他的态度，不自知地就变成了公事上的交道。

哐当！

铁锁打开，牢门闷闷地撞在边上。

“我在外面，你快着些。”沈牢头透过圆木钉成的牢门，瞄了一眼里面背对而坐的冷漠男子，脊背上寒了寒，没敢多留，只嘱咐墨九一句便大步离去。

牢门外，墨九静了片刻。

她的目光，也停驻在那个背影上。

整整三日不见，她在外面忙碌的每一刻，其实都会想到萧六郎在牢中会有怎样的生活，会不会被人刁难，甚至时常借用云雨蛊去感受他的情绪……

在墨九看来，萧六郎与她是不一样的。她坐牢也就坐牢，只要吃饱不饿，大不了无聊一点，骂一骂万恶的封建社会，不会因此而损及尊严。可萧六郎这般俊美得谪仙似的男子，似乎天生就该高高在上、受人敬仰的。这样污秽不堪的牢室与他太不搭配，甚至就是云端与地狱的区别，对他更是一种亵渎。

“萧六郎！”她提口气，带着笑迈进去，“我来看你了！还不快来接驾……有赏哦！”

他没有回答她，依旧安静地盘膝而坐，仿佛老僧入定一般，纹丝不动，那挺拔的脊背，僵硬得让墨九窒住呼吸。她赶紧放下食盒，转到他的面前，焦灼地瞅他。

“萧六郎？睡着了？”

微风轻拂，一室沉寂。

无人回答她的话，他紧合的双眼没有睁开，就连眼睫毛都没有动一下，整个人如同一棵在寒风中静止的玉兰树，为阴暗的牢室添了几分艳美的光华……只可惜，却似乎没有生命的迹象。

“萧六郎，你别吓我！”

墨九心脏漏跳一拍，高高悬在喉咙口，下意识便探手去试他鼻息，手腕还在半空，就被他大力抓住了。墨九一怔，转惊为喜，正待张嘴骂人，他却猛地一带，她身子便呈跟跄状，扑入了他的怀里。

“真有你的！”墨九半趴着爬不起来，仰头望入他沉稳中略带一丝促狭的眸中，狠狠瞪上一眼，“捉弄我好玩吗？”

“给你个惊喜！”

“呵呵，好大一个惊喜，喜得我胃肠肝脾肾都酸爽了，通泰了，必须找个地方解决一下。”墨九怪笑一声，扳开被他捉住的手腕，四周望了望，又指向食盒：“给你准备的东西，你吃着，我上个茅厕……”

萧乾嘴角一抽：“故意恶心我？”

墨九很正经："哪有，你吃我拉，各干各的正经事而已。回头聊啊！"望他一眼，她憋着笑意，负着双手往外走。可萧乾似乎欺负她上了瘾，不待她转身走开，抓住她的两只小手，便紧紧地握在了掌中。

与她晶亮的眸子对视，他唇上有笑痕。

"外头冷吧，看把你冻的。"

"不冷，我热着呢。进来捡尸体也是技术活。"又一次坐在了他的腿上，墨九被硌着了，挣扎着就伸手推他，"放开！"

"不闹了，是我不好。"他声音很小，蚊子般嗡嗡，却恰好能让墨九听见。她一怔，推他的手顿住，依旧坐在他腿上，平视着他的眼。

他的眼睛里除了歉意，还有红血丝。

看来这御史台狱三日游，他并不如外表那般镇定，想必也没有办法休息好。而且她记得入狱之前他刚生过一场大病，参加墨家大会都要死不活的样子。

墨九把推出去的手又改成了轻抚，依旧落在他的肩膀上。

"好啦，我与你玩笑的。其实该说抱歉的人应当是我。"墨九睫毛微垂，似有些不好意思，"若非我，你也不会有今日的灾祸。"

说罢抬头，水灵灵的眸子柔柔地盯着他："萧六郎，你没有怪我吧？"

萧乾也凝视着她，眼睛一眨不眨。

相处这么久，墨九是个什么样的人，他大抵也有一些了解。比起大多数的妇人来，她心胸宽广一点，并不爱斤斤计较，但确是一个难以相处的人。不管对谁她都看似友好，其实性子却很疏离，看似没有棱角，却处处都是棱角，看着对人笑意浅浅，其实固执己见。尤其她不肯认输，更不会轻易认错。

但她对他说，抱歉。

他盯住她不转眸，手慢慢压在她搭在他肩膀的手背上，轻轻摩挲几下，牵下来握入掌中，不愠不火地问："你何错之有？"

墨九确实不喜欢认错。在这件事上，她对萧六郎的歉意，主要也是来自她误估了结果，让他身陷牢狱。这般想着，她目中柔色不变，轻轻挑开唇角，在浅浅的笑意中反手一转，抓住他的手，与他的十指紧扣。

掌心的温度，熨帖着彼此。

很暖，很舒服，有一种说不清的亲近感。

萧乾幽暗的眸，看向紧扣的十指，抿紧嘴巴，不言不语，却听墨九道："不管你信是不信，我也得与你说说我的想法。当初执意要去墨家大会，不仅因为我本姓墨，还来自一种本能的牵引与对家族的期待感，我非去不可。但那时，我并没有想过与你作对，更没有想过会引发这样的后果，只纯属观望。"

润了润唇，看萧乾眸色沉沉，她又道："机关屋的出现，极大地引发了我的兴趣……东寂建议我填缺参与，我蠢蠢欲动的原因，第一来自对机关屋的好奇心，另有一个原因便是你们的疏远、冷漠，还有否定……”

停顿一下，她又道：“机关屋分为初、中、高级三个层次。第一局我不想输，一为虚荣，二为脸面，三为赢了才可以继续进入中级机关屋。第二局我不能输，因为我与方姬然在同一个小组，我输了，她便会输，所以我不得不全力以赴。但为了给人全是她出力的错觉，鲁班锁是我开的，却是她做的，我给了她机会的……”

“高级机关时皇帝来了，让我措手不及，感觉入的不是七七四十九局，而是另外一个局，不得不小心翼翼地闯关。七七四十九局，试题个个都精彩，也让我产生了很多疑惑，关于八卦墓的疑惑。我一局一局解下去，那时也衡量过方姬然能不能解开那些题，但是……”

萧乾静静听她说，眸中沉浮不定。

墨九与他对视，目光坦然，语气也很真诚：“我考虑过，若我赢了方姬然，会不会被人趁机作妖。当时我的想法是，既然乾门长老说过，必须在破解了七七四十九局之后，再解机关开门锁，才算胜出，那么，我只破局，不破门锁，不就行了？可我万万没想到，最后的机关锁居然是拓制的祭天台手印。”

“手印一出，我便晓得必须按下去了，如果不按，那便是我心虚。而且，依当时的形势，便是我不按它，结果也会有人逼着我按。我打坐冥想，便是想知你的情绪……”说到此处，她咬了咬牙，“可云雨蛊在关键时候却被妖怪捉走了，我误判了你的情绪。”

墨九条理清晰地解释着，可萧乾一直看着她，却半天都没有回应，更遑论附和她了。奇怪地愣了愣，她偏头对上萧乾清凉无波的黑眸，看那黑曜石一般深邃幽暗的眸子似乎没有焦点，不由得哼哼着拿手去拍他。

“喂！萧六郎，想什么去了？我在说话，不礼貌。”

萧乾目光不变，唇微牵：“想你去了。”

这回答很坦然，墨九却无语了。

这厮何时学会了说甜言蜜语，还说得这样肉麻？

不对，一定有暗器，这厮没安好心。

墨九眯了眯眼，哼哼道：“不好好听我说话，你想我做什么？”

她目光带着冷冷的杀气，可萧乾却眸色淡淡，微微挑眉，抿唇，那俊美的风姿，因突如其来的轻松笑容，荡漾着谪仙般的干净与温雅，又有着妖孽般的狷狂与邪魅，让墨九微微失神。

萧乾见她发愣，抬手摸摸她的头：“我在想，你给我做了吃的来，却不给我吃，只一个人喋喋不休地说个不停，是不是与云雨蛊一样，脑子被妖怪抓走了？”

墨九呸他：“你脑子才被妖怪抓走了！”

不过，这厮今儿很奇怪啊，主动要吃。

他似乎并不喜欢她提及那天的事情。

嗯，听人道歉，尤其是自己并不怨恨的人给自己道歉，委实也有些尴尬。这么想来，萧六郎应当并没有怨她。而且，他始终神色清和，淡然而视，这说明云雨蛊或者并没有被妖怪抓走。她的感觉，极有可能全对——他不是胸有成竹，就是视死如归，完全不在意钜子之位的突然反转，也不怎么在意这场牢狱之灾。

可萧六郎会视死如归吗？

墨九秀眉弯弯地一笑，眸色如水，柔柔地洒落在他的脸上："好，先吃东西，再唠嗑。九爷我今儿可是亲自下厨做的，小样的，有福气了你哪，不要太骄傲哦。"

"有劳九爷，鄙人甚感荣幸。"萧乾咬文嚼字地轻笑着，也不动手，只颇得趣味地端坐着，看墨九像个小媳妇似的端食盘。

牢室里没有凳子，两个人对坐床沿，中间放上一块墨九特地准备的毡布，铺平了，放上一盘盘精美的食物，红烧肉、煎鲫鱼、肉片焖豆角、酱炖排骨……红的、绿的，看上去挺像那么回事。

"当当当当，还有这个！"墨九显摆似的拎出一壶梨觞酒，在他面前一晃，拔掉瓶塞，"我特地回府里拿的，怎么样，九爷对你够好吧？"

梨觞香气浓郁，那幽香入肺，溢了一室的温暖。

狱中小饮，确实别有一番风味。萧六郎晓得她一直馋梨觞，眉梢便是一挑："是你想喝，还是为我？"

"别这么说嘛，谁喝不是喝啊。"墨九嘿嘿一笑，盯着毡布上的食物，不知萧六郎馋了没有，反正她自己真的馋了。顾不得其他，在萧六郎的碗里夹了一块酱炖排骨，她又赶紧夹一块红烧肉放入自己嘴里，满意地点点头，吃得眉开眼笑。

"不错，墨大厨的手艺似乎又精进了。肉肥而不腻，松软爽口，隐隐有花香似的糖味，啧啧，再饮一口梨觞……"她长叹一口气，"这日子，真是赛过活神仙也。"

萧乾看着她红扑扑的小脸，将红烧肉的盘子往她面前顺了顺，沉寂片刻，突然淡声道："这么多食物我们两个也吃不下，你给墨妄拿一些过去。"

"吃得了！谁说我吃不了？"墨九端着盘子，又往他那边推了推："你不晓得我是食神转世吗？"

说到这里，她突地抿嘴笑了笑，便又说到在楚州萧府时，冒充食神去偷吃辜二家鸡鸭的事，忆往昔，她咯咯笑一阵，又严肃起来："没想到辜二这人还真是个仗义君子。萧家出了这事，人人都恨不得躲远一点，生怕惹祸上身，他却巴巴跑来帮忙……"

萧乾见她刻意回避提墨妄，看她的目光顿了顿，却也不逼她，慢慢往嘴里送着食物："萧家与辜家是近邻，乡里乡亲的，能帮忙的时候自是会帮的。"

"也是，反正辜二这人，我看着还行。"墨九为他夹菜，看他几乎不怎么动筷子，眉头一皱："牢里伙食肯定不好，你多吃几口，免得到时候瘦得像一只小鸡崽，出去人家都识不得你了。"

"你说不要皱眉。"他盯住她。

"我有皱眉吗？"

"我有饿瘦吗？"

"……你赢了！"墨九撇嘴，"可你吃是不吃？不吃我拿走了。"

实际上，萧乾在御史台狱里真的没有受什么苦。有宋骜这么个尊贵的皇子住在大牢，整个御史台都怠慢不起，一日两餐虽然按照规矩得清淡点，厨子却换着花样做，变换口味。干净、精细，味道也不错。

这会儿萧乾并不饿，可墨九虎视眈眈，他不得不象征性地吃一口她夹来的酱炖排骨。菜一入口，他微微抿唇，看墨九的眸色深了不少。

菜好不好，在于用不用心。

他沉吟片刻："阿九做得很好。"

"表扬人的时候要真诚一点，实际一点。"墨九瞥他一眼，探出手去，又欠身为他盛汤，却没有想到萧六郎会突地伸头过来，飞快地在她唇角印上一吻，哑着声音问她："像这样？"

"……这也太实诚了！"墨九看着他严肃的脸，擦了擦嘴巴。

牢里火光在闪烁，并无旁人看见，也没有旁的声音，她想想这个与萧六郎不搭的动作，又不免摇头失笑："我是想说，表扬我，还不如给我一点实惠的东西，比如银子、铺子、金子、珠宝……"

"那些俗物，岂有我贵？"他大言不惭，也不晓得是偷亲了她一口把胃口给开了，还是本就有些饿，尝到了味，吃起东西来也突然上了心，他逐一品尝，赞不绝口。

"不错不错，我第一次吃这般美味的食物！"

"好吃就多吃点。"墨九看他吃得津津有味，也颇有成就感，眉间眸底都是笑意，眼睛一眨不眨地盯着他，笑道，"不过萧六郎，我也第一次发现你这么能吃呢。"

在她的印象中，这人吃相斯文，对食物很讲究，吃得也精致，食量却不多。这一顿牢饭，他吃相虽然一如既往地讲究用餐礼仪，可动作却明显快了很多，她带来的几个菜，自己没尝几口，大多入了他的肚腹。

萧乾浅眯着眸，很给面子地笑道："一来你做得好，二来与你相处久了，难免会染上一些恶习……”

“胡说八道！”墨九嗔他，为了口腹之欲，下定决心要把他培养成吃货，顺便培养共同话题，“吃东西是上天赋予人类最为平等的恩赐，是一种人人都可以平等享受的快感……”

“最平等的恩赐，最平等的快感……”萧乾拧了拧眉头打断她，语气轻缓地道，“人有高低贵贱之分，口腹之欲又何来平等一说？真正的平等之欲，不是食欲，而是情……”

不等他把“欲”字说出口，墨九便咳嗽起来。

瞪着萧乾清和正经的面孔，她突然觉得他分明只是在做学术研究。可人家这么淡定，她的反应却太过激烈了。于是，她收敛尴尬，淡淡出声：“但吃东西又怎会是沾染恶习？那叫近朱者赤，明白？”

“明白了。”萧乾不动声色地夹一筷子菜，“近猪者吃。”

墨九不轻不重地白他一眼，笑道：“算你懂事，不枉祖宗教导一场。”

萧乾正色点头：“与猪走得近，难免就吃得多。”

啧一声，墨九反被他占了便宜，却只弯了弯唇，并没有反驳，也不像往常一般非要争个口角长短。她睨着萧乾轮廓分明的面孔，话锋一转，突兀地问：“萧六郎，这牢饭你还准备吃多久？”

萧乾抬头，目光微微闪烁：“嗯？”

“不明白我的意思？”墨九把毡布挪开一点，坐到他的身侧，半凑脸过去，像旺财似的在他身上嗅了嗅，发现他坐了三天大牢，身上的气息依旧清新，似有暗香，目光一眯，不免又带了笑：“实话告诉我，你准备再住多久？你这么爱干净的一个人，肯定不会允许自己见天沐浴不了的吧？”

萧乾停下筷子，静静看她。

“嗯哼？”墨九女汉子似的耸肩，“交代吧？”

似感受到她话里的机锋，萧乾微微失笑，低头吻一下她的额际，动作轻柔似安抚，语气却沉重了许多。

“你是如何知晓的？”

“这还不简单，因为我是玉皇大帝的女儿……”墨九拿白皙的手指轻描着毡巾的边沿，带笑重复着《西游记》，没想到萧乾却接了下去，淡声道：“因为偷吃了一只王母娘娘为玉帝准备的一万年蟠桃，被打下凡间历劫？”

墨九竖起大拇指：“了不起，天上的事你都知道。”

“人人都知的故事，我岂会不知！”萧乾吃得差不多了，索性把毡布和饭菜都挪开，一股脑塞入食盒里，想了想，他猛地拂袖，熄灭了墙角的油灯，坐在床头上，轻轻揽住墨九的肩膀往怀里一带，在昏黄的光线下，低低问她：“你想知道什么？”

……墨九无语，望着黑暗的空间。

“好好的熄什么灯火啊，又不是要做什么坏事。”

“若我要做坏事呢？”他喑哑的声音擦着耳际扫过，墨九激灵灵打了个冷战。一室无光，黑暗卷来，她觉得这牢里更为阴凉、冷寂，偏生萧六郎的话又带有这样的煽动性，她几乎没有抗拒，便往他身上挪了挪，抱团取暖似的靠近了他。

黑暗里浅浅相靠的感觉让墨九心乱如麻。如同初尝情事的小儿女，总是时时刻刻想在一起，牵个手，接个吻，便是什么都不做也会心慌意乱，情绪荡漾。可真在一起了，却又总会忍不住傲娇一下。

“说话啊！”她轻轻捅他胳膊，小声道。

“嗯，说什么？说要干什么坏事？”他低头吻住她的唇，呼吸交织间的舌上缠绵，与上次一样是突然袭击，可比之上次又熟稔不少。

墨九翻了个白眼，很快便在他炽烈的纠缠下缴械投降了，脸蛋上一片滚烫。她重重呼吸着，推他：“好好说事，又做什么……”

他闷闷地低笑一声，像处于一种很私密的愉快情绪里，并不逼迫于她，抽离她的唇，手便适时揽住了她的腰，掌心在她脊背上游弋着，用一种怜惜的动作，说着离题万里的话。

“若我说，我也是下凡来历劫的，你会不会信？”

墨九噗地一笑，觉得《西游记》很无辜，王母娘娘的蟠桃更无辜，无端就被他二人玩坏了。她挑高眉头：“我信啊！可下凡历劫，也得自己经历吧？如今劫来了，你准备如何收场？”

他将她按在胸膛上，轻声问：“一定要说？”

暗室里，墨九看不见他的脸，却不影响她为自己争取主权：“一定要说。外面的人都为你操碎了心，你倒好，稳在牢中静坐起，不留清白在人间……”

“……这都什么诗？”

“这不是诗，是怨。”墨九从他怀里抬头，想要用目光描绘出他隐在黑暗里的五官轮廓，“萧六郎，我怎么觉得你一点都不像担心的样子？从临云山庄到御史台狱，始终镇定如常……不要告诉我你其实没有小算盘。”

萧乾一怔，低头看她。

室里一片黑暗，只外间的甬道上有光线传进来。

幽暗的光线中，二人表情都朦胧不清。

互相审视许久，萧乾突地喟叹。

“墨九，你是个聪慧的女子。”

“不要夸我，你一夸我，我就容易智障。”墨九严肃地打量他的眉眼，“萧六郎，我并没有你以为的那么聪明，初时我也紧张、担忧。可看你没事人一样，又熟知你为人素来老奸巨猾，肯定有自己的谋划……”

萧乾微微抿唇：“墨九，老奸巨猾不是好词。”

“我知道啊。”墨九翻个白眼，“这不是重点。”

说罢见他仍然在犹豫，她按捺不住了，笑着搔他痒痒：“不出撒手锏，你还不服九爷。说不说？不说我就破戒了。”

“小性子！”萧乾无奈笑叹，抓住她的双手，将自己脱在床头的风氅拿过来披在她的肩膀上，方才不疾不徐地道：“告诉你也无妨，此事我确是早有计较。”

说到此处，他慢慢滑下床，将油灯重新点燃，回头看她，眸中冷寂之色如一汪深幽冰冷的潭水，艳美的俊容上，却有一种令人安心的淡然。

“谢忱的路，走到尽头了。”

若是旁人这般说，墨九定然不肯相信。

一个是手握大权的皇亲国戚，南荣朝的宰相，一个是被皇帝羁押在御史台狱里待审的疑犯……能不能出狱都不知道，居然敢在牢里宣布谢忱的命运，不是疯了就是太过狂妄自大。

但他是萧六郎，墨九愿意相信。

也不知道为什么，她对他就是有信心，若非运筹帷幄，又如何敢舍身饲虎？她相信萧六郎终有一日会实现他的野心与抱负，终有一日可登上权力的巅峰。

于是她踮着脚，重重拍在他的肩膀上，认真鼓励道：“好样的，吃得苦中苦，方为人上人。我今儿晚上会托梦给王母娘娘，让她差人多种几棵蟠桃树，等你成功之日，我们去摘蟠桃庆功。”

萧乾嘴角狠狠一抽，看她一本正经的样子，他也点头：“好，做梦时，别忘把门窗锁好，莫要被人窥视了……我们上天去摘蟠桃的秘密。”

“哦……”墨九点过头，突然觉得有什么不对，“萧六郎，你什么意思？做梦什么意思？”

萧乾道：“做梦本在睡时，睡时就关门窗，有何不对？”

“是没有什么不对，可我就觉得有点不对。”墨九一双黑眸阴恻恻地半合着审视他，“毕竟蟠桃都种在天上，我们怎么能上去？”

“放心，我会飞。”萧乾按住她的肩膀，轻轻揉了揉，“去吧，九爷明日金瑞殿受封，早些回去歇了，好打扮得美美地去。”

“嗯。此计甚好。”想到辜二还等在外面，若耽搁太久，不仅对他不好，沈牢头也会难做，墨九不再犹豫，点点头，随意地收拾好食盒，轻轻回身抱了抱他，便掉头出门。

可牢门一关上，她便顿住脚步。

徐徐回头，她突地咬牙：“萧六郎，你浑蛋！”

想她醉红颜未退，金瑞殿去面君，她又不可能戴上面具，这般觍着一张红脸，她哪里美得起来？这厮的话，不是故意戳她伤口吗？

萧乾轻笑，挥手："仔细些。"

墨九瞪他一眼："幼稚！"

墨九从御史台狱出来，梆子已响四下。

雪未停，风更疾，路上行人一个都无。

吹着冷风不宜多叙，墨九匆匆与辜二别过，换上自己的衣裳，便让阿陈驾车往临云山庄驶去。夜已深了，墨九不好再回怡然居去。织娘身子不好，觉也浅，墨九生怕回去打扰到她。

临云山庄在风雪的夜幕中安静而宁和，再不若墨家大会那几日时的热闹。除了门房与庄子上值夜的墨家弟子，四处寂静，人人都熄灯睡觉了。墨九没有惊动任何人，下了马车便从侧院绕去自己的住所。不承想还未入内，却见里头烛火通亮。

她怔了怔，便见墨灵儿打帘子出来。

"钜子回来了？"

听得她惊喜的声音，墨九心有疑惑。

打从上次分别，墨灵儿便在方姬然屋里伺候，怎会大半夜来等她？

墨九迈过门槛，搓了搓手，侧眸望她："灵儿怎的还不歇息？"

墨灵儿是个有眼力见的姑娘，这些日子彼此的疏离她感受得到，于是对墨九的称谓，便从以前亲热的"姐姐"变成了恭敬的"钜子"。她低眉瞄着墨九，似有难言之隐，先将灌好热水的暖手炉塞到墨九的手上，又殷勤地过来为她脱去外罩的风氅，方才咬着唇道："然姐姐担心钜子，让灵儿过来看看……"

这些天墨九都在外面东奔西跑，虽然她不说，可大家也都晓得是为了萧乾与墨妄入狱的事在忙活。不过，她大多时候都住在怡然居，便是偶尔回临云山庄，有事也找尚雅和申时茂等人，方姬然那里根本就没见上面，方姬然怎会突然担心她？

墨九奇怪，却也不好深问"关怀"的目的。

"我没什么事，灵儿回去睡吧。"

对墨灵儿，分别日久，她已没了当初那点意难平。

那时为什么会介意？只因看得太重。她那时刚入异世，太需要找到一种对环境的熟识感，也太看重那点为数不多的温暖。以心待人，便想要人以心为报。后来一想，是她对旁人的要求太高了。说到底本来就是萍水相逢的陌生人，不能因了灵儿一声"姐姐"，她就真是人家的姐姐了。互相有个距离感，淡淡相交，其实更好。

吩咐完灵儿，她淡然地往内室走，可灵儿却未离开。

她跟在墨九后面，小声道："钜子，等等。"

墨九回头："还有事？"

墨灵儿微微垂目，面有涩意：“灵儿有一事想求钜子……”

用上了“求”字，自然不是小事。

可就墨九所知，墨灵儿这小姑娘所有的心思与情感都放在了方姬然与墨妄的身上，她自己又能有什么事求着她？如今墨妄在狱里，她又为谁而求？顿了顿，她道：“说吧。”

望着她似乎洞悉一切的目光，墨灵儿惯有的欢快情绪不见了，纤眉蹙起，似有小小惆怅：“然姐姐好像遇到难题了，这几个晚上都灯火未灭，人也不眠，她身子本就不好，又这般熬着，灵儿心疼得紧。想来找钜子讨点安神香。”

这些日子墨九心底有事，也不好入睡，便随身带了萧乾给她的安神香，晚上时便燃上一点，一觉到天亮，神清气爽，很是舒服。这安神香的事，除了她贴身的几个人，无人知晓。灵儿跟过她，不仅晓得她有这东西，也晓得那香她得来不易。

可方姬然要，墨九没有理由不给。

她回屋取香出来，递给墨灵儿，可墨灵儿还是不走。

“钜子，灵儿还有一事……”

看她咬着的红唇，墨九眉梢一挑：“你然姐姐遇到什么难事了？”

被她看穿，墨灵儿反倒松了口气：“还不是那个高级机关屋害的吗？”当初的七七四十九局，方姬然并未全部破解，于是剩下来的那些难题便成了她的一块心病，“然姐姐不眠不休地看那些机关图，都好几日了，灵儿都替她发愁。”

墨九瞥着她的眼：“你想让我为她解惑？”

灵儿咬着下唇，点了点头：“钜子愿意指点一二，灵儿自是感激不尽。”

呵笑一声，墨九道：“可她未必愿意。”

这灵儿还是太单纯了，方姬然若想问她，早就问了，又怎会为此日日睡不着？她本就是个骄傲的女人，失颜之症加上机关屋的失意，她恐怕不会求助于她这个妹妹的。

灵儿大惑不解地想了片刻，哭丧着脸：“那可怎么办？若不然，钜子去瞧瞧然姐姐吧？灵儿晓得钜子最有办法了，你劝劝然姐姐，她肯定会听你的。”

墨九到底还是和墨灵儿一起去了方姬然的小院。

姐妹一场，知她这般熬着，她无法坐视不理。

这都四更天了，方姬然的屋子果然亮着灯，她没想到墨九会来，并没有戴帷帽，屋子里燃着的火红炭火也没能照亮她死灰般的脸。她看起来虚弱无神，大大的眼窝深陷着，本就暗沉多皱的肌肤更是老树皮似的破败，让墨九看了，竟是失神片刻。

“九儿怎么来了？”方姬然下意识要拿身边的帷帽，可手伸到半途，意识到这举动反倒会惹笑话，又缩了回来，看了一眼墨九背后的灵儿，轻声道：“还不去给钜子倒茶。”

“大晚上的，不喝茶了。”墨九慢慢走过去，坐在她的身边，“我今儿去了一趟御史台狱，回来得晚，看你屋里有灯火，顺便过来看看，也替左执事带个话。”

她用顺便与带话来解释来意，是为了让方姬然不那么窘迫。

可方姬然却是个通透的人，她了然地笑笑：“师兄他可还好？”

墨九与她对视，也笑：“好，就是惦念你的身子，特地叮嘱我说，让你不要熬夜。要好好吃药，将息好自己。”

方姬然微微抿下唇，眼皮便耷拉下去：“我没有什么事的。如今墨家正在风口浪尖上，你们都顾着自己便好，不要花费太多心思在我身上。我的身子我知道，活不好，也死不了，可却是个废人，什么都帮不上忙，只会给你们添麻烦……”

似有感慨，方姬然说得有气无力，艰涩不堪。

墨九被她的情绪感染，盯着她失颜的脸：“你的脸色比我上次所见似乎又差了许多。方姬然，你得保重身子啊，你不说萧六郎很有本事吗？相信他肯定会有办法的，可前提是，你得等到那个时候吧？”

“萧使君是有本事，可他已经尽力了。”

方姬然似乎对恢复容貌已经死了心，干涩的唇角带着自嘲的笑意，叹一口气：“也不知是什么怪病，竟会代代相传。如此玄乎的事，若非亲历，旁人说了我都不肯相信的。”

“不管什么病，只要是病，总会攻克的。”这个墨九倒是能理解，遗传性的疾病太多了，偶遇一两个长得调皮的，也是没法子的事。她鼓励着方姬然，其实也是在给自己打预防针，如果她也有那么一日，可以淡然面对。

一盏油灯放在桌面上，灯火闪烁不停。见方姬然似乎不想说这话题，墨九不经意转头，望向油灯下方的机关图纸。抿着嘴巴，她随口笑道：“你还在看这个呢？”

“是。”方姬然微微一笑，“解不开，便放不下。”

“我与你一样，有强迫症。不过我运气比你好一点，小时候在先生家看过不少类似的古籍，正巧有涉及那些机关题目的。”墨九挤过去一点，挨着她的肩膀往图纸上看，不经意地轻声问：“哪一个难住你了？”

方姬然侧目，借着火光看她。

好半晌，她抬手指向上面的一个题目，声音暗哑：“这个。”

得了她的回应，墨九对她报以一笑，再次看向机关图。

“这个啊……”

拖长声音，她话未说完，身子便僵住了，心脏都差点停止了跳动。

她看见了什么？居然是阿拉伯数字。

在那个机关图上，其余地方都用繁体汉字标注，却有一组怪异的阿拉伯数字置于图形的边侧，似是无意间写上去的，很潦草，很凌乱，上面还有墨笔匆匆涂去的痕迹，若非她太过熟悉阿拉伯数字，恐怕也无法从形状上看出划痕下方到底是什么符号。

穿越这么久，再次见到来自后世的东西，她只觉心跳加快，一种不能自抑的情绪涌上脑海，连声音都带了些不易察觉的颤意："这是哪里来的？"

方姬然奇怪她的反应："我找曹元拿来的。"

对于看不懂阿拉伯数字的人来说，那组数字就像一个奇怪的花纹或者符号，而且被人涂掉了，方姬然更是看不出来丝毫异常。看墨九震惊的样子，她不由得皱眉。

"九儿怎么了？有问题？"

墨九暗吸一口气，慢慢平静下来。

"没什么，就是忘记怎么解了，以为你与我的题目是不一样的。"

等把几个让方姬然头痛的题目解完，已是四更过了，她以研究难题为由，向方姬然借了图纸，便急匆匆回屋。天都快亮了，她却毫无睡意，精神得很，甚至来不及等天亮，便把阿陈叫起来，低低吩咐他："去，唤曹元来见我。"

"现在？"阿陈很惊奇。

"是，现在。"她必须马上见到曹元。

墨家大会结束后，墨九没有心思去理会机关屋的事，只吩咐了乾门长老与申时茂等人，继续寻找那个叫易展风的家伙，也没有想到让曹元给她看一看当初设计机关屋的图纸……对破过的机关，她兴趣不大，却没想到，机关图纸竟然给了她一个这样的信息。

这意味着什么？

有一个人与她来自同一个时代。

而且极有可能就是那个叫易展风的男人。

那个潜藏在暗处，曾经让她举步维艰的家伙。

这个发现是让她震撼的，以致在等待曹元的时候，她在屋子里来回踱步，心情竟难以平复。

曹元早已睡下，被阿陈唤醒时，听说钜子有请，紧张得来不及穿戴整齐便匆匆套个外袍过来，脸上还有枕头的压痕，眼圈也是通红，想来这几日他也不好过。见到墨九，他毕恭毕敬地揖礼，满是疑惑："钜子深夜叫曹元来，不知有何吩咐？"

墨九看了阿陈一眼，示意他先下去，方才向曹元招手，让他看向桌上摊开的机关图："这个图纸是你画的？"

曹元不解她的用意，蒙蒙地点点头，又摇头，羞愧地道："是弟子亲手所画，却……却是受了易展风指点。”

墨九指向那一组被涂掉的阿拉伯数字：“这是谁写的？”

曹元一愣，似乎也很奇怪：“这是什么东西？”问完他才发现自己答非所问，又不好意思地拍了拍额头，“这个弟子识不得。当时做这组机关时，弟子在边上计算，易展风接过来，随手写画了几下，而后又涂掉了，想必是他所写。”

猜测得到了证实，墨九却已无震惊。

她安静下来，又看向那数字，轻嗯一声：“下去睡吧。”

莫名其妙被唤来，又莫名其妙叫回去，曹元觉得这个新钜子有些古怪，不由得喃喃道：“这便走啊？钜子没其他事了？”

墨九翻个白眼：“莫非还要留你吃饭？”

曹元一怔，嘿嘿笑着下去了。

一个人独自坐着，墨九瞧着静静燃烧的灯火，脑子有些混乱。

当初破七七四十九局，她就觉得那些知识点太多太多，包罗万象，原本以为出自团队之手，等后来得知出自一人之手时，除了对易展风感到好奇，也没往这个方面想。

如今看来，如果易展风真与她来自同一时代，也就能更好地解释了。只不过，他究竟是谁？这般熟悉机关的人，即便来自她那个时代，也不可能是普通人，会不会是她的熟人？

怔怔看了许久，她也未洗漱，和衣躺床上睡去了。

玫儿和蓝姑姑都在怡然居，她不习惯陌生人伺候，更不喜欢别人打扰，于是一觉睡到天亮，也没人来唤她起床。睡到自然醒，本是乐事，可昨夜睡得太晚，她打着哈欠直流泪，半点精神都无。

“来人哪。”

她正想唤个人来帮她打水，便见墨灵儿坐在角落里打盹。

墨九一怔：“灵儿什么时候来的？”

灵儿微微睁眼，窘迫道：“灵儿来一会儿了，钜子睡了，灵儿不敢打扰。”

“哦。”墨九瞥她一眼，“有事？”

灵儿咬唇：“灵儿是来找钜子拿回图纸的。”

那图纸墨九都仔细翻看过了，除了那一组涂掉的阿拉伯数字，再无其他可疑之处，她留着也没有什么用，既然方姬然要，便给她好了。

径直入屋拿了图纸还给灵儿，她想想又道：“灵儿也帮我个小忙。”

灵儿意外地看着她，喜了喜，福身道：“但凭钜子吩咐。”

墨九指了指自己的脑袋：“帮我梳个头，再换一身干净的衣裳。”

来到这个世代这么久，墨九还没有学会自己绾发，平常没人伺候的时候，她大多随便挽个简单的发髻了事，但今日要去金瑞殿，虽然她不待见至化帝，却不能不当回事，就算是敷衍，也得稍稍庄重一点敷衍。

“钜子今日真好看。”

伺候她洗完了脸，墨灵儿将墨九扶坐在椅子上。

“嗯？”墨九半合着眼，“是吗？”

“是，好看得不得了。”墨灵儿在她头上轻梳着，说得很认真。墨九深受醉红颜的毒害，对自己的容颜早已不抱希望，她闭着眼睛养神，不看镜子，也不相信墨灵儿的安慰之词，只笑了笑便催促：“随便弄弄就行，得快着些，一会儿去得晚了，我怕被皇帝砍头。”

“好。”墨灵儿看一眼她的脸，没再多说。

这厢墨九梳妆打扮妥当，还没有吃完早膳，蓝姑姑和玫儿就急匆匆从怡然居赶过来了，看到墨九的脸，两个人也惊讶了半天都回不过神来。

玫儿惊讶道：“姑娘的脸……”

“脸怎么了？”墨九瞪她，“第一天看见我？讨厌。”

玫儿闭了嘴，蓝姑姑却上前道：“姑娘吃饱了吗？”

墨九放下筷子，叹道：“看见你，我就饱了。”

蓝姑姑哭丧着脸：“……为何？”

墨九的视线落在她浑圆的腰上，几近绝望地摇头：“这肉辊子似的腰啊，让我没有了勇气再吃。走吧，饱了饱了，不吃了。”

蓝姑姑无奈：“那姑娘什么时候上路？”

“……会不会说话？”墨九打个饱嗝，瞪她：“那叫起程，不叫上路。”

“哦，起程就起程吧。”蓝姑姑又瞄向她的脸，一脸的疑惑。玫儿眼睛也一眨不眨地盯着她，就像看见怪物似的。二人这样的表情，让墨九有些受伤。想想，这可都是她日夜相处的小伙伴，连她们都看不下去了，可以想象她的脸有多可怕。

难不成醉红颜又病变了？

她苦不堪言地捂脸道：“哪个再看，挖眼睛了！”

玫儿抿着小嘴笑了：“姑娘生得这样好，可不就是给人看的？”

墨九心里揣了事，智商一直不在线上，可把玫儿的话与先前墨灵儿的话一综合，她终于回过味来了：“玫儿，快，拿铜镜！”

铜镜的面前，墨九有些不敢相信自己的眼睛。

这个姑娘是她吗？肌肤白得赛过屋外的雪花，又嫩又滑，柔柔的，带了一点点桃花似的粉，完美得找不到半点瑕疵。只一夜之间，不仅醉红颜褪去了颜色，她肌肤的光泽度比从前更好，颜色更为白皙。这感觉，便如同凤凰涅槃、蝴蝶蜕变，经过一段长长时间的煎熬，终于绽放出了艳美的容颜。

"明日金瑞殿受封，打扮得美美地去……"

昨夜在御史台狱里萧六郎是这样说的，当时墨九以为他与她玩笑，是奚落她、损她，根本就没有在意……可这才是真正的惊喜呢！她虽然弄不清楚是萧六郎昨晚上吃了她做的饭菜，被感动了良心发现为她解去的，还是确实醉红颜的时效到了，自动解去的，但醉红颜确实没有了，她再不是关公脸了。

"太美了！我快被自己美哭了！"

她哈哈一笑，笑不可止地亲一口铜镜，又将它捂在胸口，长嘘一声："萧六郎，我不该骂你浑蛋。我错了……我该感谢你八辈祖宗才对！"

"姑娘在念叨什么？"蓝姑姑看她发疯就紧张，"萧使君人在狱里，又哪里惹着你了？"

墨九抿着唇偷乐，也不解释："你们年轻人，不懂。"

突然从丑女变美人，这种转变让她实在按捺不住欣喜，突然觉得这身衣裳都配不上她的脸了，更觉得这张脸不能让萧六郎第一个欣赏，有些不合适："算了，今日还是先低调点吧。玫儿，给我扑点粉，画画眉，不要太好看。"

"姑娘……"玫儿，"你没说错？"

"没有。"墨九严肃点头。

"姑娘……"蓝姑姑凑近，"你没发疯？"

"疯了。"墨九瞪她，"不疯我怎么能让你这么拉低智商的家伙待在身边？"

扮美难，扮丑也不易，尤其是墨九这种令人挪不开眼的绝美之容。玫儿不知她肚子里的小九九，只得依言行事，把她眉毛画粗了，添了英气，把她脸上扑多了些粉，看上去更加苍白，可即便这般，她们出门的时候，还是让无数墨家弟子惊得以为钜子又换了人。

"都认不出我了？"墨九挑眉。

"认……认得出，可也太……太好看了点。"

"认得出就好。"墨九放下心来，负着双手，大步出了临云山庄的大门。

如今脸上颜色一变，人家如果连她是谁都认不出，那就要出大事了——不等萧六郎从御史台狱出来，恐怕她也要因为欺君之罪进去陪他。

这一天是南荣至化三十年腊月初一。

寒风卷着飞雪，飘入临安府的千家万户。

入了腊月，已有年味，集市上的商家也都上了年货，马车经过街市，墨九瞧着这番情景，默默闭了闭眼，在心里默念一通，希望今日入宫一切顺利，希望这个年可以不必去牢室里陪萧六郎过。

"让道！让道！"

马车正往皇城方向行驶，前头突地传来一阵骚动。

“三司使有急事入宫见驾，前方速速让道——”

车夫甩着响鞭，长声吆喝着，惹得街上行人纷纷避让。可这条临近皇城的街市本就狭窄，今日适逢赶集，来买年货的人又多，那辆宽大的马车冲过来，还是挤倒了街边的小摊子，撞得苹果、鸡蛋、枣子、花生滚了一地。摊主敢怒不敢言，可车夫没有停下的意思，继续往前驶来，眼看便要撞上墨九的马车屁股，方才吁一声停下。

“前方马车，让开道来！”

震耳欲聋的吆喝声盖过了街上的嘈杂，重重落入耳际。墨九皱了皱眉头，还未吭声，驾车的阿陈便收了鞭子，将马车停在了路中。可他们的马车在前，三司使的马车在后，这样狭窄的街道，他如何避让?

阿陈踌躇道：“使君大人，抱歉……”

“阿陈！”墨九阻止了他，“道什么歉？你好端端驾车，又没撞着人，何错之有？”

说罢她打帘子从车窗望出去，只见白茫茫的飞雪下，那辆横冲直撞的马车比她的马车大了些许，造型也很特别，盘踞在街面上，将街道挤了个满满当当。

在她撩帘的时候，那马车的主人也正打开帘子来看。

一个在前，一个在后，彼此正好对上视线。这么一瞧，墨九愣了愣，随即扑哧一声就笑了出来。

后面马车上那家伙很不高兴，抿着薄薄的嘴唇，慢悠悠问：“你在笑什么？”

墨九看那人虎视眈眈的眼，严肃、冷峻，却稚气得让她还是忍不住发笑。

她这时还不晓得三司使是做什么的，也不晓得三司使是一个什么样的官职，可那人一张白雪光晕映衬下的俊脸，分明还是一个十几岁的小正太啊！肌肤白里透红，嫩得像可以掐出水，眉目如画，却稚气未退，尤其他穿了一袭朱红色的锦袍，头发上还簪了一朵花，兴许时下的风流小郎喜欢这调调，可她却第一时间就想到了西门庆。

当然，车里的俊美正太没有西门大官人的淫荡，他长得要华贵些，精致些，五官像一幅能工巧匠精心雕琢出来的画似的，怎么看怎么可爱，若非他刻意摆出的一副威仪，墨九肯定会以为是哪家的漂亮小男孩偷跑出来了，忍不住想上去掐一掐他的脸。

可古人早熟，小正太也是一样。

他虎着脸，对她的嬉笑极是不悦。

“小爷在问你，笑什么？是我长得好笑？”

“咳！”墨九收敛住笑容，目光烁烁看他：“我笑可笑之事，与你何干？”

末了她也不多言，只看了看两边被糟蹋的摊位："这位小……大人，你有没有发现，不是我不肯让你过去，而是道路太窄，根本就过不了？那什么，你若非要我让，只有麻烦你高抬贵车，从我头顶上抬过去了。"

"啰唆什么，还不快点赶马前行！"

俊俏的小正太虎着脸，很严肃，可墨九漆黑的眼中却全是笑意。

她盯住小正太，慢吞吞地吐口气，看热气遇到冷空气之后变成一团白雾，好玩地扇了扇，方才不紧不慢地道："我原本是要走的，是你的人凶巴巴地不让我走。现在你让我走了，我却偏偏又不想走了……大家都堵在这里好了，反正我也没什么事可做。"

"放肆！"小正太又是一喝，"你胆子好大，竟敢藐视朝廷命官！再不走，别怪小爷不肯饶你！"

"吓死我了。"墨九做了个怕怕的表情，而后冷笑着也严肃了脸："小大人既然自称朝廷命官，便当为朝廷做事，为百姓谋福祉。可你看看你作的孽，不，你手下这些人作的孽。一路飞车过来，吆三喝四，把好好的街市都撞成什么样子了！我还真就不信这皇城根下就没个讲理的地方……"

那小正太听她说完，微微仰首，这一回，却未动气。

安静坐着，他看她的目光深了深："你要如何才肯走？"

"我不如何。"墨九今儿打扮得精神，长发绾了个简单的发髻，白皙修长的脖子，尖细漂亮的下巴，精致的五官，这般往外一伸，那一双冷眸里绽放的光芒便显锐利，连言辞也强势了几分，"大人什么时候赔偿摊主的损失，什么时候给人道歉，我这辆马车就什么时候走。"

"好大的口气。"小正太嘴角轻勾，"我若是不呢？"

"那你要么高抬贵车，从我马车顶上抬过去，要么退回去绕道走。"

"好有意思的小女娃。"小正太自个年龄也不大，却叫墨九小女娃，"那小爷便等着好了，看你能待多久。"

说罢他懒洋洋地靠在车上，眼睛一眨不眨地盯着墨九姣好的容颜，像在欣赏一件艺术品，神态很是闲适。

墨九撑住额头，笑道："小孩子果然固执，好啊，耗着呗。"

听见"小孩子"三个字，那小正太立马黑了脸。可墨九却不理会他，径直放下了帘子。

这光景让墨九不由得想到后世汽车发生刮蹭之后，谁也不服谁的场面，失笑地摇了摇头，却不肯与这厮在这里干耗。

她的车在前方，围观的人又多又杂，两辆马车都被围得水泄不通，她从马车前方撩了车帘，朝阿陈招手，待他凑过头来，小声道："他们不赔钱，你就等在这里，不许驾车离开。”

“可……”阿陈似有犹豫，“那是三司使。”

“我管他死不死。”墨九眉轻轻一挑，小声道，“按我的吩咐做。”

吩咐完，她又撩帘子探头出去，朝那小正太飞了个似笑非笑的眼风，像一只占了便宜的猫，慵懒、妩媚。小正太一愣，脸微微一红，便唰地放下帘子，不再看她。

这正中墨九下怀。

她抿了抿唇，眸底精芒乍现，对玫儿道：“你与蓝姑姑在这儿，等会儿与阿陈一道来接我便成。”

“姑娘要做什么？”玫儿看着她的笑容，心底发瘆。

“时辰差不多了，我得去金瑞殿听封啊。”

墨九绽开笑容，舒服地伸个懒腰，借了蓝姑姑的身子挡着，从马车前门自去了。

第一次踏入南荣的心脏，皇城的金瑞殿，墨九心底有些小激动。

考古的人，对任何有考古价值的东西都抱有兴趣。

更何况，这并非影片，并非史料，而是活生生亲历。

就这般边欣赏边走，等墨九到达金瑞殿时，里面的人都已经齐了。

至化帝召她来，自是排在政事之后，故而她辰时进去，皇帝和权臣们都闲了下来，君臣之间小议着政事。今时不同往日，气氛有些紧张，尤其那些与萧家走得近的大臣，脸上都略略带有惨淡之色。不过，几日过去了，皇帝并没有对萧乾动手，也未深查萧家党羽，让他们又怀了一丝希望。

一个位高权重的臣子，要动他并不是那么容易的，哪怕他是皇帝。

第一涉及稳定，牵一发而动全身，萧乾落马，将有无数人受其牵连，到时候，恐会动摇国之根基。第二削弱了萧家，便会成全谢家，一人独大的局面，恐怕也并非至化帝愿意看见的。宋熹已是太子，外戚太强，必将尾大不掉，危及江山，届时太子岂非受谢家掣肘？第三没有任何人相信萧乾会真的谋逆。

乱臣贼子的骂名，并非人人可担得。

萧乾手握调兵之权，若他是个聪明人，就算有什么想法，这时谋逆也绝非良机，更不会有什么好结果。为了一个根本就没有把握的结果铤而走险，就算把皇帝拉下马，他自己坐得稳吗？

故而，他们都认为，英明如至化帝，定有自己的思虑与盘算。

“禀陛下！”殿下值事官大声道，“墨家钜子到。”

“宣！”至化帝正襟危坐，语带笑意。

“喏。”值事官尖着嗓子，高声喊：“宣——墨家钜子觐见！”

大殿之上回音很响，声音传出去，很快便有脚步声传来。

几乎霎时，殿内众人的视线都齐刷刷望向殿门。

墨九迈着沉稳的步子，不徐不疾地入殿，面上带着浅浅的微笑，云髻堆翠，双眸晶亮，身姿曼妙，风姿无双。尤其那一袭海棠色的罗裙，将她白皙的肌肤衬得光洁如玉，盈盈一握的腰身，有小妇人的妩媚，又有男子才有的飒飒英气，可谓国色天香，欺梅赛雪，天然一段风韵处，勾魂夺魄如仙来，便是这些见惯了美人的男人也个个惊愕。

他们震惊于她的变化。

也吃惊于她绝美的容颜。

这世上，竟有如此美艳的妇人！

众人心有所想，目光便挪不开。

墨九却似未觉，继续往前方走，目光略过众臣，看见了前方的东寂。

今日上朝，太子也上殿议政。与穿着官袍的众臣相比，宋骜身上明黄的太子蟒袍便显得尊华不少，看见墨九走过来，他刹那入魔般微微一怔后，面色如常地笑了笑，俊美的脸上便不余其他情绪了。

墨九唇角翘了翘，漆黑的眸子望向龙椅上的至化帝，拜道：“墨九参见陛下，愿陛下安康吉祥，福寿延年。”

她声音清脆，语调沉稳，却不跪。

至化帝老眼缓缓眯起，眼角的皱纹似乎都带了凛冽。

可他没有责怪，却是抬手：“钜子平身。”

“谢陛下。”墨九再施一礼，便直起身子，静静站立。她没有第一次上殿面君的紧张，可灯火下的美艳面孔上，也有几分傻乎乎的迷茫，似乎与往常那个“疯子墨九儿”没有任何区别。

看她这般样子，至化帝又松口气：“李福，颁旨。”

他声音出口，李福却没有动静。

至化帝转头看去，只见那宦官直勾勾看着墨九在发傻。

“咳！”至化帝声有嗔怨，“颁旨，赐金宝。”

宦官回过神来，吓得脊背生凉，弱弱应喏，赶紧捧过圣旨，高喊唱起，从“奉天承运皇帝召曰”开始，大概意思是说墨家传承千年，为了国家的政事操碎了心，墨家钜子又文武兼备，是国家的栋梁，朝廷的柱石，特地御赐金印一个，望今后好生与朝廷合作，共创南荣盛世云云。

念旨的声音抑扬顿挫，很有节奏。

待他念完，便有小太监捧着明黄绸缎盖着的一方金印上前。

人人屏气凝神，看向墨九和那方金印。

有了它，墨家钜子之位便再无疑虑了。

宦官看墨九直愣愣站着，眉头微蹙："还不跪下谢恩？"

墨九晓得怎么也逃不过这一遭，慢慢拎着裙子跪下，拜了拜皇帝，双手慢慢抬起准备接金印，嘴上高声道："墨九谢陛下恩典！"

"陛下！"

这时，殿外却传来值事官的声音。

"三司使苏逸求见。"

南荣的政体特点是中央集权，自皇帝以下，设有中书、枢密、三司三部门，分别掌管政、军、财三件国之要务。所以，宰相、枢密使、三司使三个人的权力几乎不相上下。三司使的官职等级不如宰相，可权限却不小。虽然三司最开始是为了分割宰相的财权而设立的，可发展到如今，已经成了一个无所不管的部门，职权范围涉及兵、户、工、礼、吏部的事务，且包揽地方州县所有的财政事务，甚至掣肘监察部门的职权。

有银子，就有话语权，这一点古今通用。

而这位与宰相谢忱、枢密使萧乾共分职权的三司使苏逸，也是南荣了不起的人物。

在年轻一代朝臣中，位高权重者，就数他与萧乾。

一文一武，可谓至化帝的左臂右膀。

他是个孤儿，与萧家和谢家那种拥有盘根错节的强大根基和关系网不同，他没有后台，没有党羽，打出生起，便没有见过他的亲生父母，是由庙里的和尚抚养长大的。可他吃住都在庙里，却始终是俗家弟子。和尚也是有学识的人，打小教他识文断字，学武挽弓。他也是个聪慧的孩子，不仅学得有模有样，还大大超出了同龄的孩子，五岁能诗，七岁能猎，成了临安府有名的神童。

十六岁，苏逸金瑞殿上独占鳌头，由至华帝亲点为状元。他当即口述三十三条见解独到的治国之道，至化帝赞其大才，他未入翰林供职，便任了度支中郎。一年后便连升三级，被至化帝委以重任，一跃成为南荣最年轻的官员，年仅十七岁。

听到苏逸的名字，至化帝脸上笑容转暖："宣！"

洞开的大殿门口，一个人影大步进来，身上朱红色的锦袍轻轻摆动，一双织锦皂靴踩得嘎嘎作响。他声音清脆，嗓音独特得似乎未脱稚气，可却少年老成，一举一动都极为严肃。

墨九没有抬头，便感觉到有一束光芒似乎刺破空气，落在她的头顶。

苏逸拜倒在她身侧："微臣来迟，请陛下恕罪！"

至化帝笑道："爱卿免礼！可是有收获了？"

苏逸慢慢抬头，眸中尽是少年权贵才有的骄傲之色。

“幸不辱命，微臣收获不小，且抓获了潜逃的易展风。”

金碧辉煌的金瑞殿中，光线极为明亮，苏逸话音一落，灯火中那一张张脸便精彩万分。

众人各有所思地望向至化帝，个个缄默。

墨九的手心也微微攥紧。

易展风找到了，那个有可能与他同一个时代的人？

风雪未停，呼啸着盘旋在皇城的上空，银白色的光芒映衬着这片土地，似一双冷漠锐利的眼，要看透这世间的一切悲欢离合，又似一块纯白色的抹布，要擦尽这世间所有的污泥。

南荣至化三十年腊月初一，这日的风雪，鹅毛般漫天飞舞。

这一日，南荣政局也发生了翻天覆地的变化。

你方唱罢我登场，暴风雨前的金瑞殿，是宁静的。

事情又起变化，仿佛提前闻到了鲜血的味道，人人都在等待，很安静地等待，却又都在暗自思量自己的后路。萧家与谢家斗了这么多年，未分胜负，如今眼看萧家被谢家斗倒，就要完蛋了，为什么三司使苏逸会跳出来，而且听他话里的意思，是受了皇帝的指派？

这到底唱的哪一出？

囚车辚辚驶入宫城，在禁军的押解之下，一个浑身染血、衣衫不整的男人，低低地呻吟着被两名禁军拖入殿内，重重丢在大殿中间，登时吸引了众人的目光。

至化帝眉头一皱，还未开口，宦官李福便斥道：“你就是易展风？”

那个男人趴伏在地上，像挨过打，上气不接下气，竟是说不出话。

宦官李福又道：“抬起头来。”

那个人双手染血，在地面上被拖出了血迹，吃力地使了好几下劲，方才慢慢抬了头。

“参见……陛下……”

啊！墨九盯着他的脸，惊住了。

在这之前，关于易展风到底是谁，墨九曾经想过千万种可能，但她怎么也没有想到，易展风居然会是乔占平。墨九记得，在尚贤山庄水榭时，乔占平改变了置放云雨蛊那个密室的十二生肖机关，但在坎墓复位和巽墓重置的事情发生后，她根本就没有把这些事与他联系起来。

原因很简单——乔占平已经死了。

就死在临安，死在大牢里，是畏罪自杀的。

可如今死去的人活生生出现在面前，说明了什么？

当然不会是诈尸。

在众人惊讶与疑惑中，苏逸拱手望向殿中同样疑惑的至化帝，高声道："陛下，此人名叫乔占平，易展风是他混入墨家乾门时的化名。"说到此处，他从侍卫手上拿出一个软皮的面具，扬了扬，唇角带出一丝笑："当然，乔占平曾是墨家乾门长老，最熟悉的便是乾门，容易让他进去。但乾门熟识他的人也多，所以，他使用了这个面具。"

墨九看着那个面具，心里微凉。

下意识间，她眼风扫向东寂。

她记得在菊花台时，东寂曾说他有许多面具，她也曾经使用过他给的面具。

那谢忱是东寂的人，乔占平是谢忱的人，是否可以推论出乔占平也是东寂的人？他用来乔装成易展风的面具，可是出自东寂之手？

他似乎没有感受到她探究的目光，波澜不惊地看着苏逸，微抿的唇角，依旧勾着暖暖的笑意，俊挺的五官，颀长的身姿，在大殿众多男子中间，亦有着强烈的辨识度，那仿佛让空气都透着香味的暖，如芝兰，似玉树，让她无法相信他与这件事有关系。

墨九思考着，刚欲收回视线，东寂却突地转头。

霎时，二人目光于空中相对。

他疑惑地挑了挑眉，询问般注视着她。

想到先前的怀疑，墨九朝他一笑，收回视线。

金瑞殿人很多，地龙烧得很暖和，可除了苏逸之外无人说话，气氛便有一种诡异的安静。苏逸带着乔占平上殿，带来的不仅是震撼，更是看不见的硝烟。墨九觉得有些凉，拢了拢衣裳，抿了抿唇，默默看着苏逸。

这个时候，小正太已经把面具放下，将如何领了至化帝的旨意暗中调查墨家一事，又如何在墨家大会前发现与曹元走得很近的易展风，从而顺藤摸瓜地揪住出逃的易展风，并发现他就是死去的乔占平的过程细说了一遍。

众人皆惊。

至化帝对墨家钜子很关注，可谁也没有想到，他会派了苏逸秘密调查，而且这件事，既无萧家，也无谢家人知情。由此可以看出，这老皇帝心机之深。

墨九心里凉飕飕的。

那感觉，如同被一双眼睛时时盯着，自己却不知那双眼究竟在何处，不免毛骨悚然。

这时，苏逸又道："乔占平熟悉乾门的人和事，换用易展风的身份再次取得曹元的信任后，不仅为曹元设计了机关屋，还偷偷更改了神龙山祭天台的手印，而后趁着墨家大会乱成一团，偷偷潜逃。"哼了哼，他望向乔占平，"可天网恢恢，疏而不漏，便是你狡兔三窟，也逃不出小爷的手心。”

大殿上嗡嗡一片。

包括墨九在内，其实都糊涂了。

乔占平有本事改祭天台的手印，本事之大且不说，单说祭天台的手印若真的被他改过了，那么，前前后后，到底哪一个才是真正墨家老钜子留下来的手印？

“苏使君，还请明言。”

有人发问，苏逸却卖了个关子。

“这个很简单，祭天台手印只有一个。”

当然只有一个，众人心中都这么想。

可看着这少年权贵骄傲的面孔，也不好驳他，只意味深长地看着刚受了御赐金宝的墨九，虚心求教道：“敢问苏使君，那手印，到底哪一个是真，哪一个是假？”

苏逸也转头看了一眼墨九。

这一眼，目不转睛，却带了一丝轻松的调侃：“这个是真货。”

墨九：“……”

苏逸唇微弯：“就在墨妄通知尚雅和墨家八位长老，并带着方姬然前往神龙山祭天台试手印之前，乔占平便已经将祭天台的手印改了，他让方姬然顺利打开手印之后，又设法将手印复位。再利用墨家左右两派的不和，策划出后来的机关屋，让真正的手印大白于人前，好治萧乾一个欺君之罪。”

这也太玄妙了。

若能做到此番，乔占平岂止是有才，简直可以称为神人了！

众人似信非信，苏逸却笑了：“当然，这样缜密周全的谋划，非乔占平一人可以为之，肯定是有同伙的。”苏逸是个狂妄的人，有着才子的高傲，说罢高仰下巴，站在金銮大殿的中间，指着乔占平道：“官家面前，你隐瞒已是无用。说吧，是谁指使你的？”

乔占平唇角有血丝。

默默抬起头，他苦笑。

“无人指使，是乔某一人所为。”

呵一声，苏逸笑道：“那就稀奇了，你一个死人，是怎么从大牢出去，犯下这滔天罪行的？这话说来，我信得，恐怕陛下与满朝文臣也信不得。”说到此，他也不再与乔占平多言，只拱手对至化帝道：“陛下，微臣得知，谢丙生一案，因乔占平畏罪自杀而结案，此事前前后后皆由谢丞相监理，还是由谢丞相来向陛下禀报当时案情的细节吧。”

他把烂皮球踢到了谢忱的脚下。

同时也将矛头指向了谢忱。

众人一听，恍然大悟。

从苏逸所言来看，这件事与当初荆棘园的手法差不多。

那么，谢忱既然干得出荆棘园的事，未必就干不出机关屋之事。

不需要考虑，众人心底便已经有了罪魁祸首的人选。

可谢忱被苏逸当面指出来，却委屈得脸都白了。

“陛下，老臣实在不知内情啊。”

至化帝面色沉沉，眸中冷气乍现，并不答话。谢忱审时度势，又掉过头来，怒视着乔占平，道：“好你个乔占平，当初你杀我儿，辱他尸，老夫便要将你治罪，可你却畏罪自杀，让案情陷入僵局，也让墨妄等人得以脱罪。没有想到，你竟是虚晃一枪，畏罪自杀是假，逃之夭夭是真，做机关屋陷害萧乾是假，欲陷害老夫是真。这一石二鸟之计，好生高明！”

将事情重新演绎一遍，谢忱也指着乔占平为自己脱罪。

“陛下面前，不得撒谎。乔占平你还不快说，到底是谁要陷害老夫，是谁指使你这样做的？”

乔占平看着他，咬着牙齿：“谢丞相，你怎可……”

谢忱寒森森地打断他：“你莫唤老夫，向陛下交代便可。”

乔占平苍白的面色微微一暗，无神的双眼注视谢忱良久，方从他的身上挪开，慢慢转向高坐龙椅的至化帝：“陛下，无人指使我……当日谢丙生一案也是我做下的。可若非萧乾，我不会身陷牢狱，也不会失去乾门长老之位，更不会以死脱身，如丧家之犬一般，不得不隐名埋姓……我恨萧乾，一心想要报复他，所以想了这出好计……”

“计是好计。”墨九许久未吭声，却适时插了一句，“可你是怎样假死脱身的？咱南荣王朝的牢狱，我也待过，莫说活生生一个人，便是一只苍蝇都很难飞出去。”

她的疑问也是众人的疑惑。

纵使她不问，旁人也会问。

乔占平似早有准备，耷拉下眼皮：“此事得益于我一个故交。他曾受我恩惠，又刚好在监牢当差，他为报恩，帮了我。但我不能说他是谁，不过……”他面有愧色地闭了闭眼，方才望向苏逸，苦笑道：“既然苏使君可查到我，恐怕我这位仁兄也逃不出使君的法眼了。但事情确实与他无关，还望陛下放他一马。”

苏逸眉梢一挑：“乔占平，你都死到临头了，还有心思为旁人求情？还不老实交代！”

乔占平叹口气，无力地软软趴着，一副死猪不怕开水烫的样子。

“苏使君恕罪，我没什么可交代的了。”

“陛下，”墨九盯着乔占平的头顶，那个与他来自同一个时代的念头，让她忍不住插了嘴，“我有几句话想问他，可否？”

至化帝不知她什么意思，却未反对。

乔占平也默默地抬头，将目光落在她身上。

墨九微微眯眼，慢慢蹲下身，看着乔占平的眼睛：“告诉陛下谁指使你的，有那么难吗？陛下向来赏罚分明，你坦白从宽，将功折罪，说不定还能留条性命呢。”

都以为她想帮着审讯，可这时，她话锋一转，却小声问：“你哪个学校毕业的？识时务者为俊杰的道理难道你不懂？”

乔占平双唇紧抿着，怪怪地看着她，不吭声。

见他似乎不明白，墨九皱了皱眉，又用只有他听得清楚的声音，含糊地喃喃道：“这不是在演电视剧，你不说实话，要的可是命，再死一次，你也未必能穿越回去，是不？依我说，你何苦呢？有那样的本事，做点什么不好，到底为什么要受人摆布？”

乔占平身子僵硬着，面上血迹未干，可声音却平静，还带了疑惑。

“我不明白姑娘在说什么。”

不明白？墨九眼睛微微一眯：“阿拉伯数字明白吗？”

乔占平看着她摇了摇头，眸光里一片迷茫。

她看着他的样子，似乎不像作假。墨九也迷茫了。

若乔占平与她来自同一时代，见到故乡人，听到她这些话，应当不会这样淡定才对，这说明什么？墨九眸光微微一闪：“最后一句，乔占平，为了尚雅，你也不应当不珍惜自己的性命。”

说罢她直起身来，轻松地望向至化帝：“这厮果然什么都不肯说。陛下，我问完了。”

至化帝点点头：“钜子辛苦。”

没想到皇帝会这么客气，墨九错愕一下，报以一笑。

美人一笑可倾国，她完全不知这瞬间绽放的笑意短缩了殿内光阴，也蒙住了好些人的视线。

苏逸见众人不吭声，看一眼墨九：“钜子说完，那便该我了。”

墨九瞟着他少年老成的古怪样子，又有点想笑：“苏使君请便。”

苏逸默了默，耳朵根上有淡淡的红，似害羞般挪过面孔，语气再次冷厉起来：“来人，把调查卷宗呈给陛下过目。也让大家知晓，这个乔占平到底是怎样变成易展风的。”

“喏。”很快便有侍从呈上卷宗。

宦官李福把它捧到至化帝的跟前，恭顺地垂着头：“陛下。”

至化帝面色凝重，就着那样的姿势，静静翻着。

金瑞殿里再次陷入寂静。

皇帝不说话，谁也不敢开口，只听得卷宗翻阅时的唰唰声，很轻，很慢，却似含了某种催动神经的东西，刺耳得让人紧张。可苏逸似是受不得这样的安静，趁着皇帝翻阅卷宗，就对着满朝文武复述起卷宗的内容来。

一听，殿内更静了。每个人都大变了脸，尤其是谢忱，随着苏逸抑扬顿挫的声音响过殿内，他一张老脸慢慢从苍白变成了灰败的姜黄。

那个卷宗内容很详尽，且人证物证皆有。

包括谢丙生如何与珒人勾结，暗中授受，利用转运使职务之便，将监守自盗的大量军备物资转卖给珒人牟利。包括谢丙生案发之后，谢忱为了给儿子善后，与珒人的数次秘密联络。包括谢忱指使乔占平畏罪自杀，逃避审讯，以免由于谢丙生的案子被朝廷挖出一个谢家通敌叛国的罪名来……当然，也包括他让乔占平改巽墓机关，用以储存那批军备物资，最后被萧乾找到巽墓，他先是指使刘贯财杀害萧乾灭口不得，其后又转移了军备物资，将其运往北方珒国等等。

另一个便是赵集渡曾四的死，卷宗也有详述。

曾四是个二道古董贩子，偶尔也会与人合伙干些摸金之事。这人在道上跑，平素也机灵得很。乔占平等人在赵集渡逗留、寻找巽墓之时，曾四便已经察觉了他们的意图。他是个要财不要命的，趁着乔占平等人不备，偷偷混入他的队伍，跟入巽墓，结果却摸走了巽墓的仕女玉雕。

卷宗上还说，等乔占平发现玉雕不见时，找到了曾四的头上。这曾四偷走了玉雕，本该低调些，可他傻，不仅不归还玉雕，反拿他们摸金的事情相要挟。于是为了灭口，谢忱指使乔占平杀了曾四，便夺走了巽墓仕女玉雕。这个玉雕，至今在谢忱身上，他从来没有只言片语向至化帝交代。

墨九惊了惊，想到那日在曾四家谢忱的多番阻挠，觉得曾四是谢忱杀害的可能性极大，至于巽墓的仕女玉雕嘛……不明明在她的手上吗？

她抿唇看向龙椅上的皇帝。

这个时候的至化帝，已是满脸怒意。

做皇帝的人，都想天下事尽在掌握。

谢忱瞒他至此，他又怎能放过！

啪一声把卷宗丢在地上，他沉声道：“谢忱，你还有何话可说？”

“不，不是，陛下，老臣是冤枉的，是他们害我的。”谢忱冷汗涔涔，已然软倒在金瑞殿上，“陛下，萧乾与苏逸勾结，欲置老臣于死地，这些事老臣没有做过，更没有拿什么玉雕，请陛下明察啊。”

“那曾四可是你杀的？”

“……是。”谢忱垂下头，“可老臣杀他是为了……”

“为了什么？”至化帝目光微厉。

“为了……”谢忱像是羞愧，垂着脸道，“犬子荒唐，与他家娘子有些不清不楚的事……原本这是你情我愿的事，可曾四却见钱眼开，勒索老夫……还说，还说他家娘子怀了老夫的孙子。”说罢他抬头，“陛下，这事辜二郎可作证！老夫当时信以为真，曾托辜二找过曾家娘子核实。可后来才晓得被曾四蒙骗，一怒之下便……”

“便要了他性命？”至化帝重重一哼，“国有国法，你身为丞相，怎可草菅人命？”

“陛下！”谢忱的头重重磕在地上，“老臣承认杀了曾四，可曾四该杀，老臣有罪，也罪不至死……至于旁的那些事，属实与老臣无关，仕女玉雕，老臣更是没瞧见过影子。”

“你没做过，那是谁做的？”至化帝目光凉凉，“谢忱，上次在荆棘园，你早知墨九是钜子，却不告诉朕，反倒用她来设计萧乾，那事朕没有与你计较，是念你世代忠良，又是贵妃生父、太子外祖，且虽有私心，却也未曾误国。可如今，你不仅动用私刑，杀害百姓，还指使刘贯财劫杀朝廷命官，将千万担军备粮草转给珒人，让朕如何还饶得你？”

“陛下，老臣冤枉啊，冤枉啊！”谢忱面色发青，咚咚磕着头，已是语无伦次，“老臣晓得墨九是钜子，设计萧乾是真，可老臣虽与萧家有怨，也只是对付萧家，又怎会将军备粮草转运出境，拱手送给北方珒人？……陛下啊，老臣与珒人并无往来，丙生的事，老臣……老臣真的冤枉啊……”

“谢丞相死到临头，还想诓骗陛下？”苏逸冷笑着，“都招了吧，免得受苦，牢里头的滋味，丞相还没尝过呢。”

“苏逸，你个无耻之徒，你陷害老夫！”谢忱大声怒骂起来，那面红耳赤的样子让殿上众臣都觉不可思议。谢忱乃国之宰相，贵妃生父，太子外祖，素来高人一等，什么时候失态成这样过？

至化帝似是看不下去，眉头紧皱：“来人哪，把谢忱和乔占平先行羁押，此案……”

顿了顿，他环视一圈，威严地道：“朕定要查个水落石出。”

禁军涌入殿内便要拉人，谢忱又是磕头又是哭嚷。

“陛下，老臣冤枉啊，冤枉啊！苏逸，你为何要害我？为何要害我？”

苏逸看着他被禁军拉出殿门，笑道：“我与萧乾素无来往，此番调查是领旨办差。谢丞相恐怕想多了，我并不想害你。”说到这里，他往前走了几步，将谢忱挣扎时掉落在地上的帽子捡起，走到殿外，亲自把帽子戴在谢忱的头上，压着嗓子小声道：“若非你使下三烂的手段害我，我又何必蹚这浑水？谢忱，惹到小爷，你活该。”

谢忱一愣：“老夫何时……”

“不必谢我！”苏逸笑着打断他，又拔高了声音：“陛下尚未治罪，谢丞相又何苦自丢乌纱？戴着好些，牢里清苦，免得受了冷。”说罢他看向禁军，“拉下去。”

谢忱想问的话，终是来不及问。

禁军的速度也很快，不一会儿就没了踪影。

金瑞殿上又恢复了平静，众臣皆惶惶然，忧心自己的命运。墨九看着残留在地上的血痕，脑子里反复想到乔占平先前一无所知的反应，始终理不清头绪，以至于怎么谢的皇恩，又怎么捧着金宝出的大殿，都有些茫然。

脚步跟着众臣往外移，她正在思量，背后传来那小正太的声音。

“站住！”

“有事啊？”墨九回头看他，目光不善。

“你不怕我？”他道。

“我为什么要怕你？”墨九看他小小年纪，非得像成年男子那般严肃的样子就有些想笑，“苏使君都赔钱了吗？道歉了吗？”

“小爷正想找你算账。”苏逸哼一声，不肯回答。钱是赔了，可道歉嘛，这小爷又怎么肯？他慢慢踱上前，看着墨九似笑非笑的脸，“赔偿的五十两银子，你出，害我迟到，让人看笑话的五十两银子，你出。”

墨九漠然看他：“你缺钱？”

苏逸板着嫩白的脸：“缺。”

墨九大吃一惊，像碰见知己似的盯他半晌，哈哈一笑：“好巧啊，我也缺。”说罢她敛住笑容，转身就走，“回头苏使君学学做人，不要欺负百姓了，便不用赔钱了。”

苏逸伸臂拦住她：“这就想走？”

墨九愣住，转眸剜他一眼：“你想请我吃饭？”

苏逸抿紧唇，审视她片刻，低低道：“你不该感谢我吗？我不仅帮了你，还帮了萧乾。”

在墨九眼里，这人太像个孩子了。

于是她毫无压力地叹口气：“你帮了萧乾，该找他讨赏，找我做甚？”说罢她又弯了弯唇，给他一个自以为满是嘲弄其实媚态生香的笑：“再说，你还不是为了帮自己！依我说啊，有谢家和萧家在，你苏使君便难以出头，或者永远被人压上一头。做官的人，哪有不想往上升的？当然，你不傻，在没有胜算的时候，你肯定会韬光养晦，可趁着这股东风，不管搞掉萧家，还是搞掉谢家，对你都是好事。”

微微顿了顿，看苏逸眸中波光沉浮，她又笑道：“至于你为什么会选择萧家，而放弃了谢家，我虽然目前还不得而知，但我可以肯定，你一开始并不准备帮萧乾，要不然，也不会都这个时候了才出手。呵呵……”皮笑肉不笑地看着他，墨九抿了抿唇，笑容灿若春花，“提前恭喜你了。如今看来，你很快就可以成为南荣史上最年轻的宰相了。”

苏逸面色一变，似有讶色。

“你真是那个萧家娶回来的小寡妇？”

好久没听过“小寡妇”三个字，墨九笑了笑，不答反问：“我没说错吧？苏使君也是有野心的人。”

“你这小姑娘，倒是生了一张利嘴，只可惜，小爷却非你所想。”苏逸面色如常地哼了哼，负着双手，转头大步离去，那个昂首阔步的样子，配上他小鲜肉似的正太五官，让墨九憋了好几次，终是没有憋住，笑了起来。

不远处的辇轿上，宋熹静静望着。

雪未停，一片银白色的天空下，那女子一袭纯白的裙裾，外罩一件紫貂风氅，与那少年说着话，时而笑，时而怒，时而皱眉，时而展颜，像一朵开在洁白雪地上的紫色小花，没有华贵的衣裳，面容却姣好如斯，绝代芳华。

“殿下！”宦官李顺看着他沉醉般的目光，试探道，“可要奴才去唤九儿姑娘过来？”

宋熹的眸子，倒映着一地的白雪。

他微微抬手，落在辇轿上：“不必。走吧。”

待墨九转头时，只看见那远去的辇轿。

今日她与东寂并未说话，可她却知道，以食会友那些美好，恐将不再复返。谢忱落马对东寂来说究竟是好事还是坏事，其实墨九不太清楚。在他未做储君之前，应当是需要谢忱来助他上位的……可他已为储君，还愿意让谢忱把着手走路吗？

不会。墨九很肯定。

东寂这个男人，优雅、俊气，浑身都散发着温润的气息，就像那质地上好的丝绸，是柔软的、温和的，但谁也不敢肯定，在那块丝绸之下，有没有藏着一把锋利的钢刀。

墨九在原地站了片刻，方才叹口气继续迈步。

阿陈、蓝姑姑和玫儿三个人在寒风中搓着手等她。

见她施施然过来，三个人都欢天喜地地迎上去，叫钜子的叫钜子，叫姑娘的叫姑娘，都好奇地盯着她手上明黄丝绸包裹的金宝。

“姑娘，我们现在去哪儿？”

“是回怡然居，还是去临云山庄？”

“……或者要回国公府？”

看三个人问长问短，墨九翻个白眼：“去御史台狱。”

啊？！三个人异口同声，不明所以。

墨九抿唇，隐不住笑意：“去看萧六郎。”

也顺便问问那些她想不明白的事情……

一路上主仆三人兴高采烈，可到了御史台狱才晓得白跑了一趟。

金瑞殿上，至化帝虽说令人将谢忱下了大狱，却也未曾下旨将萧乾等人无罪释放。整个案件仍在审理阶段，一切证人证言都有待核实，也便是说，整个案件合并在一起来查，萧六郎还得继续蹲大狱，而御史台狱的守卫，仍然不让墨九入内探监。

墨九没找着上次那个沈牢头，与这些人也说不通，只得悻悻出来。

不管古今，办事总得靠些人情，她没有与狱卒置气，绕道便去找辜二。

这辜二也是个有本事的角色，不过短短几个月便高升了好几级，与在招信时早已不可同日而语。现下的他，已是殿前司副指挥使、从三品的归德将军。墨九去殿前司托人带了话，还使了点银子给门房，方才见着了辜二的人。

他急匆匆出来，似乎有什么要事待办，都没顾上平素的礼仪，只把墨九带到无人处。

“九姑娘找辜某有事？”

墨九也不拐弯：“辜家郎君，帮我个小忙。”

辜二狐疑地点点头，可听她说竟然又要去御史台狱见萧乾，当即黑了脸。

“这是小忙吗？不行。”

这些日子的多次“巧遇”下来，墨九与他也算熟悉了，看他大高个子虎着脸的样子，她也不怕，“不行也得行。你就再帮我这一次，成不？”

辜二低头瞄她：“今日一次，明日一次，后日还得一次……”

墨九一怔，正视着他：“知音啊！你也太了解我了。”说罢她挑了挑眉，又弯唇笑起来，“不要这么严肃嘛。你看谢忱那老匹夫如今都快完蛋了，你还怕谁，还受谁掣肘？便是御史台狱，想必也是允许探视的了，只不过我不认识人，人家不肯放我进去罢了。有了你辜将军出马，一个顶俩，肯定会有人恭恭敬敬来迎着我们进去的啦。”

这马屁拍得响，可辜二却不领受。

他皱着眉头道：“今日不成，辜某还有旁的事，九姑娘看明日可好？”

"明日我也有事。"墨九看他脸色又沉了几分，突地觉得这辜二也是个有趣的人……当然，她对这个无数次在紧急关头出现并帮她的辜二，其实也有很多的好奇。默了默，她见四下无人，凑过脸去，在辜二耳侧低语几句，又笑道："这般可以了吗？"

辜二凝重着脸，不可思议地瞅她。

墨九笑眯眯地道："那辜将军若不反对，我们就算约好了？"

定定看她好半晌，辜二无奈一叹："九姑娘好歹毒的心肠。"

"辜将军过奖了，过奖了！"墨九摆了摆手，又正色道，"那咱们晚上，老地方见！"

用上次的事威胁了辜二，得了他的允诺，墨九愉快地出了殿前司，上车往怡然居赶。她准备学着上次的法子，先回家给萧六郎准备些吃的带去，一来先把他的胃俘虏了，再俘虏人。二来要向他打探消息，有了美食开路，也会事半功倍。

哼着小曲入怡然居，墨九与往常一样，准备先去织娘的屋子给她请安，顺便看看她的身子，可这回刚进织娘居住的院子，便听见房间里有笑声传来。

"谁来了？"墨九问丫头巧月。

"回九姑娘，是方姑娘来了。"巧月答道。

墨九走近一听，笑声果然是织娘的。

对方姬然这个失散多年的大女儿，织娘心底是有愧的，这一点墨九大概能从她平素的言行中感受出来。可方姬然自从上次离开，就再未回过怡然居看织娘。织娘虽然每次提到她都只道她过得好就好，可墨九晓得，她心底也是惦念着方姬然的，也会像普天下的娘一样，盼着姑娘回来看看。

可方姬然显然不喜欢回来。

若不然，也不会这么久了才来第二次。

墨九晓得她娘的心思，打帘子入内的时候已是堆满了笑，还未上前便道："今儿刮的什么风，把姐姐给吹回来了，看把咱娘给高兴的，都合不拢嘴了。"

这么久了，这是墨九第一次吐出"姐姐"二字。

方姬然微微一愣，回头瞥她一眼，似是知晓了她的意图，也极是亲近地起身让开位置，主动拿了把椅子摆在织娘的床前，让墨九先坐下，方才继续道："在说我小时候做过的那些傻事，可娘却说你小时候比我还傻……"

"哪个傻了？"墨九佯装恼怒地瞪织娘，"哪有做娘的说自家闺女傻的？你这娘做得才是真真的傻。"

两个姑娘都在床前，织娘满脸喜色。

"娘有你们两个，这辈子也算傻人有傻福了。"

娘仨说说笑笑，气氛很是轻松，便连屋内那红通通的炉火似乎也在笑。可方姬然似乎还有旁的事情，说了不一会儿话便有些心在不焉，神思不属。织娘察觉，捋了捋被枕头压得凌乱的半白头发，笑道："大姑娘可是有什么事？"

方姬然滞了滞，似是找不到什么要说的，抿了抿唇："不瞒娘说，我是有件事想问。"

织娘笑着，清和地道："都是自家人，有事便问吧。"

方姬然考虑一下，微微低头："我想问问，我的亲爹……是谁？"

当年方姬然是织娘结婚之前生下来的女儿，这才送给了方家，而墨九却是织娘后来招的上门女婿所生，织娘后来嫁的那个男人婚后不足一年就过世了。从此之后，织娘再未嫁过人。这件事墨九听说过，因为与自己无关，也就没有多在意。不过，方姬然寻到了亲娘，对亲爹感兴趣却也正常。

当然，墨九也好奇。

对方姬然的亲爹，她比对自己的亲爹还好奇。

要知道，时下女子将贞节看得极重，是什么样的男子让当年貌若天仙的织娘不顾名节，不仅以身相许，还执意生下了他的孩子？

方姬然盯着织娘，织娘也看着方姬然。

娘俩互相看着，久久未语。

这般寂静下来，便只听得屋外的北风呼呼在刮。

久久，方听织娘叹息一声："他……没了。"

也不知是避重就轻，还是不想提及伤心的往事，织娘未说那个男人是谁，只一句"没了"算是交代。

墨九抿唇看她，方姬然却是一愣："没了，是他……过世了？"

织娘点点头，幽幽苦笑道："大姑娘想必也听过墨家寡妇的名声吧？但凡与我们墨家女子有染的男人，没一个好下场，都死于非命了。"

这事方姬然自然听过。

可以前她从来不曾真的信过。

想了想，她问织娘："那我算墨家姑娘吗？"

织娘一愣，又笑了："你当然算墨家姑娘，娘是跟你外祖母姓的，九儿也是随我姓的。可这个墨家寡妇的说法，似乎也不管姓什么，是咱们血脉相承的姑娘，便会……唉！"

慢悠悠哦一声，方姬然有些走神。

之后，织娘又换了话题："好了，不提那些事了，我让巧月拿些瓜果来吃。"

接下来的母女三人聊，方姬然始终不在状态，偶尔的笑意似乎也是在敷衍。织娘似乎感受到了，吃了点果子，便称自己累了，要躺下休息，让她姐妹二人自去便是。

有这样贴心的娘，墨九心头不由得唏嘘，陪方姬然出来时，忍不住便问了。

“你在想什么？看不出来她想和你好好说话吗？”

方姬然看着她如花似玉的小脸，光滑、粉嫩，每一寸肌肤都有让人触摸的欲望，目光微微一涩：“我不是不想和她好好说话，是心里太堵了。九儿，你说上天给我们家的姑娘这般美艳的容貌，到底是幸，还是不幸？美则美，却美不了一辈子。不仅二十失颜，还会克夫，姻缘也不能和顺。如果可以选择，我宁愿做一生丑女，安安顺顺到老。”

墨九凝视她：“你想的恐怕不是这个吧？”

方姬然微微一怔：“你以为我想的是哪一个？”

墨九淡淡抿唇，不答，反而盯住她随风微微拂动的面纱，换了个问题：“我有个私人问题，与天寡之命有关，你可以选择不回答，但最好如实回答。”

听她说得严肃，方姬然默了默，方问：“什么事？”

墨九道：“你与萧大郎，可曾有过肌肤之亲？”

她声音甫落，方姬然身子便微微一僵。墨九观之，又补充道：“娘说，但凡与墨家女子有染的男子都会死于非命，可萧大郎不还好好活着吗？若你们有过那什么……这个预言便可以不攻自破了。因为在这之前，无人知晓你是墨家女子，所以萧大郎活着。而那些死于非命的，也许并非被克死，而是人为。”

这个推论很有说服力。

可方姬然面纱下的面孔，她看不清。

大抵想到萧大郎是墨九的夫婿，这层关系多少有些尴尬，她沉默了好久，方才缓缓问：“怎么样叫有染？”

……这个问题让墨九很为难。

关于男女之间尺度的问题，她也不知道，怎么回答？

想了想，她想到了后世的衡量标准，咳嗽一声道：“脖子以下的部位，有没有过亲密接触？”

方姬然身子再次凝滞。

寒风从院外钻入屋内，她似是有些冷，肩膀瑟缩一下，终是幽幽道出一个字。

“有。”

如此，墨九就明白了。

她偶尔也迷信风水，但风水大多可以从科学角度得到论证，就连蛊毒都可以用苗疆的神秘巫蛊术来解释，包括他们家族奇怪的失颜之症，都可以想象得到与遗传有关，偏生这个天寡之命，实在很难让她相信。但从她与织娘，还有织娘的娘来看，虽然都生得国色天香，但也不过一个弱女子，若是人为，到底是什么样的人，非干这样的事不可？动机又是什么？想想，这照样没有逻辑支持。

见她发愣，方姬然又道："可大郎虽活着，不也是从鬼门关捡回来的命吗？若无六郎，又哪还有他？"

这倒也是。墨九脑子乱了乱："你又去找过萧大郎吗？"

方姬然摇了摇头，似是心绪不佳。不过看墨九的样子并不是追责，更没有萧大郎其实是她夫婿的半分在意，她也从容了不少，只是声音比先前更为沙哑："找又有何用？当年是我执意离他而去，害得他差点丢了性命，他恨我，不愿见我也是应当。再说我如今这鬼样子……"顿了顿，她突地撩开面纱，让那张布满了皱纹的脸直对墨九："九儿你说，我是不是贱？"

"这……"墨九摇头。

放下面纱，方姬然道："我去看他，也只想晓得他好是不好，若说与他再续前缘，怕是不能了。三年光阴，改变了我，也改变了他。呵，他恐怕见到我如今的样子，多看一眼都不肯了吧。"

"这……"墨九再次摇头。

她摇头，不代表"不"，是代表自己不知道。古人的情感她不知，现代人的感情她却知道，像是一层纸包着的火，不管燃烧得有多炽烈，纸一穿，便化为灰烬，莫说三年不见，便是半年不见，你的那个郎，也有可能变成别人的新郎。海誓山盟转眼就可以是一个笑话，她觉得刻骨铭心这种东西，只适合小说。

但她不想打击方姬然。

"你今儿留在这儿吃饭吧？"

方姬然看着她，不言不语，墨九又勾起一笑："我亲自做。"

这样的墨九，绝美的颜，温和的笑，旁人很难拒绝。

方姬然道了一声"好"，喉咙却有些哽。想她也曾和墨九一般，美得比花更娇艳，不管走到哪里，都会引来无数男子侧目，为此，三年前的萧大郎没少吃醋，便是墨九说的那个"脖子以下的亲密接触"，第一次也是因为他醋意泛滥。

过往入脑，徒然恼人。

方姬然见墨九离去了，独自回身，摸过泛着热气的茶盏，颤抖着手揭开盖子，却觉得浑身冰冷，狠狠喝了两大口热茶，方才压住那一阵狂乱的心绪，安静地坐下来，慢慢看着屋内悬挂的字画打发时间。

这些字画都是名家真迹。

方姬然微微愕然……

一个怡然居而已，萧六郎竟然这么舍得下血本！

只不知若有一天，她也变成自己这般容貌，那萧六郎又当如何？

思绪悠悠，方姬然微微一笑："世间男子，又岂有不薄情之人！"

这一天算是家庭的小团聚，墨九是高高兴兴下厨的。她喜欢吃，心情好时也喜欢做。有了厨娘帮忙，不过大半个时辰，一桌精致的食物便准备好了。可织娘一见这些菜，再听说是墨九亲自做的，差点没呛死。她浑浊的眼看着墨九，许久不转眼，虽然没有问，那眼神里却分明写着“你还是我闺女墨九儿吗”。

墨九习惯了这种怀疑的眼光，随口道：“在萧家学的。”

想到她在萧家吃过苦，织娘也不知真信了没有，点点头，幽幽一叹：“你们姐妹两个都不容易，也是做娘的没本事，才害你们如此……但今日我们娘仨难得一起吃饭，有些话，娘便想嘱咐一下。”

说到这里，她顿了顿。墨九觉得她扫视的光芒有些晶亮，有些凝重，还有些意味深长，可仔细一看，却又一切如常。“你姐妹二人皆由我出，将来不论发生何事，娘都希望你们少争少斗，互助互爱，平平安安到老。”

噗一声，墨九笑了。

“瞧你说的，好像我们要打架似的。”

方姬然也笑：“娘说得对，我与九儿都记下了。”

织娘的目光在方姬然脸上停停，又在墨九脸上停停，似是满意了。

她点点头，再次拿起筷子，给她俩一人夹了一个肉丸子：“开饭吧。”

这餐饭吃得很是和睦，笑声不断，可方姬然还是在饭后离开了，织娘留她歇息她也未肯，上马车去了临云山庄。临走之前，墨九为她带了些小点心，那事事周全的样子让织娘不住点头，只叹闺女真的懂事了。

冬季的天，格外冷。

等着天黑的时间，更冷，也更漫长。

第四章 盛情难却，只好却之

下午，墨九正在灶上忙活探监食物，薛昉从萧家过来了。

他不仅来了，还给墨九带来了一个震撼的消息。

原来至化帝贼心不死……哦不，招驸马之心不死。今日在金瑞殿没有出言放萧六郎，不仅是案件没有审结，还因为他私心里想让萧六郎娶了他最爱的女儿玉嘉公主。听薛昉的意思，这件事情先前至化帝便暗示过萧六郎了，萧六郎也未置可否。

后来发生了荆棘园的事，再加上墨家大会，这事便一拖再拖，直到萧乾入狱。但今儿晌午，宫里的大太监李公公来了国公府，给萧运长发了话，说陛下有意结萧家这门亲事，把玉嘉公主下嫁给萧乾。但若是皇帝下旨赐婚，恐会让宋妍郡主不高兴，又哭闹不休，诚王那里也不好解释。不过，若是萧运长亲自向陛下请旨，为六郎求娶玉嘉公主，又另当别论了。

这步棋倒是精妙。

他不能做的事，却让别人干，或者说威胁别人非干不可。

如今萧乾人在狱里，要生要死，不都由皇帝说了算吗?

李公公话里话外的意思，若结了亲，便是一家人，大事化小也就容易了。

这个道理，谁都明白。

萧家数百年门楣，娶了公主，尊荣不断，不娶公主，恐会断于他手。

而且认真说来，萧乾年岁也不小了，玉嘉公主更是过了婚配年岁，两个人也算是郎才女貌，这样的选择题摆在面前，不需要考虑，萧运长也懂得如何选择最有利于萧家。

薛昉说，他过来怡然居之前，国公爷已经草拟了婚书，去仙椿院给老夫人过目了，然后准备在明儿上朝之时，当着文武百官的面向陛下求娶玉嘉公主。

墨九压下心底一掠而过的惊慌，笑问薛昉："你告诉我是什么意思呢？"

薛昉一怔。

愣愣地看着墨九，他似是没想到她会这样问，叨叨道：“你与使君两个不是相好吗？”

相好吗？仅仅只是相好吗？

凝视他片刻，墨九终于点头：“是，相好的。”

薛昉没坐一会儿就回去了，他似乎也很忙，虽然墨九不晓得他在忙什么。

待他离去，墨九继续去灶上忙活，情绪没有任何异样，就像薛昉从来没有来过，她也从来没有听过那些话似的。做完吃食，好不容易等到入了夜，她把蓝姑姑与沈心悦都叫去了织娘屋里。这母女两个，时常少根筋，论起来，玫儿虽小，却极为机灵，而且守得住嘴巴，墨九非常中意她，于是换了一身方便的男装，带着玫儿出了门。

为了不让辜二久等，墨九特地提前去的，可马车刚钻入上次见到辜二的小巷子，还未靠近御史台狱的城楼，便见前面火光冲天，燃烧的烈焰吞云卷雪，几乎点亮了半边天。

“御史台狱走水了！”

“快……快去救火！”

“哪里哪里？”

“御史台狱，可不得了哪！”

“别愣着了，快去看看……”

巷子里，有人惊叫，有人奔走，有人拎水桶，有人推水车，都往御史台狱的方向挤，那震耳欲聋的嘈杂声，让本该寂静的夜晚喧闹不堪。一阵阵惊呼声入耳，墨九整颗心脏就像被绳子吊了起来。

萧六郎还在狱中，今日谢忱也被关了进去，怎会突然着了火？

她登时冷了声音：“阿陈，快着些！”

“九爷，前方人多，马车过不去了！”

坐在车辕上的阿陈大喊着，声音也有些惊乱：“怎么办？左执事还在里面！”

墨九没有回答他，也来不及回答他，她猛地打开车门便跳了下去，与那些拎了水桶往城楼冲的百姓一起往前移动。

时下的建筑都是木质结构，房屋极容易着火，哪怕更夫每天都喊“天干物燥，小心火烛”，火灾也成了当下危害性最大的一种灾害，堪比后世的车祸。不过，时人虽然对火灾畏如猛虎，可若是哪里“走水”，便是老远的街坊四邻也会主动拎水救火——救人也是救己。

墨九赶到城楼时，火势比先前更大了。

冲天的烈焰，夹着滚滚的黑烟，猛兽似的盘踞在上空。

那惊心动魄的声音，那惊恐莫名的惨叫声，令人毛骨悚然，也让这个夜晚格外惊悚。

城楼离监舍有些距离，虽然城楼未燃，燃的只是里面的监舍，但墨九站在城楼外面几丈开外，也可以感觉到那冲天烈焰带来的灼热温度，大冬天的，竟将她双颊烤得通红，可想而知火势到底有多凶猛。

“让开！都让开！”

“不要挤过来，都远着点！”

“都不要命了，往里面挤什么？”

城楼的大门是洞开的，守卫们吆喝着百姓，堵了一层又一层。

里里外外乱成一团，漫天的大火笼罩了层层监舍。守卫们这般拦在面前，救火的百姓进不去，也不知里面到底烧成了什么情况，不由得议论纷纷。

就在这时，人群外面有人骑马冲过来。

“令——”

人群让开道来，此人骑马冲到城楼门口，高声呐喊。

“传陛下令，关闭城门，不许放走一个！”

众人哗然。墨九脊背上都生出了冷汗。

监舍里面都着火了，还关闭城门，这不是生生要了里面那些人的性命吗？一瞬间，想到萧六郎还关在里面，墨九心尖似是痛得蜷缩起来，她来不及考虑这突如其来的大火是不是人为，只吆喝着百姓，冲着大门的方向就跑。

“大家快去救火啊！若等火势大起来，整条街都保不住了！”

人都爱惜自己，她这般喊，便是为了激起群愤。

可御史台狱又岂是那么好闯的，一排排守卫冲了过来。

“做什么？想造反呢，退出去！”

“都退出去！再不退，别怪爷们手狠了！”

尖锐的长矛抵在面前，墨九低头看一眼，恨声高喊：“都着火了，还拦着不让人进，也不让人出，你们想让里头的人活活被烧死吗？就算他们犯了事，也是父母生养，罪不至死，你们岂能草菅人命！”

“是啊，这位小郎君说得有理！”

不管她吼什么，守卫们依旧拦住她，也拦住了嘈杂的人群。

墨九正待煽动百姓硬闯，一只手臂横了过来：“兄弟，行个方便。”

听见熟悉的声音，墨九猛地侧目，就望见辜二不动声色的脸。

这一瞬间，她的内心几乎是感动的：“辜二，快，他们要关城门！”

辜二看她一眼，并不多言，上前与守卫的头目交涉。可有了陛下的命令在先，不管他说什么，那人也不让他们进去，而且执意要关闭城门：“不瞒辜将军，火势太大，已然救不了。还有，大火烧毁监舍时，不见了好些犯人，包括……”他压低了嗓子：“包括今日送来的谢丞相……”

谢忱不见了？是跑了，还是死了？

那萧六郎跑了还是没有跑？至少不会和谢忱一起跑。

想到萧乾的死心眼，墨九咬唇望向火光处，却听辜二道：“我是奉命前来协助的。”

他的手上，有殿前司的腰牌。

既然是公事，那人便不好阻止了。

前面堵路的守卫终于让开，已然紧闭的城门也哐哐被拉开。可墨九与辜二还未入内，一骑飞马便从火光漫天的监舍方向横冲过来，速度如同闪电，快得惊人，不过转瞬便冲到城楼处。他的身后是漫天的火光，他的长发被北风吹得高高飞扬，他的面色冷峻如地狱的阎王，他纵马过来，以一种绝对的压迫力骑马跃出城门。

墨九瞪大眼睛，对上他的目光，心脏狂跳不已。

他看见了她，小弧度地抿了抿唇，就在掠过她身侧的瞬间，一手执缰，一手朝她伸来。

眼前黑马呼地闪过，冷风刮面，墨九想都未想，搭上了他的手。

电光石火的一瞬，人们都没有看得太清楚，墨九已被萧乾扯到马上，放置在身前，只觉耳边飕飕的寒风刮过，那神骏已冲过人群，往巷子深处奔去。

“刚才过去的人……是谁？”

“萧使君！”

“好像是萧使君？”

“……完了！快追！”

事情发生得太过突然，两人一骑速度极快，守卫们只一愣神，人就没影了。那个守卫头目苍白着脸看向辜二，一种似无奈又似沮丧的心情，让他几乎快哭出来：“辜将军，你看这事闹的……你可得救救兄弟啊，没了谢丞相已是饭碗不保，若也没了萧使君，兄弟吃饭的家伙就保不住了。”

辜二望着那远去的马，还有二人在风中猎猎翻飞的风氅，淡淡道：“萧乾不会跑。你吃饭的家伙，包在我身上。”说罢他三两步冲出人群，翻身上马，疾风一般追赶出去。

墨九被萧乾拢在怀里，疾驰老远都没回过神来。

她云里雾里，不明白的事太多，却不知从何问起。

这个时候街道上大乱，四处都是嘈杂声，萧乾似乎是在逃命，她自然不便相问，也不敢打扰。可隐隐地，她心里却有一种小窃喜，那种二人一起亡命天涯的兴奋感盖过了恐惧与紧张，让她身子依偎着他，手指小心抓住他的衣角，嗅着他身上焦炭似的烟火味，动也不动。

“抓紧我！”头顶突地传来男人沉沉的吩咐。

嗯一声，墨九刚刚应完，便觉横在她腰上的手，紧了紧。

骑在马上被冬日的风一刮，马速又快，她双颊都冻得痛了，浑身上下也透心凉。可被他这么一搂，墨九却不再觉得冷，或者说，便是那冷也成了某种点缀，她甚至想高声呐喊，让暴风雨来得更猛烈些！

“驾——”

萧乾大喝一声，黑马便高高跃起。

而此时，外城的城门也正在徐徐关闭。

“来者何人？速速下马！”

守城的禁军远远高喊着便要拦截，可萧乾操纵着身下的黑马却如惊龙出水，借势疾奔一段距离，猛地掠起，直接从他的头顶上跃过去，再一个纵身，马便从尚未闭合的城门跳了出去，那门缝窄得只堪堪容下他们的身子。

“好险！”墨九呼口气，回头看城门再一次打开，有无数火把涌了过来，不由得又吊起了心脏。但她没有问，任由萧六郎搂着她往城外飞奔，等身后的火光都没了影子，方才在呼呼而过的风声中拔高嗓子喊：“萧六郎！咱们要去哪里！？”

背后的男人，声音悠悠的，不回答，只是问她：“阿九怕不怕？”

“怕个屁啊！”耳边的风声太大，太冷。墨九捂了捂脸，怕他听不见，又笑着喊道：“萧六郎，你又不是第一天认识我，我墨九啥时候怕过事？兵来将挡、水来土掩罢了！放心吧，我不会让你失望的！”

夜幕浓重，寒风呼啸，她的声音划过耳际，萧乾却许久没有回答，只把风氅脱下搭在她身上，想想又将风氅的帽子拉上去，紧紧捂住她的头，再将她整个往身前一搂：“坐稳了！咱们逃命去！”

他刚上马时被大火烤得火热的胸膛，依旧带着暖暖的温度，墨九紧紧靠着他，觉得这一刻，竟是这么久以来两个人最贴近的时候，有一种共患难的甜蜜感。

来到异世，她的人生曾经无所依托。

不管遇到多少人，见到多少事，她都是孤独的。

因为没有同类，她觉得整个世界其实无人理解她。

但如今有了萧六郎。

他也许同样不理解她，但他会纵容她。

这样的纵容，这样的温柔，很美。

她正美美地想着，却听萧乾又懒懒地问：“若是此去你将一无所有，甚至做不成你心心念念的墨家钜子，你也愿意？”

墨九微微抬头，嗤一声，都没考虑，便道：“浊世繁华，财权名利，不过一缕青烟。人生在世嘛，眨眼几十年而已，我的目标是体验生活。墨家钜子我已经做过了，没有什么稀奇的，不要也罢。依我看，那方姬然也还行，让给她了。”

萧乾似是轻笑一声。

墨九微微诧异：“好笑吗？”

萧乾道：“不好笑。”

墨九问：“那你还笑？”

萧乾闷闷想了半天，冒出一句：“阿九，我高兴。”

好吧，高兴了所以笑。算他识趣，晓得用这样的词来讨人喜欢。

墨九抿嘴乐着，戳了戳他的胸膛，感觉到他浑身僵硬，又忍不住埋头在他怀里闷笑。

可很快她便笑不出来了，因为她发现，萧乾并没有要离开临安府的意思，也没有上官道继续前行，而是带着她去了枢密院位于城郊的一个京畿指挥大营。

远远地，墨九看见旗幡飘扬，大风刮得营前的风灯摇摆不定。

墨九似乎被冷风迷了双眼，微微一闭，道：“萧六郎，咱们不是要逃命吗？”

萧乾低头，凝视她半晌，大拇指慢慢抚上她的脸。

吹了这么久的冷风，她的脸是冰冷的，可他的手却是温热、柔软的。

“快说！”墨九眸子生辉，烁烁盯着他。

“傻姑娘！”他喟叹，把她拢入怀里，“我逗你的。”

要知道，枢密院掌握着南荣的军事机密及边防等各项军政要事，而南荣数量庞大的禁军，一半驻京，一半驻外，身为枢密使的萧乾，拥有调动兵马的权力，又怎会轻易束手就擒？

墨九怔了怔，心又慌了起来。

这个男人该不会真的想造反吧？

想来想去，什么准备都没有，这不像他的风格啊！

这么担忧着，墨九呆了呆：“不对啊，萧六郎，你是要自投罗网，还是打算把如花似玉的我卖了换钱？”

萧乾紧了紧搂着她腰的手：“对，不知猪肉几两银子一斤。”

墨九：“……”

马驮着二人离营房越来越近，旗幡翻飞的嗖嗖声都清晰入耳，守卫的小校尉先是看见前方罩了风帽的墨九，盯着她瞧了半晌，终于看见了她身后的萧乾。

虽然他不明白萧乾为什么会和一个小郎君共骑，还是赶紧跑出来。

“萧使君？！是萧使君？”

萧乾翻身下马，顺便拍了拍墨九的腰，示意她好生坐着。

可他掌心定位不准，却拍在了她臀上。

他一愣，墨九也无语瞪他。

二人正尴尬对视着，前方跑出一队披甲执锐的兵卒。

他们踏着整齐的脚步，还未走近，便齐齐单膝跪地。

“属下等参见萧使君！”

“萧使君！萧使君！”营里的将领们也得了消息，纷纷奔了出来，这些人都是嗓门大的，个个震天雷似的呐喊，“哈哈，真的是萧使君！兄弟们，萧使君来了！”想来这些人也晓得萧乾入狱的事，如今见他平安归来，激动的心情可想而知。一人一句萧使君，十人也一句萧使君，很快，那呐喊的声浪便响彻云霄，蔓延在天际。

这样的氛围，很热血，也让墨九有些激动。

一个男人最帅、最有魅力、最吸引女人的时候，是什么时候？在墨九看来，便是他立于无数男人面前都可以面不改色，显示出骇人的气魄，那恢宏的气场强大得可以让这些优秀的男人向他示弱，向他由衷地表达崇敬之意。也只有这样的男人，才能给女人最大的自信心与安全感。这种安全感，比任何金钱或物质都来得重要。

萧乾环视着拜倒在地的将领，慢慢抬了抬手。

将领们习惯了他的风格，晓得他有话要说，立马安静下来。

萧乾缓缓道：“着令迟重率骁骑营兵马前往艮山门，听候本座调令。”

身材魁梧的迟重出列，抱拳道：“属下得令！”

萧乾顿了顿，又道：“着令白羽率虎翼左军前往嘉会门，听候本座调令。”

白羽出列：“属下得令！”

于是，一个一个将领领命离去，调派兵马前往临安府余杭、东青、崇新、新开等各门各要塞，甚至运河口岸也有派兵驻扎。如此一来，整个临安城都将被围得水泄不通，被扎成一个大口袋，而萧乾给将士的理由是“协助朝廷捉拿要犯谢忱”。

寒风呼啸，怒似恶魔，飞雪也再次落向人间。

萧乾安排军务的时候，墨九始终未发一言地坐在马上，没有什么存在感，加上她今儿穿着男装，又隐在黑夜里，将士们从她身侧来来去去，似乎都没有注意到她。

等人过去，营房门口再次安静下来。

“冷不冷？”萧乾问着，朝她走过来，握了握她冰冷的手，锐利的双眸不由得微眯：“天太冷，不如你先回去休息？”

墨九低头与他对视。营房门口两盏悬挂的风灯来回摇摆着将光线晃入她的眸子，如同洒下的点点晶亮，煞是好看。

久久，她才问：“你去做什么？”

萧乾道：“有些事，得亲自去做。”

如今临安城已被禁军围成了铁桶，而整个京畿地区的禁军，除了殿前司等几支皇帝直属军队，几乎全部受萧乾调遣，他那个抓捕谢忱的理由，在墨九看来并不充足。

“说话。”他摊手给她，要拉她下马。

“……”她微微眯眼。

“在想什么？”他见她不对劲，不由得凝眸。

“……”她依旧沉默。

“说话！”他拧眉，加重语气。

“……”

往常二人相处，总是她说得多，他说得少，这一回却是反了过来，她一言不发，他反而问个不停。萧乾迎着风雪的眸子微微眯起，审视她半晌，似笑非笑地摇摇头，叹一声，把她从马上托下来，稳稳地放在地上。

“好沉！墨九，你近来重了不少。”

“这谁家的孩子，真不会唠嗑！”墨九瞪他一眼，终于有反应了。可说罢她扯着风帽的手却顿住，慢慢昂头看向他，一张被风吹得冰冷的脸神色凝重，“萧六郎，你是要造反吗？”

“……”他抿紧了嘴唇。

这一瞬间，天地似乎都静了。

冷风依旧在呼啸，却过耳而不入。二人静静相视，墨九只听得见自己的心跳声，她的眸中，也只看得见他飘扬的长发与墨一样颜色的披风不停扬起、落下，扬起、落下，在狂风的吞卷中，似乎整个融入了黑夜，像一潭无边无际的冰泉，冷冽得令人心悸。

好一会儿，他突地出声。

“阿九，我若造反，你跟我去吗？”

咯噔一声，墨九心跳加快了。

这样没有安全保障的事，萧六郎真会这么干？他身为北勐世子，若是造了南荣的反，不管成败，好像都坐不稳这个江山啊！

可他调派这样多的兵马，不是造反，还能是去做什么？单单抓一个谢忱，又哪里需要动用这样多的兵力……再说，真的要抓谢忱也轮不到他，毕竟他也是从御史台狱里逃出来的疑犯。

墨九静静看他。

其实，这个答案并不需要考虑。

让她迟疑的，是定格在眼里的画面。

他的眉、他的眼、他紧抿的唇，还有他期待的表情，都清晰得让她心乱如麻，那一刻，她无法多想，只能顺应心境，慢慢踮脚，钩住他的脖子，像个小姑娘似的撒娇。

“跟。不管你做什么，我都跟。”

“……我杀人？”

“跟！”

“我放火？”

“跟！”

“我无家可归？”

“跟！”

“我无饭可食？”

“这个……”墨九皱眉，“可以考虑一下吗？”

“……”

萧乾失笑，慢慢搂紧她的腰，视线珍视地打量着她的眉眼，渐渐浮上点点笑意，像捧着一件心爱之物，一字一句都很慢，很沉，也有些哑：“阿九，你真傻。”

墨九在他温柔的紧搂下，双颊发烫，一张艳美的面孔也如同酒醉一般酡红，却正色地讲条件：“要求不高，只要能吃饱。”

“好，管饱。”

“好，那我就一直傻。”

他一怔，将她贴在胸口：“好，一直傻，却只能跟我傻。”这话有点霸道，墨九愣了愣，有些想笑，却还是柔顺地贴在他胸口，听着那怦怦的心跳，乖乖嗯了声，心里却在想：先让他嘚瑟嘚瑟，满足一下他长久养成的大男子主义，回头把他拿下来，再好好收拾。

事实证明，她的决策是英明的。

一直似女汉子般刚硬存活的墨九，这偶尔的示弱，再次换来极好的待遇。办差的禁军或骑马或步行，一律都喝冷风，而她却乘上了一辆温暖舒适的马车。

“以柔克刚，果然是妙招啊！”

她托着腮，默默地坐在车里发笑。

这一趟，她其实不知要去哪里，只觉得风雪交迫的路，漫长、昏暗，似乎没有终点。前方有将士拎着风灯，打着火把，可光线照不透这一片广阔的空间，四周依旧黑压压的，逼仄无比。

萧六郎骑马在外，不知怎样了。

寻思着，她撩帘子看了一眼，可人还没有看明白，就被外头的狂风逼得赶紧放下了帘子，缩着不敢探头了。先前被萧乾抱着一阵狂奔，还未下大雪，她身子都冻僵了，膝盖和脚这会儿还没暖和过来，她可不想再受罪。

马车内的暖和，让她舒服地叹了一声。

“真好。”

怔怔想着，她又抿唇发笑。

自打嫁入萧家，她始终是萧大郎名义上的媳妇，与萧六郎之间则是一种暧昧又敌对的关系，似乎互相都看不顺眼，就算后来有了云雨蛊那层关系，在没有挑破之前，也不清不楚，尴尬不已。没承想，近来经了这些事，竟然会这般突飞猛进，很有了点情侣的感觉了……

若没有云雨蛊，也有这般感情该多好！

可云雨蛊……不一直在吗？

她摸了摸脖子，甜蜜里不由得又带了心酸。她甚至不敢想，如果有一天云雨蛊真的解去，他或者她，突然发现原来一切都是错觉，情感由蛊而生，也因蛊而灭。

外面骑马吹冷风的萧乾似是感觉到了她的情绪，突地加快马速，靠近车帘处，低低唤了一声：“墨九？”

墨九把耳朵贴过去，却不撩帘。

“有事？”

萧乾也怕她冻着，没有撩帘，只隔了一层布帷，放轻声音道：“你若累了便歇一会儿。此间无事，你无须担心。”

“哦。”墨九心里一跳，一种无法言说的暖意便从四肢百骸传入心脏。萧乾为人是冷漠的，可他对她却是极好的。那种被人关心与爱护的幸福感，让她退去了先前的担忧，下意识翘起唇角，笑着回答：“可是我担心你会冷啊，要不要上来，与我一道坐车？”

“不用。”

他很坚持。

墨九叹：“真是头倔驴，一个人坐与两个人坐有什么不同？马车反正是要前行的嘛。”

“不同。”他一顿，又沉声补充，“我是男人。”

好吧，墨九不再与他争论了。

萧六郎是一个顶天立地的男子汉，他有他自己的坚持、固执与思量，她从来不对任何人心甘情愿的决定指手画脚，更何况是他！

既然要在一起，那就得给彼此最大的自由，而不是以爱为名的管束。这般想着，墨九心底又有了点恋爱的小甜蜜。

第一次恋爱，她有点控制不住，静静地想了很多心灵鸡汤，结果还是忍不住打开马车帘子去看他。

他也看过来，目光里有责怪之意："风大，不要调皮。"

"哦。"又是乖乖地应了一声，墨九却没有放帘子，一双凝视他的眸中，像有一万颗心形的小星星在闪动，一眨，又一眨，"萧六郎，你长得真好看。"

"嗯。"他目光淡淡，"你不必自卑。"

"……"浑蛋啊，她这是自卑吗？她是在向他表白好不好？她对"木头男"无语，吸了口气，提醒他道："我才不会自卑，我以前也很招男生喜欢的。我上学……不，我上私塾的时候……"

"女子上什么私塾？"他不解。

墨九一愣，再吸一口气："这不是重点，重点是我很招男生喜欢。"

"哦。"他波澜不惊，似乎不太在意。

墨九服气了："你就不紧张？"

"为何要紧张？"他淡淡道，"纵有千万男子心悦于你，又有何人能与我一决高下？"

墨九翻个白眼，唰地放下帘子。

对于这个闷骚的自大狂，她无言以对了。

可沉默半晌，她又反应过来，被他歪带着，她依旧没有表达出想说的话。无奈地将手肘撑在车椽上，她懒洋洋一叹，与他隔帘说话。

"萧六郎，男女之间相好呢，是必须男人主动的，你懂不懂？女人比男人更容易害羞，所以男人要多多向女人表达欣赏之意……"

"可……"他迟疑，"阿九从不害羞啊！"

墨九双手捂脸，闷头又想了无数条心灵鸡汤，终于把自己治愈了，平静地教授这个榆木脑袋一些恋爱知识："鉴于你太笨，我给你列举一个成功的案例吧。就比如我上私塾时那个同桌，她的相好听说她喜欢金鱼，就每天画一张不同颜色不同种类的金鱼图，写成情书送给她，持续了九十九天之后，终于拿下了女神，可浪漫了……"

墨九一个人叨叨着，外面只有冷风声。

"萧六郎？"墨九无趣地喊。

"嗯。"他应了。

"想什么呢？"她问。

"没想。"

"那你听懂了吗？"

"没懂。"

"……"墨九无语了。

"喜欢金鱼，送她一池子金鱼不就行了？要黄的有黄的，要红的有红的，想怎么养怎么养。”他认真分析道，“堂堂丈夫，不务正事，竟痴画金鱼九十九天，真是奇谈！再有，若这男子不会作画，那岂非一辈子都得不到女子欢心，岂非要错失一段姻缘？怪哉！”

墨九无力地倒在马车上。

“萧六郎，你可以去承包天下的鱼塘了。”

“……我又没疯！”他吃着风，声音闷沉。

“对，是我疯了。”墨九也觉得有些好笑，与一个古人说她学生时代的事，与对牛弹琴有什么区别？男尊女卑的价值观与男女平等的价值观，也确实不同。

她无奈一叹，觉得要把萧六郎纠正过来，实在任重而道远，不如先让他记一点公式化理论好了。

“六郎啊，以上都不是重点，我的重点就两个。第一，我是很招男人喜欢的，你不要太自恋。第二嘛，男人要主动一点，多向女人示好，这样才能讨女人欢心，明白没有？”

“嗯。”他应一声，稍顷，又认真补了一句：“那我明日闲了，画两颗蛋给你。”

噗一声，墨九快崩溃了。

“为什么要画两颗蛋给我？”

“你同桌喜欢金鱼，她的相好就画金鱼送给她。你喜欢吃蛋，我画两颗蛋给你，有什么不对？”他淡然的声音，正经得没有一丝玩笑的成分。

“好强大的逻辑推理。”墨九无言以对，好半晌，她还是觉得牙齿缝有些漏风，正准备与他辩论一下，却听外面的男人又懒洋洋道：“不然，画两个鸭梨也行。”

唰地拉开帘子，墨九吃了一嘴风，捂了捂嘴巴，望着他严肃的脸，一字一顿问：“萧六郎，你什么意思？”

萧乾狐疑地看来，慢慢把她的手握在掌中，默了默，又推入帘内，替她把帘子拉下挡了风，不愠不火地道：“除了喜欢吃蛋，你也喜欢吃鸭梨，还有……香蕉。”

墨九无奈，觉得这人一定晓得了她上次与董氏说的话，肯定是董氏那个嘴巴不牢的便宜婆婆在私底下叨叨了些什么出去……可当初她对董氏是行为艺术，是暗示，萧六郎这却是真真明示了。

“我以为你是个正经人，如今才晓得……”叹口气，她又忍俊不禁，一个人趴在马车里头憋笑不止，好不容易才说出剩下的四个字，“越闷越骚。”

萧乾没有回答她，许是没听见，许是默认，许是不好意思与从来不懂得害羞的九姑娘探讨梨花与鸭梨的梗。

沉默了好一会儿，他再开口，话题已飘到了千里之外：“阿九先前为何会与辜二在一起？”

墨九无奈地从越闷越骚的话题里收回神：“我来找你啊，他不愿意帮我进御史台狱，于是我威胁了他，他便无奈地从了我。这辜二，实在是个仗义的男人。”

说到这里，久听不见萧乾回答，她抿了抿嘴巴，又对着帘子道：“你问我，我还想问你呢。那个叫苏逸的家伙，你认识吧？他为什么会莫名其妙地帮你对付谢忱？还有乔占平，居然没有死……而且，谢忱那匹夫虽然有些可恨，但苏逸指证他的罪名，好多他确实没干过，比如我知道的一件……仕女玉雕。”

她并没有隐瞒仕女玉雕在自己手上的事，问题一个接一个，放鞭炮似的砸向萧乾，可他却一个都没有正面回答，只道：“谢忱为官多年，素来刚愎自用，对人不假辞色，得罪的人原本就多，没准哪里得罪了苏逸也是有的。”

他的声音很低沉，随着风飘过来，有着慢条斯理的闲适之态。墨九一默，微微抬高声音：“这些事，都与你无关？”

“无关。”外面似乎有人举着火把走近，那一晃一晃的光芒让他停住了话。帘里的墨九也眯了眯眼，不再多言。

很快，火光过去，她听他问：“仕女玉雕的事，你为何要告诉我？”

以前这事墨九捂得很紧，因为她对谁都不信任，可这次却毫无压力地轻松说出来，不仅萧乾奇怪，连她自己也诧异了一下。

兴许这便是信任吧。

毕竟他们现在的关系是……地下情侣。

她抚了抚鬓角的发：“我不说，你不也知晓了？”

“嗯。”他似有若无地应一声，声音幽暗不少，“阿九还在怪我吗？”

墨九懒洋洋地问：“怪你什么？”

他沉吟片刻：“墨家大会的事。”

“之前是怪的，我不喜欢别人拿我当傻子，什么事都瞒着我，但后来想想也就不怪了。不过萧六郎，你有没有想过，不管以什么名义隐瞒，私自为他人做决定，其实都是不尊重别人的行为，尤其我们，更不必这般，我是个好说话的人，只要你说，我便肯听。不要说什么为了我好，就把我一个人蒙在鼓里。”

这套理论，墨九说得随意，可萧乾却未必能理解，毕竟时下的男子根本不会明白为什么要对妇人尊重。价值观的不同，会让彼此的思想背离千里……

墨九没抱希望，他却应了。

“好，不过我有条件。”

这也要条件？墨九正色道：“萧六郎，你学坏了啊。好的不学我，坏的学我，动不动就讲条件……”

他淡淡道："你允是不允？"

"好吧。"墨九吸气，"给你个机会，说。"

"可不可以不要表白？"他很严肃，墨九脑子转了转，还没有反应过来，便听他沉声道："不管是两颗蛋、两个鸭梨，还是一根香蕉，我堂堂枢密使，天天画这些，似乎不妥。"

"……"

墨九胸口一阵起伏。

"萧六郎，你不是故意损我，我跟你姓！"

他低头，那俊美的面孔便借着外面的火把光线在帘子上映出一个淡淡的轮廓来，像皮影戏似的，一晃，又一晃，而他温柔魅惑的声音，也顺着风，低低划过她的耳际。

"你早晚跟我姓。"

墨九一怔，意识到他话里的意思，心里突然像被塞入一只小鹿，七上八下地跳动着，虽然隔了一层帘子，也被瞬间浮上的暧昧气氛搞得双颊火辣辣发烫，下意识低斥一声："禽兽！"

她话音刚落，耳边突地传来隐隐的抽气声，还有几道似乎憋到极点的笑声暴露了出来。仔细一听，分明就是声东、击西、走南、闯北四个人。他们似乎专门与墨九作对，很快，笑声变成了低低的议论声。

"击西，九爷在骂你是禽兽。"

"分明骂的是你，你才是禽兽。"

"禽兽才会骂人。"

"阿弥陀佛，你们为何要侮辱禽兽？万物皆为生灵，但凡生灵皆有灵性，人是灵物，禽兽也是灵物……"

"假和尚，滚！"

听着几个人叽歪，墨九这才头疼地想起萧乾的四大隐卫来。这四个家伙到底什么时候出现的？为什么他们总是出现在不该出现的时候，该出现的时候，却统统不在？

一种萧乾分明养了四个饭桶的感觉深深扼住了她的心。墨九抚了抚烧红的耳根，压下那难堪的臊意，重重道："偷听人说话，长针眼。"

"击西，你偷听了，你长针眼。"

"你也听了，你也长。"

"我是用耳朵听的，不是偷听的。"

眼看那几人又议论不停，墨九终于忍不住了，懒洋洋咳嗽一声，使出了撒手锏："六郎……"

于是在寒冷的北风中，萧乾低声吐出寒气飕飕的两个字："闭嘴！"

整个世界瞬间就清静了。

墨九轻松地倚在马车里，唇上抿着笑，看外面的树影、人影，一个一个交换映在车帘子上，像在看一出人间喜剧。一颗心，突然被填得满满的。

这一晚的雪一直没停，冷风灌过来，呼啦啦吹着马车顶篷，有节奏的呼啸声缓缓入耳，尖锐、冷厉，可墨九却像听着催眠曲，不晓得什么时候就睡了过去。

这一睡，她睡得有点久。

一个梦连着另一个梦，漫长得像经过了一生。恍惚之中，她又梦见阴山皇陵，又做了那个怪异的梦。她一个人孤零零地站在皇陵里，热气腾腾的白雾中，石壁上那一行字，还有那个轻柔呼唤他的男人，清晰入脑，仿佛就在眼前。

"九儿，我等你很久，跟我回去吧。"

"你是谁？为什么在我的梦里？"

"不要怕，九儿，我们回家。"

"……你是谁？是谁？"

还是那个人，还是那个声音。

可梦里的她，却偏生辨不清到底是谁。

半梦半醒，她好像有些冷，又听见了呼呼的风声，她想醒过来，却再次被梦魇住，上下眼皮像被胶水粘在一起，怎么都睁不开。

这时，有温软的东西在舔她的手背。

她一惊，猛地睁开了惺忪的眼。

"谁？"

一双圆圆的大眼睛无辜地看着她，见她睁开眼，那人欢天喜地地撒着欢，脑袋不停往她怀里拱。

"财哥，你怎么来了？"墨九打个哈欠，抚着旺财的背，仔细回想，梦中清晰的情景却记得不太清楚了。她揉了揉眼睛，看一眼旺财，把它搂过来抱入怀里，这才发现它的背上有点湿。

对啊，外头下着雪。

马车……也已经停了下来。

她猛地打开帘子往外看，外面是一片黑沉沉的夜，她的马车外面有几名禁军守卫，前方不远处是一个高耸的城门，挤了不少的禁军，无数的火把来来去去，像一盏盏挂在天河中的繁星在游弋，若非气氛紧张，这光景却是很美。

"艮山门？"

墨九看着火光中的三个字，目光眯了眯。

这是到临安府东北角的艮山门来了？墨九四下看了看，没有见到萧乾的人，心脏微微悬高，便想要下车，可不远处的人群却从中分开，像有大队人马冲过来了。

人群分开的一瞬，她见到了萧乾。

他就在禁军的前方，骑着战马，正对艮山门。

“请萧使君带兵撤离城门！”

在震耳欲聋的风声和马蹄声里，墨九听见一声吆喝。来人气势不小，声音也大，在这样的暗夜很是惊心。

墨九把准备下车的脚又收了回来，帘子也放下了，抱着旺财默默倾听。

她不想上去添乱。

很快外面更加混乱，双方人马似乎争吵起来，隐隐还有兵器相撞的铿铿声。从那些喊声里，墨九听出来对方是殿前司的指挥使尉迟皓，他们表示受陛下之命，让萧乾的兵马撤出临安城的防御范围，而萧乾表示，谢忱纵火逃狱，他包围临安，是为抓捕谢忱，不仅要守，还得派人入城搜查。

双方都不太客气，争吵几句便要动武。

眼看双方摆开架势，要在艮山门前来一场窝里斗，却听见有人骑马过来，急禀萧乾，说谢忱与乔占平被抓获了。

“萧使君，怎么处置？”

这也太迅速了吧？

墨九吃了一惊，慢慢将帘子撩开一条缝，越过几个禁军的脑袋往远处看了过去。在一群披甲执锐的兵卒中间，谢忱和乔占平一前一后被几名禁军拖了过来。他们身上都穿着单薄的白色囚服，冻得颤抖不止。

……这样像要逃狱的吗？

她默默思考着，这时，大抵是见到了谢忱与乔占平，那位尉迟指挥使也有点兴奋。人群太嘈杂，他说了些什么墨九没有听得太清，不过从他的表情判断，他似乎是想让萧乾把人交给他带回去。

萧乾定定站立，没有马上回答，也不知做何想法。可就在这时，一道人影突地从边上扑向了他。

“啊！”

“使君小心！”

看那人影扑向萧乾，人群惊呼，墨九心脏也跟着漏跳了一拍。可定神一看，正是谢忱突然挣脱了禁军的胁持，像是恨急了要与萧乾同归于尽似的，跌跌撞撞地冲过去，却没打没骂，甚至一言未发，只拿脑袋拼命地撞击着他。

“啊！”一道惨叫。

“啊！”一片惊呼。

一柄明晃晃的剑从谢忱的脖子上刺入，再一用力，他只来得及惨叫那一声，整颗脑袋便飞了出去，血水溅在几个禁军身上，他们抽一口气噔噔后退，直到看见谢忱的身子倒下，脑袋滚出了三尺开外，方才看向动手的人。

墨九也看见了。

那一刹那，只觉热血上脑。

这样干净利落的杀人手法，像是萧六郎会做的，可杀人这种事，又与他清凉寡淡、高远若云的外表极不相称……墨九见过萧乾杀人，却从来不像这一刻这般惊惧。

他杀的是谢忱。

南荣的宰相。

没有审问，直接便一剑杀了。

这样的后果，他想好怎么承担了吗?

事发突然，整个艮山门没有一个人反应过来，那殿前司指挥使也愣愣地看着萧乾，良久才反应过来，颤抖着声音喊了一声。

“萧使君，你怎可如此糊涂?”

“谢忱意图杀害本座，本座只为自保。”说罢他提着手里沾血的宝剑，一步一步看向半跪在地上的乔占平，那目中凌厉的光芒，似被北风呼啸成了一柄会杀人的钢刀，随时会取人性命。

乔占平警惕地盯着他，凉了声音。

“萧使君，不，不要……”

萧乾冷冷看着他：“你如今还是什么都不肯交代吗？”他走近乔占平，一双黑色的皂靴停在他三尺外，居高临下地看着他，一柄沾血的剑像长了眼睛似的，利索地指着乔占平的脖子，那剑上的血，将乔占平白色的囚衣领子划出了一条长长的血迹。

“萧……萧使君！”人都是怕死的，想来乔占平也不例外，他见萧乾连谢忱都想杀便杀，似乎突然就没有了挣扎的欲望，重重磕头在地，“我交代，我全都交代。不仅要交代，我还有一个八卦墓的消息要禀报给陛下，将功折罪……”

后面那一句话，乔占平说得极低，除了两名押着他的禁军，只有萧乾听见了。而他看向萧乾的目光也极为复杂，像是为了换得性命的祈求，也像是为了达成某种交易。

萧乾面色平静，站立的动作也没有改变，只是与乔占平相视一瞬，双眸几不可察地微微一眯，冷冷推剑入鞘，便沉声吩咐。

“来人！将乔占平押解回枢密院，容后再审！”

“喏！”禁军押着人下去了。

“长渊！”几乎同一时间，一个声音从艮山门里远远地传了出来。很快，一骑飞快从大门当中驶出，来到萧乾面前，大声斥道："你小子在做什么？你疯了！"

夜幕之下，灯火昏暗，来人锦袍上仿佛蒙上了一层黑色的灰尘，头发上、脸上也有被火场的浓烟熏过的痕迹。他似来得匆忙，呛人的烟火味都来不及清洗，养尊处优的眉眼全是狼狈，却无法掩盖那天生的尊容。

"萧长渊，老子在问你话！"

见萧乾不答，他又重复一次，骂声不止。

普天之下，也只有小王爷宋骜会这么骂他了。

萧乾薄薄的唇紧抿着，面上并无恼意，容色与语气一如既往，淡淡道："抓逃犯。"

宋骜看一眼地上的尸体："逃犯呢？"

萧乾很平静："已就地正法。"

似是气得不行，宋骜长长吸了口气，才稳住情绪，没有在这么多人面前与他打一架。他执着缰绳，放慢马速，围着萧乾转了一圈，低声道："萧长渊，你最近是不是鬼上身了，怎么做事这么不靠谱呢？你到底知是不知，如今临安城传得有多难听，人家都说枢密使带兵反了！二十万大军哪，萧长渊，不是两万，是二十万，你他娘的……"

"反了？"萧乾唇角微勾，打断了他，目光冰冷，却有着高高在上的不屑："元驰看我的样子，像是要造反的？"

"滚你娘的，别惹老子。"宋骜骂完了，又唉叹一声，"我晓得你不会反，可旁人怎么想？关键是我家老头子怎么想？你说你一夜之间调动京畿二十万大军包围临安城，引得百姓恐慌、群臣惊惧……作的是哪门子的孽哟！"

萧乾眸底划过一抹笑意："你担心我？"

"废话！咱俩穿一条裤子长大的，我不担心你，我担心谁？"宋骜一副恨铁不成钢的样子，"你呀，这回麻烦大了，赶紧收拾收拾，跟我入宫请罪去。"

"皇子的裤子，我可不敢穿。"萧乾不带情绪地瞥他一眼，朝禁军扬了扬头，便有兵卒过去收拾谢忱的尸体，然后用一块青布包起谢忱滚落在地的脑袋，"萧使君，这个……"

"交给我。"萧乾拎着青布，招手让几个将校过来，小声嘱咐了几句，等他们领命离开，他方才回头望向墨九的马车。

这一眼，隔得远。

他看不见帘子里的墨九。

墨九的目光却可以穿透风雪看见他。

他似是朝她勾了勾唇，用一种安抚的眼神，满含温柔的笑意，像开在冰块里的绚烂花朵，几近华丽之态。

墨九心头一跳，正想完全打开帘子，他已打马过来，靠近马车时方才放缓了马速，几名守车的禁军懂事地错开身子，一字排开挡在他的外面。

“阿九醒了？”

嗯一声，墨九把半张脸露出帘子外。

他盯着她俏美的脸，静了一瞬，再往前一步，一人一马整个堵住了车帘，也将墨九完全隔离在众人的视线之外。

“我有事入宫，你回枢密使府等我。”

枢密使府？墨九的心怦怦乱跳几下，虽不晓得他为什么要让她去他的府上等待，却晓得他此次入宫凶险万分。所以，不管他说什么，她都愿意听。

轻道一个“好”字，她道：“我等你。”

他唇又扬起：“乖。”

温柔入骨的声音，让墨九双颊泛起臊意。

“不要这么肉麻！快去，一会儿被人看见车里的人是我……啧啧，小叔和嫂嫂深夜私会，这般火热的话题，免不得又要成为京师人民茶余饭后的谈资了。”

萧乾目光微微暗一下，忽地欠身，略带薄茧的手猛地挑起她的下巴，凝视着她，一点点低头。

“萧六郎……”墨九低呼。

蜻蜓点水似的一吻，快得无影无踪。在外头的人看来，他不过是低头与车里的人说了什么。可停在墨九唇角的那一点温热，却让她的心都拔高了。

这男人胆可真大！

她惊愕地看着他。

他却抿了抿唇，似在回味那唇瓣软糯的滋味，眉梢微微扬起，带出一种魅惑又邪恶的浅笑，打马掉头，驾一声，率先冲向城门。

墨九盯着他的背影，这才反应过来，萧乾居然拎了个死人头来亲她，而且这个死人头还是谢忱的……这么一想，她浑身恶寒，打了个哆嗦：“萧六郎，你真能啊！”

萧乾的情商全都喂了旺财，根本不察墨九的反应，拎着谢忱的头骑在马上，回头冲发愣的宋骜沉声一斥。

“入宫！”

“算你小子不傻。”宋骜哼哼着跟了上去，“一会儿请罪态度诚恳点，想来我父皇也不会真与你为难的。”

“小王爷错了。”萧乾面色冷漠，在嘚嘚的马蹄声中淡淡道，“我并非请罪，而是请功。驾！”

“驾！萧长渊——”

"开城门！"

"快！开城门！"

一阵乱七八糟的嘈杂过去，城门处又恢复了寂静，可随着萧乾拎了谢忱的脑袋，临安城却炸开了祸。这晚的变故太多太快，老百姓应接不暇，一时不知哪个是真哪个是假。

先前他们听说枢密使萧乾带兵造反，将临安城围了个风雨不透，鸟都飞不出去一只。而至化帝也深夜下旨，紧急调动殿前司等直属军队，层层护卫皇城，看样子这一仗是在所难免了。打仗这种事，老百姓肯定最是遭殃，这会儿家家户户都抵着门，听着外头的动静，生怕成了被殃及的池鱼，却又听说萧乾亲手宰了谢忱，拎了他的脑袋要入宫向皇帝请罪。

这哪里是造反啊？

这哪里又有仗打啊？

老百姓定了心，纷纷打开门站在街道两侧，一边看着热闹，一边议论不停。萧乾高居马上，无视两侧百姓的指点，带着几个侍卫，与宋骜一路奔来，往御街疾驰。

临近内城城门的御街中间，一行数人静静站立。当中一人长长的狐皮风氅拖曳在马背上，一顶大大的风帽几乎遮住他大半张脸，那气势却无损半分。

"萧使君留步！"

萧乾骑马迎上，单手执着马缰绳，而另一只手里依旧提着谢忱的人头。这样子的他，浑身浴血，面色森寒，杀气与凉气充斥全身，令人观之生恐。

"苏使君有何指教？"

似乎这会儿才发现宋骜，苏逸愣了愣，先下马向宋骜请了安，方才笑着走近萧乾，低低道："我来恭喜萧使君的。"

恭喜？萧乾冷哼："不都说我杀了人，造了反，何喜之有？苏使君不会是来抓我去见陛下吧？"

苏逸再一次轻笑："萧使君说笑了，就凭你一夜调动临安二十万兵马的本事，这天下，莫说我苏离痕，便是陛下，恐怕也不如你哪。"

这句话看似随意，可话中意味却令人不寒而栗，简直就是一把杀人不见血的软刀子——这要是传出去，传入至化帝耳中，岂非比直接说萧乾造反还要狠！

萧乾但笑不语，宋骜却不爱听了。

他抖抖缰绳上前，拿马鞭指着苏逸道："你这小毛孩子，会不会说话啊？无端惹是生非，欠管教！依本王看，你还是甭做三司使了，回头本王给你派俩奶娘，你无事叼叼奶嘴，吃饱一点，把毛长齐了再出来。"

几个侍卫忍不住，想笑。

那噗噗声，让苏逸脸上一阵青一阵白。

却不知他官越大，便越讨厌别人说他小。

可宋骜再怎么说都是皇子，他又能怎样？

咽下一口心头血，他道："谢王爷赏！"

哼哼一声，宋骜骑马在前："长渊，走！与个小屁孩啰唆什么，驾！"

看着宋骜的马屁股，苏逸打马走到萧乾的面前，与他正对着马头，缓缓拉开一个调皮的笑容，配上他那张稚气未退的脸，又有了几分玩笑的意思。

"我是来恭喜你，要做驸马爷了！"

萧乾不动声色地盯着他，眉间眸底全无半分情绪，只冷冷道："苏使君有心了，不过……"顿了顿，把人头拎起来，"我再不入宫面圣，谢忱的头都要馊了——麻烦让路。"

扑面而来的血腥气让苏逸抬袖掩鼻，瞄了萧乾一眼，终是掉转马头，让开路来。可待萧乾从他身侧走过，他似乎又不死心，默默跟了上去，小声道："监狱里那把火还真是急时雨，无形之中又帮了萧使君一次。"

萧乾唇角微抿："那我岂非要多谢苏使君？"

苏逸哈哈一笑："那倒不必。"说罢他似乎生怕萧乾不相信不是自己干的，又严肃着脸补充，"一个丞相之位罢了，事到如今，我已稳稳纳入囊中，又何必自讨无趣，杀人放火？"

萧乾侧过脸，眸底烁烁生辉："那把火若烧死了谢忱，烧死了我，也烧死了宋骜……谁会得利？"

苏逸握着缰绳的手微微一紧，半眯着眼打量萧乾冷风中肃杀的容颜，莫名道了一句："我才十七岁……还不想死。我什么也没问，什么也不知道，也没听见你说什么。"

他说罢，驾一声，便冲在了前面。

萧乾盯着他的背影，目光幽暗，却没有再说话，只打马赶上宋骜，沿着御街宽敞的大道径直进入内城。

这时天已经快亮了，风雪却越发大，天地间一片苍茫之色，冷得可以冻死无家可归的野狗。可位于皇城里的东宫暖阁的书房，在寂静的黎明，地龙却烧得极旺，温暖如春。

一阵冷风吹起帘子，书房里的灯火微微一闪，那坐在窗边软椅上的男子便慢悠悠抬起头来。

吱呀一声，门开了。

一个头戴风雪帽的男子撩帘而入。

“殿下！”来人肩膀上积雪未化，声音也略带几分惊恐的颤意，“属下有急事禀报！”

宋熹身穿一袭暖色的寝衣，却一直未曾就寝。闻言，他俊气的眉头微微一蹙，把手上拿着的一本书倒扣在案几上，使了个眼色，宦官李顺便退了下去，顺便关上了书房的门。

书房只剩二人，宋熹也不着急，起身亲自拿了镊子挑着灯芯，慢吞吞问：“说罢，什么事？”

来人考虑一瞬，走到他的身侧才附耳低语。宋熹听着，挑灯芯的手稍稍一顿，面上有刹那的凉意，但很快又恢复了平静，继续将浸在灯油里的灯芯拨弄出来。

“晓得了，下去吧。”

“喏。”来人退着走了两步，又拱手道：“殿下不去金瑞殿面圣吗？这会儿文武百官都在往宫里赶，萧乾也去了。”

宋熹默了默，唇角上便带了一丝笑：“去，怎能不去！”说罢他轻声喊，“李顺，来为本宫更衣。”

门再一次开了，那人出去了。紧跟着就有人小步进来，慢慢搭上了宋熹的腰，轻柔地为他宽衣解带。

宋熹心里想着事，自然而然地抬起双臂配合。他在暖阁里头穿得很单薄，但等下要出门，便要穿厚重些。李顺平常伺候他是习惯的，这日也不晓得怎么回事，突然笨手笨脚的，弄了好一会儿都没有弄好。

“李顺你这差越发当得仔细了。”宋熹有些不耐烦了，斥了一句，便低头去瞅那双手。

只一眼，他愣住了。

待慢慢转头时，眸底已有凉意。

“是你？”

“是臣妾。”这声音，羞怯小心，也柔软入骨，那一张带了紧张的小脸上五官精巧，白皙的肌肤泛着淡淡的嫣红，也是一个少见的绝色女子。

她见宋熹审视的视线落在脸上，迅速低垂着头，咬着下唇，用少女般的羞涩回复了他的询问：“臣妾没有做过这些事，做得不好，望殿下见谅。”

“太子妃歇着去吧，这种下人的活，无须你来做。”宋熹面色凉凉，低喝一声，语气已有恼意：“李顺，东宫是养不起奴才了吗？”

李顺伺候他有些年了，极为了解太子爷的为人，平常大多时候都很温和，不会随便处罚下人，可他一旦动了真怒，便是不动声色也可以让你见不到明日的太阳。

“奴才来了，来了，太子爷息怒！”

李顺匆匆进来，帘子撩起的冷风也跟着他扑入室内。太子妃瑟缩一下，似是受了些凉，也受了些惊，眼皮拼命眨动着，强忍住快要夺眶而出的泪水，慢慢福身。

“臣妾告退。”

嗯一声，宋熹由着李顺为他系好领口，披上风氅，大步从她身侧过去，那衣角刮出的冷风将她头上的青丝撩起，露出一截修长白皙的脖子，上面青青的血管似乎也清晰可见。

她咬唇：“恭送太子殿下。”

似哭未哭的声音，从这样一个楚楚可怜的美人嘴里道出，那种强忍的酸楚与无奈，任何男子听了想必都能生出几分怜惜。宋熹微微皱眉，停下脚步，回过头来盯着她。

她抬头，梨花带雨，却福着身子一动也不动：“殿下……”

宋熹缓缓道：“你父亲过世了。”

谢青嬗清秀的面孔猛地一白，原本福着的身子几乎站立不稳，她嘴皮颤动着，声音几乎带着颤意：“父亲他……他昨日还好好的，虽……虽说被陛下……下……下了狱，又怎……怎会……”

她结结巴巴说不出剩下的话。

宋熹慢慢一叹，声音温和下来：“你父亲的后事，恐怕还得你来操持……先去歇一会儿吧，一会儿我差人来唤你。”

谢青嬗低着头，不说话，只垂泪不止。

宋熹视线掠过她的面孔，然后慢慢转头，一言不发地大步离去了。

砰一声，门合上了。

谢青嬗慢悠悠抬头，一脸凄恻。

这位太子妃是谢忱的女儿，也是宋熹的表妹。从古到今，似乎从来没有比裙带关系更为稳固的关系了，所以，这样的联姻并不少见，也是一些世家为了巩固荣宠的不二法门。

可这谢青嬗也是个苦命的女人，虽贵为太子妃，是将来要母仪天下的人，却因为这层暧昧的关系，并不得太子宋熹喜爱。几个月前死了哥哥，几个月后……连父亲也没了，还没得这样突然。

古时女子的倚仗，无非是父亲、哥哥，还有……儿子。如今她一个都没有了，往后在这吃人的地方，又当怎样立足?

她看着男人远去的背影，眼眸沉沉，却是一种无奈：“爷，嬗儿往后可怎么办?我还能靠着谁……靠着你吗？”

她喃喃念着，一个丫头慢吞吞入了书房，默默上前为她披上风氅：“太子妃娘娘，太子爷已经走远了。”

谢青嬗看着她：“兮儿，你说我错了吗？”

祾兮默默看她："奴婢不懂。"

"是，你不懂，可确实是我错了。"谢青嫿笑道，"错在投错了胎，生错了人家……"

啪一声，门板有沉闷的声音。

"谁，谁在外面？"

祾兮低呼着，开门看去。外面天还未亮透，黑压压一片，白雪翻飞，雾气成霜，可院子里空空荡荡，哪里有人！

她嘀咕一句，突地门板上插了一支带了羽毛的小箭，小箭斜斜入了门板，箭尖上还穿了一张字条。

"什么东西？"

祾兮取了下来。

她是谢青嫿的贴身丫头，从谢家陪嫁过来的，按时下的规矩，也应是太子的通房太子的女人，只不过宋熹连太子妃都没有临幸，自然更排不上她了。更何况，有谢青嫿在，她从不敢肖想宋熹，只在陪嫁入东宫后，常伴谢青嫿读书，识得些字，待把那字条上的字都认全了，呆呆发着愣，手不停颤抖。

"这，这怎么可能？"

"兮儿，是什么？"谢青嫿走出来。

祾兮颤着手把字条呈上，垂下了头。

谢青嫿看一眼，脸唰地一白。

"杀谢忱者，宋熹也。"

南荣紧张的局势在这一夜达到了巅峰，整个临安城似乎都成了一座不夜之城，四处充斥着人声与狗吠。

国之事，无小事。

一个丞相之死，自然也是大事。

离天亮不足一个时辰了，更夫的梆子已敲四下，可皇帝的金瑞殿的侧殿却灯火通明，夜里强迫自己从被子里起来的王公大臣们齐整整地看着大殿中间那个掂着血淋淋人头的人，大气都不敢出。

尽管他们都知晓萧乾清凉无情，是个杀伐决断的人，可他们却从来没有亲眼见过这般肃杀的他。

几个养尊处优的大臣几乎当场呕吐。

至化帝整夜未眠，眼睛里全是通红的血丝。一个人的权力有多大，责任就有多大，压力也就有多大。整个殿中，最凝重的人当数他。

"萧爱卿，你准备如何给朕解释？"

逃狱、杀人、调兵，确实都需要解释。

可拎着人头前来的萧乾，却分明没有犯了事的样子，他态度轻松，神色悠闲，仿佛是来参加一个为他庆功的晚宴。

“陛下，臣无过，只有功。”

萧乾低低的声音清晰入耳，并不强势，可一字一字却仿佛带了一种与生俱来的威仪，不仅让殿内众人刹那凝滞，便是龙椅上端坐的至化帝也微微失神。

面对君王之怒也可以从容不迫的人，整个南荣找不出几个，而萧乾便是其中的佼佼者。

曾经，至化帝最为欣赏他的地方，正在此处。

然而如今……终是尾大不掉了吗？

疑心生暗鬼，至化帝象征性抬了抬手，将满腹怒意藏起，露出一个宽和慈祥的表情。

“萧爱卿且说说看，功在何处？”

“谢陛下！”

萧乾上前拱手，唇角露出一抹浅浅的笑意，仿佛一朵受暖的玉兰花在冷风中无声盛开，让凝滞的大殿内瞬间回暖，所有人的注意力也都集在他的身上。他不笑时，俊美无匹，可他笑时，那俊美，竟似有摄人心魄的力量，让人挪不开眼，以至于竟无人发现从大殿门口慢慢入内的太子爷宋熹。

万物俱寂。

人人都在疑惑萧乾的笑。

近来，他的笑容似乎比以前多了，这让习惯了他凉心冷意的众人都略感违和。尤其是这个笑……他竟然是拎着谢忱的脑袋在微笑。那颗脑袋上的头发从包裹的青布中露出几缕，被夜风惊得一拂一荡，与萧乾松快的面色形成鲜明对比，无端让人脊背发麻。

人对于猜不透的事物，天生有惧意。

于是萧乾这么一个男人，喜怒之间便可影响众人的情绪，让人随了他时惊时诧，神经不敢有丝毫的放松。

宋熹走近，在萧乾身侧站了一下，慢慢往左走几步，立于长长的队列前面。

旁人未注意他，萧乾却注意到了。

他侧身向宋熹请安，依旧拎着那颗脑袋。

宋熹也给他一个温和的致意，轻松带笑，温润得像一块暖玉。

众人这才发现，忙给太子殿下行礼。

宋熹淡淡回应，笑着，目光只看萧乾。

二人目光相对处，暗流催成冷风，似乎有什么激烈的情绪在空间里滋滋地碰撞，火花四溅，却又转瞬便消失不见。

萧乾扬了扬唇角，收回眸子，望向上首的至化帝，恭声道："陛下，御史台狱那一把大火是谢忱所为已无疑问。谢忱畏罪潜逃，纵火伤人。臣为自保，逃出火场，调兵围堵，抓捕逃犯，是为国尽忠，这便是功。臣原想给谢忱一个改过的机会，可他却在众目睽睽之下欲与臣兑命，臣若不伤他，伤的便是臣自己。"

顿了顿，看至化帝眉目微沉，他又笑了笑，指着那颗脑袋道："他乃罪臣，命贱，臣乃功臣，命贵，自是不愿与他同归于尽。臣错手弑之，又何过之有？"

一场手起刀落的血腥弑杀，被他轻描淡写一说，仿佛就成了一件波澜不惊的小事。而且，他在众目睽睽之下斩杀了当朝宰相，还拎着他的头颅上殿，分明是世间最重的羞辱，他却轻松得就好像是捏死了一只蚂蚁——谁让它爬过来想咬我？它贱，我贵，我为免它沾上身，一脚把它踩死，哪里有错？

都说死者为大，人死如灯灭，多大的仇怨，萧乾非得如此？

殿内安静得如若无人。

至化帝也是久久不吭声。

他很清楚，临安府二十万禁军未经他旨意便悉数受萧乾之命出动围城，这震撼临安的举动，又岂是为了抓一个谢忱！

至化帝心里像搁了一块大石头。

这石头就压在他的心脏上，有点闷，有点堵，却推不开，还毁不得。萧乾是想借由此事变相告诉他，军政大权得他说了算吗？还是他想告诉他，就算他贵为皇帝也不能为所欲为，不能想怎么办就怎么办？

一个臣子权势大了，属实令皇帝头痛。

尤其内忧外患之际，至化帝就算不愿承认，也不得不在好些事情上受萧乾掣肘。

兵权，重于泰山。

……是当想想法子了。

皇帝微合的老眸皱纹深深，可当他再一次将目光落在萧乾身上的时候，脸上已隐隐浮上笑意，就像真的在设宴欢迎一个杀敌归来的英雄。

"谢忱勾结珒人，劫持军备，滥杀无辜，误国欺君……还放火潜逃，致御史台狱死伤无数，其恶迹累累，罪无可赦。萧爱卿杀得好，此人死不足惜！"

皇帝一语定乾坤。

谢忱贵为当朝宰相，这一死，也不过换了个"死不足惜"。

众人皆垂目不语，可至化帝掷地有声地说罢，再环视一遍，又凝重着面孔沉声道："枢密使萧乾于危难之际不忘国事，抓逃有功，杀人无过，乃国之柱石也。南荣有萧乾，国无忧患，朕倍感欣慰。即日起，敕封枢密使萧乾为天下兵马大元帅，着令史部草拟文书，为萧乾请俸加酬。”

嘶——隐隐有抽气声。

紧跟着，殿内便冷寂一片。

每个人都定定看着皇帝，没有只言片语。

这样的结果，大家都没有料到。

欺君，逃狱，杀宰相，动用重兵包围京师，变相要挟皇帝……几件事综合在一起，众人以为萧乾放下兵器单枪匹马入皇城大殿，是这个局里走得最差的一步棋。至化帝原就已经动怒，借此机会把他推出去斩首示众都是轻的，说不定就要夷九族、诛党羽了。可皇帝却不罪不罚，反倒加封。

更可笑的是，他分明已无官可封。

枢密院已掌军政之权，可调动兵马，而这个天下兵马大元帅更是象征着南荣最高的军职，领军政，掌征伐。

任何时候出现这样的封赏，都是一件震天动地的大事，可至化帝却在这样一个诡异的情况下，波澜不惊地说了出来。

更诡异的是，萧乾细思一下，竟丢下谢忱的人头，任由它滚落在边上，然后单膝跪地，低头拱手道：“皇恩浩荡，臣感念之，却受之有愧，恳请陛下收回成命！”

众人哗然。

这样的好事人人求之不得，萧乾却断然拒绝了！

可就在众人惊疑之际，至化帝眸底幽光一闪，却哈哈一笑：“这天下若萧爱卿都受不得，还有何人受得？”然后他似是欣慰地捋一把胡子，像个慈祥的老人，喟叹道，“朕老了，身子也不大好，好多事情都是倚仗各位。萧乾领了差事，为南荣再操持操持吧。”

皇帝都低声下气说成这样了，萧乾若再不应允，那就不是不给皇帝脸面，而是直接打皇帝的脸了。

萧乾拧眉，终是无奈：“臣……谢恩！”

至化帝扩大了笑容，哈哈一笑，连道几声好，又朗声对殿内众人道：“明日晚间朕在御春园设宴，款待诸位爱卿，一来为萧爱卿祝贺，二来，另有一件大喜事。”

他故意卖了个关子。

可气氛缓和下来，众人也都跟着议论。

“大喜事？哈哈，甚好，甚好！”

“敢问陛下，是何喜事？”

“还请陛下说出来，也让老臣们跟着高兴高兴。”

看众人眼巴巴盯着，至化帝笑眯眯将目光望向沉默在列的萧运长，闲闲地拿过案上一道折子，不轻不重地道：“御史台狱走水，死伤者众，国之大殇，朕亦忧思不已。萧国公体恤民情，忧朕之忧，连夜入宫为萧六郎求娶朕的爱女玉嘉公主，为国冲喜，实乃可喜可贺之事。”

顿了顿，他又哈哈一笑，再无半点“忧思”之态，满是愉悦地道：“朕已允了，明日御春园之宴可算双喜临门，诸位爱卿务必前来，朕定要与尔等畅饮一夜。”

众人愕然。

静了片刻，又纷纷道喜。

萧运长会连夜入宫请旨，便是害怕萧六郎犯的事被皇帝降罪，祸及萧家。而陛下不治罪反嘉奖，甚至敕封萧乾为天下兵马大元帅，原来是想招他做驸马。

众臣心里敞亮，恭贺之声不绝。

可萧乾静静立在殿内，却无只言片语。

萧运长瞄他数眼，见他仍然凝滞不动，不由得焦躁地低斥一声：“六郎还不快叩谢陛下恩典！”

屋外，风雪堆积，屋内，火光通明，萧乾的表情像被数九寒冬的雪凝过，没有半分温度。瞥了他爹一眼，他慢腾腾拱手。

“陛下，臣不敢娶公主！”

恭贺声停了。

众人堆笑的脸收敛了。

萧运长的脸也拉得老长，恨铁不成钢地斥道：“你这孩子，在胡说什么？婚姻大事，何时由得你做主了！”

他猛地给萧乾丢眼色。

可萧乾却置若罔闻，固执地致礼，一动不动。

从喜到惊，殿内的气氛转变很快，至化帝一张老脸也冻结了。都说皇帝的女儿不愁嫁，皇帝想把女儿许配给他，他却当场拒绝，这事换了哪个皇帝，脸面都会挂不住。

“萧爱卿可是看不上朕的女儿？”

这句话至化帝问得有些沉重。

隐隐地，似乎还包含了一层杀气。似乎只要萧乾敢拒绝，先前他曾赐予萧乾的一切都可以收回来，甚至治他之罪。

萧运长捏了一把汗，可萧乾却很淡然：“不敢欺瞒陛下，微臣乃四柱纯阳之命，相士说，此命不利六亲，命运多舛，克性极大，乃孤寡之命。”

他的声音很从容，可那淡淡的、冷冷的声音，却在寂静中平添了一抹凄哀。

众人盯着他不语。

他顿了顿，头微微抬起，余光瞄一下萧运长变色的脸，继续对至化帝道："微臣幼时也因此命被家中嫌弃，赶出府外。可微臣并不曾埋怨，因为微臣确实克兄克父。自打微臣入府，兄长便病灾不断，父亲征战也惨遭横祸，九死一生，差点性命不保，整个族内无一刻消停……"

他说得头头是道，而萧家这档子事，朝内有八卦之心的人，包括至化帝都一清二楚。听说当年便是因为萧运长接纳了外室子萧长渊认祖归宗，住回了楚州的家中，不过一个月，萧大郎便突然生了一场重病，董氏曾狠狠闹过一回。可从此之后，萧大郎的身子便一直不大好了。

不仅如此，素来骁勇善战的萧运长，在两个月后出征也横遭大祸，差点死在边陲，回家后，也因为身体每况愈下无法再上战场，国公之名便单单只成了一个爵位，萧家一脉也从此无人可堪顶梁之柱，萧家在朝中的势力也渐渐微弱。

那十几年，谢忱贵为宰相，权倾一时，几乎拔除了萧家扎根在南荣的庞大根基，直到萧乾再入朝纲，萧氏一族这才得以翻身，而萧乾四柱纯阳的"克性"之命，也渐渐被人忽略。

他此番主动提及，众人也不免尴尬。

当年，多少人曾对萧家的衰败暗自生喜！

又有多少人曾经给过突然冒出头的萧六郎当头一棒！他一步一步爬上枢密使的位子，没少吃这些老臣的暗亏。

可萧乾似乎全然不记得那些事，只道："离家之后，微臣偶得高僧点化，在佛前忏悔许愿，此生寡欲清心，永不婚配，以免害人害己。"

至化帝目光凝了凝，似在考虑。

萧乾抿了抿唇，似有叹息："玉嘉公主天姿国色，微臣求之不得，但微臣天生此命，不得不为公主考虑，为陛下考虑，为社稷考虑。"

他凝视着至化帝。

殿内众人也凝视着至化帝。

若萧乾娶了玉嘉公主，那便是至亲至爱之人，按民间的叫法，至化帝他也得叫一声"爹"，那么，四柱纯阳"不利六亲，克性极大"的衰运，岂非也要累及皇帝，累及江山？

久久，至化帝抬了抬手。

"罢了，都退下，容朕思量一下。"

萧乾骑马出皇城的时候，天边已泛起了斑白之色。他望向天空还未停歇的雪花，微微眯了眯眼，猛地拍打马背！

一辆马车从他后面驶来。

远远的，车上那人撩了帘子。

“六郎，且住！”

苍老的声音，带着受风的咳嗽，让萧乾皱了皱眉头，终是勒住马缰，掉转马头，走到马车的前方。

“父亲大人有何事交代？”

萧运长屏退了左右，抿紧嘴唇看着风雪中静静站立的儿子，打量着他那张半掩在风氅帽子里的脸，有那么一瞬，恍然看见了六郎他亲娘，不由得怔了怔。

六郎的亲娘长得极美。

她的容色与气度皆不同于南荣任何一个女子，二十多年过去了，萧运长至今都能清晰记起当年初见她的第一眼那种怦然心动的感觉。

从未有过的心动。

只可惜，那时他不懂。

如今懂了，却斯人已逝。

她是萧运长出征北方的时候从战场上捡回来的。当夜南荣军队大捷，他的部众抓了不少胡族舞姬，把其中最漂亮的一个献给了他。

当夜，萧运长便在中军帐里睡了她。原本她那样的身份，睡了一次，若赏给部将或随便处置，不会再有下文，但她实在太过柔顺，太过美艳，他睡了一次，得了些滋味，便带回了楚州，置了一处别宅安顿。

萧运长堂堂国公爷，原本纳一房小妾不算什么大事，他大可以名正言顺把她接入府中的。一开始他也有过这样的打算，可六郎他娘不仅美艳过人，肤白而嫩，还天生异瞳，看上去妖娆妩媚，长得便有祸国之相，外形还不似南荣女子。当时南荣与北方珒人和草原部落关系紧张，萧家与谢家的关系更是水火不容，若萧运长堂而皇之地纳她入府，难免被谢忱抓住由头添油加醋地参奏一番，惹人非议。

于是，为了萧家，为了前程，他把此事隐瞒了下来，谁也没有说起，萧府上下谁也不晓得他置了外室。

但纸包不住火，他的心管不住他的腿，他三不五时去与她私会，时常流连别宅，乐不思蜀，没有引起萧家注意，却引起了谢家注意。

趁他不在，谢忱打起了她的主意……

那一日，也是这样大的雪。

她从别宅里逃了出来，顾不上穿好衣服，赤着一双脚，牵着小小的六郎，就那般跑到了萧府求助于他。

可偏生他不在府中，他们母子二人被董氏撵了出来。等他再回楚州，已是一个月之后，他不知原委，她也不肯言明，可外头的风言风语却多了起来。

他被老夫人召见，在祠堂罚跪三天，仍然执意让她做了姨娘，将她与六郎接回府中安置，可她再不若往日那般柔顺，更不得快活……

“父亲若无事，儿子走了。”

萧乾幽冷的声音从夜空中静静传来，每一个字都很轻，却仿若蜇心之针，刺着萧运长的心脏，将他从沉痛的往事中一点点拉回。

“六郎……”他无声地张了张嘴，讷讷地看着天，“那一日，也是这样大的雪，你母亲她……”

“他死了，死在我的剑下！”萧乾打断他，目光阴冷，似乎手刃仇敌并没有让他的灵魂得到解脱，“不仅谢忱要死，整个谢家都将为她的亡魂做祭。”

“六郎……”萧运长突然老泪纵横，“幼时的六郎很爱笑，很可爱，像个瓷娃娃，人人见到都会说怎会有这样乖巧的孩子，这小郎君长大了得多俊啊，尤其那双眼……怎会有孩子的眼珠生得那样好看？”

“父亲不是曾说那是妖孽之眼？”萧乾轻轻笑着，视线一点一点移向他，仿佛在生生剜着他的肉，“我生得像她，对吗？尤其这双眼。”

“是，像极了。”萧运长喃喃。

“是父亲放弃她的，后悔吗？”

萧运长吸吸鼻子，望天长叹一声：“后悔……”

“后悔也无用。”萧乾打断他，冷笑：“告辞！”

“等等！”萧运长回过神来，看着儿子冷峻逼人的俊脸，微微一叹：“当年是为父对不住你们娘俩，可六郎，今日之事你也太过莽撞！无论如何你也不该拿此事拒婚呀。若官家深查，知晓你母亲非南荣女子，这样的身份，难免被人诟病，官家生性多疑，恐怕往后也再难重用……而且，如今谢忱得诛，你若娶得玉嘉公主，不仅是良缘一桩，对咱们萧家也多有助益……”

“萧家是你的萧家，与我何干？”萧乾看着面前这个因为生病看上去比实际年纪大了许多的男人，淡淡说罢，忽地偏了头，似是不想再看，又似是不忍再看，“天寒地冻，父亲身子不好，还是少出府走动为好。”

马往前走了两步，他没有回头，却又低声嘱咐：“老寒腿最怕过冬，战场上那些伤，过冬也会难受，等过两日我回府给你开些方子。”

萧运长目光微凝。

定定看着儿子的背影，他嘴唇有些颤抖：“六郎，父亲无事，这病好不了，也死不了。可萧家……”重重一叹，他又道，“萧家也是你的萧家。国公这个爵位，也早晚是你的。”

萧乾回头淡淡看他。

那雪夜下的目光，像一汪冰冷的湖水。

“父亲以为我会在乎一个爵位？”

萧运长微微一怔。

"那你在乎什么？难不成你……"

似是被自己的想法惊住，他赶紧住了嘴。

萧乾却笑了，一双冷鹜的眸中，一层浅浅的碎金色光晕在慢慢扩散，带着一种遮天盖地的霸气，淡淡道："河山千里，天涯万丈，旁人策得马，我必挽得弓。"

"你……荒唐！"萧运长大惊，唇角几不可察地颤抖，声音小了又小，"一日为臣，世代为臣。事主奉公，忠孝两全，乃萧家祖训，你忘了？六郎，听爹一句劝，那河山千里虽美，不是你的。天涯万丈虽高，也不是你的！"

"是我的，我就拿。"萧乾转脸看他，眼底光芒乍现，似有千军万马奔袭而来，一字比一字冷，"不是我的，我就抢。"

"我以为，你只为报仇。"萧运长似在叹息。

"只为报仇，我先杀你。"萧乾冷笑一声，紧了紧绳子。

萧运长狠狠一窒，迎上他眸底冷冷的寒意，一种似无奈似悲怆又似无能为力的情绪让他一张老脸霎时像苍老了十岁。

这个人是他的儿子。

可他的凉薄无情，却让身为老子的他感到害怕……因为这世间，似乎已经没有六郎在意的人。所谓"无欲则刚"，一个无牵无挂的人，狠起来真的可以狠到极致。

若有一个女子可以暖了他的心，制住他的人，不让他为所欲为，岂非好事？

萧运长悠悠问："六郎，你在大殿上说的话是真的吗？"

萧乾抿了抿唇："什么话？"

萧运长一叹："此生永不婚配？"

视线一寸寸凉却，萧乾深不见底的眸，不见半分温度，他道："你猜。"

萧运长："……"

这刹那的狡黠让他激动不已，仿若又见到幼时的六郎，可萧乾却全然没有和他叙旧的兴趣。他拍了一下马背，驾一声："儿子先行一步，父亲慢慢猜。"

马蹄的声音在静夜格外清晰。萧运长看着他良久无言，等他的背影彻底消失在风雪之中，他方才放下帘子，无力地倚靠在马车上，长声一叹，唤回侍卫。

"回府。"

萧乾刚入得枢密使府，薛昉就迎了上来，一边拍着他肩膀上的落雪，一边笑道："使君总算回来了，墨姐儿还未入睡呢。"

"还没睡？"萧乾脸色一沉。

"是。"薛昉被他一吓，赶紧低了头，"属下劝她好几次，她都不肯，愣是要等着使君回来，怕是忧心使君了。”

“嗯。”萧乾缓和了声音，唇上有一抹笑痕。

薛昉察言观色，继续讨他喜欢：“天还没亮透墨姐儿就去了灶房，蒸了糕，熬了粥，都炆在炉子上，说等使君回府就能吃了。”语速极快地说完，他想了想，又道：“使君是个有福气的人，墨姐儿心灵手巧，性子温顺……”

萧乾一怔。

默了默，他慢吞吞看着薛昉：“她性子温顺？”

薛昉连忙缩了脖子：“偶尔，偶尔……不，属下是单指她对使君性子温顺。”

萧乾哼一声，大步往内院走去。

“下次拍马屁，说清楚一点。”

薛昉很无辜：“……”

在枢密使府里，萧乾住的地方与楚州一样，也叫乾元小筑。回到自己的住所，他似是轻松了许多，面上添了几分暖色，大步走入院子，行色匆匆，似有急切。

可不等他入屋，一条大黄狗就扑了过来，又摇尾巴又摆头，前蹿后跳地围着他与他亲热，也硬生生挡住了他的脚步。

他急：“让开！”

旺财：“汪汪！”

他走左：“你这狗东西！”

旺财：“汪汪！”

他闪右：“听不懂人话了？”

旺财：“汪汪！”

“旺财，怎么了？！”墨九听见院里的动静，跑出来就看见院子里与狗纠缠不清的男人。

银装素裹的天际之下，他颀长的身姿如芝兰玉树般吐着幽幽的芳华，黑色的发、黑色的衣、黑色的披风，与白色的积雪衬在一处，竟是那般俊美。一黑一白，是世间最为简单却又是最为迷人的搭配。

“你回来了？”她微微一笑，奔了过去。一晚上待在府里，她担心了他这样久，见着他安然无恙地回来，欣喜之余，脚步不免也有些急切。

“仔细些，地滑。”他迎着她过去，将飞奔而至的女子接住，紧紧一搂便纳入了怀里，掌心顺了顺她脑后披散的头发：“这么冷，跑出来做甚？”

“我不怕冷！”墨九软在他的怀里，眼神往上一瞄：“这不是有现成的暖炉吗？”

说着她便将冰冷的手往他腋下伸去，萧乾皱了皱眉，并不阻止她，反把她搂得更紧，声音喑哑道：“小妖精，再惹我，破戒了。”

咦，这句话有些耳熟?

墨九听着这似曾相识的话，皱了皱鼻子，埋首在他怀里，那清淡的薄荷味与男子气息混合在一起，清凉入鼻，让她整个身子有些酥软，无力地倚靠着他。

“萧六郎……”

“嗯。”

他浓浓的鼻音很哑，有一种慵懒的暧昧。

墨九翻了翻眼皮，抬头看他，正好与他低垂的视线相撞，不由得微微一怔。那火一样的眸中似燃烧着两团火焰，这刚烈的风、这飞舞的雪也灭不了它分毫。

“你这样看我做什么？要吃人似的，怪吓人的……”墨九狐疑地问着，可话还没有说完，只觉身子突地离地，她被萧六郎整个抱了起来。

这感觉有些奇妙，她已经有很多很多年没有被人这样抱过了……记忆中，唯一一个这样紧密抱她的人是她的爸爸，可自打她晓事，慢慢长大，连爸爸也不这样抱她了。

她欢喜得眉飞色舞，双手揽紧萧乾的脖子，像个小姑娘似的，两条腿来回扑腾着，不停唤他：“萧六郎，来，转个圈，转几个圈……快嘛！”

萧乾怔了片刻，方才领会她的意思。

虽然他不懂得墨九要“转圈”的心思，他却依言照做，搂着她窄细的腰，双臂用力，便抱着她在漫天舞动的飞雪之中原地转起圈来，一圈，又一圈，他用力的胳膊高高扬起，墨九的惊叫声与笑声也传了老远……只可怜了地上的旺财，根本搞不清楚状况，跟着他们一圈又一圈地瞎转。

墨九哈哈大笑。

“好玩，萧六郎，再转。”

“你头不晕？”

“不晕，再来再来，我可喜欢了。”

“……”

雪地上，笑声不断。

一大一小、一黑一白两个人影，似乎与风雪融为了一体。一个裙摆飘逸，一个风氅飞扬，一个笑容娇俏，一个容颜清俊，一个如那雪中妖姬，一个如那下凡谪仙，各有美丽，各有妖娆……将这一片纯白的世界点缀得宛若仙境，便是将世上所有与美有关的词堆积一处，也无法描述万分之一。

墙角处，有几颗脑袋探了又探。

“娘哎……这是咋的啦，转不停了？”

“不是一家人。”声东说。

“不进一家门。”击西说。

“没事就发疯。”走南说。

“连狗都很笨！”闯北总结。

“妙啊！”

院子里的两个人当然不晓得已经被四大隐卫当成了疯子，等墨九玩够了，终于心满意足地被萧乾抱着入了屋子。

与外面的冰冷不同，屋子里很暖。萧乾没让她下地，一直抱着走向了他的房间，于是那长长的一段路便添了暧昧，连地也松软得像铺了一层棉花。墨九心里软酥酥的，看着屋内的灯火，心脏怦怦直跳。

“萧六郎……”莫名的紧张感让她下意识想找点话说，于是，她想了想，眉眼弯弯地问：“萧六郎，你入宫，没发生啥事吧？”

萧乾眉梢一挑，把她放在椅子上坐好，解掉身上风氅，拍拍雪花，搭在衣架上。

“疯够了才想起来问？”

墨九认真地托着腮帮看他的脸色，喟叹一声，说得情深意重：“这话太没良心了。你都不晓得，我可关心你了。你若再不回来，我都准备闯入皇城，与你一同赴死了。”

萧乾：“……”

墨九嘿嘿一声：“不信？”

萧乾摇头：“你会嫌麻烦的。”

墨九哈哈一笑：“那是。一同赴死这种事，何苦呢？你若真的死了，我肯定也舍不得死。我会把你没吃过的吃回来，把你没享受过的享受回来，这样才不负你的情义嘛。”

看她说得认真，萧乾哭笑不得：“你个没心的东西，除了吃，还懂得什么？”

“谁说我没心，我心大着呢。”墨九笑嘻嘻揭开炉子上炖着稀粥的锅盖子，用白玉似的瓷碗盛了一碗，放在桌上，鼓着腮帮吹了吹，抬眸道：“你不要以为姐就只懂得吃喝玩乐，姐的本事说出来怕会吓着你。放心吧，养兵千日，用兵一时，你总会有用得着我的时候。”

“阿九，”萧乾严肃地坐过来，突地夺过她手上的勺子，将她略带凉意的小手握在掌心，慢吞吞道，“现下便有一件事用得着你。”

看他说得严肃，墨九微微一怔。

“何事？”

萧乾唇角微弯：“好事。”

墨九不解地挑眉：“你要嫁我为妾？”

“……”无奈地扫她一眼，萧乾紧了紧掌中柔若无骨的滑腻小手，心疼地揉了揉，凝视她片刻，缓缓道：“阿九，艮墓有着落了。”

墨九几乎要停止呼吸。

八卦墓一直没着落，这些日子以来，她没有一日不在心里念叨，也想过无数种可能，可天下之大，她依旧毫无头绪，如今得来全不费工夫，她忍不住激动，一把反抓住萧乾的手。

“在哪儿？”

萧乾不答，一双幽深的眸子在昏暗的灯火下有一种讳莫如深的深邃，既正经，又邪魅，既无赖，又尊贵，仿若带着蛊惑人心的无声邀请。

“亲我一口，便告诉你。”

墨九微微一愣。

从对八卦墓的猜想，到“亲一口就说”，萧乾话锋转变有点快，墨九半眯着眸，与他灼灼的目光在空气里交缠片刻，方才反应过来她被调戏了，被萧六郎调戏了。

“俗！”她道。

“忒俗！”她又道。

“萧六郎，你真的很俗！”

又低斥一声，就在萧乾敛眸思考的瞬间，墨九猛地拉紧他的手往前一扯，双手顺势搭在他的肩膀上，上半身往前一斜，几乎整个偎入他的怀里。那亲密的姿态让萧乾始料未及，僵硬的身子情不自禁往后一仰，有一种玩鹰被鹰啄的无奈。

墨九却再次靠上去，不以为意地笑。

“傻啊！亲一口什么的，早就过时了。”

他仰着头，看着软靠在身上的墨九，抿嘴不语。

“六郎……”墨九轻唤着，凑近他的面颊，用一种令人沉醉的迷离柔声轻轻呵气：“一看你便是没有经验的人。罢了罢了，我也不期待你能给我什么惊喜，我教教你好了。你可晓得一般男子撩姑娘，都是怎么撩的吗？”

她熟稔的语气让萧乾目光有些沉。

“你很懂？”

“那是自然。我说过，姐懂的东西可多了……这便教你两招。”她笑眯眯搭在他的肩膀上，头越来越近，与他相视一下，突地偏头，嘴唇从他侧脸错过去，堪堪擦过，像是有意，又似无意，往下一低，吻在他的肩膀上，手却慢慢从他肩膀滑落，鱼似的游弋在他面料极软的衣衫上。

若有似无的淡香，亲密相缠。

灯火更暖，情绪也更为暧昧。

温度渐渐上升，炉火似乎更为亮敞。

两个人穿得都不太厚，单薄衣裳之下，身体轮廓一经接触便有了质的变化……

“怎么了？不喜欢？”墨九见他紧抿薄唇，身子硬得像一块石头似的，却笑着收回手，轻描淡写地抚上他修长的脖子，指着上次云雨蛊宿体破皮的地方，故意咦了一声：“这里怎会留有疤痕呢？”

“有吗？”缱绻时被打断，萧乾的声音哑而闷。

“当然有。”墨九解开他的衣领，拧着眉头，认真地在他脖子上检查，白皙的指尖摩挲着那一处浅浅的疤痕，似有千般柔情，万般怜惜，动作缓、轻、慢，挠得人心尖发颤，她却冷不丁低下头，在那淡淡的痕迹处印上一吻。

受过伤的地方格外敏感，何况颈窝！

萧乾高大的身子哆嗦一下：“墨九。”

“嗯。”她辗转轻抚，语气柔柔，“这一招，可学会了？”

他目光斜斜睨她，嘴唇越发抿得紧。她一笑，温热的吻落在上面。轻的、酥的、痒的，一种他从未经受过的古怪的温柔之意便顺着那一道浅浅的疤往他四肢百骸游蹿，仿佛燎原之火，瞬间便燃遍了他的领地，让他僵硬着身子，一动也不敢动。

这样的角度，他侧目只能看见她半张脸……

可即便是这样的角度下，她的俏媚也近乎完美。

他看得似乎有些痴了，墨九却倏地停住，轻缓地喘着气，似乎这一吻让她受了累，耗尽了力气，那呼吸声带着喘意，让他心尖一阵缩紧、发酥……可她并没有抬头，依旧俯首在他脖子里，柔软的唇贴着他的肌肤，一点一点吻，细碎而温柔，带着致命的引诱。

“懂了吗，萧六郎？”

他早已云里雾里：“嗯？”

“亲一口是不够的。”她含糊道，“起码得亲好多口。”

“……”萧乾不答，掌心搂紧她的后背，带着怜爱之意。

从来没人这般对待过他，细密的吻，香软的唇，在他的脖间缠绕，温软的呼吸却悉数落入他的耳窝，痒痒的，麻麻的，快意的，激起他埋藏多年的炽烈之火，那火苗越蹿越高，四处游移，忽而上，忽而下，狂乱地冲袭着他们这种不为世俗所容的禁忌关系。下丹田，入脐下，让他身子紧绷，一种恨不得与她捆在一起燃烧、恨不得颠覆这红尘俗事的渴望，让他看她的眸色更深。

似是迫不及待，又似紧张彷徨。

在男女之事上，萧乾并不比墨九有经验。

墨九虽然也不懂，可好歹来自资讯发达的时代。

一番折腾，看他手脚僵硬、额头微湿的样子，反调戏成功的墨九唇一扬，弯出一条邪恶的弧线，一点一点将脸贴上他的，感觉他屏紧呼吸，搂着她更为用力，她又笑眯了眼，猫般慵懒地在他耳窝里呵着软气问："学会了吗？"

"……"萧乾闷声问："哪儿学的？"

"就不告诉你，急死你！"墨九轻笑。

"……"

"萧六郎，"墨九晶亮的眸紧盯他的眼，"亲了这么多口，够不够交换艮墓的消息呢？"

萧乾赤红的目光微微一怔。

她竟有心思问这个！

"嗯？"看他一脸迟疑的样子，墨九微微一哂，不由得喟叹：艮墓是什么鬼，恐怕早被他忘到九霄云外去了吧。书上之言果不欺人，雄性生物天生都是用下体思考的，便是萧六郎也不例外。

她这般寻思着，却听他沉声道："不够！"

墨九暗自咬牙，果然没有看错。

"禽兽啊！……不过，我喜欢。"

她贴着他的脸说话，声音小得除了他二人，再无第三个人可以听见。末了，她顺着他的耳根又慢慢亲起来，手指轻轻挑开他的衣领，吻在他锁骨的位置，辗转几下，又停住，狐狸精似的，媚眼看他："如此可够了？"

"不够。"他声音略微喑哑，似憋着气。

"呀，不够啊？"墨九未察觉他的情绪，语气婉转地抬眼瞄他一下，与他灼灼的目光相视片刻，嫣然一笑，一只手从他的脖子挪到他的胳膊上，轻轻一掐，感受到他肌肉紧绷，她的脸色却更加柔和，柔柔的妩媚之气似是从骨子里泛出来的，又似渗透在每一个毛孔里，让整个空间都暖暖的，飘浮着一种罂粟般蛊惑的暗香。

"那我再多亲几口？"

她一只手轻搭在他的玉带之上。

轻轻地钩着，像要把它扯开，又像扯不开。

这似扯非扯的小动作，她从容、自在，他却像在受某种烈火焚身的酷刑，她轻钩几次，他便难受几次，那手在身上，似带出了无数只小虫子，轻轻在爬，挠在他的心尖，让他口干舌燥，却不敢恣意妄为；想要汲取那诱人的甘泉用以解渴，却又不得不克制。

"墨九，说正事，不闹了。"

"这不是正事吗？"墨九微微启齿，眼波极为妩媚，声音却极尽无辜，"不是六郎说要亲一口才说……而我亲了好多口，六郎又说不够，一直都不够，我想，是不是还得再换个地方亲……"她说到这里，手指突然扯开了他玉带上嵌了宝石的搭扣，那一条图案精美的青玉带便落入了她的掌中。

“呀，我不是故意的。”

扯了好半天，她说不是故意的。

好，就当不是故意的吧，可她不故意地扯开了玉带，为何又要不故意地去撩他的袍子，嘴里喃喃：“六郎这是怎么了？……什么腿肿得这样高？”

“阿九！”萧乾猛地拦住她的手，“好好说话。”

“六郎身子不舒服？”墨九心头闷笑，却没有忘记本分——她如今只是一个十六岁不到的小寡妇，那些现代知识先丢一边去吧，假装不晓得地逗一逗使君大人，以报他“调戏之恩”，也是一件有意思的事。

“我很好。”萧乾袍子怪异地撑着，脸上还保持着镇定。墨九一脸无辜地看着他，又低头瞅了瞅，“真的没事吗？”她拧着眉头便作势要扒，“还是看看，比较放心。”

“……阿九！”萧乾站起来也不是，坐下也不是，好不容易挡住她的手，紧紧握在掌中，他定了定神，声音却哑得像是缺了水：“不要胡闹，我们来说艮墓。”

“糊涂！艮墓重要还是人命重要？”墨九审视着他耳根处淡淡的红，皱眉盯着他，严肃道，“萧六郎，讳疾忌医可不好。没事怎会肿成这样？是不是你在宫里受了伤？来来来，让我检查一下。”

她去扳他的手。

萧乾握紧了她的手。

双手相握，他掌心灼烫，汗湿一片。

“说正事！”

“受伤不是正事，却是大事，性命攸关哪！”

“墨九！”他似乎在咬牙，与她“单纯无知”的双眸对视片刻，他终于醒悟过来什么，目光灼灼盯着娇俏又正经的小妇人，用一种不可思议的眼神盯着她：“你故意的？”

“什么故意的？”墨九装傻，不经意收回手掠过那处高地，并非刻意，可刹那划过尖端的触觉，却让他哆嗦一下，狠狠揪住她的手：“……墨九！”

墨九也惊了：“这回真不是故意的。”

一不小心把前几回暴露了，看他着了火一样要吃人的眸子，她又狡黠一笑：“脸色这么难看，该不会是打痛了吧？要不要我给揉一揉？”她爪子张开，那跃跃欲试的样子让萧乾很想松开手，却又不敢松开手。

感觉很……复杂、微妙。

终究，他硬生生道：“九爷的恩宠，我不敢消受。”

由着墨九闹腾下去，她倒无事，他怕管不住自己。

“你都说是九爷恩宠了，却不敢消受，不是灭自己大丈夫的威风吗？”墨九笑眯眯地逗着萧六郎，原本没有什么感觉，存了一大半开玩笑的心思，可萧六郎的样子，秀美多姿，翩翩皎皎，如此君子，却让她不知不觉动了心思。尤其他对待男女之事的态度，与她前世见过的任何一个男子都不同……他很认真，很慎重，不会把睡姑娘与吃饭、喝水同等对待。墨九是个注重感受的人，这样子的萧六郎，让她悸动一下，竟把自己撩得动了情。

“萧六郎，你不说我早晚是你的人？”

她抱住他的脖子，收起戏弄的情绪，亲密地坐到他怀里，双手捧住他的脸，感觉他怒而张狂的硬气，稍稍往外挪了挪，轻抿着嘴，几分认真几分戏谑地道：“二十多的人了，也不小了。我若说……愿意，你受是不受？”

这话没头没脑。

可萧乾身为男子，自有感悟的本能。

他把她抱了个满怀，却在拒绝：“阿九，不行的……”

“你不行？”墨九故意歪曲他的意思，往他身上蹭了蹭，娇着嗓音：“我怎么感觉，其实你很行呢？”

这姑娘是个磨人精，她明显没有太认真，却总容易让人很认真，听她这般说话，对他来说无异于折磨。一种恨不得破茧而出的禁锢感，让他很是难过。他盯着她，一双深眸似有暗芒，恨不得在她脸上戳出一个洞来，可语声倒还沉稳：“阿九是个好姑娘，我不能率性而为……”

“哦。”墨九点头，“那六郎与哪个坏姑娘率性而为过？”

揪住他的语病，她便不松口：“怪不得人家都说姑娘不坏，爷们不爱。这般看来，我们萧使君喜欢的是坏姑娘啊！是梨花院的花魁，还是春风坊的头牌？她们都是如何坏的？如何讨使君欢心的？”

“我哪有！”

萧乾皱眉申辩着，被她紧紧挨坐身上，姑娘香香的身子，柔柔的语调，激得他的头都快要爆炸了，哪里还有平常的冷静？身子僵硬着，素来清心寡欲的萧使君，对上这么个缠人的东西，一旦动了情也很难从容不迫，便是嗓子都沙哑了：“小祖宗，下来坐着说。”

“祖宗很忙，禁欲中。”

“……”萧乾无奈：“坐下来再说。”

“下来……就不好说了。”她挨紧他，“我就喜欢这样说。”

淡淡的少女清香飘入他的鼻端，一双长翘的睫毛忽闪忽闪，随着她的声音眨动，像是扇入了他的心底。煎熬着，他仿佛一个提剑站在十字路口的卫道者，一边是万丈深渊，写满了禁忌的欲望，一边是康庄大道，却没有她，也吸引不了他的灵魂。

他的手紧紧搂着她窄细的腰。

掌心里的温热如此真实，真实得让他的血液似乎都凝固了。

“阿九，别这般！”他拒绝了，可如鲠在喉，似乎生生作痛。

“萧六郎，你这个人好不爽利。”墨九慢悠悠瞪他一眼，并不在意，也没有他那么多心理负担，“说你是榆木脑袋吧，可你往往聪慧得很。说你聪慧过人吧……你这智商，还真不如你二当家的诚实。”她调皮地笑着，蹭了蹭他。

于是萧乾闭了嘴，眉头深锁，冷峻的面色紧绷着，就像在经历一场生与死的搏杀，那严肃的样子，落在墨九眼里，有那么几分性感，有那么几分诱人，更有那么几分……可爱。

“萧六郎，是你逼我犯罪的啊。”她往下一探，愉快地问：“怎么不说话了？”

她握紧他，他也搂紧她，两双眸子在氤氲的灯火下互相入侵着，猜度着，带着一种微妙的试探。

他的手越来越紧，她的手也越来越紧。

她腰身好窄，好软，这样的纤柔，仿佛他稍一用力就可以将她拦腰掐断。

而她紧盯的目光却那样坚韧，不像女子的柔弱，却又有着女子的妩媚，水汪汪的，像深浸在塘中的水草，缠上他的心，又像尖锐的长钩，探入他隐秘的深处，唤醒他从不曾示人的渴望。

“墨九，分明是你在逼我。”

一声闷斥，萧乾反捉住她的手，赤红着深寒的眸子，掌心一收，将她拦腰一抱，用一种几乎要把她揉入骨肉的力度，将她揽在怀里。

墨九看他眼睛发红，惊道：“萧六郎，这是做什么？”

他低头凝视着她：“盛情难却！”

她推他：“咱们能不能……”

“不能。”她的手却被他反握住，“迟了。”

“我是说……”墨九皱眉，“能不能换个地方？”

他唇角扬了扬，微微眯眸，已抱着她推开雕花的房门，绕过照壁，穿过一层拖曳于地的帐幔，进入了他的寝室。这是墨九第一次进入他的卧室，微微有些吃惊。萧六郎的卧室并不奢华，却整洁得让她身为女子也有些自卑。尤其房内那一张特制的软榻，吸引了她的注意力。

精品，老古董，好东西！她心里赞着，腰上突地一紧，迎上萧乾深邃的眸子，不由得又换了一套词：香靡、艳色，这样干净整洁的布置，确实是一个“被翻红浪”的好地方。

内室没有灯火，只窗口处有点点天色微明的薄光。

昏暗、氤氲、深浓的颜色，让墨九有一瞬间的紧张。

难道她的人生初体验，就在今日？她忐忑地想着，正闹不清应当大方点表示也很好奇和期待，还是应当羞羞答答地欲拒还迎，身子就重重地落在了榻上。厚厚的褥子，有着阳光味道的被子，松软、舒适，让她感觉落在了云端。

“萧六郎，可不可以轻点……”

“不要说话！”他温软的唇带着湿热的呼吸压上她的，清越的声音带了一点喑哑。人之初，性本欲，他长久以来都不曾碰过妇人，积累的情潮暴发，如同排山倒海，几乎让她招架不住。这吻来势汹汹，她无奈地轻嗯一声，挣扎几下，就没有了回应的力气，只瞪着一双大眼睛看他，看上去既纯净又无辜。

萧乾怔了怔，掌心托着她的后脑，身子重重压迫着她，逼仄的空间里，二人呼吸可闻，身子相贴的暖流便透过彼此单薄的衣裳传入四肢与大脑，让一个浅浅的吻慢慢加深，渐渐缱绻……

空气里似泛着甜香。

墨九与他相缠，情不自禁哆嗦一下。

“六郎……”

这并不是她第一次与他相吻，却是她第一次感觉到他如此直接的热情。

他的热情火一样席卷，来得又快又急，不若他平常的寡淡，似是褪去了一层包装的外衣，那一些用于掩饰的画皮没有了，只剩下原始而纯粹的欲。在他的眼底，她似乎不再是她，而是一座等待他攻克的城池，他挥刀执戟，指挥着他的千军万马，厮杀着、掠夺着，用着最原始的力量要把她征服……即将战斗的快活，让他呼吸渐重。

墨九却喘不过气来。

她用一种微乎其微的力量推着他。

“萧六郎……你起起……”

“嗯？”他气喘不匀，目光亮得惊人。小妇人软缎似的脸上，纤细的眉微拧着，色泽粉嫩的软唇轻嘟着，妩媚得像一件上了细釉的精美瓷器，纵有千般不满，却添万般风情……只不过，说出来的话却不怎么美。

“萧六郎……你好重。”

“……”

看他脸色不太好，墨九也觉得这种时候打断他有点不厚道，于是她抿了抿嘴，用商量的语气道：“要不然，我们换个方位？”

他似乎不解，墨九认真地解释：“我上，你下？”

“……想都不要想。”他无法理解那是什么姿势，不用考虑就拒绝了。

不过拒绝完，他还是怜惜她身子弱，翻个身，侧卧在她的身侧。

墨九松口气："你会不会压啊？差点压死我！"

"……"萧乾抽了抽嘴角，忍不住失笑。也不知怎的，这一笑，他先前心猿意马的念想，不受控制的情浪，竟全都化为了一腔怜惜，而那些失去的理智也统统都回来了。他道："一宿未眠，累了吧？"

"嗯。有点！"墨九适时打了个哈欠。

她总不能说，我其实不累，你继续吧？

可萧乾当了真，他点点头，便从榻上支起身。

墨九正欲鄙视他临阵脱逃，窗口便响起一道嘎吱声。

萧乾对声音很敏感："谁？"

窗口轻轻一叩，对方似是很不想打扰，声音带了沮丧："使君，左执事求见。"

萧乾微怔，墨九却道："他也没有被烧死啊？"

"……"萧乾哭笑不得地看着她："你睡，我去看看。"

这一回轮到墨九无语了："你抱我进来，就是为了让我睡觉的？"她不太服气，对自己的吸引力产生了严重的怀疑，说着便挣脱他的手，凭着直觉去探他。昏暗的光线中，她看不清他的脸，却可以感觉到他抬头时眸中的灼光。

他心跳一下，深眸炽烈。

她却在一触之下，烫了手似的缩回。

"好，我睡，你去。"

"……"萧乾不上不下地盯着她，似乎做着激烈的心理斗争，可他强大的意志力实在不允许他继续这样错误，终于慢慢撑着榻，艰难地起身，放下帐子，转身往外走。

"站住！"墨九唤她。

"嗯。"他像受到恶魔的召唤，不加考虑就回头，打开帐子，那一瞬的急迫与期待，让墨九不解地皱了皱眉，才慢悠悠道："你还没有告诉我，艮墓到底在哪里？"

她懒洋洋的样子，从容不迫，气定神闲，仿佛先前与他的痴缠不过是他一个人的幻觉。明明是他主动撩她，也是他主动放弃与她痴缠，可这一瞬，他却有一个错觉——分明是她抛弃了他。

"说啊！"墨九舔舔唇，满目疑惑。

"你只关心这个？"他问。

他那意思是墨九与他相缠这么久，就是为了探得艮墓的消息。墨九听明白了意思，却懒洋洋躺着，也不反驳，似笑非笑道："若不然还能是为了什么？"看他身子僵硬着，脸色难看至极，她更是好笑不已，却正经着面孔，慢慢爬起来，扯着他的胳膊，娇着声音："……六郎若是觉得还不够，我可以再亲好多口的。"

她靠着他，便凑向他的唇。

萧乾一惊，扼住她双臂挣脱，似不甘心，又似无奈："……在御史台狱。"

"什么？"墨九果然停下了。

静默一下，她爬起来坐在床沿，目光打量地从他的脸上扫过，确认他没有开玩笑，又伸手捋了捋耳际的乱发……那细微的小动作，很简单，却像极了早起慵懒的小妇人在梳妆，说不出的妩媚。

"你先别管墨妄，给我讲讲艮墓吧。"

仿佛被针蜇了眼，萧乾猛地挪开眸子，不敢看这样子的她。

"不好让人久等，回头再细说。"

"不行。"她拽着他的手臂，"不说不许走！"

温软的触感太强烈，少女独有的清甜味，氤氲入鼻，萧乾攥了攥拳心，仿佛有什么东西在激烈地撞击他的胸口。他没有办法忽略她带来的震撼，也没有办法忽略他想要拒绝的若干条理由。

"消息是从乔占平处得知的。"敷衍地说了一嘴，他似乎怕她追问更多，说罢便抽开手，转了身，"睡一会儿，吃饭时我再唤你。"

他几乎是逃也似的离开的。

等他的背影消失在眼前，墨九强忍了许久的笑，终于爆发。

"哈哈！小样的，让你逗我。"

客堂里独自坐着一个人，正是墨妄。

大雪未霁，天际刚露斑白，天空干净如洗。他的面前放了一壶清茶，摆着一个棋盘。那是萧乾闲时消遣用的，上面还有一盘未完的残局，黑白棋子激烈地厮杀着，那风起云涌的局面，与当下的形势并无不同。

萧乾负手入内，瞄一眼墨妄凝重的面色："左执事找本座有事？"

墨妄微笑着抬头，可蓦地看见他脖子上深深浅浅的红痕，又耷拉下眼皮。

"小九在你这儿？"

萧乾轻笑一声，在他上首位子坐下。

"左执事来枢密使府，就为问我这个？"

他拒绝深聊的态度，明显有着不愿被人染指心爱之物的保护欲望。墨妄抿了抿嘴唇，情绪莫名地笑了笑，马上换了一个话题，似乎浑不在意，只个中滋味，甘苦自知。

二人一人执黑，一人执白，就着残局下起棋来。

偌大的客堂，无风，也无声。

可无声处，又似有声。

寂静好一会儿，墨妄问："你准备把艮墓告之今上？"

闲闲落下黑子，萧乾语气淡淡："是。"

墨妄笑着看他一眼："好不容易网住乔占平这条大鱼……"慢慢将白子落在棋盘边角，墨妄望向窗外一根随风而动的树枝，轻轻道："我越发不懂你了。当初在楚州，我勉强同意你的条件，虽然有姬辰与姬然的原因，其实也是赞同你的提议，不想把墨九扯入这个旋涡之中。可你中途变卦，又把墨九推了出去，实在令人费解。还有，我一直以为你另有所图，意在八卦墓与武器图谱，可你却轻易把艮墓暴露出来。有了艮山门一事，恐怕天下皆知了……"

微微一笑，萧乾沉声道："这便是我与旁人的不同。"

"嗯？"墨妄不解。

"任何人找八卦墓，都是为了武器图谱，而我……"萧乾笑着慢慢执起黑子，一个杀着，重重落在棋盘上，强势却又从容地道，"我从不以为强大的武器能征服人类，打胜仗，靠的更不单单是武器，而是策略。"

墨妄浅浅眯眸。

面前，棋声再响，萧乾道："治人，远不如治人心。"

墨妄紧抿着唇，久久不语。

萧乾的话，让他很是震惊。

可仔细想想，又不无道理。

武器可以打胜仗，可打胜仗却并不是全靠武器。在人人都想要武器图谱、把武器图谱当成终极目的的时候，萧乾想得到的东西却根本不是武器图谱。他把武器图谱当成了一个工具，用以控制与勾引那些贪婪的人心，将这些人一个个圈在网中。于是乎，他的目光与胸襟便超越了世俗的贪念，也超越了天下人。故而，他任何时候都可以高高在上地俯视众生，将人玩弄于股掌之中。

下意识地，他想起申时茂卜的卦。

他说："这天下，得有雄主，方能治乱世。"

难道萧乾便是这个雄主？

墨妄端起茶盏喝一口，盯着棋盘上已成败局的白子，慢慢抬头看着萧乾。

"萧使君这局棋走得滴水不漏，着实让墨妄佩服。"

萧乾并不看棋盘，轻轻一笑："胜败未分，左执事言之过早。"

"不，墨某可以预见萧使君的胜局之象。"墨妄神色复杂地看着他，"今日听人说，谢忱死前曾袭击萧使君，试图与萧使君同归于尽，这才被萧使君一剑斩首，还把脑袋拎到了金瑞殿。"

萧乾慢吞吞看他："是。"

墨妄道："我不信。"

萧乾挑了挑眉，轻轻揉额，不在意地示意他继续说。墨妄凝视着他，轻声道："若谢忱愚蠢至此，根本就坐不上宰相之位，也不配做萧使君的对手。当然，如此愚蠢的他，更不值得萧使君花费这样大的心思，让他钻入你的局里。"

萧乾抬了抬眼皮，没有打断他。

墨妄笑了笑："听说他死前一言未发，我想，他是说不出话来吧？"

萧乾凝视墨妄的眼，目光深邃："这是他的造化。"

"是的，确实是造化。"墨妄道，"人最恐惧的不是死亡，而是死前对于痛苦的恐惧。他没有遭受酷刑，就那样轻轻松松赴了黄泉，他应当感谢使君的仁慈。"说罢见萧乾静静而视，墨妄又是一笑："所以我说，这场博弈，萧使君难逢敌手，胜负毫无疑问。"

他们说的是棋，又似乎不是棋，可不管棋局之上还是棋局之外，局势已经摆好，容不得人后退，胜败未分，人人都还有希望，局中之人都不得不继续往下走棋。

这一年的冬天，临安府的热闹，便是这样持续下去的。

次日，萧乾入宫向至化帝禀报了在枢密院夜审乔占平的成果——发现了艮墓，而艮墓的位置，竟是在被烧成了一堆废墟的御史台狱之下。御史台狱临近艮山门，也临近艮山，这个墓在整个八卦墓里似乎都是最为明朗的。好多人都得知了这个消息，然后恍然大悟，一个"艮"字这么明显，为什么我们早没想到？

至化帝龙颜大悦。

史部上了奏书，萧乾又得了一笔厚赏。

乔占平还有交代，谢忱夜烧御史台狱，也是为了等逃离之后再回来对这一片废墟深挖。而且，已经烧成了废墟的御史台狱，不被人发现的机会自然更大，更不容易惊动别人。这个理由似乎足够充分，容不得人去怀疑，可墨九听得消息，却怎么都不相信谢忱会焚烧御史台狱，连夜逃亡。

但不管她怎么想，开启艮墓之事却势在必行。

而这一次，却是光明正大的，首次由朝廷主导的探墓。

第五章　阴阳相合

进入腊月，离过年就近了。

在暖融融的年味里，南荣临安府因为艮墓的发现再次掀起了一阵风浪，各路人马、牛鬼蛇神辗转进入临安，关注着这一场由南荣朝廷主导的开墓之举。这热闹经了明里暗里的宣扬，不过短短两三日，临安热闹了，而临近艮门与御史台狱旧址的脚店与旅舍，更是住客爆满。

身为墨家钜子的墨九自然被朝廷邀请加入了这个举世瞩目的“盗匪”组织。但她从得到消息的第一天起就病了，自称身子不舒服，需要静养，并不参与“探墓研讨会”，只差墨妄去应付那些人。

谢忱没了，这次开启艮墓的主导之人，是萧乾与苏逸。

苏逸还未任宰相，却已替代宰相之职。

从墨家的角度来看，他们便是官方代表。

当然，除了萧乾与苏逸之外，还有一个临时的观墓团，被墨九戏称为“观摩团”。这个观摩团主要由一些好奇心重的皇子和权臣组成，这些人听说要探八卦墓，又是紧张又是稀罕，个个都想下墓去观上一观，为了入墓的名额几乎挤破了头。

每次听了这些，墨九就想把他们直接送下去，埋了。

墨家的发言人一直是墨妄。

对于他的行动力，墨九从来不质疑。所以，有了墨妄，她便高枕无忧地做她的甩手掌柜，不与朝廷任何的人来往，只过自己的安生日子，要么在怡然居陪织娘开垦后园子，要么去临云山庄摘些腊梅回来泡茶、腌腊肉，要么就带着旺财去枢密使府里找萧六郎。

在这个天飘大雪的季节，她与萧乾的关系突飞猛进。

然而在外人的面前，他们的关系却平淡如常。

不管私底下有多好，“小叔”和“嫂嫂”的头衔也是阻碍。

自古众口铄金，积毁销骨，墨九再无所谓也生成了肉体凡胎，不能完全脱离红尘俗世而独自生活。所以，在权贵们拼了命想加入观摩团，并为此一掷千金，引起皇城内外风起云涌的时候，墨九与萧乾却在暗度陈仓，躲在阳光的背面，偷偷地谈起了小情小爱，一天比一天如鱼如水。

墨九的钜子身份是今上御赐，为此，她不必像那些嫁了人的女人一样日日被锁在国公府，大门不能出，二门不能迈。这个身份无形中成了她的一道挡箭牌，让她得了个逍遥自在。

不过，她每次去枢密使府都换成男装，扮成小郎君的样子，还时常与萧乾称兄道弟，以至于外间搞不清楚状况的人，一直不知道墨家新钜子到底是男人还是女人，或者非男非女的人。但枢密使府几个主事都晓得她的身份，也不敢直呼“大少夫人”，个个见了她，都跟着恭顺地唤一声“九爷”。

墨九对此很满意，更对萧乾钦佩不已。

枢密使府不像萧府，这里没有人嚼舌根。

可治住一个人容易，让一个府邸的下人都乖顺如此，背地里从不说半句主子的闲言碎语，这比统率千军万马还不容易。因为，人最憋不住的东西便是话。管住自己的嘴，比管住自己的心更难。

于是墨九越来越喜欢往枢密使府跑。

萧乾回府的时间常无定准。

有时他回来得早，墨九还在府里，他会放下所有的事情，陪她说一会儿话，吃一餐饭。有时他回来得晚，墨九已经睡着了，他也不会吵她，只看她片刻便回去睡觉。有时候他回来，墨九已经离开了，他也不会失望，不过，第二日回来的时间，便会早上那么一会儿。

他从不管束墨九的自由，也不问她行踪。

对墨九来说，这样的日子，堪比神仙。

就这般混吃等死地过了五六日，墨九没有想到太子妃会找过来。

谢青嬗一身孝衣，头戴白花，身穿白鞋，披麻戴孝地站在银白色的雪地里，像一只浑身素白的寻仇女鬼，脸有青气，眸带幽冷。墨九看见她的第一眼就觉得冷，尤其她那一双眼睛，冰凉得像是没有一丝活人气。

二人互视良久，她似是受不住冷，拢了拢衣裳：“你就是菊花台的主人？”

墨九虽然没有接受东寂赠送的菊花台，可菊花台的地契上面却写着她墨九的名字，谢青嬗如果有心，很容易就查得出来，所以，她并不意外。她意外的是东寂居然是有太子妃的，而且这个太子妃还是谢忱的女儿。

可意外归意外，谢青嬗的问题，她不知道怎么回答。

被谢青嬗钢针般尖锐的目光一刺，墨九瞬间有一种元配找到小三家门的感觉。

尽管她有点无辜，可解释起来还是很踌躇。

“其实我与太子殿下并不太熟。”

谢青嬗沉陷的眼睛微微一闪，一眨不眨地看着她。

“我只是想来看看你。如今，看见了，也明白了。”

慢吞吞转了身，她再没有一句话，拖着不太稳当的步子，由着两名丫头扶着出去了。墨九看着她瘦削的背影，张了张嘴，可终究没有再解释，也没有喊住她。

受了情伤的女人，惹不起。

这个太子妃，样子太痛苦，却偏要刻意压抑。还有，她对东寂似乎有着一种太过强烈而偏执的爱意——因为她太恨墨九。对墨九有多恨，想来对东寂就有多爱。

墨九回去的时候，独自关上了门。

整个怡然居的人都不知道她怎么了，可这姑娘少有不言不语的时候，这般突然沉寂下来，大家莫名其妙，也不敢轻易招惹。只玫儿胆子大些，生怕她一个人生闷气，硬着头皮捧了一壶新做的腊梅花茶，推门进去。

“姑娘，茶可新鲜了，可好喝了。”

墨九头也不抬，更不说话。

玫儿慢慢蹲在她身侧，双手抚着她的膝盖：“姑娘这是怎么了？先前来找你的那个女人……真的是太子妃吗？长得还挺俊的，可比起我们姑娘差了不止一截，也难怪太子殿下……”

“玫儿！”墨九呵止了她，“女人何苦为难女人？”

“哦。”玫儿吐吐舌头，“姑娘是因为这事不痛快吗？可这事与姑娘何干？又不是你去找太子殿下的，是太子殿下要把那个宅子送你的，而且你又没接受，何必和自己过不去？”

墨九瞥她一眼，从桌案上拿过腊梅花茶，轻轻抿了一口，忽而感慨：“我真傻，真的。我单单知道小说里长得好看的太子爷都是洁身自好的，都是不近女色的，都是没有婚配过的，都是在默默等待真命天女出现的……哪里晓得东寂早有婚配。”想了想，看玫儿目瞪口呆、一脸不解的样子，她又道：“我怎么就没有想到，东寂这样的年纪，又贵为太子，怎么可能没有婚配？”

“姑娘究竟怎么了？”玫儿的样子很崩溃。

“我不该与他吃喝玩乐，不该与他以食会友，不该开玩笑向他要那个菊花台的。”墨九摸了摸玫儿的脑袋，想了想，又在她脑门上敲了敲，“你不懂，与有妇之夫走得太近，不管是有心还是无心，都是犯贱啊。”

玫儿急得哭了：“姑娘莫非傻了？”

墨九瞪她一眼："赶紧滚吧，姑娘我要静静。"

入夜时分，鹅毛似的大雪纷纷扬扬，几乎让人睁不开眼。

墨九这一日没有去枢密使府，吃过晚饭，等天黑下来，她披一件带帽子的大风氅便出了门，也不要任何人跟随，只让阿陈赶了车，把她送到了御史台狱的旧址。

白日里，这里有不少人守卫。

可这样大雪的夜里，守卫都偷了懒，躲在背风的地方小声说话。

没有人注意到墨九偷偷地溜了进去，她走得很顺畅。

这次偷偷进来，她是想先观察一下地势，也好有个心理准备。

一步一步，她跋涉似的走在雪地里。

鹅毛般的大雪下，整个天地似乎都被笼在那一片银白色的苍茫里，偶有一些残梁断垣露出头来，也被积雪覆了一层，再不见那日大火焚烧时血红的颜色与呜咽的悲凉，取而代之的是死一般的平静。

那一天，这里死了不少人。

这会儿尸体没有了，可白雪之下的血水……也许还未干透。

墨九提着风氅的下摆，往里越走越远。她不惧怕死亡，也不惧怕死过人的地方，这里虽然已经看不见那些挣扎过的最终死去的灵魂，可为了一个八卦墓，为了武器图谱，将一个可容纳数千人的监狱，用这样血腥惨烈的方式烧成了一座废墟，这样惊悚的画面，让她心里掠过一抹不忍。

墨九闭了闭眼睛。

人世间最可怕的莫过于战争。

可她寻找的……却是用于战争的武器。

"九儿怎么也来了？"

一道低低浅浅的声音，伴随着漫天的风雪传入耳朵。

墨九激灵灵一怔，回过头来。

就在她走过的地方，一排深深的脚印未散，而重叠在那些脚印上面的，是另外一排更大的脚印。她不知道是碰巧遇见，还是东寂有意随了她过来的，但今儿被谢青嬗"找事"之后，她非常注意与东寂之间的距离。

"民女给太子殿下请安。"

这样的疏远感，让宋熹温若暖玉的面孔微微一涩。

"免礼。"他冲她抬手。

墨九道了谢，晓得今晚的行动要泡汤，也不逗留，转身告辞："太子殿下慢慢赏雪，我先行一步。"

"听人说你病了，严重吗？"他立于她的身前，轻袍缓带，俊美翩翩，一如那夜月下泛舟时的样子。墨九微微窒了窒，没有抬头。

这个称病不出的谎言，无非是她懒得应付朝廷而已。

东寂想必也晓得她在撒谎，又何必问?

她道：“好些了。多谢殿下挂心。”

宋熹点点头：“想来也是好了，若不然也不能在此相遇。”

“呵呵。”墨九笑得不太自在，再一次谢过太子殿下的关爱，她与他错身，就要离去，东寂却稳稳抓住了她的手腕——就在她错身而过的瞬间。

“九儿！”他声音微凉，“我新得了一壶梨觞，还采足了金秋的桂花，何时可与我以食会友？”

墨九怔了片刻，突然想起一件事。

“幸亏你提醒。”她笑着从脖子里抽出那一根绳子，将上头挂着的玉扳指解下来，塞入东寂的手里，顺便把他握住她手腕的那只手轻轻扳开，“以前是民女不晓事，不知这扳指是殿下之物，如今是万万不敢再收了，太贵重！”

宋熹看着她慢慢放手，眉头深皱：“是她找你了？”

墨九微一蹙眉：“与她无关，是我确实受不起。”

“嗯。”宋熹并不勉强，就像以往的任何一次。

他将玉扳指紧紧握在拳心，看着微微低头的墨九，目光像是染上冷风，说不出的艰涩：“若有什么误会，九儿可当面问我。我对你并无企图，只是千金易得，知己难寻。我……我有些想吃你做的松花蛋了，可我往后是吃不成了吗？”

“太子殿下！”墨九打断他，笑道：“你千金之嘴，想吃什么没有？粗鄙之食，何苦挂在心上？你有没有想过你为什么会觉得好吃？那是因为你吃惯了山珍海味，突然见着粗茶淡饭，这才觉得好，上了心，也不过因为新鲜，并非因为粗茶淡饭真就好过山珍海味。”

她意有所指，宋熹自是听得出来。

看着墨九急着离去的样子，他面上流露出一抹淡淡的苦笑：“看来九儿有些误会了，我对青嬗是有亏欠，但婚姻大事，父母之命，媒妁之言……哪怕我不愿娶她，也不得不娶她。我给不了她幸福，却不能违心去爱她……”

“娶都娶了，便是不爱，也当有尊重。”

“你怎知我不尊重她？”

“对女人来说，最大的尊重就是不背着她对别的姑娘好。当然，我们之间虽然只有纯洁的友谊，但这与夫妻感情是相冲撞的。所以，东寂，对不起，我愿意交你这个朋友，却不能做别人的眼中钉，肉中刺，更不能做你幸福路上的绊脚石……”

“我的幸福？”宋熹淡淡一笑，“青嬗是我表妹，九儿以为，我可以与我的表妹有幸福吗？”

表妹……这个时代的人不是不在意这个吗?

墨九默了默，觉得这孩子也忒苦，身为皇子做不了自己婚姻的主。而且感情之事，确实也勉强不得，非得让东寂对自己的表妹——根本就没有男女之情的表妹生夫妻之情，做夫妻之事……换了她，也做不到。

她缓了口气："对不起，我言过了。"

"无碍。"宋熹眸子盯住她，声音有丝丝苦意，"可是九儿，我不能追求我要的幸福吗？难道就因为我被硬塞了一个我不要的妻子，这一生就不能再拥有幸福了吗？"

"你可以。"墨九抬头凝视他，"但我要的幸福，你给不了。"

她是个死心眼的人，认定了，便会义无反顾地走下去。不管是不是因为云雨蛊，既然她选择了萧六郎，那么不管萧六郎是谁，有什么样的身份，从此，她的幸福就挂在他的身上，而旁人的幸福，再与她无关。

似看穿了她的心思，宋熹突地一笑。

"我给不了的，他就给得了？"

这个他是谁，东寂没有明说，可墨九心知肚明。

他们的事，一定逃不过他的眼睛。

事已至此，辩解毫无意义，她勇敢地迎上了他的眼睛："是的，只有他可以。我喜欢和他在一起……"

"那你不喜欢和我在一起？"

"东寂……"她失口唤出他的名字，呆了呆，又凝重道，"那是不一样的。就像你的表妹，你并不讨厌她吧，可不代表你就能爱上她。其实我也一样，我不讨厌你，甚至也喜欢和你在一起吃吃喝喝，吹牛神侃。但男女之情，它不一样，我很难说得清楚……"

"我懂了。"东寂打断她，脸上依旧带着暖暖的笑，可仔细品之，那笑容里添了一层剥离不开的凄楚。他抬头望向苍茫的天际，幽幽道，"总归怪我……比他晚到了一步。"

"不在早晚。"墨九抿唇，"只是刚好……是他。"

宋熹一愣，看着墨九毫无惧意的目光，苦涩一笑："你好残忍，也很大胆。对我说这些话的妇人，普天之下，唯墨九你一人。"

他的话，带了一点自我解嘲。

墨九心里默了默，正因如此，他才觉得她特别，有点上心？

疑惑在心，她却没有再问。

如果不能给人承诺，就不要纠缠，不要给温暖，更不要给希望……因为，给一个遥不可及的希望，那才是真正的残忍。

"多谢殿下宽宏，不与民女计较。"

墨九福身施礼罢，没有一丝犹豫，慢慢走出了宋熹的视线。

背后的目光，流连、灼热，可她没有回头。脚踩在被大雪覆盖的废墟上，她思绪悠悠，走得不快。直到看见一棵被烧毁的大树，秃秃的树桩下方站着的一个男人，方才停下脚步。

他也看着她，一双沉淀了夜幕的眸子，深邃、清冷，轮廓分明的五官在这样的光线下并不清晰，却平添冷峻孤绝之感，肃肃如松下风，高而徐引。

墨九放缓脚步："你怎么也来了？"

萧乾负手而立，肩膀上积了雪，也不知站了多久。他没有追问她为何要用"也"字，只淡淡道："今儿雪好，景好，我来赏赏。"

"赏雪赏到御史台狱来了，难道是萧使君蹲大牢没蹲够，怀念这里？"墨九眼往上一翻，冷哼一声，朝他走去，笑得妩媚，却一字一顿道，"六郎，千万别逼我灭口。"

她五根指头一张一放，做凶猛状。萧乾唇角上扬，叹一声，过来牵着她的手，往掌心一握："今儿你没到府上去，我担心你。"

墨九被风雪吹冷的身子，倏地一暖。

他说：我担心你。

"傻子！"墨九嗔怪一声，脑子里掠过谢青嬗恼怒的眼神，还有东寂眼中那种灰败的、像是从此再无光亮的颓然，一种莫名的情绪涌上心头，她双脚突地一软，狠狠地扑入了萧乾的怀抱。

"六郎……"

"嗯。"他道。

一阵带了淡淡中药味的幽香传入鼻中，墨九深深吸一口，感觉到他的温暖，还有他的掌心在自上而下轻抚她的头。

他没有询问，没有安慰，只默默搂着她，伫立在这一片风雪天地中，像一个兄长，给了她一方可以依靠的安静之地——他的胸膛。

原来世上最好的安慰，是拥抱。

墨九舒服地在他怀里擦了擦脸，却不抬头，双手更紧地回抱着他。两个人一声不吭，也不知站了多久，墨九身子暖了，那莫名其妙被败坏的心情也渐渐好转。

她抬头看着萧乾，弯唇笑问："萧六郎，你是不是看见东寂了？"见他面色沉敛，她眨了眨眼睛，又道："嗯，我其实是想问问使君大人，见到情敌与你的女人在一起，心里是什么滋味？"

"何谓情敌？"默一瞬，他才问。

"当然就是那种非常喜欢你的女人，让你患得患失，紧张惧怕……的优秀男人喽。"墨九无耻地一口一句"你的女人"，对他进行着恋爱知识科普，心里有点小甜蜜。

萧乾却很淡然，似乎他根本没有把任何人放在眼里，又似乎他愿意给她自由，给她和东寂相处叙旧的机会，根本就是不屑。

“心中若有敌，天下皆为敌。心中若无敌，无敌于天下。千军万马我都不怕，小小情敌，有何惧哉？”

“嚣张啊！”墨九嘿嘿一乐，“不过，我咋就喜欢你这嚣张的调调呢？”

萧乾表情桀骜，给她一个“你不喜欢老子喜欢谁？老子就值得你喜欢”的淡漠表情，又把墨九逗乐了。她不再向他解释与东寂见面的情形，主动挽起他的手：“走吧，回了，外头怪冷的。”

“不看了？”他低头问。

“嗯，不看了。”墨九迈开步子。

“可有什么发现？”他揽住她的肩膀，将她大半个身子搂在怀里，替她挡去风雪。墨九平视着前方，微微眯眸：“这御史台狱其实风水不错，做监狱有点可惜。”

萧乾平静地问：“不做监狱，做什么？”

墨九认真地考虑一瞬，严肃地抬头看他：“其实墨家老祖宗是对的，这个地方适合做阴宅。这么大一块地，能埋多少人哪。”

嗯一声，萧乾也很严肃：“若真做阴宅，那这几日临安城的百姓，见面就得问：你们家祖坟上冒青烟了吗？”

墨九微微一怔，好半晌才反应过来说的是御史台狱的火灾，她忍俊不禁：“我说萧六郎，你啥时候这么贫嘴贱舌了？”

萧乾凝视着她的笑脸，自己却半分不笑：“从遇见一个叫墨九的妇人开始。”

“……你赢了！”墨九笑着掐一把他的腰，见他不为所动，无奈地摇了摇头：“说正事吧？你们商量了这么久，确定好探墓的日子没有？”

萧乾回道：“今儿已初步定下，只不知九爷何时病愈。”

“呃，这是个严重的问题。”墨九撑着额头，严肃地想了想，又漫不经心地瞥他，“我得先问问我的大神医，何时把你家九爷治好呀？”

“我家没爷……”

墨九哼了哼：“好吧，你家没爷，你也不肯给九爷治病，那艮墓，九爷就去不了了。”

“不去最好，在家歇着。”他淡淡回答。

“萧六郎，你……”墨九急眼了，那半点不肯吃亏的小模样，让萧乾不免失笑：“是，我家没爷，只有个小祖宗。”他抬手为她系了系风氅的带子，轻轻搂住她，往废墟的右侧走：“小祖宗，仔细脚下。”

“这还差不多。”墨九低头偷笑，“不过，看这样子，使君大人也是偷偷溜进来的？”

“不。”他一脸严肃，“我是走进来的。”

墨九瞄他一眼，好笑地调侃几句，便与他穿过了一道被烧得焦黑的石门。

光线从暗到亮，她微微眯眸，不经意抬起头，突然看见一只头上像戴了一顶羽冠的鸟，从石门上方扑腾着飞了出去。小鸟很灵活，徘徊在风雪中，咕咕叫唤几声，又落在雪地上，边走边啄，像是在翻找食物。

“这鸟好漂亮，头上有羽冠。”

这样的距离，看得不太清，但鸟身上的羽毛颜色鲜艳，羽冠高耸，姿态活泼，很惹人喜爱，墨九不由得出声赞叹。

萧乾微微一愣：“阿九喜欢？”

嗯一声，墨九恋恋不舍地瞥着那鸟，就要拉他走。萧乾却不动，突地捏了个雪团，袍袖一扬，雪团便掷了出去。

一声咕的叫唤，鸟应声软在地上。

“……做什么？”墨九郁闷了。

“你喜欢，就给你啊。”他回答得坦然。

“我不喜欢死的。”

“没死，也没受伤，只是吓着了。”

“是吗？”墨九狐疑地瞥他，这得多精准才能让鸟不受伤，却吓瘫在地？

说着话，二人便往那只鸟走去，墨九嘴上责怪着，心里却是美滋滋的——有一个男人，念她所念，想她所想，愿意为她达成愿望，哪怕是一件小事，他都当成正事来办，这可不就是幸福？

她低头看着雪地上挣扎的鸟，原本要拿手去捧，可伸到中途，却突地一怔，缩回手，不再碰它。

萧乾俊眉微扬：“阿九何时变叶公了？”

“我非叶公，不好龙，也不好鸟，只好男人。”墨九头也不抬，盯着鸟，依旧不碰。

那只鸟似是感觉到危险，折腾着翅膀，拿一双恐惧的豆眼瞅她。

“看样子真没受伤，你休息一下，自生自灭去吧。”墨九说罢，也不去管那只鸟，拽着萧乾的胳膊便走。

萧乾疑惑了：“为何又不要了？”

墨九沉默一瞬：“萧六郎，你听过一种叫臭咕咕的鸟吗？”

萧乾回头瞥一眼在风雪中盘旋又落地的鸟，声音略沉：“听过，传说是墓鸟，喜栖身于坟墓。”

“是。在我们老家，也叫它臭咕咕，它们喜住坟墓，还吃腐肉。看来是御史台狱的死人吸引了它。”

萧乾瞥她一眼，没有再说话，却搂住她的腰，转过那道石门，上了一个斜坡，往一个废旧的石台走去。纷飞的大雪下，石台已看不清原样，但墨九猜测，在未着火之前，这里应当是监狱的哨台。

“好地方啊！”

站在这里，整个御史台狱都可望入眼里，比她去里面观察着实方便许多。

墨九远眺片刻，偏头看向萧乾，他一动未动，只有衣袍随着风雪在翻飞，那一副翩翩君子、飘逸风华的样子，让她心里微微一动。

“萧六郎！”她低声唤他，抿了抿嘴巴，“我突然想到一件事。”

萧乾低头看来，目光暖暖盯在她脸上。墨九也不知在想什么，脸上有点小暧昧，也有点促狭。

“我叫墨九，你叫萧六。咱俩在一起，不正好六九？”

他疑惑地蹙眉：“六九何意？”

墨九抬了抬头，一脸的笑：“那是一种姿势……不，知识！”

萧乾似解非解地道：“什么知识？”

墨九轻咳一声，揉着鼻子：“这个知识嘛，不太好解释，只能实践。”

萧乾默默想了想，赞同地点头：“身教胜于言传，阿九回头与我实践一下。”

墨九：“……”

她无语瞥他一瞬，确定他真的很正经，然后默默捡起一根焦木，把上头的积雪拍去，拿木梢在积雪上先画一个圆圈，然后在中间画上一条弯弯的弧线，上下再各画一个小圆。如此，一个太极图便栩栩如生了。

“看，这像不像六九图案？睡下来的六九。”

萧乾听她解释完，似有所悟：“阿九睡的左边还是右边？”

墨九怔了怔，哈哈一笑：“萧六郎，你禽兽啊！领悟力强，还有融会贯通的能力，佩服！”

“食色性也，人之本能。”

“可惜我说的是正事。”墨九严肃了脸，指着下方的废墟道，“收起你的禽兽思想，看看这个御史台狱的旧址，像一个什么形状。”

萧乾蹙眉：“一个男、一个女，睡在一起？”

墨九无奈，捶他一下：“是太极图。太极生两仪，两仪生四象，四象生八卦，八卦，八卦墓。没有想到，这一把火居然烧出个太极图来。”

在御史台狱的旧址上，有一片地区烧得特别狠，有飞雪落下，也一样是焦黑焦黑的颜色，另外一片地域却稍稍好点，原本这地方就是一个圆形，这样一看，确实像一个太极图。

萧乾负手上前，点头道："太极阴阳，一边是阴，一边是阳，阴中有阳，阳中有阴，阴阳调和是为天道……故而，男女之道，也乃天之道也。"

墨九真的服气了。

她朝萧乾竖了个大拇指："萧六郎，回头搞一个御史台狱的建筑图给我，旁的事，什么阴阳调和、人道、天道的，姐听不懂，你自个研究去，我先回怡然居了！"说罢她甩甩袖子，便大步往下走。

可走了不过两步，腰身便被他从后面抱紧。

她迈不动步，也不挣扎，只低低闷笑："禽兽六，你又要做甚？"

"九爷不是要治病吗？趁这夜色正好，去本座府上，本座为你好好治治。"

"治你个头啊！"墨九瞪他。

"你头也痛？"他道，"一并治吧。"

哈哈！墨九忍不住了，笑不可止地捶他。

可这么笑闹着，待她再回头，背后那人却是一本正经。

"阿九。"他低声喊她名字，"你清醒吗？"

墨九微微敛目，看着他，也看向他身后那一片寂静的天空。飘然而落的雪花，生生刮脸的冷风，这个高台上，除了他与她，一个人都没有。一种前所未有的梦幻感，用一种似梦似真的恍惚钻入她的心底。

"清醒！"默一下，她又道："也糊涂。"

她没有动，任由他双臂箍在腰间，也不回头，在他灼热的呼吸萦绕耳窝时，目光紧盯着下方的废墟。

"偶尔我会想，如今这一切，这样的情感，这样的心动，到底是我最真实的感觉，还是被云雨蛊引诱的一场幻觉。"

身后的男人没有动弹。

他紧紧搂住她，手臂硬如钢铁，似乎不搂紧，下一瞬她就会消失不见。

墨九感觉到他的情绪，慢腾回头，瞥向他的眼。

"六郎肯定也与我有过同样的疑惑吧？尤其你……以前不动情，不动性，不动欲，一切都是有了云雨蛊之后才发生的。你对与自己的嫂子纠缠，一定有过挣扎，有过思量……最终，与其说你向云雨蛊妥协了，不如说你向自己妥协了。对也不对？"

他淡淡看着她。

久久，一声低不可闻的嗯声，飘入她耳际。

墨九并不介意他的沉默。

很多时候，萧六郎其实是个别扭的孩子。她弯唇一笑，轻轻掰开他束在腰间的手，慢条斯理地道：“其实我也一样，一开始也犹豫，甚至害怕，可后来，我想通了。”

懒洋洋地靠在他的怀里，墨九瞥着他轻松地道：“情感这东西从无亘古，就算没有云雨蛊，今天喜欢对方，明天也有可能被另外的人吸引。分分合合是人之常情，最多不过回到最初罢了。”

“……云雨蛊给了我们一个喜欢彼此的机会，也让我们没有背叛的可能，就算有一天蛊毒解去，我们如梦初醒，你愿意继续做一个孤独的独身主义者，而我……也发现并没有那么喜欢你，那我们也可以相视一笑，淡然再见。至少，我们灿烂过，燃烧过，并没有辜负这人生。”

“阿九？”萧乾目光微沉，“若真有那一日，你会洒脱挥手，说再会？”

“会的。”墨九严肃道，“相互纠缠，相互痛苦，是最愚蠢的行为。世界这么大，除了爱情，还有很多值得我去做的事，我可以吃，可以玩，可以做机关，我还有很多事情没来得及做。我是绝对不会纠缠在一段不属于我的情感之中，整天伤春悲秋、要生要死的……譬如静姝，譬如谢青嫿，譬如彭欣，譬如尚雅，她们都是美丽的女子，原本可以活得更好，可她们辜负了美貌，辜负了年华，不值！”

“不值？！”

萧乾用一种复杂的目光看她。

他面前的小妇人，不再是他初见时那般的怯懦而紧张，微翘的唇角写满了不同于任何人的爽朗与自信，眉梢微微有一点妩媚，像绽放在飞雪中的艳丽红梅。

夺人心魄，温柔潋滟，却似乎很遥远。

“阿九，我不懂你。”

“你当然不会懂我，因为你是男人，我是女人。男人和女人，原本就是两种不同的生物。”墨九轻轻笑着，指头慢慢弹去他肩膀上的雪花，身子似是受了冷，偎入他的怀里，语气软了下来，像一个向男人撒娇的小妇人。

“其实我很简单，相爱时，就好好爱，不爱时，就相忘于江湖，这就是爱情最好的状态。所以，六郎，我们好好相爱，等解开八卦墓，拿到千字引，解去云雨蛊……再来揭开这个谜底可好？”

“谜底？”他思维微乱。

“就是，相爱着，或者从未爱过。”

他双唇紧紧抿起，脸色不太好。

“别这样看我嘛。”墨九笑道，“八卦墓才找到三个，前两个都是机缘巧合，还是旁人费了无数精力找到的，第三个正在发掘中……也许，穷我们一生也未必能找齐八卦墓，打开祭天台的祭坛，都未必能找到千字引，解开云雨蛊。”

他怔怔直视，目光幽冷。

她却笑得和缓，像看透了世间的风云，目光里全是通透的淡然：“又或者，在解开云雨蛊的时候，我们早已满鬓白发，那个时候，相爱，或从来不爱，又有什么关系？大家都没劲折腾了。对吧？”

萧乾目不转睛地看着她。

这个眼神，包含了很多。

或可以理解为他不愿意等到那一日。

也可以理解为，他希望早日揭开谜底。

“六郎！”墨九钩住他的脖子，眼睛被白雪衬得晶亮一片，“我们该感谢云雨蛊的是吧？……我无端赚了一个这么优秀的郎君，而你嘛，若无云雨蛊，又怎会如此痛快地堕落，与嫂子好上？”

萧乾面色微微一变。

他似乎不喜欢“堕落”两个字。

顿了片刻，他似是无奈了，低头亲吻她的额头，喑哑着道：“我一生修积，原以为大道之行，并无正果……可阿九，你就是我的果。”

“果，什么果？”墨九瞥他，“好吃吗？”

“……”

墨九不喜欢这样严肃的话题。

“六郎，我饿了！”

“嗯，我不会下厨，阿九可介意？”

这闷闷的声音听着有点酸，墨九哈哈一笑：“没关系，我会……我可以教你。走，马上回府，你跟着我下厨好了。”

萧乾眉头微微一蹙。

他从不取悦女人，下厨更是没想过。

“怎么了，不肯啊？”她粉嘟嘟的嘴唇微微噘着，花瓣似的，有一种让人采撷的蛊惑；粉嫩的脸蛋，受了寒风，却显得特别嫩，尤其一双黑亮的眼，在雪夜里轻眨，像撩人心尖的羽毛，一扇一扇，便将火焰越扇越烈。他身子一紧，便将她紧紧纳入怀里。

“阿九，即便有那一日，云雨蛊也不解了，好吗？”

“嗯？”墨九被他突然的热情弄得有点蒙，轻轻推他一下，居然推不动。他几乎是用掐地扼着她的腰，那坚硬的男性身子，触之火一样热，她不由得微臊：“萧六郎，你怎么了？发了情啊？”

“……”这妇人。

萧乾又怜又恨，又无奈。

他低头亲她一口：“回吧！”

"不对，你这情发得有些奇妙啊！莫非云雨蛊又长大些了？"墨九喃喃着，猜测着，用一种研究的心思去蹭他。

"别碰我！"他逮住她的手，目光热得像见到猎物的狼，分明鲜美的肉就在眼前，想吃又不能吃，那挣扎的样子，让墨九瞅之，哀叹不已。

"可怜见的，外头太冷，回去让九爷好好疼你……"

"墨九！你再称爷……"

"那称祖宗？"

"……还是爷吧。"

"哈哈！"

一辆马车慢悠悠往枢密使府的方向驶去，带着一串银铃似的轻笑，惊得街道上的家犬汪汪叫个不止。

夜幕下，整个天地都在沉睡，天太冷，街上一个人都没有，只街角的深处，有一辆华贵的马车隐在阴影里，静静伫立。

好一会儿，车帘子被风撩得高高鼓起，帘后露出一张半掩半现的俊脸，与天地间绵延不绝的大雪混在一起，冰冷，无奈，还有一丝意味不明的怆然。

"九儿……"

宋熹的手上，是一把小小的弹弓。

"你把信物还我，我却不想还你，怎么办？"

腊月初十，雪霁天晴。

临安城的上空似被破云而出的阳光镀了一层淡金色，天空高远，沉闷了许久的大地回了暖意。今儿是一个大吉日，也是钦天监早早选好的艮墓破土的日子。

艮山门被禁军围得风雨不透。

可即便这般，离艮山门较近的一些茶肆酒楼上，每一个楼层都站满了看稀奇的围观者，甚至于有人爬树，有人爬屋顶。老百姓的力量是巨大的，再多的禁军也挡不住他们的热情。

墨九早早就起来了，换上她为今日特地定制的一套"男女混合装"和发饰——这套衣服很别致，是她的独创，比女子的衣裳简洁，比男子的又添了一丝秀气。

今儿是她上任墨家钜子以来第一次正式在人前亮相。艮墓破土的场合很隆重，她不能为墨家丢人，也不能给自己丢人。

被一群墨家弟子围着，她从人群中间分开的道路走过去，头发绾了个小髻，一大半则披散在后面，额际戴一个金色发冠，长身玉立，卓然飘飘。那俊美的容颜赛过天下女儿，英气却赛过无数男儿。

"那是墨家新钜子？"

“好俊！好美！”

“这到底是男子还是女子？”

“女子吧，哪有男子这样白嫩秀美的？”

“男子吧，哪有女子这样英气逼人的？”

“女的！”

“男的！”

有人小声议论，墨九只当未知，一双沉寂的眼睛盯着破败的艮山门，还有摆在艮山门前的祭桌和供品。

朝廷做开墓这样的大胆举动，虽然是为了公理正义，但怎么都得先告之菩萨的。墨九看着祭台上的黄色布幡，还有摆放在布幡上的供品，强忍下蠢蠢欲动的食欲，一本正经上前。

艮山门后是一道夯土的城墙，还有浮雕隐隐的城楼，但如今这里已经废了。几日前，皇帝令人在旁边临时开了一道城门供人出入，此处除了“观墓团”的成员、披甲执锐的禁军，便只剩下墨家弟子了。

“钜子。”有人递上香。

墨九安静地接过来，郑重其事地插入香炉里，拜了三拜，然后瞥头看向今儿这里的最高权力者——太子殿下。

“吉时到了。”

宋熹坐在软椅上，旁边有鸳鸯和翡翠伺候，神色没有了那日废墟上的激动，可从墨九步入艮山门，他的目光就没有离开过她……

今日的墨九太美，不寻常的美。尤其她发际上那个金冠，若换了旁的妇人戴上，只会让人觉得矫揉造作，可她戴着，竟华贵得不可思议。

“太子殿下！”

宦官李顺咳嗽一下，以示提醒。

“嗯。”宋熹从墨九脸上收回视线，柔和的目光便敛住了。他望向不远处静坐的萧乾与苏逸，轻笑道：“本宫奉旨前来，陛下曾有交代，只长见识，不得指手画脚。故而，具体行事，还得二位爱卿说了算。”

萧乾但笑不语。

只一瞥，就把烫手的山芋丢给了苏逸。

这个男人常给人一种并不爱参与的样子，可奇怪的是，他即便什么都不做，也会给人一种极强的存在感，或者说一种很狂妄的错觉——他坐在那里，天地间就只有他。

苏逸今儿却没有簪那朵曾让墨九嘲笑过的娇花，一袭白袍玉带，退去些许稚气，严肃的脸上带着一种兴味。

探究地瞥墨九一瞬，他狡猾地把山芋踢了过去。

“臣是外行，一切全凭钜子做主。”

这小正太！

眼睛又圆又大，看上去很无辜，可墨九总觉里头藏了几分不怀好意——一个人能做多大的主，就得负多大的责。

这个主，难做啊。

可这事，她知道自己推不掉。

微微一笑，她侧目：“左执事，上洛阳铲！”

这个洛阳铲是墨九在楚州时画图纸让墨妄做成的，如今被几名墨家弟子慎重地拿出来，算得上惊艳亮相，让围观的人纷纷叹息。

果然墨家有不少好东西。

便是一个铲子，也与别人家的不同。

洛阳铲不仅是最好的盗墓工具，也是非常好用的考古工具。在二十世纪它曾驰名中外，其神奇之处不必赘述，实在令人叹为观止。

墨家弟子依言探墓，不过五铲下去，墨九就从洛阳铲带出的土质确定了墓道方向。这举动，让她再次大放异彩，人群高呼喝彩，墨家弟子个个昂头，骄傲无比，而那些个“观墓团”的王侯公卿，看她的目光却各有各的不同。

“开墓道！”

她一声令下，早有禁军上前。

这样的考古之举——墨九权且称之为“考古”——是她从来没有经历过的，声势浩大，闹得人耳朵痛，可也有一个大好处，人多好办事，不到一盏茶工夫，一个完整的墓道就已现于人前。

与众人一起观看了墓道，方姬然回头小声对墨妄说：“这个墓，没有被盗过。”

身为墨家弟子的一员，加上也对八卦墓感兴趣，方姬然参与了这一次对艮墓的发掘。墨九早知此事，却没有拒绝，只由着墨妄安排。可听她这样说，墨九却笑了：“未必。”

方姬然帷帽微动：“钜子有不同见解？”

墨九不欲与她在这么多人面前争执，尤其机关屋胜过她之后，更不愿意在人前让她下不来台。她只道：“未入墓之前，一切都是未知。”

方姬然怔了怔，没有说话。

这时，一个挖墓道的禁军头目过来，直接向墨九禀报，墓道前方有一道厚厚的石门，问她该怎么办。既然艮墓是墨家祖上留下来的，应当与坎墓、巽墓一样，在墓道的石门处，有机关镇守。

"肯定有传说中的机关……"

"可以看看墨家钜子的身手了。"

在那些看热闹不嫌事大的家伙热情的议论中，墨九慢慢随了禁军走到那一个挡路的墓道口。石门用铜水浇过，上有雕花，乍一看去，就像哪个大户人家的大门。

禁军头目问："钜子，你看怎么开？"

墨九看一下，沉声道："对待这样的古墓，使用暴力是最可耻的。我素来喜欢用温柔的方式——智力碾压！"

禁军头目竖起耳朵："钜子请吩咐。"

墨九瞥他一眼，不言不语地退出墓道，再一次走到艮山门的外面，对默默跟随的墨妄道："抬一个万人敌来，把门炸开！"

墨妄："……"

众人："……"

这就叫智力碾压？炸开不是暴力解决？当着这样多人的面，她便这样形象生动地暴露了粗暴的内心……墨妄嘴巴抽搐一下，真不好反驳。

因为这确实也算是智力碾压，因为"万人敌"是她在"千人敌"的基础上改良的一种火器，体型巨大，威力也巨大。

于是第一重墓道口被炸开了。

炸开的瞬间，嘭嘭的炸声震耳欲聋，灰土碎石也飞溅而起。更令人恐惧的是，随着那尘土高扬的，还有一种带着浓浓腥味的、颜色鲜红的液体……就像鲜血，狰狞、恶臭。

啊！最前面的禁军大叫。

"这是什么？"

"血！我会不会中毒了？"

忽然一下，整个艮山门都寂静了，只有那几个被鲜血泼中的禁军，顶着一张浓污的脸在大吼大叫，声音撕心裂肺，令人毛骨悚然。墨九与萧乾互视一眼，一本正经地走过去："死不了，叫什么？"

那禁军抹一把脸："钜子，这是什么？"

墨九道："它叫智慧，本钜子的智慧。"

禁军："……"

在改良"万人敌"的时候，她曾与萧乾探讨过在中间融入染料的可行性。用她的原话说："若这种火器投放战场，一炸，嘭！就算没炸死几个，还能不吓死几个吗？再说，一看这铺天盖地的鲜血，敌人必然军心涣散，鬼哭狼嚎地逃命。这也叫心理战！不仅有威慑作用，还可以减少伤亡，为你积德！"

萧六郎对她的想象力很吃惊，可之后，却大赞不已。墨九也很骄傲，可惜南荣没有专利局，要不然，她这个创意可以申报专利了。

第一道墓门被墨家钜子的智力碾压开了。

整个艮山门也都沸腾了。

人人都想知道那一道墓门之后是什么，可有禁军守着，除了里面的“观墓团”，外面的人没有资格进去，只有伸长脖子观望。

墨九安静地走到了炸开的墓道口。

灰尘落下，洞里一片漆黑，如同野兽张开的大嘴，令人望之生畏。

墨九远远站立，让墨妄把她的“防毒面具”拿过来，套在头上。

这个防毒面具，自然不能像后世的那样科学，不过，它最重要的一个组成——“滤毒罐”里有萧乾专门做的防毒药物，加上一个简易的过滤装置，还是有效果的。

又见一个奇怪的东西出现，禁军都呆住了。他们傻傻看着墨九戴“防毒面具”的样子，再一次呈现静止状态。

万众瞩目中，墨九迈出了第一步。

“钜子。”墨妄突地拉住她。

墨九看了看胳膊上的手，又抬头看他。

她什么也不问，墨妄尴尬地收回手，然后将另一个“防毒面具”套在头上，低低说了一句“我先”，头也不回地钻了进去。

墨九怔怔望着他背影。

过去了这么久，她依旧记得与墨妄第一次见面的情景——那个香樟树下拿着血玉箫等着她，有着阳光般灿烂笑容的男子。恍惚间，她第一次认真怀疑起了那日在临云山庄听见的话，也不敢相信会出自他的口中！

……不过，也不能肯定。

毕竟她此时，没有冲撞到方姬然的利益。

没有利益之争时，人人都可以是好人。

想到方姬然，她蓦地回头，正好与方姬然对上脸。

她戴着帷帽，墨九看不见她的眼与表情。

墨九戴着“防毒面具”，她也看不清她。

这般对视片刻，墨九取下“防毒面具”往外走，慢慢走近方姬然，从她身侧错过时，她轻声道：“去外面等吧，你身体原就不好，不要这般干站着。”

顿了顿，她补充：“左执事会没事的。”

方姬然没有动弹，声音很哑：“小九，师兄喜欢你。”

这话像烙铁似的，烫在了墨九的耳窝里。

若旁人说这话不可笑，可方姬然说就可笑了。

一个从一开始就是为了方姬然才来关心她、保护她的男人，一个为了方姬然的利益，可以动手杀她的男人，方姬然居然说他喜欢她……

这一瞬间，墨九有点同情墨妄了。看来一心一意喜欢着萧大郎的方姬然，根本就从来没有明白过墨妄对她的感情，而墨妄一直默默守护，做了这么久的备胎，也真是怪可怜的。

“小九，你对师兄是什么感情？”方姬然又走上来，似乎对墨妄孤身一人闯墓道的行为有些后怕，连声音都不如一贯冷静，“若你与萧六郎无缘，可否给师兄一个机会？我今生是注定要负他了，不想让他一再遗憾。”

……还有这样的托付？

墨九拧眉看着方姬然，不冷不热地道：“姐姐食之无味又弃之可惜，便想便宜了自家妹妹，原是一番好心，可不好意思，我从来不要别人丢弃的东西。”

退出墓道，阳光便金灿灿地洒下来。

墨九把“防毒面具”递给玫儿：“等着吧，左执事进去了。”

艮山门前的空地上摆了不少桌椅，当然，主要是为“观墓团”的王公大臣们准备的。墨家也备了桌椅，墨九不看任何人，也不管方姬然几时从墓道出来的，径直坐上去躺下，便开始休息。

等待的时间格外漫长。

约莫一盏茶的工夫，墨妄才从墓道出来，他衣衫有些湿，神色却还平静。取下“防毒面具”，他揉了揉头发，向墨九道：“第一重墓道进入甬道，长约五十丈，宽可供二人并行。甬道尽处是一个半坡峭壁，只有一座吊桥通往对岸。吊桥一眼看不到尽头，桥下是浓黑的水，深不见底。我没敢独闯，先行出来禀报。”

墨九点点头，目光微眯：“依左执事估计，墓室在何处？”

身为墨家左执事，墨妄的造诣自然高于众多的墨家弟子。可墨九为人素来自负，很少这般询问别人的意见，尤其是近来……她似乎总在尽力回避他。墨妄与她对视片刻，垂目道：“依我看，吊桥对面是第二道墓门，中间便是墓室了。不过，要进入第二道墓门，想来会有些麻烦。”

第二道墓门在地底，与第一道墓门不同，不能再使用“万人敌”来智力碾压。毕竟眼下的爆破技术不比后世，万一炸得不好，可能会让整个墓室坍塌，那就前功尽弃了。

墨九点点头。

“大家备齐工具，准备下墓。”

她一声令下，艮山门前再次热闹了。

前面开启墓道口只是一个前奏，真正的探险此时才正式开始，那些“观墓团”的王侯权臣一个个都跃跃欲试。这些人吃喝玩乐的事都做尽了，受不得艮墓的诱惑，都有探险精神，加上墨九有开坎墓和破巽墓的经验，他们对她有足够的信心，于是个个都忐忑紧张，却没有一个临阵退缩的。

墨九看着这些人，头有些大。

这就是艮墓让官方发掘的坏处。

到处都有关系户，人人都唯恐落后吃亏，恨不得削尖了脑袋钻进去取仕女玉雕。可于她而言，带着这些累赘是最麻烦的。

不像墨家人，他们连机关的基本常识都没有，而且，还不能轻易让他们出事。如果可以，墨九真想先让他们签一份“生死自理责任书”，免得回头被找麻烦。

揉了揉额头，她懒洋洋地看玫儿。

“给他们发护身符。”

“是。”玫儿答道，把拎在手上的一个檀木箱放在地上，轻轻打开。里面重叠摆放着无数折成三角形的黄符纸。玫儿拿了出来，一个一个亲自分发下去，说是钜子亲自画好的“护身符”，可祛邪去秽，万不可丢失。

众人如获至宝，将护身符放入内襟。

玫儿偷瞄着他们，又回到墨九身边站好。

“姑娘画符的本事精进了。”

以前在楚州的住所“冥界”，墨九就画过各种各样的符，所以，玫儿对这个护身符的功效根本不认可，这句话里也带了一些小小的调侃。

但墨九很认真：“画得更像符了吧？”

“是，可再像符，不还是没用吗？”

“胡说！”墨九严肃了脸，“没用我何必劳神画它？”

“有用？真的呀，有什么用？”玫儿又惊又奇。

“镇定、安神。”墨九声音淡淡的，说罢见玫儿似信非信，又认真补充道，“更准确点说，它叫心理作用。”

“……哦？什么是心理作用？”玫儿拖着长声问她，可不待墨九回答，人群的方向就突地传来一个拔高的冷声，“给本宫也发一个符！”

艮山门突地安静下来。

墨九慢吞吞看过去，果然是玉嘉公主。

今儿的她不像是下墓的，却像是来赴国宴的。一袭富贵逼人的宝蓝色轻缎袄子，外披同色系狐裘风氅，头上珠玉闪闪，满目傲视众人的冷光：“本宫已得陛下允许，可加入观墓团。”

这至化帝是疯了吗？

把儿子送来不说，还把女儿也弄来。

这“观墓团”的闲杂人等已经够了，玉嘉还来凑热闹，到底要不要他们开掘艮墓了？遇到这些没事找事的尊贵主，墨九心里直唤阿弥陀佛，脸色也不太好看。

“不行！”一口拒绝，她慢腾腾从椅子上起身，象征性地向玉嘉公主施了个男子的揖礼，“墓中秽气重，公主金枝玉叶，如何去得？”

望她一眼，玉嘉公主脸色大变。

这主平常在临安城横着走路，何曾被人直接拒绝过？而且，她原是隆重装扮了一番才来的，本来信心满满，可没有想到墨九穿得简单，容色却不输她分毫，甚至有夺艳之势。

从第一次官船上相遇的“余弄”开始，她对墨九的恼意早已入骨。

“好大胆子！”她娇叱一声，指着墨九道，“你一介草民，对公主大呼小叫，目无尊卑，真当南荣没有王法了吗？”

晓得她是下不来台了，可墨九偏生最不喜欢给人递梯子。她不恼、不怒，抿唇轻轻一笑，那淡然的模样，与盛怒之下的玉嘉公主相比，气质高出了不止一段。若非碍于玉嘉公主的身份，在场围观的人恐怕都得向她竖一个大拇指。

“这年头，好人难做啊。”

墨九轻叹一声，步伐轻缓地走开，一眼都不看玉嘉公主，那不屑的神色，并没有因为玉嘉是公主而有半分客气，可也因为她是公主，她没有再拒绝她的要求，头也不回地道：“玫儿，给公主护身符。既然公主愿意去受罪，就由着她吧。”

这活祖宗是个倔强的主，可也分得清形势。她晓得眼下莫说玉嘉公主，便是至化帝都舍不得动她分毫，于是从容不迫地把玉嘉公主损了，方才让墨妄开始清点入艮墓的人马。

“站住！”玉嘉气还没顺，瞅着墨九，冷着一张脸慢慢走近，与她对视着，用低得只有墨九一人可闻的声音道，“本宫晓得你倚仗什么，但你记好，这笔账，本宫早晚与你算清。还有……”

停顿片刻，她一字一顿，冷笑道：“本宫看上的男人，便是本宫的。这天下，无人抢得。”

霸气啊！墨九一叹：“若有不长眼的非要抢呢？”

玉嘉没想到她会当面挑衅。

怔了怔，她盯住墨九的眼：“绝不轻饶！”

有一种人，自小受尽宠爱，从来只度己之心，不度人之心，只懂得自己要或者不要，却不懂得男女感情之事是勉强不来的。莫说萧六郎这种绝不会轻易屈服于女人裙下的男人，就说这世上任何一个男人，若不爱她，便是迫于强权娶了她，也不可能给她带去半分幸福。

盯着玉嘉咄咄逼人的眸，墨九似笑非笑：“公主，没事的时候你就不能多读读史书吗？看看那些娇横跋扈的公主，结果都是怎样的？人活一世，当以史为鉴哪！”

她的肺腑之言换来玉嘉的冷目而视："你在教训我？"

墨九嗤一声："想得美！你没付我银子，我哪会轻易教训你！再说，我也操不起你的闲心。"慢慢侧过身，她边掸衣角边莞尔道，"不过公主的交代墨九记下了，我等着你与我算账的一日。"

"好个张狂的无知妇人！"玉嘉道，"你当真以为无人敢动你？小小墨家钜子，蚍蜉而已，也想撼树？"

"你又错了，我不张狂。"墨九失笑，"我只是可怜你，也根本就瞧不上你。玉嘉公主，可有听懂？"

两个女人面对面，一个冷着脸，一个笑脸，声音都很低，她们说了什么，没有人知道，更不晓得她们私底下的交锋。只觉得两个美人在一起，赏心悦目，不由得对她们暗自评头论足。

二人都长得好看。

玉嘉的美貌，若非在墨九面前，可当得上姿色绝艳，然而，有了墨九，她就不得不可怜地沦为陪衬了。在容貌上，在肤色上，在身段上，墨九都胜她一筹，便是玉嘉自打出生就高人一等的气度，今儿的墨九也不输她。

"好了，我的公主，请吧！"

墨九眉目含笑，微微摊手，然后再不理玉嘉，上前对众人正色道："玉嘉公主已经答应，她自愿入艮墓，不论安危与否都与我无关，与墨家无关。我以为，诸位也应当像公主一般，想清楚生死再决定是否入内。入墓有风险，入墓须谨慎哪。"

说罢她又讲了入墓的诸多凶险，慢慢地，观墓团有些人就开始动摇了。尤其墨九要生要死的那些话，也着实吓住了一些人。权衡再三，好些人都决定不下去了，只在此处等待。如此一来，仔细数数，也就萧乾、苏逸、宋骜、玉嘉、宋熹和两个估计背负着至化帝任务的权臣，脸都发白了，还要抱着头往里去。

事情就这么定了。

众人开始清点物品。

墨九却默默看一眼不去的那些人。

"聪明人哪！"

这一声赞叹来得怪异。

小王爷宋骜吓了一跳，凑到她身边："小寡妇，啥意思？难不成入墓真的会有凶险？你可别吓小爷啊，我这条命可都搭你身上了！你不是钜子吗？不是厉害得很吗？还会怕一个墓？"

墨九侧目望他："我不是这意思。"

宋骜狐疑："那你什么意思？"

墨九目光掠过另外两个皇子的脸，意有所指道："多简单啊，你与宋熹两个要死在里头，他们不就有机会了？艮墓凶险，聪明人才不会进去呢。”说到这里，她又淡然看一眼宋骜，“不过，小王爷其实也可以的，你给我点好处，我帮你，嗯嗯嗯掉宋熹？”

宋骜爆一句粗口，一双桃花眼厉色地打量墨九：“小寡妇，你当小爷什么人呢？为一个吃苦受累不讨好的皇位，入墓弑兄？啧啧，你撺掇我这般，心思好生歹毒，也亏得长渊受得了你。”

“唉，好人果然难做。”瞥一眼宋骜紧张的样子，墨九似笑非笑地再一次叹气，弄不懂这小王爷脑子为什么会缺了根弦——人人都想争皇位，他却不争。

墨妄办事效率很高。

这次入墓的人，除了观墓团和二十来名精挑细选出来的禁军侍卫，只有墨家的人了。相比起来，禁军虽然擅长作战，但入墓这种事，还是墨家弟子作用大些。墨九满意地看着她的队伍——这个融和了南荣最高配置的队伍，举手做了一个必胜的动作。

“出发！”

说这话的时候，她心里想着，千万不要再节外生枝了，可话音未落，便见有人插了进来。

“等一下，我也要去！”

墨九头疼了。

比见到玉嘉公主还要头疼。

来人不是旁人，是宋妍，她的身边还跟了一个让墨九惊奇的人——彭欣。两个女人一前一后，也不知是一道来的还是刚好碰上，互相没有说话，却都巴巴地望着她。

墨九对这两个女人并没有什么恶感，点头示意一下，上前认真对她们道：“八卦墓凶险，里面一切未知，我无法保证任何人的安全。你们到底想去做什么？我想不通啊。这么喜欢墓地，不如回去修一个，没事天天睡里头，不是更好更方便？”

她毒舌起来，比毒蛇还毒。

宋妍瞪她一眼：“墨九你能说句中听的吗？”

“能啊。”墨九看她，一字一顿道，“中听的。”

又被她耍了，宋妍怒目：“你个小寡妇……”

“小点声！”墨九低声一斥，“宋妍你敢大声这样喊我，信不信我跟你急……弄死你。”

“你敢！”嘴上喊着，宋妍的声音已小如蚊蚋。

自从荆棘园的事情之后，宋妍又与墨九在私下交谈过，关系便有了些好转，但口舌之上是绝对不会让步的。互相瞪视着，墨九看她放轻语气，又怪异地笑了笑。

"算了，看在你表哥的分上，我不与你计较了。"

"小寡妇！"宋妍咬牙，拖住她的袖子，手指掐她，声音却很小，"你抢我表哥，还威胁我。你说，你到底把我表哥怎么了？他怎么就会被你迷得晕头转向了？"

"……"墨九歪头："关心你自己吧。"

甩开宋妍的手，她微微侧目，笑着喊玫儿："发护身符。"

玫儿这小丫头小小年纪，处理事情却极是麻利，常常让墨九感叹古人的早熟与能力。很快，她给宋妍和彭欣各发了一个护身符，又回头望墨九。

"这只猫，要发一个吗？"

彭欣走到哪里都抱着她那只大黑猫，可入得艮山门，她连一句话都没有说过，听了玫儿的询问也不觉得好笑，只淡淡道："若有多的，给它发一个吧。"

墨九点了点头，玫儿依言照做，在猫的腋下夹一个护身符。彭欣仔细为黑猫系牢，慢慢抱着它缓步走到墨九面前："钜子放心，我不会拖后腿。"

"圣女言重了。"墨九笑道，"我只是好奇你为什么要进去，难道……又是为了让他看见你？"其实上次腊梅园里彭欣找上宋骜，墨九都有目睹，但当时她身份不方便，事后又一直没有机会，便把这事放在脑后了。

这时见了面，她有疑惑，彭欣却道："不找了。"

墨九凝视着她的脸："是找到了？"

彭欣不答，盯着大开的墓道，凝重道："时辰差不多了吧？他们都等着呢。我入墓道也是好奇，毕竟祖上与八卦墓有些渊源。"

这个时候说这些确实不便，墨九看各路人马都已准备妥当，不再啰唆，大声招呼众人往里走。

萧乾离她几步之远，等入得墓道，却默默上前，走在她的身后。他没有与她搭话，一直不紧不慢地跟着。风灯光线很弱，墨九关注着墓道的情况，并没有注意到身后换了人——提醒她的，是他身上熟悉的味道。

她吸了吸鼻子，半眯着眼回头。

他回视她，目光微灼，并不说话。

在这样人多的场合，两个人的关系也确实需要避讳一下，于是谁也没有说话，就连多余的表情也没有，就各自错开眸光，望着前面，慢慢前行。而在众人看不见的地方，两个人的手却默默握在一起。

风灯的光线将人的影子拉长，窄窄的甬道里，人人都注意着脚下，感受着初入墓穴，并没有人注意到他们交缠在黑暗中的手。

他的手，很暖，微微汗湿。

墨九在他掌心勾了勾，心脏怦怦直跳。

这种偷偷摸摸的小幸福，刺激，却也紧张。

在没有与萧乾正式确定关系之前，墨九从不避讳人，有的没的便借疯装傻，到处说萧乾是她的人，甚至在至化帝面前都请个旨，要让萧六郎给她做妾……可真有这么一层关系了，她却下意识开始遮掩。不是做贼心虚，而是想小心翼翼地保护这份情感。它来之不易，也很容易破碎，一点风吹草动她都不愿意有。

五十丈的路，不太近。

可两个人暗地牵手，却觉得太近。

“姑娘？”玫儿从墨九前面回头，“左执事说，前方就是吊桥了。”

“嗯。”墨九微微顿步，放开萧乾的手，在甬道泛凉的风声中，默默闭眼倾听片刻，回头缓缓对众人道，“接近吊桥，仔细些。”

这次入墓的共计一百三十人，这些人里面，好多都是首次下古墓，而且还是万众瞩目的艮墓，听了这话，都有些紧张和兴奋，各自找着自己觉得最安全的位置，比如离什么人近一些。

“哇，好长的吊桥！”

宋妍惊叹起来，一副跃跃欲试的样子。

人的恐惧来自孤独，当有许多人在一起的时候，胆量自然会大些，即便是心里害怕也不会做出太过紧张的样子。众人指着吊桥小声议论着，对吊桥充满好奇，对艮墓则满是探险的期待。

“钜子，怎么走？”

“对啊！这么多人上吊桥，会不会晃得厉害？”

“我们是分批，还是……”

众人嘈杂不已，墨九久久才道：“都原地等待。”

从外面到吊桥的部分是墨妄探过的，相对来说也是安全的，可吊桥后面就未知了，墨九不能让这些“观墓团”的主子涉险。

众人不解地看向她。

墨九却不解释，一步一步走到吊桥的边上，她拎了盏风灯审视桥下方流速极慢的、黏稠性极强的水。那水的颜色像融化的铁水，黑、深，看不清水底的情形，却泛着一种幽幽的寒光，令人望而生畏，也让人不敢轻易试探。

科技不发达的时代，一切靠经验。

墨九轻轻撩了撩身上的风袍，将风袍上的斗篷往头上一戴，又把备好的“防毒面具”戴好，轻声道：“艮为山，前有河川挡路，后便有山岭阻塞。所谓艮，宜保守稳重，宜止不宜进。”

“宜止不宜进？”玉嘉插了一句，“那便是大家都不进去了，都在这儿等着的意思？”

墨九斗篷下的小脸看不清表情，话却不怎么好听："有时候和外行解释，真的心累。"说罢她瞥墨妄一眼，"左执事陪我过去，其他人原地等我。"

平常的墨九好吃懒做，可以躺着绝不坐着，可以坐着绝不站着，就这样的一个小姑娘，关键时候的气魄却非一般人可比，她一句话不似命令，却让人无法抗拒。

当然，墨九挑中墨妄不是乱挑的。

一来有先前他孤身入内涉险的前奏，她对墨妄有信心。二来墨妄身手了得，除萧乾之外，她还没有看见过谁比他厉害，加上他是左执事，熟知机关，有他保护，比任何人都有用。

墨妄对她的点名，有些意外。

但眸子里划过的惊喜，却没逃过方姬然的眼。

方姬然上前，轻轻为墨妄理了理衣领："师兄小心。"

墨妄点点头，安慰地拍拍她的肩膀，便大步走到墨九的面前，看着她严肃的小脸，紧了紧手上的血玉箫。

"钜子，走吧。"

不能让"观墓团"的大人物涉险，这是大家的共识，而且这种事不一定人多就好。她给了众人一个放心的表情，最后看向萧乾探究的目光。

她知道他担心她。

她更知道他不会阻止她。

不管他信不信任她的能力，他都会放手，让她独自去闯。这种感觉很好，比以前他顾虑着她的时候好。对墨九来说，也让她放松得多。而且，不知从何时起，似乎不必多说，彼此就都明白对方的心思。

她率先踏上了吊桥。

吊桥底部是用厚木板串成的，木板两端用铁链相连，又与一边一条铁链做成的扶栏相连，看上去很厚重安全，可始终是悬于空中，有人踏上去就晃动不止。

墨九轻吐一口气，紧紧抓住铁链扶栏，一步一步往未知的前路走去。墨妄跟在她的后面，拎了个风灯，静静的，没有说话，只有影子，随着桥身一荡一荡。

慢慢地，二人离"观墓团"站立的桥边便有些远了。没有了人声，空间更为寂静。黑墓苍茫，呼吸微窒，忽闪忽闪的风灯如同鬼火，墨九抓紧了铁链，一种远离了萧六郎而产生的不安生感，在云雨蛊的催动下，让她心神不稳，脚下微微一软。

墨妄一直注视着她，见状上前扶住她的胳膊。

"钜子小心！"

墨九感觉到他掌心的力量与温度，抬头与他对视的片刻，不由得就想到与他从初识的熟稔到如今的生疏，甚至她还记得她穿越之初，因为一个"私奔"的误会梗，曾经大呼小叫地称呼墨妄为"我的情郎"。

物是人非哪！

她默默抽回手："左执事也小心。"

一个恭敬的"钜子"，一个客气的"左执事"，彼此间的距离已显而易见，再也回不到过去。墨妄看着前面深幽不见光的漫长吊桥，眸底比桥下的水还要沉。

有一丝风，拂在面颊上。

不太冷，却凉凉的，令人不舒服。

墨妄盯着前方的姑娘，终是没有忍住那一句盘踞在心底许久的话："有时候，我好怀念那个在盱眙街上打我一个耳光的墨九。"

"嗯？"墨九脚下一晃，"你说什么？"

"你没有听见？"墨妄微窘。

"是。"墨九轻声道，"我发现吊桥的线条有一点不对劲。"离岸边越来越近了，风声似乎越来越大，墨九一直在思考这个问题，没有听清楚墨妄的话，而墨妄也没有了再说那句话的勇气。

微顿片刻，他无奈一叹："钜子何苦亲自上来。"

墨九拢了拢肩膀上的风袍："虽然你刚才说的并非这句话，但我还是愿意回答你。身先士卒，方能让人信服。我虽然已是墨家钜子，可今日入墓的除了尚雅之外，大部分都是左系的人吧？这些人对我前呼后拥，并不代表所有墨家弟子都会服我。"

淡淡说罢，她凝视他："好了，现在你可以说刚才那句话了。"

愕然一下，墨妄突然有点哭笑不得。

墨九的性子是特殊的，也是他喜欢的：大多时候不正经，正经起来却比谁都严肃。她分明没有听清他的话，却聪慧地辨别出了两句的不一样，还这般逼问着他。

他无奈一叹，低头盯着她近在咫尺的眼睛，一向灿烂带笑的目光慢慢变得沉郁："我从来没有想过我们会生疏至此。"

她又何尝想过！

墨九抿紧嘴巴，默默不语。

他的目光坦然，真诚，无半分狡意。

对临云山庄那事的怀疑种子早已在她心底发芽，如此对视，更是茁壮成长。她不太相信这样坦然的墨妄，会是那个对方姬然说想要杀掉她，从而成全方姬然的人。

两个人停在桥中，静默着，各怀心思。

久久，墨九突然问："你想让方姬然做钜子是不是？"

墨妄看着她晶亮的眸子，想到当初在萧乾的要求之下答应的条件，不知该怎么解释，因为把事情全盘推给萧乾并不符合他的大侠风格。而且，那时他也认同，觉得把墨九带入那个旋涡并不好。想了想，他道：“为墨家着想，我希望是能者做钜子。你比师妹胜了不止一筹，你做钜子，自然是极好的。”

这句话没有重点，答了像没答。

墨九唇角微微上扬：“左执事原来也很会说话。”

说罢她默默看一眼黑雾中的吊桥：“外面的人都在等，时间紧迫，我只问你一句，你老实回答我。”

墨妄嗯一声，定定看着她。

墨九回望着这样的他，想好的话却又问不出口。而且，她仔细想想，其实毫无意义。他们之间没有旧情，又非情侣，他维护方姬然并没有错。过了这么久，她再去追究，似乎太过在意，恐会徒然生出误会。

“算了，没事。走吧。”

“小九。”墨妄换了称呼，猛地扯住她的衣袖，眉梢挑开：“你对我有看法，对不对？如果你觉得墨妄这个人还值得你信任，可否直言？”顿了顿，他声音又低沉不少：“不管我做错什么，你应当给我一个辩解的机会。”

墨九紧盯他的表情，想了半晌，觉得他说得有道理，决定不再绕弯了：“墨家大会那日，我在机关屋中连胜方姬然两局，而最后一关，赢的人只能有一个。那时，你有没有想过要杀了我，让她获胜？”

墨妄像是呆住了：“杀你？”

墨九回视着他，那一副敛容肃穆的样子，让墨妄相信她没有玩笑，更没有说谎，不由得气得笑了：“告诉我，是怎么回事？”

这件事在墨九的心里藏了很久，憋到这个时候才说，已是不吐不快。她把那一日她如何看见他，如何跟着他到了方姬然的房子，然后听见那些话，讲述了一遍。

墨妄听完，整个人都呆了。

“你肯定没有看错？”

墨九摇头，“我肯定不会看错。”

“我肯定，说话的人不是我，但那日我给姬然送过饭。她从中级机关屋出来身子就不大舒服，灵儿过来告诉我时，我正好有事与她相商，便亲自送了过去。”墨妄润了润嘴唇，声音已有些激动：“可小九，我怎会杀你？便是杀我自己，我也不可能杀你！”

墨九脊背微微一僵。

一因他宣誓一般低吼的话。

二因他话中信息带来的震撼。

她喃喃：“那他是谁？”

两个人静静互视着，都没有说话，一种莫名的惊悚感往毛孔里渗透，让人浑身泛凉。试想一下，一件从来没有做过的事，却被一个极为熟悉的人指认做了，而且这个认错的概率极低，偏偏他确实没有做过。

那是何等的震撼与惊惧？

墨妄急着解释，脑门都是汗。

墨九却思绪沉沉，突地道："难道是……"

"墨九！"她声音未完，墨妄突地看向她的背后，目光里有着难以言状的异色，就像看见了什么古怪的东西，让墨九心里一窒，猛地回头，瞳孔也倏地放大。

只见前方的吊桥上，有一个体型巨大的东西横在路中，距离太远，看得不是太清楚，但形状极是奇怪，带着一种惊魂夺魄的压迫感，让这个原就只容二人通行的狭窄空间更为逼仄。

"退后！"墨九说着，便往后退。

墨妄侧身让她过去，自己却没有退，他上前挡在墨九面前，血玉箫铿一声抽离剑身，在幽幽的风灯里泛着刺目的寒光，而他冷肃的表情满带保护的色彩。可这一退一进之间，也不知是心理作用还是吊桥也受到那个巨兽的刺激，一波一波晃动起来，比先前还要剧烈。

"墨妄不急，先稳下来。"墨九扶着铁链，身子东倒西歪。墨妄原准备过来扶着她，不想猛的又是一阵震动，他身子前倾，刚好撞上墨九。

可怜的墨九，原本还算稳当的身子，被他这么大力一撞，踉跄着倒退了好几步，身体稳了又稳，还是跌跌撞撞地倒了下去。

"小心！"墨妄惊呼。

"呃！你这个乌龙人！"墨九惊恐未定地想要抓住铁链，可手抓了空。她闭了闭眼，做好摔倒的正确姿势，可人没倒下，腰上倏地一紧，一种熟悉的、温暖的气息便包围上来。

有一只手臂紧紧圈住了她。

墨九半斜半倒，姿势很有点像浪漫电视剧的镜头。

可她抬头看见萧六郎的脸，却有点想骂娘。

"萧六郎，你大爷的！"

怪不得吊桥突然间剧烈晃动，原来是他过来了。不仅他过来了，他的背后，依稀还有一大群人。顺着目光看过去，那群等待的人似乎都过来了，最前面的人正是默默抿唇的宋熹。

眼睁睁看她落入萧乾的怀里，他温和带笑的面容上，情绪似是与常时没有什么变化，可仔细观之，那笑里又好像少了一丝应有的恬淡。

众人静静的。

他们都看着墨九。

也看着半搂着墨九的萧六郎。

静谧一刻，墨九推开萧乾的胳膊："你们怎么来了？"

"见你们久久不回，特来看看。"萧乾表情淡然，可视线从她脸上挪开，再盯住墨妄时，就有些不对了，隐隐的有几分冷意："一个吊桥而已，为何走了这么久？还有，你们在这里做甚？是撞邪了？"

咦？这是醋味？

墨九翻个白眼："是撞邪了，撞的就是你的邪！"

想到先前吊桥晃动的紧张，墨九没什么好气。可墨妄似乎很理解萧使君的不舒服，微微一笑，指了指前方："那里有一个体型巨大的东西，不知是何物。"

萧乾默默看他。

这时，空间里有一种怪异的声音传来，带着一种冷飕飕的气流压了过来，咕咕不止，像是鸟在叫，又像是某种哀怨的声音。

"臭咕咕？"墨九惊讶。

她记得在御史台狱见过这种鸟。

黑沉沉的空间里，咕咕声不绝于耳。

不是一只鸟，而是一群鸟，无数只鸟。

"都把风灯举起来！"墨九大声喊着，众人便齐齐朝那一群飞旋的鸟举起了灯。灯火的光线在黑暗里有着震慑的作用，这里有一百多人，鸟在空中盘旋几圈，便慢慢散去了。

人群里，有人松气地叹息。

"我去看看前面是什么。"有萧乾在身边，墨九比先前更为镇定。她从墨妄手上夺过风灯，便往前面那个体型巨大的东西走了过去。

冷风扑面而来，扬起她的风袍。

可古怪的是，先前的不安，半丝都没有了。

墨九微微眯眸，再往前走几步，然后怔住了。

那个庞然大物不是巨兽，也不是怪物。

它只是一个影子，一个投射的影子。可"本尊"在哪里？

她高举风灯，四处察看。风灯的光线很弱，穿不过浓浓的黑幕，但头顶上空一个庞然大物却落入了她的眼底。庞然大物并没有动弹，看不出是什么东西，但它本身自带光源，初一看，离他们有三四丈的距离。

墨九往前再走几步，手扶在铁链上，突的一阵铿铿声传来。她举着风灯照向铁链扶栏。看一眼，她怔了怔，又慢慢抬头，只见有一个铁链做成的绳梯，从那个庞然大物的身上落下，与吊桥的扶栏紧紧箍在一起。

"有人捷足先登了。"

墨九望着头顶的庞然大物，又瞥一眼臭咕咕飞远的方向，轻轻道："怪不得你们飞出去，飞进来，这般自在。"有人捷足先登，艮墓自然有盗洞了。

众人皆惊，上前与她一起看那个"庞然大物"。

吊桥再一次苟延残喘般晃动起来，方姬然却没有动，她帷帽下的脸虽然看不见，却能想出她的尴尬。在进入墓道之前，她曾对墨妄说此墓没有被盗过，而事实再一次无情地证明墨九是对的，她真的不如墨九。

没有注意到她的情绪，墨妄盯着庞然大物，瞥着墨九，目光凝重道："钜子稍待，我上去看看。"说罢，他举着血玉箫，速度极快地往上攀爬。

众人都盯着墨妄，屏紧了呼吸。

可墨九的脸色却反常地轻松。

她转眼，低头斥问萧乾："好你个萧六郎，耍我？"

萧乾唇角微扬："钜子神威天降，一统江湖，总得亲自一试才满意的，旁人告诉你，你未必肯信。"

"得了吧你，萧使君的恭维，我受不起。"墨九冷哼一声，拿眼刀子剜他，一只脚却不轻不重地踩在萧乾的脚背上，踱了踱，猛地拔高了声音："还不快把乔占平叫出来？"

她的话，乍一听都不太理解，可只要有脑子的人，想想就明白过来了。艮墓的位置是乔占平告诉萧乾的，用以交换他的性命，这件事萧乾又禀报给至化帝，闹得满城风雨，人尽皆知。

那么，不管乔占平是谁的人，也不管乔占平到底是不是墨九心怀疑惑的那个"现代故人"，更不管他是不是那个"机关高人"，至少他们那一伙有一个"高人"。既然他们知道了艮墓，又怎会不来探一探，找一找仕女玉雕？那么，艮墓又怎么可能完好无损？

也就是说，乔占平既然说出了艮墓，肯定也早已向萧乾交代了关于艮墓里发生的一切。

如此，墨九懂了。

为什么萧乾放心她与墨妄过吊桥？

因为他知道，这里不会有什么危险。

这个家伙对一切了然于胸，却装作不知道一声不吭，看着众人紧张，也看着她一步一步试探至此。若不是她与墨妄在这里逗留太久，他恐怕还不会上来，也不知还要憋多久。

墨九哭笑不得地瞪他一眼，便看向了从禁军中低头走出来的乔占平。

这个人很特殊。

坎墓复位、巽墓改制、临云山庄的机关屋钜子之试，让他不管是在墨家还是在朝堂，甚至在至化帝的心目中，都是一个厉害的人物。所以，为免人们议论，在艮山门时萧乾没有让他暴露身份，只做普通禁军打扮，便是尚雅也没有注意到他的存在。

从乔占平死而复生，尚雅已许久不见他。

前些日子他被关押在枢密院的大牢里，尚雅几次想去见人，都被禁军挡了回来。乍然见到旧情人，尚雅的目光几乎霎时便锁在他的脸上。

“占平……

“占平，真的是你？”

尚雅喜极，又惊极，声音便有些恍然。可乔占平肩膀微僵，却一眼都没有看她，径直走到前面，一张俊朗的脸上没有半点身为阶下囚的困窘，阴柔之气不减，一举一动皆有美态。他向两位皇子、两位使君、公主和郡主等人施礼后，看向了墨九。

“见过钜子。”

曾是乾门长老，他对钜子很有敬意。

“上头悬吊的是一口巨型石棺，棺中有一男一女两具尸体，容色俊美，鲜活如初。可二人同处一棺，却未在一起。他们的中间有一道厚厚的隔板。隔板与石棺嵌为一体，呈透明状……”

说到这里，微微停顿，乔占平突地抬头。

“艮墓的仕女玉雕，就嵌在透明的隔板中间。”

听人描述始终不如亲眼看见有画面感。

墨九看着头顶上那一团巨大的阴影，微微弯唇，低声接了下去：“仕女玉雕虽然就嵌在中间，可是怎么都取不出来对不对？所以，你才把地方告诉了萧使君。”

乔占平微微一惊，惊讶地望着她。

墨九浅浅一笑：“难道我猜错了？”

与她洞察力十足的目光一撞，乔占平眸底幽暗。可考虑一下，他便默认了：“棺盖是半透明的，内嵌夜明珠七颗，可观棺内情形。但我们想尽了办法也无法打开棺盖，而且棺体巨大，悬吊棺体的十六根铁链更是粗如拳头，没有办法挪走……”

墨九注意到他用了“我们”两个字，却没有问他“我们”是谁，只似笑非笑地挪开目光，看着从上方滑下的墨妄，然后上前问他情况。

墨妄所见与乔占平所说，一般无二。

众人皆好奇不已，盯着那悬在头顶上的石棺议论。

墨九默了默，却问乔占平：“绳梯是你们系的？”

这次她用了“你们”两个字，乔占平微微一愣，也没有问“你们”是指谁，只点头道："绳梯是粗铁链做成的，系得很牢，钜子可以爬上去看看。"

三四丈的高度，有点骇人。

尤其吊桥下方的水质虽然不曾探过，但这种墓里机关重重，一不小心就会遭殃，墨九对悬高的东西又天生有一种畏惧心，她盯着石棺看了片刻，稍稍有些紧张。

正犹豫怎么上去，她的腰便被人束紧。

她一惊，回头看萧乾，不明白他的胆子为何突然这么大。

光天化日……不，众目睽睽之下，公然抱大嫂！

萧乾眉目微敛，淡淡道："嫂子，得罪了。"

说罢不待她回应，他一只手搂住她的腰，一只手已抓紧绳梯往上一跃。到底是习过武的人，那手臂稳稳地束着她，让墨九无端就安心了。

有萧六郎在，她不怕掉下去。

或者说……掉下去，她也不怕。

"想什么呢？快看！"

她还在臆想，萧乾已上了绳梯，爬到了棺顶。

看着他灼灼有神的眸，墨九突然觉得，这家伙肯定也很好奇，他把她带上来，只不过是顺带捎的吧？就像捎一件货物似的……这般想着，她有点想笑，轻挠他的腰。

"哎，萧六郎！"

一个极轻微的小动作，无人看见。

下方的距离，那样的光线，也看不清上方的人。

"别闹！"他低头，小声阻止。

"哦，我不是闹，是喊。"墨九凑过去，挨了挨他的脸，便顺着他的目光看向石棺。然后，抽气一声，"娘啊！太精妙了！"

这一刻，她觉得能看上一眼，丢了小命也值得。

石棺年代久远，棺体的雕琢已有风化，半透明的棺盖外面也有一些岁月的磨损，可棺内的布置却精致如新。顶上嵌着的七颗夜明珠呈北斗七星状排列，将里面的两具尸体与陪葬物照得清晰入目。

与乔占平描述的一样，这是一棺两尸。

或者说，这是两棺并列，因为棺内一分为二。

可她没有想到，中间的透明隔板，不是她听乔占平描述时自以为的直线，而是一条极美的弧线，而且，棺体也不是她先前以为的长方体，而是圆柱体。圆形的棺面被一条弧线的隔板分为一阴一阳两面，就是一个活脱脱的太极图……

这是一幅令人震撼的画面。

鬼使神差一般，墨九闭了闭眼，屏紧呼吸再次睁开。

她的目光里满是欣赏与钦佩。

那男女两具尸体身处的棺底，用一黑一白两色珠宝点缀，可白色珠宝中间的男尸却身着全套黑衣，而黑色珠宝中间的女尸却身着全套白衣。两个人分别位于弧线两侧，黑中有白，白中有黑，直观看上去，正好位于太极图的阴阳两极。

半透明的棺盖，可分辨出一男一女两具尸体的面容与动作。他们长相俊美，相向侧卧，目光都关注着隔板中间的仕女玉雕，面上似乎还带着浅浅的微笑，根本就不像尸体，而是两个恩爱的情侣睡在自家床上，在共同欣赏一件精美的藏品。

可再仔细看，墨九又忍不住哆嗦。

夜明珠的光线下，那画面太耐人寻味。

那分明不是幸福的笑容，而是遗憾的苦笑。

即便同在一口棺中，他们却不能相拥。

这设计者，是多么的重口味？

墨九抿了抿唇，静静看着，越发觉得两具尸体的表情很值得琢磨。似是幸福，又似苦涩，每一次观察都似有不同，都会有新的领悟。再配合这一口太极阴阳棺，简直就是一件完美的艺术品。

她感慨完古人的力量与设计精巧，也有些佩服乔占平他们……在石棺高悬的情况下，居然可以从盗洞下来，在吊桥与石棺之间这样的高度里搭上一个绳梯。

“厉害！不虚此行哪！”

她轻叹一声，注意力完全被阴阳棺吸引，完全没有发现，在她观察阴阳棺的时候，萧乾的目光一直注视着她，在夜明珠朦胧的光线中，带了一抹奇妙的温暖。

“萧六郎，美吗？”她问。

“嗯，美！”他低声，说的是她。

墨九点了点头：“确实是极美的，我以为，这世上再没有任何一种图案可以比太极图更完美了。图式简单，却如你所说，阴中有阳，阳中有阴，符合天道、自然，可概宇宙、生命。”

“嗯。”他接下话头，“也如倒睡的两个男女，象征人类的繁衍与传承。”

墨九一愣，忍俊不禁：“你好有道理。”

他抚她的头，一本正经道：“这是天道。”

“萧六郎，我知道了！”墨九突地惊叹一声，竟没有在意他的诨话，像发现了新大陆一般，惊喜地指着下方道，“这座吊桥，便是太极图的阴阳分隔线。怪不得先前我觉得它不对劲，它一定也是弧形的。”

“弧形？”萧乾对这个词似有疑惑。

“弯的！就像这个……”墨九不好解释，指向棺中的阴阳分隔线，“其实吊桥就是这一条线的缩影，你看像不像？”

萧乾点头，又赞许地看她一眼。

墨九越发兴奋，目光晶亮似带了笑意。

“六郎可还记得我们在御史台狱看见的太极图？”

“嗯。”

“那一场大火，为什么会把那片烧成一个太极图？当时我们都以为是碰巧，是自然之力，可如今想来，这世上又哪里有那么多碰巧之事。”

“那阿九以为呢？”萧乾目光深幽。

“我猜测，是与御史台狱下方的艮墓有关，也与艮墓的造成物质有关。同样的一把大火，同样材质修建出来的御史台狱，为什么有的地方会烧成灰烬，呈一片焦黑之状，而有的地方却不能充分燃烧？我猜是受艮墓阴阳冢的影响，导致两边土质或者其他因素不一样。”

说到这里，墨九突然想到萧乾是一个古人，又顿了顿，认真看他：“我这样解释，你能不能理解？”

萧乾深深看她一眼，点头道：“大概明白，把艮墓造成阴阳墓，便会有与阴阳相关的设施，改变了上方的土质乃至气流，以至于这一场火灾，同样一个御史台狱，却烧出了一个不规则的太极图。”

“聪明！”墨九笑道，“也就是说，御史台狱上方的图式结构与下方的图式结构，应当是极大部分相似的。”

哼哼一声，说到这里，她似乎有些得意：“幸亏我早有准备，让你给我准备了御史台狱的建造图纸。如果我没有猜错，这口阴阳石棺的开启机关，就在太极图的阴阳两点。”

萧乾兴味十足地看她：“说仔细一点。”

她却眨了眨眼，往下方努努嘴。

“他们肯定等得急了，我腰也酸了。”

“好。”萧乾将她搂紧，“下去再说。”

等两个人再次落到吊桥上时，收获了众多的眼球。他们在上面待的时间太长，下面等待的人，喝着冷风，悬着心脏，自然各有各的想法——担忧的人担忧，嫉妒的人嫉妒，憎恨的人憎恨……

可墨九浑不在意。

她被阴阳棺震撼了，小脸上红扑扑的，全是精神。与萧乾相视一眼，她看了看头顶上空只看得见一点幽光的石棺，对众人说了自己的猜测，然后从薛昉手里拿过御史台狱的建造图，就着手指往中间唰地画出一道弧线。

“这里是阴阳分隔线，也就是吊桥的位置。”

她指点江山一般自信，整个人灿然生光。

原就是美人，这一刻更是美艳惊人。

众人的目光都凝在她的脸上。

有惊的，有叹的，有爱慕的，也有恨的……

乔占平微眯着眼，盯着阴阳图，点头道：“钜子说得没错，可石棺当如何打开？”

墨九道：“你们可有探过两侧？”

乔占平怔了怔，摇头：“不曾。发现石棺，看到里面有仕女玉雕，我们就一直想办法打开它。吊桥那边是一座似是天然整体的石山，我们没有来得及再探……”

没有来得及再探，就发生了墨家大会的事情。

再然后，乔占平就被苏逸抓住了。

而且，像艮墓这样的机关墓，要彻底开启，本就不是一次可行的。依墨九猜测，要做到如今的程度，乔占平或者是他背后那个也许来自现代的高人，费了不少苦心。

沉默一下，乔占平又道：“不知钜子有何高见？”

深深瞥他一眼，墨九指向御史台狱的图纸，白皙的指头轻轻勾画着，将它按一个太极图的比例描绘着，突地指向阴阳两侧两个圆点的方向：“极阴、极阳，这两个点的方向，一定与开启阴阳棺有关。我们一探便知。”

乔占平点头：“此计可行。先探哪一个？”

“不是男尊女卑吗？”墨九似笑非笑地瞥了萧乾一眼，见他抿唇默然，又轻笑道，“那我们就先探极阳之点呗！”

按石棺中男女尸身的图形来看，那个男子的方向便是极阳之点了，位置就在吊楼的那一头。不过，过了吊桥的石山乔占平都不曾探过，也就是说，是一个完全的未知数。

念及此，墨九皱了皱眉头：“各位观墓团的尊贵主子，你们可不可以先退出墓室，在艮山门外喝喝茶、聊聊天，或者回去睡上一觉，等我的消息？”

她环视着几个重要人物。

当然，主要是玉嘉和宋妍这样的姑娘。

宋熹、宋骜与苏逸都是男人，墨九虽然至今没有看见过他们的身手，不过男人就是男人，无论如何也不需要她一个女人来看顾与负责，可这些娇生惯养的姑娘不同。

她真的不喜欢累赘。

也不以为自己有能力管她们的生死。

玉嘉接收到她不悦的视线，心头那一股子压抑着的嫉妒狂浪已生生卷到喉咙口，不吐不快了。想到萧六郎对她一而再再而三不顾身份、不顾颜面地保护与亲昵，她微讽地勾了勾唇，挑高下巴道：“你可以去得，本宫为何去不得？再说有钜子在，又怎会有事？！”

玉嘉呛她一句，甩开侍女扶着的手，大步向前。

“那可说不定。”墨九抱着双臂，带着一直挽住她亦步亦趋的宋妍跟在玉嘉的身后，一双晶亮的眸子映出几分邪气，“生死面前我顾不上你，而且吧，要是有机会，我说不定还会推你一把。”

这话很小声，也很直白，只有玉嘉与宋妍二人听得见。

玉嘉何时听过这样的话，声音入耳，那还了得！

她恼恨地转过头来：“墨九，你真当本宫不能拿你怎样？”

迎上她逼人的冷眸，墨九笑了：“你试试？”

玉嘉恨恨咬牙：“是你逼我的。”嫉妒会令人疯狂，她恨意上头，什么也顾不得了，当着众人的面，扬手重重挥向墨九的脸！

啪！重重的巴掌声在静寂的空间响过，惊了无数人的眼。可伸手打人的是玉嘉，挨了掌掴的人……也是她。

一片静谧中，墨九举止风流，面带微笑，紧紧扼住玉嘉的手，似笑非笑地看着她红白不匀的脸，啧啧道：“可怜的，哪个凶狠的家伙打的？下手这样重！”

扼住玉嘉的人是墨九。

打她的人，分明不是她。

墨九没有留长指甲，而玉嘉细白柔嫩的脸上却被尖细的指甲划出了一道长长的血痕，从脸颊延伸到嘴角，不太深，甚至都没冒血珠子，可淡淡幽光之下，那血痕仍是被玉嘉盛怒的神色带出一种古怪的狰狞。

“你们谁打我？”

玉嘉愤怒地抽回手，怒视面前的两个人。

一个是墨九，一个是宋妍。当场只有她们三个人站在一起，旁人都离得远，始作俑者必是她们两个中的一个。可不管是墨九还是宋妍，对玉嘉来说，都有新仇旧恨，都一样憎恨。

“有人打你吗？”宋妍明知故问，看看自己的手，又盯着墨九先前握过玉嘉手腕的那只手，“哦，一定是小寡妇打的。”

墨九哼声瞪着她：“分明是你打的。打人不承认？”

宋妍很无辜：“我打了吗？真的打了吗？一定是误会。我怎么会打人？”

墨九翻白眼，与宋妍一样，半点都不理会怒火冲天的玉嘉：“我的手逮住她的手，哪里得空打她？何况我又没习过武，出手哪有那么重、那么快？”

宋妍像是思考得很艰难，眉头鼻子都皱成一团，好一会儿才恍然大悟：“对啊！你若不逮住她的手，我也不可能碰巧打到她，我分明是打蚊子啊。”

“住嘴！你们两个都给我住嘴！”听她两个一唱一和，根本不管她被打伤的脸，反倒像二傻子似的争论着无关紧要的事情，玉嘉快疯了。

“你们分明是故意的，掌掴公主，居然敢掌掴公主……”玉嘉酥胸起伏不停，气得说话都带了喘，恼意如熊熊烈火，一字一字都如同在喷火星子，“掌掴公主，该当何罪？”

“醉？我没醉！”墨九拂袖，“我也没掴。”

“我，我也没醉，我只是打蚊子。”宋妍眼珠子一瞪，像看见什么似的，啪一下，又拍在墨九的肩膀上，“看！就是它。好大一只蚊子。小畜生，落到姑奶奶手上了吧？哼，早就看你不顺眼了。打得舒坦啊！看你还转、还装，痛了吧？”

墨九：“……”

这是骂蚊子还是骂人？

宋妍含沙射影的话几乎让玉嘉崩溃，顶着一张红脸，她怒视着宋妍：“你是不是以为郡主比公主尊贵？”

“没有啊！”宋妍古怪地盯着她，突地与墨九对视一眼，像是想到什么似的，恍然大悟地指着玉嘉，“想打人的分明是你！怎么，偷鸡不成蚀把米，想不开是吧？”宋妍也是个嘴毒的，说罢指着吊桥的扶栏，挑衅地笑：“实在想不开，你跳下去啊！连收尸都免了，也算为朝廷节省开支。”

宋妍一句又一句，闷雷似的劈向玉嘉。气得她双唇发白，颤抖着指了指宋妍，终究还是指向了墨九，道：“来人哪，给我掌嘴，好好给我掌她嘴，不出血，不罢休！”

众人再次惊呆。

直到此时，好多人不明白这三个女人是怎么闹起来的，但想来也不是什么大事，可小事发生在公主身上那就是大事。玉嘉是公主，自是比宋妍与墨九身份尊贵，公主喊掌嘴，掌是不掌？

“玉嘉，不得胡闹！”

众侍卫正踌躇，就听太子爷沉声一斥。

“艮墓大事，岂容你儿戏！”

宋熹呵止声未落，萧乾便低笑了一声。

这突兀的笑声，清冽、泛凉，如杀人的利器。

“公主要掌的是钜子的脸，还是陛下的脸？”

玉嘉被宋熹吼了，又受心上人讽刺，脸上更是挂不住。

她看得出来，他们都在维护墨九。

这维护，踩踏着她公主的骄傲，容不得她退缩。

微微仰头，她顾不得挨打的狼狈，盯着萧乾的俊脸。

“萧使君此言本宫不解。如此贱妇，岂可与陛下相提并论？”

一声“贱妇”出口，便有人低低地抽气。依墨家钜子之尊，就算玉嘉贵为公主，又怎可当着墨家弟子的面这样侮辱？在场的墨家弟子个个脸色都不太好看，拳心紧握。墨九却无所谓，甚至低低笑了一声，也不知到底有什么可笑的。她轻声笑罢，移过一双会说话的眼，又似笑非笑地紧盯着萧乾冷肃的脸。

那是女人看自家男人的目光。

也是一种由着他处理的信任。

萧乾回视她一眼，眸底幽沉的光芒慢慢亮开，面色也恢复了平淡，就像根本没有听见玉嘉侮辱她似的，只一袭风袍在微风中袂袂，有种骇人的凉意。他道：“钜子是陛下御赐的钜子。今日入艮墓，奉的是皇命，办的是皇差，那就是正事，是国事。若有谁不晓深浅，打了钜子的脸，那就是打陛下的脸。”

说到这里，他眸底冷光一闪，环视着众人，没有明指玉嘉公主，却又像专打玉嘉公主的脸：“事关南荣国运兴衰，为天下苍生计，我不介意犯上抗命！”

这是萧乾的态度。

几句话不轻不重，却荡气回肠。

若玉嘉执意要掌掴墨九，那么他势必要出手。

而且他在出手之前，把国运兴衰、天下苍生都搬了出来，便是他今儿真怎么着了玉嘉，也是理直气壮。说得粗俗一点，他的话翻译过来就一句：老子这是为了她爹打她的。

玉嘉藏在袖子里的手捏了又捏。

“你们，你们……”

“你们这对不要脸的狗男女”是她想说的话，可话在舌头上转了又转，她却怎么都说不出来。她对萧六郎还有幻想，她还想嫁给他，皇帝也允诺过会为她指婚……既然她早晚都是萧六郎的女人，就不能打他的脸，把未来的幸福断送掉。

可打不得，骂不了，她堂堂公主当场被人打了耳光，难道就算了？今儿这件事，怎么都得有个说法的。

她的想法，也是众人的想法。

于是，许多人的目光都望向宋熹。

在场中人，最能主事的便是他。

他是位高权重的太子爷，是玉嘉的哥哥，也是打人者宋妍的堂哥……他说话有分量，也最方便来了断这桩冤案。

“够了！”打断玉嘉欲言又止的话，宋熹眉心微拧，抿了抿薄薄的双唇，面色不悦地上前，将横在吊桥上的三个姑娘都打量一番，末了，似乎也很头痛。

“尔等同在一条船上，当以开艮墓为紧要，莫为小事伤和气。”目光暗了暗，他看向满脸笑意的墨九，嗓音微哑，“钜子宽宏，切莫与舍妹计较。时辰不早了，继续探墓吧。”

这席话他说得滴水不漏，其实很有语言艺术。给了墨九面子，也给了玉嘉台阶，更没有责怪宋妍。但他忘了从小娇生惯养的玉嘉公主活生生挨了宋妍一个耳光，那是天大的事，她的肺都快要气炸了，哪能由着他这么敷衍过去？

看墨九微笑点头，依言要走，玉嘉上前就拽住她。

“站住！打了本宫，就这般了事？”

“我打了你？”墨九浅笑，“分明是公主打我未遂反被人打……可这也不关我的事啊，谁打的公主，公主找谁去！”

“小寡妇，你不仗义！”宋妍撇着嘴巴，瞄一眼宋熹，有点紧张。她像是有一点怕宋熹，又有点不服气。可墨九笑了笑，凑近她的耳朵，小声道：“怕什么？你是诚王的女儿，陛下亲封的紫妍郡主，萧使君的表妹，太子殿下的堂妹……这里没有人敢动你。而我就不一样了，打了公主说不定得杀头。”

诚王的女儿，陛下亲封的紫妍郡主，萧使君的表妹？咦，这句话好像有点耳熟？宋妍怔了怔，方才想起，这不正是出自她自己的名言吗？

恨恨瞥了墨九一眼，她想想又认同了。

“对，怕什么！”仰着下巴，她高傲地挑衅玉嘉，“是我打你，怎么了？我还就打你，专打你，怎么样？玉嘉我告诉你，这一巴掌我早就想打了，忍到现在，算你命好。怎么着，有本事你打回来啊！不过，就你这娇贵的破身子，又怎么打得过我，上来也只有挨打的份！”

这般挑衅，着实爽快，也痛快。

墨九错愕一下，忽而又想笑。

当初宋妍火烧玉嘉的宫殿，裙子都给她烧掉一半，皇帝也只让宋妍在诚王府中反省。对此，她清楚，玉嘉心里更清楚。皇帝对诚王有愧，对宋妍也很纵容，只要不是生死攸关的大事，还真不会把她怎么样……

玉嘉那个气啊！烧了心，又烧脑。最后，她只能把矛头对准墨九：“是你指使郡主的对不对？你不逮住本宫的手，妍儿又怎会打我？”

她沉沉呵斥着，恼恨地瞪着墨九。

墨九却低头看她握着自己的手，像是被什么脏东西碰了似的，一脸的不耐烦。那一副无所谓的样子更是令玉嘉生恨，她冷笑一声看向宋熹。

“皇兄可看见了？这个钜子是何等嚣张，分明就没有把当朝公主放在眼里，也没把你这个太子殿下放在眼里。依我看，墨家集结这么多人，是想造反不成？”

宋熹也很不耐烦。

可他习惯温和待人，恰到好处地掩饰了情绪，只温声劝慰道："玉嘉不可胡说。你挑衅在先，钜子已不和你计较了，你又何必咄咄逼人？放开钜子，我等还得继续探墓。"

玉嘉心尖尖都碎了。

看着宋熹，她像看着一个陌生人。

"我胡闹？我胡说？我咄咄逼人？她反倒成了受气的小媳妇？"玉嘉恼意上头，把墨九的手抓得紧紧的，一副今儿不给说法就要撕碎她的样子，语气越来越冲，战火越燃越旺，战线范围也越拉越大，双目直勾勾逼向宋熹。

"皇兄，玉嘉对你好生失望！"

宋熹抿紧的双唇微微泛冷。

"看来你是被惯坏了，分不清轻重！"

怪异地嘲笑一声，玉嘉失望地道："皇兄这样偏袒，却不知自己的心早就长歪了吗？你不要以为我不晓得你存了什么心思……"

"玉嘉！"宋熹面色一变，语气已有薄怒，"别忘了你的身份！你知道你在说什么吗？"

"我当然知道我在说什么，我愿意为我的话负责。"玉嘉抬起下巴，高傲地望定宋熹，拔高了声音，"皇兄敢当着众人的面，说你没有觊觎这小寡妇的美貌，没有在私底下与她吃吃喝喝、撩情弄骚，也没有让她夜宿你的别宅，与你行苟且之事？还有，你敢说你没有不顾母妃病体有恙，冒雨漏夜出宫，前往别宅与她私会？"

宋熹面沉如铁，众人也呆若木鸡。

玉嘉却疯了似的，咄咄逼人。

"说啊，当着所有人，你说你没有！"

她嘶吼似的愤怒让逼仄的空间气流更低。皇室的八卦，太子爷的八卦，又事关墨家钜子，这种事可大可小，多一事不如少一事，晓得这事比不晓得会更麻烦。众禁卫个个低着头，恨不得没有人发现自己，可又忍不住竖起一双耳朵，想把这些香艳的事听个仔细。

"你不好说，还是不好意思说？"玉嘉冷笑着，又瞥向萧乾，用一种幽怨的声音道，"你可晓得她是怎样的贱人？一边与我皇兄勾勾搭搭，一边又拿美色迷惑你。"

美色？墨九摸着下巴。

好像那段时间，她真的没有美色。

"醉红颜"都快让她变成一个无颜丑女了，哪里还有资本去勾搭太子爷、勾搭萧使君？所以，她墨九靠的是魅力征服。这般想着，她掠过东寂明灭不定的脸，又怪怪地瞥向萧乾。

萧乾面色轻淡，眸有冷意，似不喜欢墨九与太子扯上关系，又似不屑与女子争辩，始终抿着唇不发一言。

气氛有些尴尬。

除了风声，好一阵没有人说话。

两个男人与一个寡妇的情事，香艳得很，可到底是真是假？莫说萧使君寡欲清冷的性子不太可能会勾搭大嫂，太子爷也不该与萧家大少夫人有什么苟且才对啊！

可太子爷没有反驳，那就是真的了。

众人又惊又诧，宋骜也很好奇。

他大概晓得一些宋熹与小寡妇的事，却没想到会这么深沉，更没有想到宋熹会不管生病的谢贵妃，冒雨去菊花台与小寡妇私会……

要知道，宋熹是南荣皇室有名的孝子，对双亲的孝顺，一直都是被当成反面材料的宋骜学习的榜样。为此，他也背了十几年的混账骂名。

看宋熹面色青白，却说不出话，宋骜有点幸灾乐祸。

“还有这样的事？”他笑着，又把萧乾拉入战局，“长渊，莫非你没有告诉过我太子哥，这小寡妇是你家大嫂？哟，这可要不得，深夜私会，还夜宿……”

“住嘴！”萧乾低斥，语气冷如冰瀑。

“这么凶！我又怎么了？”宋骜犹自不懂，看好几个人都拿冷刀子似的目光瞪着他，觉得无辜得很，“咦，都瞪我干什么？关我什么事？人不是我打的，半夜私会的也不是我……好了好了，你们继续掐，当我不在。”

拱手做一个深深的揖礼，这“无辜”的小王爷当真转过头，负手面对吊桥，不再回头。

宋熹被玉嘉问得下不来台，可玉嘉娇横惯了，挨了打又气急攻心，并没有因为他的沉默就撒手，自觉占了理，她更是逼视着他。

“七皇兄说得有理，太子殿下怎么不吭声？”

空间很安静。

分明有一百多人，却似一个人都无。

宋熹微眯的黑眸一眨不眨地盯着玉嘉。那冷，那恼，那尖利的锋芒，好多人都是第一次从他的眼中看见。似乎已濒临狂怒的边沿，幽光灼灼间散发出来的无声威压，有着摄人心魄的冷意。

“玉嘉，看来你是失心疯了。”

“我失心疯？”恼羞成怒的玉嘉冷笑道，“皇兄，疯的人根本就是你！你不管青嬗，不管自己明媒正娶的妻子，也不照拂自己的亲生妹妹，就为了这样一个贱人……”怒火难消，她一句比一句厉色，盯紧宋熹，手指却指向墨九，“为了这个嫁过几次、被几个男人睡过的小寡妇？”

“放肆！”宋熹怒了，嫌恶地皱眉，“堂堂公主，性情褊急，口不择言……”

“放肆又如何？”玉嘉被嫉妒烧昏了头，早已没了理智。她赤红着一双眼，桀骜不驯地盯着宋熹，冷笑道，“你太子之尊，不顾廉耻，肖想有夫之妇不说，还由着这样的货色爬到我头上耀武扬威。宋熹，便是到了父皇和母妃面前我也占理！今儿你必须给我个说道……”

玉嘉嚣张不是第一次，可她对着宋熹嚣张却是第一次。但公主再尊贵，又如何能越得过太子去？太子是储君，是君，公主再大也是臣。这尊卑长幼之序早就定下，她若不是气得丧失了理智，也不敢如此狂妄。

宋熹原就窝火，终是忍到极点：“来人！”

“殿下！”禁军上前。

“把玉嘉公主拉下去！”宋熹火气压了又压，只说，“送回宫里，让母妃好生管教。”

“不，我不走！”玉嘉气得不轻，又吼又急。禁军看看这个，看看那个，也不敢真去拉拽公主。玉嘉却越闹越厉害，“宋熹，你当真不顾兄妹之情，要为这个贱人出头是吗？她到底哪里好，你们一个两个都想沾她，难道你们不知她是天寡，你们都不要命了是吧？”

“闭嘴！”宋熹盛怒之下，猛地举起手，一个巴掌扇下去，重重打在玉嘉的脸上。

短短时间，同样半张脸，挨了第二个耳光。

玉嘉没有气疯，却被打蒙了。

她摸着疼到麻木的脸，不敢置信地看着宋熹，眼里的热泪突然滚滚落下，像断线珠子似的，再也忍不住。

“好，好样的，你也打我？”

宋熹看看手心，也似在发愣，又似意外。

“皇兄，你变了！”玉嘉一双梨花带雨的眸子控诉地盯着他，哭泣道，“你以前是最疼玉嘉的，我便是手指头扎根刺你都心疼得不行，更莫说贱人欺我。从小到大，哪次不是你为玉嘉出头？可自打有了这个小寡妇，这个不知廉耻的小寡妇，你不管母妃了，也不管玉嘉了……”

美人哭泣的时候确实也是惹人疼惜的。在这么多人的面前，堂堂公主被宋妍打了，还挨了她亲哥一巴掌，她的伤心和委屈可想而知。

她的泪水如决堤的江河，大有收不住之势。

“……呜……呜……你们都喜欢她，不喜欢我……”

宋熹皱了皱眉心，终是无奈地抬起双手，抚了抚玉嘉的肩膀，低头望着她哭得红肿的双眼，还有高高肿起的面颊，勉强地勾了勾唇："皇兄不该打你，是我情急了！可玉嘉，你也当自省，有些话可说，有些话不可胡说。尤其你是公主，怎能像个市井泼妇，大骂出口？"

这话已有了缓和的余地。

他太子的身份，能够主动道歉，对玉嘉来说已是足够的台阶了。挨了两巴掌，疼痛也让玉嘉慢慢清醒过来。在这里，她动不得那个小寡妇，也不该去动她。

莫说是她皇兄，今儿就算是父皇在也未必会护着自己。如果她还想继续跟下去，不被宋熹送出艮墓，这个时候她就必须服软，也只能服软。

说来玉嘉也不是真正愚蠢之人，若非被嫉妒蒙蔽了双眼，又一再遭受刺激，也不会失态成这个样子。这时反应过来，她的智商也跟着回来了，即便心里有千般恨、万般怨，也不得不捂着脸颊，顺着宋熹这个道歉的"软台阶"下来。

"呜，晓得我是公主，你们还欺负我……"她委屈地道，"连父皇都没舍得对我动过手，你却打了我……呜……"

哭虽哭，可她明显服了软。

宋熹拧了拧眉头，多少得给她点颜面，以便维护皇室在众人面前的尊严。他叹口气，恨铁不成钢地道："你呀你，就是倔！本就不是大事，妍儿都说了，只是打蚊子，不小心打到了你……连皇兄也给你致歉了，你还要怎样？"

玉嘉身在皇室，懂得尊卑，闻言抿了抿唇，委屈地往宋熹肩膀处靠了靠，狠狠瞪一眼墨九，又抬起头来擦了擦泪水，委屈地吸鼻子："看在皇兄的分上，我便不与她计较了。若再有下次，绝不轻饶。"

这自己搬梯子下台的人，脸也真大。

不过墨九不是第一天认识玉嘉，她的脸大是天生的，还没有许给萧乾，都敢在老夫人面前自称萧家媳妇，又何况这个？

不过好歹今儿让玉嘉挨了两巴掌，不管她怎样自圆其说，脸也丢够了。就算为了东寂那点维护的情分，她也不能再得理不饶人，让他难做……更何况，若继续纠缠下去，她与东寂这层关系难免更遭人非议，彼此也尴尬。

深吸口气，她笑："一场误会，过去就算了。"

转过眸子，她扫一眼带着"八卦眼"看她的众人："时辰不早了，大家走吧，过了吊桥好开饭。"

一行百余人再次行走在吊桥上。

桥身受重，嘎吱嘎吱响个不停。

幽幽的火光中，每个人的面色都各有不同。宋熹沉默了许久，慢慢走到墨九边上，说了今儿与她私下的第一句话："玉嘉的话，你不必放在心上。这件事，你也不必挂怀。放心好了，谣言出于艮墓，止于艮墓，不会有任何人敢出去胡乱嚼舌。”

“你看我像挂怀的人吗？”墨九侧过眸子看向他凝重的脸，想到先前玉嘉对他的步步逼迫，眉梢一扬，略带歉意道，“是我以前不晓事，做了一些引人误会的事，也怨不得旁人猜疑。所以，太子殿下还是离我远着些好，免得无端坏了你的名声。”

“你……”宋熹的声音微有喑哑，“从此要与我划清界限？”

“本来就有界，划不划都一样。”

“可你为何不与他划界？”

“嗯？”墨九瞄他，似有不解。

“他是你的小叔子，我看你也没有避讳。”

宋熹的声音有点沉，似是不甘心，或者说有一种身为一人之下万人之上的太子爷却无法为所欲为、无法拥有想要的女人而产生的无奈和苦涩。

“你与他不一样。”墨九低笑。

“有何不同？”宋熹紧盯她的小脸。

“他没有娶妻。”墨九严肃了脸，也望向他，“还有，我喜欢他。”

两个人的声音被吊桥剧烈晃动的嘎吱声掩盖，不在近旁的人根本听不见，可他们自己却听得清楚。四目相对，距离很近，可宋熹觉得，她一直很遥远，如在天涯。

见他抿唇不语，墨九弯唇笑了笑，一言不发地越过他的身子，率先走在了前方。宋妍尾随着她看了一场好戏，顾不得吊桥摇晃，深一脚浅一脚地冲过去，拽住了她。

“小寡妇，你还笑得出来？”

“宋妍，我忍你好久了。”墨九低头，“换个称呼！”

“哦哦！”宋妍反应过来，“小九九……”

“墨九！”墨九纠正。

“哦，小墨九。”宋妍一槌定音，确定了称呼，见后面的人陆续跟了上来，但有段距离，应当也听不见，又满带星光地小声八卦，“真有你的啊，没有想到连太子也给你睡了。快，和我说说你阅男无数的经验，到底什么样的男子最好？”

墨九有点想吐血。

她什么时候把太子睡了？

看着宋妍一双天真有邪的杏眼，她道：“谁告诉你我睡过太子？谁又告诉你我阅男无数了？宋妍，我很纯洁的好不好？”

宋妍一呆：“阅男无数，不是你亲口说的？”

墨九仔细回想，恍惚记得确有其事。可她分明不是这个意思啊！看一眼吊桥的前方，眼看要抵岸了，墨九没法子与这个单蠢无知的小郡主解释更多，只略带无奈地揉了揉太阳穴，正色回道：“高的，俊的，大的，粗的，壮的，直的，就是好的！”

“啊！”宋妍一头雾水，“小墨九……”

“滚！”墨九甩手，宋妍再次紧贴上去，“不要丢下我！”

火光幽暗，众人慢慢下了吊桥，观察着光线昏暗的地方。有了先前那一段小插曲，大家都选择了沉默。有人打开包袱，分起了干粮，众人默默啃完，喝了点水，休息片刻，又按御史台狱的建筑图指示，往极阳一点走去。

路很平坦，不远处似有山影。

众人松缓不久的心再次悬上。

这是一座石头山，没有顶，底下还是水。

整个空间除了光滑的石山，什么也没有。凉风不知从哪个角落里吹过来的，充斥在空间里，带着诡异的呜呜声，惊悚、危险。除了呼吸，似乎再也感受不到半分热气。

墨九拎着风灯，上前看地形。

石山的壁面有半风化的浮雕，看不清原来的样子，不知雕刻了些什么图案。石山的外围有一条小道，就像悬崖边上的盘山公路，呈“S”形往上绕，似乎一直延伸到山的顶端。可那窄窄曲曲的道路，单是看看便令人心惊胆战。

考虑一下，墨九回头对众人道：“这石头山是一个圆形，正如太极图里的小圆。从这条小道上去，应当可以到达中心，也就是太极图的极阳之点。”

“我们要从这里走？”玉嘉的脸还痛着，看着那条窄小曲折的路，尽管不想承认自己害怕，双腿还是有些发软，甚至脸都更痛了。

墨九瞄她一眼，懒得吭声，宋妍却略带鄙夷地道：“皇姐若是怕了就回去吧。唉，早晓得会历险的，又何必自讨苦吃？”

“来不及了。”墨九冷冷接过话，“入得这里，哪里还回得去！谁有那么多闲工夫照顾公主病。”

说罢她不等玉嘉发怒，就朝众人拍了拍手，让人看了过来，方才严肃道：“大家跟上，一个人紧跟着一个人，互相有个扶携。你们放心，九爷神仙下凡，护身符上都是盖了仙印的，都会没事的，不要紧张！”

一潭水围着一座山，山上只有供一人行走的小道，蜿蜒盘曲向上，也是他们面前唯一一条可以通行的路。墨九事前就说过，此行生死未知，来的人既然做了选择，自然没有后悔的道理。他们听从墨九的吩咐，一个紧挨着一个，排列整齐地往山上爬。

每个人都很沉默。

空间里，似乎除了呼吸再无声音。

这回萧乾默默走在了墨九的前面，一只手扶着石壁，另一只手伸出来，挡在墨九的外侧。昏暗的光线中他面色沉凝，每一步都走得很慢。墨九跟着他的步子，微微笑了笑，紧紧攥住他的腰带。

人群很密集，他们不方便说话。

可即便一句话也不说，心里也很安定。

这小道一直盘旋。

绕了一圈，再绕一圈。

越往上绕，离山顶越近，离下方的水面自然也越高。

众人都走得很小心，可道路太狭窄，这样聚精会神地走着，都有些疲惫，脚上也不免虚软。然而，走在这样随时会要命的地方，却没有法子休息，除了不停往上攀爬，还不能分心。

这很考验人的耐力。

“走不动了！”玉嘉低低喘气，“可否歇一会儿？”

墨九头也不回，只懒洋洋道：“要不然麻烦你前面的兄弟帮个忙，一脚把你踹下去？这样你就可以休息一辈子了。”

玉嘉已经快被她气死了。

可即便是气死，她也无力与墨九斗嘴。

宋妍走在墨九的后面，低笑一声：“过瘾。”

墨九听出她的意思了，哼哼着：“爽！”

“墨九……”宋妍突然问，“你有没有闻到什么？”

墨九吸了吸鼻子：“什么？”

“好像有一种怪味，说不上是什么。”

“是！”墨九凝神，“好奇怪的一种味道。”

不是香气，也不是臭气，不刺鼻，也不难闻，可幽幽钻入鼻子，令人无法忽视它的存在，也没有办法描绘出那种古怪的感受。

越往上走，那味道就越浓郁。

人群顿时紧张起来，更奇怪的是，除了几个妇人，整个队伍里没有一个男人闻到那股子怪味。

墨九扯了扯萧乾的腰带：“真的闻不到？”

萧乾微微捏她的手，低低应道：“嗯。”

“不对劲！”墨九默了默，又往前爬几步，喘着气道，“这是整个墓穴的极阳之地，这种怪味女子可闻，男子却无感，难道……萧六郎，这世上可有什么药物是只对某一种性别的人有作用的？异性相吸，兴许与阴阳有关？”

她正寻思着，突听身后有人低喝。

“公主，你怎么了？”

墨九一怔，条件反射地回头。

但她与玉嘉的距离太远，她看不清具体的情况，只能听见人群中有侍卫紧张的喊声，然后就听见一句玉嘉像是中邪般怪怪的低喃：“你走开，我不要你……我要萧六郎，萧六郎……”

墨九：“……”

这是撞邪了，是想萧六郎想成花痴了？

不，是那味道的原因！该不会是媚药吧？

墨九吓了一跳，赶紧把先前取下来挂在脖子上的“防毒面具”重新戴上，刚一抬头，却见眼前黑影一闪，喵一声，一只猫突然从她的头顶掠过，往岩石上一抓，却未抓着，怪叫着滑落下来。

“宝儿！”彭欣惊叫。

墨九伸手接住那只肥猫，差一点被它砸下悬崖去，心脏微微一颤。她回头望向走在宋妍身后的彭欣，低低问：“圣女，你这只猫，不会也是母的吧？”

彭欣没有回应，却有些紧张，她没有让墨九把猫递还给她，只颤着声音警示道：“大家快着些，赶紧上山顶。”

墨九一怔：“圣女，你怎么了？”

彭欣没有回答，这个时候，下方的玉嘉公主却像失了魂似的，要生要死地软着嗓子喊起来，身子也不停挣扎。两名禁军受了宋熹的命令，再顾不得她公主之尊与男女之防，紧紧拽住她，这才没有让她摔下去。

“萧六郎……六郎！”

被她这么怪声怪气地一吼，宋妍同样也紧张。

“小寡妇，你说我待会儿中毒了，不会也叫六表哥吧？……好害羞！”

墨九对她无语：“你盼着中毒？”

宋妍仔细考虑一下：“可以一试，若你肯让他为我解毒。”

“想得美！”墨九说罢，低喝一声，“把防毒面具传过来。”

现下的技术不够，这“防毒面具”基本出自手工，入墓之前，现成的一共也就只有几个，其余的还是雏形，里面没有放置萧六郎做的防毒粉，相当于无用。

墨九让人顺着递了两个过来，一个给宋妍，一个给彭欣，自己戴一个，其他的给了尚雅、方姬然等人，然后就没有了。当然，她没有给玉嘉的理由很简单，她已经中招了，就不必浪费了。怪只怪她身份最尊贵，定力却最浅，生性也最淫荡。

“钜子，墨九！”彭欣突然喊了一声。

墨九回头，只见彭欣似乎不太舒服，她取下了“防毒面具”，一张映在幽火下的脸苍白得如同女鬼，声音也莫名带了一种魑魅般的凄厉。

“我闻到了死人的味道……”

死人？墨九愣了。

难道她猜错了，那根本不是只作用于女性的媚药？

她撑开“防毒面具”的下方，用力呼吸几大口，让那怪怪的味又在鼻端萦绕一圈，然后闭上眼睛，隐隐觉得心绪浮动，却没有感觉到什么死人的味道。

难道是彭欣这人天赋异禀？

揉了揉无感的鼻子，她问：“圣女，死人的味道从哪里来？”

“不知道，也许只是有人要死了。”彭欣声音幽幽的，在这种众人都惊惧不已的时候，说不出来地惊惧，“那个人死之前一定很快活，很快活地死了……”

怪异的话，让墨九面色都变了。

彭欣是苗疆圣女，是巫蛊的大伽。

那会不会，她的感觉真的带有某种预测性？

墨九微微一顿，紧了紧抓着萧乾的手臂，声音略带急迫。

“快，大家迅速上山！”

众人都晓得出了事，中途不敢再耽搁，而人不面临极端的危险，永远都不知道自己的潜力有多大。这么紧张的催促声里，这群人的行进速度比刚才的节奏至少快了两倍。墨九回望一眼，抿了抿干涩的嘴，发现自己的额头已汗湿。

一百多人，都听命于她。

若是出了什么事，她嘴上说无所谓，内心也难安。

“到了，钜子！”

最前方探路的人还是墨妄。

从山脚开始，他就一声没有吭过，拉着方姬然上了山顶，他沉沉的眸子里，略带疑惑地道：“这上面是一个平台，什么东西都没有，只中间有一个石冢……”

墨九离他不远，他的话还没有说完，她已经在萧乾的帮扶下踏上了山顶的平台。果然如墨妄所言，这是一个巨大的圆形平台，是石头的，却上了黑漆，似是一颗放大版的黑棋。平台上三分之二的地方是空旷的，八个方位，各竖一根石柱，象征八卦的方位。而围在正中间的三分之一，是一整块石头雕成的石冢。

她戴好防毒面具，慢慢上前。

萧乾伸手拦住她：“我去。”

“没事。”墨九望他一眼，随即又改口，“一起。”

他没有再反对，与她一左一右走到石冢的前边。

又是一件精美的艺术品，墨九不由得叹服。

这确实是一块整体而生的石冢，圆拱的形状。他们绕着坟丘转了一圈又一圈，也没有发现石冢上面有半条砌过的缝隙，若非整生而成，那么这凿冢的工艺，可以称得上鬼斧神工了。

石冢是圆形的，却也有着坐北朝南的方位。因为，在罗盘显示的最南方，立着一块石碑，上面很简单地写着两个字：

“阳冢！”

第六章　假如爱上

墨九与萧乾并立在石碑前。

冷飕飕的风，黑压压的光线，孤冢与石碑，都有阴森感。

“果然没有猜错！”墨九低低道。

“嗯。”萧乾应和着，并不多言，以免打扰她的思路。

这个位置是墨九按照御史台狱的建筑图得知的，若阴阳墓确实是按照太极图的走势，那面前的石冢正是整个墓中极阳的一点。可墨九来之前，真没有想到，居然墓中有墓，大墓中还有小墓。

哇！

背后响起低低的一声感叹。

墨九不用回头，就晓得是宋妍。

“哇什么？”

“漂亮啊！”宋妍戴着防毒面具，瓮声瓮气的话语，不若平常清脆，不过她胆子是真大，玉嘉都那样了，她却始终保持着探险的精神，一脸的兴奋与激动，这点与宋骜倒有几分相似，“小寡妇，有阳冢，会不会还有一个阴冢？”

“有。”

“真的？”宋妍几乎惊叫，哈哈一声，“我太聪慧了！看来我也可以破机关，学奇术嘛……”

地球人都能看明白的东西，她居然说是聪慧！墨九抿着嘴，没有回头，盯着“阳冢”两个字，脑子思考着，表情稍稍有些凝重：“宋妍，你若是废话少点，建设性的意见多一点，一定会比现在可爱。”

她声音幽幽的，泛着凉。宋妍无端打了个喷嚏，便想去掀套在头上令她极不舒服的“防毒面具”，嘴里嚷嚷道：“若我本事多了，会减弱你的光芒，说不定我六表哥就爱我了……”

萧乾就在墨九身边，这宋妍也敢大言不惭。

墨九无奈地瞥一眼萧乾微蹙的眉：“什么感觉？”

萧乾道：“造墓者很厉害。”

这意思是他根本就没有听宋妍说了什么？墨九又好气又好笑地瞥一眼宋妍，也不搭理她了，走到石碑的左侧面、右侧面，静静观察着，脑子里翻江倒海，如同有一台计算机在飞快地演算数据。

一个阴阳冢，类似于太极图，要打开中间的仕女玉雕的办法，是开启“阳冢”和另外一边的“阴冢”，阳冢坐北朝南，阴冢一定坐南朝北，两两相望，可这个阳冢是墨九见过的最为简单的古冢，除了石头、石柱、石碑，什么都没有。那么，整个阳冢都浑似整体，又怎样打开？

人尽皆知，机关复杂了难为人。

可太简单……也难为人。

不过只要是机关，不管有多巧，总会有衔接之处，这座阳冢就算是由整块石头凿成，也一定会有打开的法子。

萧乾沉默凝眉，宋妍却奇怪地道：“做机关的人，都不先给人一点提示的吗？”

墨九哼声：“明言提示是好人，暗语提示是高人。”

宋妍像个好奇宝宝：“那不提示的呢？”

墨九回头瞥她：“是贱人。”

宋妍瞪大眼睛：“你敢骂你老祖宗是贱人？”

“……”这个聒噪的好奇宝宝让墨九有点心累，但她也发现了那一种若有似无的味道，先前还让她有点分神，可宋妍东一句西一句的话，却让她神志清明了不少。

“这个机关一定有提示的。”

毕竟建造八卦墓的最终目的是藏仕女玉雕，藏千字引。墨家祖上不想让旁人夺去，方才设计这些巧妙的机关用来阻挠，但也不可能不给后人留半点线索，如果后人也找不到了，那游戏就结束了，还玩什么？

“小寡妇，以后我死了，你也给我修一个这种坟吧。”宋妍说话的时候呼吸有点紧，虽是调侃墨九的，却又细又柔，似乎在努力压抑某种情绪。

墨九微微一惊，回头看去，见她早已取了防毒面具挂在脖子上，火光下的脸微微发红，还浑然不觉地四处观看古墓，觉得自己的毛细血管都被气得扩张了。

猛一把拉上宋妍的防毒面具，她压住宋妍的手，冷静地道：“你只要现在不胡乱打开防毒面具，等你死了，我给你造一个金坟。”

隔了一个面具，宋妍似乎很不好受，一副喘不过气来的样子，眨巴眨巴眼睛：“好，好，这可是你说的……小寡妇，我都记好了。”

她没有解释，转身与萧乾默默找阳冢的破绽。

就这会儿工夫，高台上的人已经越来越多。

先前还在缓道上的人，都陆续上来了。

第一个出现症状的玉嘉这会儿已经很严重，一身特地为了吸引萧乾的眼球而穿上的裙装，在禁军拉拽她上山的过程中已是凌乱不堪，她白皙的肩膀裸露在外，原就不高的领口，两团浑圆若隐若现，而中毒之后嫣红的面颊、娇媚的嘤嘤声，几乎都是谋杀在场男子的利器，好些禁军小郎年纪都不大，甚至还没沾过妇人，都忍不住想要多看几眼，可偏生玉嘉是公主，他们又不敢乱看，以至于高台之上的气氛怪异莫名。

空气里隐隐浮动着荷尔蒙的味道。

墨九过去瞅了一眼，除了玉嘉之外，另外几个女子的情绪也有一些急躁，但个个都像宋妍一样在极力压抑，让自己保持镇定，免得丢人现眼。

玉嘉是公主。

她的失态，事关皇室尊严。

墨九看东寂的脸上再无以前她熟悉的温和与笑意，就知道他在为玉嘉的事情担心。默默地静了静神，她发现自己的心绪也跟着浮动，心里微微一窒，拧眉道：“大家听我说！”

喧闹的高台寂静了。

除了玉嘉的呻吟声，只剩风声。

墨九道：“这里所有的姑娘都去山下吊桥边等候，速度快一点。能走的自己走，不能走的，两个人护送一个，先远离阳冢。”

先前一行人走在一人通行的山道上，没有办法往下转移。那味道应当是从他们上山开始扩散的，扩散的速度越来越快，不过墨九也发现，离阳冢距离越近，味道越浓。相信她们离得远一些，那还没有中招的人会没事。

众人依言听令。

方姬然、尚雅、墨灵儿、玫儿、宋妍几个人都由人护送着往山下去了，便是玉嘉已经完全走不动路，一直在香汗淋漓地呻吟，宋熹也让两名禁军背扶着她往山下去了。

“你也应当下去。”萧乾在她背后轻声道。

“我若走了，阳冢怎么解？”墨九回头。

“不还有墨妄，还有这么多墨家人？”

他担忧的目光严肃，深邃，直直望入墨九眼底。

“好啦，我知道你担心我。”墨九低笑一声，一颗心更为柔暖，怦怦直跳，血液似乎也在加速流动，一种难以道明的奇特兴奋感让她慢慢靠近萧乾，望定他的眼，烁烁的目光有几分暧昧，声线也格外勾人，“我不是有你吗？”

“我不懂机关。”他声音略哑。

“不，与机关无关。我感觉这种气味像会摄人魂似的，引发人心底的欲望，普天之下能达到这种效果的，只有药物……六郎是神医，我怕什么？”

这样娇声软语的恭维，男人自然是受用的。

萧乾低声哼着想拍她的脑袋。

可手到中途，似顾虑旁人，又收了回去。

“神医也有不能医的时候。”他嗔怪的眼，有无奈也有怜惜，“……若我可以闻到味道，兴许还能分辨药材。”

“没事。”墨九淡定地睨着他，脑门却微微汗湿，防毒面具里的脸也有些发热，“我不比她们，她们都没有男人，而我有……就算我也中毒了，大不了咱们就便宜了云雨蛊，让它们得偿所愿，也不是不成。”

最后一句她是咬着唇说的，很小声很小声，带着一种小小的娇羞。萧乾听明白了，唇角微微一弯，一种似笑非笑的别扭从他面上掠过，他清咳一下，压低着嗓子。

“我看是便宜你吧。”

“去！好像谁稀罕你！”

墨九回着他，继续绕着阳冢的石碑转。在她看来，这个冢的机关最有可能的破绽就在这块碑上。

“阿九！”萧乾的声音突地沉下。

在这样阴恻恻的地方，他一低喝，墨九当即紧张起来。

“怎么了？”

“快过来看。”这个时候，萧乾在阳冢的侧面，手上拎着一个风灯，与那个写着“阳冢”的石碑呈九十度的角站立。

墨九走到他的身边，顺着他的视线指引，只见石碑的背面居然也有字，只是光线与角度不同就无法显现。那字体并非时人常用的楷体，而是篆书。墨九学考古的，对文字也有涉猎，只看一眼，血液便凝固了。

“阴阳冢里，阴阳杀，阴阳不合，必死啦。”

还很押韵。

墨九拧着眉头与萧乾互望着，仔细思考着那一行字的意思，抿了抿唇，突地觉得隔着一层防毒面具，似乎也挡不住那股子怪味了。

“萧六郎，那个味道就是阴阳杀。”

萧乾目光沉沉，也盯着她，重复喃喃一遍：“阴阳不合……”

“就是中了毒，就得阴阳相合。”墨九轻笑着向他解释罢，萧乾还未回答，那高台边再一次喧闹起来，比先前还甚，而玉嘉公主虚弱的呻吟声也再次出现在耳际。而且不止她，似乎隐隐还有尚雅的声音。

“钜子，不好了！”

墨九正吃惊，一个墨家弟子便气喘吁吁地冲过来。

“我们下不了山，原就只有一条窄路，如今已被堵死。”

很明显，不解开阳冢上的机关，这个高台就是他们这一群人的坟墓了。而当务之急，比起这些暂时没有危险的男人，几个中了“阴阳杀”的女人才最是要紧。听着此起彼伏的呻吟声，墨九隐在防毒面具里的脸看不清表情，声音却微有凝意。

“萧六郎，你去给玉嘉诊脉，看看能不能发现什么。”

她说这句话，确属为公之心。萧乾脸色却不太好，他瞥一眼墨九严肃的脸，没有走向玉嘉，却沉着脸朝微微喘气的宋妍走了过去……

看得出来，他不愿意碰玉嘉公主，就算非要通过查探脉息来确认病情，他也宁愿选择他的表妹宋妍……然而，看着宋妍突然瞪大的眼睛，一副受宠若惊的样子，墨九有点委屈。

“她中毒未深好吗？指不定她的毒性都不如我呢！”

她声音有点小，疑似喃喃，萧乾自然没有听见。

他在宋妍身边蹲了下来，敛神、蹙眉，那专注请脉的样子，比常时更加俊俏几分，看得宋妍快晕了，觉得完全中的是他的毒。

“六表哥！”

这么多年萧乾就从来没有发现过她的存在，今儿托了这个“阴阳杀”的福，她居然有机会让萧乾亲自为她诊脉，这幸福感来得太突然，宋妍始终瞪大一双眼睛，都舍不得合拢。想想脑子太清醒，不太合适，她又歪倒在石头上，似乎中毒颇深的样子，虚弱地喃喃。

“我怎么样了？会不会死啊？”

说罢她看墨九走过来，还故意朝她挤了挤眼睛，那一副小人得志的样子，让墨九也有点想晕倒。

这人也太无耻了。

她哭笑不得地走近，低头问萧乾：“小郡主怎样了？”

抿唇考虑片刻，萧乾根本就没有看见宋妍眼睛里一颗又一颗的粉红色小星星，他抬头看向墨九，眉头紧皱着：“脉息微乱，却无大碍，也探不出是什么症候……”

就知道是这样！墨九瞪宋妍一眼：“她脸皮厚，不容易中毒。”

“不会吧！”宋妍挠了挠脑门，把防毒面具揭开，又深深吸了几口，认真道：“六表哥，你再看看，我怎会无碍？我有碍啊！我有大爱，我爱大了。”

见她拽着袖子就不放，萧乾懒得理她，甩袖起身就唤了宋骜过来，把看顾宋妍的事交给了他，径直与墨九离开。宋骜欲哭无泪，宋妍呱呱大叫，墨九哭笑不得，就萧乾一张脸漆黑。

这个高台，已不像个寻常的平台。

一百多人，除了几个女子都是男人。

如今尚雅与玉嘉都有了中毒的症候，疯狂的、歇斯底里的、呐喊的、呻吟的，那种充满了欲望和挣扎的气息让这个平台气氛暧昧，空气似乎越来越稀薄，大有毒性在传染与蔓延之势。

呻吟声是诱人的。

歇斯底里的呻吟更是蛊惑神经。

一种奇怪的慌乱扼住心脏。

男男女女的血脉似乎都在空气的流通下，迅速转热，慢慢贲张……墨九脑子有些热，神志却很清醒。看着这个充斥了狂乱却接近死亡的高台，她把萧乾、墨妄、方姬然、乔占平和宋熹等几个重要人物召集在一起，将石碑后面的文字大概分析了一下，商量了一下对策，一致认为先解开阳冢再想其他办法。

各自分配了任务，清醒的人都忙碌起来。

这时，平台上突地传来一道柔媚的轻唤。

“占平！”

尚雅已有些支撑不住，她软倒在平台侧面的石栏下，大口大口地呼吸着，像一条缺水的鱼，眼神涣散，多情，也媚人。

她与玉嘉不同，玉嘉是一个没有经过男人的黄花闺女，而她是阅男无数的妖娆妇人，尤其在媚蛊控制她的这些年里，她裙下从来没有缺过男人，所以，一旦“阴阳杀”的毒性催发了媚蛊，她比玉嘉的症状来得晚，却来得凶猛，几乎是排山倒海之势，那噬魂蚀骨的痒，便如虫蚁般钻入了她的骨髓，让她下意识扭动身子，挣扎。

“占平……救救我……”

上山这么久，包括她毒发，乔占平都没有理会过她。

事到如今，谁也不知道在尚贤山庄之事几个月后，乔占平对尚雅，对这个他曾经又爱又恨的女人到底是什么心态，是什么感情。

甚至墨九曾经考虑过，乔占平为什么对尚雅这样冷漠，明明活在世上也不去找她，是不是因为他当初闹“监狱自杀”的时候，其实真的已经死了，如今的他是某个现代的老乡穿越附身了，所以他懂得阿拉伯数字，也对尚雅冷漠？

可尚雅一声声娇娇的、弱弱的“占平”，原本正与墨妄在查看石柱图形的乔占平面色一僵，就像被人揭了皮锉了骨似的，猛一回头，就朝尚雅飞奔过去。那目光里交织的爱恨情仇又复杂又令人心酸，便是墨九这个局外人也能强烈地感受到……他爱尚雅，非常爱尚雅，可他又恨尚雅，恨她与众多男人有染。

这个乔占平还是尚雅认识的那个乔占平。

也便是说，他是墨九“老乡”的可能性极小。

“占平……你来了，占平……”尚雅一双勾魂眼似乎已经被欲望吞没，娇软的身子像被热汗熏蒸过，眼底湿漉漉的，衣裳也湿漉漉的，头发也有薄薄一层贴在额头上。

她似乎再看不见任何人，也不知道这是什么地方，整个人处于一种奇妙的境界里，眸底的媚色裹挟着面前的乔占平，伸出双臂揽紧他的脖子，她的世界里，就再也没有了旁人。

“你回来了，占平，抱抱我，抱抱我……”

成熟妇人的身体是火热的，是妖娆的，是像花一样绽放的。乔占平对她的熟悉一如对自己的身体，尤其她这求欢时的姿态与眼神，他每次见到，又疼惜又挣扎，又恨又无奈，每次纵容她沉沦于媚蛊，他又何尝不是刮骨一般疼痛！可他每次都会在她媚惑又哀怨的目光中败下阵来。

“占平，你还在生我的气吗？”

尚雅似乎还残留了一丝清醒，她媚波横扫，巴巴盯着乔占平，直到他慢慢坐下来，把衣衫凌乱的她搂入怀里，似叹息又似疼惜地闭上眼。

“占平，我难受，我好难受……”尚雅眼里已有泪水，有生之年还能拥抱他，对她来说已是上天的成全。

她伸出一只颤抖的手抚着乔占平的侧颜，一点一点抚过去，指头慢慢擦过他软软的唇，微笑着，亲昵地将头靠在他的怀里，气弱游丝：“我知道，你其实是爱我的，占平，你是爱我的。”

他是爱她的。

他嫌弃她，是嫌弃她身上别的男人的味道。

没有一个男人可以长期忍受那样痛苦的折磨。

“以前我不懂，我是那样霸道，处处管制你，却不能理解你……占平，这个世上，再没有一个男人是真的爱我……除了你。占平……只有你……我只有你……”她移动颤抖的唇，像亲吻一个神物，将自己温度极高的唇印了上去，辗转在他的唇上，轻轻印下，露出一个少女般圣洁的微笑。

“占平，说你爱我。”

他盯着她，目光森然。

“我恨你。”

一字一字说完，他慢慢抱起她，走向平台的斜坡，一道极低的声音在风中幽然：“尚雅，因为我恨你，我才要一直活着……活着，我才能一直恨你。因为恨你，我才不会绝望，也才不会失去希望。”

“那你杀了我……”

他叹：“我若下得了手，世上早没你了。”

“占平……”

“不要说话，现在，我只想要你。”

每个人都知道乔占平抱着尚雅是去做什么，那句“阴阳冢里，阴阳杀，阴阳不合，必死啦”，很清晰地提醒着怎样可以解毒，可这一刻，看着那个阴柔气十足的俊气男子抱着那个媚态十足的女子离去，墨九却很难生出那种淫邪的心思……

这是一种爱。

乔占平那种绝望她不懂，可她懂得，正是因为爱，他才会在尚雅中了媚蛊的十几年里一直陪伴，最终又受不了内心的绝望，痛并快乐地离开。若没有蛊，他们花前月下，本是神仙眷侣，可造化弄人……

她问彭欣：“那个媚蛊，你上次不是告诉她，可以有别的方法解吗？”

彭欣声音很凉：“我骗她的，为了墨家大会的邀请帖。当然，也不是不可以解。”彭欣看着墨九目光里的同情，用一种冷淡得近乎无情的声音道，“把乔占平叫回来，让萧使君去为她解毒。你肯？”

“……”墨九无语地瞪她一眼，看向那边睁着美丽的大眼睛、不停呼唤萧六郎的玉嘉，还有疑似中毒、其实东游西逛的宋妍，一字一顿道，“这一个个都要萧六郎，我倒无所谓，就怕他身子不行。”

彭欣面无表情，并没有被她的幽默逗笑，只是看向她背后：“萧使君。”然后她抱着黑猫转身离去。

墨九总觉得彭欣这女人是故意的。

什么高冷圣女，整人也整得这么腹黑！

“阿九在想什么？”

墨九一直没有转身，她想无视背后那个男人灼人的目光，可萧乾淡淡的声音传了过来。很随意的问话，与上一次她被他抓包之后并没有什么异样。

兴许这次也一样？毕竟萧使君面皮薄，应该是不好意思追问她这般敏感的问题的？墨九这么寻思着，又放宽了心，慢吞吞回头看他。

萧乾静静站立，质地柔软的长袖微微搭下，一双半合的眸子看不清情绪，唇角却微微上扬，勾起一抹迷人的弧度……可墨九太熟悉他，这凉笑，迷人是迷人，就是有点冷。

“六郎来了，我正与彭欣聊这个阴阳杀的解药。”

“哦？”萧乾缓缓走近，一副漫不经心的样子，“可有什么发现？”

“发现是有，”墨九严肃了脸，“就是解药不太方便。”

“说来听听？”

墨九被他一句句逼问着，突然觉得吃亏了。一问一答之间，她怎么被他套着在走？这人显然是听见了她与彭欣的话，还装作没有听见……她咳嗽一声，环视一下平台上的众人，还有玉嘉狂乱的呻吟里歇斯底里的欲念，不由得毛骨悚然。

眼前的画风，谈“行不行”违和得很。

“回头再说，时间紧迫，我去看阳冢机关，也不晓得墨妄他们有没有什么发现……”

她一边说着，一边正经着脸从萧乾身侧走过。

装傻到底是她一贯的伎俩，反正萧乾也从来没有认真追究过，她又何必在这里纠缠，把自己给缠进去，让他有机会跟她算账?

可她的手腕被他抓住了。

平台上光线不太强，但四处都有人在走动，墨九低头看一眼手腕，不好挣扎，以免让人发现了笑话，只略略侧身，似笑非笑地问他。

“六郎还有事？”

萧乾没有回答，只抓紧她的手腕，让她无法动弹，一双销魂的眸子专注地盯着她，片刻后微微一叹，突地欠身低头，他高大的身子就半压倒性地挡住了她。

“阿九很看不上本座？”

温热的气息在头顶盘旋、荡漾，墨九心尖尖一缩，呼吸渐浓。

“本座”都说出来了，这果然是听见了找碴呢。

可墨九又岂是那么容易被找碴的。

她僵硬着身子，严肃着脸，一本正经地蹙眉。

“六郎何意？我不太懂。”

他动作未变，俊美的眼眸幽深若井，危险感更强。顿了片刻，他似乎是低头与她耳语一般，慢慢埋入她的脖颈处，对着她的耳际柔声低语道：“你觉得本座不行？”

这句话是挑明了?

墨九一怔，忽地笑了，勾魂眼瞥向他。

“那六郎行还是不行？”

萧乾嘴角上扬，带了一丝笑，掌心慢慢抬起，像是为她抹去脏物似的，大拇指慢慢擦过她的嘴巴，声音微哑：“阿九不要心急，以后告诉你，乖。”

呼！墨九屏紧呼吸，觉得气紧。

她清晰地感觉到，他轻浅的呼吸里有一种令她酥痒酸软的热，温温的、暖暖的，就呵在她的耳朵里，如同挑逗似的。不得不说，萧六郎学坏了。

可今儿这个事，她真是冤枉。

她只是不想让她的男人做“解药”，反讽一句而已。

于是她顾不得在这旖旎的气氛里与萧六郎调情，只正经道：“其实我并不是那个意思，我只是觉得觊觎萧六郎的女人太多。她们一个一个都想要你，这样排下来，就算六郎是战神，可能也软了……”

咳！萧乾差点呛死。

他斜睨着比他低一个头的女人。

“阿九可真敢说……”

“这是实话啊！”墨九依旧觉得很冤枉，“我分明是为了维护你啊，若不然，个个都哭着喊着让你解毒，那你便是铁打的、钢烧的人，也硬不起了吧！”

咳！这一回萧乾的样子像是要吐血。

看他灼灼的眼，似要在她脸上刺出几个窟窿来，墨九恍然大悟一般，猛地拍了拍脑门：“我不是那个意思，这两句与先前一样，都是误会。此软非此软，此硬非彼硬……”

“那此是什么？彼又是什么？”萧乾用一种似乎要将她拆骨入腹的语气慢吞吞问她，声音微哑，冷眸中涌现的波光里，有一股子火苗在燃烧。

墨九不免打了个哆嗦。

“反正不是那个硬、那个软，你仔细体会一下语境……”

“嗯？阿九解释一下。”

这个怎么解释？墨九抿了抿唇，四处看了看，大家伙都在忙碌，而她与萧乾的交头接耳已经引起了好些人的注意，只不过碍于他们的身份，不仅没有人过来，大多人都刻意回避着离得更远了。

她无奈一叹，觉得他今儿古怪得很，怎么这般在乎这件事？说好的清心寡欲呢？再说，就算她说了他不行，他也未必真的就不行啊！

揉了下额头，她道：“……此地不宜解释。”

“反正此硬非彼硬，为何不宜？”

他还故意强调硬与不硬的问题，让墨九耳朵都有点蹿火。不是她矫情，也不是她拿乔。虽然她是后世女，相关的知识懂得多一些，可她毕竟未经人事，理论多于实践，晓得的多，做的无。被他这样撩人的目光一逼，她也不知是“阴阳杀”的作用，还是身体里的“雨蛊”作用，只觉得空气薄了，呼吸紧了，心跳快了，手足无措了，原本就暧昧的气氛，在他厮磨般的手指抚上脸时，乱了！

四目对视，若有流光在彼此眸中流转，让她的身体突然就像缺失了一个重要的角落，恨不得与他就此纠缠，由他来填满，不再去管旁人生死。

“六郎……”

她轻唤他一声，那声音柔软得让她把自己都惊醒了。

这是要做什么？毒药太凶残了！

她总不能像玉嘉一样当众表演吧？

也不能学尚雅与乔占平，寻个背风的坡地，就地快活吧？

恶寒一般，墨九激灵灵打个寒战，冷不丁退后一步。

“我告诉你，我中毒了啊！”

萧乾微滞一下，似乎明白了她的意思。但他似乎很有逗弄她的劲头，心情也很好，唇角上扬，又跟着上前一步。

平时的墨九并不这般，这会儿小白兔躲避大灰狼一样，给萧乾的是一种极为不同的体验。他低垂着头，像在观察她防毒面具下的脸，又像要扶着她微微后倒的身子，一只手不经意揽过她的腰，往前一扯她便撞了过去，依偎般靠在他怀里。两个人的身子紧贴，完美的弧度、轻薄的衣裳、清晰的触觉、暧昧的诱惑……墨九心脏怦怦直跳，受不了般轻嗔他。

“六郎这是做什么？别被人看见！”

墨九轻声说完，他已轻轻放开手，就像真的只是在扶她。

可他微滑的喉结、喑哑的声音骗不了人。

“九爷中毒，本座愿为九爷效劳！”

他吃错药了？还解毒呢，怎么解？

很怪异地，这一瞬，墨九耳力特别好，就像真的听见了坡下尚雅与乔占平的欢愉声似的，脸蛋烧得绯红，一种几欲破体而出的欲望也袭上了她。幸好她戴了一个防毒面具，稍稍遮了些面部表情，要不然她就丢脸了。

她别扭地偏开头：“做正事吧，大家都等着呢。”

萧乾眸色微闪，低头啄一下她的额头：“好。”

墨九额上一暖，难以置信地瞥他一眼。

在这么多人面前，萧乾居然也敢亲她？果然胆子是越练越大的。她盯着他眸中一浪一浪的波光，感觉他亲一口还没有尽兴的样子，又后退一步，与他目光对视着，心绪翻腾得越来越厉害。

是云雨蛊，还是阴阳杀？

她思维有点乱，却有一个念头浮上了脑海。

“萧六郎，我想到一个……”

她说的是正经的话题，可不待她说完，却见萧乾脸色沉寂下来，不若先前的风骚魅惑，目光越过她，看向她的背后，却没有出声。

“怎么了？”墨九一愣，慢慢转头，“你傻了？”

这时的平台上，晓得他们在说话，一般人也不敢随便过来打扰，但有一个人例外。他就停在墨九身后约莫一丈开外，颀长的身姿，温俊的面容，一双眸子似点了墨，亮而沉，深而凉。

“东寂？”她脱口而出。

有一种称呼是习惯，从初认识开始叫到熟悉之后就很难改掉，就像一个人不管改多少大名，有多少称号，有多大名气，在父母和亲朋嘴里，永远都是最初那个小名……

在墨九看来，这个东寂，与小名“狗剩”没区别。

可萧乾与宋熹显然不这么认为。

萧乾脸色一沉，顿时难看了，觉得刚才与她的亲昵都喂了狗。宋熹微沉的眸子却亮起一分，他微微一笑，慢慢走上前来。

哪怕到了这个时候，阳冢未解，他们面临着被永远困下去的危险，他的脚步也一如既往地沉稳，有着成熟男子该有的风度，也有一国储君应有的气势。

“打扰了！”

这是他的第一句话。

墨九有些尴尬，萧乾却不以为意。

“太子殿下有事？”

宋熹暖暖的目光从墨九脸上划过，再与萧乾对视便有了变化……或者说，两个男人的目光里都有一种天然的敌意，那是雄性生物争夺配偶权的原始敌意。

“玉嘉中毒颇深，萧使君可否给她诊治？”

萧乾是有名的医者，医者治人是常理，他给玉嘉诊个脉也是一件很正常的事，说来宋熹的要求并不过分，毕竟在这个高台上，就数玉嘉的症状最为明显……

可玉嘉嘴里一直要生要死地呻吟着萧六郎的名字，那痴意与欲念都快把高台众人的耳膜给戳穿了，不仅墨九膈应萧乾与她接近，萧乾自然也嫌弃。

“想必殿下知晓，微臣有个规矩。”

宋熹挑眉：“六不医？”不等萧乾回答，他又笑了，“所谓事急从权，生死面前，规矩又算什么？玉嘉是公主，事涉皇室尊严，望萧使君通融。再有，萧使君不是对怪异之症素来有兴趣吗？不为医，只为悟。”

最后六个字，他说得很慢。

“不为医，只为悟”是他当初给至化帝的理由，用以解释他为什么会接受织娘的提议，帮萧大郎把逃婚的墨九娶回萧家。而且他先前也为宋妍诊过脉。二者合一，若他仍是拒绝，往小了说是有意刁难，往大了说是对皇室不敬，对皇权不尊。

墨九瞥向东寂。

这个男人从来都是厉害的角色。

温和的言辞下，暗藏的都是锋芒。

可萧乾又怎会是省油的灯？他朝玉嘉那边望了一眼，眉头又慢慢蹙起，似乎并不觉得美人弄骚的画面有多么赏心悦目，只淡淡对宋熹道："殿下应当看得明白，这阴阳杀并非可以医治的。且墓中一无药品，二无医具。公主可忍，便忍一忍，等破了阴阳冢，或可自愈。若不可忍，这里儿郎众多，大有愿意成为驸马的人。殿下何不事急从权，为公主招一位驸马？"

墨九差点发笑。

这萧六郎也太歹毒了。

事急从权，可以招一位驸马，难道还能直接"洞房"？

不过看玉嘉公主的样子，似乎也很需要马上"洞房"。

为免两个男人当场互相残杀，墨九寻思一下，瞥一眼不为所动的萧乾，又慢慢看向宋熹："殿下，布这种局所施的毒物，若轻易让人解开，那机关也就没有意义了。我的看法与萧六郎一致，只要解开阴阳冢，毒肯定会有法子解的，毕竟墨家祖上布局初衷，不是为了杀自己弟子。"

她在宽慰宋熹。

然而这句话并没有什么用。玉嘉的毒发作得越来越厉害，她也越来越失态，已从先前失常的呻吟发展到抓挠身子，再下去，不知道还会怎么样……可莫说解开"阴阳冢"，单单"阴冢"都没有见到八字一撇。

宋熹低笑一声，看她的目光里突然有一种失望的情绪。他们三个人的左右都没有旁人，他似乎也不想避讳，直接盯住墨九，轻声问："就因为玉嘉喜欢萧六郎，你便不愿意他对玉嘉施以援手？"

墨九一怔。

相识这么久，这是东寂第一次质问她。

而且还是用这样的语气、这样的情绪质问她。

平心而论，给一个发骚发浪而且一直喊着她男人名字的女人接触自己男人的机会，她一千个一万个不愿意。但她对东寂说的这句话，至少有一大半并非完全出于私心，而是认真的判断。

但东寂很显然不这么想。

玉嘉中毒，她与萧六郎却在一旁亲昵说笑，暧昧纠缠。

打翻的醋缸、受伤的妹妹，都是他生气的原因。

无端被他指责，墨九眉头拧了拧，却又笑了。

"太子殿下如果非要这样说，我也无奈。但请你不要忘了，入艮墓之前，我再三说过，入墓有危险，入墓须谨慎。入墓之后，我也曾几次要求公主离开，是她非要跟上来的，那么如今出了事，就不要找我。”

默了默，盯着宋熹浅眯的眼睛，她一字一顿加重了语气：“在墓外，你们身份尊贵，高人一等，但入了墓地，这些机关，这些毒物，它们不认得公主，不会因为你们身份尊贵就敬你们一分。还是那句话，各安天命，她死不死，与我无关。”

“好一个各安天命！”

他语气里浓浓的疏离感，直戳人心。

她与萧六郎不是各安天命。

而与他，就是各安天命。

那些久远的、过往的把酒言欢、以食会友，似乎都远了。

萧府月下的梨觞与桂花肉，菊花台的悠悠歌声……一切一切，似乎都在嘲笑他的不堪。

宋熹深深看她一眼，猛地转头大步朝玉嘉走去。

毕竟是亲生的兄妹，又事涉皇室的声誉与脸面，在这个时候，墨九其实理解东寂对玉嘉的担忧，但想到玉嘉非要找苦吃，还半点都不耐药，一中毒就发浪，连宋妍的定性都不如，她就觉得她活该，半点都同情不起来。

“我刚才有点解机关的想法，可被那衰货一打断，又忘了。他娘的！”

好不容易想到的一点头绪受扰，墨九忍不住爆了粗口。

说罢她也懒得管谁了，继续转头去看那坟。

萧乾默默跟在她的身后。

好半晌，看她不吭声，他突兀地问：“阿九难过了？”

墨九声音很闷：“我难过什么？”

萧乾喟叹：“你在意他对你的看法。”

他说得很肯定，可墨九心里烦乱得很，不由得回头瞪他一眼：“我不在意。再说，他担心他的妹妹也是人之常情。亲人有危难，若他毫不在意，那才真是一个可怕的人。”

敲了敲脑袋，墨九还是想不出先前转过的念头，更加心烦意乱，连带着也没有兴趣与萧乾多说什么。而这个时候，空旷的高台上，继玉嘉公主与长期受媚蛊之惑的尚雅之后，有了第三个毒发的人——方姬然。

很显然，除了玉嘉是个例外，有过男女情事的女人，更容易受“阴阳杀”毒性的影响。反观墨灵儿、宋妍、玫儿几个小姑娘，虽然一样吸入了“阴阳杀”的毒气，可她们除了脸面发红，比平常更为兴奋之外，并没有旁的症状。

“也不晓得中了阴阳杀……到底怎么解，接下来毒性还会如何变化，如果非得与男子结合方可解毒……那可咋办？”

她低低的喃语，落入萧乾的耳朵。

他静静走过来，清俊的面上有片刻的迟疑。

“阿九是不是也觉得我应当去为玉嘉解毒，不该拒绝宋熹？”

“大哥，你别傻了！”墨九翻个白眼，无奈地叹息一声，“我是一个百分百的正常人，自己还没睡过的男人，哪里轮得到别人抢先！”

其实萧乾说的“解毒”是“看诊”。

但墨九这样说了，他也没有辩驳，只淡淡问：“若你睡过了呢？”

这话问得真傻！墨九有点怀疑萧六郎是不是也中毒了……傻毒！可默了默，她还是严肃地回答：“那得试过才知道。”

“……”萧乾唇角抽搐一下，面色凝重地看向高台，默不作声。

墨九也顺着他的视线看过去，发现这会儿真的更精彩了。

狂乱的，迷醉的，受呻吟声影响的大有人在，就连墨妄的注意力也被方姬然带着分了神……反倒是彭欣，生过孩子的女人，却比任何人都淡定。这个圣女不简单。

“萧使君当真见死不救？”

苏逸这个时候来到面前，让墨九觉得分外讨厌。

从见他第一面开始，墨九就觉得他是个小屁孩。肤白而嫩，又有点秀气的孩子脸，看上去不过十五六岁，但凡这个年纪的男孩，在墨九看来，一律都是男孩子，算不上男人。

她皱眉，替萧乾回答：“你那么好心，你去救啊！”

这火气来得莫名，而且直接冲他来，苏逸脸色不好看了。

“小寡妇，我惹你了？”

嘎一声，墨九咽口唾沫，也不晓得他这称呼是在哪里学的，不由得心生恼恨，直勾勾瞪他：“你晓不晓得我最讨厌人家叫我小寡妇？尤其是你……”她一字一顿，“你个毛都没长齐的小屁孩，有多远走多远！”

苏逸一愣，却乐了。

他瞥萧乾一眼，似不在意地挑了挑眉。

“其实你有所不知……”

他拖长了声音，见墨九疑惑地瞄他，突地压着嗓子小声道：“其实我毛长齐了，你若不信，可亲自……”

“苏使君的任务，是监督将石柱的壁画还原，做事当专心一点。”萧乾突地出声打断苏逸，似乎很不愿意他用言语猥亵墨九。

“离痕受教！”苏逸笑道，“可离痕不懂机关，只能协助，也无趣得紧……”

萧乾冷眼一睨：“苏使君既有闲暇，不如向太子自荐做驸马。”

让他去给一个声声唤萧乾名字的女人做驸马？这不是侮辱嘛！

苏逸当即变了脸，墨九却乐了，直接落井下石。

“萧六郎这话不对。”她瞥着苏逸，微微嘟嘴，细声细气地调侃，“那不能说是向太子自荐做驸马，而应当说是向公主自荐枕席。”

苏逸是气呼呼走的，看他昂首挺胸又甩袖又黑脸也脱不去的稚气，墨九很难想象这个家伙居然是南荣有名的才子……果然是出名要趁早吗？这点点大的人，能有多少心眼，与朝堂上那些老狐狸斗？

“阿九！”萧乾突地唤她。

“什么事？”墨九盯着苏逸的背影。

“那边在唤你。”

“哦？”墨九狐疑，“我没有听见啊？”

虽然没有听见，墨九还是与他一道往石柱走去。由于在阳冢里，每一个地方都严丝合缝，像是纯天然长成这样的，没有发现半条缝隙，先前几个人商量时就已经分配了任务，要对八根石柱子和石碑、石冢进行解剖式的搜索、探究……

阳冢平台上，按八卦方位布局着八根石柱。

每一根石柱上都雕刻着壁画。

但是年岁太久，壁画受了风化，上面的图案已看不太清。先前几个人商议时，墨九曾让禁军与墨家弟子分别对八根石柱上的图案进行还原。

入墓之前他们为防突发状态，特地带了一种用草木灰调和而成的染料，还原石雕壁画的工艺说复杂也简单，墨家好些弟子都会做。禁军为他们打打下手，八根柱子同时进行，速度也很快。

墨妄拿了个风灯，正一根根柱子挨个观看已还原的部分壁画，可因为心里担忧方姬然，他精神并不集中，时不时扭头看一眼。方姬然由墨灵儿照看着，坐在石栏边的一个角落里，头上依旧戴着一顶帷帽，故而无人看清她的脸色，她也没有像玉嘉一样呻吟或者大叫，可从颤抖的身子看得出来，她在强行忍耐。

“阴阳杀”的毒最能考验人的韧性，方姬然能忍常人所不能忍，这一点，不论是玉嘉还是尚雅，显然都不如她。

墨九瞥她一眼，皱了皱眉，心生钦佩。

“左执事，有什么发现吗？”她问墨妄。

墨妄似乎这时才回神。他侧头发现是墨九与萧乾两人并肩过来，抿了抿嘴唇，目光盯着墨九戴着防毒面具的脸。

“钜子没事吧？”

他问的是“阴阳杀”！

这里的姑娘都中了毒，没理由墨九会没事。

他眸底写满了担忧，墨九却对他报以一笑。

“我没什么事，还撑得住。”

默了默，见墨妄还巡视着她的脸，眼睛一眨不眨，似乎是不放心她，又似乎在走神，她清了清嗓子，抬头看一直擎着石顶的巨大柱子，小声问：“这根是艮柱？”

“嗯。”墨妄从她脸上收回视线，镇定道，“八根柱子已还原的部分我都仔细检查过了，暂时没有发现……让我惊叹的是，并无半条缝隙……”

墨九点点头，接过他手上的风灯，一点一点观察。

“这世上真有天衣无缝的事物？就算石头与石头可以无缝连接，或者说这个平台本身就是一块天然的大石头，是雕刻成这般的，但冢中之物又如何放入？还有，这个阴阳杀的毒气，又是如何形成、如何储存、如何扩散的？”

一连几个问题，没有人回答她。

她静静地思考着，似乎也不需要人回答。

萧乾一直静立于她身侧，就像她的保护神，她说话时，他不插话，她做事时，他也没有动。他安静地看着墨九的侧脸，俊目中的光芒忽闪忽闪，深邃如海。

认真时的墨九与平常有太多太多的不一样。

她一只抬高的手举着风灯，风灯微暖的光线也映在她的手上，让那只纤细白皙的手仿佛带了一层湿润饱满的玉质，漂亮、精致，哪怕将世间所有形容美好的词用在她身上，也无法描述她的容色之美。

尤其静默的她，有着与她年龄不符的老成。

人人都说他萧六郎是一个有着传奇色彩的人。

其实墨九又何尝不是？

十六岁的年纪，居然习得这么多本领。

以前想着她的本事都来源于墨家，毕竟织娘也是墨家人，也懂得机关……但后来一件件事情却证明，就她的造诣而言，并非墨家可以教习出来。

那她到底是哪里来的妖精？

几个人各有所思，好一会儿都无人说话。

墨妄又拿一个风灯举着，增加光亮。

瞥一眼萧乾专注的眸子，他忽然道：“使君怎么看？”

萧乾从墨九身上收回目光，与墨妄对视一眼，眼眸微微一合：“本座不懂机关，并无发现。找机关的事，辛苦左执事了。”

墨妄严肃道：“我不辛苦，辛苦的是钜子……”

提到墨九时，墨妄微沉的语气里有着无法掩饰的心疼，也不知萧乾听出来没有，他的唇微微一牵，掌心慢慢盖住墨九的肩膀，像安慰又像怜惜般捏了捏，用一种占有欲极强的视线睨着墨妄，声音却很淡然：“左执事不必挂怀，我会看好她……”

看好她又如何？

毒发了，他给解吗？

“萧六郎。”墨九忽地拎着风灯转头，冲着萧乾俊朗的脸便是一记古怪莫名的注视，一直看得萧乾和墨妄都一头雾水了，她才指了指自己的脑袋，“如果一会儿我也毒性发作，你就打晕我，或者药晕我。”

这种事萧乾不是第一次干。

墨九相信他会干得很熟练。

之所以先交代清楚，是她害怕他在“阴阳杀”毒性未明的情况下顾及她的安危，不肯下手。可如果让她像尚雅或者玉嘉她们一样，在这么多男人面前发骚发浪，她宁愿死了算了。

萧乾低头看她，对视片刻，嗯一声。

他是了解她的，墨九微微一笑。

被他们目光排斥在外的墨妄，静了片刻，终是忍不住插了嘴：“钜子也没有发现吗？”

有发现她就不会交代“后事”了。

墨九敲了敲脑袋，仍在郁闷先前被打断。

有时候念头过去了，想破脑袋也想不出来。

可她不能这样说实话，那会让大家都没有信心。

她是钜子，所有人都在盼着她。

仔细一想，她道出自己的推论：“阴阳杀的毒气是越接近高台时越浓郁，我以为毒源就在这冢、石碑或者八根柱子上。如今石碑和冢都仔细看过，并没有发现可以漏气的缝隙，那希望只有在柱子上了。”

慢慢抬头，她看着高达数丈的巨柱。

“毕竟柱子这么高，下方没有，不代表上方就没有。”

“钜子是说，上面？”

“对。”

墨妄也跟着墨九抬头观望，柱子上面的形状、大小与下头一般无二，看上去没有任何区别。可这也是每个人都有的惯性思维，找东西只在看得见的地方找，不会注意头顶上。就算柱子没有问题，那柱子的擎顶处呢？只要是机关，总有蛛丝马迹可寻。

“这是个好想法。”

有了方向与突破口，墨妄马上兴奋起来。

墨九怕他心神不定，对着他的背影说了一句。

“我对你挑的人不熟，你去找人，我去看方姬然。”

她依旧不习惯称呼方姬然为姐姐。

可不管多不习惯，她依旧是墨九的姐姐。

她毒发至此，若墨九看见也不理会，就太凉薄了。

方姬然比玉嘉毒发晚，神志也比玉嘉清醒许多，可墨九始终觉得，并非她毒浅，而是她有着强大的意志力，一直在支撑……

感觉到墨九靠近，方姬然微微抬了抬头，没有说话，却朝她伸出一只手。那手瘦骨嶙峋，鸡爪子似的干枯苍老，控制不住似的颤抖着。

墨九握紧她，想给她力量。

“会没事的，你再忍一忍。”

方姬然也回握着她，连带着把她的手也握得颤了起来，墨九有些心疼她，蹲在她身边，手臂横过去，伸过她肩膀把她拥住，轻轻顺着她的后背，不经意却发现，她帷帽的下方一角被鲜血染红了。

“你怎么了？”她想撩她的帷帽。

“没……没事……”方姬然摇头，声音沙哑，吐字不清。

墨九发现那染血的地方正是她嘴唇的位置，很显然是她为了扼制“阴阳杀”毒性对她的侵入，咬破了嘴唇。

“傻瓜，不要勉强自己。”墨九摩挲着她的后背，突地侧目看向戴了防毒面具、精神头尚可的墨灵儿，“看好她，有什么事随时过来告诉我……”

“我”字还没有说完，方姬然嘴角那一滴鲜红的血液就滴了下来，混合着她含糊不清的声音，落入墨九的耳中：“……六、六郎……帮帮我……”

墨九身体猛地一僵。

她不是该叫“大郎”才对吗？

到底是她神志受损时，只记得“医生”，不记得“情郎”，还是她以为自己爱着萧长嗣，可在长达三年的治疗中，心里早已不知不觉有了萧长渊的影子，自己却不知情？

“钜子！”

头顶上方有人在叫她。

墨九冷不丁回神，抬头就看见了彭欣。

她依旧抱着那只胖胖的大黑猫，却从老僧入定般的状态中回过神来，默默看着她，目光在风灯的火光下有一种阴森森的凉意，又像根本没有看她，似乎想要透过她的眼睛望入她的灵魂。

“怎么了？”墨九狐疑地问。

对彭欣这个人，她一直是好奇的。不仅好奇她苗疆圣女的身份，更好奇那个她每天都在寻找的男人、她孩子的亲生父亲到底是谁。

彭欣对八卦墓感兴趣，可入墓之后存在感却极弱，先前旁人毒发，她什么也不做，只坐在一边合着眼，像个半死人。可这会儿，她却瞪圆了眼睛，对墨九阴森森地道："那个人要死了，我感觉到了她……"

墨九吓了一跳。

这种时候说这个，太惊悚。

咽一口唾沫，她忍不住问："哪一个？"

彭欣慢腾腾将抱猫的手腾出来一只，转身，侧头，往平台下方一指："就在那个坡下……"

坡下只有两个人：尚雅与乔占平。

尚雅中了"阴阳杀"的毒，又引发了媚蛊，饥渴痛苦，乔占平为免她难受，单独带她下去开小餐野合，行那鸳鸯之事了，平台上的人都知情。可好端端的，他们中的一个又怎么会死？

墨九质疑着彭欣的预感，脑子里却慢慢浮起那句"阴阳冢里，阴阳杀，阴阳不合，必死啦"。

阴阳不合，必死……

难道她被坑了？

阴阳合了，才会死？

激灵灵打个冷战，她又想到了吊桥上方那口太极石棺。那一对男女同在一口棺里，可死后都没能相拥，只能隔着一个放置仕女玉雕的隔板，两两相望。对应这个阴阳冢，一边是阴，一边是阳，一个坐南朝北，一个坐北朝南，也相隔两端，不能在一起。

分明不是让他们结合，而是要他们分开……

难道阴阳冢考验的是人对欲望的克制？

"快，去把他们拉开！"

墨九突兀地喊，四周却一片寂静。

……两个男女办好事，这怎么拉开？又不是狗狗。

墨九想想，也无语地抿了抿唇。

一方面她不能有了疑惑什么也不做，另一方面她也着实不敢完全相信彭圣女的直觉。其实，墨九曾经听过一些巫蛊之术，说法力强大的巫师通过修炼，可"开天眼"。"开天眼"又叫开天目，有预知与感知的能量，就像特异功能似的，会比常人更为敏锐，能提前感知一些常人感受不到的东西。

当然，"天眼"并非人的第三只眼，据说"天目"位于鼻根上印堂的位置，从印堂进去两寸，有成像的能力。开了天目之人，闭上眼睛额前就能成像，就连佛家也有“天眼通”一说，称可超越大地的远近、时间的过去和未来，一切现象都能明见。

“那么……”墨九道，“我们要不要下去看看？”

看人家办事好像不太好，大家回视她，都没回应。

就在这边胶着的时候，坡下突然传来乔占平的大喊。

“尚雅！”

果然出事了！墨九一惊，顾不得旁的，急步冲了下去。

微风习习，这个先前欲意春暖的斜坡处，只有一点微弱的光线，黑幽幽、阴森森的，像陷入了死亡般的静寂。

尚雅汗湿的身子有点冷，躺在乔占平同样微汗的怀里，凌乱的衣裳未干，额上的汗也未干，那一动也不动的样子，像个安静的孩子……

在那个他为她带来的极致高点，她喘息着喷了一口黑血，心如刀绞，血液逆流，疼痛难忍，脸上却无痛苦之色，表情也比任何时候都要安静。甚至于以前受媚蛊影响，她不管在何时何地，也不管在笑或在哭都会带上的一点媚气，这会儿也都不见了。

她微微启齿，喘息着，像痛苦，又似快活，更像一个刚刚与心爱男子恩爱完的女子，眸中含情，唇上含情，任何一个地方都只有情，便是那溅在衣裳上的狰狞鲜血也不丑陋，反倒添了几分妖异的颜色。

可她的声音，却是沙哑的、虚弱的。

“占平，我好快活，从未有过的快活……”

乔占平坐在地上，背靠山石，脸上也无痛苦，只有凄恻。

“不要说话，你累了，休息一下……”

“我没事的。”尚雅轻声说着，艰难地抬头望向平台上的点点灯火，一双眼睛里，丝丝缕缕都是缠绵，慢慢钩上乔占平的脖子，贴在他的脖间，紧紧依偎着，就像两个静静等着天亮的男女，拥抱在一起，看天上繁星点点，满是期待。

“你以后不要离开我了，好不好？”

“好。”他低低地道，掌心抚着她的头。

“那说好了，我们往后就在一起，再也不分开了。”尚雅像是听不见他声音里的低沉，像一个小媳妇般羞涩地看着他，“从此以后，我每日清早都会早起，为你做早膳。我不再玩蛊，也不再做墨家的右执事，我只做你的妻子，为你洗衣缝补，为你纳鞋做衫。我们置一所宅子，里面只有你、我，还有我们的孩子……再养上一只猪，养好过年；再养一只狗，用来看家；种上一些花草，有几亩薄田……其余任何事，都与我们无关。”

“好。”

又是一个好字，乔占平声音很平静。

除了他自己，谁也听不见里面的绝望。

尚雅似乎依旧没有感觉。乔占平觉得天光灭了，她却觉得她的天光才刚刚启开："真好，这样真好……"

她喉头一阵腥甜，忍不住呕了一口血，狰狞的黑血就像毒蛇的眼睛，让人心生恐惧。但她一直在笑，就像看见自己肮脏的灵魂从体内排出，吐的血越多，她笑容越大，她拼命地呕着，恨不得把一生的污垢都吐尽……

"然后我就可以干干净净地和你在一起了……"

"……好。"还是一个好字，伴着的是尚雅又一次的呕血。

乔占平温柔地看着她，轻轻扯过自己的外袍，为她拭着嘴角，动作很轻、很慢，神色也格外专注、格外平静，就像擦拭爱人喝过水的樱唇，除了微微颤抖的手指，并无半分异样。

"占平，我好看吗？"

感受到他灼热的目光，尚雅蒙眬的眼睛有些暖。

"好看。"他回答得很认真。

"你也好看。"尚雅抚上他的脸，每一个指头都在颤抖，"我都老了，眼角有细纹了，你还是那样好看，一点也没变。"

她目光悠悠，像看见了少年的他。

他在霞光里朝她走过来，光影斑驳，他却俊俏得像一个从画里走来的儿郎。他们相爱过，就在那个夏日午后的小河边，匆忙的、凌乱的，甚至带了一点羞涩的第一次，却让他们深深沉醉其中，从此无法自拔，开始了一辈子的悲剧。

与天下所有的女人一样，她轻易地爱上了这个占有她身体的男人，疯狂地、炽烈地爱上了他。

那个时候，他也爱她。

他说："尚雅，这辈子除了你，我谁也不要。"

他们是真的相爱过。

后来中了媚蛊的她变了，变得多情，也滥情。在每一个狂乱后的午夜，她有时候也疑惑过。她不知道自己还爱不爱他——那个叫乔占平的男人，更不知道他还爱不爱自己……

怀疑、猜测、试探、痛苦……

在那些迷乱与疯狂的岁月里，乔占平也会有别的女人。

当她床上躺着别的男人时，他也会躺在别的女人床上。

她恨过，骂过，哭过，吼过，甚至……也自杀过。

可她没有死，还是扭曲地、变态地活了下来。

然后，笑着，美着，媚着，继续与乔占平，相爱与相杀。

当她第一次看到乔占平与别的女人赤身躺在床上的时候，她的痛苦是毁天灭地的，她恨不得杀死他，杀死这世上所有的人……她举起了刀，可结果，她只杀死了那个女人。

身为右执事的尚雅是霸道的。

她有媚蛊做理由，乔占平没有，所以但凡他睡了哪个女人，哪个女人就离死不远了。疼痛让她疯狂，可每次手刃情敌，尚雅得到的并不是痛快，只有痛苦——无边无际的痛苦。

“占平，终于要结束了吗？”

她问，脸上带着笑——也只有笑，没有媚。

自己的身体，最清楚的人是自己。

有一种东西，正从她的身体里流逝。

她知道，那个东西……叫作生命。

乔占平抿了抿唇，轻轻举起她的手，像在抚爱一件珍宝。他淡然地笑着，就像从时光的荒芜里走来的那个少年：“不会结束，永远不会。”慢慢地，他把她的手心放在自己的胸膛上。

“尚雅，你在这里。”

尚雅微微一怔，然后笑了。

她笑得很快活，一边笑，黑血一边滴落。

“你自己说的，可不许骗我。”

“我从来没有骗过你。”他叹。

“不，你一直都在骗我。”尚雅并不解释他骗了她什么，一双死亡般灰败的眼贪婪地注视着乔占平的脸，“我有过很多男人，你也有过很多女人，我一直以为我们这辈子是两清的。可这一刻，我觉得……占平，我还是欠你，一直欠着你……”

乔占平目光落在她的脸上，嘴唇微动。

他似乎想解释什么，却终究什么也没有说。

“占平，以后我不会管你了，也管不了你了……你愿意和哪个姑娘在一起，就在一起吧……”尚雅唇角上扬，像一个不谙世事的孩子，“原来一切都不重要，其实都不重要……有你在，就好。”

说到这里，她猛地呕一下，黑血再一次溢出，淌在她高耸的胸口，看乔占平匆匆拿衣裳去擦，她摇了摇头，伸手阻止了他，语气幽淡地恳求。

“占平，再抱抱我，抱抱我，抱紧一点……”

再抱抱我吧，我怕从此不能再拥抱。

不能再拥抱你，是比死亡更可怕的沉沦……

后面那两句话哽在尚雅的喉咙，她并没有说完，双手就无力地垂落下来，一双眸子也慢慢地合紧，安睡一般。

“尚雅！雅雅？”

乔占平没有大吼。

他轻抚着她的身子，声音很轻，情绪也不多。

像是痛失所爱，在哭，又像得到某一种解脱，在笑。

终于，他狠狠将她抱在怀里，闭了闭眼睛。

“雅雅，我爱你……”

一起走过了那么长的岁月，在这期间，他有过很多女人，可也只有尚雅这个女人，让他恨的时候，真是恨不得杀了她。也只有这个女人，是他唯一深爱过的女人。只有她可以让他肝脑涂地，可以抛弃一切来换她活着。

“对不起……”

轻轻地，他又道一句。

“我不懂得爱。对不起，雅雅……”

他一直是爱她的。

从那个夏日午后的小河边，他便从此深陷，再不曾上岸。

曾经他以为与那些女人在一起是为了报复她，为了让尚雅也体会那种撕心裂肺的、癫狂一般的疼痛。可他骗不了自己，他不是，他只是近乎卑微地希望从尚雅疯狂般呐喊的视线里，看见她对自己的爱意。也只有这样，他才能找到留在她身边的理由——她爱他。

“尚雅！”

墨九站在上方，喊完一声就怔住了。

这哪里还是她认识的尚雅？哪里还是那个风骚妩媚、历尽千帆、媚可入骨的墨家右执事？不过短短的一段时间，她就像变了一个人，脸上一片黑沉的死气，四肢瘫软着，没了生命的迹象。

“快，乔占平，快把她抱上平台！”

墨九大喊着，声音焦急：“萧六郎在上面，他或可医治。”

“她死了。”乔占平一动不动，像沉浸在极大的痛苦中，抱紧尚雅蜷缩着靠在岩壁上，如同被世界遗忘的孩子，语无伦次地低喃。

“她不想活了，这是她的解脱，这样好，这样很好。这样我们就可以置办一所宅子，养一只猪，养一条狗，再生一个孩子，只有我们在一起了……”

墨九看着他毫无力气的样子，一双眼睛似乎也没有焦点，心里一酸，收起了准备走下去的脚步：“你不要这样……”

她轻轻说着，有风从远处拂来。

几乎就在这一刹那，她先前被东寂打断的想法突然回来了。

她猛地拔高声音："乔占平，你不要放弃！不到最后一刻，我们谁也不能放弃！我在上面等你，你快点抱她上来……"

说罢她顾不得更多，欣喜地跑上平台，脑子里却在想平台上那八根八卦柱。中间的阳冢是一个圆丘，八根柱子立于八个方位，与坎墓里按八卦方位排列的冰雕有异曲同工之妙。当时在坎墓，她是摸黑与萧六郎一道，先从坎位入手的。

坎墓从坎位入手。

这个是艮墓，会不会也是这样?

同样一个人置的机关，同样会有一定的定律。

她刚上平台，墨妄就迎了上来："钜子，果然有发现。"

"是不是柱子顶上有气孔，用来发散阴阳杀？"

墨妄一愣，奇怪她的先知："是……钜子怎么知道的？"

"等一下告诉你。"她左右四顾，寻找萧六郎。

人人都奇怪她在这个时候为什么急着找根本不懂机关的萧乾，她却不管不顾，在万众瞩目中朝萧乾快步奔跑过去，气喘吁吁地停在他的面前。

"萧六郎——"

低喊一声，她目光烁烁地盯住他，就像情窦初开的小女生在看心爱的男子，只觉得护花使者一般的萧六郎又帅气又温暖，就连那一点点无端的小醋意也很讨她喜欢。激动地盯他片刻，她突然伸出手。

"抱我一下。"

萧乾一怔。

她却紧紧搂上他的腰，将头靠上去："这只是一个想法，有没有用我还不知道，说不定我一开启就会触动另外的机关，就像巽墓的意外……因为解开机关的过程，是一个与设计者博弈的过程。可我不得不试，不管是什么结果。"

这时很多人都看了过来。

墨九公然抱住萧乾的腰，对他们来说是意外的。

但人的情绪是会随着环境而改变的，如果这是在临安大街上，他们这样的关系公然相拥，肯定会有人低声八卦，甚至会有人嘲笑他们的苟且与不堪，但这是在艮墓里，是在被封闭的阳冢平台上，过去的时间越长，他们内心的恐惧就越多。人都是率先关心自己的，别人的八卦只有在饱暖之后才会有探究的欲望……

如此，他们看见，也都默然而观。

可他们不知道，仅仅是抱一下，对墨九来说，却像是走到万丈深渊之前，突然有人在她腰上系了一根安全绳。这个人是萧六郎，是无所不能的萧六郎……

"不怕！"萧乾温暖的掌心轻抚她的头，"我陪你。"

“好。”墨九靠在他怀里，闷闷道，“好，有你这句话就够了，我也踏实了。”

萧乾低头看着她的发顶，那一个她特别制成的金冠有一点点偏斜，可在昏暗的光线里，却衬得她很美，很美，酥入骨髓，艳入骨髓，美艳得不可思议。

“有美人兮，腮凝新荔，鼻腻鹅脂……”

墨九抬头一愣：“什么意思？不懂。”

萧乾失笑：“出墓再告诉你……”

在艮墓里耽搁了这么久，众人的耐性都已耗尽。这样邪门的古墓是好多人第一次亲眼所见，即便碍于脸面不说出来，心里的恐慌也已到达极限。

尤其尚雅与乔占平没有上来。

先前墨九冲下去看他们时，有好几个或好奇或担心的弟子跟着跑了下去。

“尚雅死了。”这消息很快在人群中传开了。

生命的逝去对人是有震慑力的，人人都怕下一个遭殃的会是自己。眼看墨九与萧乾似乎有了法子，同时朝艮柱走过去，有人眼巴巴地望着，目光满含期待，有人索性闭上眼睛，默默地祈福。

高台上的气压，似乎更低了。

微弱的光线中，无人说话，只有玉嘉放浪的声音入耳，却因她耗尽了心力，已渐渐变得低沉沙哑，如虫在哀鸣，似歌妓在低吟，更像某种求欢不成的动物在隐隐地哭诉……

墨九抿了抿嘴唇，站在了艮柱之下。

“娘哎，这么高，我怎么上得去？”

与她先前想的一样，八根石柱的顶端都留有气孔，用以扩散“阴阳杀”的毒气，可每一根石柱都高达数丈，直擎石顶。墨妄等人是靠着事先准备好的“壁虎爪”爬上去看的，墨九不会武艺，不仅上去艰难，也会有摔下来的危险。

但是机关这事非亲眼所见，无以确定。

她很惆怅，萧乾却很镇定：“我带你上去。”

对墨九来说，他的存在，便是她的心安。

他说好要陪伴，她也不想拒绝，还调皮地冲他眨了眨眼睛。

“好，有六郎在，什么事都不叫事。”

对她的“马屁”置若罔闻，萧乾小心翼翼地带着她，就着可攀附石柱的“壁虎爪”往上爬。这“壁虎爪”也是墨妄在墨九的指导下改良的，专门用于探索八卦墓，底座有一个壁虎似的吸盘，用以攀附。有了它，外加萧乾一身过人的武艺，二人很快爬到了艮柱上方。

墨九按事先猜测，首先选择了艮柱。

气孔是一条一条的细缝，就位于柱子擎顶的位置，非常窄小，肉眼观之几乎都看不清楚。墨九被萧乾搂着腰，上半身紧贴在冰冷的柱子上，一只手抓石柱，一只手拎着风灯细细观察。

半晌，她眉梢一扬，面上有细微的变化。

低头，她问柱子下方的墨妄："八个石柱都一样？"

"一模一样。"墨妄回答得很肯定。

墨九对墨妄的判断是信得过的，她考虑一会儿，突地道："拿勾合胶，把其他七根柱子的气孔都堵了。"

所谓勾合胶，便是他们之前用来恢复石柱壁画的东西，是用草木灰加上几种特殊物质制成的一种染料，不仅可给物品着色，黏性也很强，有附着力……

气孔堵了，"阴阳杀"的毒气就出不来了。

可为什么她不堵这个艮柱呢？

众人都有怀疑，可事到如今，既然是墨九吩咐，众人只能照办。

墨九有句话是对的，开机关本身就是与机关设计者的一场博弈。在无任何提示的情况下，对开启者来说，就如同一场不公平的赌博，明知人家在出老千，还不得不赌下去。这种时候，就只能靠经验和运气了。

墨家弟子和禁军的脚步声在平台上咚咚直响，看似杂乱，实则有序。他们分别拎着勾合胶，往七个方向的七根柱子而去。堵完一个，又一个，人影憧憧，光线却弱如鬼火。这般景象，多多少少让人有些惊悚，好在入墓之人都是精挑细选出来的，即便慌乱，却不混乱，人人都可做到令行禁止。

人多力量大，七根柱子的气孔很快被堵住了。

只剩下一个艮柱了，人人都围了过来。

墨九与萧乾还在上面，她从萧乾的怀里掏了一瓶防毒的中药粉末，撒在气孔处，然后趴在柱子与萧乾之间，盯着气孔，没有动弹。

"阴阳杀的味道更浓了。"

她淡定地说着，防毒面具下的脸，无人看得清楚，她的声音却是有些颤意的。很显然，在七个柱子的气孔被堵住之后，从艮柱扩散出来的毒气，浓度与密度都大了不少。不过短暂的工夫，原本无力再喊的玉嘉，身子再次剧烈地扭动起来，似乎又兴奋了不少，那一道道呻吟出口的"萧六郎"，让墨九头皮都快炸开了。

她自己中毒，也会受不了。

而方姬然比玉嘉好了许多。她一直蜷缩在角落里，整个人像死过去一般，几乎没有声息，偶尔的几声闷哼也听不出色情的意味来。若非墨九亲自听她唤了一声六郎，也亲眼见证了她忍得颤抖不已的身子，她肯定会以为她像彭欣一样镇定。

时间过得很慢。

可阴阳杀的毒，扩散很快。

几个小姑娘戴的“防毒面具”，毕竟不是后世那种真正意义上的防毒面具，防毒的效果更不能与之相比。这会儿工夫过去，包括墨九自己在内，宋妍、墨灵儿、玫儿几个，都有了小幅度的症状反应。

这种自杀性地留下艮柱气孔的行为，让所有人都不理解。

人群里已经有人小声问起，到底为什么？

墨九没有回答，也久久未动，萧乾感觉到她身子越发滚烫，呼吸也粗急，衣裳都有些潮湿，眉头不由得蹙起，紧紧搂住她的腰：“你先下去，这个我来堵……”

“不！”墨九回头冲他一笑，暖暖的热气就喷在他的脸上，像带了花香的温暖，令人销魂，也令人迷醉……阴阳杀作用于她的身子，可透过云雨蛊，又何尝不是作用于他的身体？萧乾目光幽幽一暗，瞬间失神，却听墨九道：“还得再等等，才能堵艮柱……”

还要再等？再等下去怕所有姑娘都扛不住了。

尚雅的事，让在场的人对“阴阳杀”更生了恐惧。

而已经中毒的姑娘，却是绝望。

阴阳不合，必死。可尚雅阴阳相合了，也死。

那不是左右都是个死？

艮柱上，萧乾轻声问：“为何？”

墨九这会儿也难受得紧，她无力解释，只抱了抱萧乾的胳膊。

“相信我，等会儿你就晓得了……”

萧乾深深看她一眼，没有再问，只手臂搂她更紧。平台上的众人，在这一种毛骨悚然的等待气氛中，个个都提心吊胆，眼巴巴望着他们……

“六郎，你听见什么声音没有？”墨九竖起耳朵，觉得艮柱的气孔里面像有什么东西在爬行，又像有什么东西疯狂地涌动在气孔附近，带着一种微弱的嗞嗞声，怪异地传来，看不见，却可以感受得到，令她汗毛都竖了起来。

萧乾似乎也感觉到了，他问：“是什么？”

墨九想了想，看定他的眼：“是蜘蛛！”

先前她仔细观察气孔时，发现贴近气孔的地方密集着一层雾状的东西，当时就怀疑是蜘蛛网，也猜测可能是毒蜘蛛，说不定这种“阴阳杀”的毒性就与它们有关……除此，她还有一个大胆的猜测，这个阳冢机关的开启，也会与它们有关。

果然，在其余七根柱子的气孔被堵后，大批的蜘蛛便涌入艮柱的气孔，柱子里面精细的机关结构与机关触发是如何构成的墨九暂时还不知情，但大量蜘蛛的爬行，确实触动了阳冢的机关。

哐哐！机括在运转。

不多时，嘭一声，圆丘似的阳冢打开了。

奇异的一幕出现在眼前！

众人惊喜地盯向高台的中间，只见原本安静的阳冢慢慢分开，就像一朵漂亮的莲花似的，往八个方向分成了十六个花瓣，石冢内置有颜色不同的几颗夜明珠，如同霓虹的彩灯效果，让那个石头雕成的阳冢艳美得不可思议，栩栩如生的莲花瓣下，基座有水，莲花台的中间有一个突出的石团。

机括未停，整个高台都在震动。

众人惊奇地看着，却久久未动。

这是墨九见过的最为狡猾的机关。

它的精、巧、美，每一样都令她叹为观止。

"快看！"众人又是新鲜又是好奇，又有点紧张。

石莲台的中间埋藏的并非死尸，而是一把泛着寒光的剑。

那把剑直直插在莲台的石槽中。剑身光洁，剑柄乌黑，剑穗却已旧得瞧不出原来的颜色。

空气里"阴阳杀"的味道慢慢淡了。

可阳冢里彩色的夜明珠，阴森森的光芒却越发闪烁。

高台的颤动一直未停，机括也未止。

"堵不堵气孔？"墨妄上前来问。

"堵。"墨九小声说，"我没力气了，你们来。"

萧乾抚了抚她汗湿的脊背，抿紧嘴唇，扶她下了艮柱。

墨九对他微微一笑："我没事……"

萧乾清冷的面孔在微光中忽明忽暗。

他似乎不想揭穿她强装的镇定，略微思量，不动声色地问："还有阴冢未开，你撑得住吗？"

墨九唇角上扬，声音小得只有他能听见："早就说过了，九爷文成武德，泽被苍生，这世上有什么机关可以难得倒我？哼，便是老祖宗也不行，分分钟用智慧碾压他们……"

萧乾被她气笑了："唤你声九爷，你还真成爷了！"

"嘿，我还真就当得起爷这个称呼！"

"老实点！"他捏捏她的腰，眉头微拧，"想想怎么解阴阳杀吧。"

"那不是你该操心的事吗？我又不是大夫！"墨九轻瞄她一眼，那媚态天然的样子，让瞧见的男人忍不住心乱如麻，呼吸急促，她却顶着一张粉润润的勾魂小脸，无视"阴阳杀"为她带来的悸动，说了一句毫不相干的话。

"六郎，我好饿！"

在中了“阴阳杀”的时候一直喊饿，很让人怀疑她哪里不对……

萧乾探手抚了抚她的额头，感觉有些烫，又皱着眉头扶她：“你先去休息。”

“不，我饿。”墨九媚眼如丝地看着他，也不晓得是眼病还是心病，眼前的萧六郎分明衣衫整齐，未露半分，可她脑子里的影像却是梦里那个邪魅妖娆、勾人魂魄的萧六郎，就连耻骨往上那一道疤痕似乎她都看见了。

“莫非我也有天眼？”她神志有点乱，喃喃般自言自语着，又好奇地凑近萧六郎的耳边，“六郎，你那个下面……有一道疤吗？”说罢她像看见了美食，情不自禁舔一下他的耳垂，在他猝不及防的情况下，又拿两排牙齿磨了磨，几近呻吟般小声道：“六郎，我真的好饿，想吃东西……”

耳垂吃痛，萧乾无语瞥她。

“马上给你吃，快看，接下来怎么做？”

阳冢是打开了，下山的路障却未打开，也就是说，机关并没有进行到最后一步。而且机括还在运转，好像阳冢是被八根柱子中间的铁链牵引着从四面八方打开的。可它花一样盛开、绽放，中间却出现一把插在石槽中的宝剑。于是阳冢就变成了一个剑冢，可它在阴阳冢中，在整个艮墓中，又起着什么作用？

萧乾有疑惑，然而他的声音太好听，磁性中夹着一种男人味的低沉，像爪子似的挠在墨九心上，她听了更是心痒难耐，根本无法抗拒“阴阳杀”，也无法打起精神来想什么机关……

她又啃他的脖子：“我真的饿，好饿，不信你摸肚子！”

这一回萧乾真的哭笑不得了。

旁的妇人中了“阴阳杀”都搔首弄姿，放荡形骸。

她倒好，又啃又咬，嘴里喊着饿，分明就是挑得人受不了。

他紧紧将她揉入怀里：“乖乖的，别动！我让人给你拿吃的……”

这个时候，大家都有些饿了。

入墓之前是备有食物的，他一声令下，马上便有人拿干粮。

可墨九还没有把干粮送入嘴里，就听见有人怆然大喊。

“萧使君……救命！快救救她，救救她……”

是乔占平抱着浑身浴血的尚雅上了平台，在夜明珠莹莹的光线下，他的脸白如纸片，像个孤魂野鬼似的，狰狞中又带了几分喜色，而尚雅原本一片死黑的乌青脸上，似乎恢复了一点血色。但她仍然一动未动，如死人一般。

“她没死！”乔占平迎着众人探究的视线，抱着尚雅走向萧乾，边走边向两侧的人不停解释，那语速快得像一个失了心的疯子，“她的手动了，真的动了，我看见的，她真的动了，她还对我笑……”

人群里面，有人在低低叹息。

这个乔占平是受刺激，疯了！

尚雅分明死了，他却不肯承认。

“她真的没死，你们为什么不相信？”

乔占平拔高声音，眼睛瞪得像一对铜铃，那种濒临绝望的无助表情，让墨九突然愿意相信他，也实在不忍心看他与尚雅这样黯然收场——不管真的假的，救一下又有何妨？是她叫他不要放弃的，她又如何能旁观？

看萧乾还在皱眉头，墨九咬着干粮拨了拨他的胳膊：“萧六郎，救人一命胜造七级浮屠，尤其是救助一对情侣，更可积阴德无数……”她昏昏的脑子，有点组织不起来可以打动萧乾的语言，尤其这人有“六不医”，先前又拒绝过玉嘉公主。

墨九头大如牛，可萧乾铁青着脸，朝乔占平走了过去。

“把她平放在地上。”

乔占平似乎也有些吃惊，欣喜于他肯帮忙，赶紧把尚雅放好，脸上满是紧张的期待。萧乾默默抿着唇，搭在尚雅的脉上，目光慢慢浮上一丝诧异。

“她内腑有损，隐约似有一滑而过的脉息，如虾游之状。可奇怪的是，她并无中毒迹象……”

先前萧乾也为宋妍把过脉，便是宋妍那样症状不明显的，也有中毒的迹象，而尚雅明明毒发难耐，为何身上却无毒性？如若无毒，又怎会发症成那样，还口吐黑血？

他归拢心神，慢慢思考，一双清朗的眸子若有所思。

大家听了也诧异不已，这尚雅究竟是怎样莫名其妙解了毒的？

难道真如石碑上所言，阴阳相合，便可解毒？

众人小声议论着，乔占平却只关心一个问题：“萧使君，她还有没有救？”

萧乾淡淡抿了抿唇，答得含糊：“身在墓中，生死亦未知……”

乔占平微微一怔，审视着萧乾的面孔，若有所悟。

这时，却听见墨妄在喊。

“莲台下方有字！”

在墨九无心破机关，需要吃东西来扼制“阴阳杀”的时候，墨妄却在观察阳冢，也终于让他在莲台的下面看见了几排小篆：“钜子，上面说阴阳两冢当同时开启，方可破太极棺，取得仕女玉雕。若阳冢先开，须取出宝剑，以纯阳之血滴入剑槽，喂食南阳蛛，暂延机关之时。而宝剑启出，下山路障便可开启。执剑者须将此剑带入阴冢，插在剑鞘之内……”

纯阳之血？

宝剑入鞘？

阳冢里是一把宝剑，阴冢里是一个剑鞘？

这机关设计得也太淫荡了，太阴阳相合了，连剑与剑鞘都不放过！

墨九吃了点东西，胃舒服了，眩晕的脑子也清醒了许多。

走到阳冢前，她琢磨着，心里一惊，猛地回头望萧乾。

“纯阳之血？”

若在以前，这个“纯阳之血”，她或许会理解为只要是未破过身的童男子的鲜血都可以，但如今她再不敢有那般想法……

第一，墨家祖上可以设定未来钜子是四柱纯阴的命格，那么在得到开启祭天台八卦墓钥匙的过程中，需要一个与四柱纯阴相对应的、有着四柱纯阳命格的人，可能性极大。

第二，尚雅的毒为什么会解去？她严重怀疑是“阴阳杀”与“媚蛊”作用造成的。那么，这个是阳冢，阴阳杀是否也是纯阳之气？与尚雅之前说要解媚蛊，须与四柱纯阳的男子交合一个道理……也就是说，这个阴阳杀正好是解去媚蛊的纯阳之气。

“……看来此事非你莫属了。”

她与萧乾对视着，两个人的想法几乎一致。

可是，按照阳冢的游戏规则，阴冢想必也会有机关。若他不能跟墨九过去，又如何放心她？而且，如果阴冢也有只对男子有效的“阴阳杀”，这些男人陪她过去，能起的作用小，反而会添麻烦。

但如果不要男人，这些女人里，还有战斗力的，除了墨九，只剩宋妍与彭欣。

他目光幽幽，声音低沉：“阿九……”

墨九似乎知道他的顾虑，上前握了握他的手：“相信我。”说罢见他皱眉，她看向阳冢石莲台上插着的那把宝剑，认真道：“六郎，阳冢拜托你，我才能放心。你也要对我放心，我保证自己会完好无损地回来。”

萧乾望定她，唇角紧抿，依旧无声。

墨九冲他点头，不再犹豫：“就这样定了！我去取剑，你扎下手指什么的，滴血喂蜘蛛……”想了想，为免他拿刀割手指伤口大，她友情支援了一根暴雨梨花针。

在她吩咐与安排人手的时候，萧乾一直没吭声。

墨九看得出来，他不愿意她独自涉险。

可他也知道，只他一个四柱纯阳之人，为了大局，他只能留下。

并非生离死别，墨九心底却惶然。

临走前，她又吩咐：“你不要傻傻地一直往里滴血，偶尔滴一滴，让南阳蛛闻到味就可以……”

萧乾默然片刻，突地回头喊一声：“宋骜！”

宋鹜早就被半毒状态的宋妍烦透了，这会儿听到萧乾安排任务，小王爷自然是高兴得紧，只要可以脱离宋妍那小魔女，对他来说，一切都好说，他道："若我过去也中一个什么阴阳杀的淫毒……需要妇人才可解，岂不是好事？对吧，小寡妇！"

他意有所指地冲墨九挤了挤眼睛，说得邪佞。

墨九却阴恻恻笑了："小王爷莫非忘了尚雅？"

宋鹜脸一黑，害怕地摇头："那算了，小爷不去了……"

"我陪钜子过去。"冷不丁温声进言的是宋熹。

不知何时，他站在了墨九的身边，俊朗的面孔满是凝重。

萧乾皱眉："殿下身份尊贵，不宜涉险。"

宋熹目光落在他脸上，与他四目相对，唇角微微一牵："钜子说得对，在艮墓之中，大家同乘一条船，人人都一样，哪有贵贱之分？"说罢，他又看向墨九，用一种刻意的疏远语气，凉凉道："再说，玉嘉的身子越发撑不住了，她刚才也呕了血。我这么做，是为了让她快些好。事不宜迟，出发吧。"

解开阴阳冢不是小事，不只干系自己一个人，墨九任性不得。而且从此地前往阴冢，会涉什么险，会经历什么危难，她也不知情，不敢逞英雄贸然前往。于是经过商议，她、宋熹、宋鹜、彭欣、宋妍等人，领了约莫五十个墨家弟子与禁军，下山往阴冢去，剩下的人，留下照顾伤者和处理阳冢的事情。

一路上，众人无言。

墨九手握那把宝剑，掌心汗湿。

此时此刻，此剑真是重若千斤。

想到萧六郎需要滴血喂蛛，她恨不得飞到阴冢。

还好路途顺利，她有御史台狱的建筑图做指示，加上罗盘指引，不多一会儿就到达了阴冢。值得一提的是，阴冢与阳冢一样都建在整生石上。但阴冢的结构与阳冢恰好相反，阳冢是高山平台，要往上攀爬，阴冢却是往下深陷，建在一个凹形的石坑底，圆柱形的四周陡峭而平滑，只有一条狭窄的小山道可通往石坑底部的平台。

这次有了阳冢的经验，墨九早早就阻止了一切雄性生物靠近。

她怕阴冢也有毒气，且只对男子有效。

这么多男人中了"阴阳杀"，若毒发，她不得落入狼爪？

宋熹赞同她的想法。

可他并不放心她，不管墨九怎么说，他坚持要挑几个得力的侍卫跟去。

他是太子爷，墨九没有办法拒绝，一来她相信宋熹的定力，至少不会比宋妍还差。二来阴冢下面肯定也有用得着他的地方。墨九亲自挑选了三个更像"雏儿"的小侍卫，把防毒面具分配给他们戴上，讲好了注意事项，这才往下走。

这次路上没有玉嘉那么事的人，他们走得快了许多。

由于阴冢是凹形往下的，像盘旋的一个山洞，几个人不说话，脚步却有回声。而且越往下走，回声越响，光线似乎也越暗，沉闷的空气中，有一种令人毛骨悚然的凉意。

途中，宋熹一直没有讲话，但走在墨九的前方，身体力行地为她做着“引路人”，以免她失足滑倒，摔入谷底。反倒是宋骜废话有点多，与宋妍兄妹两个你一句我一句，口不能停，那聒噪的性子简直像一个娘生的。

“我好害怕啊，小寡妇。”宋妍拉住墨九的袖子，“这都什么鬼地方！”

“晓得害怕你还来？”墨九没有回头，只低笑。

宋妍是郡主，若非她自告奋勇，没人敢让她来做苦工。

“不识好歹！我不是担心你的安危吗？”宋妍不客气地斥完她，又无辜地哼道：“好歹本郡主也是有武艺傍身之人，哪里像你，手无缚鸡之力，勉勉强强爬个柱子都累死累活……”

不得不说宋妍确实是个彪悍的女汉子，嘴上喊着害怕，其实精神头却很好。不仅主动请缨陪墨九前往阴冢，在下阴冢时，还完全放弃郡主之尊，带了一些入墓器具与食物。身上负重，气喘如牛，她还有闲心与墨九唠嗑。

一个艮墓，考验的不仅是人心，更是人品。

墨九对宋妍的看法，和初见时相比，已有翻天覆地的变化。

于是与她玩笑也更随性。

“是是是，郡主巾帼不让须眉！幸亏有郡主保护，要不然，我死都不知道怎么死的……”

“嘘！”彭欣突地出声打断，“不要提死。不吉利！”

她的话，平添惊悚感。

众人顿时噤声，连呼吸都屏紧。

静寂中，风灯的火光弱得如同鬼火。

小心翼翼地坚持着，等到达谷底，发现下方也是一个平台，与阳冢类同。为防“阴阳杀”，这次下阳冢的人不多，火相对也少，平台上的景物不能全见，却有一股子阴凉的气息迎面扑来，让人骨头缝飕飕泛凉。

“哇！这就是阴冢了？”宋妍的好奇心与探险精神简直让人佩服，“古墓也……墨九，那把剑插在哪里？要不要也先堵柱子？我去数一数，柱子是不是有八根，是不是在八个八卦方位？”

看她经验十足的样子，墨九哭笑不得地拦住宋妍。

“不要乱走！”

“……没见有什么啊，你害怕啊？”宋妍奇怪地瞥她。

“无知者，才无惧。”

“咦，小寡妇你啥意思？”

“意思是你站好！”墨九与宋妍熟了，也不管她是不是郡主，一把将她扼住，四周观察一下，慢慢合眸，也不晓得是冷风吹的，还是“阴阳杀”的毒性激的，她不由自主打了个哆嗦。

缓了缓，她镇定心神，偏头看向宋熹：“有没有感觉到什么不对？”

宋熹掀了掀“防毒面具”，细细一嗅：“有怪味……”

“是有，我也闻到了，难道这个就是阴阳杀？”宋骜接过话头，莫名兴奋起来，一副跃跃欲试的样子，恨不得取下“防毒面具”，好好享受一下“阴阳杀”的销魂滋味。这种为了春宵一度，连小命都可以不要的风流种子，让墨九揉着闷痛的额头，鄙视不已。

“时间不多，准备干活吧！”

“是，钜子。”三名侍卫都是没经过事的雏儿，又戴了“防毒面具”，看上去都没有什么特殊反应，只是情绪略略有些紧张。

相比起来，最镇定的人是宋熹。也不知他在想什么，默默环顾着平台，他从侍卫手上接过一盏风灯，率先往深处走去，那镇定如常的表情，让墨九有些怀疑……到底谁才是会开机关的墨家钜子。

看来几个姓宋的都一样，太胆大了，半分不怕古墓机关。

这般想着，她自然不能让东寂涉险。

上前走近他，她高声道：“这个阴冢从布置上看，与阳冢一模一样，想来机关设计也是相对应的。大家先拿勾合胶堵气孔！”说罢她对宋熹道：“这里人少，得辛苦你的侍卫了……”

三个侍卫堵八根柱子比较耗时，好在宋妍也是个厉害的主，完全可以当一个男人用，而宋骜与宋熹也没把自己当尊贵的主子，与侍卫一起，飞快地利用“壁虎爪”上了柱子，按照墨九的吩咐寻找气孔并且堵上……

反而是墨九自己，爬高上低的确实不行。

拎着风灯，她克制着“阴阳杀”带来的蠢蠢欲动，为大家打着下手，不免感慨。

没有想到不仅宋骜功夫了得，便是斯文温和的宋熹也有一身不俗的功夫，看着他们这般英俊潇洒地上下石柱，她突然觉得这些男人真的很男人。这种文武兼备还长得英俊的家伙，换到后世，也就特种部队的兵哥或特警们可以相比了。

嘭！

阴冢的机关与阳冢果然差不多。

在机括的运转中，阴冢的石丘也艳丽地“盛开”成了一朵花瓣娇艳的莲花，中间的莲台上果然有一个剑鞘，在等着它的另一半合二为一。坟丘与莲台的大小、制作工艺与阳冢没有区别，精美得让墨九再一次叹服不已。

“美！真是美！”

想到阳冢等待的众人，墨九无法细细欣赏。她举着手上的宝剑，走入阴冢，将剑身慢慢插入嵌在石莲台上的剑鞘里……

铿一声，宝剑归位。

墨九退出阴冢，长松一口气：“好了，大功告成，大家准备撤退……”

轰！她话音未落，只听阴冢的莲花瓣缓缓合拢，而哐哐的机括声再次响起，似是新一轮机关在运转，声音比先前更大，盖过了他们的惊呼声……

原本被夜明珠照得透亮的高台，因阴冢合拢，沉入了一片昏暗之中。紧接着，地面像疯了似的轰鸣着，剧烈地痉挛起来，地动山摇般的癫狂里，风灯落地了，平台不知是在上升还是在下沉，淹没在一片伸手不见五指的黑暗中。

“小寡妇！怎么回事？”

宋妍在大声惊叫，可墨九喊她的话却传不出去。她的声音被剧烈的机括声掩盖了。身子也随着平台在颤抖，在颠簸，站立不住，也抓不住东西，踉跄几次终于滚倒，在平台的倾斜中，不停往下滑落。

宝剑入鞘，正是应了阴阳冢所指的“阴阳相合”，按理这个时候，机关破解，不仅太极棺可以开启，阴阳两冢也应当解除危机才对，为什么机关会又一次启动？

墨九也不知道发生了什么事，但相较于另外几个姑娘，她镇定得多。

“你们几个都还好吧？！”

她大声问着，却没有人回答。

黑暗里，惊叫声此起彼伏，有宋妍的，有侍卫的，也有宋骜的怒骂。几个人声音都有些颤，身子似乎也与她一样，在摇晃中倒在了地上，东倒西歪地滚动。

这般剧烈地摇晃着，墨九眩晕的脑子更痛了，胃里翻江倒海，忍不住呕吐，身子也无法控制下滑的速度。

黑暗中，一只手抓牢了她的手腕。

就在墨九以为将要沉入永远的黑暗之底时，那人的声音带着一点颤意，夹杂在轰鸣声、惊叫声里，却有一种令人心安的镇定。

“不要怕，护住头！”

东寂？墨九感觉到腕上的暖意，微微一惊。

“你小心！”她心惊肉跳地喊着，可此时巨大的轰轰声几乎搅碎了她的耳膜，她呼吸吃紧，额头冒汗，没有办法说更多，只能本能地抓紧那只胳膊。

黑暗里，宋熹身子僵了僵。

久久，他没有动弹，却传来柔和的一声。

"……抓紧我。不要放手！"

墨九没有听见，在一阵轰轰、啪啪、哐哐夹杂的疯狂呼啸中，她被摇得头晕目眩，只觉得那刺耳的怪声比惊雷闪电更可怕，甚至比她前世听过的电焊声还要让人崩溃。

一声接一声，机括持续震动，如同野兽在嘶吼。

整个天地间，似已天翻地覆，在颠倒，在下沉。

黑沉沉的空间里，几个东倒西歪的人已是神志不清。

"我不行了，我吐了，快死了……"

宋妍的声音从不远处传过来，墨九却觉得遥远如在天际。

她大声喊："宋妍，保护好自己！"

"我要你保护啊，九爷！"宋妍喘着气，还有心思斗嘴，"我怀疑是不是天快要塌了啊，不要啊！我不要送命在此，我还没嫁给六表哥啊！"

她的声音像在风中呜咽。

墨九听不太清，只灼灼望着黑暗，什么也看不见，也没法子过去扶她，身子忽而往左，忽而往右，那感觉就像飞机遇到了强烈的气流，颠簸得让她不停与宋熹挤压在一起。

心里有古怪的犯罪感，却又不可避免地暧昧相触。

对中了阴阳杀的墨九来说，这是一种考验……

毕竟宋熹是个温柔的男人，毕竟他对她也很好，毕竟他还紧紧拉住她的手，救她于危难……这般想着，几乎毫无征兆地，一种怪异的感觉就像蚂蚁爬上了原就酥麻的心尖，让她身子浮沉在这狂乱的天崩地裂间，欲望却无奈地攀升，无法自控……或者说，她控制了那么久，忍耐了那么久，此时已经到达极限。

"东寂你放开我……"

她低喊一声，死死咬住下唇，一双眼睛望着无尽的黑暗。其实她并不怕死，也不怕任何机关，却害怕在没有萧乾的时候，阴阳杀的毒性突然发作，让她失去理智与掌控……

可越是不想发生的事，往往来得越是猛烈。

也许是阳冢里的"阴阳杀"毒性，在阴冢带动之下来得更快……她汗珠子滚滚而落，脊背很快湿透，趴在石头上的身子几乎颤抖起来，与先前她眼里的玉嘉几乎没有两样，欲望的火焰瞬间淹没了她的理智，冲毁了她筑牢的底线。

眼前的景色变了。

她看不清，也不想看清。

"六郎……"她低唤。

有人在她耳边说着什么，她听不见，也不想听别人的，只知道自己很想念萧六郎。

想念他俊朗如清风高月的脸，温暖修长的手，还有那偶尔逸出唇边的一点笑容，不再冷峻，不再凉薄，只为她一人而绽放的温柔……

“萧六郎……”她低喃，“你在哪儿？”

低低唤着，墨九极力挣扎。

她未全然失去理性，想要唤回神志。

可她的脑子像缺了一角，只剩下一个人，也只有一个人。

宋熹离她最近，自然听清了她的呼唤。

他眼眶微热，手臂僵硬地揽住她，探了探她的额头，察觉到她的滚烫时，他呼吸也有些急促，一句话似从喉间模糊而出：“墨九？你再坚持一下！”

其实墨九能坚持到现在，定力已是极强了。

毕竟她曾近距离接触过艮柱的“阴阳杀”，毕竟她与萧六郎也是有情之人……能忍到现在，宋熹也佩服她。在她失控般的重重呼吸里，他紧紧扼住她，不让她乱滚乱动，自己一张脸也烫得惊人，胸膛高低起伏不停。

“萧六郎……他们不会有事吧……”若有似无的理智，让墨九恍惚想起一些事，想到了阳冢，她不晓得机关再启会对他们有什么影响，更不知道他们这一行人还能不能生还，但最最担心的人，还是萧乾。

“不会有事的！”宋熹说得斩钉截铁，“你管好自己。”

“我管不了自己了。”墨九闭紧眼睛，嘴和身子都在颤抖，“我快……快要不是自己了……”

“九儿！”宋熹也有些受不住颠簸，但他仍然紧紧搂住墨九，眼睛四处观望着，像一只潜伏在黑暗里的猫头鹰，随时准备伺机而动。

人最害怕的，是黑暗。因为看不见，潜藏在内心深处的恐惧就会完全浮上来。墨九失去了意识还好，宋熹却是清醒的。清醒地看着石台在天翻地覆地旋转，清醒地看着他们一次次与死亡擦肩而过，脑门上也布满了汗珠。

“九儿！”他突然惊喜地低吼，“是石台在上升……”

他的眼前突然浮现出了一片火光——正是在上面等待的侍卫。

“上来了！他们上来了！”

上面的侍卫听见了机括的轰鸣，却不知发生了什么事。

在紧张地等待着，他们看见石台，也不由得欢呼起来。

石台确实升了起来，几乎快与地面等平。宋熹松了口气，慢慢放松了墨九的手。可眼看石台就要与地面接壤，他却惊诧地瞪大了眼睛——石台竟然再一次旋转起来。

从下往上时，它是一点一点旋转的，而这个时候，旋转的力量与速度都加快了，几乎是冷不丁就从上方逆转到了下方……如果下方是空悬的，这样转过去，几个人必然活生生被摔死。

“小心！”他猛地往前一扑，一只手紧紧抓住石碑的边沿，另一只紧紧拖着墨九，将她整个搂在臂弯里，不让她身子往下滑，带着喘息大吼道，“抓紧，抓紧我！”

紧张的石台旋转，堪比恐怖大片……只可惜墨九意识模糊，完全感受不到。

说时迟，那时快，就在上面侍卫慌乱的嘶吼和注视之下，那个平台旋转一周后，再一次翻上地面，砰一声巨响，完成了与地面的整体对接，然后静止了下来。

机括声没有了，轰鸣声也没有了。

大地终于停止了它天翻地覆的折磨。

这样庞大的机关，摧枯拉朽的力量，让这些从未见识过的人一个个瞠目结舌，许久都没有动弹。

宋妍从惊愕中回神，突地弹起身，呱呱乱叫。

“人呢？他们人呢？小寡妇呢？我哥呢？”

众人跟着回神，这才发现，少了四个人。

墨九、宋熹、宋骜，还有彭欣。

像从一条透着冷风的长长甬道落下，墨九失重般天旋地转，耳鸣头晕，直到完全失去意识，昏厥过去，世界终于清静了。

风凉凉拂来，她额头的发，轻轻摆动……

再一次睁开眼，她没有感觉到太大的疼痛，眼前有一盏倒地的风灯闪着幽幽的冷光，四周都是石壁残垣。石壁上的壁画，漆皮早已脱落，被岁月的水渍侵蚀过，痕迹斑驳得像一个沉寂了数千年的古墓。

这是哪里？

她为什么没有摔死？

墨九有很多疑问，可她找不到人问。

四周没有一个人……哦，不对，有人。

她脑子稍稍清醒，发现有一个人被她压在身下，半点声息都无。

东寂？她慌乱地爬起来，意识有些回笼。

落地时，东寂应当是护着她的，她的重量完全压在了他的身上，以致他完全陷入了昏迷。好在呼吸还有，身上也没有明显的外伤，只是那张温和清俊的面孔上，眉头紧锁，似乎很难受。

“东寂？”墨九重重呼吸着，无力地掐他的人中。

可纵使她拼尽了最后的力气，他也没有反应。

“你可别死……我不想欠着你……”墨九瘫坐地上，撑着冰冷的石块，大口喘息几下，又慢吞吞爬起，趴伏过去掐他的人中——这是她知晓的最好的急救法子，也是她在饱受“阴阳杀”毒侵的时候，唯一可以为他做的。

“嗯——”宋熹悠悠转醒，似是受不得光亮，又似感到寒冷，眸子里有着短暂的迷茫。

与他对视片刻，墨九慢慢收回手：“你醒啦？”

“九儿？”他像是想到了目前的处境，猛地握紧她要抽离的手，像个惊喜的孩子，盯着她上上下下打量着，等确认她还活着，他突地将她的手慢慢贴在自己脸颊上，合上双眸，发出轻轻的一声喟叹。

“你还活着，太好了。不是做梦，太好了！”

墨九傻傻地看着他，呼吸不匀。

在她看来，两个人的关系没到生死之交的地步。

人性都是自私的，东寂却用性命相救，值得吗？

看到她还活着，他又至于这么惊喜吗？

“活着就好，你还活着就好……”

东寂不停喃喃，像处于什么惊吓中无法回神。

这样自言自语的他是墨九从来没有见过的。他向来冷静自持、沉稳贵气、温润和煦却也难以琢磨。一言一行，无不是长期的皇权之上修炼出来的圆滑。可这时的他，脸上有着难得一见的软弱……

一个高高在上的男人，尊贵的太子殿下，为何如此？

墨九想不通，也没有时间再想。

她收回手，努力拼凑着自己涣散的意识。

“东寂……”

“嗯？”他定定盯着她，不挪眸子。

“我脚痛，你拉我起来，我看看怎么出去。”

“好。”宋熹嘴里应着，可试了好几次，他却没能爬起来。

墨九半眯着眸子，虚弱地审视他，心里不免吃惊。

“你怎么了？受伤了？”

他摇了摇头，似是不以为意：“你扶我一把，我可以。”

“哦。”墨九弓起身子，使出浑身的力气扶他，可他额上汗水都急出来了，仍然没有像她期待的那样，好好地站起来，再给她力量与温暖。无奈地吐了一口气，他抱歉地笑，嘴唇有着疼痛煎熬的颤意：“九儿对不起，我帮不了你，你得自己去看。”

墨九慢慢从他的脸看向他的身子："你哪里痛？"

他再次摇头，笑了笑："不痛，恐是摔下来引发了旧伤，休息一会儿就好了。"

旧伤？堂堂太子爷能有什么顽固的旧伤？墨九深深看他一眼，揉了揉自己疼痛的脚踝，发现脚脖子肿得比上次在荆棘园被横梁砸中时还要厉害，好像是骨头脱臼了。

她慢悠悠拖着脚，靠石墙坐下，无奈轻笑。

"我也走不了啦！休息会儿再说。"

"也好。"宋熹目光闪烁着，脸上露出孩子般的欣喜和满足。那生动的五官上，笑容璀璨如同阳光，似乎墨九陪坐身侧，竟比能够逃生更为高兴。

她眨了眨眼睛："你还笑得出来，我们出不去了。"

东寂唇角依旧是上扬的，有一种孩子气的傻："出不去才好。"

墨九揉着疼痛发沉的额头，撇了撇嘴："你倒心宽，出不去就得饿死在这里。而且……"说到这里，她吸了吸鼻子，目光徐徐看向东寂，"你可有闻到什么味道？"

宋熹蹙眉静默片刻，摇了摇头，又笑道："生死有命，若是无法抗拒，纵是一死又有何妨？再说，便是此时不死，等垂垂老矣，也将终老而亡。那时，未必有此刻圆满。"

没想到他贵为储君竟能看淡生死，墨九略略有些意外，这样的人不应当都有野心，恨不得与他的帝国一起长生不老吗？还有……圆满是什么意思？

她困惑片刻，捂住鼻子，微微一笑："可我不想死，我还有很多事没做。"

尽管她语气很淡，可话里的眷恋骗不了人。

她舍不得萧六郎，舍不得与他还没有真正开始的爱情。

计划了那样多，做的却这样少……死了，岂不遗憾？

宋熹似是知晓她想表达什么，唇角勾了勾，也慢慢撑着身子挪过去，与她同样靠坐在石壁上，就着那一盏风灯昏暗的光线看向前方的石壁，没有言语。

静谧中的时光，过得很慢。

那古怪的味，若有似无地充斥在鼻端，墨九头有点大。她明显感觉到随着时间的流逝，体内的"阴阳杀"毒性不仅没有解去，反倒有催化的意思。可这里没有萧六郎，没有人可以为她治疗，甚至……毒发时逼不得已的"阴阳相合"都做不到。

墨九膝盖慢慢拱起，手指默默掐着大腿。

她不让自己哼出声来，也不想让自己失去理智。

而疼痛，便是最好的法子。

她的小动作很隐蔽，很小心。宋熹目视前方，没有动弹，也没有吭声，但他都看见了，也感觉到了她的挣扎与难受，却不知道当如何宽慰，甚至于，不知当如何面对……

这时的她，目光是妩媚的、多情的，很容易让人沉沦。

可惜，那个让她变得多情、妩媚的男人，却并不是他。

他有身为男人应有的骄傲，并不屑于乘人之危。

动了几次嘴巴，他终是一叹，紧紧抿唇，当作没有看见。

“六郎！”沉默中，墨九突地低唤一声。

宋熹微惊，偏头看过去。

她失神的目光，空洞、无辜。下唇被牙齿咬出了深深的痕迹，似乎刚刚经过了漫长的煎熬，终是受不住欲望的折磨，要破茧而出一般，眼睛一眨不眨地盯着他，眸底映着的人是他，眸色里有着无限的依恋，每一寸目光温柔地抚过来，都像点燃的一簇火苗，要把他燃烧成灰烬……

“六郎……”

墨九潮红的脸，温柔，迷茫，还有一种不若平常的脆弱，一张一合的嘴唇轻轻翕动，柔软的气息便从中轻荡，馥郁、芬香，令他口干舌燥，情难自禁……

狭眸微眯，宋熹握紧她的手：“九儿，还好吗？”

“六郎，我冷……”

墨九眸带媚意，盯着他慢慢爬过来，双手攀上他的肩膀。

“你抱抱我……我好冷。”

宋熹低头凝视她，心底微弱的火苗似被点燃，熊熊的烈焰在胸前燃烧，女子柔软的身子就像会惹火的桐油，每挪一寸，便燃烧剧烈一分，几乎让他无法自控。

掌心寸寸下移，他扼紧她的双臂。

他没有动，血液却在疯狂地流窜，呐喊……

二十八岁的宋熹正当血气方刚的年华，这样色动凡心的人间美景本就催人欲念，加之他对墨九本就存有渴念。此时，四处都无人，她又神志不清，便是他做了什么也不会有人发现……

他手臂情不自禁抬起，圈住她的腰，稍一用力便将她柔软的身子纳入怀里……幽幽的香，淡淡的暖，水雾般的眸子，怀里的女人像一个诱人的甜果，让他恨不得啃上一口。澎湃的激情让他几乎不可自抑，情动不已，她双手却越攀越上，越箍越紧，让他呼吸急促……

他握住她的手，呵于掌中，视若珍宝。

“别乱动！”他低喝。

她的手很小，骨格也纤细，便如书上所言的美人一般“弱骨丰肌”，暖暖的，滑滑的，像嫩白的豆腐，让他想要一口吞噬入腹……以至于他好几次想要遵循内心恶魔的邪恶召唤，抚摸她，亲吻她……

可终究，他也只是松开手，紧紧抱住她。

“现在还冷不冷？”

他听见了自己的声音在颤抖。

是激动的，也是一种压抑的，难耐……

墨九战栗一下，偎依着他：“冷……”

“不要紧，一会儿就好，他们很快就会来救我们的。”宋熹努力不去看她，也不去感受她的美好，嘴里小声喃喃，说着自己也不知道真假的话。

“六郎，你不要我吗？六郎……我喜欢你，我好喜欢你……”受了毒性蛊惑的墨九神志全乱，她呢喃着，似嘤嘤控诉，又似幽怨叹息，那柔软里带着薄薄媚意的声音，在这片安静的空间里格外让人迷醉……

“乖乖的，不要动……”宋熹再次捏紧她的手，恍惚中依稀看见她凌乱的衣裳下，喘息时微微滑动的锁骨，胸前玲珑妖娆的凸线，喉头不由得一紧，口干舌燥，额头青筋突突着，恨不能将目光化为流水，沉沦在她诱人的身子里……

“九儿，”他火热的掌心紧了紧，“我该怎么办？”

“……”她已是不知回应。

“我该拿你怎么办？”他温热的掌心抚上她的脸。

“嗯？”墨九咬着下唇，轻轻抬头，目光软软地看他，粉红的唇角还有一缕不小心咬到的发丝，一副媚眼如丝的小模样，却字字都是邀请，“六郎，六郎，你为什么不要我？你不要我吗？”

这样柔软的要求，男人很难拒绝。

若她嘴里的名字是他，宋熹必定再无所逃。

可她唤的，不是他……不是他。

他黑眸锁紧她的面孔，脐下似有火烧，炽烈的气流随着她一张一合的唇，迅速蹿入脊髓，四处流窜的血液像有生命的魔鬼，一声声嘶吼着催动他的心魔，诱导他的意志，让他想要躲开的视线又身不由己地胶着在她身上，深深被牵引……

欲之火一旦燃烧，便很难扑灭。

宋熹并非没有见过女人。

甚至他见过许多比墨九身材火辣的女人。

但他从不像此刻这般失态。

她妖精般的眸子，像会索魂的旋涡，沉迷其中便再不得解脱。

“六郎……”墨九像是感觉到了他的为难与拒绝，微微抬起身子，迷茫的眸子微眯着，慢慢抬手钩住他的脖子，宽松的衣袍领口松开，凝脂般的肌肤落入男人的视线，激起的是火山岩般爆发的火焰。她却完全不知危险，微微皱眉，半靠在他的怀里，亲密地看着他，手指还煽情地轻扯着他的衣服……

“你不要不理我……六郎……我是阿九……”

“别动！我让你别动！”宋熹抓住她的手，似是有些恼怒。

可低斥一声，他不知是在斥她，还是在斥自己的无能为力……他颤抖的手又慢慢抚上她的后背，宽慰般轻拍着，失去控制的理智游弋在冰与火的边沿，想要抽身远离，又恨不得就此流连在她柔软的肌肤上。

他怀疑中了毒的人到底是谁……

有那么一瞬间，他发现自己比她中毒更深。

可她渴望的人……终究不是他。

“六郎……”她迫不及待，又唤一声，期待的眼神凝在他俊美的面孔上，觉得这张脸比任何时候都要温柔，也再无半分刻板。她似乎很满意，又喘着气去抚他的脸：“六郎，你今天真好……真好……我喜欢你温柔的样子……”

他突地紧紧闭眼，心尖似被蜇痛。

挣扎不堪的是灵魂，指挥行动的还是理智。

等他再次睁眼时，目光清朗了几分。轻拍着她汗湿的脊背，他费劲地将她扶坐起来：“墨九，你醒醒！……看看我是谁！”

墨九也想醒，可她醒不过来。

她脑子里的世界，与他眼中的世界不一样。

她仿佛徜徉在一个温暖如春的屋子里，有书香、花香，窗明几净，有阳光晶亮地照射在檐角，墙角的香炉架上，熏香阵阵，清幽的香味让她昏昏欲睡。还有萧六郎，他笑颜如画，就那般温柔地笑看着她，轻轻拥抱她，高远出尘……

可她不满足于他这样的对待。

她的心里住了一只魔鬼，它嗜着她的血，控制她的灵魂，鼓噪她的神经，让她想要得到更多，想要与他做一对交颈的鸳鸯，想让彼此得到真正的……最深的归属，最快活的合二为一。

可他总是躲着她。

她缠得越紧，他推拒得越厉害。

可他也关心她，总不会走得太远。

难道是六郎害羞吗？古人总是矜持一些的。

她寻思着，不满意地噘了噘嘴，试探性扯他的衣衫。

“六郎……你晓得……我中了阴阳杀的毒的……你就从了我吧……”

都这样了，还知道自己中了毒？

都这样了，还这般强势，要让人家从了她？

宋熹不知该哭还是该笑，握紧她作乱的手，已是气喘吁吁。

"墨九，你再不清醒，我打你了！"

"……不要……不要这样对我嘛。"六郎依旧退避着，这让墨九又有点恼，又有些委屈，一张受"阴阳杀"毒性引起的潮红脸，更是艳若三月桃花，声音也娇若滴水，"六郎，就一次……你就从我这一次……好不好吗？"

她紧张的颤声，抓挠着他的心。

随着时间的推移，她也越发言行无状……

每一个眼神，每一句话，都似要他的命。

可宋熹仍是强自扼住她两侧的肩膀，试图唤醒她。

"墨九，你知道自己在做什么吗？"

"嗯。"墨九的脸红扑扑的，带了点羞涩，"我想要你，六郎……"

宋熹一双黑眸如同火山爆发，突地戾气加重。

为什么他这么大张脸在她面前，她硬生生认不出来，却满心满口都是不在此处的萧六郎？他心里恼着，不由自主加重了手劲，摇晃着她的肩膀。

"看清楚，墨九，我不是萧六郎！"

墨九似乎有刹那的惊讶。

她傻傻看着他，似乎分不清楚他是谁，而自己又是谁，更不知道如今两个人在哪里，一切意识都涣散着，仿佛泡在柔软的浴桶之中，昏昏沉沉。

"你是谁？"

她舔了舔嘴，唇上润泽得似诱人深入。

这个小动作差一点把他逼疯，他紧紧盯住她，像一头饥渴已久的野狼盯着自己的猎物："我是……"停顿一下，他凑近她的面孔，逼视道："我是谁，墨九真的认不出来？"

"六郎……"

"我说我不是！"

墨九的心突地一窒，有些惊醒："不是六郎……"

她想知道他是谁，可被他摇来摇去，她脑袋都快要爆炸了："我头好痛，你放开我……我不认识你。"

一句"不认识你"，让宋熹目光幽暗，似乎被激怒，忽地钩住她的脖子便把她拉扯过来，紧紧圈在怀里，盯着她红粉的唇瓣。

"墨九，是你逼我的……"

墨九一怔，似乎本能地感觉到了危险，惊骇地推他。

"……走开！六郎！六郎……快救我……"

她越喊萧乾，宋熹越是生气。

他束紧她的身子，郁郁的声音似在发狠："说你认得我，我就放开你……若不然，我就如你所愿……你不是想要吗？我给你！”

说到底，他并不想伤害她，甚至也没有想过真的要逼她，若不然他也不会费尽心思地唤醒她，结果吃力不讨好了……他只是心理失衡，想要得到一个肯定的回答。

可墨九被毒性烧去了理智的脑子，自从认知里接收到他不是萧六郎的信息，就整个混乱了，她也不管面前的男人是谁，双手拼死般推搡着，抓挠着，抵御着毒性的作用，大声喊。

“六郎……六郎！萧六郎……”

她慌乱下的抓挠，又狠，又重，宋熹始料不及，左脸颊被她挖出一条长长的血痕。他吃痛地闷哼一声，却没有放开她。

“好尖的爪子，墨九，你可真狠！”

宋熹被她气得笑了起来，脸上的疼痛也让他因生气而走失的理智又回来了。他紧紧拥住她瑟瑟发抖的身子，轻拍着她的脊背安抚：“好了好了，我和你玩笑的。我是……东寂，我是东寂啊！我不会伤害你的。九儿，你清醒点。”

“你走开！”墨九死死扯住衣裳，拼命挣扎，“我不认识你！”

短距离的混战中，宋熹为免她抓伤自己，右边脸颊又挨了一下，脖子上也成了一片重灾区。低头看着癫狂一般的女人，宋熹有短暂的停顿——她的神志自始至终是不清醒的，可这样疯狂的她，却让他的怒气慢慢散去。

有一种伤，是痛到极致的麻木。

他重重喘一下气，背靠着石壁，由着她抓挠，一动也不动。

她爪子其实不尖，却极有办法抓人。

一下一下，小野猫似的，速度渐渐慢了下来。

这般发泄着，似乎让她清醒了许多，发疯般的手终于无力地垂下了，目光茫然地看着面前的男人，有种不知所措的可怜迷茫。

宋熹没管身上的疼痛，看着她问：“好些了？”

墨九没有回答，似乎仍在思考……

这个时候，昏暗的空间突然传来一片火光。

接着头顶上方便传来人声、喊声和涌动的脚步声。

“太子殿下！你在哪里？”

“钜子，你们在哪儿啊？”

“小王爷……小王爷……”

“墨九！”

最后这一声低喊，落入墨九的耳朵，让她迷茫的目光一亮，微微顿了顿，她像是反应过来什么，使劲晃动一下疼痛的头，启开干涩的嘴唇，轻轻低唤：“六郎……”

可惜这声音太低、太哑，只有宋熹一个人听见了。

而赶在她下一声呐喊出口之前，宋熹就捂住了她的嘴巴。

“不要出声！”他低喝。

墨九双眸瞪大，一眨不眨地盯着他，目光满是疑惑。

火把都在石洞的上方，那些寻找他们的人似乎还在寻找具体位置，声音忽远忽近。墨九生怕他们离开，急得心胆俱裂。

嗯！她死死瞪着宋熹，不明白他为什么这样做，目光里的疑惑也已然变成了满满的憎恨。

她没有办法说出口，宋熹却明白她的意思：她恨他不让她喊萧乾，恨他阻止她与萧乾见面。

可她无力动弹，也没有办法抗拒他的紧束，只拿那失望与痛恨的眼神看他。

小石坑里光线太暗了。

上方炽烈的火光，照不见这里。

墨九的心都提到嗓子眼里了，她疯狂地想见萧乾。

于是宋熹的居心，被她猜测得极端恶毒……

片刻，他与她对视，苦笑一声："你愿意人家进来看见我们衣衫不整的样子？”

他们都走不动，如果人家第一时间闯进来，那画面确实很容易被人想得不堪，再加上她身上的“阴阳杀”，不知道会被人传成什么版本……墨九脑子并不清醒，可隐隐觉得宋熹说得似乎有点道理。

“是。”她嘴唇翕动着。

她不能让萧六郎看见她这狼狈的模样，哪怕她与宋熹什么也没有做……她更不想自己像玉嘉一样，在众目睽睽之下被人看荡妇似的围观。

原来是她误解了……东寂只是为了维护她的名声。

她冲他眨了眨眼睛，示意知道了。

宋熹似被她的乖巧刺痛，目光微微一沉："我放开你，你不要喊，我们先整理好衣裳……”

墨九再次点头。

“快着些。”他放开了她，也动手整理自己。

衣料的窸窸窣窣声里，他忽地转头，似是随意地问："墨九，若有一天，你爱上了一个男人，可他不爱你……你想放手，却做不到，会怎么办？”

“嗯？”墨九双手不停颤抖，昏沉的脑子嗡嗡作响，像被人塞进了十公斤乱麻，整理凌乱的衣裳都有些吃力，哪还有思考的能力。

他紧紧盯着她，微微失神。

这时，石洞上方的嘈杂未止，一盏风灯却从上而下照进来。

那个地方像是被机括震出的斜坡，光晕里的人缓缓下来，停在石洞口，顿了顿，又慢慢走近。

“不要过来！”宋熹看墨九没有整理好，低喝一声。

那个人又停顿一下，然后似乎没有受到太子爷的威慑，脚步越来越近，走得很稳，很慢，衣袍袂袂间，带出一阵窸窣的声音，停在墨九与宋熹面前。

“好了吗？”

墨九迷茫的视线有刹那的犹豫：“六郎？……”

至今为止，她都像在做梦一样，有些分辨不清眼前这个人是真的六郎，还是像先前一样都是幻觉。荒芜感与梦幻感让她无法确定任何人与事，可她的质疑与困惑，脸上的潮红，还有凌乱的衣裳……却让萧乾幽暗的眸子更加阴沉了几分。

他慢慢转眸看向宋熹，没有说话。宋熹也不动声色地回视着他，两个男人的视线交接处，便是火光碰撞，电流涌动……

萧乾的不理睬，让墨九被毒性挑逗得本就脆弱的神经几乎崩溃。她垂下手，昂着脖子，像一个受了委屈的孩子，眼睛一眨不眨地看着这个异时空里她唯一想要依靠的男人。

凝滞的时间，过得很慢。

三个人的心，每一秒，都似受着蚕食。

终于，萧乾慢慢蹲身，把墨九从宋熹怀里扶过来。

“阿九……”

沉沉唤出她的名字，他喉咙像被人扼紧，再无声息。

墨九瘪了瘪嘴巴，可怜巴巴地看着他，眸底似有泪雾浮起。

“六郎？这次真的是你……”

“是我。”他将身上的风氅脱下，紧紧裹在墨九的身上，然后把她拦腰抱起，声音似沉在一汪深潭里，含糊不清，却有自责，“是我不好……我来晚了。”

从头到尾他没有与宋熹打招呼，却在出去的时候，踩熄了洞内那一盏唯一的风灯，然后大声斥责道：“太子殿下受了重伤，你们还不下来？愣着干什么？”

黑暗有时候是一种极好的保护，禁军们听见他的声音，又惊又喜地拥了进来，萧乾却趁着这混乱的时刻，抱着怀里的墨九径直离去。火光闪烁，人影憧憧，几乎没有人发现墨九脸上布满了春情的颜色，更不会有人知道这里发生了什么，一个个齐齐高呼着“太子殿下”，前往救助宋熹了。

火光都被丢在了脑后，像星火一般在移动。

墨九看着，看着，昏昏沉沉的头越发不得劲。

她紧靠在萧乾的肩膀上，圈住他的脖子。

“六郎，我以为再也见不到你了……”

他低头睨她，声音有着怪异的沉闷：“不管你在哪里，我都会来。”

“哦……”墨九半合着眼，总觉得他脸色不好，可理智未回笼，她又梳理不清，“可是，你……不高兴？”

“阿九。”萧乾爱怜地顺了顺她的发，又拢紧风氅，把她裹在怀里，“什么事都没有了，一切都过去了……你闭上眼，休息一下。”说罢，他低头吻在她的额头，专注地吻着，有眷恋，有怜惜，还有一种说不出来的伤感。

“六郎……”墨九哽咽。

这样的他，让从九死一生般的煎熬中活过来的墨九，突然很想痛哭一场……她相信这个世上，再也没有一个男人会像萧乾这样对她好。更重要的是这个男人，她也想要加倍对他好。

……幸而一切危机都过去了。

他们未来还有很长很长的时间，可以好好爱彼此。

微微一笑，她躲在他肩窝里，唇愉快地上扬着，声音轻悠、迷茫，却比想象的镇定：“是不是可以出墓了？”

“是。”萧乾赞许道，“阿九不愧为钜子。”

“仕女玉雕……拿到了吗？”她声音浅浅的，似睡非睡，似醒非醒，呼吸里有着迷醉似的混沌。

“拿到了。”

“哦。”额头在他肩膀上擦了擦，墨九慢悠悠抬眸，水灵灵的眼珠子一动也不动地盯住他的脸，“那六郎现在可以解释一下，之前那什么腮凝新荔、鼻腻鹅脂的意思了吗？”

没想到她把这事记得这么清楚。

萧乾怔了怔，轻声失笑，眸底有一抹促狭的光芒。

“意思是，你胖了，腮像荔枝那样圆，鼻子如同鹅嘴，又扁又平……”

“萧六郎！”墨九有气无力地哼哼着，生气地掐他。

“……小心眼的妇人。”萧乾沉声轻笑，却任由她使坏，并不阻止，这样骄纵着自己的萧六郎，让经历大劫的墨九心里涌出一种感恩般的温暖，她再次揽紧萧乾的脖子，将头靠在他怀里。

“可是我还……中毒了。阴阳杀，是不是解不了？”

“当然……”他低头，目光里似在闪烁，“可以解。”

“怎么解？”墨九满目希冀。

“嗯，等回去再告诉你。”

"又这样……"她呻吟。

"……睡一觉，乖乖的。"

他低低的声音，在冷凉的风中薄而哑，清而透，像带着某种催眠的魔力，原本被"阴阳杀"撩得欲死欲仙，又被东寂吓得满身冷汗，一会儿惊醒一会儿混乱的墨九，只觉眼皮越来越沉，尽管还有很多话想和萧六郎说，却渐渐抵抗不住周公的召唤，缩入他的怀里沉沉睡去。

从无穷无尽的梦境中醒过来，墨九一身冷汗，喉咙却干得像要冒烟，身子也难受得如同被架在烤架上，受着火的炙烧。

她慢悠悠睁开眼，四周一片黑暗，除了她自己灼热的呼吸，半点声音都没有。

这是在哪里？难道还未出艮墓？

她微微一惊，昏昏沉沉地想着，就想撑身而起。

可四肢像被人抽走了力气，滚烫的身子也似被放在烤架上，热得甚至有一丝丝干燥的疼痛，嗓子眼也涩痛无比，不过，身下柔软的被褥，还有空间里熟悉的香气，让她渐渐意识到……她真的出艮墓了，如今就在枢密使府里，而且还在萧乾的房间里。

"萧……六郎……"

她试图唤他，可声音太哑，嗓子太痛，近似喃喃，根本就无人听见。

难道她身上"阴阳杀"的毒还没有解？

闭了闭眼，她感受着滚烫的呼吸，觉得大有可能。

"来人哪……"

又一声呼唤，依旧没有人回应。

可这一回，紧紧闭合的帐子却慢慢被掀开了。

不见人影，窸窸窣窣的声音里，有一个毛茸茸的东西蹭了进来，小心翼翼地舔了舔她的手。

"旺……财……"墨九看着黑暗里隐隐约约的狗脑袋，满是惊喜。

艮墓这一次的惊险，比坎墓与巽墓更甚，大难不死得见旺财，墨九有一种久别重逢见到亲人的感觉。

若是可以，她很想紧紧抱住旺财，可这样简单的事，她也无力完成。

旺财似是感觉出来她的不舒服，两只爪子搭在床沿刨了刨她，又乖乖地伸出大脑袋，细细地舔她的手。

温热的舌头在手背游弋，墨九嘴上都是笑，慢慢去抚它的狗头。

"财哥……他们人呢？"

旺财当然不会回答，两只黑葡萄似的眼睛看了墨九片刻，又低下脑袋，像是安抚一般舔了舔她，身子便灵活地奔了出去。

不过片刻，就有一阵急促的脚步声传来。

紧接着，墨九感觉到有人急切地到了床前，先是探了探她的鼻息，然后松口气，又把掌心放在她的额头上。

冰凉凉的手，很是熟悉，熟悉得让墨九几近感动……

可这人是以为她死了吗？

墨九刚想笑，那人就骂了起来："你个不省心的，可吓死姑姑了。"

带着哭腔的指责，亲切，熟稔。墨九唇角缓缓拉开一个笑容。

"姑姑……我又没死，用不着你办葬事，还得随礼……伤心什么？"

"呜，你个鬼丫头，还说，还说！"

墨九低笑一声，转着眼珠子，看着黑黝黝的房间："几时了？你怎么不点灯？"

蓝姑姑泣声里又带出一抹笑："三更天了！我被旺财拉进来，以为你出了什么事，太过着急就……等着，我去掌灯。"

这么傻的人，也只有蓝姑姑了。墨九在黑暗里又微微一笑。

灯火的光线暖融融地照亮了室内，墨九不太适应地眯了眯眼，看蓝姑姑又哭又笑的样子，她无力地皱了皱眉头。

"萧六郎呢？我在他的房间，他又去了哪里？"

"唉！"蓝姑姑重重一叹，目光有些游弋。

看她这欲言又止的样子，墨九就着急："怎么了？"

蓝姑姑摇头道："姑娘，你昏迷这两日，出了些事。"

姒锦 作品

孤王寡女

《2》

忆风流 下

青岛出版社
QINGDAO PUBLISHING HOUSE

第七章　我看上的人，就是我的

墨九打量着蓝姑姑的神色："什么事？"

"太……太多了！"蓝姑姑不知如何开始说起，想想又摇头，"姑娘身子骨不好，还生着病呢，这些事早晚会知道，不急于这一时……"

"说！"墨九慢悠悠的。

"萧使君吩咐了，不让你理会杂事，安生养病就好……"

噫一声，墨九乐了，微微抬头瞅她："姑姑到底吃的哪家的饭？什么时候成了枢密使府的奴才了？"虚弱地拖长嗓音，她又道："不然你回头别跟我，直接在枢密使府当差好了，反正萧六郎家大业大，比跟我这穷主子好。"

"呃！"蓝姑姑扯扯头发，"我……说。"

这些事涉及的人太多，蓝姑姑又没有直接参与，说来就复杂了。东扯一句，西扯一句，她花了约莫半个时辰，方才把自己知道的事告诉墨九，当然，也顺便加上了一些心得体会。

原来那日阴冢机关在启动的同时，阳冢的机关也随之启动了。只不过阳冢是地面下沉，阴冢却是上升。到机关静止的时候，阴阳两冢之间的距离，几乎成了平行线，吊桥上方的太极棺也落了下来，棺盖是打开的，苏逸领人过去，轻松地从中取出了仕女玉雕。

艮墓的仕女玉雕，苏逸上交给了朝廷。

当时从阴冢落下的人，除了她与宋熹，还有宋骜与彭欣。

一个太子，一个皇子，一个巨子，还有一个圣女。不得不说，失踪阵容很强大，差点没把禁军与墨家弟子们吓死。一群人分头寻找，又从艮山门调派了人手入艮墓，几乎快把艮墓翻转过来了，然后在阳冢下方的一个斜面山洞里发现了她与宋熹。

等萧乾带着墨九离开后，他们救出宋熹，最后在阴冢附近的一个小山洞里，找到了失踪的宋鹜与彭欣……

“只可惜，还是晚了一步……”

蓝姑姑说到此，重重一叹，再次欲言又止。

“我真服了你了！”就像看小说到精彩处，突然结束，那挠心挠肺的感觉简直让人恨不得拧作者的脖子，墨九为宋鹜和彭欣悬着心，不由得狠狠一瞪，“结果如何？他们没事吧？”

“怎会没事？作孽啊！”

“快说！”

“那小王爷和彭欣姑娘……哎哟！简直……”蓝姑姑拍拍嘴巴，一副忍不住要八卦，又不得不装出“不好意思”的矜持样子，瞅得墨九不由得想笑：“我保证，不管你说什么，我都不会笑！”

咳！蓝姑姑再咳一声，到底还是说了。

……原来那日禁军找到宋鹜与彭欣的时候，这两个人正纠缠在山洞的黑暗角落，办那“好事”。小王爷在机关启动时，脸上的“防毒面具”不知掉哪里去了，等待救援时，他吸入太多阴冢里的“阴阳杀”，依了他的风流性子，自然支撑不住。而彭欣在阳冢其实就已中毒，能坚持到那时，本已是强弩之末，再受小王爷一撩，干柴遇烈火，哪怕两个人都受了伤，也没能阻止那熊熊燃烧的激情，搞了个翻天覆地。

“也不晓得究竟是什么毒物那样凶猛，禁军见到小王爷时，他浑身上下都在流血，似是伤得不轻……可你说吧，人都快没命了，竟然还在彭姑娘身上不肯离开……”蓝姑姑好笑地压低嗓音，“我听那些人私下嚼的舌根子，姑娘，你说好笑不好笑？”

墨九凝重地看着她，不笑。

被她严肃的目光惊到，蓝姑姑笑容僵住，顿了片刻才想起，她家姑娘虽然嫁了三次人，其实还是个雏儿呢，哪里晓得男女间那点事？自己呸了一声，她红了脸：“是姑姑不好，不该与姑娘说这些污烂事……”

“我不是不想笑，而是一笑，这里痛。”墨九嘴唇抽搐着，抚着胸口，从想笑又不能笑的痛苦中冷静下来，又问：“他们没啥事吧？我是说……死不了吧？”

蓝姑姑翻个白眼，摇头道：“他们两个还算命好，那样掉落下去，竟然捡回了两条命。只是如今都伤着，萧使君在治呢。小王爷还好，皇子之尊……只可怜了彭姑娘，好端端一个大姑娘，就这般被人糟蹋了……连个名分都捞不着。”

“哦？”墨九斜眼看她，“这话怎么说？”

“小王爷府里姬妾那般多，便是彭姑娘勉强抬个妾位，也是委屈……”

“妾什么妾！”墨九哼声，“不能做妻吗？”

彭欣跟她关系不错，宋鹜又是一个游戏花丛的混账，一男一女，一冷一热，刚好绝配，而且宋鹜那样的性子，最合适让彭欣用来养蛊，喂他一只虫子，好好整治一下，也算替天行道，为民除害。

她想得挺欢乐，却被蓝姑姑泼了冷水。

“姑娘也不想想，小王爷虽没娶正妻，可彭姑娘的身份，又如何做得小王爷的正妻，做得南荣的王妃？”蓝姑姑咸吃萝卜淡操心，就像自家闺女被欺负了一样，叹息不止，“这件事我也就告诉姑娘了，可别往外说。皇室秘闻，哪个敢胡乱嚼舌根子？”

墨九无语看她：“没人嚼舌根，你咋晓得的？”

从古到今，管天管地，就是管不住老百姓的喉舌。墨九晓得宋骜和彭欣两个都没有生命危险，也就放心了，不再去想他们荒唐的一日艳情……

说到底，她真正关心的还是六郎。

当然，还有东寂的伤。

然而蓝姑姑就像存心与她作对，一张嘴皮上下翻飞，说完了宋骜与彭欣，又说玉嘉公主如何中毒，从艮墓抬出来时，都蒙着纱帐，直接抬回了宫，没让外人瞧见，只听说病得不轻，皇帝和谢贵妃又如何为她着急，反正就是没有说到墨九想听的。

“那公主没死吧？”墨九有气无力，懒洋洋地问。

“死什么？她是因祸得福了……”蓝姑姑随口一嗔，觉得失言又瞥一眼墨九，换个话题：“倒是太子爷伤得不轻，听说怕是起不来了，一辈子都得在榻上度过。唉，儿子女儿都出了事，陛下就差把太医院搬到东宫去了，可太子爷仍是没什么好转……”

东寂伤得这样严重？

在石洞里的经过，墨九印象不是太深刻。先前醒过来时，她也曾认真回忆过，可很奇怪的是，就好像某根记忆链条突然断裂一般，隐隐约约有一点印象，却又像在回忆一个迷茫的梦境，细节与对话都不太真切。

“六郎呢？萧六郎没去看看他？”

东寂是太子，是储君，发生这样大的事，萧乾恐怕很难推托不治的。

她这样寻思着，却见蓝姑姑扁了扁嘴巴：“萧使君是今日才去东宫的。说来也奇怪，他连玉嘉公主都施了药，就是不肯治太子爷。任凭旁人说什么，任凭国公爷把口沫都劝干了，他也不为所动。这不，今日陛下亲自请他过去，也不知说了些什么，他却又肯了。”

这个中有什么猫腻？

按理，萧乾不该捋虎须才对啊？

她心里有一万个为什么，但蓝姑姑没有办法回答她。好在，她实在太虚弱，问了几句身子便有些撑不住，瘫软在那里有气无力的。不多一会儿，便呼吸均匀地睡了过去。

蓝姑姑看着她的睡颜，为她落下帐子，叹一口气。

“好好睡吧。姑姑不告诉你，也是为免你难过。”

宫里头的事，蓝姑姑并不完全知晓，可今日晌午她去灶上为姑娘拿药的时候，一个婆子却说，薛小郎回来取萧使君的药箱时气愤地说了一件事。那个玉嘉公主在艮墓中毒时，不知羞耻，一声声浪叫“萧六郎”的名字，也不晓得怎的，被传扬了出去。

现下若萧乾不娶她，不仅玉嘉自己丢人，皇室的脸面也没处安放。于是皇帝召萧使君进宫，是要招他做驸马的，听薛小郎的意思，萧乾是答应了。蓝姑姑觉得萧六郎是个聪明人，若是他不愿意做的事，想来旁人也逼迫不了他，哪怕是皇帝也不能。他既然答应了，就必然有他的思量或者无奈……

原本他做驸马是一件好事，可想到墨九，蓝姑姑怔了怔，坐在床头琢磨了好半晌也没有琢磨明白，只能抚着旺财的毛长吁短叹。

“萧使君若成了驸马，姑娘可怎么办啊？！”

萧乾回府的时候，天都快亮了。

回房看见蓝姑姑坐在床边打盹，他没有惊动她，只轻轻撩开帐子看了看墨九，见她也睡得熟，他凝视半晌，默默为她盖好被子，掩上房门，让人备水沐浴去了。

他是一个有着严重洁癖的人，不管多忙碌，每天的洗浴是不会少的。从净房出来时，见他系着袍子，薛昉赶紧上去帮忙：“使君，趁墨姐儿还没有醒，你赶紧去床上歇会儿吧？你守了她两日没有合眼，这样下去，怕是撑不住。”

“不用。”萧乾擦了擦头发，不等干透，就把帕子丢给薛昉，径直去了墨九的房里。

这一回蓝姑姑听见了脚步声，抬头看见是他，差点没吓掉魂：“萧使君，你回来了？我可什么都没有说……”

萧乾摆手阻止她：“姑姑下去歇了吧。”

“哎。”蓝姑姑晓得她能得到萧乾的尊重，被他唤一声“姑姑”，是因为墨九尊重她，这是托了她家姑娘的福。可她不明白，萧使君应了陛下的赐婚，要怎样安置她家姑娘呢？

脚步迟疑地往外挪着，蓝姑姑一步三回头。

终于，她忍不住停下来。

“老奴有句话憋着不踏实，想问问使君大人……”

萧乾盯着墨九的脸，声音很柔：“嗯？”

以一个奴才的身份去问萧乾的终身大事，蓝姑姑知道这不合适，即使是为了墨九也说得支支吾吾：“老奴是……是想问，使君是不是要……”

说到此，她突地瞪大眼睛，看着床上。

“姑娘？”

墨九屈指敲了敲额头，打了个哈欠，神色迷乱地盯着她，又看一眼坐在床侧的萧乾，目光闪过一抹惊喜，随即困惑道："你们在说什么？要说又不说大声一点，跟蚊子似的，吵死了，害我睡不踏实……"

"没……没什么事。"蓝姑姑看萧乾皱眉，收回目光，朝墨九僵硬地笑了笑，"姑娘与使君聊着，老奴出……出去了。"临走她冲墨九挤了挤眼睛，便退了出去。

墨九失笑："一把年纪，还卖萌。"

瞥着蓝姑姑的背影，她抿了抿嘴，终于把视线挪到萧乾的脸上，情不自禁温柔了许多："这两日辛苦你了……六郎累坏了吧？"

这般"温柔贤惠"的话，很少从墨九嘴里说出来，萧乾扬唇笑了笑，以示自己无事。然后坐近一些，他欠身掀开她的被子，将她的手拿出来平放在床上，为她诊脉。

"怎么样？"见他久久无语，墨九问。

"好多了……"萧乾抽回手，看她满是疑惑的样子，似乎了解了她的想法，淡淡道："阴阳杀的毒性还未清除，只是暂得控制。我让人捉了阳冢的南阳蛛回来，定会想到法子……"

原来如此。

与他对视片刻，墨九越发心疼萧六郎。

神医不是那么好做的，艮墓中毒的人那样多，都指着他来治，还有太子、皇子、公主，伤的伤，中毒的中毒，皇帝那边可能也难应付。他一人之力，又岂能周全？

墨九起不了身，只能慢慢伸开双臂，示意他抱。

萧乾怔了怔，俯身在她的被子上，象征性地抱了抱。

"时辰还早，你再睡一会儿。天亮我叫你。"

这一抱太敷衍了。墨九敏感的神经微微一抽，只道他忧心她的身子，也没太在意。而且，这两日发生的事情她虽然没有亲见，却看得见他眸底明显的红血丝，可以想象他到底有多累心。

她心疼地抚他的手："六郎也去睡会儿，瞧把你累的！治人之前，先把自己身体养好。"

萧乾唇角上扬："没事，我坐一会儿。"

墨九已经睡了两日，心爱的男人又坐在床侧，她怎么睡得着？考虑一瞬，她理解他担心自己的身体不愿离去的心思，甜甜一笑，突地拍了拍床，目光里露出一抹暧昧的邀请："你若不愿离去，索性躺上来，我们说说话。待你困了，就在这儿睡下。"

墨九与他已极为亲近，觉得躺在一起并没有什么。

可萧乾却拒绝了："你脚上有伤，我睡觉不老实，不能祸害你。乖乖闭眼休息。等天亮了，我为你换药。"

他语气温柔，态度却很坚决。

停顿片刻，墨九审视着他，终是点点头："好。"

即便是恋人之间，也不好勉强对方做不愿意的事，这是墨九的原则。一定要给萧六郎最大的私人空间，也是她一直以来的行为方式。因为她自己也是一个爱好自由的人，若做了恋人只彼此束缚，那就失去了在一起的初衷。

他并没有出门，坐在身侧，呼吸很轻。

然而墨九闭着眼睛，却怎么也睡不着。

这样静寂的时间，很沉闷，让原以为醒来见到萧六郎一切都会变得更好的她，有一点小小的郁闷。不过她是个乐观的人，她知道萧乾太累，不可能太过顾及她的情绪。既然她身子不好，帮不上他的忙，那就老老实实躺着，不要作妖。

天亮的时候，墨九迷迷糊糊睡了个回笼觉。

她听见萧乾刻意放轻的脚步声，也听见他在门口吩咐下人为她准备早膳，还有她的药，事无巨细，他都交代得很清楚。

墨九紧紧眯着双眼，在晨曦的清醒中，听着他好听的声音，还有他在小事上体现的怜爱，心情格外美妙。陪伴的、呵护的、细心的萧六郎……想来今后是可以做一个合格的丈夫了。若往后的日子，只有他与她在一起，再没有那些讨厌的人和事，是不是就是她的幸福人生？

“再等一下就可以吃东西了。”

头顶的声音，分明是在对她说话，在遐想中做美梦的墨九猛地眨了眨眼皮，不好意思地睁眼瞪他：“你怎么知道我醒了？”

他慢腾腾坐下来：“天亮了，我唤人来伺候你洗漱。”

这句话半点都不幽默，甚至他都不接她的话。墨九怪怪地扫他一眼，心思变得有一点沉重。她也是个敏感的人，尤其身上有云雨蛊，他的情绪稍有不对，她就会第一时间感觉出来。

“萧六郎，你有事？”

“嗯？”他皱了皱眉，又道，“你身体虚弱，不要胡思乱想。我不会有事，什么事都不会有。”他斩钉截铁地说完，起身从桌上倒了杯水，在掌心焐了焐，等温度适宜，方才扶住她身子，喂给她喝。

墨九喝着水，瞟他一眼：“可是我也会担心你……”

“你乖乖的，我就省心了。”

“哦。”墨九偷瞄着他，视线一点点扫视着他的脸，“不过两日而已，六郎却消瘦不少……你老实说，这两日，是不是没有好好吃东西，也没有好好睡觉？”

他放下茶盏：“这两日，你时好时坏，我不敢远离。”说到那过去两日的艰难，他脸上没有倦意，只有淡淡的丝丝柔情。末了，又把她受伤的脚从被子里拉出来，为她上药。

墨九看得出来，她的伤这两日得到了很好的处理，比起那日在艮墓里已是好了许多。

药膏清凉的味一入鼻，墨九就知道这是萧六郎的独家敷药。

“好闻，一点不像药！倒像香水……”

“香水？”他似懂非懂。

墨九随意地解释着“香水”是什么，目光却盯着他为她按捏脚踝的手指，也不知想到了什么，她突地失笑：“我这三头两日把自己弄伤，若没有你，日子恐怕就过不下去了。萧六郎……”她唤他，见他抬头，调皮地眨了眨眼。

“你嫁给我吧？这样我就不怕总受伤了。”

她原是玩笑，他却沉了眸子。

墨九察言观色：“怎的？还不愿意呢？”

萧乾见她不眨眼地盯着自己，低头继续为她按脚：“乖乖等着嫁我。小小女子，偏生想做爷！”

“哈哈！”墨九笑了，“我自然是爷，纯的。”

萧乾哼哼一声，似乎对她这个话题没多大兴趣。

想到他太累，说话也费神，墨九也就不找他瞎叨叨了。她偏着头，看他将两种凉丝丝的药膏均匀地涂抹在伤处，觉得那薄荷似的清凉味特别好闻，紧绷的伤处，似乎也少了些疼痛。

“我郎真好看。”

果然是有情万事好吗？墨九抿嘴乐着，浑身放松，任由他就着药膏给她按捏脱臼的踝关节。看着，想着，渐渐地，脚上没有痛，只剩下痒，蚂蚁钻心似的痒……萧六郎按捏的手法，是墨九在后世任何一个足疗店都没有体会过的舒服。不轻不重，修长的指节，专注的神情，怜爱的动作……每一个细节，都让她心里像灌了蜜，那些隐隐的担忧，再也扰乱不了她愉快的心境了。

……可他突然不捏了，他看着她的脚发愣是什么意思？

墨九低头看他，撒娇般唤：“阿郎？”

萧乾嗯一声，平静地从她脚上抬头，然后缠上纱布，把她的脚放了回去：“这次伤得厉害，想要走路，可得一段日子，你不要乱动。”

“哦。”墨九先前分明见他对她的脚恋恋不舍的样子，不由得偷偷自乐。不都说古时候的男子都好三寸金莲吗？她的脚虽然不是三寸金莲，但是确实又软又小，皮肤还白……莫不是六郎也喜欢？

想到过往的几次，她轻瞟他一眼，突然把没有受伤的那只脚伸向他：“六郎，这只脚也痛，你也给揉揉……”

萧乾喉结微微一滑，慢慢躬身握住那只嫩白的脚，像被烫了掌心似的，哑声问：“这里？”

脚被温暖的掌心包围着，墨九心里一紧，麻痒麻痒的感觉，让她下意识想收回脚，可她想到萧乾可能比她更难受，生生忍着没有动，只正经着脸扭了扭脚，皱眉道：“是，恐是那日摔坏的，只不过，没有那只脚痛得厉害。”

柔若无骨的小脚就在掌中，玲珑的弧线，珍珠似的华光，萧乾轻轻揉着，目光所及是一片白生生的肌肤，她含媚带俏的脸，寝衣遮不住的香酥入骨的身段，丹田一热，便有些失神。

指尖发着力，他揉捏得却越来越轻……

渐渐地，似变成了抚摩……

墨九心下得意，却抿唇正色道：“使君大人，我的脚好看吗？”

萧乾似有微窘，放轻的指头加快速度，又恢复了一副清心寡欲的样子，可墨九却不想轻饶他，咯咯笑着，猛地拖住他的手，往自己身前一拉：“来吧你，还装！”

他为免伤她，不敢挣扎，就势撑在她身侧。

一上一下，四目对视，他眸光深幽：“阿九……”

“阿郎，去闩个门呗？”墨九见他愣住，娇笑一声，不由得想到蓝姑姑说的外间流言，又冲他眨了眨眼睛：“我们这样的关系，若是发生了不该有的事，会怎样？”

“浸猪笼。”他说得严肃。

“好吓人！”墨九咂了咂舌，凑近他的唇，“那我俩就狼狈为奸，等着浸猪笼吧。”

她轻轻呵气，薄薄的衣料下，那一段活色生香，令人神魂不在。他愣了愣，目光里似有挣扎，墨九却不许他逃离，猛地抬高头，吻住他的唇，动情般轻轻喘着细气，嘴唤“六郎”“阿郎”，一个个暧昧的称呼，一下下细吮他的唇角，撩拨得他呼吸渐重，终是闷哼一声，与她深深吻在一起……

嗯？

萧乾突然激狂的动作，让墨九暗自一愣。在他燃烧如同烈火般的激吻里，心尖微微一缩，情不自禁睁大眼看他近在咫尺的面孔。

朦胧火光下，他呼吸渐重，双眸微合，五官轮廓有一种令人不敢逼视的深邃。灯火将帐影投在他右侧面颊，从墨九的角度看去，有一种熟悉却又陌生的神秘与欲态……不常在他脸上看见，却又毫无违和感，反添男性魅力，蛊惑人心。

果然这厮是个闷骚货。

不鸣则已，一鸣惊人。

墨九唇角几不可察地一抽，复又闭上双眼。

她从不排斥与他任何形式的亲昵。

不管是有充分准备的，还是突然情动的。

甚至她也并不拒绝与他在没有正式婚媒的情况下有更深一步的关系。劳伦斯说：交流的甜美之爱和疯狂骄傲的肉欲满足之爱，合二为一，是最为理想的。她与萧六郎符合以上两点，便是对性，对人类传承的尊重。

那么有没有名分又有什么关系？

正这般想着，他似是不满她的走神，突地撬开她的唇。

他的吻是温暖的，口腔也是干净的，带着清爽的薄荷味，淡淡的清冽，微带一点甜，完全没有“臭男人”的感觉，是她喜欢的方式与味道……墨九渐渐投入，紧紧抱着他，像是与相爱多年的恋人，在津沫交接的游戏里，慢慢迎合，呼吸渐灼，沉沦在这美妙的时光里，身子越贴越紧，也不知是受“云雨蛊”影响，还是受“阴阳杀”的残留毒性支配，她想到那个梦，情不自禁产生了一种疯狂的想法。

择日不如撞日，既相爱，何须忍？

低低嘘口气，她轻嗯一声，更加用力地回吻着他，搂紧他的手也不老实起来，一种恨不得与他同归于尽似的热情迅速攀升，在他愣怔之后的回拒下，她不愿放手，勇敢地继续下去，像与他在无声地博弈……

衣裳渐乱。

目光迷离。

心跳加剧。

两个人的气息都一样混浊……

“阿九！”在她玩命似的折腾下，他呼吸渐粗，突地扼住她的肩膀，赤红的眸子里一片火光，声音喑哑不堪，“你疯了？你的身子还伤着，怎能……”

“嘘！”墨九轻啃他的唇，双颊艳红，“我疯了，我就是疯了。我不是中了阴阳杀的毒吗？我们身上不是有云雨蛊吗？六郎，毒已入心入肺，而你，就是我的解药。”

“阿九，别闹……”他哽了一下，余下的话被她纳入了喉间。

再一次掌握了主动权，墨九姿态桀骜，并无小姑娘应有的害羞。她是一个敢爱敢恨的女子，心中认定了萧六郎，她本来就很喜欢他，那么五十步与一百步，并无任何区别。

她就是要大胆地向他表达火一样的爱意。

房内熏香袅袅，炉火暖意融融，一丝微风从窗口溜入，轻轻拂着帐幔，流苏摆动，情趣顿生，像是刻意制造的一场旖旎画卷，萧乾目光渐柔，眼里的墨九也更为明艳动人，心神恍惚间，他盯着她的脸，只觉心跳似乎都不再属于自己，情绪也不再由自己掌握。

“阿九……”他喉结微滑。

墨九昂头，粉色的唇上一片润泽。

是他亲过的。那妖态、美态，撩人痒处。

他情动不已，她却盯住他魅惑的眼，极爷们地轻笑。

“六郎不怕，交给我来！”

萧乾："……"

这样子的墨九，是美艳的，也是大气的，极有魅力的。

萧乾相信，这世上绝无第二个女子，敢拍着他的肩膀说，不要怕，让她来……甚至他有些怀疑这个目光清澈的小丫头到底知不知道怎么来。

他有一些想笑。

可这样的时刻，他却笑不出来。

墨九是认真的，见他不说话，她目光微微一荡，不仅没有觉得一个姑娘说了那样惊世骇俗的话有什么奇怪，而且主动替他宽衣解带……她不熟悉男子衣袍，两三下就极不耐烦了，扯住他的领口便哗一声往两边撕开，二话不说便凑上去亲他。

"阿九！"

萧乾没有防备。

这一声喊得动情，也忘情。

这样的墨九，让他差一点心都不会跳动了。

可她的唇很软，他确实是舒服的，两人是极为亲昵的。

萧乾以前从来没有想过会与哪个妇人有这样亲密的接触，更没有想到，会越来越"中毒"……最可怕的是不仅不会排斥，反倒越深入，越情难自禁。越控制，越想得到更多。

所谓"人欲无穷"，便是他如今这般吧？可这个节点与底线究竟在哪里，他已是不知。只知道现下盘踞在脑子里的，是对她赤裸裸的渴念。

他想要她。

第一次想要遵循本能，毫不顾忌地要她。

这种念头一旦滋生，就像疯长的水草，迅速蹿高、蔓延，占领他的思维，让他恨不能从今往后沦陷在与她这样的小情小爱里，不去管那山河社稷，江山霸业，也不再想南荣北勐，漠北临安……

"六郎，你喜欢我这样亲你吗？"

墨九努力回忆着前世接受过的信息资讯，把有限的二人知识运用到无限的创造力里，模仿、试探、研究、学习……一个吻慢慢从他锁骨往下吻开。舌打着圈，唇贴着肉，试图挑出他最大的热情。

都说女追男隔层纱，男子一般很难抵抗女子的主动，更何况是墨九这样的人间绝色？她动作并不熟稔，也没有经验，可一下一下的亲热里，那一种浑然天成的媚气却激得萧乾浑身绷硬。

"阿九……"喉咙微紧，他哑声，"喜欢。"

"那就好。"墨九能撩得萧六郎失去控制地说出这两个字，除了心里得意之外，也就算找到了一点男女之事的窍门，想想，她也有点小兴奋，就像一个好奇宝宝，继续探索，“六郎……”

“嗯……”

“我坏不坏？”

“坏！”

“喜不喜欢我坏？”

“喜欢……”他低哝般的声音再次从喉间憋住，哑而沉，淡而醇，用他性感的声音传出，已是魅惑至极，轻轻昂头时脖间那一道优美的弧线，简直就是对墨九的鼓励。

“六郎你别动！我来……”

浓墨似的眸子盯住她，萧乾低吁一声，却似受不住这般，果断地扼住她，然后直接将她推倒在软榻上，盯着她湿漉漉的眼，高大的身子便压在她的身上。

“我重不重？”他问。

“……不重。”墨九咬唇，束紧他的脖子，猛地往身前一带，便凑上头去，与他抵死缠绵地热吻。暧昧太撩人，激情太疯狂，两个人都是雏儿，太过澎湃的结果，就是谁也没有想到应该先放帐子……

于是，一道托盘落地的砰声，就打断了这场旖旎。

蓝姑姑手足无措地站在门口。

怔怔看着房间里的香艳，她连声道歉。

“老奴什么也没有看见……”

听着她逃命般离去的脚步声，墨九看着头顶呼吸沉重却染了郁气的萧六郎，唇角扯了两下，终于忍不住笑了出来：“我说了让你闩门的。”

萧乾也失笑，与她对视片刻，彼此眸底流连的温暖与还未散去的欲意，便心照不宣地映入眸底。有些事，无须多言，一个眼神就心领神会，这就是恋人之间独有的默契。

有了这样一出，再继续已是没了情绪。

墨九好笑地逗他：“使君大人在府里白日宣淫，若此事传出去，会怎么样？”

萧乾很严肃地想了想：“自然是……浸猪笼。”

墨九也很严肃：“南荣除了猪笼就没有别的笼子了？”

他一怔，似不解。

墨九却道：“总是浸猪笼也太没有新意了。换我说，没事架上柴火堆，直接火化多好！那样既节约资源又环保，还可供人围观，能起到警醒世人的作用。”

好像在说别人的事一般，这样毫不在意的墨九让萧乾看她的目光越发深邃。可他什么也没有问，慢慢将她扶靠在床头：“是个好法子。而且，浸猪笼原本也不适合你。”

浸猪笼还有合不合适的？

墨九拉被子盖住肩膀上那一片白皙：“为什么？”

萧乾板着脸，目光有笑："死猪都不怕开水烫，还会害怕冷水浸吗？"

墨九无语。

被他幽了一默，她也没像小姑娘那般扑上去掐他打他撒娇，当然，那是因为她的身子不大好，不支持这样高难度的动作。所以，她依旧一脸严肃："我与六郎之间清清白白，何时有过苟且？"

刚从床上爬起来，都可以说清白？

萧乾唇角一牵："是，我是清白的。"

墨九挑眉："噫，你这话啥意思？"

萧乾环抱双臂站在床前，看着懒洋洋的墨九，语气一如既往地正经："我是被逼的，阿九这般主动，不受似是不妥……"

"萧六郎！"墨九斜眼横他，"看着我的眼睛。"

萧乾被打断话头，也不吭声，果然看着她。

墨九慢吞吞拿起身边的瓷枕，狠狠砸向他的胸膛："刚才不知道哪个人享受地哼哼来着，这会儿又说被迫！不过六郎放心好了，九爷一人做事一人当，既然敢撩你，就会负责到底。"

萧乾捡起瓷枕轻放在床头，凑近她的双眸："九爷如何负责？"

墨九邪佞一笑，突地伸手钩他下巴："来，先给爷笑一个，爷就告诉你！"

萧乾面色一变。

随即，又拍开墨九作怪的手。

"你这性子，真是越发野了！"

墨九心知萧六郎长这样大，怕是从来没有被哪个妇人挑逗过，不免得意地扬了扬唇，心头暗笑……她要的就是这一份特别，不这样可如何留住男人的心？可不等她自省完毕，萧乾整理着衣服，就突地侧过脸，严肃道："除了在我跟前，不许如此野性。"

他是不想他的阿九被人当成怪物。

墨九一听，乐了，拍拍他的胳膊道："乖，把心放到肚子里去！毕竟我郎是天下第一美男子，有了你可以供我随时挑逗，旁人吸引不了我。"

萧乾嘴唇抽搐一下，叹口气换了话题。

"阿九肚子饿了吧？"

不说不知饿，一说饿不得。墨九昨儿全喝的粥，这会儿想到美食，她肚子就开始唱"咏叹调"了，可想到昨天蓝姑姑势必要武力镇压她的那张墨般的脸，她寒了寒心，撒娇似的嘟嘴瞥萧乾。

"六郎，商量个事呗？"

"嗯？"萧乾微愕，"说。"

"咱可不可以不要整天除了吃清淡，还是吃清淡？不能吃大鱼大肉，来一点山珍野禽什么的也好哇。”墨九眼巴巴地看着萧乾，“我一定会好好怜惜它们的……”

“不行！”萧六郎直接拒绝。

“可我真的好饿！”以前生病就吃西药，哪里来那么多忌口？墨九对此很不以为然，身为吃货，她认为只有狠狠地吃，才能快速补充体力，让自己强壮起来，“太清淡吃不饱。我会饿瘦的。一瘦啊，不仅不长个儿，胸和屁股也没了，整个人像根竹竿子似的，你喜欢啊？”

萧乾看她板着小脸，哭笑不得。

其实他也心疼她，可不让她吃那些不也是为了让她早日康复吗？看她撒娇，他无奈地心软了，轻轻攥住她的手，商量般哄道：“再熬几日，等你好起来，想吃什么就吃什么，行吗？”

“不行！”墨九把手从他掌中抽回，脚丫子也从被子里翻了出来，一边嘻嘻笑着，一边玩笑似的蹭他，逗他，诱惑他，“……现在就给我吃，好不好，好不好？”

萧乾被她折腾得无奈，突地逮住她白生生的小脚丫，低头看一眼，竟上嘴轻咬一口。

“看你还使坏！”

墨九身子一僵，风化了……

看看萧六郎俊气清朗的脸，再看看她的脚背，她有一种难以置信的感觉。从小到大，她的脚还从来没有接受过这样高规格的待遇。没有想到高高在上的萧六郎，居然……居然啃了一口她的脚。而且他啃得优雅，啃得神圣，就像后世那些绅士亲吻女士的手背一样，没有淫亵之感。

“萧六郎……”

“嗯？”他似乎也察觉不妥，目光有些游离。

“我的脚丫子好吃吗？”

“……”

“你喜欢吃的话，我们商量商量吃法？”

“……”

“我把脚丫子给你吃，你拿大鱼大肉给我吃？”

“……”

“放心好啦，这种事我不会说出去的。毕竟堂堂使君大人，喜欢吃女子的脚……你不怕臊，我也不好意思说出口不是？”

“……墨……九！”他似在咬牙。

“你急什么？吃个脚罢了，嘴都吃过，还怕吃脚吗？”

“小妖精！”他逮住她的脚丫子就塞入被子里，面孔有一丝掩饰的狼狈。这模样若换到旁人身上或许会显得猥琐，可萧六郎做来，却有一种说不出来的风情，让墨九心里痒痒。

她低笑一声，撑榻而起，轻轻咬着被他吻得娇艳欲滴的唇，一双大眼睛忽闪忽闪着，似盈了水光，如丝如绸地滑向他："这次九爷就饶过你，等我身子大好，我要吃的就不是大鱼大肉了……"

他抿唇盯着她。

墨九嘟嘴朝他飞吻："吃你。"

世事如棋，局局新。

临安城里流言如潮，南荣局势风起云涌，关于艮墓，关于朝堂，关于与北珒的紧张关系，每一天都在刷新一个版本。可一直住在枢密使府里的墨九，生了病，养着膘，却过起了猪一样的日子。

不愁吃喝不愁穿，其实并不那么好过。

在一个没有手机没有电视没有网络的时代，娱乐节目少到她每天从睁开眼起，就想去挠墙。混吃等死，简直就是浪费生命，而古人喜好的琴棋书画并非她的长处，她也没有兴趣。

她想做的事很多，可伤筋动骨一百天，她脚伤了，哪里都去不了，就连大小便都得麻烦别人，实在太不方便了……为了做一个合格的病人，她不想有事无事给人添麻烦，虽然蓝姑姑与玫儿不介意，可她到底是受过高等教育的后世之人，没有办法坦然自若地奴役她们。

萧六郎陪她的时间不多。

这些日子他似乎很忙，一大早就离府了，回来已是披星戴月的时辰，基本上他到府里时，墨九都已经睡下了，根本没有办法好好说说话。

有好几次墨九刻意想等他回来，结果都没有熬得住周公的召唤，终究只留了一副熟睡的容颜给深夜返回的他。

这样的日子，安稳、混沌，却有一点不踏实。

尽管墨九知道，他每天都会来看她。

这是蓝姑姑嚼舌给她听的。

自打那一天碰上了他俩在房间里亲热，蓝姑姑那眼神就像丈母娘看女婿似的，越看萧乾越满意得不行，每天在墨九的面前，都会为他说无数的好话，似是恨不得萧乾分分钟把墨九收入房里。

萧使君每天陪她到半夜。

萧使君吩咐为她做温补的食物。

萧使君嘱咐灶上，她的药要煎熬三次再取汁。

萧使君说天气转暖，可春捂秋冻，不可为她减衣。

萧使君说出太阳的时候，可以推她到院子里多晒晒。

萧使君还说……

蓝姑姑天天在耳根喃喃，听得墨九真想抽萧乾。

既然萧使君跟旁人说了这样多，为什么就不可以直接告诉她？

他真就忙得一天都不能早点回来？

还有……她为什么就那样嗜睡？明明想好要等他的，可坐着太闲就打盹，不知不觉就睡过去，连神仙都治不了她的懒病。

于是这些日子下来，墨九开始理解猪的生活了。

除了吃就是睡，啥也不想，如今的她亦然。

而且，这样麻木混沌的日子，她一过居然就是两个月。

二月半，人间变了颜色，春雨沥沥，春风宜人，阳光再出来时，园子里的树叶绿油油一片，叶子肥肥厚厚的，极是可爱，就像墨九被“饲养”得不知不觉就长了肉的脸。

“萧六郎真是个人才，太有饲养天赋了。”

她坐在园子里，对着铜镜捏脸上的肉。

“瞧把他祖宗给养的，又白又胖……”

坐在她面前的玫儿咬着下唇，仔细端详她姑娘的脸，小眉头扬了扬，实话实说：“姑娘变漂亮了，比以前还要好看了呢。”

“……不是吧？”墨九惊讶地从铜镜中抽回目光，盯住玫儿认真的脸，“你什么审美观啊？我的锥子脸没有了，尖下巴没有了……脸圆了，肉多了，你居然说我好看了？天啊，求你把我脸上的肉削去吧。”

玫儿似乎不理解她为什么这样说，嘟了嘟嘴巴：“姑娘本来就比以前好看了嘛。肤更嫩，肌更滑，额头饱满，地阔天方，一脸福相，哪里不好看？”

果然时人的审美观与后世不同吗？

墨九欲哭无泪地盯着她，然后揉了揉面颊，觉得玫儿说的至少有一点是对的——她的皮肤真的比以前好了很多，柔滑细嫩得不可思议，便是她自己，也恨不得想咬一口。

不知萧六郎看了，想不想咬？

想到他，她的脸微微一烫。

“六郎今儿又入宫去了？”

玫儿想了想，垂目道：“是，听说太子殿下的身子有起色了，李公公大清早就差人来唤使君，今儿萧使君必然比往常更忙碌一些的。”

自打东寂出事，萧六郎陪他的时间比陪墨九还要多。除了上朝和忙政务，他几乎把所有的精力都花在了东寂的伤势上。于是，坐在微风徐徐的树下，墨九考虑片刻，不免想岔了思路。

“莫非他们两个相爱了？”

“姑娘说什么？”玫儿没有听清。

墨九也不解释，想了想东寂第三者插足的可能性，又摇摇头，收回纷乱的思绪，侧头问站在边上纳鞋底的蓝姑姑：“最近怎么没听你说起，他们几个怎么样了？”

她指的“他们几个”是艮墓的难兄难弟。

两个月过去了，她都可以撑着拐杖走路了，他们的身子也应当大好了才对。然而以前聒噪又爱八卦的蓝姑姑，近来却越来越少对她说外面的事了，以至有时墨九有一种错觉，她根本就不是在养伤，而是被禁锢在这个院子里，像古代的已婚妇人那样，除了四角高墙与一片小小的天空，与世隔绝了。

蓝姑姑垂目，飞针走线间说得随意：“还不是那样，小郡子身子骨最结实，早就活蹦乱跳了，前几日还来了枢密使府……”

说到此，她突地顿住。

墨九一想，却愣住：“宋妍这货来了，却不来看我这个病人？”蹙着眉头，她拿铜镜的手柄敲了敲桃木椅子，点头道：“看来是欠收拾了，回头看我怎么治她。天天肖想我的男人，居然敢不来见我！”

蓝姑姑见她自己找到了理由，也不反驳，呵呵一笑了事。然而，墨九却不是个好糊弄的主儿，瞥她一眼，冷不丁生了疑惑：“那其他人呢，可都大好了？尤其是那个玉嘉公主，阴阳杀的毒没有解，她就不想找个驸马？”

蓝姑姑手一颤，针尖扎着了指头，哎哟一声，连忙将手指吸入嘴里，睨着墨九探究的眼神，轻笑道：“没事没事，不小心扎了一下。”

墨九翻白眼：“我没问你。你皮糙肉厚的，一个月总会扎上那么几十回，我习惯了。”顿一下，她看蓝姑姑和玫儿紧张地交换了一下眼神，突地弯了弯唇。

“说吧，你们两个究竟有什么事瞒着我？”

蓝姑姑放下手，嘻嘻笑：“我们哪敢瞒姑娘？”

墨九危险地眯眼：“真没有？”

“真没有。”蓝姑姑目光左闪右闪，似是有点避不过她锐利视线的逼视，突地一叹，小心道：“是，是有一件事没有告诉姑娘。我们原是怕姑娘身子不好，又爱瞎操心……”

墨九盯着她的眼睛：“行了！直接说事。马屁就甭拍了……我自个儿的身子我晓得，这都在府里养两个月了，哪儿有那么金贵？”

与她对视着，蓝姑姑心跳得很快。

“其实是，是彭欣姑娘……有……有喜了。”

有喜了？就为这事隐瞒她？

久久，墨九盯着蓝姑姑没有出声。

她慢慢扯着玫儿搭在她腿上的小被子，也不知想到些什么，却罕见地什么都没有问，持续了一会儿思考状态，待她再抬头时，冷静的声音里便透着一丝凉意。

“我要去瞧瞧她！”

“啊！”蓝姑姑差点吓死，“姑娘怎么去得？”

墨九目光一厉：“我怎么去不得？”

“姑娘有伤！”

“我只是有伤，又不是死了！”她说罢，见蓝姑姑和玫儿都噤声不语，猛地将铜镜拍在桌子上，把桌上她们用来哄她的棋子震得砰砰直跳，然后一字一顿道：“这天下，就没有我墨九去不得的地方。”

“姑娘……”蓝姑姑声似呻吟。

可墨九是主子，尤其如今的她完全与以前不同，她有的是大主意，还非常坚持主见，根本就不是蓝姑姑能劝得住的人……蓝姑姑低唤一声，劝了几句，又把希望的目光投向玫儿。

然而玫儿与她一样。

对墨九，她没有半点办法。

墨九定定看着她俩，目光很凉：“备车！”

惊蛰刚过两天，春风送暖，万物复苏。

临安街上，酒楼林立，行人如织。树叶发了新芽，小草从青石板缝隙中钻出来，绿油油的一片春色，整个城池便笼罩在了一种新绿的清新里。这生机勃勃之态，让久居深宅的墨九，盯视的目光几近贪婪。

坐在马车上，她一直撩帘观望。

空气略有潮湿，她微微眯眼，深吸一口氧气，刚叹一声舒服，就听见东青门的方向传来一阵闹杂的喧嚣声。

东青门是临安最窄小的城门。

墨九要出城去找彭欣，就必须打这儿经过，可城门口却有两拨人马在那儿闹腾，一个要出，一个要进，就这般堵塞了城门。

入城的是一支抬着箱笼与家具的殿前司禁军，布匹、桌灯、铜镜台、屏风、茶几等，家什都是簇新的，看上去极其华贵，数量庞大。而出城的是一群披甲执锐的禁军，他们应当是骁骑营的，领头的人是墨九曾经在天隐山下见过的邓鹏飞，这群禁军一个个紧绷着脸，像是准备上战场似的。

“怎么回事？”墨九问。

“没事，堵了，有几件大家什。”

“哦。”墨九懒洋洋靠着，让阿陈把车尽量往街边上挪开。既然是堵了路，不管是哪个人的座驾，都得有点自觉性，以免越来越堵。她半合着眼坐在马车里，等着城门通畅，很快，就见一辆辆架子车拉着货物家什慢悠悠驶了过来。

墨九随意一扫，眉头便蹙紧了。

若旁人看了也就看了。

可墨九不同，她是考古出身。

这样的阵仗，这样的家什，定然是只有皇室才有的。

城门口慢慢敞亮了，邓鹏飞带着一群禁军出了城，可殿前司的人抬的东西实在太多，一时半会儿墨九的马车肯定走不动。这边一堵，街道两侧的老百姓也都活络起来，全都集在一棵大柳树下，一边看热闹一边指指点点。

殿前司押送家什的禁军个个都佩着武器，皇城里当值的人，出了宫城自然比旁人更为嚣张。他们大声驱赶着两侧的百姓让道，吆七喝八地从墨九的马车边过去。

皇城根下，什么人都有。

墨九静静看着，并不阻止。

有人愿意做大爷，让他做去，与她无关。

不过老百姓见到这种事却是兴奋的，随着那一辆辆架子车从面前驶过去，人群里的议论声也越来越响。有一部分人在说北边恐怕又要打仗了，先前出去的禁军，便是领了命令要北上抗敌的。另一部分人，却在议论殿前司押送的那些让人直咽口水的家什。

“不晓得是哪个大人府上的……”

“大人？哪个大人担得起这些东西？”

“你还不知道呢？这些天殿前司的人至少一天打这儿跑两趟，东西啊，都是往公主府送，我家小子前一阵子在公主府上做事，说那府邸修得……啧啧，咱这辈子若是能亲自瞧上一眼，也是托福了。”

“哪个公主？”

“除了玉嘉公主，还有哪个？”

众人议论的声音很小，入耳也不太清楚。但人都喜欢热闹，听见有人议论，就不停有人凑上去，偶尔也多嘴说上几句……蓝姑姑时不时瞧一眼议论的人，又瞥一眼合目养神的墨九，神色略显紧张。

终于，城门松散了。

蓝姑姑正要催促阿陈赶车，一个人就骑马走了过来。

他是随着殿前司那一行禁军押送东西的，脸上略有疲惫之色，胡子似乎也有好些天未剪，穿着一身重重的铠甲，一副饱经风霜的样子，让他面颊上那一道疤痕更显狼狈……已经做了殿前司都指挥使的辜二，骑在马上的样子，比往日威风不少。

他看见马车里的墨九，执缰过来问候。

“巨子安好？”

“辜将军好！”墨九回礼，听着他甲胄摩擦出来的铿铿声，又伸出头往前方看了一眼。那一串蚂蚁搬家似的殿前司禁军，拉着架子车慢慢过去了，她微微眯眼，笑容也更为灿烂。

“辜将军这是要办喜事了吗？置办这样多的东西。”

被她问及，辜二面有窘意。

“辜某不曾有喜……”

噗一声，墨九笑了：“你当然不会有喜，我是说办喜事……你这大大小小的箱笼，家具物什……若非办喜事，又哪里摆放得下？”

辜二唇角牵了牵，似乎这才回过神来，不太自在地道：“不敢相瞒，辜某这是为陛下办的差事，东西也并非我府上的。”

他在殿前司当值，一般人差使不上他。

而且，他已贵为殿前司都指挥使，一般事也差使不上他。

墨九心里默了默，唇上的笑容扩大了：“那更得恭喜辜将军了，为皇家办喜事，那是大功一件，且不说官家的赏赐，便是随便刮点油水，这辈子也都富贵不愁了。”

哪儿有人这么当面说人家刮油水的？

辜二尴尬不已，直推说：“不敢不敢，巨子说笑了。”

言罢他似乎不想再与墨九寒暄，左顾右盼一下，盯住她的马车，便换了话题：“听闻巨子在枢密使府上养伤，墨家之事都未过问，这突然出府……是身子大好，要出城去？”

墨九笑着点头，余光又瞄一眼那条搬运的长龙，语气温和地道：“好了，辜将军是大忙人，我就不耽误你办皇差了，回见。”

也不等辜二接话，她挪开眼神，就高声喊阿陈赶车离开。辜二默默侧到路旁，睨着她拱了拱手，也不便多说。墨九懒洋洋地弯唇一笑，与他对视一眼，慢慢放下帘子。

蓝姑姑回头看一眼还在原地的辜二，扯了扯汗湿的领口。

“阿陈快着些，一会儿又有车来堵上城门，就麻烦了。”

“好嘞！”阿陈应一声便笑：“巨子，您坐稳了！”

马车突地加速，墨九漫不经心地嗯一声，情绪并无波动，以至蓝姑姑脊背都汗湿了，也不晓得这主儿究竟听了几句，晓得还是不晓得……一直到马车驶出东青门城外，再听不见那些说三道四的风言风语了，蓝姑姑才松了一口气。

“姑娘，前方再有一里地，便到彭姑娘家了。”

说是“家”，其实也只是彭欣的暂住之地。

彭欣当初去楚州是被赵声东请回来为萧乾与墨九解云雨蛊的，所以在未出艮墓之前，她一直被赵声东安顿在临安城的锦里客栈里，那是临安城最大的一家客栈，相当于后世的五星级宾馆，墨九先前也以为彭欣还住那里，可出了枢密使府她才晓得，如今的她，被安置在了这个宅子。

宅子不大，名字都没有，但看着干净。

更重要的是它非常偏僻。

或许彭欣并不介意宅子的位置，可墨九却明显感觉出来，若宅子是皇室之人有意安排的，分明就没有想过要认同彭欣的身份……

当然，这个问题墨九也能理解。彭欣来自苗疆，平常又少言寡语，给人的感觉就是有一点阴阳怪气，很难相处，再想想她神秘莫测的巫蛊之术，是个正常人都会汗毛倒竖，紧张害怕了……

彭欣没有什么人际交往，墨九步入院子的时候，除了一个伺候她的婆子，前前后后一个人都瞧不见。清静倒是清静了，就是有一种阴冷冷的窒息感。

今日天气晴好，彭欣坐在院子的芭蕉树旁晒太阳，苍白的脸上没半分血色。旁的妇人不论坐在哪里手上总得拿个活计，或绣个荷包，或纳个鞋底，或与人唠唠家常，总归不会闲着。而她一动不动，如同老僧入定。

在墨九看来，若不是她怀里还抱着那只叫“宝儿”的大胖黑猫，会喵喵地叫唤几声，很容易给人一种她并非活人的错觉。

“怀着身子，怎么气色还这样差？”

墨九笑吟吟出声，一张柔和的面孔，嫩白细滑如同上好的美玉，无瑕，洁净，连一丝毛孔都不见，与彭欣略显病态的容色相比，一个天，一个地，她简直健康得不行……如此她也知萧六郎为了给她调理身子，又管药材又管食物，确实也是煞费苦心的。

“你怎么来了？”彭欣答非所问，语气冷漠，不见得友好，也不见得排斥。

墨九早就习惯了她这德行，扬唇轻笑，一步一跛地慢慢挪过去，姿势虽不算太好看，笑容却灿烂：“来看看你啊！怎么的，不过两个月未见，你就忘了我们当初的情分了？好狠的心哪！”

这货是个贫嘴的。

可彭欣却无半点幽默感。

她面无表情地看着墨九：“我们的交情，从未至此。”

“好啦好啦，这么说就生疏了。”墨九让蓝姑姑去拿一把椅子摆在彭欣的面前，自来熟地坐下去，闲闲地摆个让脚舒服的动作，冲彭欣咧嘴一笑，就从她的怀里把“宝儿”抱了过来，一本正经地教训。

“你看老朋友来了你家，好歹是客吧？你一不看座，二不上茶……也亏了我脾气好，不跟你计较，要不然，我们俩这朋友可就没的做了！是不是啊，宝儿？”

说着她低头去逗弄大黑猫。

可这只猫完全不如旺财那么萌。

只被摸一下毛，它就恼了，龇牙冲墨九发火，那恨不得嘬她一坨肉的凶狠，把墨九吓了一跳，差一点把它从手中甩出去。更可气的是，彭欣就那般看着她的狼狈样，半点动静都没有。

“果然有其主便有其宠。”墨九哼哼，“你这只忘恩负义的猫啊，在艮墓里若非我救你，你小命都没了，晓得吗？还敢对我吼？看九爷怎么治你！”

对着大胖猫又教育一顿，她狡黠一笑把猫放在地上。

“旺财！”

早就蠢蠢欲动的旺财扑了上去。

一狗一猫，龇牙咧嘴，你吼一句，我喵一声，虎视眈眈地对视一眼，很快就干上了，你追我赶，叫唤不已。墨九也不管，对财哥的战斗力，她还是有信心的。若是宝儿不慎吃了亏，她……也算报仇了。

猫狗斗得欢乐，墨九笑得哈哈不停，可彭欣仍旧一张清水脸，对她爱搭不理。好像从墨九她们进院子开始，这厮就没有换过表情，甚至连她的猫被旺财撵得四处躲闪，喵喵不已，她也懒得多看一眼。

这到底是爱不爱猫了？

神经质的高冷冰山美人。

墨九腹诽着，心里也知道，她对自己已算是高规格的朋友待遇了。若换了旁人，指不定怎么中了她的招都不知道。所以，墨九坚持认为自己还可以大摇大摆地坐在彭欣的面前，让自己的狗欺负她的猫，那就是朋友了。

她很会想，脑神经大条，也歪曲。

偏着头，她笑看彭欣：“不要这样板着脸嘛，我可是专程来看你的！你看看我的脚，伤都还没有好，这情深意重……”

“你想做什么？”彭欣打断她，问得很直接。

“这……嘿嘿，你不用这样严肃嘛。”她越是冷漠，墨九就越是喜欢她，觉得这个女人不虚伪不做作，有什么情绪都摆在脸上，一是一，二是二，与这种姑娘打交道，比对付那种口蜜腹剑的简单多了。

她亲热地握住彭欣的手：“我只是来看看你的身子。当然，顺便也问问，接下来，你有什么打算？”

彭欣盯住她的脸，不吭声。

好半晌，她再一次答非所问：“是你有什么打算吧？”

墨九呃一声，揉着额头，拿媚眼瞄她。

“你这样我们还能不能愉快地做朋友了？”

“我们本就不是朋友。”

"不是朋友你为何关心我？"

"我何时关心你了？"

"不关心我，你问我打算做甚？"

几句话被墨九绕进去，彭欣一愣，嘴皮微微扯了扯，似乎是不想与她计较，又似乎也被她逗乐了，眉梢微微一挑，将面孔朝向墙角那株君子兰，淡淡道："看来你还是没变，又疯又傻！"

"那是自然，我若不疯不傻，找你做甚？"

"说吧。"彭欣冷冷道。

"我以为还是先说你的事好一点。"这一回墨九并未开玩笑，语气与表情都是真的很严肃很认真，甚至她自认为自己的目光里，一定充满了浓浓的真切的关怀……只可惜，她干坏事时也这么认真，以至她认真时也让人难以相信。

彭欣看她一眼，完全没有被她的"深情凝视"感动到。

不过，考虑一瞬，她却很淡定地回了墨九："这个孩子，我要。"

"霸气啊！"墨九赞赏地点头，然后朝她竖一个大拇指，忽而又一想，狐疑地道："可你准备嫁小王爷吗？"

这个嫁字她用得很委婉，给彭欣留了些面子，但彭欣讽刺地一笑，却像看白痴似的瞥她一眼，不愠不火地道："莫说他不会娶我，便是要娶我，我也不嫁。"

"霸气啊！"墨九第二次向她竖大拇指，然后又为她分析："可你想过没有，你若不肯嫁给小王爷，他们又怎会让你留下孩子？皇室的血脉……也不会被允许流落民间。"

彭欣微微蹙眉。

从她的表情看，她似乎也为这事闹心。

不过只一瞬，她就松开了眉头，把被旺财欺负得蹿到腿上不再离开的宝儿抱好，抚着它的背毛道："你没来之前，我也正为此事操心，可你来了……我也就不用操心了。"

墨九一怔。

"有点意思啊。"她笑着说罢，与彭欣锐利的眸对视着，突地哈哈一声，又去握她的手："彭欣，我一定要与你做朋友。"

彭欣抿了抿嘴巴，把伺候她的婆子打发下去，又看向墨九身侧的蓝姑姑与玫儿……墨九懂得她的意思，把人屏退，等院子里只剩她与彭欣，还有一狗一猫时，方才扬唇轻笑。

"美丽的圣女，我们打个商量呗？"

春风徐徐地吹入庭院。

树叶在风中沙沙作响，似人的低语。

守在院门处的蓝姑姑几个并不知道她俩会说些什么私密话，可一个是墨家巨子，一个是苗疆圣女……说来这两个女人都是有些真本事的，但性格也一个比一个怪异，一个比一个有小性子，她们能说些什么，猜不到，但一定是各取所需。

这一谈便是大半天。

快到晌午时，墨九终于摸着肚子，换了个侧坐的姿势。

“就这样讲好了啊？你这个朋友，我交定了。”

彭欣默不作声，却点了点头。

“哈哈！”墨九再笑，心情似乎很好。

与这样一个玩蛊会巫的圣女成了朋友，她很是满意。于是为了加深与彭欣的友谊，她提出今日要在这里吃午饭，并且希望彭欣也能够为了她们的友谊稍稍付出一点点——做一顿湘菜给她吃。

彭欣做的东西，她曾在楚州吃过。

为了那一顿湘菜，她躲在萧六郎院子的大树上，跳下来时，差一点没有把萧六郎给砸死。往事历历在目，如今仔细一回想，竟已过去这么久了。

墨九微微有些失神。

不过，有了吃的，她很快就不再为这些事烦了。原就不错的心情，似乎更好了几分，觉得今儿这饭局除了少一壶梨觞之外，堪称完美。

于是，她竟然不想回枢密使府了，准备在这里小住几月……

友谊诚可贵，自由价更高。一听她还没吃完这顿就想下顿，甚至打算从此赖上她，彭欣原就苍白的脸色更是难看了几分。她独来独往惯了，虽然迫不得已与墨九成了“朋友”，可她没有打算与这个“朋友”形影不离。

“吃了你就回去！”

“我不回去！”墨九眨眨眼睛，“我喜欢你。”

说罢看彭欣黑着脸就要收回桌上的盘子，她慌忙摁住，吼着自己还没有吃饱，又轻声笑道：“再说，我可不是为了你留下来的，而是为了我的干闺女。”

彭欣蹙眉：“你的干闺女？”

墨九瞄她肚子，清清嗓子严肃道：“圣女，胎儿的教育是很重要的，据说孩子在肚子里的时候，母亲接触什么样的人，孩子出生之后，慢慢地，就会长成什么样的人……你说我的干闺女在肚子里每天看见我如花似玉的面孔，往后是不是也会长成我这样的俏人？”

彭欣僵硬着脸，有着哭笑不得的无奈。

这世上自恋成墨九这样的人，实在是少数。

不过提到肚子里的孩子，她脸色还是柔和了一些。

“你怎知是个闺女？”

墨九冲她挤了挤眼睛，神神秘秘地道："圣女莫非忘记了我是做什么的？不仅会测风水，算八字也在行得紧。所以嘛，原因就很简单了……"

彭欣一怔："什么原因？"

墨九撇了撇嘴，坦然自若："我喜欢闺女。"

彭欣："……"

墨九："放心，以后我会生个小子，你不要为亲事发愁了……"

彭欣郁气上头，彻底被打败："你还吃不吃？"

墨九打个哈哈："自然是要吃。"

碗筷声是墨九喜欢的，和谐而清脆，有着延续人类的生命之美，她吃得自在，一直笑容满脸。而彭欣不吃，目光深邃地看着她，一时竟无法理解墨九这个人……彭欣都在为她烦恼了，墨九竟似没事人一般。

"湘菜多辣，你要少食。"

一道沉稳的声音突地从院门传了进来。墨九眨眨眼睛，盯着一双慢慢挪过来的黑色描金皂靴，轻轻放下筷子，抬起头来，笑盈盈牵着唇，望向那个黑袍着身、丰神俊朗的男子。

"六郎怎么来了？"

多日未见，她问得坦然。

就好像，他们其实每天都见面似的。

看她把脸笑成那样，萧乾面孔微微一沉。

这两个月来，墨九身子是长好了，似乎还长高了。

白白嫩嫩的一张脸，像个糯米团子，让人想捏上一把。可是对上她甜美的笑容，萧乾却有些不自在："我陪小王爷来看看彭姑娘的身子。"

墨九点点头，恍然大悟一般："我还以为你是来接我的呢，幸亏没有自作多情。不过……判官六不是有六不医的规矩？我若没有记错，其中之一，就是不看妇人病？"

"这不是妇人病！"说话的人是宋骜。

他走在萧乾的后面，尴尬地立好半天了，好不容易找着一点存在感，被墨九似笑非笑的眸子一扫，他清了清嗓子，搓一搓还缠着纱布的额头，接着道："……再说我与长渊什么关系？看一看怎么了？是吧，啊，长渊？"

感觉这货在没话找话，墨九弯唇，笑而不语。

萧乾似乎也懒得搭理他，径直走到桌边，看着墨九面前一片狼藉的碗盘，叹口气，也没有多说什么，只对彭欣道："小王爷差我来为姑娘请脉，开一剂安胎药……"

"用不着。"彭欣回答得很生硬。

对着萧六郎那张颠倒众生的俊脸，还能用这种僵尸表情的女人，墨九必须敬她是一条汉子。所以她挡在彭欣之前，淡笑着睨向萧乾问："奇怪了，你啥时候会了？怎不把我的胎安一安？”

“……”萧乾对她很头痛。

“萧六郎，你们该不会没有安好心吧？”墨九说话直接，目光在他的脸上流连片刻，又看向神思不属的宋骜，似笑非笑地猜测道，“小王爷一夕风流，留下皇嗣，深恐不安，不喜被妇人羁了手脚，又怕皇嗣血脉流落民间。老实说，你们是不是有什么不轨的想法？”

萧乾：“……”

彭欣：“……”

她的质疑，让几个人都望向宋骜。

想到那日艮墓里迷迷糊糊中发生的一场风流韵事，这位倜傥多情的小王爷脸上似乎也有点挂不住。当然，不是害羞，而是多少有一点歉意……他玩姑娘，一般都是你情我愿，银货两讫，从来没有在这样稀里糊涂的状态下发生的，而且还发生得那样狼狈。

他微垂眸子，并不正视彭欣的眼。

“彭姑娘，可否借一步说话？”

这意思是他想单独说服彭欣？

墨九觉得吃人嘴短，有义务为朋友两肋插刀，挺身而出，而且宋骜这个人油嘴滑舌的，彭欣虽然看着冷漠无情，其实性子极为单纯，根本就不是宋骜的对手，万一着了道儿呢？

于是她挑眉道：“说那么多做甚？一句话，小王爷娶是不娶吧？”

宋骜一怔。

话被墨九挑明了，他也不想藏着掖着，见萧乾一直不动声色，他就晓得这厮向来不讲情分，他只能孤军奋战了。

也是一叹，他厚着脸皮坐下来：“不瞒你说，此事……我向父皇回禀过了。有两个解决之法，就看彭姑娘的意愿了。”

彭欣默然无语，只是冷笑。

墨九却有兴趣：“快，说来听听。”

宋骜抿了抿唇，看着彭欣道：“那日小王已差人向彭姑娘提起过……你我既成事实，若你愿入安王府，我不会推脱。但彭姑娘随性惯了，恐不愿受拘束，那你我一无情分，二无婚媒，不如就学你们江湖之人，青山绿水，后会无期……”

墨九惊叹小王爷的口才，给他一个“你好会说话”的表情，然后代表彭欣冷笑一声：“绕什么绕啊？直接说结果不就行了？”

宋骜有些诧异墨九什么时候成了彭欣的代言人，抿唇思考片刻，见彭欣不为所动，又硬着头皮道出自己的想法：“为了彼此安生，若彭姑娘不愿入安王府做小王的姬妾，那只能委屈姑娘……落胎了！”

“落胎？”

墨九听见了自己抽气似的反问。

寂静的庭院里，只有她一个人出声。

剩下三个人，都静静的。

一阵短暂的沉默后，看彭欣越发苍白的面孔还有那一抹若有似无的冷笑，墨九就晓得以她倔强的牛脾气，宁肯死也不可能接受宋骜提出的任何一个条件。而且，对于一个曾经失去过一个孩子的母亲来说，让她亲自打掉自己的孩子，肯定比要她命更为艰难。

“王爷——”

彭欣终于开口。

可简单的两个字，却如有千斤。

她慢慢转头，盯着宋骜英俊的面孔，慢吞吞道：“在临云山庄的蜡梅园里，我曾找过你。那一日的情形，不知王爷可曾记得？”

墨九心跳骤然加快。

这个谜团盘在她心里好久了。一直都是她想问彭欣，又总是忘记问的事。尤其是从宋骜的样子来看，他之前分明就不认识彭欣，那么，彭欣为何又独独要找他私谈？如今两个人还发生了关系，莫非另有隐情？

她竖起了耳朵，生怕漏掉一个字。

彭欣很淡然，就像在诉说一个旁人的故事，漠视了同样带着倾听神态的宋骜，淡声道：“当时我找王爷时曾说过，你与我的一个故人长得……”考虑片刻，她终是复述了那日的话，也用了那日用过的词：“很是神似。”

墨九再次惊住。

怪不得彭欣找他……

可与宋骜长得像的人，会是谁呢？

莫非也是皇室的哪个龙子龙孙？

彭欣又道：“可还有一件事，我未曾与小王爷明言。”

停顿片刻，她似乎很难启齿。

对一个未婚的姑娘来说，这样的事也确实很难。

望向院墙的一角，她沉吟半晌道：“那个故人不仅仅只是故人，我与他相爱过，很相爱，很相爱。他离开我的寨子时曾答应过我，等他回临安把事情办好，一定会回来娶我，带我去临安看他的故地，见他的亲人……

“他走后，我怀上了他的孩子，可左等右等，不见他来。一年，两年，三年，孩儿会走路了，会叫娘了，他也没有回来。我们的孩子也因病……故去了。”

说到“故去”两个字，她眼角有些闪烁。

看似镇定，仔细观之，分明有泪。

墨九没有做过母亲，却做过母亲的女儿。

这个世上最疼爱孩子的人，就是母亲，而失去孩子对一个母亲来说，那简直就是致命的打击……彭欣心底揪心般地疼痛，也就可想而知了。

彭欣的泪水没有掉下来，她也没有去擦拭眼眶，只依旧盯着墙角，不愠不火地道："我来临安，原是想寻他，可找了数月，却杳无音信……我不知他为何要背弃诺言，也不知他到底是生是死，但今生恐已无缘得见了。而这个孩子……"

她突地抚住肚皮。

用一种祈求的目光望向宋鹜。

"王爷就当可怜一个失去稚子的母亲，把他赏给我如何？"

墨九从来没有在彭欣眼里看见过这样的眼神。

卑微的、渺小的、愿意用全世界去交换的眼神。

她是冷漠高傲的苗疆圣女，自身有着强大的巫蛊能力，不论在人前还是人后，永远都是一种漠视的神态，似乎早已看透了人世冷暖。她会这样恳求宋鹜，墨九很意外，不过，却可以猜测出她一定要这个孩子的原因。

既然宋鹜与她以前孩子的爹长得神似，那么，这个孩子与她死去的孩子样貌相似的可能性也就很大……对于彭欣来说，或许这便是上天的恩赐，是一种生命的救赎，也是对她逝去爱情的祭奠。

彭欣是个死脑筋，墨九明白。

可宋鹜不懂。

他久久无言，看着彭欣的脸，一直怔忡。

这个妇人与他第一次见面是在蜡梅园，原以为她说"王爷长得像我一个故人"是女子搭讪他的伎俩，草草应付了她，他也没有上心。

说来彭欣长得也算是好看的，而宋鹜对美人向来不会拒绝，尤其是送上门来的美人。可大抵是彭欣太过高傲冷漠，他始终没有对她生出歪心思。

在艮墓里，他看见了她。

可她始终沉默不语，他几乎很少感觉到她的存在。

然而就这样一个妇人，他居然与她有了一夕之欢，还珠胎暗结。虽然在山洞里的过程与细节他都记不太清楚了，但也并非没有半点意识，只是刻意不想去回想。偶尔掠过脑子，也如同梦境……

他睡了她，是无可辩驳的。

她怀上了他的孩子，更是板上钉钉的事。

所以他愿意负责，纳她入府。

对一般妇人来说，能嫁入安王府做王爷的姬妾，那也应当是一件祖上蒙荫的荣宠之事了，可没想到，他第一次差人来说，她却断然拒绝。

原来是心底有人了，那情有可原。

但既然有人了，又怎能带上他的孩子？

皇嗣血脉，断不能流落民间。

这不单单是他的意思，也是至化帝和萧贵妃的意思。

当然，宋骜荒唐了几年，却一直没有子女，萧贵妃对彭欣的怀孕是欣喜的。若依她的意思，这个孩子是无论如何也得要的，便是彭欣不肯，也得肯……其实那个“可以放她自由”的选择，是宋骜好不容易争取来的。

江湖女儿多率性。

他以为彭欣会同意他的建议。

毕竟两不相欠，各自安好，是最好的处理。

可她居然要这个孩子，还是以这样的理由。

“彭姑娘——”宋骜看着她，难得脸上没有那种风流情种的戏谑笑意，“你的遭遇小王也很唏嘘，但此事已是我能为你想到的最好的解决办法。你若一定要生下孩儿，就必须随我回安王府。”

彭欣不看他，只冷笑。

宋骜讨了个没趣，俊脸僵硬一下，屈指敲敲脑袋：“你不必担心别的。我王府里也没有王妃，一群姬妾，谁也不是女主。你若去了，除了我，没人敢欺负你。当然，我也不会欺负你……你是自由的，你愿意做什么就做什么，我不会拘束你，一切等生下孩儿再说，你看可好？”

生下孩儿，她能带走吗？

彭欣再一次露出冷笑，突地问宋骜。

“王爷懂得爱吗？”

宋骜又是一怔。

半晌，他摇头：“反正这件事也不急，姑娘仔细思量思量，看我说的可是道理。现在，你先让长渊给你诊诊脉。”

说罢见彭欣不为所动，他叹一口气：“长渊过来之前，我母妃特地召见了他……嘱咐他一定要为你好好安胎。所以这个孩子，并非不受人喜欢，安王府也非人间地狱，你一时也无处可去，暂时居住着也成。等你什么时候想走了，就什么时候离去。”

“不管什么时候离去，都带不走孩子，是吗？”

彭欣反问一句，见宋骜抿唇不语，又轻声道：“王爷，我的决定不会改变。孩子我要，安王府我不去。若王爷定要强求，那便把我的命拿去好了。”

这般决绝的姑娘，让墨九叹息。

怎么就不懂得变通一下呢？

这么硬撑着，她怎会是南荣皇室的对手？

看来关键时候，还得她出马。

墨九冷不丁轻笑一声，按住彭欣冰冷的手背，把“宝儿”从她怀里夺了过来，放下地去，然后笑眯眯道：“和你说了，怀孕不可以抱宠物，你愣是不听。还有啊，嫁个人而已，又不是什么大事。你看我，嫁了一次，又一次，嫁了一次，又一次，不也活得好好的吗？你何苦这么纠结？”

这话说的……

萧乾面孔一沉，脸色难看了。

而彭欣却是微微一愣。

她挣扎了下手，再次被墨九重重按住。

彼此对视一眼，她终是慢慢松手，安静下来。

墨九拍拍她，又笑开了：“男未婚，女未嫁。多好的一件事情！横竖你都是要嫁人的，与其嫁个素不相识的王八蛋，还不如嫁给小王爷呢。他混账是混账了一点，好歹皮相不错，又有钱有势，可以给你富足的生活，为什么就不肯考虑考虑？”

彭欣看着她的眼，嘴皮微动，没有吭声。

墨九也不管旁人怎么想，一脸和事佬的样子，又回头看着宋骜道：“小王爷放心好了，这件事包在我身上，我负责说服彭姑娘，你啊，回去准备着抬她过府就是。当然，虽不是王妃，你也不要太寒酸，该给什么彩礼，一样也不能少。要不然，我这个娘家人，可饶不了你。”

她自动升级为彭欣“娘家人”，让几个人都错愕。

但墨九脸皮厚，不以为意地打个哈哈：“为了南荣皇室的子嗣大事，为了小王爷的儿子……我也就牺牲一下好了。”说到这里，她笑望萧乾：“萧六郎，我得在彭欣这儿住上一阵子，好好说服教育她，非把她那颗榆木脑袋扳正不可。”

“不行！”萧乾想也没想就拒绝。

“为什么不行？”墨九回瞪他。

“我说不行就不行。”

墨九一怔，笑了：“可你是我的谁啊？”

每次问到这个问题，二人之间就会有小小的烽烟燃起。说到底，他们两个的关系确实尴尬，也并不是那么见得光，而萧乾管束她，更非名正言顺。

“我乐意你管呢，你是我男人，我不乐意你管呢，你就是我小叔子……再说，萧大郎还活着呢，六郎这般公然管束长嫂，是哪儿来的道理？”

墨九那张嘴，向来是得理不饶人的，眼看萧乾清俊的面孔越发铁青，她不仅不怕，还不怕死地朝他与宋骜挥了挥手，赶苍蝇似的道：“今儿饭菜做得少，没你们的份，二位爷，请吧？”

宋骜胸膛有点起伏："小寡妇你……"

"我什么我？"墨九大眼珠子瞪他，"你是王爷了不起啊？有没有听说过虎毒不食子？一个亲生孩儿都想杀死的父亲，禽兽不如。说你是禽兽，那是抬举你……哼哼，就这么的吧。九爷累了。退下！"

这一番说教，让贵为皇子的宋骜想撞墙杀人。

可终究他被萧乾挡住了。

拽住宋骜，萧乾默默扫了墨九一眼，一句话都没有，便转身出了院子。她这一句比一句厉害，连珠炮似的，是个正常男人都扛不住，更何况是他与宋骜？

墨九借了三寸不烂之舌，把人撵走了还不解气。

看着二人的背影，她还特地笑着嘱咐："小王爷别忘了啊，咱等你的彩礼哪。"

宋骜出门的时候，气得踢到门槛，差一点摔倒。

出了门，他便恨恨问萧乾："这小寡妇，当真是被你给惯坏了。你自家妇人就不知管束管束？今儿可以骂老子，明儿她不得上天啊？萧长渊，我说你怎么就生生受了，你的脾气哪里去了？我同情你、可怜你、鄙弃你……等着看吧，你真栽在她手里，这辈子的日子，就别想美了。"

萧乾回首望向庭院，好一阵没说话。

等跨上马，他突地侧目，对宋骜道："她原不是这样的。"

宋骜像听了个笑话似的，打个冷笑的哈哈，然后盯着他道："我说萧长渊，你该不会告诉我，其实墨九很善良、很温柔，还很善解人意吧？"

萧乾目光微暖："是。"

宋骜差一点从马上栽下来。

"疯了！都他娘的疯了！一个小寡妇不可理喻也就罢了，你也跟着她敲我的闷锤。还有那个彭欣……你说这世上怎会有这样固执的妇人？没有过门就为男人生孩子。如今也是，什么都不管，愣是要生！你真该给她诊治诊治，脑子指定坏了——"

萧乾瞥他一眼，不予理会。

蓝姑姑扒着门缝看了一眼，又缩回院子里。

"姑娘，小王爷和萧使君走远了。"

墨九懒洋洋地揉额头："走了好，免得看着闹心。"

蓝姑姑看她一脸无所谓的样子，似乎松了一口气。这件事说到底她是怕她家姑娘受到伤害，既然墨九对萧乾是这样的态度，那也就没事了，她也不用白操心了。

蓝姑姑张罗着泡茶去了，墨九叉着腰愉快地在院子里走来走去，美其名曰"饭后消食"，一个人消食不算，她想了想，又回头让孕妇彭欣一起消食。于是，她拉着彭欣，旺财跟着她，二人一狗就一直"消食"，可消食还没完毕，墨九又开始细数晚上要吃的菜了。

彭欣忍不住皱眉："你还吃得下？"

墨九瞪眼睛："我为什么吃不下？"

彭欣眉头微蹙："你当真要我入安王府？"

噗一声，墨九笑出来："说你傻你还真的傻，他们要做什么，是他们的事，咱们要做什么，是咱们的事，忽悠一下他又有什么关系？再说，指不定你明儿又改变主意，想嫁给小王爷了呢？毕竟他长得好看，又与你的……故人神似。"

于是这天晚上墨九又吃了一顿湘菜。

当然还是彭欣亲自做的。

吃着香喷喷的饭菜，墨九突然有点同情小王爷了，像彭欣这种上得厅堂下得厨房的女人他要不着，却整天醉生梦死，真是一出人间悲剧。

夜幕慢慢拉开。

春季的夜间，似有青草的味。

两个月来墨九第一次没有睡在枢密使府萧乾的房间，从一开始的舒坦，慢慢就有些不自在了……先前在府上吧，她总是天一擦黑就犯困，而且每次睡下去都稀里糊涂，人事不省。这好不容易出来轻松了，居然没有半点困意。

"姑娘，吃药了！"

蓝姑姑对墨九的事向来尽职尽责，下午的时候，趁着墨九与彭欣在屋子里研究云雨蛊的事，她特地回了枢密使府一趟，拿了墨九的药过来，这会儿才刚刚在灶上煎好，赶紧端了进来。

看墨九懒洋洋倚在榻上发呆，她念叨着就拿勺子盛了喂她："姑娘的伤还没好透呢，不能受凉的，夜里风大，坐着也不在膝上搭个被子……把身子骨将息好，一切从长计议，乖乖的，来，张嘴……"

墨九努嘴偏头，看向床侧的高杌子。

"先放那里，等凉一下再喝。"

"哎，好。"蓝姑姑小心翼翼放下药碗。

"姑姑，"墨九冷不丁打个喷嚏，扯了扯身上的被子道，"你去找彭姑娘那个管事的婆子，再帮我拿一床棉被来，这个被子也太薄了……"

"薄吗？这都入春了……"蓝姑姑狐疑地捏了捏被子。

"倒春寒你听过没？"墨九狠狠瞪她一眼。

住在人家的地方，她们就是客。主人的东西，不能不问自取。蓝姑姑生怕墨九受凉，赶紧出去找方婆子，然后回禀了彭欣要被子。这等小事，彭欣自然不会不允。

等蓝姑姑抱着被子回来的时候，看墨九已经把药喝光了，只剩一只碗在那里，不由得欣慰地一叹："姑娘也是，往常在府里吃个药，还得我哄来哄去，这出了府吧，却是乖巧了。”

“废话！我一直很乖好不好？”墨九打个哈欠躺在床上。

蓝姑姑晓得她最近犯困，见她睡下了，也不再啰唆，赶紧把要来的被子搭在她的身上，放下帐子就轻手轻脚地出去了。

三更时，一场春雨润透了临安。

沥沥的雨滴洒在房梁上，为安静的院子添了细碎的声音。

这时，一个影子翻入院子，越过在外间睡觉的蓝姑姑和玫儿，慢慢摸入墨九的房间，靠近了那一张千工床。房间里没有点灯，窗户幽幽的光线下，轻垂的帐幔外只有一道隐隐的黑影。

想到帐子里的温香软玉，萧乾放慢了脚步。

站在床边，闻着空气里幽淡的清香，他修长的手指慢慢抬起，撩开帐子……床上的被子是隆起的，可等他掀开那一层伪装，里面却什么也没有。

人呢？他微微一怔。

“嗨！”

背后突地被人一拍，一个清脆带笑的声音，让他绷紧的神经一缓，猛地拽住那只手把那人往身前一勒，便紧紧拖住，沉声道：“阿九，你吓死我了。”

墨九没有挣扎。

认识这么久，她从没听他说过“吓”。

好不容易得了这样的机会，她得多回味回味。

拖她一会儿，见她乖乖地伏在怀里，没有半点动静，也不多问一句，萧乾手臂缓缓松开，低头凝视着，抬高她的下巴，声音暗哑：“你没有乖乖吃药？”

“呵呵！”墨九不阴不阳地笑着，双臂水蛇一样缠住他的脖子，身子偎靠过去，轻轻摩挲着他，徐徐道：“我若吃了药，又怎样能看见半夜入房与嫂嫂私会的登徒子？”

萧乾一怔，手臂微微有些发沉。

“阿九……”

接下去的解释，他说不出口，喉咙像堵了团棉花，紧紧盯住墨九黑暗里的轮廓，似乎怕她生气……然而墨九却低低笑了一声，拉着他的手，把帐子往两边一拨，径直坐在床沿上，坦然自若地道：“你大半夜地翻墙入室，来一趟也不容易，不要这么严肃嘛，月黑风高正当时，我们两个好好摆摆话。”

睨着她，萧乾眸色深沉。

他知道这个小妇人鬼心眼子多，可这会儿却全不知她的葫芦里到底卖的什么药。坐在床沿上，他左不是，右不是，怎么开口都不是。墨九却不以为意，按压着他的手，低声安抚：“乖乖的，等我去掌灯。”

灯台上的烛火亮了。

暖融融的一圈光晕，笼罩着两个人。

墨九坐回萧乾的身边，水灵灵的眼珠子无辜地望着他，唇角带笑，眸底也带笑，像一个什么都不知道的乖孩子，不问不语，就那般眼睛一眨不眨地盯住他。

萧乾面色微敛："阿九看我做甚？"

墨九咬着下唇发笑："我为了见你一面，足足等了两个月，那可真真儿不容易。这样的机会得来不易，自然要好好看看的……"

微笑时的墨九，好看得像一朵枝头带着露水的花，又俏又娇，又自然又大方，就好像她真的什么都不知道，什么也不介意一般。

可萧乾不傻。

他很清楚，以她的聪明是知道了。

喟叹一声，他道："想问什么，就问吧。"

"你这么紧张做什么？我只是想看看你而已，有什么想问的？"墨九突地挑高眉梢，似笑非笑道，"莫非你有什么见不得人的苟且之事，生怕我晓得？嗯？"

墨九的脑子向来异于常人，她这样冷静的处理方法，是绝对明智的。不哭不闹，不吼不骂，就能把男人治得死死的……萧乾看着她这乖巧的模样，哪里还有与她斗智斗勇的心思？

逃不掉的，总归得面对。

"阿九，事情并非你以为的那样。"

第一句话出口，他便带了幽幽的叹息。

这是要给她交代的节奏？墨九微微一哂，双臂紧紧搂住他的胳膊，整个人都趴在了他的身上，一脸小女人的娇态："不是我想的那样自然最好了。那你快点告诉我，到底是怎样？"

他没有说话，似乎在思考。

墨九撇了撇嘴巴，也不太客气，反正闲着也是闲着，浪费光阴是一种可耻的行为，有美男在侧，她不趁机揩油，实在枉自称了一回"九爷"。所以她状似在耐心倾听，一只作怪的手却在萧乾的身上揉来捏去，从上到下，一点不落。她分明只是为了好玩，可衣料的窸窣声在萧乾听来，却格外暧昧。

他无奈地按紧她的手："老实点！"

墨九不肯吃亏："你老实说了，我也就老实了。"

"好。"萧乾逮住墨九的手，将她柔若无骨的小手纳入掌心，轻轻揉捏着，慢慢说了些这些日子的事情。他素来少言寡语，并不擅长长篇赘述，但为了让墨九听懂，也算尽量细化了。

他们一行人在艮墓里拿到了仕女玉雕，原本是一件大功劳，比如苏逸就凭借上交仕女玉雕，从三司使直接升任了南荣丞相，也成了南荣史上最为年轻的宰相，他的风光，一时无两。

可好事不出门，坏事传千里。

玉嘉在墓里的“勾当”，不知哪里走漏的风声，传得满城风雨。

她本来就一心一意想要嫁给萧乾，这才磋跎到了十九岁。至化帝心疼女儿，也属意萧乾这个佳婿。在这样的时代，有了姻亲关系，许多事情就好解决了。于是，为了皇室声誉，至化帝召萧乾入宫，要把玉嘉公主赐婚给他。理由很简单，他们两个的暧昧关系如今众所周知了，他若不娶他女儿，旁人又如何敢娶？

这个暧昧对萧乾来说，有点牵强。

可皇帝金口玉言，他说是，自然得是。

这是其一。

其二便是宋熹。

宋熹身上原本就有旧伤，这次从阴冢摔下来，差一点半身不遂。从艮墓抬出来时，他几乎掉了半条命，更紧要的是，他脸上和脖子上被女人的指甲抓挠出来的伤痕，太过显眼……

人人都知道他是与墨九一道在山洞里被发现的，而宋骜与彭欣都发生了关系，这萧乾进入石室之时，墨九与宋熹是个什么情形，难保不让人怀疑，于是风言风语也不少。

听到这里，墨九注意到了萧乾的表情变化。

她笑问：“那你是怎样想的，我与东寂？”

冷寂的房间里，光影重重，衬得萧乾轮廓分明的面孔更为俊美，但仔细观之，表情明明灭灭，却令人难以捉摸。

他许久没有回答，墨九也不着急，只似笑非笑地睨视着他，一只手轻轻搭在他的臂弯里，指尖来来回回摩挲他衣底软肉，像只是问了一句无关紧要的话。

“阿九……”

萧乾轻唤一声。

可许久，再无下文。

墨九眉一蹙，微抬下巴：“说啊，有什么说什么。”

这一次萧乾仍旧没有回答，盯着她水灵灵的眸子，他喉结微微一滑，像是难以启齿。素来光风霁月、坦坦荡荡的萧六郎，不论是战场上的大敌当前，还是朝堂上的刀光剑影，他从来没有这般紧张与不安过……

于是不需要他说，墨九也知晓了。

有宋骜与彭欣活生生的例子在前，若墨九只是局外人，想不怀疑她与东寂在石室里有暧昧恐怕也不可能，就算萧乾并不是疑心病重的男人，可能心底也认定了她与东寂清白不了。

墨九想到了那日他从艮墓抱她出来的情形。

他见到她与东寂时，他们正在整理衣服。

在那一盏风灯幽暗的火光中，他的脸色那样难看，凝重。

还有他那些她当时听来奇奇怪怪的话。

恐怕在那个时候，他就已经怀疑上了吧？

“阿九……”萧乾见她盯着自己不说话，眸色黯了又黯，终是喟叹一声，慢慢搂住她，手指一点点移动，握紧她的小腰，裹了裹，又重重将她纳入怀里，那力道大得似是恨不能与她融为一体。

“过去的事情，我们不必耿耿于怀。”

墨九唇角微微抽搐。

这么说来这个男人已经做好思想建设了？他以为她与东寂两个已经是不干不净的了，不过，他在经过一番激烈的心理挣扎之后，终于决定把“那事”当成过去，不与她计较，所以还是一如既往地对她好，但偏生心里又有一道坎迈不过去？

默默地揉了揉鼻子，墨九失笑道：“既然六郎觉得一切都没有关系，也都说服自己看开了，为什么这两个月你却要故意避开我，每天晚上都那么晚才回来？害得我想见你一面都难。”

萧乾目光微微一闪。

他似乎不敢正视墨九的眼睛，低下头，下巴蹭着她的额头。

“阿九……你是个聪明的姑娘……”

这叫什么回答？墨九双眸微微一眯，唇角轻勾，脸上似是掠过一抹若有若无的笑意，可仔细看时，脸色却很凝重，甚至带了一点无辜的痛苦，连声音都有着颤意。

“六郎，难道你就不想知道……在你没入石室之前，我与东寂究竟发展到哪一步了？”

萧乾手臂微微一紧。

好半晌，他高大的身躯僵硬着，一动也没有动，可握住她腰的掌心，都捏出了冷汗……在看到石室里那一幕的时候，他心里难受的滋味比之二十年来的累积都要多，可事情都已经那样了，他又能如何？

他不想问她，也不想知道墨九与宋熹到底进展到什么地步。对于他来说，有关此事的细节，多听一个字都不想。既然两个人已经决定了要共同面对未来，她又并非主动与宋熹亲热，结果如何，也就不那么重要了。

“阿九，我不想听。”

墨九的唇角，慢慢上扬。

只一瞬，她又耷拉下眼皮，继续苦着脸拨弄他的领口，身子软绵绵地趴在他怀里，声音柔弱地叹息道：“可是我……想说，很想说。虽然这件事有些难以启齿，可事情憋在心里久了，会难受，会生病。可这么羞耻，这么难堪的事，我不能说与旁人……”

她幽幽地叹息，幽幽的声音，每一个字都似饱含痛苦。萧乾眉心紧皱着，掌心一直轻缓地顺着她的头发，像在安抚她，更像在安抚他自己。

深浅不一地呼吸着，好一会儿，他沉下声音。

“阿九若想倾诉，便与我说吧。”

墨九双臂张开，更深地趴入他怀里，双肩微微战栗。

“六郎，你真好……呜……”

萧乾神色微凛，握紧她的双肩，想把她抬起来。

“阿九，莫哭……”

墨九拼死不抬头，一副不好意思见人的样子，别扭地挣扎着，只有一对肩膀抖动得更加厉害：“六郎……六郎……”

她轻轻地低喃，能媚掉男人的魂儿。

也能让男人怜惜得心都碎掉。

空间里，陷入了短暂的沉寂。

萧乾清俊的面孔上露出一种似遗憾、似无奈，又似心酸的神色，他静静抱住墨九，胳膊紧了又紧，好一会儿方才将视线落在她的头顶，然后疼惜地勾住她的下巴，把她的头抬了起来。

“阿九……”

刚唤出声，他就愣住了。

墨九哪里是在哭，分明是在笑！

演戏骗了萧乾，墨九憋笑憋得肩膀直颤抖，看萧乾发愣，原本阴霾的心情瞬间晴朗，噗一声便笑了出来：“六郎，你也太老实了！”说罢她往里坐了坐，将头凑到萧乾的肩窝，嘴唇对着他的耳朵细细呵气：“你听好了。其实我与东寂，什么也没有发生。至少没有你胡思乱想的那些破事。”

萧乾目光一怔。

看他的样子，似乎仍然不肯相信。

毕竟当时云雨蛊感应到那么强烈的欲望……

墨九无奈敛容，不再与他玩笑，神色复杂地盯着他：“东寂是个正人君子，即便是那般情况了，也克制着自己。所以你晓得我为什么先前要骂宋骜了吗？”

想到彭欣和她肚子里的孩子，她眸子幽暗：“一个男人自己管不住裤腰带，让女人怀上了他的孩子，不仅半点不找自己的原因，也不为自己的女人和孩子做主，反倒要逼自己的女人落胎，完全是强权行为。”

唉！萧乾重重一叹。

他不能理解墨九为什么会有这样的想法。在他看来，宋骜的选择是没有错的，而那所谓的“强权”，也不过是皇室的权威，从古到今，所有人都在遵循的一种既定法则。但他不愿在这个时候与墨九争辩，也不试图说服她——毕竟那是宋骜的事，他没有掺和的兴趣。

“阿九……”他轻抚墨九的后背，慢慢将她拉拢过来，似乎有些歉疚，又似乎是怕她生气，像在哄一个受了委屈的孩子，“是我不好，误会了你。”不管信不信，他都已不想追究。

“终于肯承认了，你误会我了？”墨九下巴高高抬起，像个骄傲的公主，半分不肯接受他的歉意，“那好，这件事就此结束。继续说吧！你先前没有说完的事。”

萧乾笑得有点勉强：“你不是猜到了？”

墨九哼哼一声，挑衅地盯着他：“我可猜不到。我笨得很。”

萧乾静默片刻：“皇帝以你与宋熹既成事实为由，要纳你入东宫。”

墨九微微一愣：“什么？这狗皇帝！”

不得不说至化帝的小算盘打得好，说不定知道了这些事还偷偷高兴呢。她是墨家巨子，老皇帝肯定早就想把她“收编”成自己人了，毕竟八卦墓开启不到一半，武器图谱连影子都没有，只有自己人他才信得过。

然而墨九是萧家的媳妇，他找不到这样的理由。

于是有了艮墓这一出，他自然顺水推舟。

“皇帝许你太子平妻之位……”

谢忱死了，谢青嫿没有了靠山，那个太子妃的位置自然岌岌可危。现在的太子妃就是未来的皇后。依至化帝的想法，恐怕没有女人会拒绝这样的诱惑吧？

墨九冷笑：“可他难道忘了，我是萧大郎明媒正娶的妻子？”

“……”萧乾没有回答，他也不喜欢她那个身份。

墨九挑了挑眉梢，唇角又是牵出一抹冷笑：“还有，他莫非忘了，我可是天寡之命……克死几个男人了，他就不怕我把他的儿子给克死了？”

这是人所共知的事，皇帝为什么不避讳，墨九很奇怪。可萧乾却似半分都不奇怪。他凝目看着她，沉默一瞬，道：“皇帝不止一个儿子。”

像是听了什么恐怖的事情，墨九脸色都变了：“这怎么可能？”

这是她不敢想象的事情，为了武器图谱，为了争霸天下的宏图大业，真的会有人愿意牺牲掉自己的儿子吗？怪不得都说皇家无父子无亲情，这么一说，她下意识地同情东寂了。

萧乾补充：“更何况天寡也只是一说，皇帝未必相信。”

“有些道理。”墨九的笑容阴恻恻的，“那为什么你一开始不同意医治东寂，后来又愿意医治他了？”

萧乾神色微微别扭：“我不想治他，是介意他在艮墓对你之所为……”见墨九瞪他，他清了清嗓子，不再提起那事："后来医治他，是应皇帝所求。"

听上去是那么一个理儿。

可墨九却觉得还是有一点牵强。

"皇帝一开始也让你治了，你不也没有同意？"

萧乾眉头微皱，似有什么不好开口："可他毕竟是皇帝。"

这话听上去依旧很有道理。

但萧乾犹豫的神色没有逃过墨九犀利的双眼。

她唇角一弯："行，那结果呢，你到底有没有同意娶玉嘉？"

萧乾自然不同意娶玉嘉。

可玉嘉在艮墓里把她自己的清白毁了个一干二净，也心知她与萧六郎的姻缘，成败都在此一举了。若萧六郎不愿娶她，她往后如何做人？一哭二闹三上吊，是时下女子常用的砝码，而玉嘉不是做戏，在得知萧乾拒绝之后，她真的闹了自杀。

当然，结果她没有死成。反倒是谢贵妃痛哭一场，又心疼儿子又心疼女儿，跪请至化帝，一定要为玉嘉主婚。若不然她母女二人只能死在金銮殿前了。

说到这里，看萧乾神色有异，墨九却笑了。

"所以，你同意了？"

萧乾目光暗沉，默认了。

"阿九放心，这事我自会处理……"

"处理什么？"墨九撇了撇嘴，"做驸马不是好事吗？多少人求都求不来的好事呢。我不介意的。只是奇怪这老皇帝也忒心狠了，不怕我克死他的儿子，也不怕你克死他最宠爱的女儿？"

萧乾冷笑："他或许只要一个女婿。"

墨九："……"

也就是说，只要让萧乾做女婿，为了这一门姻亲关系，哪怕克死女儿也不管？思考片刻，墨九脸上淡淡的，似乎真的半点都不介意萧乾同意娶玉嘉的事，又低声问他："那东寂的身子，恢复得怎样了？"

她言语间有着对宋熹的关心，萧乾似乎不太舒服，答得很生硬："死不了。"

哦一声，墨九脸上情绪不明，瞥他一眼，她又问："他堂堂太子，什么旧伤那样严重？"

听她再次问及宋熹，萧乾抿了抿嘴巴，盯住她的眼。

"你怎么不问问我，为什么要答应皇帝赐婚？"

"噫，奇怪了！你为什么答应，与我何干？你既然答应了，自然有你答应的理由。再说，做驸马的人是你，又不是我，我又睡不上漂亮的公主，问也是白问，不如不问。"墨九笑嘻嘻说罢，脸上没有半点介意。

萧乾再一次皱眉。

瞧他脸上的神色，似乎被抛弃的人是他。

墨九乐了乐，却也不多问。

其实她又怎会不知道，萧六郎答应娶公主自然是有他的安排的。不过，如今的他还没有办法与至化帝分庭抗礼，更没有走到必须与皇室决裂，殊死一搏的地步。从大局考虑，鱼死网破是不值当的。他一旦输了，就会满盘皆输。即便换作她自己，在萧乾的处境，肯定也会好好掂量。

不过，萧六郎并非委曲求全的人。墨九总觉得其中另有隐情，一个皇帝可以逼六郎就范的隐情。但很显然，不论她怎么问，他都不可能告诉她。

“可我仔细想想，事情没这么简单耶，你睡了公主，我们的云雨蛊要造反怎么办？”墨九笑吟吟盯住他，突然话锋一转，“而且我不喜欢人家觊觎我的东西。我墨九看上的男人，就是我的。”

萧乾被她带着话题，有些怔忡。

从头到尾，他都不明白墨九到底介意还是不介意。

“萧六郎，我这个人对什么事都不认真，只要不太过分，都可以由着人家去。可唯独我的男人，旁人碰不得，一根指头也休想染指。”顿了顿，墨九声音突地凝重：“谁打我男人的主意，就是找死！”

萧乾眸色一沉，伸手拨开她散乱的头发，抚着她白皙撩人的面孔，似有不悦：“阿九不要乱来。我又没死，用不着你出头。”

“呵呵……”墨九一只手勾紧他的脖子，“我是那么好欺负的吗？”

萧乾目光幽幽，被她游走在胸膛上的另一只手乱了心绪。

眸色一沉，他声音喑哑：“阿九要做什么？”

深深盯住他，墨九朝他呵气，淡笑。

“小叔子，她的人间地狱到了！”

墨九自认不算好人，可她从不主动祸害别人，也愿意每天睁开眼看见的就是人间处处是美好，可如果人家欺负到头上了，她也不会善罢甘休。一定得让欺负她的人看到，什么叫噩梦。

“……阿九！”

萧乾看着她笑吟吟的脸，一时猜不透她的心思。

这个妇人太有主意了。

谈笑之间的话，向来不知真假。

墨九也不与他解释，抱住他的腰身，慢慢把他推倒，躺在床头，冲他笑了笑，自己也躺上去靠在他身边，双手蛇一样紧紧勒住他，不许他起身，然后紧紧依偎着不再动弹。

“六郎放心好了，我认真起来是很认真的，一定不干坏事……”微微抬头，她目光楚楚，似蕴了一池水光，“不说那些不开心的事了。我两个月都没有见着你了，我好想你……现在你什么也别问，让我安安静静地抱你一会儿可好？”

以柔克刚是古今不变的法则。

这样柔情似水的墨九，便是萧六郎心底有一万个疑问也问不出来。而且她软绵绵的身子那般乖巧地依偎着他，似会勾人魂魄，一抱再抱，便抱上了瘾，哪怕他觉得不妥，也实在舍不得起身。

他安抚地轻拍她：“既是想我，为何不肯回府？还说要在这儿住上几个月。”

墨九微微合眼，像是有些犯困，有气无力地道：“那不是生气时说的话吗，谁让你那样对我？下回你再瞒我什么，可不会这样轻松过关了。”

“宋骜说得没错。”萧乾突地一叹。

“哼！他说我什么了？”提到宋骜，墨九就没好气。

“你啊，被我惯坏了！”

“呵”一声，墨九笑得有点阴阳怪气：“那是你们不了解我。如果这点小苦头都吃不下去，那往后的日子，你就有的罪受了……”

这句话竟与宋骜不谋而合。

萧乾纵容地一笑，似乎并不介意她的嚣张，掌心慢慢顺着她的胳膊，安抚地轻拍着，静默片刻，似随意唠家常似的，冷不丁换了话题。

“我一开始回到萧家，只是想讨回他们欠我母亲的……可萧运长是我父亲，我能把他如何？而谢忱，贵为南荣丞相，手握生杀大权，萧家又日渐没落，那时的我……只能等待机会。”

萧乾平常很少与她交心，更很少谈及他自己的想法，这算是破天荒的第一次了。墨九怔了怔，不知道他今日为什么那么多情绪。难道他是为了让她明白他暂时应诺娶玉嘉公主，也是与对付谢忱一样，是权宜之计，或者蓄势待发，以图后计？

她不知道该怎么回应。

静静听他说完，她掌心顺着他胸口落下，找到他的手紧紧握住。

“都过去了，你仇也报了，就少想不开心的。”

“还没有过去。”萧乾淡淡道。

“姓谢的父子两个都没了。”

“可谢家的人还有。”

墨九慢慢抬起头，看他深邃幽冷的眸子……她有些不理解，那谢忱当年到底对他们母子两个做了什么，让他恨得如此彻底，便是杀了他也不消恨？

“六郎……”墨九揽住他的脖子，将脸挨上去，在他下巴上蹭了蹭，柔声道，“有时候做人得学会放下。我不是劝你放下仇恨，我是想我郎能放过自己……你忘不掉那些仇恨，就很难快活。人生是短暂的，一辈子的光阴也不过指尖流沙。过一天，就少一天，为什么不珍惜当下，好好过活？”

萧乾久久不语。

低头盯住墨九的眼，他吻在她的眼角。

“阿九，以往我只觉人生漫长，如今却觉短暂。”

“嗯？”墨九映着火光的眸子，如有星光在跳跃，“为什么？”

萧乾与她对视：“因为你，阿九。因为我有了你。”

很简单的一句话，却情深如许。两个人互视着，似乎都不想破坏这旖旎温存的气氛，良久都没有人开口，呼吸交错、身体交缠、馨香萦绕，似深陷在某种温暖的情绪中无力自拔。静悄悄的屋子，夜风幽然，没有人声，只有他们彼此的呼吸与心跳，像有节奏跳动的旋律，格外惹人情思。

墨九凑上唇，吻他的脸。

“六郎……”

她不待他回答，唇滑下来，紧紧堵上他的唇，轻撬开他的齿。与他紧紧拥抱，切切纠缠，就像两根在水底游动的水草，缠绕着彼此，再也不想分开……

津沫交流，他被她带动着，慢慢沉迷，贴她越来越紧。墨九原本在睡觉，就只穿了一层薄薄的寝衣，这般夹心饼似的一裹，她呼吸急促，身子慢慢就热了……

她火一样的热情，令他情动不已，低唤一声“阿九”，便将胳膊垫在她的后脖里，身子深深地压了下去，捕捉她柔软的唇角……可墨九却似受不得痒，轻轻一笑，侧开头去。

“六郎等等，我还有一件事要问你。”

销魂片刻被打断，总是不舒服的。

萧乾面色微凝，哑声问：“何事？”

墨九严肃着脸，一本正经道：“若为了你的复仇，为了你的大业，必须要牺牲掉我，或者牺牲掉我们的感情……比如一定要你与玉嘉公主圆房，你会怎么做？”

萧乾一颗心被她撩得火烧火燎，宠爱地拎拎她的鼻头，又凑过去吻她，呼吸灼热：“阿九不要傻。我不会让这样的事发生……”

墨九低笑一声，搂紧他的脖子，却躲开了他的吻：“好吧，我相信你……我脚伤还没有好透，有点不舒服，想休息一会儿。六郎也陪我休息一会儿可好？你若困了，也可以先在这里睡下。我也不会嫌弃你……”

这个宅子是彭欣的，萧乾自然不愿意在这里睡下，可被墨九搂着搂着，他闭上眼睛，呼吸慢慢均匀，竟是进入了梦乡。

“萧六郎，对不起。”

墨九见他没有动静了，慢慢抬头，把脸贴在他的脸上，摩挲着，声音很轻，却满是柔情："我必须让你知道，墨九不是普通小妇人，更不可能任人摆布……我只能是我，即便是为了你，我也不能失去自己。"

梆——

更敲四声，这一场春雨似乎下大了。

淅淅沥沥的声音敲在屋顶的瓦片上，如一首怡人的小夜曲。

墨九慢慢从床榻上坐起，翻过萧乾的身子，趿上鞋子走到门口，拉开了房门。一个人影慢慢进来，他的身后跟着蹑手蹑脚的玫儿。两个人一前一后入了屋，他看见墨九灯火下略带潮红的脸，慢慢垂下眸子。

"巨子，我来了……"

"玫儿都告诉你了吧？"墨九瞥他一眼，问得漫不经心。

墨妄抿了抿唇，目光掠过在榻上睡得正沉的萧乾："玫儿姑娘都交代了，可巨子有考虑好吗？这件事太过冒险，若萧使君醒来知晓，恐会怪罪……"

"怪罪又如何？"墨九扣紧衣裳的领口，"我决定了。"

这样冷漠无情的墨九，并不是墨妄熟悉的，可固执己见的墨九，却是墨妄认识的。不管他支不支持墨九的决定，她如今是墨家巨子，身为左执事，他只得一切听令行事。

"那便依巨子之言行事吧。"

在墨九身边的人里，她其实最信得过玫儿。别看小丫头年纪小，却机灵、聪慧，而且嘴巴也严，很多时候比蓝姑姑更靠谱。所以这件事，她连蓝姑姑都瞒着，只单独吩咐玫儿去通知了墨妄。

……可她说不担心，其实还是担心的。

而且唯一担心的，也只是他而已。

墨九暗叹一声，回头瞥一眼熟睡的萧乾。

"做人，有时候就得冒险。干吧！"

墨妄看她慵懒带笑的模样，似乎全然不知凶险，终于无奈叹息一声，放下心底最后一丝规劝的想法，瞥向依旧熟睡在榻上的萧乾。

这么折腾，他都没有醒，看来是"睡"得太深了。

他凝视墨九："你给他下毒了？"

"没有啊！"墨九挑眉，正经道，"只是药而已。"

这药是她从彭欣那里拿来的，没有怪味，也没有别的危害，还可以让人美美地睡上一觉，确实是苗疆不可多得的安眠圣品。

当然，要对萧乾下药是一件难度较大的事，他的鼻子对药材的敏感度比旺财还要厉害，所以墨九不得不牺牲色相，先服下解药，再利用与他接吻的机会，趁他失神，撬开他的唇喂他吃下。

摇了摇头，墨妄由衷感慨："堂堂判官六，以医术无双而闻名于世。此番阴沟里翻了船，等他醒来，会不会想要生剥了你？”

呵呵！

墨九怪笑一声，回答得轻巧。

“以牙还牙而已！”

嘴上这么说，可她还真的不知道，萧乾醒来会不会活剥了她。

思及此，她唇一扬，笑道：“所以……我得先下手为强。”

墨妄神色一滞：“你还要做什么？”

墨九轻飘飘瞥他一眼，并不答他话，趿着脚走回床边，拉过被子把萧乾好好盖住，定定看他半晌，却没有挪步。

有些话不必说，有些解释很多余，也许她的行为对他们来说都是匪夷所思的，不是女人该做的。但这就是墨九，特立独行的墨九，不需要任何人觉得她好，也不需要任何人觉得她对，她只做自己想做的事，无愧于心就行。

“巨子，若不然……”看她呆立，墨妄又想劝。

“不必说了——”墨九不给他机会，抿紧嘴角回头，将墨妄带过来的衣套直接套在外面，冷凝着脸道，“我们迅速一点，时间不等人。”

他们没有直接从庭院大门出去，而是从墨妄来时的后门绕出去的。萧乾身边经常会有暗卫跟随，而墨九先前非得拉他上床与他亲热，也是因为这个……

如果有暗卫跟着，他们不可能看他家主子办事，一看他们玩“羞羞”，自然会离得稍稍远一些，也就不会知道萧乾身上发生了什么事。这样，就算她出屋被他们发现，她随便找个理由也能搪塞过去。

然而他们并未出现。

天空黑幕未退，小雨还在淅沥下着。

除了庭院里那盏灯笼，谁也不曾见到院中之事。

墨妄准备好的马车静静等在离宅子百十来丈的官道上，有两名墨家弟子守在车边，见到墨九趿着脚过来，都毕恭毕敬上前唤“巨子”。墨九冲他们点点头，也不多言，径直上了马车，往皇城方向驶去。

夜风撩动着车帘，墨妄骑马跟在身边。

雨不大，他戴着斗笠，衣裳微湿。

但他并没有在意，盯着帘起时墨九美艳的侧脸，眸色深沉。

马车隐在夜幕中，她却隐在马车里。透过春雨朦胧的薄雾，她脸上似蒙了一层玉质的光华。紧抿的唇、挺翘的鼻……有一种罕见的严肃感，熟悉却又陌生。

从前那个拉着他唤师兄的姑娘，终是一去不复返了。

不知不觉中，他与她竟离得那样远。

“巨子，到了。”

马车辚辚驶过御街，在和宁门外一个黑暗的拐角停下。

他们处在阴影里，而和宁门的光线下，守卫的禁军却清晰可见。墨妄往远处望了一眼，站在车帘外对墨九道：“五更便有皇城的运水车进入大内，我都安排好了，等下我们藏身水桶之中，跟随去水房。每天运水车都会来回数趟，守卫查得不严，但我们还是得小心。”

墨九撩开车帘，盯住和宁门点点头。

“左执事辛苦了。”

墨妄微微一愣。

良久，他终是叹气：“不辛苦，应当的。”

不习惯客气，却又不得不客气，这样的疏远对墨九来说没有什么，她甚至不觉得疏远，只当成是正常的交往。可与往昔的亲密相比，墨妄却有些揪心。

然而，他并非墨九的谁，甚至他还是墨九的属下，没有办法要求得到她更多的青睐。甚至他都没有勇气要求她换个称呼，还像从前那般唤他“师兄”……师兄也是“兄”，做不成其他，做她的“兄长”也是好的。

“不知右执事身子可大好了？”

闲着等待也是无聊，墨九便小声问及尚雅。

那一日在艮墓里，尚雅与乔占平上演了一出“生死绝恋”，也让墨九大受感动，对她的印象大为改观。可出了艮墓她自己也在养伤，没有办法顾及尚雅的事，只晓得人还活着。如今得了机会，她也就顺便关心一下了。

墨妄沉吟着，回道：“右执事因祸得福了……”

原来如她所料，果然是阳冢的“阴阳杀”以极阳之毒解去了尚雅体内的媚蛊。不过她身子也受损严重，经年蛊毒与阴阳杀相冲，让她身体消耗严重，一时半会儿恢复不过来，如今墨家大事小事，几乎都由墨妄与几位长老在处理，尚雅已无力过问，左右两派一统的机会，似乎就要来临。

另外，因祸得福的还有尚雅与乔占平的缘分。

想来是经了一番生死，看淡了那些与彼此感情无关的俗事牵绊，在尚雅养病期间，乔占平寸步不离地守着她，无怨无悔地端水洗脚，喂药擦身，似乎恨不得把过去浪费的时光通通找补回来。

“这确实是因祸得福了！”墨九点点头，突地又一脸严肃，“不过这货干了那么多缺德事，还能得此机缘，成就美满……老天也真是太过偏爱她了。我这么善良的人，怎么就没有这么顺利呢？”

她愤愤不平地问墨妄。

可墨妄又能问谁？

比起她来，他又何尝能得美满？

他牵唇苦笑一下：“巨子福慧双修，一定会美满的。”

墨九抿着嘴，飞眼瞄他：“你有没有考虑过自己？”想到那日方姬然嘴里吐出的“六郎”，墨九喉咙哽了哽，又笑道：“你与我姐姐如今都是单身，既是有缘人，何不考虑一下……”

她话还没有说完，墨妄面色便有些沉。

可这时，一辆拉水的马车驶过来，打断了他们的对话。

拉车的汉子与墨妄是相熟的，他打了个手势，墨妄便朝他点点头，扶着墨九走向水车，令两名墨家弟子在原地等候。

兹事体大，人越多越容易出事，墨九很是小心，若不是脚不太方便，又不会武艺，她连墨妄都不想带……然而如今却是非他不可。

“巨子，左执事。”拉车的汉子低唤一声，“你们快些，趁着换防，我们好入城……”

皇城里运水的木桶体积都非常大，墨九蹲身躲进去，不仅不拥挤，还很轻松。这个拉车的汉子也是墨家人，装水的木桶也是经了墨妄之手改良过的，与魔术箱类似，分为上下两层，他们往下面一躲，留出通风口，上面一层依旧装水，旁人就算打开水桶，也看不见。

“王老三，你磨蹭什么呢？”

那边有一个禁军在低吼。

王老三哎一声：“方便了一下，马上就来。”

水车启动了，滋咕滋咕地响着往城门驶去。

向皇城运送饮用水是一件大事，每日运水的车辆都有严格登记，沿途还有禁军押送。不过王老三干这个差事已有几年了，与这些押水的禁军都极为熟悉，已经混入了体制之中，偶尔一次两次浑水摸鱼，丝毫引不起旁人的怀疑。

墨九默默蹲在木桶里，听见城门“嚓嚓”的声音，心跳稍稍加速，却没有太过紧张。行动力决定成败，而不是想法。横竖都是那么回事，既然决定要做，就得做得踏踏实实，若永远瞻前顾后，那啥也干不成。

“等一下！”

车队刚过城门，就被人喊住。

墨九心脏微微一抽，屏紧了呼吸。

那个人慢慢走过来，脚步声清晰入耳，声音也非常熟悉。

“你们头儿怎么没跟车？”

“辜将军，”王老三点头哈腰，声音还算平稳，“头儿的小姨子的大姑子家的小孙子满月，昨儿多吃了几盅，这会儿还未起床……嘿嘿，我等不能总指望着头儿带队不是？”

嗯一声，辜二似是认同。

可他不仅没有离开，反倒慢慢走近水车。

王老三面色微微一变，掌心微微攥紧，就连墨九也有些吃惊，她不晓得这个辜二究竟要干什么，为什么每一次都能恰到好处地出现在她办正事的紧要关头……

辜二越来越近，就停在水桶边上。

“这水桶怎么回事？”

他沉声问着，突地伸手抓向水桶。

“辜将军……”王老三声音微有惊意，“里头都是水，不要湿了你的手……”

“不必谢。”辜二答非所问地打断他，慢慢将水桶有些歪斜的盖子端正放好，然后一句话也没有多说，便转头骑马而去……

盯住他的背影，王老三长长松了一口气。

可墨九这一回却真的被吓住了。

辜二这个人太神秘。

他到底是谁的人？为什么总是阴魂不散？

还有他那一句莫名的“不必谢”，真的只是对王老三说的？

一直忐忑着入得大内，王老三刻意放慢马步，走在车队的最后。三更不到就起来运水，这些人都有些疲惫，打着哈欠犯困，把水倒入缸里，也没有人注意到旁的，陆续出去了。因而，墨九与墨妄从水桶里出来，没有被任何人发现，不过想想这胆战心惊的过程，墨九跨出水桶时，还是拍了拍胸口，舒一口气。

“走吧。”她喊墨妄。

墨妄点点头，跟上她的脚步。

王老三小声嘱咐一句“仔细点”，将两只隔层的水桶复原，又去追赶他的车队去了。偷偷从水房出来，墨九瞥着墨妄，对他的能力更为赞赏：“左执事经营这些年，确实干得不错。”

墨妄笑道：“我大墨家弟子遍天下，并非吹嘘……”

一个“嘘”字还没落下，墨妄便愣住了。

就在他们准备潜入后宫的矮围墙下，伫立着一个人影。

他微微板着脸，面上一丝表情都没有，也不知站了多久，细雨下的目光，有一种凉凉的肃然之态。看见墨九与墨妄两个，他眼睛轻轻一眯。

“九姑娘，今日是不是又走错了地方？”

一个“又”字，让墨九想到以前在辜二家院子常来常往的事，还有那一日为躲萧二郎误上辜二家船舱的事。她尴尬地摸了摸鼻子，虽疑惑辜二，却也不太着急……

先前他没有拆穿他们，这个时候，自然不是为了来找碴的。

思及此，她轻轻一笑，淡然自若地睨着辜二走近，一双美艳的眸子里如有流光荡漾，唇角笑容更是好看了几分。

“好巧，又与辜将军见面了。”

辜二皱眉：“你们出去吧，我当没有见过。”

墨九懒洋洋地抬起眼皮：“辜将军的好意墨九心领了。但进来了，就没有出去的道理。不过，既然辜将军念及故人之情放我一马，我也不会让辜将军难做，若回头犯一个知情不报的大罪，我就内疚了。”

这般说着的时候，她已靠近辜二的身侧。淡淡地笑着，她昂头望着辜二，像一只美艳妖娆的小狐狸。

“所以，辜将军不能当作没有看见我。”

辜二微微眯眸：“巨子何意？”

墨九笑得风情万种道：“你肯定是见过我……”

辜二微微一怔，被她温婉妖媚的笑容蛊惑，还没有来得及反应，便被她一把扯住腰上的甲胄。趁他身躯僵硬之机，墨九莞尔一笑，手上的绢子拂向他的脸，一把将他鼻子和嘴巴捂住，回头喊墨妄。

“愣着干什么？打晕他！”

辜二猛地睁大眼睛：“嗯——”

“你千万别喊！”墨九笑吟吟道，“若引来了人，我就说你是我的同党，我有太多的证据可以证明这个。到时候，我倒无所谓，反正皇帝也舍不得杀我，只是不晓得辜将军……还能不能让生了疑心的皇帝不起疑？”

像是认命般闭了闭眼睛，辜二扳开她的手：“你到底……”要做什么？这是他想问她的话，可还没有问出来，眼前突地天旋地转，脑子一晕，身子就软了下去。

墨妄皱着眉头：“你不是让我打晕他？”

墨九笑道：“我怕你打不过他，自然得使点手段。”

墨妄：“……”

对于打不打得过的问题，男人都很在意……实际上，墨妄并没有与辜二动手过，却早听说这个辜二功夫极高，深不可测。

越是如此，他也越是疑惑：“他为什么要帮你？”

墨九转头瞪他：“你哪只眼睛看见他帮我的？”

若不是帮，又何苦如此？墨妄见她懵懂，一副大智若愚的憨态，只得闭嘴……墨九这个人在大事上不糊涂，可感情上总是稀里糊涂的。说她傻吧，她绝非真傻。可若说她精，对男女情事，却难得糊涂。

第八章　那一抱的风流

玉嘉公主的寝宫偏安一隅，在后宫的东北侧。墨九两人冒着细雨过去时，天色昏暗，光线太弱，看不出景色，但从这华贵的建筑群来看，玉嘉公主确实不负盛名——南荣皇帝最宠爱的女儿。

之前玉嘉闹过自杀，墨九靠近时还有些紧张，生怕守卫不好应付。可走近才发现，外间居然一个人都没有，只有玉嘉的寝殿外室有两个值守的小宫女在打盹。

天助我也。墨九暗叹。

于是两个小宫女，根本就没有看见墨妄与墨九，就被弄晕过去，趴在桌子上如同熟睡。

墨九与墨妄静了片刻，没有动弹。

夜，静悄悄的，只剩风声幽然。

见内室的玉嘉并没有出声，似乎没有察觉到有人，墨九朝墨妄偏了偏头，轻松地推开房门摸了进去。穿过层层的纱帐，绕过玉质的屏风，她终于走近床榻，打开帐子……

玉嘉侧躺在床上，面孔往里，被子滑至腰上，一身薄透的丝衣掩不住玲珑的身段，高山腹地，凹凸有致，有令男人热血沸腾的景观——只可惜，墨九不是男子。

她回头瞥墨妄一眼，笑得暧昧。

墨妄目光掠过玉嘉的身体，似乎没什么兴趣，只拿眼神示意她快一点。墨九对他做了个口型，收回心思再看向玉嘉，却奇怪了。

这货睡觉是有多沉？两个人站在床边都不晓得？

原本按照她的设想，她得先与玉嘉摆摆话，让她晓得抢她墨九的男人会有什么结果。或者先吓玉嘉一个心肝发颤，再来行动，那样，她心里的憋屈才能压下去，可没有想到，一拳头打在了棉花上，这女人睡得跟死猪一样。

“快！”墨妄小声催促。

墨九回头看他一眼，晓得他是不好意思了，耸耸肩，免去了与玉嘉对峙的既定程序，从怀里掏出一个小瓶子，对着微弱的烛火端详。

小瓶子上有着奇奇怪怪的花纹，像蜘蛛，又像蜈蚣，弯弯曲曲的，看得人头皮发麻，但里面装的东西却是墨九与彭欣的“友谊”——一种叫作迷魂的蛊。这个蛊与当初尚雅给宋妍下的蛊类似，不过尚雅的段位不如彭欣，这蛊的效力自是强上了许多。

为免玉嘉挣扎，墨九用了迷倒辜二时用的那张帕子。

帕子依旧来自彭欣，上面有迷药，它原本是为玉嘉准备的，辜二那个程咬金半道杀出来，倒也提前享受了。墨九这么想着，微微欠身，紧紧捂住了玉嘉的口鼻。

“真是太顺利了，不可思议！”

看玉嘉连挣扎都没有，墨九掏出事先准备好的匕首，割破了她的手臂。

放蛊得见血。

看着蛊虫顺着鲜血入体，墨九恶心了一下，又好心道：“只要你醒悟过来，不再抢我六郎，我也不会要你命……而且，外面的流言蜚语那么多，我怕你娇弱的身子会撑不下去。既然有机会忘去所有，你好生休息便是。”

她说得温柔又婉转，末了还叹气：“当然，你不必感谢我。”

墨妄嘴唇微微抽搐一下，突地沉了声音。

“会不会被人猜出彭欣？”

“彭欣说了，这个蛊，神不知鬼不觉……也不会伤玉嘉性命，只会让她乖乖地安静一段时间，不要找麻烦而已。”墨九道，“再说，就算猜出来又如何？彭欣肚子里有宋骜的孩子，那可是皇帝的亲孙子。等她回了苗疆，他就算是皇帝，又能奈她何？”

看来她把一切都安排好了。

若玉嘉出事了，皇帝又怎么可能把她指婚给萧乾？

而且最重要的是，若玉嘉这次出了事，往后哪家闺女还敢许配给萧六郎？只要她稍稍煽风点火一传播，整个天下的人都会知道，萧乾这个四柱纯阳的命格，“克性”太大，与玉嘉的婚事才提上日程，玉嘉就出事了，若真过门，不得死于非命啊？

“好了，这次便宜你了！”墨九拍拍玉嘉的脸蛋，笑眯眯地在她的小伤口上撒药粉止住血，等处理好，又将她的被子盖回去，与她进来时一般无二，似乎玉嘉依旧只是睡着了，没有半分异常。

“等你明儿醒来，连自己是谁都不知道，更不会惦记我六郎了！如此也不会再受情伤，你又是个公主，整天好吃好喝的，日子要多美有多美……这个，你也不必感谢我。”

墨九拍了拍手，在玉嘉房间四顾一下，又突地回头。

盯着玉嘉熟睡般的容貌，她突然觉得诡异。

一个公主的寝宫，怎么就两个宫女？

而且玉嘉睡觉也睡得太死了吧？这玉嘉是傻子吗？盯着床上“熟睡”的女人，

墨九突然有点无聊。这次报复没有找到爽点，反倒有点莫名其妙的感觉。

“走吧！一会儿天该亮了。”墨妄催促着。

宫中不是久留之地，王老三还在等待载他们出宫……

墨九心有疑惑，却不能连累旁人。

她点了点头，正要转身，门外突地传来一阵脚步声。

那人似乎也在奇怪值夜的宫女会睡过去，在外间停住了。过了好一会儿，脚步声再起，那个人明显朝内室走了过来……

墨九心里一紧，与墨妄互视一眼，几乎不约而同地选择了帐子的背后。玉嘉公主的寝殿，纱帐极多，一重又一重，墨九与墨妄躲进去，外间半点都看不出来动静。

房门“吱呀”被推开，烛火被突如其来的风吹得幽幽一闪。

来人脚步未停，一步步靠了过来。

屋内的气氛，瞬间低压。

墨九屏住呼吸，只觉得心跳骤然加快了。

“玉嘉……”

那人一出口，墨九便怔住了。

入殿的人，竟然是至化帝？这可就奇怪了。古时的男女之防也包括父女，天不亮，父亲轻易进入女儿的房间，不会不太好吗？

……难道是至化帝从晕倒的宫女发现了反常？

墨九这般想着，攥紧手心，又望一眼墨妄。

若皇帝这个时候追查刺客，他们可能就没有机会跑了。

墨妄小心地探过手来，在她手背上拍了拍，以示安抚。

不论怎么样，便是拼着一死，他也是要护着墨九周全的。

墨九感受到他掌心的温暖，回头对他报以一笑。

不过事情却与他们想的不一样，至化帝不仅没有呼喊“抓刺客”，反倒走近了玉嘉的床。

屋内烛火摇曳，有着幽幽的淡然。

他走得很轻松，就像十分熟悉与习惯这样的动作，站在床边看了片刻，突地在玉嘉的床沿坐了下来，盯着她的面孔，语气里的宠溺有一种令人汗毛倒竖的不自在。

“玉嘉，朕的宝贝女儿……”

墨九一听这起腻的声音，差点脚软。

这是什么情况？好像哪里不对！

她好奇心大盛，轻轻伸出一根手指头，让帐幔留出一条缝。

玉嘉床头果然是身着便服的至化帝，他侧身坐着，脸上没有平素的帝王威仪，反倒闪烁着一种怪异的幽光，像是满足，又像是怨恨，情愫太不正常了……

“玉嘉……”他轻抚着玉嘉的脸，那摩挲的速度，流连的眼神，根本就不像是在看他的女儿，反倒像在看弃他而去的小情人，“你说，那萧六郎究竟有什么好？他除了年轻英俊，哪里及得上朕？他能给的，朕就不能给你吗？为什么你不能听朕的劝阻，心心念念要嫁给他……甚至不惜以死相逼？”

墨九差点晕倒，若非狠狠憋住气，她真怕自己失声叫出来……

至化帝沉陷在他的思绪里，一双浑浊的目光中充满了妒意，闪闪烁烁，似怨、似恨，又似爱……手指慢慢地摸向玉嘉白皙的脖子，轻轻卡住。

“朕这般待你，你还是要离朕而去……朕有时候真恨不得杀了你，你死了……就不会再背叛朕，永远不会背叛了。”

听着他怪异沙哑的声音，墨九快被自己紧张死了。

妈啊，这至化帝是要上天啊！

她心脏几乎不受控制，怦怦乱跳着，有一种发现了惊天大秘密的激动。

皇室的伦常也太可怕了！

谢贵妃知道吗？东寂知道吗？

莫名地……墨九再次心疼东寂了。

这孩子到底成长在一个怎样的环境中？

她在这里为人家操心，而那个据称最宠爱玉嘉公主的皇帝，丝毫没有察觉到寝殿里还有外人，他放纵着自己澎湃的情绪，慢慢伏身亲吻了玉嘉的脸。怜惜的吻一直从脸颊蔓延到锁骨，而他的手，却慢慢地挑开了玉嘉细软的寝衣……

从他熟悉的动作看，似乎不是第一次。

被迫看活春宫的墨九，双颊有点烫热，可仔细一思考，几个疑点却突然就解开了。

怪不得外头值夜的丫头，守着公主还敢打盹。

怪不得玉嘉躺在床上一动不动，由着她欺负收拾。

怪不得玉嘉十九岁了还没有出嫁，找哪个驸马都不成。而且她明明喜欢萧乾，皇帝却三番五次地拒绝为她指婚……理由虽然千奇百怪，看来这才是最主要的一个。

还有，怪不得在艮墓里，明明应该还是处子的玉嘉公主，却比中了媚蛊的尚雅还更先受“阴阳杀”的毒性影响，一发作，就要死要活……原来她早就承过帝王的雨露恩泽了。

墨九忍不住在心里爆了粗。只觉一阵阵的酸水冒出来，胃部特别不舒服，汗毛倒竖，鸡皮疙瘩布满了全身。她觉得自己再看下去，一生的性趣说不定都毁了，从此见到这种事就会犯恶心。

可她偏生不能阻止，只能咬着唇，静静等待。

更不好意思的是，她身侧还站着墨妄。

一男一女一起观看这种事，不暧昧也尴尬。

她攥紧的手心，有细细的汗意，而墨妄的脊背上也已湿透，只不过相比墨九丰富的面部表情，他伪装得很好，一点动静都没有。

两个人这边僵硬着，那边被子窸窸窣窣，至化帝已脱去衣裳爬到了玉嘉的榻上，玉嘉也被他剥得裸体横陈，像只待宰的羔羊似的任由他轻薄。

至化帝似是很满意，舒服地一叹，一双手贪婪地在她身上游弋着，动作肆意而狂乱，声音也带着一种变态的粗哑："朕的玉嘉真好看，这样的你让父皇怎么舍得把你嫁给萧六郎……玉嘉，你什么时候也睁开眼，唤朕一声？"

这声音让墨九鸡皮疙瘩掉了一地，不由得闭上了眼睛。可眼看那如火如荼的激情戏码就要在眼前上演，至化帝却突然停了下来。

"玉嘉？"

他轻轻拍了拍玉嘉的脸。

以往她虽然迷迷糊糊不会睁眼，却会有回应的……尽管她嘴上唤着的名字始终是"萧六郎"，可绝对不会像如今这般，如同一个活死人。

身为帝王，至化帝历经沧桑，自然心细如发。他仔细端详着玉嘉的脸，先前被欲望冲昏的头脑顿时清醒，像察觉出了什么不对，他冷不丁从榻上坐起，伸手就要去拿衣裳……

糟糕!

墨九心里咯噔一响。

显然他发现了玉嘉的反常，那么只要等他出了这间寝殿，不会让人察觉他与玉嘉的"丑事"了，肯定马上就会派人搜查，到时候倒霉的就是她和墨妄了，为了掩盖这桩皇室丑闻，说不定他什么都不顾，也会宰了他们的。

事到如今，索性一不做，二不休。

她把心一横，目光冷厉地瞥向墨妄。

墨妄点点头，似乎心知她的意思。

铿一声响!

墨九只觉面前人影一晃，墨妄的血玉箫中剑冰冷的寒芒已抵在了至化帝的脖子上，让至化帝不着寸缕的身躯瞬间僵硬："来人……"

"不想死就闭嘴！"墨妄没有望一眼衣襟尽褪的玉嘉，只盯着皇帝的脸，阴冷冷道，"墨某走南闯北，见过无数下流龌龊之事，却不知今日，眼前看见一直敬重的当今皇帝……"

至化帝看见是墨妄，咽一口唾沫，很快从惊惧中回神，虽然如今身处险境，他却还算镇定："左执事有话好好说。先放下武器，你有什么要求，朕都可以满足你……"

这个时候说这种话基本是废话。

只要让他逃出了手掌心，他是帝王，莫说杀了他们，便是要倾覆整个墨家都有可能，又如何还会满足他们的条件？墨九冷笑一声，也不藏不躲了，慢慢趿着脚走出帐幔，在至化帝大惊失色的目光中，淡笑着道："你晓不晓得，我看你不顺眼很久了？"

至化帝目光微凉："巨子入宫，到底意欲何为？"

墨九牵唇一笑："你说呢？"

至化帝道："可是为了玉嘉许给萧六郎之事？"

"你也不笨嘛。"墨九冷笑道，"原本我是懒得理会的，可你们欺人太甚，抢男人抢到我头上了，那就怪不得我了。不过也幸亏如此，要不然我又怎会看见这样精彩的一出好戏？"

至化帝眯了眯眼，抿唇不语。

这是一头老狐狸，不仅未觉羞耻，显然还在寻找脱身的机会。

墨九摸不准皇帝的深浅，但对他的忍耐已到极点。她走近，慢慢钩起玉嘉那一条绣着鸳鸯的兜肚，绞在掌中，将匕首与兜肚一并塞入玉嘉的手中。

其实这个时代没有办法查验指纹，犯不着这么做。但受影视剧影响，她下意识这么做了。可这个行为，却让至化帝与墨妄都不太理解，诧异地看着她。墨九也不解释，诡异地朝至化帝一笑："放心，明年的今日，我会给你烧纸钱的。"说罢不等至化帝反应过来，她握住玉嘉的手，猛地往前一捅，那刀子就刺入了他的咽喉。

"你……"至化帝双目瞪圆，鲜血汩汩而下。

"小九？"墨妄也有些吃惊。

墨九没有杀过人，本就紧张，更何况对方还是皇帝！但今日之事，有至化帝就没有她与墨妄，甚至于，不会再有墨家。所以这个皇帝死也得死，不死也得死。

这般想着，她的手又往前入了两寸，看着殷红的鲜血，墨九将无力挣扎的皇帝推在了玉嘉的身上："安息吧，你也算得偿所愿了，死在你喜欢的女人肚皮上……"

砰一声，至化帝软软的手臂打在床头，晃得帐帘摇晃不停，也把墨妄惊回神来："小九……"他看着墨九手上血淋淋的匕首，有一种被毒蛇咬住了喉咙的窒息感："我们弑君了？"

"他该死！"墨九冷静地把着玉嘉的手，让她稳住匕首，这才慢慢用绢子擦拭自己溅血的手，动作慢条斯理，任谁也看不出来她心底起伏的波浪，"不是我们杀的，是玉嘉杀的。"

"这……可是……"墨妄从来没有敢做不敢认的事。

"没有什么可是。"墨九淡淡道，"皇帝不顾伦常，猥亵玉嘉公主，公主抵死不从，失手杀了皇帝。这么简单的逻辑，不需要我们说，大家都看得明白。"

墨妄看着她，怔忡。

两个人都不说话，气氛顿时安静下来。浓浓的血腥味伴着鹊枝香炉里静静焚烧的幽香在空间里萦绕，平添了一种惊悚的气氛。

墨妄看着擦手的墨九，好半晌都没法说话。

杀了人的墨九，还带着浅笑。

在她杀死至化帝的整个过程中，脸上并无半分戾气，面孔始终淡然，从容，漂亮得像一朵妖娆盛开的鲜花，绽放在三月的春风里，似乎根本就与皇帝的死亡没有关系。

小九、墨九、墨家巨子……

三个称呼不停地在墨妄脑中交替。

曾经得知她是墨家巨子时，墨妄希望她有朝一日能长成如今这般——无畏、无惧、杀伐果断。

因为只有这样的人才能结束墨家一盘散沙的状态，带领墨家走向兴旺，将老祖宗留下的思想发扬光大。可当这一日终于来临，以前需要他来保护的小九可以手起刀落，杀死君王也不眨眼的时候，他心里却空落落的。

……不是觉得她残忍无情，而是害怕她失去自我，走向极端。同时，也紧张自己的羽翼已不够丰满，再也罩不住她的胆大妄为。

“小九……”

墨九瞥他一眼：“弑君之事与你无关。”

自古君是君，民是民。于墨妄来说，杀死皇帝挑衅的不仅是他从小遵循的君主至上的价值观，还相当于挑衅他内心的底线。可在墨九眼里，皇帝也是凡人，不是神不是仙，既然他做下这种猪狗不如的事，她杀他，也是为民除害。

墨九把现场稍稍布置一下，看着依旧发呆的墨妄，尽量稳着声音道：“一个无恶不作的老头子而已，杀了就杀了。你想想，死在他手上的人还少吗？我们赶紧走，不然就走不掉了。”

王老三还在等着。

天边已有鱼腹白。

若再不走，确实来不及了。

墨妄吁口气，收回血玉箫，出门时又回头一望。

“这天……是要变了！”

细雨沥沥的宫墙已被渗得湿透，墨九翻过来时，衣裳下摆都遭了殃。宫墙下，王老三已经等得头发都快白了，看着他们两个出来，感天动地一般喜悦。

过程虽然不美好，出宫的路却一切顺利。唯一让墨九不舒服的是，入宫的时候挤的是一只干净的水桶，而出宫的时候却躲的是——潲水桶。

等回到马车边上，墨九差点把墨妄打一顿。

“就算是潲水桶，咱不能弄干净点吗？”

墨妄心情还未平复，看她瞪着眼睛鼓着腮帮的样子，真的好像半分没有受“弑君”之事影响，终是露出一丝笑容。

“若是干净了，还能叫潲水桶吗？”

“难道世上就不能有干净的潲水桶吗？”

“……不能。”

墨九翻了个大白眼，把套在外面那身行头整个儿脱下，塞给墨妄，就自个儿钻入了马车里，掩着鼻子，嘴巴一直吐气。墨妄摇了摇头，无奈地把衣裳装好，自个儿也跨上了马。

马车辚辚的声音，穿透清晨的临安街道。

薄雾绵绵、细雨如丝，路上已有早起的行人来往。

没有人注意到这一辆普通的马车，都各自经营着自己的营生。墨妄的斗篷压脸，面色依旧暗沉。

“巨子可有想好，回去如何向萧使君交代？”

“我为什么要向他交代？”墨九清悠的声音从马车里传出来，似睡非睡的样子，似有困顿。墨妄迟疑一瞬，正不知如何回答，她却猛地一把撩开帘子，用一种得意而狡黠的目光盯住他道：“我原本就没有想过，要让他揪我的不是，更不会给他逼我交代的机会。”

墨妄微微一愣。

她脸上是甜丝丝的笑，唇角弯弯，眼也弯弯，皎洁得像一轮挂在天上的弯月，分明就没有半分坏心思，可他突地脊背生寒：“巨子要做什么？”

墨九轻靠在马车上，默了默：“逃命！”

细雨滴答打在斗篷上，墨妄沉吟半晌才出声：“不会有人知道是我们干的，就算被人查出蛛丝马迹，我也会一力承担，不会让巨子为难——”

“废话！当然不会有人知道是我们干的。”墨九白他一眼，慢悠悠道，“若有人知道，我们不是白干了吗？不过……”叹口气，她无奈地扯着车帘子上的流苏：“有一个人肯定会知道的。”

……这个人就是萧六郎。

从他自己中招开始，再到皇帝死亡，玉嘉失魂……便是再傻的男人都能想到与她有关了，何况是萧乾？这一点墨妄也无可否认，可他想了片刻，还是不解：“便是萧使君知情，最多斥责巨子几句，这件事他断断不会说出去，定会为巨子保密的。”

墨九没有回答。

安静好一会儿，她突地道：“还有一个人恐怕也会猜到。”

墨妄不解地盯着她：“你是指……”

“宋熹。”墨九默默抱紧双臂，笑了笑，“当然，我要离开也不仅仅是因为杀了人。原本我就与彭欣商量好要离开临安的。走之前收拾一下玉嘉，一来给她个教训，二来也是震慑一下那些觊觎萧六郎的女人，不要动不动就想抢我的男人。没有抢的本事，都他娘的滚远点……”

墨妄见过霸道的女人。

可像墨九这样霸道的却是第一次见。

而且，她对于萧乾的占有欲半分都不掩饰，这更不是寻常女人做得出来的事……可这样的墨九也是光彩夺目的，似乎浑身上下都有一层光环。美艳、妖娆、飒飒临风……该柔的时候柔，该狠的时候绝不手软。

这样的她，寻常男子也驾驭不了。

墨妄心底暗叹一口气。

“可萧使君……”

“别跟我提他了！”墨九哼一声，目光微微一眯，手指一下下有节奏地敲着车棂，“玉嘉逼婚是犯贱。可这厮也很过分，都答应娶别人了，也不问问我同不同意，还把我私藏在宅子里，什么都不让我知道——不管他是诚心要娶，还是权宜之计，都得给他一个教训。否则，今儿敢背着我答应皇帝赐婚，明儿他还不得上天啊？”

墨妄：“……”

男人要上天不是正常的吗？可世上哪里有非要与男人比肩的女子？墨九出格的言行让墨妄又是好笑又是无奈：“那敢问巨子，准备去哪里？”

墨九唇一勾，瞥着在风中微荡的马车帘子，说得理所当然：“当然是彭欣的苗疆，那个地方，我好奇得紧呢。”顿了顿，她又叮嘱：“若有人问起，就说我陪彭欣生孩子去了。事出紧急，来不及向大家辞行，不过有好吃的好喝的，给我留下便是。”

除了一个“好”字，墨妄说不出其他。

墨九从来就不是一个肯听人劝的人。

她决定的事，谁也改变不了。

更何况，墨妄觉得，既然墨九相信宋熹也一定会晓得是他们杀了皇帝，墨九离开临安去外面躲一躲也是好的。皇帝一死，临安必定风起云涌，会发生什么事，谁也无法预料——他只愿她安好。

眼看天就亮了，时间紧迫，墨九坐在马车上等待，墨妄与一个墨家弟子回去叫上彭欣、蓝姑姑和玫儿，连行李都没有来得及收拾，就马不停蹄地朝官道驶去。

再晚一些，他们怕被人堵截。

不过墨九让墨妄捎了一张字条给萧乾，大概内容是告诉他，为了彭欣的孩子不受他生父的“毒害”，她决定亲自护送彭欣回苗疆，让他不要太过思念她。如果确实太思念了，有什么冲动，有什么心情，有什么需求，都可以用日记的方式，每日一记，等她回来再慢慢看。

为了彭欣的孩子活命，她找了一个很好的借口。当然，这张字条也只不过是她留给他的一种“善解人意”——毕竟她和彭欣大半夜消失，萧乾也需要向旁人交代。宋骛逼彭欣落胎在前，她们逃跑也是顺理成章，字条便是证物。

而且，墨九相信，萧乾即便有千般恨万般恼，等她回来的时候，恐怕气也消了。

一行人神不知鬼不觉地离开了临安。

墨安将她们送至出界的石碑处，天色已是大亮。墨九对墨安那是千叮咛万嘱咐，可待她们的马车一离开墨安的视线，她就让车夫停在了道旁。

看一眼抱着猫一声不吭的彭欣，她懒洋洋问：“你恐怕不想回苗疆吧？毕竟你还没有找到那个他。”

彭欣面无表情地回视她。天不亮被墨九从床上挖起来“逃命”，她从头到尾都没有问过半个字。这会儿被墨九问及，她不由得冷冷一笑：“不想离开临安的人，分明是你吧？”

墨九干笑着，坐过去一点，捅了捅她的胳膊，小声道：“我晓得你与我的想法是一样的。想那苗疆千里迢迢，又有毒蛇又有猛兽，我没事跑去做什么？万一哪天得罪了你，怎么死的都不知道。”

“嗯？”彭欣眸色变厉。

“玩笑玩笑，我们是好朋友嘛。”墨九呵呵一笑，“好啦，人生在世，就图一乐。有热闹看，我真舍不得走。”

彭欣给她一个“早料到”的眼神，不冷不热地问：“你有什么打算？”

“化明为暗！那才是聪明人。”墨九吆喝一声，让驾车的墨家弟子掉头，换一条道又往临安城的方向驶去。彭欣对她的想法没有异议，可对她不着调的性子还是有质疑，尤其为了自己和孩子的安全，她不得不问。

“我们现在去哪里？”

她只知迷魂蛊是用来对付玉嘉的，也晓得墨九入了宫，却不知她杀了皇帝，宫里这会儿已经翻了天。墨九挑了挑眉，也没有与她明言，只打个哈欠，疲惫地靠在车上：“我困得很，先找个地方洗个澡，吃个饭，好好睡一觉再做打算。”

彭欣：“你还睡得着？”

墨九似已进入了睡眠状态，声音含糊。

“……不，我睡不着。真的，睡不……着。”

一场春雨袭过，倒春寒真的来了。

京师临安似乎比前两日更冷了几分。

天不亮，玉嘉公主的寝殿便传来一道直入云霄的惊叫。

声音是玉嘉公主寝殿两名被迷晕的丫头发出来的，她们莫名打盹睡去，醒来天都亮了，再进入内室，发现这样惊天动地的现场，惊诧一瞬，就忙不迭地惊叫、呐喊，试图把禁军和各宫的主子、宫女、太监们都惊动过来。

这也是为了她们自己的小命。

能在后宫生存的人，脑子都很聪明。

皇帝睡在公主床上，这种不伦丑闻，如果只有她们两个知晓，估计明天的太阳就见不到了。她们唯一能活命的希望就是扩大影响，把更多的人拉下水。所谓“法不责众”，就算有人杀了她们掩盖真相，还能把别的公主和娘娘也一并处死吗？就算她们倒霉，不得不死，这件事情也会透出风去……家人或许能知道她们为什么枉死，而非死得不明不白。

这样一阵疯狂的惊慌乱叫，不过半盏茶的工夫，太监、宫女、侍卫、公主、嬷嬷……从四面八方的宫殿赶过来，齐刷刷挤在了玉嘉公主的寝殿中，目睹了这一场人间悲剧。

“玉嘉杀了官家？”

这是所有人的第一反应。

“玉嘉怎么会……杀了官家？”

这是脑子迟钝的蠢人的第一反应。

“……老天爷，这这这，可怎生是好？”分明就是皇帝爬上玉嘉的床，欲对她行不轨之事，而玉嘉抵死不从，然后失手杀了皇帝，把自己也吓成了傻子。

这是聪明人的第一反应。

只不过，聪明人都不会把这种心知肚明的事说出来，却在私底下七嘴八舌地议论，顺便等待谢贵妃的到来。

在后宫里，最大的女主人就是谢贵妃了，而且玉嘉是她的女儿，这些年恃宠而骄的事没少做，其他嫔妃心里早有不平，个个都存了看好戏的心思。

现场一片混乱。

唤的，叫的，议论的，嗡嗡声一片，谢贵妃姗姗来迟，步入内殿时已是双腿虚软，面色发青，再一看围了这么多人，她气得差一点晕过去：“都守在这里做甚？滚出去！全都给本宫滚出去！”

宫里的妇人平素都温顺贤美，站有站姿，坐有坐相，说话也细声软语，很少见到这么大发雷霆的人。很显然，谢贵妃已经被气得失去了理智。

但皇帝没了，还有太子。

皇帝没了，太子登基已成必然。

那么谢贵妃贵为太子之母，今后就是皇太后，所以她的话还是有威慑力的。众宫人不敢抗命，诺诺道“是”，便鱼贯而退。只有至化帝身边的李福拭着眼泪进来，小声请示：“贵妃娘娘，太医院沈院判过来了，要不要老奴……请他进来？”

"不要！"谢贵妃盯着床榻上那个白花花的肉体，看着痴痴傻傻的女儿，在眼眶困了半天的泪珠子终于簌簌落下，"陛下已驾崩——吩咐下去，准备丧事！"

李福吓了一跳。

皇帝确实没了动静，可按理还得让太医确认一下。但他是宫里的老人了，懂得审时度势。风往哪边吹，就往哪边倒，若皇帝活不成了，不就太子殿下登基了吗？那么……谢贵妃说皇帝死了，自然就死了。

"是，奴才马上去办。"

李福低着头，正要躬身退下，谢贵妃突地喊住他："李福，让人备车，我要去东宫。这里，这里马上派禁军封锁，不许任何人进来……慢着，慢着……等一下，本宫想想……再想一想……"这个时候，她心里也乱，不免语无伦次："等本宫先把公主的衣服穿好，让人先把她带去本宫的寝殿。"

她说到这里，下意识回头，突然看见榻上的至化帝手指头动了动，心里顿时大惊，猛地拦在李福跟前，对他摆手："算了，先下去交代吧，这里有本宫处理。"

李福不敢抬头，诺诺下去了。

谢贵妃转身，慢腾腾走到床前，看一眼缩在床角一动不动的玉嘉，捡起衣裳，细心为她穿好，安抚几声"女儿莫怕"，又慢慢坐在床沿上，看着至化帝——这个以权势之尊强娶了她，害得她与心爱的男人失之交臂的南荣第一人。

"陛下……"她轻唤。

至化帝的手指头，又动了动。

"你想活，是不是？"她的声音似有笑意。

至化帝被墨九刺中咽喉，当场昏厥，大量失血后，一直处于假死的休克状态。如今恢复了一点意识，可喉咙受损，声带断裂，半声都吭不出来，只能不停动着手指头，用强烈的求生欲撑着一口气，想获得救治。

轻笑一声，谢贵妃握住了他的手："你想活，可我却不能让你活。陛下，你毁了我的一生也就罢了，你千不该万不该，还毁了我的女儿。这滔天之恨，若让你活，我怎能平？你明知谢家与萧家是死敌，却为制衡朝堂，害得谢家家破人亡……若让你活，我又怎样向双亲、向哥哥交代？"

风声悠悠，带着她凄厉的控诉。

至化帝的手指头，痉挛般抽搐一下。

谢贵妃盯着他，面孔变得狰狞："还有，你若不死，我的儿子怎么登基？你不要以为我不知你打的什么主意，你对宋骜一直宠爱有加，早有立他为储的打算。若不是这两年他越发不争气，你又怎肯立东寂为太子？"

嗯……嗯……至化帝突地瞪大了双眼。

谢贵妃抿了抿干涩的唇，再次冷笑。

“这一切都是你害的，都是你害的。老天终于开眼，你该有报应了——”从小连一只鸡都没有杀过的谢贵妃，慢慢捡起那把染血的匕首，站起身，闭上眼睛憋住一口气，“陛下去了黄泉路，有仇有怨，都冲着我来……不要找我的女儿！”

再睁开眼，她使尽最大的力气向至化帝的脖子捅去，脸上满是狼狈、狰狞，双眼里有着复仇般的神采：“陛下可看清楚我了？是我杀的你，是我杀的！”

她恨恨地低喃着，门口却突地传来一声低喝。

“母妃！”宋熹站在门口，被两名侍卫扶着胳膊。

这血腥的一幕，令人魂飞魄散。

锋利的匕首闪着寒光，不仅刺穿了至化帝的脖子，也割裂了谢贵妃纤柔白皙的手指。鲜血从她指尖滑落，渗入她柔软的衣袖，融成了一团团狰狞的花朵。于是，那猩红的鲜血，已分不清是至化帝的，还是她的。

看见儿子，谢贵妃愣住了。

他们一家四口，以这样狼狈的方式相聚一室，上演了这样惊悚的生死别离……

谢贵妃与宋熹四目相对，良久，无人说话。风从没有关严的窗子吹进来，凉意渗入心肺，却没有办法驱散空气里的血腥，也无法掩饰这一出人伦悲剧的惨淡落幕。

“下去！”宋熹挣脱侍卫。

“……殿下！”侍卫怕他摔倒，不敢放手。

“本宫让你们滚下去！”宋熹拔高声音，森冷的语调里全是他平常很少有的冷肃。侍卫不敢不听，硬着头皮将他扶坐在椅子上，然后一声未吭地退下去，紧闭了殿门。

殿门合严了，空气无法流通，血腥味更浓。

宋熹屏息一瞬，先开了口：“母妃，这是何故？”

谢贵妃慌不迭地丢掉匕首，想了想她又摇头，把匕首捡起来，指着至化帝说：“你都看见了……我杀了你父皇，是我杀的……弑君之事，是我做的，与玉嘉无关。”

宋熹紧盯谢贵妃惶恐的面孔，皱了皱眉头，看着那一出人伦悲剧，再一次陷入了沉默。等考虑一瞬之后，他的眸子已平静下来：“不，母妃。父皇是突发恶疾，因病驾崩！”

一句话不轻不重，却斩钉截铁。

谢贵妃微微一怔：“众目睽睽，很多人都看见了。东寂……咱们瞒不了人的。”惨笑一声，她慢慢从榻上起身，每一个字都说得虚软无力，也有些语无伦次：“悠悠众口，总得有人来担这责任。我是母亲，我要保护我的孩子。弑君的人，也只能是我……东寂，母妃没什么活头了，只要你们兄妹能好，母妃都可以的……”

“母妃！”宋熹打断她，“你先把玉嘉带回宫，剩下的事，我自有主张。”

谢贵妃看着宋熹，目光有哀，有悲，也有喜。在她的心里，儿子还是当年嗷嗷待哺的小儿，是不及她肩膀高的稚子……不过转眼，他已经长成了一个杀伐决断的男人。她欣慰地连道几声“好”，又不由自主望向宋熹的身子：“可我儿伤势未愈……母妃虽不懂国事，却也知道，朝中有异心者不知凡几……如今你舅舅不在了，谢氏一脉也不知有几个人能助你。你以病躯，如何驾驭朝臣？”

宋熹没有说话。

他望向闪烁的灯火，好一会儿，幽幽道：“我有萧六郎。”

谢贵妃吃惊地愣住：“你疯了？他怎会帮你？”

砰一声，宋熹拐杖戳地，慢慢站起来。他似是胸中已有决断，转头望向谢贵妃：“自古以来，太子继位是天道正理，无人敢反对的……萧六郎，他也不能。”

“可是这……”儿子身为太子，继位虽然理所应当，但萧乾在朝中势大，还手握重兵，他若是此时找个借口，拿皇帝的死大做文章，拥宋骜继位，也不是没有作为的。突然地，她打了个冷战：“东寂，母妃对不住你——”

宋熹没有回头，突地问：“母妃害怕吗？”

谢贵妃拭了拭泪水，点了点头。

一刀下去，弑君弑夫，没有哪个女人会不害怕。

宋熹艰难地垂手，扶住她：“有我在，母妃不用怕。”

“东寂……”谢贵妃看着他孱弱的身子，不敢搭手，却慢慢地自己撑地爬起来，哽咽着抹眼泪，“你长大了……可以保护母妃了。”

“是！”宋熹不再多言，“按我说的做，回宫去。还有……”他又看一眼依旧蜷缩在床头，失魂一般狼狈的玉嘉：“好好照顾玉嘉，她吓到了。我会安排太医过来为她看诊。”

“好……”谢贵妃哽咽点头。

宫殿外面的侍卫与宫女并未散去。

他们不敢入殿，等待了许久，但情绪还在激昂状态。

宫里出了这样大的事，已是人心惶惶，他们三三两两聚在一处，都在等待后续。看见太子殿下出来，人群中小声的议论停了，一个个都小心翼翼地站在原地，眼巴巴地看着宋熹。

大部分人的内心深处，其实渴望的是服从。

有人来告诉他们怎么做，他们才会安定。

也就是说……他们需要一个主心骨。

而这个时候的宋熹，无疑就是宫中人的定海神针。

他拄着拐杖站在殿前的台阶上，身体还不利索，可面孔镇定如常，一种独属于皇家太子爷的尊贵之气，一力压下空间里的浮躁，让众人安静下来，都瞪大眼睛看着他。

宋熹没有急着说话，而是慢慢环视着众人，过了好一会儿，他才幽幽一叹，沉重且悲痛地道：“近日玉嘉公主身子不适，陛下忧心不已……今晨前来看望公主时，突发恶疾，在公主殿内龙驭宾天了！”

一番说辞，完全颠覆了众人的眼睛。

大家愣愣的，相顾无言。

这样明显的谎言，显然没有人会相信。

但是，也没有人敢反驳。

在一片静默中，宋熹突然转头看向玉嘉殿内值夜的两个宫女：“你们过来。”

被太子殿下点了名，两名宫女心里顿觉凉透了，像两只惊恐的兔子，颤抖的双脚，每一步都挪动得极为艰难：“奴婢……奴婢叩见太子殿下！”

宋熹不看她们，只淡淡道：“以讹传讹，辱及皇室。杀！”

一个“杀”字，冰冷、森寒，却足够夺去两条人命。

他的几名近卫跟他有些时日了，不需更多吩咐，都能明白他的意思。

于是，手起刀落，两名宫女连申冤的机会都没有，便鲜血淋漓地倒在地上，瞪大着不甘的双眼，痛苦地抽搐几下，就再也没了动静，只剩鲜血，震慑着众人的神经。

这一招“杀鸡儆猴”，效果惊人。

众人的惊呼声都噎在喉头，空间冷寂一片。

宁做太平犬，莫为乱世人。

不论是朝中大臣还是坊间小民，想要过上平静体面的生活，都需要一个国家的政治稳定，只有国家稳定了，百姓才能安居乐业。所以皇帝的生死，不仅干系皇家，其实也干系天下。这一日宫内丧钟大起，至化帝驾崩之事，便如这一股夹着寒流的春风一般，迅速吹过临安府，往大江南北四散而去。

伴着丧钟而起的，还有今年的第一声春雷。

轰隆隆的雷声，敲在金瑞殿的琉璃瓦上。朝中大臣得悉噩耗，纷纷入朝进觐，集于金瑞殿侧殿。太子宋熹端坐在首位，皇子皇孙们坐在侧位，一个个哀容满面，与臣工一样沉浸在突如其来的丧讯中，久久无人说话。

宋熹环视众人一周，突地皱眉。

“萧使君何故没来？”

一个侍卫上前：“禀殿下。萧使君不在枢密使府，昨夜去了彭姑娘的宅子，一夜未归，属下已派人前往寻找，相信不久便可入宫。”

轻嗯一声，宋熹淡淡瞅他一眼，紧抿的唇角露出一抹刚毅的棱角，考虑一瞬，他道：“那诸位爱卿，我们讨论一下为先帝治丧之事吧。”

众人小声应了。

治丧都有明例，朝廷也有银子，不算难办的事。

而皇帝一死，新君即位才是大事。

于是治丧之事还未讨论完，由宰相苏逸领头，好几个人出列“劝进”，劝说太子登基即位。宋熹微微扬起头，严肃的目光穿过众人的头顶，发现零星几个“劝进”的，都是谢氏旧臣，或南荣老臣，而更多的人，都默然无语。

一般来说，为了“从龙之功”，大臣们会争先恐后地“劝进”。而今天这个局面，宋熹心里很清楚，这些人都是老油条，风声未至，他们不敢随便下话，他们都在等待一个人——萧乾。

有人“劝进”，做太子的自然要先推拒一番。

宋熹浅浅抿唇，叹道：“本宫贤达不如先帝，能力不及众皇弟……此事，容后再议吧。”

雨雾在天空中拢成一层淡淡的烟云。

雷声震震，雨越下越大，一条远离临安府的官道上，被马蹄踏起的雨水高高溅起，将道旁刚从土里冒出头的小草溅得一身泥泞。

一行数十人飞驰在官道上，却静悄悄的，无人说话。

“主子！快看。”突地一名侍卫惊喜地指着前方。

萧乾勒住马匹，一身衣裳已是半湿。

立在路中，他面容森冷地看着前方的人过来。

“吁——”一个头戴斗篷的汉子，小心翼翼地停在萧乾马前，抚了一把脸上的雨水，禀报道：“主子，咱们的人兵分三路，往南追了约一百来里路，不见大少夫人与彭姑娘的马车……您看，可还要继续南追？”

萧乾盯着他，没有马上回答。他看着泥泞的官道，一条条车轮的痕迹，像是沉浸在自己的思绪中，眉头紧蹙着，考虑好一会儿，才慢吞吞抬手。

“不必了。回京！”

从早上找到现在，没有见人，如今却要回去？

随行众人面面相觑，皆不解他的用意，却无人相问。

都说萧乾行事令人难猜，可墨九做事分明更是神出鬼没。把萧乾迷昏在彭欣的宅子里，留下一封不伦不类的信，就那样大半夜离去了，说是为保住彭欣的孩子，可众人又怎会不知，她一定是从枢密使府出来，得知了萧乾与玉嘉公主的婚事，这才闹的情绪。

众人观察着萧乾，都觉得自家主子难做。

好端端一个顶天立地的男儿，怎会被一个妇人制住了呢？

他们心底都唉声叹气，觉得这下日子难过了。每一次，但凡墨九有什么事，萧乾的脸色就难看，他们也都会跟着倒霉……于是，人人都紧张着，大气都不敢出。然而，刚到达临安城门，还未入城，便见东宫的大太监李顺在那里来回踱步，样子比他们还要紧张。

李顺时常是跟着宋熹的……

大晌午的出现在城门处，有什么事？

众人心里都有疑惑，慢慢打马上前，招呼着“李公公”。李顺扭头，看见萧乾等人过来，像见到久别重逢的亲人似的，摆着一张笑脸，赶紧迎了上去。

“哎哟，使君大人，小的可算等到您了。”

李顺啥时候这么客气了？众人皆疑。

萧乾淡淡道：“公公有礼，不知找我有何要事？”

李顺一愣：“敢情萧使君这还不知情呢？”

萧乾不愠不火地看着他，不做回应。李福看他表情作不得假，感慨一声“出大事了”就把宫里发生的事简明扼要地与他说了，然后叹息着摊手道：“萧使君请吧，太子殿下还在金瑞殿等着呢。”

得闻噩耗，众侍卫差点从马上跌下来。

不过短短一夜，居然发生这么多的变化！

墨九带着彭欣走了，皇帝驾崩了，玉嘉公主吓傻了……

这也太多巧合了吧？

淡淡扫视着李顺，萧乾骑在马上抿唇片刻，方道：“公公先行一步，告诉殿下，待我回府更衣，即刻入宫。”

从古至今，皇帝驾崩都意味着一次政权的交替。这个阶段涉及太多权力纷争，腥风血雨，幺蛾子也出现得最多。然而，就目前南荣的局势来说，皇帝是突然驾崩的，之前立有太子，唯一有竞争力的皇子宋骜本身似乎并无“未雨绸缪”的打算，那么太子宋熹即位的可能性就极大……

尤其他已然抢到了先机，丧钟一响，皇帝已薨，大臣纷纷入宫奔丧，也等于昭告天下，他的名正言顺。这种太过明显的名分，便是有人不服气，其中的可操作性也已经变得很小。萧乾此时便是有什么想法，也扭不过局势。

这一点他明白，宋熹又何尝不明白？

玉嘉公主的寝殿之中到底发生了什么事，在萧乾回枢密使府的时候，便从探子口中得到了一些风声。虽然他意外这样的结果……可并没有排除墨九的嫌疑。

从得知消息时，他便怀疑与墨九有关。

如今……他只是更怀疑了而已。

其实他如今最想做的事，是把墨九拎回来打一顿。可大局当前，无数人都在等着他，他不得不入宫。朝堂格局的重新洗牌，干系重大，许多人的功名利禄都系于他身，整个萧氏一族的命运也都在此一举。他不能因私忘公。

这一日是至化三十二年二月十八。

萧乾入宫时，雷声更密，雨点也更大。

金瑞殿的偏殿里，众人正在讨论治丧之事，几个皇子，包括小王爷宋骜也都在座，个个眼有红丝，面色不安。这个时候，宋鹜还不知道彭欣出逃的事，萧乾看他一眼，自然也来不及告诉他。

萧乾朝座中的宋熹拱手："微臣参见太子殿下。"

"萧爱卿来了，快快请坐。"宋熹向来温和的面上，有一丝难掩的悲痛，表情肃穆，语气也很沉重，"今晨陛下龙驭宾天了，本宫召萧使君入宫，是为商议治丧一事。"

萧乾默默点头。

看他不言不语，众人却长吁短叹起来，无非是说至化帝生前是如何治国有方，德厚流光，如今突遭恶疾，龙命不保，实乃南荣之憾云云……可他们嘴上说着，眼睛却盯着萧乾，想看他如何表态。

萧乾目光微暗，语气却很淡："国不可一日无君，事已至此，为先帝治丧紧要，拥立新君更为紧要。"

他说到此处，慢条斯理地停住。

众人竖着耳朵，皆心脏高悬。

他说拥立新君，却没说要拥立太子。

难道又要有什么变故了？想那京畿大军，当时萧乾随口就能调动几十万，若他兵围京城，血洗皇都……就算太子殿下即位名正言顺，可拳头底下出皇权，他一力扭转局势也并非不可能。

轰隆——

又一道雷声炸在瓦上，似乎要把金瑞殿劈开。

好些人已是紧张地冒了冷汗。

只有宋熹静静看着萧乾，而萧乾的目光却落在宋鹜的脸上。

有人跟着萧乾的视线看向宋鹜，见他茫然的样子，情不自禁打了一个寒噤——敢于冒天下之大不韪的人，其实是少数。如果萧乾要力荐宋鹜，那将迎来一场王朝的腥风血雨，不知又有多少人头要落地。

潜意识里，大家还是希望平稳过渡。

这一刻，众人度日如年。

可萧乾的目光一转，却落在宋熹的身上。

宋熹也在淡淡看他。

两个人的目光对视了多久，殿中便沉寂了多久。一道浮于空中的暗流，在他二人间汹涌而动，可他们两个人都很平静，只有众臣的手心攥紧，在紧张地等待一个结果的来临。

好半晌，萧乾慢慢出列，撩起袍角，往地上单膝一跪。

"皇太子乃先帝敕封，现先帝驾崩，太子殿下应顺应天命，克承大统，于灵前继位，率众臣为先帝治丧，以固国本！"

他声音未落，群臣纷纷群起，齐刷刷跪于地上。

“恭请太子殿下继皇帝位！”

宋熹慢慢抿唇，看向萧乾的头顶。

这一场声势浩大的“劝进”，已与先前不同。有了萧乾的带头，满殿臣工无不拥立他。也便是说，他这个皇帝之位，与其说是先帝敕封的，不如说是因为萧乾并不反对。

缓缓牵唇，他挑出一抹叹息。

依常例，他还得推辞，等待第三次“劝进”。

“先帝刚薨，尸骨未寒，本宫与众爱卿一样，悲结在心。南荣有众卿辅佐，虽无国君，亦出不了乱子。此事容后再议吧，众爱卿先起。”

众人谢恩，心里一块大石落下。

治丧之事有专人负责，其实并不需要宋熹与萧乾亲自出面，一殿的人又客套唏嘘片刻，宋熹便遣散了众人，单独留下萧乾叙话。

太监宫人们也都下去了，宽敞的大殿，只剩下两个男人，很多话也就不需要再客套了。

宋熹脸上退去悲痛，并无丧父的恸动，萧乾淡淡的面孔，依旧淡然，也没有因为失去一个曾经赏识他的皇帝而有半分痛苦。

“坐吧。”宋熹率先开口。

“谢殿下。”萧乾唇角微抿，并不客气。

宋熹抬眸望他一眼，从案几上端起茶盏，用茶壶拂了拂水面，轻轻一吹，盯着水面却没有喝，又再次放下，望向萧乾：“今日之事，本宫得多谢萧使君大义。”

萧乾淡淡道：“殿下客气，微臣只是恪守为臣之道。”

宋熹把茶盏推开：“说吧，有什么要求？”

萧乾淡淡一笑：“我若不想背上千古骂名，就别无选择，殿下不是都算到了？”

宋熹点点头：“是。萧使君只能拥立我。”说罢他慢条斯理地低下眸子，喝一口茶，并不看萧乾，幽幽道：“如今的形势，萧使君都看在眼底。这个皇帝之位，我未必想坐，却不得不坐。我便不坐，萧使君也会让我坐。”

萧乾并不反驳。

对于宋熹这个人，他从未小看过。

上一次在艮墓的重伤，他一再推迟救助宋熹，宋熹也从来没有明显地表示过不快，甚至他分明可以名正言顺地登上帝位，却给了他十二万分的尊重，要的就是他带头一拜，这一点他又怎会不知?

但宋熹却给他一个好处，允他的要求。

这样的人，松弛有度，驭人有术，其实是帝王之才。

萧乾微眯着眼，看着他：“条件一个，要求也有一个。”

宋熹轻嗯一声："萧使君请讲。"

萧乾正视着他："我要墨九。"

"哦？"宋熹手上茶盏轻轻一荡，笑道，"她并非我的，也并非你的。萧使君难道不知……她是属于她自己的？你问我要她，此言……本宫着实不解。"

"微臣的意思，殿下明白。"缓缓一笑，萧乾目光微厉，并不因为他是太子便有丝毫的妥协，每一句话说得都很浅淡，可仔细听之，却有一种暗藏的狂妄，"恕我直言，殿下对墨九的心思，可以收起来了。世间女子，莫不归殿下所有。可墨九，归我所有，便是殿下你，从此也不可再觊觎。"

宋熹平静地注视着他，许久都没有说话。

他对墨九有心思，骗得了别人，自然骗不了萧乾。而他在萧乾面前，也从来没有想过要掩饰，男人之间的敌对很敏感，尤其是争抢女人的时候，只需要一个目光，一个表情，就可以互相明白。

久久，宋熹突地一笑："萧使君也恕本宫直言一句，墨九与你的身份，有人伦之别，恐怕会遭人诟病。反倒是本宫，或许是她的良人……可保她平安与富贵。"

"她要的并非富贵。"萧乾轻笑一声，一字字皆绵里藏针，"况且殿下可能不了解，墨九要的是一生一世一双人，殿下若贵为天子，如何给她？"

墨九从来没有在他面前说过要一生一世一双人。在宋熹面前，她也没有说过。可不论是萧乾，还是宋熹，心里都再清楚不过。那是一个心高气傲的妇人，若让她与旁的妇人分享一个夫君，那比杀了她还要困难。宋熹与萧乾对视着，许久没有说话。有很多事情，不是一时之念可以决定的，如今千头万绪，他实在顾及不了那许多。

慢慢舒展一下身子，他嘴角淡淡勾起一抹笑："另一个要求呢？"

萧乾黑眸深处，有一丝浅淡的波光："为天下苍生计，与北勐联盟，共克珒人。"

这件事宋熹早有计较，听他说来，并未多反驳："若有那一日，萧使君可愿亲自领兵上阵？"

萧乾视线微敛："臣义不容辞。"

微微点头，宋熹靠在椅上一动不动，一张毫无波澜的脸上，突地荡出一抹柔情，就像突然间想到了一件让他温暖的事，尤其在提到那个名字的时候，声音更是温柔："若在与珒人开战之前，九儿能拿到武器图谱，实乃南荣之幸，也是使君之幸。若不然，也枉她如此大胆入宫，做下这番惊天动地的大事了！"

萧乾面色微微一变。

他不喜欢这种感觉……有人与他一样了解墨九。

甚至他不需要直接证据，也知道事情与墨九脱不了干系。

可一个是他妹妹，一个是他父亲，他居然也可以淡然处之？

思及此，萧乾目光复杂地盯着宋熹："殿下真有容人之量。"

宋熹笑了一下："谁让她是九儿？"

萧乾静默一瞬，眉梢微微挑起："可她永远不会是殿下的九儿。"

这种锱铢必较的言语争锋，其实从来不属于萧乾这样的男子，宋熹盯着他清俊的面孔，似乎觉得好笑，又有一种同病相怜的无奈："这几日治丧萧使君不必忙碌了，找到九儿是正事。"

萧乾唇角微抿，对宋熹探子的能力略有吃惊。不过刚刚发生的事，他居然都已经一清二楚了，比起宋骜那只呆头鹅来，南荣确实更需要这样的君主——

微眯一下眼睛，他慢慢起身："微臣的家事，就不劳殿下惦记了。尤其是殿下惦记不起的人。"

宋熹唇角轻扬："萧使君怎知本宫惦记不起？"

萧乾淡淡道："第一，她是墨九。第二，她是我的女人。"

宋熹微微一愣。

这样在太子殿下面前张狂的人，普天之下只有萧乾一人。

一时间，宋熹有点搭不上话。

萧乾眼里的势在必得，也让他有一刹那的恍然。

"你真有那么爱墨九？"他问，"萧使君不像这样的男人。"

萧乾回头："什么是爱？"

宋熹默然，看着萧乾英俊清朗的面容，想到那个胆大妄为的女人，他心里突地有一种如潮水般涌起的情绪，很快泛滥成灾，一字一句说得很凉："我让你，是因为她爱你。若有一天，你并非爱她，而是只为得到她，甚至伤害她，哪怕倾尽我所有，我也势必把她抢回来。"

萧乾嘴角紧抿，扫他一眼，眉间有一抹暖意。

而后，他转过头，一句话都无，大步出殿。

只留宋熹一人，坐在空荡荡的大殿上。

从此，他将拥有整个南荣的江山，可到底也是孤家寡人。

苦笑一声，他慢慢端起茶盏，注视着水面上倒映的面孔，慢悠悠一叹，朝殿外喊："李顺，给本宫加衣……怎么今儿的风，突然凉了！"

一场春雨洗涤了临安城，也带去了一个时代。

春天到来，复苏的除去万物，还有南荣王朝。至化帝的死亡，如同春风吹过，很快便淡出了人们的视野，改朝换代，新元的建立，新皇的登基，成了京城百姓最为关注的事情。

人总是关心与自己有关的。

新皇登基，均平赋税，均减力役，那才是头等大事。

再说，早春都忙于耕种，哪个有闲心管那天家之事？

至于那个至化一朝最为尊贵的玉嘉公主，也慢慢从人们的视野中消失了。不知情的人只道这个姑娘命运不济，眼看就要嫁给天下女子无不心系的萧六郎为妻了，却突遭横祸，变成个痴傻之人。而知情的人目睹了宫殿前的鲜血，个个小心翼翼，生怕多透出一个字，引来杀身之祸，便是连家人都不敢说。

于是至化帝的驾崩与玉嘉公主的痴傻，这一出人伦悲剧，就这样落幕了，除了与之有关的人，念念不忘，难以释怀，京中慢慢地再无人提起。

反倒是萧乾四柱纯阳的“大克”之命，再一次引人关注。

以公主之尊都压不住的男人，哪家姑娘不要命还敢嫁?

眼看与玉嘉公主的亲事泡了汤，原想再为六郎选妻的萧府上下，为此伤透了脑筋。四柱纯阳“大克”之命，这件事知晓的人原本不多，可也不晓得是哪个“有心人”恶意传播，把事情越描越黑，也把萧六郎说得无异于猛虎野兽，普通女子便是挨着他的身，也能死于非命，莫说被她娶为妻了。

老夫人托人寻了几个媒婆，尽管萧使君美名在外，英俊潇洒，有才有德……可媒婆个个都叹息摇头。为此萧运长头发都快要愁白了。他想抱孙子不仅指望不上大郎，连大郎媳妇都不见了……好不容易有个六郎可盼，又摊上这么个事。

他操碎了心，可萧乾自个儿却像无事人一般。

这些日子一直忙着正事，他并没有放弃寻找墨九。可这个妇人说不见就不见了，消失得无影无踪。凭着他对她的了解，还有那天在官道上看见的车轮印，他知晓她就在临安城，不曾走远。可临安城说大不大，说小不小，他明察暗访，甚至连旺财都出动了，仍旧没有寻到她的半点影子。

如此大半个月下来，他都佩服这小妇人了。

这世上能算计他的人，不多。

能从他手底下溜走的人，更少。

……偏生这墨九就是一个，还算计得他哭笑不得。

眼看一天一天过去，虽大概知晓她无恙，但他也难免心焦气烦，如此一来，他周围的每一个人都如履薄冰，小心翼翼，便是连正常的事情禀报，也都得在脑子里过几个来回，方敢与他对话。

“主上……”击西巧手温着酒，红艳艳的嘴微瘪着，“击西有点想念九爷了，不晓得主上想是不想？”

不得不说，击西是最不怕死的。

在这个节骨眼上，他敢说这句话，闯北几个人听入耳，都觉得此子已不可再度化，直接焚化算了。走南叹口气，默默去准备笞臀的条子，声东拿着酒壶，先在温酒的炉子上给他倒了一杯，想给他压压惊好送行。而闯北则是口念“阿弥陀佛”，希望他早死早超生。

然而，萧乾抬一下眉梢，扫过击西一脸的担忧，反倒温声道："击西是个好奴才！"

得了夸奖，击西张大嘴，瞪大眼，有点不敢置信。

"……主上？击西不用挨打啦？"

萧乾扫过他的头顶，也不知是想到了墨九，还是想到了旁的杂事，眉头浅皱着，把声东倒来为击西压惊的酒一饮而尽，慢吞吞道："人之为人，必因有心。若是无心，与兽何异？"

击西摇摇头："击西不懂。"

"你能念着她……本座很欣慰。"萧乾目光掠过另外三个家伙，静静盯着他们，好一会儿才问："依旧没有消息吗？"

闯北三人一看形势有变，立马紧绷了神经。

"……暂无。"

"……确无。"

"……实无。"

"饭桶！"萧乾微微仰头，轻斥一声，把头倚在花梨木的雕花椅脊上，一张清俊的面容上，并无怒意，"本座堂堂丈夫，竟拿一个小妇人无奈，也与你们一般无二。"

这意思是说他自己也是饭桶了？

三个侍卫都闷着，不敢吭声，更不敢笑。

只有击西傻乎乎地笑了："主上若是饭桶，也是一只好看的饭桶。"

闯北三个人赶紧闭眼，为他默哀："……"

可神奇的是，击西再一次逃脱了笞臀的惩罚。萧乾似笑非笑地看着他，只淡然摇头，并不多言。主子不吭声，其他人也不好多说什么。

屋内再一次凝滞下来，薛昉想了片刻，觉得这样的气氛太骇人，不由得接上话。

"属下以为，墨姐儿肯定还在临安城……"

废话！四大侍卫都瞪他。

萧乾也默然无语，眼皮都没有抬。

薛昉挠了挠头："属下这想法是有依据的。"

一听依据，大家就有了兴趣，纷纷侧目望他，希望能从他的嘴里找到点线索，把那个小祖宗给拎回来，解脱他们几个"受苦受难"的日子，便是旺财也从桌子底下抬了头，眼巴巴看着薛昉。

薛昉想了想道："就是使君那个谣言，什么四柱纯阳大克之命，被人传得玄乎其玄，这件事属下特地差人查过了，此风是从临安府开始的……属下以为，除了墨姐儿，旁人做不出这么荒唐的事来。"

这样下作的招儿，确实可能是墨九干的。

可四大侍卫相视片刻，突地憋不住笑了。

赵声东问："薛侍统说……此事荒唐？"

薛昉不知他什么意思，重重点头："这样下作的招儿，除了墨姐儿，我实在想不出还有旁人……"

噗一声，击西也笑了。

接着，闯北也"阿弥陀佛"了。

而后是走南，他叹口气，重重拍了拍薛昉的肩膀，然后把答臀的条子递给他："……这件事是主上的主意。谣言也是主上让我等传播的。当然，做这件事的人是击西。"

啊一声，薛昉盯着萧乾，不敢置信。

从古至今有哪个身居高位的人不爱惜名声的？萧使君这般自毁长城、自毁身份的做法，难道就为了不让萧府为他娶亲？他不明白他对墨九到底是什么样的感情，也想不通他堂堂大丈夫为什么要这样，不过扫过击西那一副得意的嘴脸时，却突然明白了为什么击西好几天没有挨揍了。

"使君……"薛昉哭丧着脸，"属下不知情。"

萧乾揉了揉胀痛的额头，斜眼瞄他。

"此事你不必管了，仔细盯着朝中动向。"

"是。"薛昉长松一口气，"……那墨姐儿还找不找了？"

萧乾面色如常地点了点头，似乎寻找墨九已成了枢密使府的家常琐事，并不需要太过在意。然而，他眸底不经意掠过的那一抹黯然，却让薛昉突地有些心疼他这个主子了。

"哎！属下这便去办。"

要在偌大的临安城里找一个有心藏匿的人，哪怕萧乾人多势众，一时半会儿也很难做到。

这样寻与被寻的日子，一晃眼，又是半个月过去。

三月，草长莺飞，天气渐暖。

孩童们的纸鸢高飞而起，为天空添了无数明亮的色彩。

彼时，墨九正懒洋洋地倚在湖面漂荡的一艘画舫上，望着天空发呆。

她的边上，玫儿与蓝姑姑正在为彭欣肚子里的小孩做小鞋、小衣裳，而彭欣却坐着悠闲地捣鼓墨九看不懂的药材。

这些天来，她们租了这艘画舫为家，在湖上东游西荡，原本以为能听到一点皇城里的大动静。可没有想到，她闹出了那么一桩大案子，连泡儿都没有冒一个，就烟消云散了。

皇帝死了，公主痴傻了，东寂要登基了……

这些事好像与她没有什么关系，甚至都没有人来找她麻烦。

一记重拳打在棉花上，等待几日下来，墨九就没了兴头。

她关心着八卦墓与千字引，关心着墨家，也关心着萧六郎。原本她与他玩这一出猫捉老鼠的游戏，是对他答应娶玉嘉公主一事的小惩大戒。私心也希望他能像前两次一样，冷不丁出现在她的面前，来一个漂亮的“三擒”，没承想，却大失所望。

“难道他根本没有找我？”

听见她一个人喃喃自语，彭欣从药材中抬头。

“想他了？那今日你下船去采购，一会儿就能见着了。”

这些日子为免被萧乾找到，墨九连画舫都没有下去过，早就憋得心尖有些发痒，原本还真想听从她的建议，可一听彭欣说“想他了”，又不服气。分明就是萧六郎不尊重她，想娶别的女人了，她才逃离，为什么好像变成了她理亏，巴巴找回去？

重重一哼，她嗤道：“想他才有鬼了。”

彭欣不轻不重地道：“举头三尺有神明，慎言！”

呵一声，墨九笑着，突地有了精神头，侧脸睨她道：“彭姑娘最近话多了啊？怎么句句都在找我的不自在？信不信……我揍你？”

彭欣怀着身子，心情似是好了许多，苍白的脸孔也有了血色。她与墨九终日相处，两个人一冷一热的性子极是融洽，这一番相处下来，竟有了姐妹一样的亲近感，如此，不管墨九说什么难听的话，她都能淡然听之，不以为意。

“那也得你揍得过我。”

墨九无聊翻白眼：“怀孕了不起啊？”

彭欣轻声道：“有本事你也怀一个？”

墨九呵呵冷笑：“好像多大个事似的。惹急眼了，我大人小孩一起揍！”

彭欣挺了挺还不曾凸起的小腹，凉凉扫她：“你来试试？”

墨九瘪瘪嘴，看她一副视死如归的样子，又没兴趣了。

这日子太无聊，她回头瞥一眼默不作声的玫儿与蓝姑姑，突地眨个眼睛，又拿胳膊肘碰碰彭欣的胳膊：“我问你，你怀着人家的孩子，就不想那个人吗？”

这是基于一种女人的同理心。

若她自己怀了某个男人的孩子，是免不了想他的。

可彭欣面色一变，却垂下眸子，继续捣鼓药材：“不想。”

看她每次被问及此事就闪烁其词，墨九八卦之心顿起，继续笑道：“那你和我说说呗，你以前那个海誓山盟的男人，到底与宋骜长得有多像啊？我告诉你，宋骜的几个兄弟，我可都见过，要不然你与我详细描述一下，指不定就是其中一个呢？”

彭欣眉头微皱着，一声都不吭，听她一直喋喋不休，突地没了耐性，放下手上的药材，入舱去喝墨九特地为她煲的“孕妇汤”了。

墨九回头看她喝得津津有味，抬头望天，伸长了四肢。

“老天爷，我这命好苦，为人煲汤，却没人理我……”

“姑娘！”玫儿突地小声唤了一声。

这丫头是个机灵的人，墨九听她声音怪异，便觉得不对，赶紧收敛住自己不太雅观的姿态，坐起身来循着玫儿的视线望向不远处的另一艘画舫，小声问她：“怎么了？”

玫儿道：“我刚看见一个人鬼鬼祟祟地探头，我看过去时，他又缩回了脑袋。”

墨九迟疑一下，严肃地挪了挪头上的毡帽，也与她们一起盯视着那黄白相间的画舫。

画舫并不怎么打眼，上面还挂着一面“国丧”的白幡，初时墨九以为是萧乾派来找她的人引起了玫儿的注意，可仔细观察片刻，她目光却越来越凉。

“彭欣！”

彭欣还在舱内，闻言不理会。

“彭大圣女！”她又唤了一声。

彭欣这才走出来，见她表情不对，凉了面容：“发生什么事了？”

墨九瞄着她：“你有没有闻到什么味？”

彭欣闭上眼静默片刻，摇了摇头。墨九又问蓝姑姑与玫儿两个人，可她俩与彭欣一模一样的茫然表情。

“除了画舫的香膏味，哪里还有什么味？”

墨九却是一声冷笑，拉低了毡帽：“那艘船上的人，不是中原人。”

几个女人听得一头雾水，不太懂她是怎么看出来的。

“你怎么知道？”彭欣问她。

“马奶酒，羊膻味……”墨九淡淡道，“这是来自吃货的直觉。”

那艘船越靠越近，那味也慢慢浓烈了，吸了吸鼻子，彭欣不由得佩服起墨九对食物的敏感来。

“真有你的！”她低头，皱了皱眉道，“该不会是冲我们来的吧？”

“谁知道呢？”墨九双手抱着胳膊，随口笑了笑，“来者不善呢！”

至化帝已然下葬，京城军民皆素服举哀。

国不可一日无君，新帝登基之事刻不容缓，权臣官吏一边为新帝挑选登基吉日，一边商讨改元年号，另外还得防范有心之人借机举事……

一派风平浪静的表象下，南荣朝堂如一潭浑水。

可就在这时，一封从北方来的信件却在这一潭浑水里再次投入了一个大石子，登时激起千层浪——

十天里，珒人发兵二十余万，由珒国名将完颜修带领，分两路南下，进取川陕，试图控制长江上游，对南荣形成包围之局。

早就说要开战，却一直未战，珒人自然有他们的顾虑。

此番来势汹汹，一是看准了南荣国内的政局动荡，先帝刚逝，新皇还未登基，这个节骨眼正是好战机。二是隆冬渐去，春回大地，草木复苏，以骑兵为主的珒人，可以有足够的草料养马。

一个历史的转折，就这样来临。

此战在众人的意料之内，也在意料之外。

适逢南荣国丧，珒人野心不死，自然会趁机南下，然而，西越等国，竟也想趁着这一股东风分一杯羹，在南荣以西的边境上蠢蠢欲动。

许久不经战事的南荣朝廷，兵备疲软，文臣惶惶，武将孱弱，可有敌来犯，却不得不应战。三月二十，在众臣第三次"劝进"之后，迫于与珒国战役的压力，宋熹在金瑞殿接受了众臣朝贺，并于次日卯时祭天祭祖，宣告四海，晓谕臣民，继皇帝大位，改元景昌。

同时，太子妃谢氏青嬗正位中宫，赐金册金宝，母仪天下，为南荣新后，谢贵妃母凭子贵，敕封皇太后，其余先帝嫔妃，皆各有安置。

一朝天子一朝臣，众位有"从龙之功"的大臣，也都各有各的封赏，此不赘述。战事在即，一切繁杂的事务皆从简，登基第二日，宋熹升金瑞殿，举行大典，受群臣表贺，同时颁诏举兵抗珒，主帅为至化朝时的天下兵马大元帅、枢密使萧乾。

金瑞殿里，众臣对此皆无异议。

完颜修乃珒国皇子，天下有名的重将，此番二十万大军南下，势在必得，不可小觑，南荣可堪与之一战的人，只有萧乾。而宋熹初登大宝，除了信任萧乾之外，也别无他途。

开战之前，萧乾请旨派人前往前线了解敌情，为免腹背受敌，也与宋熹按事先商议的那般，令人即速北上联络北勐，准备给珒人一个反围攻，直捣珒国腹心。

对于与北勐联盟，朝中老臣有人反对。

在他们看来，北勐与珒人并无不同。

一个是豺狼，一个是虎豹。联络豺狼赶走虎豹，走一个来一个而已，实不可取。尤其谢氏一干旧党对萧乾联勐抗珒心底存疑。当夜，几个心腹旧臣特地前往御书房面见宋熹，暗示他谨慎为之。

萧乾的势力已渗入南荣军政各处，此番开战在即，宋熹虽不得不重用于他，但若是对他掉以轻心，难免养虎为患，尾大不掉。

老臣的忧心自有道理，但宋熹的决断却很坚持。

他不仅信任萧乾，还授予他在军政大事上的临机独断之权。

这对于一个新近上位，羽翼未丰的皇帝来说，简直就是作死的行为，好些谢氏旧臣都惶恐不已，生恐他小儿视短，着了萧乾的道儿。然而宋熹却力排众议，堵了他们的话头。

在他看来，用人不疑，疑人不用，用兵之前先疑将，才是大忌。

“就算豺狼之后有虎豹，也得先赶走豺狼。”

几个旧臣只能叹气：“陛下，不可不防呢。”

宋熹温声一笑：“一致攘外，不必内斗。珒人图谋我南荣久矣，不除之早晚成患。而萧乾若有异心……早与晚，并无分别。”

这样轻率而为的新帝，与老臣们心底想的不一样。

几个人面面相觑一眼，难免忧心忡忡：“珒人远，萧乾近，如今陛下尚可掣肘于他……却授予他如此大权，若有一天无法掣肘于他了，又当如何？”

“无法掣肘。”宋熹轻声一笑，像自言自语般小声道，“至高无上的皇权，或许会令世人向往不已，但于萧乾而言……也许还有凌驾于皇权之上的东西，让他不得不受其掣肘。”

“陛下……”

“下去吧！”

宋熹不耐烦地摆了摆手，几个老臣怜他这些日子都没有好好休息，不再多言，叹气下去了，可心里头却对他此番举动没有半分信心……

一个人拥有军政大事临机独断之权，那可堪比皇帝啊！

御书房内，宋熹沉默着望着灯火。

“若你要，拿人来换，又有何不可？”

对南荣人来说，这是极不平常的一年。局势如火如荼，战争的阴影也笼罩着这一片广袤富饶的大地。私底下人心惶惶，各家各户各有不安，有人收拾财产家当准备找更为安生的地方，有人静静等候战争的来临，也有喜欢议论时政的人，亢奋难眠。

午夜。

枢密使府灯火未灭。

萧乾身着轻袍，正在屋中垒起的沙盘前看山河地势，一个头戴斗笠的人影却慢慢靠近书房，脚步匆匆，打破了书房外走廊的沉寂。

“站住！什么人？”

值夜的薛昉低喝一声，那人影抬手朝他做了个手势，脚步不停，继续往书房走去。薛昉凝目一下，默默守在门外，并未跟随。那人对此地似乎很熟悉，轻轻叩了叩书房的门，得到萧乾允许，“吱呀”一声，径直推开了门。

“主上！属下有事禀报。”

这是一个精瘦的小伙子，斗笠下的五官生得极是平常，五官不太出众，丢在人堆里半点不起眼，是天生做探子的料。

萧乾抬眸扫他：“何事？”

那人低着头慢慢过去，呈上一封信函：“大汗吩咐皆在信中。”

嗯一声，萧乾锐利的眸子微微一眯，接过信函来并不马上观看，而是随手丢在一边。然后看向来人放在墙角的斗笠：“辛苦了，你好不容易过来一趟，去与声东几个打声招呼，领赏去吧。”

那人应声，掉头走几步，又回头打量萧乾，似是欲言又止：“主上……”

“说！”萧乾看着沙盘，并不抬头。

“是有一事，属下不知当报不当报……”

见他在自己面前也这般踌躇，萧乾似是想到什么，眉梢微微一皱，绕过沙盘走到他的面前，轻轻抖了抖黑色的袍角，双手负于身后，一双森严的眸子紧紧盯着他。

“说！”

那人慢吞吞抬起头来，似紧张，又似害怕，看萧乾再一次皱眉表示不耐烦，方道：“属下过来时，碰上了阿合。他正领了纳木罕的命令，说去一艘画舫上抓纳木罕要找的女子……”

纳木罕要找的女子？萧乾面色微微一变。

在南荣，纳木罕要找什么女子是需要背着他的，而且也是让斥侯不敢随便说出来的？萧乾想到失踪的墨九，也想到了在天隐山时，纳木罕与墨九的旧怨。

他目光一沉，缓缓道：“她人在哪里？”

那人摇了摇头：“属下也不知，阿合虽与属下关系不错，但他只提了一句，属下也不好多问……只是听说主上也在找一名女子，这才多了一嘴。”

这些日子他没有找到墨九，其实也并没有太多的担忧。一来他知道墨九爱玩爱闹，喜欢自由，不喜约束，而且生性警觉，可以照顾好自己。二来也是因为云雨蛊，他可以随时感受她的安危。

若是她出事，他不会不知情。

“纳木罕居然如此大胆？！”

那人被他肃冷的眸子吓了一跳，惶恐道：“属下得闻，纳木罕此举，其实来自大汗的授意。”

萧乾从枢密使府骑马出来的时候，已是深夜。

临安街道上行人已无，檐下灯笼的光线幽暗昏黄，店铺关门闭户，可去往湖边的城门却是大开，偶有喧闹阵阵。

骑兵的马蹄，一阵阵。

步兵的脚步，一阵阵。

辎重的粮草车，一阵阵。

那辚辚的声音，如战前风云，在这样的夜里，显得尤为刺耳。

与珒国之战迫在眉睫，整个临安城都已进入战备状态。便是这样的深夜，备战、调兵、筹粮也没有停下。有将校看见萧乾过来，赶紧行礼问安，萧乾却顾不上他们，只稍稍点头，便打马出城，嘱咐薛昉几个人快跟上，径直往城西而去。

这临安城，有画舫的地方不多。

探子虽未细说，可大体位置可以把握。

临安是南荣国都，最近风声又紧，纳木罕的人要想抓住墨九，也不可能在白日动手。故而他们这个时候去，或许还能赶得及。

一行人马步匆匆，就是旺财也吐着舌头，奔跑得欢畅。

然而，刚出城门不远，前方便有几个人策马而来，生生拦在萧乾的马前，把路给挡住了一大半。

“长渊？！”

萧乾勒马望去，那可不是宋骜？

大半夜被这厮拦路，他微微皱了皱眉。可不待问出声，宋骜便打马过来，绕在他跟前瞎转，看样子有些着急，声音都带着喘意。

“你有看见那个娘们儿吗？”

娘们儿？萧使君此时如何还顾得哪个娘们儿？

看着堵在马前的宋骜，萧乾沉声道：“让开，边走边说。”

宋骜也不是不晓事的人，看他面色又阴又冷，就晓得出了大事。他也不像常时那般吊儿郎当，而是跟在萧乾的马侧，继续问道：“长渊大晚上的去哪里？”

夜风萧萧，却无人回他。

看一眼马去的方向与远处的灯火，宋骜恍然大悟。

“这是要去湖上画舫？长渊啥时候有这个兴致了？不过，国丧期间，画舫都没开门，你们可不是白去了吗？”

看萧乾不回答，宋骜耸耸肩膀，想想又笑道：“不过有小爷在，也不会让你们白跑一趟的。我晓得一艘画舫上的姑娘不错，与那老鸨子也是熟的，保管给你的姑娘水灵、干净……”

一行人数不少，就他一人聒噪。

萧乾终是不耐烦了，低斥道：“你不是有事要问？”

宋骜噢一声敲了敲脑袋，似是这时才想起自己的正事，又咒骂起来，语气里极是不悦：“还不就是那个姓彭的娘们儿闹的？你说这人怎么说不见就不见了？小爷不是让她考虑考虑吗？又没有强迫她入我府宅。怎么这一考虑，人影子都没了？矫情！”

这些日子至化帝驾崩，天下举丧，身为儿子的宋骜自然一直在宫中事孝，没有机会顾及彭欣的事。这冷不丁把丧事办完了，他突然想起来自己还有个女人……关键是女人的肚子里还有个孩子，这才匆匆出了城，去寻彭欣。

结果去了宅子发现人去楼空，登时气不打一处来。

说到彭欣，他满肚子都是火。

萧乾却懒得理他，眉头皱得紧紧的。

宋骜不晓得发生了什么事，看众人皆阴气沉沉，忍不住撇头看薛昉："你家主子今儿发的什么疯？不仅要去画舫找姑娘，连人都突然哑巴了？"

薛昉偷瞥萧乾一眼，冲他挤挤眼。

"小王爷，我家大少夫人也不见了。"

听得这话，宋骜微微愣一下，转头就笑了，瞧那表情还有几分幸灾乐祸："我就说嘛，何人能让长渊如此失态，原来还是小寡妇啊！噫……"他猛地掉头："小寡妇莫不是和姓彭那娘们儿一道失踪的吧？"

薛昉心里叹气。

这么显而易见的事，也亏他这时才反应过来。

可宋骜见他默认，却突地有些着恼："不对啊长渊，这么大的事，你为何都不差人来告知我一声……女人跑了也就跑了，若是让儿子跑掉了，那我可就麻烦了。等着瞧，等小爷把这妇人找回来，非得好好治治不可！"

众人翻白眼。

这小王爷的思想总是与别人不同。

若说他与彭欣有什么感情未必尽然，可听他的语气，一口一个女人，一个儿子，好像说得与人家关系多亲密似的，似乎根本就忘了，彭欣那是压根儿就不乐意跟他。

"这个小寡妇啊！"想到彭欣怀着自家孩子"逃亡在外"，宋骜总觉得哪里不自在、不舒坦，对墨九的怨言那是一句接一句，"她自个儿要与你斗气也就斗吧，非得把小爷的儿子拐带走。果然蛇蝎心肠，不安好心……"

听他骂及墨九，众人皆默了。

果然，许久不吭声的萧乾黑眸猛地一沉。

"闭嘴！"

宋骜哈哈一笑，摇摇头："也就你了，萧长渊。也就你敢这么跟小爷大呼小叫的。好好好，大人不计小人过，我就饶了你……"

说到此处，望向前方不远处的画舫灯火，他话锋突地一转："前方这一片全是画舫，你说她们会在哪里？"

萧乾不回他，眼波微微一动，瞥向薛昉等人。

"过去看看！"

国丧期间，禁止歌舞营生，但夜幕之下，水波涟涟，画舫灯火并未尽灭，一艘接一艘，连成一片，如一条昏黄暗暖的绸带，系在水面之上，翻波惹浪，画面很美。

湖上偶有几盏小灯，起伏着某种不规则的曲线，将光映在水面上，或有几道娇声传来，可以预想，便是朝廷不许开业，也不能阻止老百姓们的炕上人生，自有相好的趁着这夜色相会，把满腔的柔情淹没在这一波碧浪之间。

“主上！阿合他们在那边——”

走南牵着旺财过来，指向东侧靠岸的画舫。

隐隐听去，那里似有人声。

萧乾顺着走南所指望过去，目光微沉，已是寸寸生寒。

他不再迟疑，领着几个人打马往东而去。在那个地方，有一艘画舫静静停在岸边，几个着汉装的北勐人正躬着身子在水边洗着什么。

看见萧乾过来，他们微微一愣，虽然都不识得他，可骇于他的威仪，目光里也满是防备。

“站住！做什么的？”

他们低低喝问，南荣话很流利。

“此舫乃私产，闲人勿近。”

萧乾墨色的眸子冰冷一片，盯着他们不动声色地走近。他此刻的身份是南荣的枢密使，而非北勐的世子，所以走在南荣的土地上，对几个北勐人是极有威慑力的。

几个北勐人从水边上来，防备地拉开了腰刀。

“阁下是何人？”

萧乾停下马步，神色满是冷厉。

“搜！”

听他上来就要搜船，几个北勐人吓了一跳。

“你们什么人？好大的胆子！”

萧乾目光淡淡扫过，一字一顿：“南荣枢密使萧乾。”

几个北勐人对视一眼，都略显紧张之色。北勐虽然已与南荣为盟，但他们今儿晚上来做的事却并非光明正大，冷不丁遇上南荣的枢密使，多少有点发怵。

正不知如何回答，这时，画舫里却钻出一个人来，扫他们一眼，厉色喝道：“还不把家伙都收好！在萧使君面前班门弄斧，是不要命了？”

来人正是天隐山上的阿合，他是纳木罕身边的人，也是纳木穿越的心腹之人，自然识得萧乾，也晓得他的身份。喝完了属下，他上前拱手，唇上浮起一抹讨好的笑。

“萧使君大驾光临，不知有何……”

“过来！”萧乾打断他，脸上凉意森森。

阿合对这个世子殿下的为人并不了解，可在这个地方不管萧乾是南荣的枢密使还是北勐的世子，萧乾让他过去，他就不得不过去。

别看阿合职务不高，却极受纳木罕重用，平常也是一个作威作福惯了的人，可这时候被萧乾盯着，那毛骨悚然的感觉，让他突然有一股子尿意。

这感觉……太瘆人！

硬着头皮靠近，他挂着一脸的笑：“萧使君有何事吩咐？”

“人呢？”萧乾声音淡淡的。

“人？什么人？”阿合迷糊地回答着，声音还未落下，只觉得胳膊上钻心地疼痛，像是膀子被人生生卸掉了似的。他龇牙咧嘴，等嘶声回神时，发现胳膊被人扭住，正是薛昉。

他紧张地咽了口唾沫，心中已是明白。

说到底，还是为了墨九那个妇人。

上次使君为了她不惜得罪纳木罕，甚至得罪大汗，这一回难保不会为了她，直接要了自己的小命。这世上，有什么比自己的命更宝贵的呢？

这么一想，阿合心脏漏跳一拍，连声哎哟着，滴着冷汗讨好道：“萧使君……饶命！有话好好说，好好说。”

萧乾敛眸，沉声道：“人呢？交出来！”

阿合疼得嘴都合不拢，脸色变了几下，回头看向几个下属，突地耷拉下面孔，小声道：“不瞒使君，我等……失手了。”

失手了？先前看月下的湖面上并无动静，萧乾以为晚来一步，墨九已然落入阿合等人手上，故而上来就动手，先发制人。没有想到，竟会是这样的结果。

不过，依墨九的为人，并非不可能。

唇角微微一弯，他声音柔和不少：“怎么回事？”

阿合瞥了瞥自己的胳膊，薛昉赶紧放手。

苦着脸揉了揉，阿合又瞪薛昉：“好重的手脚。”

薛昉还未搭话，萧乾便不耐烦了：“快说！”

阿合摆手让几个随从下去，方才把萧乾请到边上，重重一拜，然后苦着脸道：“属下也是无奈，纳木罕受大汗指派，要把墨家小娘子请到北勐做客，世子断断要饶，饶……”

萧乾猛地沉目：“再多一个字，便丢你下去喂鱼。”

阿合是个机灵的主儿，看萧乾冷漠的样子，完全没有商量的余地，也晓得今儿这事不交代好，不仅走不了人，说不定还会被他秋后算账，想想也不免气苦。

“那小娘子人跑了不说，还害苦了我们……”

萧乾一惊：“此言何意？”

两三句话说不清楚，阿合哭丧了脸。

“萧使君，看看我的脸……”

阿合的脸上，有一片奇奇怪怪的红斑，在这样昏暗的灯火下，如果不仔细看，并不明显，可一经他提醒，众人很快便发现了不对劲。

这是中毒了，还是生疮了？

难不成也是墨九干的？

见众人不肯相信的样子，阿合接着又道明了事情的原委。

纳木罕虽然一直在寻找墨九，可真正找到她却是有些凑巧。昨儿有两个北勐的兄弟憋不住火，找到画舫来寻小娘，正在湖上浪荡的时候，不巧看见一艘画舫上晒太阳的姑娘有点像墨九，这才赶紧回去向纳木罕禀报。

于是纳木罕差了阿合带人过来蹲守。

为着入夜动手，阿合不敢打草惊蛇，也不敢靠画舫太近。可他盯了几个时辰，那艘画舫原本一直没有什么动静，等他们摸上去的时候，船头好端端的炉子却突地炸开了，飞溅出来的烟灰扑在他们身上，脸上，个个又痛又痒，当即什么也看不清了。

等他们拿清水洗过，再入画舫探查时，哪里还有人在？

炉子炸开，有毒烟……这确实像墨九与彭欣会干的事。

阿合脸上的表情是说不出的懊丧："定是我们的探子在画舫上时，被墨家小娘子发现，心生警觉，那炉子便是特地为我们备着的。"

顿一下，他凑过脸来："萧使君您给看看，用什么药好？"

药？还药呢？这断倒也想得美。

薛昉看着阿合的样子，又好气又想笑。

有时候墨九那个人吧，总能让人这般无奈，便是整人也能整得这么轻松诙谐，连恨她都没有力气。再想想，他们家主子不也一样吗？好端端被她诓上床，温香软玉一抱，嘴巴还没亲暖乎就睡了过去，等他醒过来，人影子都不见了。

哪一个在她心里，又能讨着好？

想到墨九无事，薛昉的心顿时一松。

看萧乾沉吟，他问阿合："墨姐儿的画舫在哪里？"

虽然他们不知道墨九又跑去了哪里，但看一下画舫也是有必要的。阿合看萧乾默不作声，心里余惧未消，赶紧揉搓着脸，指了指离这艘画舫不过三五丈外的另一艘普通画舫。

"白日的时候，她们就在上面的。"

"也就是说，现在上面没人了？"

"是，没人了，有人我几个还会在这儿拿清水洗脸吗。"阿合瘪瘪嘴巴，"如今再要找到她，怕是更难了。那小娘子真是狡猾得很，比狐狸还要难捉……"

嗯？薛昉瞪他一眼。

阿合自知失言，赶紧闭上嘴，然后领了萧乾与薛昉几个人，从岸边撑船过去，又从连接的船板上了墨九租用过的画舫。

这艘画舫不算大，可里面五脏俱全，什么东西都很齐备，尤其是灶上的用具，更是一件都不少。从船舱里的物品摆设来看，确实是不久之前有人居住过的，而船头上也正如阿合所说，被那炉子炸得乌漆焦黑，烟灰四散一片。

然而，伊人，却无影子。

苍穹之下，水波一荡又一荡。

空旷的湖面，静悄悄的，什么声音都没有。

久久，薛昉瞥一眼萧乾肃穆的脸色，劝道："使君，墨姐儿应是无事的，夜深了，我们不如先回府再论？"

萧乾没有回答他，静静立在舱头不语。

他似是思索什么，片刻后，突地走进去，慢慢弯腰，捡起一物。

那是一只还没有完成的婴儿小布鞋，鞋帮纳得板正，做工也很精致，可做鞋使用的针还插在鞋上，看得出来，主人临行之前一定很是匆忙，都没有来得及收拾。

可既然做了，为什么不带走？

萧乾皱了皱眉头，看着鞋子久久不语。

宋骜偏头一瞅，却好奇地接过鞋子来。

"噫，这是给我儿子做的？"

一个见天在妇人堆里打滚的男人，一口一个"儿子"，说得欢畅，让人听上去有点别扭。众人皆埋头发笑，萧乾却不冷不热地扫他一眼，眸色凉得让人心惊胆战。

"瞪我做甚？"宋骜牵唇而笑，"莫非羡慕？"

萧乾没有理会他，也没有像旁人一样退出船舱，而是睨着不停拿狗鼻子在船板上一直嗅个不停的旺财，一动也不动。

众人见状，皆屏气凝神。

气氛顿时凝滞下来。

静静的，除了旺财的呼呼声，再无人说话。

好一会儿，旺财突地汪了一下，抬头朝萧乾猛地摆尾。

萧乾面色微变，大步过去，蹲身轻抚旺财的脊背。旺财像是受到他的鼓励，昂着脑袋，嘴里呜呜有声，突地全身趴了下来，两只前爪不停地刨动着船板，样子有些着急。

嗷——嗷——

"旺财？发生什么了？"薛昉轻问。

可旺财哪里答得出来？它只会刨，不停地刨。

看它的样子，萧乾突地冷了脸，起身道："撬开船板！"

这里的每一个人都以为墨九跑掉了，船上也是空荡荡的，没有半点人声，有谁会想到船板下头其实还藏有活人？等那一层薄薄的船板被人撬开，看见被束着双手绑在里面的几个人时，众人大吃一惊。

居然把人藏在下面？

然而，再仔细一看，众人血都凉了。

有三个人被反剪双手堵了嘴塞在船板下面，有彭欣、有玫儿、有蓝姑姑……唯独缺少了墨九。

“怎么回事？”

“九爷人呢？”

“……这是谁干的？”

“与我们无关哪！”

事发突然，众人都紧张起来。

宋骜愣了一瞬，第一个冲上去“解救”了他的“儿子”，把彭欣从船板下面拎了出来，飞快地扯开她嘴里的布团，又低头看了看她的肚子，伸手一抚。

“喂，你没什么事吧？”

怀着身子蜷缩在船板下那么久，彭欣有些无力，身子不得不软绵绵地靠在宋骜的肩膀上，但无奈相靠，并不代表她向他服了软。尤其对他的“毛手毛脚”，她似乎有点生气。

“放开！”

弱弱瞪他一眼，见宋骜没有放手的意思，她终是无力抵抗，却把期许的目光看向萧乾：“使君，快去救小九——”

“她人呢？”萧乾目光阴沉。

彭欣瞥了阿合等人一眼，道：“我们发现这些人鬼鬼祟祟地跟踪画舫，小九特地做了一个药炉，就为等着他们前来……可我们一直小心防备着他们，却没有想到，天刚入黑，却有人从水底下摸上来，绑了我们，掳走了小九。”

螳螂捕蝉，黄雀在后。

阿合等人在明，吸引了墨九的注意。

谁会想到，其实还有阴招？

萧乾目光锐利如箭，心口突地一堵。

为何发现危机，她宁愿自己对付，也不肯回来找他？

他就这么不值得她信任吗？

这个墨九，等他找到，非得好好收拾一顿。

他目光巡视着画舫，这时，玫儿却接口道：“使君，姑娘却是留了话的……”

萧乾眉梢一紧，回眸看她，那眸底的冷意把玫儿吓得忙不迭低下头，结巴起来：“姑娘说，使君，使君反正也不乐意寻她，往后就不要寻她了。从此各奔天涯，各找各妈，吃香、喝辣……”

哪个人被掳走还说这样的话？

几个侍卫肩膀一阵抽动，想笑却不敢笑。

萧乾脸色顿时沉下，回头猛瞪一眼阿合，却见他缩了缩肩膀，摊手表示自己着实不知：“使君，我等确实未掳走墨家小娘子，莫说掳人，连人都没见上。”

“这事奇怪。”宋骜突地冒出一句。

这小王爷是个浑不吝，惯常不着调，大家都没在意他。

可他却难得地严肃起来，又正色问萧乾：“长渊不觉得奇怪吗？”

萧乾眸底隐隐已有恼意，宋骜却摇了摇头，自顾自拧着眉，像在思考什么难题一般，突地指着彭欣：“小爷就奇怪，他们掳走小寡妇，居然没有弄死你？”

彭欣：“……”

答不上话来，她却气得胸口不停起伏。

可小王爷虽然也盯着她上下起伏的胸口，语气却很正经：“既然是要掳去小寡妇，剩下这些人就没什么用了。他们何苦那么麻烦，把人绑了藏在舱下。依小爷说啊……”

做一个抹脖子的动作，宋骜道：“直接宰了多省事？”

众人：“……”

都觉得这厮是没事找抽型，在这节骨眼上还有心情开玩笑。可萧乾目光沉了沉，却没有反驳他，远眺着夜下湖面的波光，沉沉道：“追！”

从彭欣等人的描述来看，事情发生不过半个时辰，掳走墨九的人应当也走不远。萧乾吩咐薛昉回去带人，分兵追击。自己却领着旺财和几个侍卫，从湖面东侧唯一的道儿出去，放马疾追。

不多一会儿，几个人已追出城外老远。

事实证明，有一条好狗是很重要的。

旺财似是寻着了墨九的气息，打头跑在萧乾的前面，往一个方向不停地奔跑，旷野上，一行几人加上一条狗，速度如风。

然而，许久都不见一个人影。

道儿上越来越黑。

旺财走的路也越来越偏。

半个时辰后，旺财已不再走大道，而是奔向一条荒无人烟的小径，且越走越偏。此时已是凌晨，夜露染湿了草丛，旺财身上已是半湿，可它吐着长舌头，似乎极有信心一般，奔跑的速度极快。

萧乾默不作声，手指紧紧攥着马缰绳。

几个侍卫紧紧跟随，心脏都快要从喉咙口跳出来了。

若墨九真的被人劫走，出了什么事，莫说会不会对大局有什么影响，便是他们往后的日子，恐怕也都不会好过了。想想这一阵凄风苦雨般的地狱生活，几个侍卫再次加紧了脚程，嘴里却愤怒不已。

“也不晓得是哪个不要命的，敢掳了墨姐儿……”

“除了纳木罕还有谁？”

“阿合不是说，他们没有派其他人？”

"纳木罕老奸巨猾，定是防着主上，留了一手。"

几个侍卫的声音高扬在夜风中，各有各的猜测，萧乾却久久不搭话。渐渐地，路越走越远，侍卫们也都没了声，只脊背上渗出来的冷汗，湿透了衣裳，紧张感几乎快从毛孔里渗出来。

怕，每一个人都怕墨九出事。

可追了老远，荒野上，一个人都没有。

他们开始对旺财的嗅觉产生了怀疑。

到底它只是一只狗，真的能寻着人吗？

"驾——"这时，萧乾突地暴喝一声，马蹄子高高尥起往前冲了出去，等几个侍卫回过神时，他的人已经出去了三丈开外。

几个人不敢迟疑，迅速跟上去。

小跑片刻，便听见了马蹄声。前方的旷野上，有一个人策马飞奔在前方，他的马背上似乎驮了一个什么东西。距离太远，他们看不清楚，只隐隐觉得像是一个横搭在马背上的人。

"是九爷！"

"兄弟们，快！"

"围住他——"

有了目标，追赶起来就容易了。

风驰电掣一般，几个人高声吆喝着，分成几路迅速往那个人围拢过去……

春夜的风带着潮湿的雾气扑面而来，几匹马疾速冲击时卷起的风浪，带着一种阴森恐怖的煞气朝那个掳人的马上黑衣蒙面男子冲撞过去。

天上月如钩，地上影如魅。

那黑衣人察觉到危险，驾一声，马速加快。

可萧乾的速度，比他更快。

嗖一声，冷风破面。

银辉之下，他胯下黑马如同天神降临，高高掠过那黑衣人的身侧，几乎就在彼此错身的刹那，他身上的披风已如一柄利器，翻飞着罩在了那人的马头上。

射人先射马！萧乾深谙此道。

马的脑袋被披风蒙住，视力受限之下，惊慌失措地高高抬起前蹄，长嘶一声便慌乱地在原地跳动起来，哪里还肯向前奔？

马嘶声，撕心裂肺，跑了一个晚上的旺财，似乎也烦躁了，呜一声狗吠，扑过去就在那人的小腿上咬了一口，然后摔在地上滚一圈，作势又要扑。

那人闷哼一声，抱着麻袋滚落地面。

铛！萧乾长剑随即落下，可却深深插在了泥地里。

那个家伙也是个矫健的主儿，一个后滚翻，背部迅速抵住一块岩石，把麻布袋拖至身前，警觉地盯着逼视的萧乾，喝道："不许过来！"

萧乾拎着剑，森寒着眸子，一步步上前："把人放下。"

"想得天真！"那人冷笑一声，紧紧拢住麻袋，借以抵抗面前的攻击，另一只手却握紧弯刀，勒在麻袋里的人身上。

他很聪明，知道手上的东西才是他的护祐。

"萧使君好本事，这样也能追上来。"

看着他有恃无恐的样子，萧乾冷漠的眸子微微一眯："放下人，我留你一命。"

呵呵一声，那人干笑着，看着月下萧乾宛如孤狼似的深眸，笑声沙哑得如同鬼魅，带着一种令人心寒的诡异："人在我手上，萧使君自会投鼠忌器，我又何必自降一城？"

说罢他手臂微微一挽，寒光闪闪的弯刀便更深地陷入麻袋，那动作吓得众人心胆俱裂。

"让我上马离开，不然我就与她同归于尽！"

麻袋被粗绳一圈圈捆绑着，里面的人动弹不得，但似乎也听见了外头的声音，不停挣扎、扭动，一种类似于呜咽的恐惧哭声传出来，很容易乱人分寸……尤其是这一众着急解救她的人。

几个侍卫都攥紧了手心，只等萧乾令下。

暗杀、夺人、杀人……他们都可以配合得很好。

然而对于解救自己的女人，萧乾显然不愿意他们动手，又或者是他怕万一不小心就会伤到墨九。在与那人对视片刻后，萧乾突地微微抬手，示意他们让开路，让那厮上马离去。

"主上……"众侍卫急了。

"让！"萧乾一身黑袍仿若墨织，紧抿的嘴唇冷漠非常。

几个侍卫盯着那厮手上的弯刀，不情不愿地闪开了路。

那个人显然没有想到会这样顺利，微微一愣，又道："退后，都退后！"

萧乾再次摆手，依言行事。

眼看他们一行都退到了五丈开外，那人哈哈大笑着，轻蔑地道一声"萧使君，谢了"，突地收刀揽紧麻袋丢在马背上，便要跨马扬蹄而去……

可论及使诈，萧乾又怎会输给别人？

就在那厮为了拉缰绳而弯刀下移的瞬间，他手上长剑已如暗箭，嗖地疾射过去，正中那厮后背，而后一个纵跃，那厮便痛呼着摔倒在地上。

麻袋也顺势滚落下来，击西眼明手快，快速准确地……扑倒在地，垫在麻袋下头。

两声哎哟惨叫，一个是击西发出的，另一个便是掳人的黑衣蒙面人发出的。

萧乾长剑挽花，刺入那人的胳膊："何人指使你来的？"

那人晓得着了道儿，怒视着他，不言不语，目中也无妥协之意。

萧乾微微眯眼，剑尖慢慢挑开他脸上的蒙面巾……这是一个五官粗犷的男人，陌生的面孔，满脸的戾气。虽然他身着南荣人的衣服，也会一口流利的南荣话，可相貌却不太像南荣人。

众人微微一愕："珒人！北蛮子？"

静默一瞬，互相瞪视着，谁也没有吭声。

这时，麻袋里的人又猛烈地挣扎起来。

众侍卫这才回神，看萧乾没有太大反应，走南大吼。

"击西愣着干甚？还不快把九爷解开？"

击西做了肉垫，疼痛还没有过去，闻言瘪着嘴巴瞪了走南一眼，拿刀割开了捆绑麻袋的粗绳……然而，麻袋口子退下去，露出的那颗被堵着嘴的脑袋却不是墨九的。那只是一个陌生的小姑娘，瞪着一双小白兔似的眼睛，惊恐不安地注视着面前的几个陌生男子，拼命摇着头。

"我×！"走南爆粗了。

"……不是九爷？"击西傻了，"九爷人呢？"

没有人回答他的话。长风幽幽过处，草木皆惊，唯独萧乾黑袍翻飞，人却没有动静。从一开始他没有着急去解开麻袋，众人还有点奇怪，如今见他看也不看那个被"解救"出来的姑娘，这才反应过来，他应当在之前就晓得里面的人不是墨九了。

他怎么知晓的，旁人不知道。

却知道他黑眸满是肃杀之气。

"说！人在哪里？"

他的剑尖一点点刺穿那人的胳膊，鲜血顺着剑身流淌下来，且不说到底有多痛，便是那骇然的冷意，也能令人心惊肉跳。然而那人却是一个死士，冷笑一声，一双淡绿色的眼睛像狼一样尖利地盯住萧乾："萧使君有种就杀了我，那样你将永远找不到你要找的人了。"

"他娘的！"走南暴脾气，顿时炸了，"主上，让我来拾掇这厮！看他招是不招！"

"不必！"萧乾斜睨他一眼，剑尖一个旋转，那人便啊地大叫起来："萧乾，是爷们的，就宰了我……不要以为你爷爷怕你，来啊！看你的剑硬，还是爷爷的身子骨硬！"

"有种！"萧乾轻笑一声，丝丝都是凉意，"可你不了解我。"

这句莫名的话一出口，那人除了一声声更为惨烈的哀号，便什么话都说不出了。可萧乾面不改色，一把剑像穿花的针，绣着一件稀世的绣品，神色极为严肃："战前掳人，有失大家风范。完颜修堂堂大丈夫，顶天立地，当不至于做出这种令人不齿之事！告诉我，是谁的主意？"

听他谈及"完颜修"，那人身子一僵。

忍着疼痛，他颤着声音道："萧使君猜到了？"

"不。"萧乾冷冷道，"我猜不到，所以你得与我合作。"

那人疼得抽搐了一下嘴唇，额头冒着冷汗："你休想……"

萧乾唇冷抿，猛一把卸掉他的下巴，也不晓得拿了什么东西，往他嘴里一拍，然后捂紧他的嘴巴合拢，不愠不火地低头道："你会愿意的。"

那人瞳孔一缩，像是受到什么惊吓一般，身子筛糠似的，止不住地一阵颤抖。眼看萧乾罢手不再理会他，甚至掉头翻身上马，他愣了愣，突地痛哭流涕般爬了过去。

"萧使君，萧使君……饶……饶……"

说到此，他"嗝"一下，像是喉咙哽住了，余下的话，一句也说不出来，只剩下舌头像旺财一样，不停地外伸，样子极为狼狈。

这个样子，一看便是中毒了。

几个侍卫纷纷摇头不止，击西却怜悯地瞥他一眼，感慨道："早早交代多好，我家主子要让你说，有的是法子。何必自找苦吃？若不然，我给你一剑好了？不对，一剑太好了，怎么也得百八十剑的，还不能让你死……想想击西真是不容易呢。"

那人瞪大双眼，舌头吐个不停。

萧乾淡淡剜了击西一眼："带回去！"

几个侍卫应喏着，把那个在地上打着滚儿，不停吐长舌头滴唾沫的家伙绑上了马，可看一眼麻袋里的姑娘，却一时没了主意。

闯北小心翼翼道："主上，这个小娘……"

萧乾没有回答，头也不回地领着旺财策马而去。

几个侍卫面面相觑，晓得他家主子不喜欢接近女人，可也不能把一个小姑娘丢在荒郊野外吧？无奈，声东做主："带回临安再说。坐击西的马。"

击西啊一声，如同中风般摇摆着身子，只一瞬间就骑马跑得没了影。

声东看着可怜的姑娘："假和尚……"

他话未说话，闯北"阿弥陀佛"一声便悠闲离去。

等声东无奈把视线转向走南的时候，走南没有跑。他乐呵呵地拎着那个珒国汉子，将他丢在马背上，拍猪崽似的拍了拍，笑道："大哥，若不然咱俩换一下？我搂小娘，你搂猪？"

"滚！"

声东认命地扶姑娘上了马背，跟上了萧乾的步伐。

一行数人，从来路返回。可与出城追击时不同，他们的速度慢了，空气里的不安似乎也更为凝重了，就连旺财似乎也累着了，耷拉着一颗脑袋，往常得意高翘的尾巴，也蔫蔫地搭在屁股后头，像是怎么都提不起精神。

这次其实怪不得旺财。

那个小姑娘身上套了一身墨九的衣裳。

很显然，这是一出有预谋的“声东击西”计。

他们要的就是吸引萧乾的注意力，以便把真正的墨九弄走。

如今唯一希望的就是薛昉他们能够在其他路上追到人。

尽管这种希望很渺茫，大家心里还是存了一份期待。

可回到临安城，与薛昉一接头，众人心底如坠大石，登时更沉。

没有墨九！几乎把整个临安城找遍了，也没有寻到她的人。

一个好端端的人，就那样被人掳走！

人找人，找死人。在没有线索的前提下，这本就是一件难办的事，加上如今大战在即，临安府周围人员混杂，三教九流多不胜数，老百姓们投亲奔友也时有往来，流动人口太多，更是难以清查。

当天夜里萧乾便在枢密使府审讯了那个叫达及的珒人。

这个家伙中了萧乾的毒，爹娘姓啥都忘了，自然交代了个一干二净。

萧乾猜得没错，劫掠墨九这件事确非完颜修的主意。

但是，也与完颜修有些关系。

完颜修不仅是这次珒人南侵的主帅，是珒国名将，也是珒国皇帝最为看重的一个皇子。若这次南侵再捞足军功，未来珒国的头号交椅自是非他莫属。如此一来，有多少大臣部将想要讨他的好。

可这位珒国三皇子旁的不好，就好墨家机关与武器。

一直以来，墨家千字引与武器图谱一事，不仅牵引着南荣、北勐、西越等国的眼球，珒国也没有落后，始终在关注，包括墨家大会与墨家巨子的纷争风云，甚至对新任墨家巨子墨九，他们都知之甚详……当然，也包括了她与萧乾之间“不干不净”的那些事。

于是一个叫阿息保的部将就起了心。

为讨三皇子喜欢，他该做点什么事呢？

一来珒国要与南荣打仗了，墨家巨子是萧乾的心头人，捉了她不仅可以先给萧乾一个下马威，说不定还能影响萧乾的行军部署，简直就是不战而屈人之兵。二来他把墨家巨子抓来献给他们的三皇子，也正好讨个好彩头，以偿三皇子夙愿，为自己将来升官加爵做好谋划。

这出有预谋的掳人事件便是阿息保安排的。

不过阿息保也晓得，在临安掳人，无异于虎口夺食。

换了常时，他们或许没有机会。可不巧他们得悉情报，萧乾与北勐人都在找墨九。在夹缝中的第三方最不容易引人注意。于是一出“鹬蚌相争，渔翁得利”的巧计便应运而生。

根据达及交代，完颜修要对南荣江、淮地区用兵，从珒南下便先在临兆及金州一带治兵，企图趁此南荣国丧契机，集中力量控制南荣长江上游的兴元、利州一带，便对南荣造成围攻之势。而墨九此时，已被阿息保的人掳去了完颜修所在的临兆。

墨九被珒人掳去，不仅对即将出征的萧乾是当头一棒，对于刚登基即位的宋熹来说，也是一个沉重的打击。且不说两国尚未开战，人家就来无影去无踪地在京师掳去了墨家巨子，是不是对他这个新君的蔑视，仅凭他对墨九那点心思，在知晓此事后，也足够郁结在胸了。

福宁殿朱红色的大门上，金钉映着烁烁的光芒。

四更天了，殿内灯火通明，整座宫殿都沉浸在一团冷气之中。

华丽的大殿里，桌案前的宋熹一袭明黄的锦缎便袍，双眸幽光微闪，眉头紧紧皱起，手指不停攥着一份卷宗，似是处于某种暴怒情绪的边缘，又在极力忍耐与压抑。

平静中涌动的暗流，最窒人心。

谢青嬗站在门外，手上的托盘飘着袅袅的青烟。

她不知站了多久了，一直沉默地看着宋熹，看他皱眉，看他生气，看他砸桌子，看他扯头发……这样的宋熹并没有太多皇帝的样子，却像是为了一个女人而抓狂的痴情男子，任凭谁看了都会心疼。

只可惜，他不是为她。

谢青嬗做了皇后，其实一直耳聪目明。

今日发生的事，她很快就收到了消息。于是，当她的夫婿在为另一个妇人伤神的时候，她亲自下厨煲了一锅祛火的甜羹。然后羹炖好，端到了他的寝殿门口，她却怎么都迈不过那道门槛。

贵为皇后，一身华服，她拥有了天下女人最尊贵的身份。

可每一次午夜梦回，她却觉得身处火坑，有烈焰在焚心烧肺。

“皇后娘娘……”李顺过来挑灯，发现了门外暗影里的女人，吓了一跳，赶紧请安。

四更天了，不睡的不仅有皇帝，还有皇后……当然还有他这个倒霉的太监。

“娘娘这是……给陛下煲的汤？”李顺说着，又清了清嗓子，转头回禀：“陛下，皇后娘娘端了汤来，您可要趁热吃一口？”

宋熹抬头，扫他一眼，似有不耐烦。

李顺撇了撇嘴巴，觉得他这个太监当得太过憋闷。

无奈一叹，他对谢青嬗施礼道：“娘娘，夜深了，您请回……”

“端进来吧！”宋熹打断他，揉着额头看了谢青嬗一眼。

谢青嬗惊愕着，愣了一瞬方才回过神来，如逢大赦地抿着嘴巴款款入内，将汤盛好放在他的桌案上，静默着，闻着他身上那种幽幽的暗香，想想又过去为他拿衣披肩。

“陛下这些日子劳累，断不可委屈了身子，明日再看折子吧……”

外面飘着雨，她的衣服有些湿，手指也冰冷。宋熹接触到她的指尖，微微皱眉，把他披在肩膀上的衣服脱下来，又递还给她：“皇后披着这个，早些回去歇了吧。”

握紧他的衣裳，谢青嬗微微一愣，又是惊喜。

再出口时，她的声音更是满带柔情与劝慰：“臣妾无碍，反倒是陛下……”

说到此刻宋熹眸底再次浮上不悦，她赶紧止住，端起甜羹来换了个话题：“等陛下把这碗汤喝了，臣妾就回。陛下，看在臣妾深夜熬汤的分上，你就将就用一点吧？”

宋熹脸色微微暗沉。

可沉吟片刻，他却没有拒绝谢青嬗的好意。

汤入喉间，有些许温暖，连带他的声音，也添了几分暖意。

“青嬗，你懂什么是爱吗？”

谢青嬗怔忡地望着他，一头雾水：“陛下……是说？”

宋熹叹口气：“你爱朕吗？”

谢青嬗唇角微弯，脸颊带着一抹娇羞，眼皮微微垂下：“臣妾是陛下的妻子，自然是爱慕着陛下的。并且，此生也只会爱慕陛下一人。”

宋熹眉心紧拧着，嘴皮动了动，似乎想要劝说她什么，又似乎不知道怎么才能说得出口。指节在桌案上摩挲几下，他终是长长叹口气，慢慢站起身来，朝李顺吩咐。

“给朕更衣——”

谢青嬗正沉浸在自己的幻想里，突地话锋一转，有点不明所以。

她手指揪住宋熹的衣角：“这样晚了，陛下要去哪里？”

就她所知，宋熹自即位以来，还没有临幸过后宫嫔妃。若是今天晚上，在她亲自做羹汤前来福宁殿的晚上……宋熹却去了其他嫔妃宫里，那她的颜面恐怕从此将毁于一旦，这个皇后娘娘的威风也都尽扫于地了。

宋熹不着痕迹地抽回衣袖：“有事出去一趟。”

看着他凝重的眉，不像去后宫的样子，谢青嬗松了口气，连忙帮着李顺一起为他更衣。可宋熹的样子似是急得很，胡乱披件衣裳，便赶紧让她离开，而后瞥向李顺。

“枢密使府。”

谢青嬗刚松下来的心，又高高悬了起来。

这个时候他去枢密使府找萧乾，却不是宣萧乾前来，会是为了什么？

……当然是为了那个女人。

当夜，宋熹驾临枢密使府的事，并没有惊动太多人。就连枢密使府上的人，也只知道陛下不声不响地来，然后与萧使君在书房里大约商谈了半个时辰，就径直离去了。

至于谈话的内容，除了他二人，无人知晓。

次日，似是为了配合府上众人的心境，临安府上空依旧阴雨绵绵。可萧乾出门去京畿行营时，脸上并无大家以为的生气、发火或者阴气沉沉，甚至察觉不到半分异样。

能走到今日，萧乾确有他沉着的气度。

接下来的两日，他除了派人深入完颜修驻军的临兆和金州一带打探，剩下的时间便是备战。

一场大仗要打，并非想象中那般简单，单单调兵遣将运送粮草，便得用些时候。

前往临兆寻人的是赵声东。

在萧乾的四大隐卫中，赵声东为人最是稳妥，上次找彭欣，这次找墨九，萧乾都是交由他去安排的。剩下来的几个侍卫，整天度日如年，在这昏天黑地的日子，极是羡慕赵声东的好运道，可以远离主子的煞气范围。

是的，萧乾身上有煞气。

旁人感觉不出来他的情绪，他们却知道得一清二楚。

哪怕过去两天了，他们现在还记得墨九被劫去的当晚，萧乾那一双阴森森的眸子，带着杀气腾腾的光芒，仿若有一种毁天灭地的暴怒。最后他虽然冷静下来，但这股子杀气却一直萦绕在身，若非与完颜修决一死战，并且将墨九从他的手中夺回，恐怕将难以消弭。

大战在即，临安日日下雨。

第三日，辎重粮草先行，往兴元而去。

至此，离大军开拔还剩一天时间了，天空中似布满了阴霾，在绵绵细雨中看不透这年景。

于大多数人来说，这是为国之战。

可对有些人来说，却似乎是为一个女人而战。

对于墨九的安危，老百姓不知情，也不可能在意。他们只对浓浓的战火有着天然的嗅觉。大街小巷，茶楼酒肆，无不为这一场战事进行着各种猜测。平静的都城终于煮成了一锅沸水。鲜血、生命、死亡，这些字眼都极大限度地亢奋着都城人的神经。

是夜，淫雨霏霏。

天空与大地连成了一片黑幕，雨蒙中，潮湿的气息令人窒息，却未淡去半分硝烟味。枢密使府院里，萧乾正在做着为与完颜修短兵交接第一仗的最后部署。一个人有多大权力，就有多大责任。大军就要开拔，很多细节都不可出现错漏。布兵、守备，甚至临安府的城防，都得由他来定夺，他忙得不可开交。

“大帅！”一个披甲士兵推门而入，“小王爷来了。”

这个时候他来做什么？萧乾眉一蹙：“不见。”

他话音未落，外头便响起宋骜的长声吆喝：“萧长渊，你胆儿越发大了。”

几乎就在同一时间，宋鹜顺手推开门，看向座中一群身着戎装的武将校尉，愣了愣，又笑吟吟指着自己身上："看看，小爷今儿穿上这一身，像不像个将军？"

"殿下这是做甚？"萧乾神色一紧，似是料到他的想法，"战争不是儿戏。"

"当然不是儿戏。"宋鹜说罢便从袖子里拿出一方手令来，啪地拍在萧乾的桌案上，高高昂起头颅，一身坚硬的甲胄衬得他肤白俊美的相貌更添几分英气，一副少年将军的样子，说话也铿锵有力了，"小王已向陛下请旨，前往监军。"

萧乾眉头紧皱，深深睨着他。

"你是没地方玩耍了？"

宋鹜面色一敛："身为南荣皇子，堂堂男儿，珒人侵我故土，辱我百姓，我若此时不挺身而出，为国而战，往后还怎么好意思出去花天酒地？人家不指着我鼻子骂吗？萧长渊，你不要小看我。我虽不曾领兵上阵，可与你战上三百回合也是可以的，不信出来——"

他拔剑指着门外，一副要与萧乾单挑的样子。

可他就着那个姿势许久，屋里竟没有人出声。

这间屋子里的人，基本都是身材高大的将帅武夫，个个都浑身戾气，他们中间大多也是身怀家国者，平常对宋鹜这种混世魔王表面上尊敬，心里其实也有不屑。一个含着金汤匙出身的皇子，投了个好胎，让他可以好吃好喝，享尽人间的荣华富贵，高人一等罢了……就算宋鹜进门时说要随军出征的时候，大家也不过以为他觉得战争好玩。

然而，他拔剑那一瞬的沉稳力道，却让众人敛了容色。

时下之人，家、国、忠、孝的重要，可一并而论。

国之将亡、匹夫有责这种说头，也是深入人心的。宋鹜的样子不像玩笑，他戎装在身的样子也很英武，尤其是他说的那些话，虽然没有多少激昂的言辞，却罕见地激励了人心。

以王爷之尊出战，对将士是种勉励。

萧乾还未说话，以迟重为首的几名大将都转了眼。

"萧使君，末将以为……可行。"

宋鹜闻言，扬了扬眉，一副得意的样子。萧乾却低低一笑，那声音意味不明，似是允了，又似是根本瞧不上这厮。然后，他慢慢走近，一根手指抚过宋鹜出鞘的剑柄，反手一转压在他的脖子上，平静的声音里，带了几分苍冷。

"殿下，刀子入肉，是会死人的。"

宋鹜一怔，弯唇浅笑："刀子不杀人，因何为刀？"

萧乾定定看他："你可以选择不见刀，在京都过你的好日子。"

晓得长渊是顾及他的安危，宋鹜嘴上不说，心里也懂得是为了两个人这些年的友情。

“本王心意已决。”他眨了眨眼，无辜地笑，“打虎亲兄弟，上阵父子兵……如今去打虎，长渊，你不能不带我玩啊。再说，那手令可是陛下亲自批示的……萧大帅是要抗旨不尊吗？”

萧乾不语，指上的剑身却突地往前一倾，往宋骜的脖子抵去。

一般情况下，人对危险都是有预判意识的，看到刀来不需要考虑就会躲开。可宋骜为示勇猛，居然不避不闪，只拿一双眼盯住萧乾不放：“老子也是不怕死的。”

萧乾掌握着分寸，刀子自然不会真的捅进去。

看这小子真是横了心，他慢慢收回了手：“下去准备吧。”

这日晚间，宋熹在军中设宴为卫国军饯行，出征的校将兵士都有酒喝有肉吃，气氛很是热闹。萧乾没有参加宴会，而是与宋骜在湖畔的一个小酒馆里对酌。

没有了旁人在场，萧乾与宋骜说话，简单多了。

“什么时候转了性子，想上战场了？”

宋骜眯眼一笑：“男人嘛，不上战场哪像男人。”

萧乾不置可否：“真正的理由？”

“×，老子说的理由都是真的。”宋骜瞪大双眼，看萧乾不肯相信的样子，终是摸着鼻子叹息一声：“好，我就承认了吧。听说完颜修那厮长相英俊，作战勇猛……老子不服气，非得把他斩于马下不可。这样行了吧？”

想去打仗，是因为人家比他长得俊？信了才有鬼！

萧乾抿着唇，把杯中酒一饮而尽：“疯子。”

“疯就疯吧！”宋骜懒洋洋为他倒满酒，笑道，“反正小爷这辈子该玩的也都玩够了，儿子也有了……就算死在战场上也没有什么了不得的。只不晓得那个该死的小娘们儿，真生下我的儿子，会不会让他认祖归宗啊？娘的，她该不会带去苗疆那鸟不拉屎的地方，让我儿子光着身子捡鸟屎玩吧？”

低声说着一串，他未见萧乾吭声，突地觉得奇怪。

“长渊，发什么愣呢？”

萧乾不答，慢吞吞起身：“我先行一步。”

噫！宋骜拿着酒壶，目光奇怪地跟着他的身子移动，然后就看见了抱着一只猫静静立在他身后的彭欣。他想到先前那句该死的话，尴尬了一下，放下酒壶，瞪一眼萧乾远去的背影，揉着鼻子道：“咳咳！你来了？吃饭没有？来来来，坐坐坐，我让人给你弄点吃的。”

彭欣微垂着头，看他俊秀的面孔，神色冷漠：“吃过了。”

这样的相对很尴尬。

在艮墓一夕风流之后，两个人并没有太多的接触，仅有的几次也是为了孩子之事而起的争执。如今想想，明儿就要离去了，宋骜横下心，反倒少了些羁绊，笑吟吟起身为她拉开对面的椅子。

“吃过了可以再吃一点，坐下！”

这个男人斯文风流，其实也霸道。

彭欣瞥一眼椅子，慢吞吞坐下，看着他不吭声。

宋骜喊了小二过来，随便要了几样小菜，见她只顾着发闷，只能自己找话题：“你也甭怨我了，你喜欢这个孩子就留着吧，我也懒得逼你了。不过，若我有机会回来让他唤声爹，那你就得过老子的门。若我回不来了，你愿意怎么带他就怎么带，愿意带着他嫁人就嫁人，改名叫阿猫阿狗也没有关系，反正甭管叫什么名，都是老子的儿子。等他长大了，你得空让他给他老子烧点纸钱，唤声亲爹，老子在九泉之下，也谢谢你了。”

这厮喝了点小酒，微醺半醉。

平常话多，此时也就更多。

一句一句说来，听似数落，却有离愁。

彭欣看着他，神色黯然，久久之后，终是牵了牵唇：“好。”

就一个字？宋骜微微一愣，猛地拍脑门。

“这他娘的也太吃亏了！老子说这么多句，你就一个好？”

彭欣抿唇：“那我说不好？”

“得了得了。”宋骜摆了摆手，也不与她争这些言语上的机锋，只慢慢从怀里掏出一只精致的小金手镯来，推到彭欣面前的桌子上，小声道：“这个原本是我准备明日走后，再托人给你送过来的，算是给我儿子的见面礼。既然你今儿来了，东西交给你，有些事我也一并交代了。”

彭欣不接小金手镯，也不动，只眼睛一眨不眨地看着他。

宋骜不太自在地咳了咳，又低头饮酒，等消去尴尬方才抬头。

“我安排好了人过去照顾你，一个姓宋的嬷嬷，是我的奶娘，本家的，比我亲娘还亲。有什么事，你都可以告诉她。还有，我母妃也会托人照顾着你，你若不喜欢，可以不理会她。但有什么事不可自己扛着，你记住……”

说到这里，他盯住彭欣的眼。

“你是我的女人，安王府就是你的家。有老子在，没人敢欺负你。”

彭欣眼圈微微一红，仍然不说话。

宋骜揉着微胀的额头，幽幽一叹：“别这么揪着我！我这个人混账惯了，没什么了不得的本事，可保护自己的女人和孩子，还是可以的。我走后，你只需要安心养胎，一切我都安排好了……”

“宋骜。”彭欣突然打断他。

嗯？听她语气不对，宋骜一呆。

彭欣慢吞吞起身，抱着猫走近他的身边，低头看他片刻，默默蹲身下来，一只手臂弯到他的后背，将他轻轻一抱，像是安慰，像是鼓励，却一句话都没有，随即便要起身。宋骜怔怔看着她，不待她站稳，扯着她的胳膊便将她拉入怀里，头一低，埋入她的脖子里，嗅着那丝淡淡的女人馨香，身子不由得微微绷紧，手臂也越收越紧。

“你做什么？放手！”彭欣被他搂得呼吸不畅，不由得挣扎推拒。

宋骜低笑：“是你不知羞往爷们怀里钻，如今又害什么臊？”

“……”彭欣说不过他，耳朵赤红一片。

低头瞅她一眼，宋骜唇角上扬，也不多言，只将她温软的身子又搂了搂，叹息道：“要是没这只该死的猫就好了……”他记得这个妇人的身段是极好的，该凸的凸，该凹的凹，临出征了，他很想再仔细感受一下，可偏生有一只猫横在身前，不能实打实地与她贴近，感受那一身的柔脂软肉，不由得遗憾。

他一副风流纨绔的样子，似笑非笑，惹了彭欣的眼。

她似乎并不喜欢他这个样子，沉声冷喝：“宋骜你放手！”

“好好好，你说什么就是什么了。”宋骜笑着松开她，顺势拍拍她的背，“乖乖为我养着孩子。”

彭欣湿着眼睛，咬着下唇看他。

许久，她没有动弹，似乎心底有千言万语，却一个字都没有吐。

宋骜素来洒脱惯了，并不喜欢太过伤情的离别，被她眸子盯得别扭，不由得揉了揉额角，无奈地摆摆手：“晓得你舍不得你家爷们，可不走也得走了。去吧，去吧，早些回去歇着，以后没我在，大晚上不许出门！”

又是命令的语气，这个男人确实是霸道的。

其实也是一贯霸道的……

彭欣默了片刻，垂目，从喉间挤出一个字：“好。”

说罢，她抱着猫默默转了身。

宋骜看着她单薄的背影，心底突地涌上一种说不出来的滋味。在她之前，他有过的女人如过江之鲫，大多连名字都记不得了，他也从来没有过分别时鼻子发酸的感觉。可这一刻，也许是他明儿就要离开临安，也许是这个女人肚子里怀着他的孩子，也许是她不像其他女人那样能说会道，简单得像一张白纸，让他突然有一丝丝对这种感觉的流连。

“若我能活着回来，也许……可以试试。”

试试一生就爱一个女人，与一个女人睡觉，与一个女人生孩子，与一个女人地老天荒，直到垂垂老矣，当他总结一生时，在说与儿子的遗言里，或许还有那么一件两件值得骄傲的事。

若不然，风流一世，又剩什么？

第九章　两座城，换一个人

临兆府。

珒国驻军营地的上空，灰蒙蒙的天色，像羞答答的大姑娘躲在青纱的帐子里，好奇地俯瞰这一片大地。驻军营外的斜坡地上，野草、树叶在微风中摇晃，整个天地都笼罩在这场混沌的战争阴影中。

帐篷是现搭的，一顶连着一顶，一片连着一片，号称二十万大军，单单这驻营占地，也一眼难以望穿。珒军南下有几日了，除了练兵、备战，便是等待冲锋的号角吹响。而今日，完颜修已正式下达军令，明日从金州直取兴元府，趁南荣兵马未至，先发制人。

开拔之前，士气为重。

校场上长声吆吆，呐喊着，嘶孔着。

他们野心勃勃，恨不得下一瞬就扬蹄踏入南荣的土地。

紧张的气氛里，一只灰白色的鸽子轻飘飘落在一个帐篷顶端的杆子上，嘴里啾啾啄着几颗散落的草籽，看见一队士兵执锐过来，又吓得扑腾翅膀飞上高空。

嘶……

帐篷上的鸽子声，帐篷外的脚步声，把墨九惊醒。

她睁开眼睛，然后华丽丽地愣住了。所处的陌生环境与极具异域风情的摆设让她好半晌没法回神，第一反应竟是……难道再一次穿越到了某个不知名的异域国度？眼珠子四处乱转，她发现除了头昏脑涨，身上也烫，软绵绵的没有半点力气。

记忆回溯，她想起了临安画舫被劫之事。

可下了船之后呢？剩下的事，她竟想不起来。

不对！这期间，她肯定被人下了药。

娘的！暗骂一声，她想活动一下，可骨头架子都像是被人拆除重装过，零件有损，根本就不好使。嘴里呼哧呼哧着，她如同一只受伤的鸭子，上岸扑腾几下，索性放弃。

“喂！来个人。”她试着喊了一声。

嗓音又哑又小，似乎没人听见。

呼！就在她感觉一定会被渴死、被热死的时候，帐篷的布帘子噗一声打开了。门口，一个身着异族服饰的少女，眼珠骨碌碌地转动着，好奇地盯了她片刻，唇角一扬，欣喜地放下帘子出去了。

“%&…￥……￥￥%…%★★”

少女高声喊出一串“鸟语”，墨九听不懂。

不过凭着音调的感情色彩，似乎是在唤什么人来看她。

墨九是一个可以随遇而安的人，只要能够活下去，心情都能够调整好。当然，如果有人来送点吃的喝的，就更好了。然而，她失望了，这些人真没人性，那个少女出去不多一会儿，一个老者模样的家伙就进来了。他探了探她的脉息，捋着大胡子思考片刻，大抵是确定她死不了，就点点头喊那个小姑娘过来。

两个人说着什么，可墨九……还是听不懂。

这样的感觉很憋屈，她死猪似的躺在毡子上，看他叽叽咕咕交代什么，然后一眼都不再看她就撸着袖子走人，她突然气得想砸人……当然，前提是她得有砸人的力气。

“喂！”她小鸟似的张嘴，“我要喝水。渴！”

小姑娘好奇地看着她：“水？”她学着墨九的话。

墨九点头，润了润干涩的唇片，张开嘴，示意她自己是要喝水。

小姑娘微微一笑，似乎明白了她的意思，却急切地摆摆手，指指自己的嘴，然后再摇摇头，嘴里仍是一串“外文”，像在向她解释什么，墨九瞧得快疯了——然而更疯狂的很快到来，小姑娘不仅不给吃、不给喝，反倒为她加了一床棉被，按了按，重重搭在她的身上。

墨九热得直翻白眼珠子：“你们这是……要活焖人肉？”

她用全身的力气反抗了，可小姑娘却不允许她掀开被子。

甚至于，她大半个身子趴下来，摁在墨九的身上，不让她透半点风。

墨九苦逼的面孔上，是一个大写的“服”！本来就又渴又饿，又热又闷，再加一床被子和一个人肉被子把她捂住，如同放在蒸笼里的包子，闷蒸得汗流浃背，终于在晕晕乎乎中，慢慢睡了过去。

再一次醒过来，身上被子没了，热退了，凉爽了……可天也黑了。

帐篷里，点了一盏昏暗的油灯。除了她，一个人都没有。但帐篷外面却很热闹，喧闹的嘈杂声，像在举行宴会。吼的、叫的、笑的、唱的、弹的、吹的，此起彼伏。最要命的是酒香味与烤羊肉的香味不识趣地飘进来，让饥肠辘辘的她，馋得想把舌头咽入肚子。

怎么能这样对付俘虏？

把她抓来了，饭都不给吃，太差劲了！

墨九动了动手指头，再一次尝试着爬起来。然而，希望很丰满，现实很骨感，也不晓得那些渣渣喂她吃的什么药，让她就像吃了武侠小说里的“十香软骨散”，除了神志清醒，根本就没有办法挪动一步。

这样囚人，倒也新鲜！

墨九大口呼吸着，突然很想念萧六郎。

如果他在，绝不会让人这么欺负了她去。

可她现在不在南荣的地界，便是萧六郎有心，短时间也过不了边境来救她吧？

所以，她还得自救。

躺在布毡子上，她正思维翻飞地想着地狱逃脱的法子，外面突地传来几道听不懂的“鸟语”，像有几个喝醉酒的男人往这边来了。他们说话时，大着舌头，言语间夹杂着几道或高亢或粗鲁的笑骂，肆意而狂乱。

墨九心里刚觉得不妙，帐篷帘子冷不丁就被撩开了。

想什么来什么，三个醉醺醺的家伙也不知是走错了地方还是专程找麻烦，进来看见蜷缩在地的墨九，稍稍一怔，其中一个人的目光里就流露出一种猥琐的狂喜。

“亚海珍！亚海珍（女奴）！”

这个乱叫的士兵喝得特别醉，哈哈大笑着，也不管身处何处，放下腰刀，松了松腰带便朝墨九扑了上来。这简单、直接、粗暴的动作，不留半分余地。这种感觉太惊悚，吓得墨九脖子一缩，那惊恐比在古墓中面临死亡还要多上数倍。

“站好！不要乱来！”她低喝。

她知道，人家掳她来肯定不是做军妓的。她是墨九，是墨家巨子，一定有更大的作用。不管这三个兵士是有意还是无心，至少不会是决策者派来收拾她的。她只要能发出声音，引来旁人，就有逃脱的希望。

“救命！”她大喊。

“……来人啊！”她又喊！

“哈哈哈！”那个兵士看着她艳俏的模样，一脸的亢奋，盯着她的小脸，嘴里一串墨九听不懂的淫邪方言，那唾沫星子都快从嘴角流出来了。

墨九一阵恶心：“不想死的就……”

她话音未落，一柄长刀就挡在了施暴的兵士面前。

那兵士微微一惊，回头看向执刀的人，用珒语大吼。

“孛特，你急什么？等老子完事你再来。先等着！”

孛特是个年纪不大的小伙子，涨红着脸，不怎么敢看墨九。他摇了摇头，长刀依旧拦在施暴的兵士身前：“伊里，这个女人身份不明，若让三皇子知晓，肯定饶不了咱们。”

伊里摇了摇半醉的头，哼哼道：“放你娘的屁！这一看就是南荣的女人，南荣的女人都该是你我兄弟的胯下之物……你胆子小就去外面守着，别坏了兄弟好事！”

“咱们至少，应当禀明……”

“禀明你娘的卵，索脱，快把这厮拉出去！”

孛特还想争辩什么，却被另外一个微胖的高个子兵士拉走了。

在战争面前，人人都可以变成禽兽。留在帐篷里的伊里借着酒劲，哈哈大笑着，胆子也更大了。他“呸”一口唾沫，把嘴里残留的酒味缓了缓，目露淫光，看着布毡子上的墨九，脚步踉跄，却越逼越近。

他长这么大，还没见过这么好看的女人。

白净粉嫩的面孔，半点瑕疵都没有，每一个地方都精致得像画里走出来的小仙女，也不知他几世修来的福分才能享用了这样的女人。酒壮人胆，色从胆边生，这时候就算天王老子来了，恐怕也阻止不了他行凶。

“你不要乱来啊，我警告你！”

墨九动弹不得，冷冷地注视这男人，试图像小说里写的那样，用她强大的气场与诡异莫测的眼神吓退他……然而，那毕竟只是小说。实际上，伊里乱七八糟地说着鸟语，终是走到了她的面前。

墨九恨不得咬舌自尽，可咬舌也是要力气的。她没有力气咬舌，只能眼睁睁看着这恶心的男人粗厚的手压上来，猛一把扼住了她的肩膀。

“×！”墨九啐一口，“敢碰老子的人，都已经死了。你到底听不听得懂？”

哪怕心脏乱跳，她面上还算冷静。

可伊里显然听不懂，情绪也比她更不冷静，一把拖住她的肩膀往下一拉，就要扒她衣服。

领口遭到男人粗暴的对待，墨九心尖都凉了。

活了两辈子，她从来没有想过有朝一日会被强暴。

“王八蛋！老子不宰了你，誓不为人！”

她拼尽全力骂着，却无力阻止，像一只柔弱无力的鹌鹑，在老鹰凶猛的爪子下眼睁睁看着领口被扯开。一片雪白的肌肤，暴露在昏暗的灯火下，脂白肤美，惊艳了伊里的眼。

“美！好美！”

他笑着朝她扑下去，帘子却在这时再次打开。

率先冲上来的是一条腿，重锤似的踢在伊里的背脊上，带着一声暴怒：“好大的狗胆，滚！”

“哪个混账踢老子？”伊里骂骂咧咧回头，看见阿息保铁青的脸，脚一软，酒就醒了大半，他扑通一声跪下来：“将军饶命，小的有眼不识泰山，不知这是将军的女人。小的该死，小的该死！”

阿息保气得嘴唇发抖：“滚出去！”

“是，是，小的马上滚！”

伊里飞也似的逃了，临走还不甘地回头瞥了墨九一眼。

施暴的人没有了，可对于墨九来说危机并没有解除。只不过，面前这个男人年纪虽然不小了，但样子比先前那个家伙看着严肃了许多，相貌也稍稍周正一点，至少不会让她有自杀以保全贞节的想法。

而且，看他身份应该不低，很有可能懂得南荣话。

墨九缓一口气，盯着他道：“是你抓我来的？有什么想法，有什么要求，你可以直接说，我这个人是很好商量的……何必施这些小人行径呢？堂堂一群大男人，为难一个小女子，也不怕传出去让人笑话，丢了珒国人的脸。”

阿息保没想到这样一个柔弱的女子，在身中软骨之毒，又受到这样暴力的惊吓后，还能迅速地调整过来，并且立马分清敌我形势，试图与他讨价还价以保全自己。

“墨家巨子果然名不虚传。”

他的汉话，果然很流利。

听他说出口一声“巨子”，墨九悬着的心就落了下来。既然晓得她的身份，想来掳她来不仅仅只为满足肉欲的需求了，只要他们有更深的目的，她就可以与他们周旋。

这样一想，她眨了眨眼睛，表示自己不能动弹，然后镇定道：“明人不说暗话，咱们何不坦诚一点？你先把我身上的毒解去，我们坐下来，慢慢商谈？”

阿息保哼一声，想了想：“那得看三皇子的了。”

墨九差点噎了一口气，三皇子，是传说中的完颜修？那个珒国名将？

微微眯眼，她道：“那什么时候，我可以见到他？”

要讨价还价，当然要与最大的人物谈。

可阿息保并不回答她这个严肃的问题，他轻轻一笑，冲她露出一抹意味深长的笑容，然后朝帐子外面唤了一声，之后那个叫布里苏的小姑娘就飞奔着跑了进来，一脸紧张地冲阿息保点头哈腰。

阿息保用珒国话低低吩咐了几句，又深深望了墨九一眼，掉头出去了。

墨九觉得他临走之前那一瞥，像极了市场上的屠夫瞅着待价的猪崽……

暂时逃过一劫，接下来会发生什么事，她来不及想，也没有办法多思考。在布里苏的安排下，很快就有两个士兵抬着一桶热气腾腾的水进来。等他们俩出去，又进来了一个小姑娘，与布里苏一起，将墨九剥鸡蛋似的剥得一干二净，然后放入木桶里洗浴。

墨九大抵明白了。

先沐浴净身，再喷上香熏，这是要把她献给某个大人物侍寝？

而在这个营中，一个将军要讨好的人会是谁？

“完颜修？”

想到有这个可能，她心底瞬间有一万头那什么马在狂奔。难道她墨九的本事就只值得让一个男人睡上一觉吗？这也太小看她了吧。最关键的是，也不晓得那个完颜修到底是个什么样的人。如果矮、粗、肥、丑……那她要不要当场自杀以明志？

干净的衣袍一件件系在身上，她打个喷嚏，稍稍有了点安全感，可身子依旧软绵绵的没有力气。身处陌生的地方，与一群语言不通的人在一起，她非常抓狂。

从一个帐篷换入另一个帐篷，她是被两个侍女“抬”过去的。在路上，她稍稍观看了一下地形，发现营地是在一个平坦的缓坡上，远近的火把连成一片，夜幕的苍穹里，似有硝烟在弥漫。还有酒香、肉香……让她饥饿的肚皮，再一次喊“受不住”。

要侍寝好歹得有顿饱饭吧？她叹息！

这一回的帐篷比先前大了许多，布置也更为华贵，除了一张休息用的床，还有一个巨大的桌案，后面有地图、沙盘，还有一个马头似的装饰，带着某种男性化极重的气息，让人心生寒意。

两个小侍女把她放在床上，互望一眼就退下去了。

墨九再次一个人面对着油灯，回想从醒过来到现在的经历。

但这个时候，她已经没有必要再喊叫了。

她需要做的是，思考接下来如何与完颜修周旋。

夜幕渐沉，四周声音渐息……

今儿是肆兵战前动员，明日就要上战场了，完颜修也与几位将军豪饮了几杯酒，这会儿夜风一吹，他骑马巡视一回安防再回到帐篷，觉得脑子闷痛。

而帐篷里的墨九，已经等得睡着了。

中了那莫名其妙的毒，她有一些怪异地嗜睡。

于是，完颜修进入大帐的第一眼，看见的就是蜷缩在床角的小女人一张干净白皙的小脸。她侧睡着，双眼紧合，呼吸绵长，似乎睡得很香甜，完全没有身在敌营的感觉。

可这是谁？

他揉了揉额头，一步一步走近，试图看得更清。

墨九却在脚步声中，激灵灵醒来，睁着一双大眼睛望着他，有瞬间的迷茫。

“完颜修？”

她微微眯眼，专注看人的时候有一种天然的媚态，像是从潋滟的眸底伸出了一双钩子，要把男人的魂儿给勾进去。

完颜修注视着她：“你是谁？”

啊？墨九一怔。敢情这厮都不知道她是谁？那么把她捉来的人岂不是自作主张？可不管是怎么回事，率先亮出自己的底牌，才有保全自己的价值，也才有逃跑的希望。她身子动弹不得，只能朝他眨眼睛。

“嗨，我是墨九。”

墨九？完颜修自然知道墨九。

一个生得美貌妖娆，常常干些惹得鸡飞狗跳的破事，不仅有本事开八卦墓，还与小叔子乱搞的女人，加上墨家巨子的身份，自然会艳名远播——尤其是对于本身就关注这些事情的人，更不可能不知道她的大名。

可完颜修想过若干个面孔的墨九，却没有想到墨九其实是这样。

刚沐浴之后，侍女在她身上擦了一层淡淡的香脂，这会儿浑身上下都透着一种粉嫩嫩的水色。一头长长的黑发如云锦缎子似的铺陈在毡子上，白白嫩嫩的肌肤，饱满白皙的额头，又大又水灵的眼，潋滟生波，微翘带笑的唇，似透着一种天然的灵性与美丽……而那美，不曾有半分流于表面，似是深刻在她的骨髓里，随着她一颦一笑散发出来，如同一枝从万花中争艳而出的花妖之王。男子见之，莫不怦然心动。

真正的妖精，妖在骨髓，而非容貌。

……墨九无疑是妖精中的王者。

完颜修眉梢不经意一扬，迟疑片刻，脚上鹿皮的皂靴便往前挪动了几步。

“你不怕我？”

墨九抿了抿唇，一双眼睛灵动得似要溢出水来。

“你很可怕？”

完颜修怔忡。

她的样子看上去，分明有几分紧张，也有一丝害怕，可仔细观之，神色间却又只剩下从容与淡然。那一抹柔弱中的坚强，最是勾动人心。当一个大男人面对一个小女人时，天性使然，总会生出一种奇怪的保护欲……尤其是墨九这样的漂亮小女人，当她存心示人以好的时候，杀伤力是极大的。

有好一会儿的时间，完颜修忘了说话。

在童话故事里，王子第一次见到心仪的灰姑娘，就会情不自禁地被她吸引，挪不开眸子，从此情牵一生，任是风吹雨打也无法改变，直到从此幸福快乐地生活在一起……这虽然并不是一个童话故事，可完颜修第一次见到墨九——那个躺在一张软毡子上，软软小小的墨九时，就生出了一种从未有过的想法。

这个女人，必须是他的。

强势的男人都有强势男人的共通之处，在他们的眼里，女人这种生物天生就该臣服于男人，归属于男人。哪怕墨九是墨家巨子也不例外。如果他要她，不管她的身份是什么，更不管她与萧乾之间有什么牵扯，一切都不是问题。

他的脚不知不觉又往前走两步。

“喂，你做什么？”墨九诧异这厮变幻莫测的表情，心里不禁腹诽，帅是长得帅，高也有那么高，富也肯定是富……明明就是高富帅，为什么就没一点高富帅的风度，不能好好地与她对话？

“好好说话行不？”她厉色。

完颜修微微眯眸，站定望她。

墨九清了清嗓子，一副谈判的姿态，语气轻松道：“既然你知道我是谁，那我们接下来的谈话就可以轻松愉快一点了。从你先前的反应来看，抓我过来并非你的主意。那么，现在我们可以就两个方面进行友好的洽谈。”

见他抿唇不吭声，也不反驳，墨九只当他默认，润了润干燥的嘴唇，稍稍思索后继续。

“第一，完颜修不仅是珒国第一名将，还是天下赫赫有名的人物。如果你不想落下一个战前掳人要挟萧乾，你的战神之名其实是靠旁门左道而并真材实料的名声的话，那么你其实可以高姿态地送我回南荣，再惩处相关人士。这样，王爷的美名，恐将流传后世，受万代景仰。”

“第二，你若觉得这样送回去不划算，好歹我还有点利用价值，与你一直觊觎的墨家武器图谱也沾得上边，想要软禁我为你所用……也并无不可。只要价格足够高，没有东西买不到。你对我好点，我也好说好商量，或许真的可以帮你……”

完颜修幽深的黑眸里，满是光华异彩。

“你有什么条件？”

直接问条件？墨九心道：看来这厮明知道是他的部众绑她来的，也不可能大方地送她回萧乾的身边了。王八蛋！她在心底暗骂一句，又挑眉笑道：“这么说来，王爷愿意选择第二个，与我合作？”

呵！完颜修目光微微一闪：“一个都不选。”

墨九唇角一弯：“愿闻其详！你也可以说说你的想法。”

完颜修盯她片刻，不轻不重地哼一声，语气里似有一种轻嘲：“你既然知道我是谁，就不该说这样的话，提这样的条件。你当知道，本王要的东西，从来没有任何人可以阻止。”

他想要的东西？墨九以为他指武器图谱，不由得冷笑。

“刚好，我墨九也从不受人胁迫。你想要，没我点头，你也要不着。”

完颜修指的自然是她的人……见她一副桀骜不驯的样子，掀了掀唇。

“本王从不惯女人。”

墨九一怔，微微昂头：“正巧，我也不惯男人。”

这样与男人针锋相对的女人，完颜修从来没有见过。他微愣片刻，似是被她逗乐了，慢慢地蹲身在她面前，正对着她的脸，微微偏头，研究似的盯着她，专注的视线牢牢地审视她半晌，方道：“明日出征，你是本王最好的鼓舞。”

被他这么火辣辣的目光一瞧，墨九浑身像被火烧似的，汗毛竖了竖，这才隐隐有些感觉……这个男人对她的兴趣，不仅仅来自墨家武器图谱，还有她的人。

想通这点，她倒也没怕，直接对上他的双眼。

“你想要什么？”

“你。”他回答得简洁，透着一种势在必得。

“我？”墨九笑了，“你要得起吗？”

都成这样了，还这样张狂？完颜修上下打量她一眼，抿了抿嘴唇。

进入大帐这么久，他自然早就发现了她的不对劲——除了眼神与表情，她从头到尾就没有动弹过半分，分明就是被人下了药的样子。

轻轻一笑，他突地直起身，伸手去解自己软甲的领口，似笑非笑道：“今夜酒微醺，人半醉，正是个好光景。他们既然有这孝心，为本王准备好了美人，本王自然也不能拂了他们的好意。”

“嗯？”墨九警惕地盯着他光影里阴晴不定的面孔，“你不是吧？”

这完颜修狭长的眸子一斜，瞥向墨九：“如此，你可以试试本王要得起，还是要不起了。”

墨九蒙了。

敢情这珒国人全都是禽兽啊？

从部众到将军，再到堂堂王爷，一个个都是见色起意的家伙，三句话没有说完就要解衣裳想霸王硬上弓……可惜她先前还觉得完颜修长得英俊帅气，又位高权重，想来没有那么急色，这才想与他好好唠唠，争取自己的利益。

哪知道原来他也是一头种猪，见到漂亮女人就想上！

她做出一个恶心呕吐的表情，挤着一张便秘脸嫌弃地看着他。

完颜修脱下外面的软甲搭在衣架上，回头看见她诡异的表情，微微一愣。

“在想什么？迫不及待？”

墨九眨巴眨巴眼，一脸娇憨的困惑。

“王爷能有点男人风度不？”

他一脸问号。

“就算要睡，就不能先让我吃饱再睡？”

“……”

完颜修盯住她许久未动，墨九怀疑他是不是中风了。

不过，这句话到底还是将了他一军，墨九在这个夜深人静的后半夜里，享受了一次由美人服务的全套异族大餐。在南荣的时候，墨九曾经以为珒人都是茹毛饮血的怪物，却没有想到他们对饮食也有研究，而且饮食也相当有特点。

托了完颜修的福，这一餐的菜式不论烹饪技巧与味道，确实都是上上之选，让墨九差一点把舌头一并咽下肚子。不仅各式羊肉、鹿肉、牛肉慰劳了她饥肠辘辘的肚子，饭后还有一盅有点像酸奶的甜品，吃得她直打饱嗝，舒爽得不行。

一个饿久的人，半个馒头都可称之为美食。

更何况这确实是一桌美食珍馐。

墨九抱着死也要吃的信念，支使着漂亮的小姑娘布里苏，慢腾腾地吃了差不多一个时辰，才终于停下嘴巴，长长舒一口气，主子似的指着那个酸奶样的东西：“这个明儿我还要吃。姑娘你多准备点，天眼看就热了，吃这些最舒爽了，千万不要浪费好时节，辜负好光阴……”

布里苏完全不明所以，听得一愣一愣的。

一直坐在桌案后处理公务的完颜修却抬起头来，审视地深深看定她。

能吃的女人他自然见过，被俘虏了还能吃得这么多这么舒服的女人，他却是第一次见到。而且……这顿刚吃饱，她居然能厚着脸皮支使人给她准备下一顿？

看来曾听过的墨九传闻，果然不假……脑子有点问题。

“吃饱了？”

他合上公文，斜睨着她粉嫩的脸。

“嗝，差不多饱了。”

墨九打一个饱嗝，很想顺顺自己撑得太厉害的胃，却抬不起手来。

这样简单的动作都做不了，急得她只能翻白眼。

“哎，美人，来揉揉我的胸……嗝！胸口……”

完颜修嘴角抽搐一下，慢腾腾起身，摆手让布里苏收拾东西下去了，又一次站在了墨九的面前。依旧是居高临下地审视，那眸底兴趣满满的样子与墨九以前看见稀奇的古董差不多。

这一次，不待他说话，墨九抢着表明了态度。

“王爷，我吃得太饱，你如果现在就压上来，恐怕会把我压吐……这样污了你的地方，你也不能好好尽兴，而且我这身子中了毒也乏得很，眼睛都快睁不开了，恐怕不能给你美妙的体验。要不然，你先养我两日？等把身子养好点了，再一次吃个够？”

完颜修有点意外。

又有一点……啼笑皆非。

“你真就不怕？”

他又问了同样的问题，墨九想想却嗤之以鼻。

“如果我说我怕，你就会放过我吗？”

他唇一牵，闲闲地看着她，幽深的眸里带了几分探究。

“不会。”

墨九叹口气，懒洋洋地闭上眼睛：“那还有什么可说的？行了！我吃饱了有点犯困，如果你不介意，要做什么就自个儿做吧……我先睡了，如果有配合不周的地方，王爷一定要海涵。”她含糊地咂了咂嘴，像是真的快要睡过去了，又像是还在回味先前吃过的美食：“不过你记得轻着点，不要把老子弄醒了。弄醒了怕吐得更厉害！”

“……”

若说完颜修先前只是对她感兴趣，如今已经升级成为了浓浓的好奇……

这天下，居然还有这样的女人？

眼看贞节不保，先要吃要喝，等吃饱就睡觉，根本就不怕他侵犯她。

他低下头，目光摄住墨九娇俏的小脸，见她呼吸平稳，连眼睫毛的眨动都规律有序，真的没有半分紧张，差一点被气笑了：“你不应当稍稍挣扎一下吗？”

“手指头都动不了，你告诉我怎么挣扎？”墨九眼睛都没有睁开，有气无力地哼哼。

“就这样放弃抵抗，是不是不像巨子的为人？”他又问。

“那是你不了解我——”墨九含含糊糊的声音，从容、坦然，末了，还打了一个哈欠，鼻翼里轻哼一声，接着道：“你贵为王爷，长得不赖，身材不错，还愿意真诚热情地为我服务……那我就勉为其难地睡呗。”

这……

到底谁占谁的便宜，谁比较吃亏？

完颜修再一次哑口无言。

他静静看着已经合上眼睛的女人，良久，深深叹一口气，颇为无奈地直起身子。

“睡吧。”

他当然不可能真的就这样把墨九睡了，就算先头有过类似的想法，也在她半讥半讽的言语里败下阵来。可夜已经深了，他不睡她，她却占了他的床，他去睡哪里？总不能跑到别的帐篷对部将说……他被一个女人赶出去了吧？

完颜修看一眼噼啪跳动的灯芯，眼中迅速堆积出一种浓浓的无奈。一种可握尽天下之事唯独拿一个女人没办法的无奈。

坐回桌案前，他看着行军布阵图，看着南荣那一片富饶的土地，他仿佛看见了他的天下他的城，他的万里疆土他的帝国，还有他要得到的女人……而拥有这些的前提是，他必须战胜另外一个同样优秀的男人——萧乾。

拳头一点点握拢，他坐了半晌突地起身出了帐篷。

帐外的侍卫冷不丁看见他，吓了一跳。

“王爷！”

完颜修脸色不太好：“去！把阿息保给本王叫来。”

把墨九送到了完颜修的大帐，阿息保的心里一直忐忑着，不晓得自己这一步棋走得到底对还是不对。所以虽然夜深人静了，他也一样没有入睡，正在自己的帐子里负着手来回踱步，耳朵竖得老高。

听见完颜修召见，他理理衣裳就紧张地跟着侍卫过来了。

完颜修没有再入大帐，就在帐外等着他。

阿息保看王爷重甲尽褪，只着轻袍，悬着的心脏微微一松。

上前执礼，他挤眉弄眼道：“王爷……可还满意？”

话音未落，只听得砰一声，他感觉自己变成了一只会飞的风筝，在胸口挨了一腿之后，整个儿地斜飞出去，重重撞击在一个引火的火盆柱架上。火盆应声而倒，通红的火星子飞溅出来，直往他的身上落下，他惊声叫着，拍着屁股弹起来，咳嗽不停。

“王爷息怒，王爷息怒！”

完颜修看着他的狼狈样子，冷冷道：“解药拿来！”

见他没有更多的责备，也没有再说其他的惩罚，阿息保疼痛的胸口似乎立马就好转了——虽然挨了一脚，至少他看出来王爷对那个女人也很满意，要不然他也不会睡过了还把她留下来了。

嘿嘿嘿！他厚着脸皮上前，小声耳语道：“不敢相瞒王爷，属下给她下的药叫‘酥筋丸’，她的身子会发软，使不上力，却没有别的伤害，无须解药，两日之后自会消除。但是在这两日内，却是个销魂的玩意儿，香脂蜜汗，肌滑水软……王爷难道没有感觉到有何不同之处？”

完颜修脸色微微一沉。

“滚！”

见他又要发怒，阿息保捂着屁股弹开。

难道……那药不对吗？为什么王爷完全没有一副享受了绝色的感觉？他心里有千万个疑问。可王爷不责怪，还受用了他献上的女人，已经是对他最大的恩典了，他哪里还敢留下来做人肉靶子？

墨九原本以为用那种“似讥带讽还微嘲”的手段把完颜修将住，让他不好意思再睡她，她就可以睡一个舒舒服服的好觉了，却没有想到，度过的是一个生不如死的夜晚。

吃得太撑没有办法运动，胃里灼烧发胀，想吐也就罢了，睡下没多久，先前那久违的灼烧感又上了身。

热！热！热！热得她出了一身的汗，湿透了脊背，连毡子都湿润了。浑身上下都在发热，每一个毛孔都争先恐后地张开着想要呼吸更多的空气，那种烈焰焚烧的灼热，几乎烧昏了她的神志……

脑子里，只剩一张面孔是清晰的。

“萧六郎……六郎……”

迷迷糊糊间，她唤着萧乾的名字，像置身于火炉之上，很快就会被焚化。濒临死亡般的窒息，干涩的喉咙，微微抽搐的身子，她一直不太清醒，却感觉到有一只冰凉的手探在她的脑门上。

过了一会儿，就有凉凉的巾子搭了上来。

呼……短暂清醒的一瞬，她唯一想到的就是，能在这个时候照顾她的人，一定是那个叫布里苏的少女。

幸好，布里苏没有再给她搭一床厚被子。

她想睁开眼睛对布里苏说一声“谢谢”，可眼皮翻动着，很快又陷入了更深的梦境里。那个梦绵长而混沌，不停地换着场景，换着人物，像走马灯似的变幻不停，却有一个人始终在她的思绪里。

“六郎……六郎……”

他可以感觉到她吗？

他知道她现在很难受吗？

他知道她快要被烧死了吗？

火烧一般的梦境里，墨九这样问着自己。

可慢慢地，梦境变了颜色，再不见火烧云一样的天空，再不见万里黄沙的沙漠，她看见自己走向了一片绿洲，花繁叶茂，绿树成荫，绿洲的中间是一潭清澈的湖水，清澈见底，被周围环绕的绿意衬托着，仿佛水也是绿的，而天是蓝的……

这样清凉的颜色，让她灼热的肌肤得到了缓解。尤其那个站在湖边的男人，谪仙一般的面容，清俊冷傲，上扬的唇勾出一抹迷人的弧度，乍一看惊为天人……

“六郎，是你吗？六郎！”

墨九像溺水的人抓住了浮木一般，颤抖着声音喊他。

“阿九……”他眸底的柔情，似一张铺天盖地的网，罩在她身上，让她被火燎遍的身体，瞬间凉却下来。然后她看清了他的眼睛，即便是在梦里，他眼睛里的鼓励与心疼，都清晰得仿若就在面前。

“不要怕。等着我，我会来救你。”

墨九喉咙一堵，微微哽咽。

她的六郎……世间最霸道、最高贵、最不愿服输的六郎……

有了云雨蛊的感应，在她这样痛苦的时候，他一定不会比她好过半分吧？

“六郎……”

梦里的墨九，张了张嘴巴，赤着双脚踏在湖畔潮湿的沙地上，慢慢地向他走近。

“六郎快带我回去……我不想在这里了……六郎……”

“阿九，再等一下，稍稍等一下我就来！”

她听见了他的声音，可飘飘忽忽间，梦近了，声音却远了。

“六郎！”她想追上去，脚步却重若千斤。

而她与他之间，明明隔着不远的距离，她却像走了一个世纪。

待她费力地走到他先前站立之处时，四野荒凉，空无一人，他为她营造的那一个美妙的梦中绿洲与湖泊也都消失不见了，连同他，一起不见了。她再一次被人架在了火炉上，像一块等着煮熟让人食用的鲜肉，挣扎不了半分。

她心里一窒，惊叫出声：“六郎！”

一声颤抖的喊叫，让她昏沉的神志悠悠清醒。

可她分明不想醒来的……一直做梦多好。梦里有萧六郎，有那一片绿洲，哪怕只是望梅止渴，也比醒过来面对现实要强得多。人在沉入梦中的时候，也是最为脆弱的时候，半睡半醒的墨九，想到梦中萧六郎那一个疼惜与鼓励的眼神，眼眶突地一热。

墨九是很少哭的。

连她自己都记不清上一次流泪是什么时候了。

这一次她也没有流泪，可潮湿的眼角，还有湿润的睫毛却骗不了人。

唉！一声幽幽的叹息响过耳侧，很快，那一块伺候了她整晚的湿巾子又落在她的眼角上，有人轻轻为她拭了拭，又折叠好搭在她的额头上，那人的声音像是怜惜，又像是宽慰。

“再过一个时辰，药效就过去了。”

这是谁？

听出那是男人的声音，根本就不是布里苏，墨九激灵一下睁开眼。

“是你？”

看着她困惑的表情，完颜修慢条斯理地起身：“这个大帐除了本王，还会有谁？”

这么说，半夜里为她退热的人也是他？

墨九看着他带着红血丝的眼睛，又环视一下大帐，大抵猜测得到，是她占了他的床，他没地方睡觉，加上她发烧，他一直在照顾她，所以他其实一夜未睡。

可她想不通，他何至于如此？

就算他想睡她，也不至于要亲自动手做这些事吧？

有妖必有异啊！

高热未退，她一双眼睛红得像兔子眼似的，带了一点潮湿的泪意，就那样审视地盯着他，似乎想从他的眼睛里看出些什么来。可她的表情，在他看来，却是一种楚楚可怜的逼视……让他忽感不自在。

“再闭上眼睡一会儿，我去校场了。”

“不对啊！”墨九微微眯眼，“你不打算吃我？”

“我又不是老虎……”

呵呵！墨九给他一个皮笑肉不笑的表情，合上了眼睛。

看来古今皆同，都是看脸的世界，长得漂亮的好处是可以最大限度地勾起男人的同情心。从完颜修的表现来看，他暂时可能不会动她……那么，她可以寻思一下，怎么找机会谋出路了。

这么寻思着，大约是心情平静了下来，也有可能是“酥筋丸”的药效在最后一个时辰作用越来越少，她终于沉沉睡了过去，再也没有一个梦来滋扰。

等她再一次醒转过来，发现人已经在路上了。

颠簸的马车，走在崎岖的路上，颠得她一颤一颤的。

马车上，不仅有她，还有完颜修。

墨九瞥一眼闭目养神的男人，试着动了动手指，惊喜地发现终于可以自由活动了，不由得狂喜。在失去活动机能的一天一夜里，那种生不如死的感觉，她再也不想尝试第二次……

这般想着，她迅速地撩开了车帘。

车窗外是灰蒙蒙的天空，似乎刚下过雨，路面上全是泥泞，远近的景色都笼罩在一片模糊之中，像一张烟雨写意画，大军过处，旌旗如云，连绵了数里，一眼望不到尽头。

一日前，完颜修的先头部队三万余人，已经开赴金州，夺下南荣龛谷、定远二县，并在金州驻扎，为完颜修的到来，做好防御工事，以便顺利会师后，往南荣京西南路、利州路做重点攻击，从而与萧乾所率部队拉开对峙之势。

这些墨九自然不知情。

她望着这声势浩大的队伍，奇怪地瞥一眼完颜修。

“你又要把我带去哪里？”

“上阵杀敌——”完颜修玩笑般说罢，又突地低头看她，放柔了声音：“看你睡得香甜，便没有吵你。这会儿已经行军半日了。再往前三十来里，就到达金州地界了。据我的线报，南荣的兵马大元帅萧乾，已接近均州……”

说到这里，他略带促狭的目光扫过墨九在听见萧乾名字时明显不同的脸色，眉梢微微一扬：“是不是感觉离他近了？”

是……听见萧乾的名字，墨九是惊喜的。

可却不知道近了到底有多远，也不明白金州与均州之间的路程。

更不知道完颜修为什么要告诉她这些，还故意把她拉到金州去。

难道就为了动摇萧乾的军心，或者临阵的时候，拿她当人质？

这厮不至于吧？珒人原本就是有准备地南下，据说军备与兵员素质远超南荣……如此，完颜修根本就没有必要拿一个女人当人质，给自己的威名减分。

那么，他就是有恃无恐，断定她逃不出去，不怕泄露军机了。

墨九轻松地打个哈欠，拍拍嘴巴，不动声色地笑。

“近了又怎样？我又没本事帮他杀了你。”

顿了顿，她笑着朝他眨眼：“当然，你千万不要给我机会。有机会我一定会这么干。”

“哈哈”一声，完颜修似是被她逗乐了，瞥一眼她干得脱皮的嘴唇，递上一个牛皮水袋：“带你过去，本王自然有自己的想法。”见她急不可耐地往肚子里灌水，他自然地伸手轻轻拍了拍她的后背，笑道：“我准备在金州办一件喜事，不能没有你。”

男人温厚的手掌停留在脊背上，热度隔着薄薄的衣裳传来，让墨九颇不自在。

她放下牛皮袋，递还给他，然后不着痕迹地挪开身子，嘲笑。

“喜事？一场生灵涂炭的大战即将开始，对王爷来说，确实是大喜。”

完颜修不置可否地哼一声，并不搭她的话，犹自说道：“请柬已发往均州，想来用不了多久，萧乾就会收到。”

他办喜事还请萧乾？

墨九一默，当即想到的便是这厮要利用她，给萧乾摆一出鸿门宴，战前先擒王。

卑鄙！怪不得屡战屡胜……手法这么不要脸，又怎能不胜？

嘲弄地呵一声，墨九无所谓地耸耸肩膀：“那恭喜王爷了。”

“不必恭喜。”完颜修侧过头来，眸底饱含笑意，“因为这也是你的喜事。”

她的喜事？墨九慢慢地挪了挪酸痛的脑袋，望着车帘长声悠悠地道：“我身在敌营，身不由己。人为刀俎，我为鱼肉，有什么喜事可言？”

完颜修抱着双臂，斜斜地躺在软靠上，像念着某种正式文书般，一本正经道：“珒国三皇子完颜修将迎娶墨家巨子，一日后于金州设宴，款待部众及金州臣民，顺便欢迎远道而来的南荣朋友。”

值得一提的是，与南荣的一妻多妾制度不同，珒人的婚姻是可以一夫多妻的，也就是说，只要男人有足够的能力养活女人，那可以娶许多女人为妻。无论娶多少个女人也都是他的妻……

墨九屏住呼吸，许久没有动弹，也没有回应。

心里话：这个男人莫不是疯了？娶她！经她同意了吗？

完颜修斜眸，伸了伸大长腿，一副唯我独尊的架势："在想什么？太惊喜了？"

墨九滞了滞，不带表情地看他："是有点惊喜！我不是赚大了吗？从一个萧大郎不待见的天寡之女，变成了珒国王妃？"顿了顿，她突地古怪一笑："只是不知王爷有没有听过墨氏寡女的天寡之说？或者说，王爷其实听说了，却觉得自己寿命够长，阎王爷舍不得收了你？"

"王妃不必为本王担心。"

完颜修双眼微合，用一种漫不经心的语气，自来熟地换了个暧昧的称呼，手指缓缓摩挲着木质的车棂，给了墨九一个意味深长的笑容："我若死了，自有你陪葬，倒也乐得轻松。何乐而不为？"

三月二十六，南荣兵马大元帅、枢密使萧乾率领大军开始了对珒国的战争。

此次北上，除去京畿之地的十几万兵马，还有从鄂州、蕲州、池州等地调动的地方兵马约十万人，随行的除去领了监军一职的安王宋骜，还有南荣有名的两位重将，一个是迟重，一个是古璃阳。三个人分三路沿江而上，于均州会师。

战争伊始，人心惶惶。

那战火还没有点燃，空气里却弥漫着硝烟味。

而均州，无疑会成为两国交战前沿的第一城。

均州、知州等地一干官员都在战时被宋熹授予了相应的武职，听说珒国三皇子完颜修已到金州，这些地方官的心早就悬到了嗓子眼，对萧乾更是翘首以盼，早早令人洒扫道路，杀鸡宰羊相迎，均州百姓也不甘落后，听说萧乾亲自领兵过来，天不见亮就出城等待。

可萧乾与往常一样，不论在何处作战，大军皆驻扎城外，概不扰民。等一切都安顿好，驻营完毕，已是晌午过后，他这才领了一支精锐队伍入城。

雨还没有停。

但只要天上没有下刀子，该做的事，便一刻也不能落下。

这一支队伍是萧乾的近卫军，也是南荣最为精锐的禁军队伍。他们走在雨幕下，一个个军容肃穆，即使湿了盔甲、武器、战马……可行军之时，却步伐整齐，让民众看得信心大振，纷纷赞叹。

如此，萧乾不仅是南荣皇室的期望。

他其实也成了均州百姓，乃至整个南荣百姓的期待。

他们都盼着他把珒人赶出南荣的土地，为了心底这份期许，甚至不惜口口相传地对他进行包装与美化……甚至连传言中“与大嫂苟且”的事，也被民众默默地美化了——都是别人谣传。

均州知州腿脚都站酸了，终于见到了萧乾本尊打马而来。可一见萧乾都没有带伞，也没有乘马车，吓得心肝一缩，赶紧让人把头顶的雨伞撤去，冒雨迎在路上，擦着额头，率先叩见。

“下官参见枢密使大人！”

在他的后面，一眼望不到头的百姓，从城门出来约站了三五里。这些人都想在第一时间看一看这个以医术、谋略、容色闻名于天下的萧家六郎。于是道路两旁挤得那叫一个人头攒动、水泄不通，不时传来推搡的喧闹声。

萧乾高居马上，一身黑盔黑甲在雨中泛着幽幽的寒光，雨滴从他的盔檐滴落，滑过他冷漠的面容，似凝了一层万年不化的冰川。可他不去拭雨水，只任由它湿了眉头与面颊，执着缰绳慢慢从夹道相迎的百姓中间走过。

也许是看迎接的声势浩大，他眉一蹙，不由得往人群里扫了一眼。

均州知州的小尾巴顿时夹紧了！

人群中的喧闹声，也停下了。

数万人不约而同地屏气凝神，都眼巴巴望他。

“使君！”

“大帅！”

“使君！”

“大帅！”

“使君！”

不同的称呼，相同的敬畏，在均州知州的带领下，铺天盖地一般从密密麻麻的人群里传过来，一浪高过一浪，带着他们的推崇与爱戴，带着他们对战争胜利的期盼，冲入云层三千里，落在大地久不绝……

这样的画面，竟莫名有一种战前的悲壮之感。

“我这心肝尖尖咋这么痛呢？！”宋骜走在他的身侧，手指戳了戳自己的胸口，“难道我这个监军是吃白饭的，难道老子王爷的头衔是假冒的？怎的这么多人，就没有一个人喊老子一声？”

萧乾头也不转，压根儿不搭理他。

宋骜讨了个没趣，瞥一眼萧六郎绝美的侧颜：“难道真是比我长得俊？不行，老子也很英俊，凭什么坐这冷板凳，长渊看见没有，刚才有几个小娘，他娘的眼睛都落你身上了，完全无视老子的存在，这滋味太不舒坦了！”

“小王爷若不愿，可以回临安。”萧乾对他执意上战场，一直不太情愿。

嘿嘿一笑，宋骜哪里肯干？

“算了，陪衬就陪衬吧！反正长渊也不是外人，咱俩谁跟谁啊？”顿了片刻，他看萧乾仍是不说话，就晓得这厮对他的话题完全不感兴趣。

想了想，他扶了扶湿透的头盔，嫌弃地甩了甩手，状似无奈地一叹：“不过长渊呢，完颜修那孙子捉了小寡妇去，居然还敢带着上金州来挑衅，也真是不要脸了。依我说，咱都不必在均州停留，直接领兵杀过去，杀那孙子一个措手不及，把小寡妇抢回来……”

“宋骜我警告你，不许乱来！”萧乾冷不丁斜目，瞪他一眼，又扫向两侧的民众，低声道：“上了战场，你一切都得听我的，若不然，我明日就绑你回去。”

“好好好，没良心的！”宋骜哼了哼，“小爷这不是心疼你吗？看看你这两日为个娘们儿，人都瘦一圈了。反正此地离金州不远，阵势都摆开了，不都说战场上要先下手为强吗？何必对那个狗鳖玩意儿讲什么礼数？”

“……”萧乾已懒得理他。

“哦，难道你是怕完颜修那孙子拿小寡妇来要挟你？”宋骜犹自猜测，“应当不至于啊！”

萧乾眉头微微一皱，目光从两侧的百姓又移到了宋骜的身上。

他静静看着宋骜，不言不语。

宋骜一怔，忽然间像是悟到了什么：“……不过，这珒国人本就浑蛋，没一个好玩意儿。谁晓得完颜修是不是也一样浑蛋？嗯，长渊的顾忌是对的。”

“我是想说……”萧乾唇微抿，“你可以闭嘴吗？”

“……哦。”

不管是战时还是平时，设宴款待上级官员似乎是千百年来都不曾改变的传统。这天晚上，均州知州早早就备好了酒席，等着萧乾一行人前来。

推杯换盏间，吃的自然是山珍海味，席上也没有多少战争的阴影，一个个热情又小心地劝着酒，可萧乾却应付几口，就留下宋骜与迟重等部将，自己回了房间。

不过，在离席之前，他总算发现了宋骜的用处。

吃吃喝喝这些事，交给他去应付，实在太放心了。

人人都看得出来萧使君情绪不大好，但他是老大，就算这些人有疑惑，也不敢多问。

对于他们来说，这只是一场胜负未知的卫国战争。

可对于萧乾来说，抛开战争因素，还有一个墨九……

人人都输得起，他却输不起！

以他对完颜修的了解，不至于主动来南荣掳走墨九，可他却没有放墨九离开，这一点在萧乾的意料之外，却又在情理之中。毕竟墨九那个妇人属实勾人，完颜修又并非不食人间烟火的男人，见到她会有些想法，再正常不过。

入夜，书房里静寂一片。

他静心看着文书谍报，坐在椅子上，让薛昉上了茶。

每一个不眠之夜，他都是这样打发时间。

可今儿一盏茶才喝一半，就有金州来使入了均州。

来使被带到了萧乾的面前。

而一张金灿灿的请柬，却摆在了萧乾的桌案上。

来使说：珒国三皇子完颜修与墨家巨子墨九一见钟情，互许终身，准备结为夫妇。可碍于大战将起，又不知何年何月才能结束，于是决定先举行大婚之礼。萧使君远道而来，风尘仆仆，也正好可以趁此机会休息一下再行备战。如若萧使君方便，也请上金州喝一杯三皇子的喜酒。

“这哪里是请？分明就是拿墨姐儿来要挟使君！”薛昉看萧乾一直对着桌案上的请柬出神，恨得牙根痒痒，“这个完颜修，堂堂皇子之尊，竟然做这样下三烂的事，乘人之危，胁迫逼婚，可恶！”

萧乾头也不抬，一直静默不语。

“这个宴请，主上哪里能去？”击西皱着眉头，接口道，“若是去了，不就是那个什么肉包子打狗，有去无回了吗？击西以为，这完颜修分明没安好心，对不对？”

“这还用你说？”闯北瞪他。

“哼！”击西回瞪，“九爷不见了，击西不与你计较！”

“主上！”眼看他们两个又要干上，走南却冷不丁有了主意，“若不然属下等马上前往金州……”

“做什么？”击西瞪眼追问。

“杀！”走南做了一个抹脖子的动作，严肃道，“虽说金州的珒兵肯定戒备森严，可咱们兄弟几个便是拼了性命不要，也一定会把九爷完完整整地弄回来……”顿了顿，他又支吾：“就算弄不回来，也把她一刀给宰了！绝不让主上丢这个人。”

自己的女人被人夺走成婚，这对于男人来说简直就是奇耻大辱,便是普通民众尚且不可忍受，拼死也要反抗的，更何况是萧乾？在几大侍卫看来，这件事完颜修分明就是想在战前给萧乾一个羞辱，一个两难的羞辱。

不论他去不去赴宴，左右都难做。

去了，那肯定是一个鸿门宴，他是南荣主帅，能拿一个国家的荣辱兴衰来赌？

可如果不去，那他这辈子都别想抬头挺胸做男人了。

一时间，几个侍卫热血激愤，都按捺不住愤怒，你一言我一语、七嘴八舌地讨论如何夜闯金州珒国大营。那仇恨的程度，就像家里祖坟被人扒了，吵得一声盖过一声，恨不得把完颜修剁碎喂狗。

可火光阴影里，萧乾静静坐着，却一直沉默。

过了好一会儿，就在击西、走南、闯北三个人争得面红耳赤，为了到底谁先捅入完颜修胸膛这致命一刀的问题差点大打出手的时候，书房的门被人叩响了。

进来的人穿了一身夜行衣，戴了一顶圆毡帽，高大的身材，行走间隐隐还有汗意，可见其走得有多么着急。

“主上！”他抱拳致礼。

这一出声，击西立马惊喜地叫起来。

“声东哥，是你回来了？噫，怎么变了个样子？”

说罢他又探头朝赵声东的身后瞅：“九爷呢？你没有把九爷扛回来？”

赵声东急着向萧乾汇报情况，都懒得理会他。眼看击西恨不得扑到他身上询问，闯北一把捞住他丢在椅子上，顺便帮忙把嘴巴给击西捂住了，房间里这才安静下来，只听见赵声东一人的声音。

“主上，幸不辱命。”

他抬首看着萧乾冷肃的面孔，小声道：“属下已在金州布置好了，怕主上担心，这才连夜过来……”大体汇报了一下金州的情况，他凝了凝神色，突地道：“这次在金州，属下有一个意外的发现。”

嗯？萧乾打量着他的神色。

赵声东道：“属下发现了陆机老人……他如今就在完颜修的大营之中，据属下了解，完颜修对他的医术很信任，一直让他随营就诊，似乎对他很是重用。”

陆机老人并不是漠北草原上的人，而是南荣人。可南荣人对他知晓不多，他却成了漠北草原上的一个传奇人物。医术出神入化，治了许多难症怪症，不仅北勐与珒人，一些草原部落也相当敬重他，却很少有人知道，陆机老人其实是萧乾的授业恩师。

可这个陆机老人除了醉心医术，对旁人旁物，向来漠不关心，遑论国家大事、兵戈之患了。

他为什么会去了珒人的营地，成了完颜修的部众？

萧乾揉着额头想了片刻，看一眼声东，问：“她还好吗？”

声东晓得他问的是墨九，微微低头，几不可察地叹了一声：“阿息保为了讨好完颜修，居然给她喂食了‘酥筋丸’。属下托人与陆机老人接上了头，得知老人为她诊脉时已有所发现，可老人不好与阿息保正面冲撞，只让婢女为她发汗排毒，可显然没有什么效果……”

看萧乾脸色越来越沉，赵声东有点说不下去。

萧乾眸光一扫：“说。”

于是赵声东无奈，只能把墨九中了“酥筋丸”的毒后，差一点被三个醉酒的兵卒强暴，最后又被人带入完颜修大帐睡了一夜的事说了一遍。

彼时，薛昉、击西、走南、闯北几个侍卫已是听得义愤填膺，恨不得前往金州宰人了，只见萧乾目光怔怔盯着油灯的火舌，面色平静地闭了闭眼睛，然后转过头。

“薛昉去把我的七瓣灵芝拿来。”

七瓣灵芝是极为贵重的东西，萧乾一直将它视为至宝，薛昉不太明白他这个时候用它来做什么，可瞧着他沉沉的面色，也没敢多问，只应喏出去，很快便端来一个丝绒锦盒，放在萧乾的面前。

萧乾看了锦盒一眼，把它拿过来轻轻抚了抚，推向赵声东。

“拿去送给陆机老人，就说我孝敬他老人家的。”

“这个可是主上的心爱之物啊。”关于这一株七瓣灵芝，赵声东身为近卫自然知道它的好，更知道萧乾得到七瓣灵芝的不容易，他实在想不明白这个时候，他为什么要莫名其妙把这样珍贵的东西，送给陆机老人。

他是主上的师父，帮助主上不是应当的吗？

萧乾看着锦盒上雕刻的一只狼头，淡淡道：“这是陆机老人喜欢的。”

声东争辩：“……可是主上也喜欢啊。”

萧乾抚着额头：“七瓣灵芝虽好……”又怎及墨九？

后面那句话他没有说出口，顿了顿，摆手道：“拿下去吧。”

“哦！”赵声东心里有些发堵。

有些事情他未必完全知情，可他却是一个脑子相当灵光的人。从萧乾的反应来看，他多少也猜到了一点。什么帮墨九“发汗排毒”的法子，完全有可能只是陆机老人自己的说辞，骗得了他，却骗不了萧乾。比如陆机老人既然医术高超，完全可以出手先解去墨九的“酥筋丸”之毒，让她不至于身陷险境……可他为什么没有做？

对萧乾他或许有师徒情谊，可对墨九……他未必会搭手。

可依陆机老人“事不关己便不管”的为人禀性，不相助墨九，也未必会加害。

那他这一次的袖手旁观，分明就是……变相加害了。一个女子的名节与一生荣辱有多重要，而且还是他徒弟喜欢的女人，陆机老人为什么要冷漠视之？

赵声东似乎有点明白了……明白为什么萧乾要把七瓣灵芝送给陆机老人了。

这是一种交换，用七瓣灵芝来暂时保住墨九的平安。

“等等！”看声东要出门，萧乾又喊住他。

等赵声东闻声回头，他又向声东招了招手。声东奇怪地走过去，萧乾却避开了另外几名侍卫，只单独与他小声交代了几句。赵声东听得一愣一愣的。末了，看一眼萧乾严肃的面孔，轻轻点头，抱紧了锦盒。

“属下这就去办。”

“嗯，去吧。”萧乾声音不轻不重，似乎情绪不多。可几个侍卫却觉得今儿他们家主子鬼气森森，比平常的样子更加吓人。他们可以理解，便是自己听了墨九这样的经历都胆战心惊，更何况是他？他们个个准备了言语想要安慰主上，可萧乾却似乎不以为意。

“下去准备吧。”他淡淡道，“明日一早，前往金州赴宴！”

“啊？！”几个侍卫都张大了嘴巴。

“主上，不可啊！金州龙潭虎穴，去不得。”

“是啊，击西难得说对了话，咱直接开大军碾压过去——”

“大军碾什么？老子现在就去宰了他！”

眼看几个侍卫又要为了刺杀完颜修争执起来，萧乾手一扬，阻止了他们，又慢慢落下，撑在桌案上，慢慢起身，头也不回地往外走，嘴里只有一句淡然得几乎听不出波动的话：“薛昉，记得给珒国三皇子备上一份大礼！”

他身姿淡然，脊背挺拔，袍角在风中轻轻飘荡，慢慢消失在书房。

“太夸张了——”击西张大了嘴巴。

“主上莫非疯了？”

“可能不想要九爷了……”

“可怜的九爷，毕竟被完颜修那头猪给睡了，主上是要放弃了吗？击西的心都碎了……”

“睡你个头！”

击西被闯北敲了一个响栗，而后又被走南暴打了一顿。几个侍卫方才慢慢跟上了萧乾的步伐。可尾随其后，他们却不敢靠得太近，只远远看着他负手在园子里走来走去。

这所宅子是均州知州安排的，自然是均州最好的宅子。园子很大，种了许多树木，这个时节正是百花争艳开满园的好季节，走在小径间，各种鲜花的香味盈满了鼻端……分明就是这样一个春意盎然的季节，可众侍卫却如履薄冰，如同走在寒冬腊月。

谁也不知道萧乾在想什么……只知道换了以往的战事，他这个时候要么是坐在沙盘前推演战术，要么召了麾下将校排兵演练……像如今这样在园子里踱步，看似平淡的外表下，一颗心恐怕也是烦乱不堪吧？

嚓一声，一枝紫玉兰应声被折断。

几个侍卫看见萧乾“辣手摧花”，不由得一惊。

远处的萧乾似乎未闻他们的惊叹，他站在紫玉兰下，抬首看着那根残枝。

“阿九，我用性命起誓，你今日所受之辱，我定让完颜修倾国来赔！”

三月二十七，雨过天晴，万里碧空如洗。

明儿便是珒国三皇子的大婚之日了，整个金州城的珒国人都被笼罩在一片喜气洋洋的气氛中。金州是珒国的辖地，但辖下民众却大多不是珒人，而是南荣人，因为这一块富饶的土地，是珒人从南荣的手上夺去的，而这些，都是珒人与南荣的宿怨。

三皇子完颜修虽然出征在外，却极为重视这次大婚，特地请了金州有名的高僧前来做了一场法事，顺便为他主持婚仪，不仅如此，三皇子还放下姿态，差了珒兵给金州城的民众发放喜糖。

如果按珒人的大婚习俗与礼数来说，这场无父母参与的婚礼算是一切从简。可如果从大婚的隆重程度以及参与人数来说，这简直可以称得上是一场盛世婚礼。几十万珒兵同时庆贺，金州全城出动，那声势可谓浩大。

倚兰园，这是完颜修的暂居之地。

当然也是这一次大婚的主场，洞房所在之处。

一入夜，园子里外便张灯结彩，热闹喧哗，酒香扑鼻。

为了明日的大婚，整个园子都在喜庆地忙碌着。

其实珒人自己也不太明白，为什么自家王爷会突然在这个节骨眼上娶妻。一开始大家都以为他只是为了羞辱萧乾，顺便给南荣一个下马威，可他却慎重地上奏给了珒国皇帝——他的父亲，表明了自己成婚的态度。

从这点看，又不像只是羞辱。

做臣下的人都想不明白，只好屁颠屁颠地帮衬着大婚事宜。

毕竟这是三皇子第一次娶妻。

其他皇子在他这个年纪，孩儿都不小了，他却一个妇人都没有。

早前，人人都以为三皇子为了死去的那个女人，这辈子都不会再娶妻了，哪里料到天上掉下个墨九，他居然一眼就相中了，相处不过一天就决定要娶她为妻。大家伙儿瞅着，自然也是乐见其成的。而且这种事，便是珒国皇帝也不会反对，说不定，他老人家还会欣慰一下，这个儿子终于又开窍了。

于是，变相做成了一桩大媒的阿息保，这两日走路都是飘的。

他的同僚们对他又是钦佩，又是羡慕，觉得这厮太有头脑，居然这样子讨了三皇子的好。阿息保自己也觉得时来运转，押对了宝，整日里笑容不断，脸上乐得像要开花，对于三皇子的婚事，也主动承担了下来，一手操办。从早到晚，他跑上跑下，好不欢乐。

这会儿入夜了，旁人都在喝酒，他却没有喝。

四处看着大婚的布置，他一脸红光。

“弟兄们今儿晚上仔细着点啊，都不许偷懒。”

萧乾会不会来赴宴且不说，今儿晚上说不定还会有人来抢亲。

所以整个倚兰园上下，看上去是在办喜事，其实早就里三层外三层围得水都泼不进来。

“大将军——”

阿息保正看着布防，一个微微躬腰的老头子便咳嗽着过来了。

“陆机老人？”阿息保一愣，晓得这个老头儿是个有本事的人，不敢有丝毫怠慢，赶紧迎了上去，抱拳笑吟吟地问：“老人不在前头吃酒，却是来这里做甚？”

陆机老人瞄一眼他背后的园子，指了指道：“王妃住在里头？”

阿息保微微一怔：“是啊！”可是与他这个老头儿有什么关系？

后面那句话他没有问出口，却是用询问的目光看着陆机老人，然后又道：“三皇子有吩咐，今儿晚上很是紧要，务必要看牢了……老人想必晓得，咱们这位王妃可不得了，给她一点机会，说不定明儿大婚就没有新娘子了。所以，任何人都不能进去。”

陆机老人笑呵呵道：“大将军说得有理，可老夫有一件要事，务必要见一见王妃，以便求证。”

“找王妃求证？”阿息保奇怪地剜他一眼，“老人有何事，可否告之？”

“这个嘛！”陆机老人捋着长胡子，想了想瞄着他道，“不敢相瞒大将军，那日老夫为王妃诊脉，发现她身上有一种奇怪的病症，当时老夫不知王妃身份，左思右想，未想出是何病，也就作罢了。可昨儿才晓得，这王妃原来是墨家巨子，也就是盱眙有名的天寡妇人。那就不得了，老儿登时就想起来了。”

听他一惊一乍的形容，阿息保汗毛都竖起来了。

“是何病症？”

“大将军难道不曾听过，盱眙的墨家寡妇，哪个男人沾了都没有命活！”陆机老人凑近一点，压着嗓子道，“这件事我还没有禀与王爷知晓，依老夫看来，她自身带有一种毒性，自个儿倒也无碍，不损性命，只会慢慢毁及容颜，而沾她身子的男人，却会受此病症影响，必死无疑！”

“啊！”阿息保倒吸一口凉气，“竟有此事？”

对墨九的事阿息保知道得还真不太详细，乍一听陆机老人道来这种玄事，面色一变，心都吓得悬了起来。若此事是真的，因此损及了三皇子的性命，他有几颗脑袋来吃饭？

嗅到他的情绪，陆机老人趁热打铁：“大将军这是飞来横祸也！原本一片好心想要孝敬王爷，没有想到却办了坏事。事到如今，大婚帖子已发，大将军已是骑虎难下了。何不先让老夫进去确诊一下？”

阿息保从疑到惊，再听他此言，顿时一喜："难道还有转圜的余地？"

抬头看一眼他紧张的神色，陆机老人似是早就想好了说辞，叹息一声道："大将军不必惊慌，此事也并非不可挽回——"

"老人有何妙计？"阿息保迫不及待追问。

"一切得等老夫确诊再说！"

人在害怕的时候，对救命稻草的质疑会少很多。阿息保知道陆机老人医术超群，又对墨九的病症抱有其实是误诊的幻想，听得陆机老人这样说，只迟疑一瞬，就点头让开了路，亲自陪了陆机老人入内，一路上小意候着，很有几分讨好之心。

"陆老里面请，王妃就住这个屋子。"

陆机老人点点头，看他的脚跟着往里迈，当即黑了脸："大将军留步！"

阿息保一怔，不解地望着他。

陆机老人又道："老夫是大夫，年岁也大了，自然与王妃没有男女之防，便是王爷在，也不会阻止老夫为王妃探诊。而大将军正当壮年……入得王妃内室，怕是多有不便。"

阿息保错愕一瞬，当即反应过来，汗颜不已。

"是是是，老人提醒的是。"

如今的墨九不同掳来那日，完颜修要娶她，那便是把她当成妻子对待的。阿息保若这样闯进去，确实不大方便，而且这个园子里里外外都是他的人，便是放了陆机老人进去诊病，也跑不了墨九。

阿息保思索一阵，便停在门外。

"老人快着些，我这心里也着急……"

陆机老人若有所思地看他一眼，点点头，不再多话，打了帘子便往里走。墨九正在院子里玩着泥弹弓，布里苏在边上为她捡"泥弹"，忙得不可开交。

看见陆机老人进来，墨九"啪"一声把弹弓丢在桌子上，抱紧双臂懒洋洋看他，一脸的不高兴。

"我不需要大夫。"

她认得出陆机老人，就是那天给她诊脉，什么药都不给她，还让布里苏拼命给她盖厚棉被整她的老家伙。

明儿就是大婚，她可不想见什么与药物打交道的人，一不小心又中个"酥筋丸"，死都不知道怎么死的。

陆机老人有些奇怪。

那日墨九颓废不振，满脸通红，昏昏沉沉，他除了知道这小丫头长得俊俏，也瞧不出旁的道道儿来。如今再见，她精神焕发，那桀骜不驯的样子，与南荣女子有太多的不一样。

怪不得六郎倾心，倒有些本事。

他冷哼一声，负手往前走。

"你！老头，站住！"墨九又喊。

要知道，这两日，她连旁人送来的东西都让布里苏先尝，没有问题了自己再吃，又怎么肯让陆机老人接近？

她明显抗拒的姿势，并没有吓退陆机老人。

他捋着胡子，深深瞥她一眼，哼道："王妃是不需要大夫，可却一定需要老夫这样的大夫。"

那天醒过来，墨九就听他说了一串叽里咕噜的鸟语，她与他说话他也不回应，她还以为他根本就不会说汉话呢，原来这厮不仅会说汉话，说得还相当流利标准。

"你这老头儿，很会伪装嘛。"

她低低笑着，顺势坐在藤椅上，眼睛半开半合地打个哈欠，像是没有什么精神，也不理睬陆机老人还站着，只道："你若有什么要说的，就说。若是想趁机搞点什么幺蛾子，拜托换个人，我懒得陪你。"

"你这女娃娃，好不晓事。"陆机老人被她的态度气得吹胡子瞪眼，"老夫站半晌了，你连椅子都不让一把，让老夫如何与你说话？"

"说话用嘴，又不用屁股。"墨九眼都睁不开了，"随便你吧，爱说不说，又不是我来找你，我还得看你的脸色怎的？"

陆机老人走到哪里都受人敬重，尤其时下的后生晚辈对长者都多有爱戴，哪里见过墨九这样张狂的小姑娘？

当然，他并不晓得墨九正为那天的事记恨着他，只越发对自己徒弟识人的眼光表示怀疑——像静姝那样温婉淑静的女子不要，偏生喜欢这样的野丫头，萧六郎不是脑子坏了，又是什么？

他自言自语般，重重一哼。

"也不晓得，他怎就看上了你？"

呵呵！墨九以为这个"他"指的是完颜修，皮笑肉不笑地抽搐一下嘴唇，慢条斯理地道："还真不瞒你老人家，看上我的男人，那可就多了。不过他看上我，也得看看，我看不看得上他。自个儿凑上来的，我又不稀罕，你老有什么不乐意的？"

"你还不稀罕他？"

陆机老人气血上涌，想想自己那个驴子似的蠢徒弟，为了她连七瓣灵芝都孝敬他了，不免又摇头。

"果然色迷心窍，色迷心窍也……"

墨九不置可否地抬起头来，弯了弯嘴角，挂着一丝若有似无的懒笑，脸上没有半点身陷囹圄的紧张："你老人家舍不得走，该不会是也被我的美色迷了心窍吧？"

"你……"陆机老人老脸涨红。

"我，我怎么？"墨九就想把他赶走，似笑非笑的勾魂眼微微上挑着，看似在笑，可仔细观之，分明就没有半点笑意，"不要为老不尊，想讨便宜还不肯承认！再不走，我就喊人了！"

"岂有此理！真是岂有此理！"狠狠甩了甩袖子，陆机老人发现与这个完全不懂礼数的小女娃娃说话根本就讨不到便宜，如果太过较真儿，只会活活把自己气死。

于是他也懒得多说什么，摆手让布里苏先下去，自顾自坐在墨九的对面，鼓着腮帮子生了一会儿闷气，见墨九合着眼睛，一脸淡然的样子，不由得又仔细打量起她来。

且不说这女娃娃人品如何，单这份淡定，就非常人可得。暗自点点头，他试探道："明日就要与三皇子成婚了，你倒是不紧张，不害怕？"

"当然。"

"为何有此底气？"

"多简单哪。"墨九翻了翻眼皮，"完颜修又英俊又富贵，还有权势有情调，会讨女子喜欢……这样的男子，哪个女儿家嫁了不高兴？你老若是个女的，也得哭着喊着要嫁给他吧？"

陆机老人再一次感觉到了心脏在剧烈收缩。

若是可以，他真想替萧乾捏死她算了。

"哪儿有如此不知廉耻的女子？"

墨九觉得这个老头儿骂她骂得太奇怪了，她乐意嫁给他们的三皇子，不是好事吗？或者说不正是他们乐见其成的好事吗？为什么他还一副怒其不争的样子，张嘴就骂她？

捧一杯茶在手心，墨九并不往嘴里喝，只慢慢摩挲着茶杯壁光滑的细釉，用一种审视的目光看着陆机老人，似笑非笑的眸子，满含讥讽，似有水波在荡漾。

"莫非老头儿你的家里有个帅气的儿子，想找我回去做儿媳？"

陆机老人气得心都快碎了："老夫有儿子，也不能推他入火坑。"

"别嘛，好像我是洪水猛兽似的。"脑袋轻轻靠在椅子上，墨九打着哈欠道，"行了，洪水猛兽困了，你有事说事，千万别在我面前玩什么花样，非逼我出绝招赶你。"

陆机老人进来，到底不是为了与她斗嘴的。

想了想，他也没说萧乾的托付，只道："你可知你祖上传下的失颜之症，到底是什么原因？”

一听这话，墨九登时来了兴趣。

她直溜溜坐起，瞪大眼：“你都知道什么？”

陆机老人哼哼着，这下傲娇了：“世上之事，就没有老夫不知道的。你小娃娃那点破事，全天下人都知道了，还能瞒得住老夫？”

“哦？”墨九眼斜斜，觉得这老头儿有点意思了。从他入园之后的表现来看，似乎不像是完颜修派来的探子。

“你是谁？”她问。

“你猜？”他答。

“……”墨九瘪着嘴看他。

彼不言，我不语，有时候比的就是一个气场。

她安安静静地等着下文，不再接着说话。

陆机老人终是按捺不住了：“我是陆机，萧乾的师父……”

啊一声，墨九当即就傻了。

萧乾有个传道授业的师父，温静姝还曾是他的侍女，这个事墨九自然是晓得的，但她怎么也没有想到，这么一个干干瘦瘦的老头儿，就是那个传说中的人物。

想到先前的对话，她严肃了脸，对陆机老人道：“其实刚才那个墨九……不是我。”

“……”陆机老人无言以对。

不过她认错态度虽然不太好，认错的方式却有点意思。于是他挤着一双眼又瞅她片刻，终于选择了暂时原谅她，说起了正事：“时间不多了，老夫马上就得离开。这次进来瞧你，是受了萧小子的托付，看看你死了没有……顺便告诉你一声，明日大婚之事，你不必怕，一会儿老夫便会向完颜修禀明你的病症，想来他也不会动你。”

她紧张？

她的样子看上去紧张吗？

分明他都比她更紧张好不？

墨九翻了个白眼，想想那个病，又一头雾水。

“我的病，到底是什么病？”

陆机老人考虑一瞬，把在外面对阿息保说的话，又向墨九复述了一遍，稍稍比之前说得详细了一点。他用了较多的“专业术语”，墨九听完，琢磨好一会儿，才大抵明白了。

他的意思是说她的身上有一种遗传性的毒，携带者本身除了会随着年龄的增长，迅速苍老，损及容貌之外，不会有性命危险。但此毒却会对与她发生男女关系的男子产生强烈的影响——导致男人的死亡。

而且，携带此毒的女子，只会生女儿，不会生儿子，这样代代相传，墨家寡妇就有了“天寡”之说，也就是她家祖上的女人，嫁过的男人都死光光了的原因。

……这么说来，萧大郎的病，会不会就是碰了方姬然，与她发生了关系，然后才一病不起的？

可萧大郎却没有死亡。

据说他在命悬一线时，是萧六郎救活的。

那么再推及一下，萧六郎可以暂时保住萧大郎的性命，而陆机老人还是萧六郎的师父，医术应当在他之上……这样是不是代表，这个老头儿会有办法治得了她与她娘的病？

墨九咂摸着这事，登时一喜，对陆机老人的姿态也端正了，笑容也甜甜如蜜：“师父，我怎么越瞧越觉得你长得……有点像我的亲爷爷呢？”

“别，老夫可担不起！”陆机老人牙都酸了，哼哼道，“你亲爷爷早就死得骨头渣子都不剩了！还有，你别叫我师父，叫我陆机老人就行。”

“何必这样生疏呢？萧六郎的师父，就是我的师父嘛。”墨九笑道，“主要我这个人向来尊老爱幼，看着长得慈爱可亲的老人家，就会想到我过世的爷爷……”

说着说着，她像是悲从中来，抬起袖口就要去抹眼泪：“只可惜，他老人家早早就离我而去了，我多想再找一个像他那样的爷爷啊！”

陆机老人歪着脸看她，嘴唇紧抿，一副“看你还要什么花样”的样子，让墨九无趣了，觉得这个老头儿不好哄，不如趁机问点正事。

“陆老先生，这个毒，有办法解吗？”

“当然……”陆机老人阴阴笑了，“没有。我徒弟都解不了的毒，我怎么解得了？”

徒弟都治不了的？

这话说得也太扯了。墨九不可思议地看着他：“你老怎么好意思说出来？怎么好意思当人家的师父？”

陆机老人抬起眼皮，有点不高兴：“妇人就是妇人，见识太短，你没听说过青出于蓝而胜于蓝？一日为师，终身为师。萧六郎他还敢反了？”

“吹这些牛都没有用。”墨九嗤之，“你又治不了！”

不过陆机老人虽然治不了，却带来了第一手的信息。关于“天寡之命”“失颜之症”以及墨家为什么都是寡妇的解释，也是最为合理，最为科学，最能让墨九接受的一个解释了。

可到底是什么毒？或者是什么病？

在后世她没有听过类似的奇闻，但大千世界无奇不有，到底是上天给了墨家女人倾国倾城的容颜，非得再给她们一点人世的挫折用以平衡天道，还是这个“毒”其实另有猫腻？

她在思考，陆机老人看她眉头皱着，却有些不耐烦了：“时辰不早了，我自会去回禀完颜修……”

原本他想说她暂时是安全的，可想想墨九先前的话，不由得又黑着脸：“你的洞房花烛，恐怕要失望了。”

“唉，是有点失望。”

墨九叹息着，想到的却是萧六郎。

她身上若真的携带着这样一种“病毒”，那么一天不治好，她岂不是就不能和萧六郎做啪啪啪那羞人之事了？

今年她十六，还可以等待。

再隔十年，她二十六。

再隔二十年，她三十六。

若等到人老珠黄，容颜早衰，还没治好……

这样的人生，岂非寂寞如雪？

不仅辜负了六郎与她的情分，还有云雨蛊不得翻天了啊？一个“失颜病毒”不准她与萧六郎啪啪啪，一个“云雨蛊”又非得逼她与萧六郎啪啪啪，那他们到底是啪还是不啪？

天！

她揉额，可以只啪一半吗？

天气渐渐暖和，夜间有风，凉爽。

墨九这晚住在园子里，心里其实也有些忐忑。好在，大抵受了汉俗的影响，完颜修也晓得大婚之前男女双方不能见面，他一直没有出现。

这省了墨九不少事，可她仍然心绪难平。

大婚于她，不是第一次了。且不说原身本就许过两次人家，便是在楚州，她与萧六郎也曾牵过红绸，拜过喜堂。所以，她对这个事并不太在意，在意的是完颜修这个人要做的事。

一无了解二不相熟，他为什么非要娶她？在她看来，当然是为了萧六郎。

明日的大婚分明就是他给萧六郎设的一个陷阱。

她与布里苏语言不通，没有办法从她那里获得更多的外界信息，陆机老人也没有告诉她什么有用的话。所以，萧六郎明日究竟来不来，她一直不知情。

一日不见，如隔三秋。

她与萧六郎一个多月未见，她其实也有点想念他。一面盼着他能来，一面又希望他不要来冒险。

在床上辗转反侧着，墨九在“来、不来”之间，反复为难着自己，久久难以入眠，只把一双大眼珠子瞪向帐顶，失眠的焦灼感，让她肝火都旺了。

“完颜修，该死的！”

她拥被坐在床头，迎来了这一日的大婚。

天不亮，就有几个人操着一口叽里咕噜的鸟语，喜笑颜开地为她梳洗打扮。也不知珒人的婚姻习俗历来如此，还是因为身在金州，完颜修的婚礼仪式基本与南荣类同，那红艳艳的凤冠霞帔一出场，就让墨九想到了在楚州与萧六郎拜的那个堂。

一夜未眠，她头有点晕乎，盯着铺陈在床的大红喜服，什么话也没有说，拿过婢女剪红绳的剪刀，嚓嚓几下就剪了。

这暴脾气！

剪得太过瘾了。

等侍女回过神来，那件喜服已成了红布条。

“王妃！”几个婢女吓得都呆住了。

墨九冷笑着坐在床头：“我同意嫁了吗？都滚出去！”

“不同意嫁吗？”门外有人轻轻笑开。

墨九抬眸望去，只见完颜修穿着一身大红的新郎服，高鼻峻唇，斜眉入鬓，脸上笑意盈盈，似乎并不顾及彼此还未拜天地，他也不适合进入女子的闺房。

“谁惹王妃生气了？拉下去，杀！”

一个字一个字优雅地说着杀人的事，完颜修在婢女们惶恐的求饶声里，笑着入内，拾起被墨九剪烂的喜服。

“可惜了这料子……”

顿了顿，他似乎未察觉到墨九脸上的不忍，又笑道：“幸好，本王早就知道王妃眼光独到又挑剔，怕你不喜欢这件喜服，差人多准备了几件。王妃不急，时间还有，你可以一件一件地挑。”

眼看有侍卫进来，要拉那些婢女下去，墨九强忍心里想答应的冲动，淡淡剜他一眼：“你喜欢穿，自己穿，隔天换一身都没有人管你……可我说了要嫁给你吗？逼婚逼到这份上，完颜修，你也真是丢人丢到你家祖坟上了。”

她损人嘴毒。

可完颜修并不介意，只轻轻击掌。

几个婢女哭哭啼啼着被侍卫拉下去了。

很快，又有另外几个婢女托着几件喜服入内。

原来他并没有说谎，他真的准备了几件。

墨九奇怪这厮的脑回路，盯着那几件一模一样的喜服，扬了扬眉头：“这就是你说的款式不同，可以任由我挑选？”

“喜服嘛，大都差不多。”完颜修并不辩解，只笑着看她，“王妃选一件换上吧，这回可千万不要发脾气剪碎了。若再剪碎，本王也舍不得让这些婢女顶罪，只能亲自服侍王妃了……”

这是威胁。

赤裸裸的威胁。

拿婢女的性命和她的贞节来威胁她。

墨九恨恨瞪他，冷笑一声：“你敢！”

完颜修半合眼睛，慢慢走到她的面前，低头专注地看着她：“伺候自己的女人，是我之荣幸，有何不敢？”

看墨九板着脸不吭声，他探手挑起她一缕垂下的发丝，在修长的指间钩绕一下，凑近鼻间一嗅，低低道：“你若不肯乖乖听话，我不仅会亲自帮你换衣服，我还会亲自抱你去喜堂，全程伺候你，路都不必你走一步——”

墨九嫌弃地皱眉瞅他。

好端端一个王爷，真干得出来这样跌份的事？

“不要怀疑我的认真。”他似看穿了她。

墨九在心底叹了一声。

看来这个男人说什么都不肯放过她了。

她瘪了瘪嘴，试图做最后的游说：“你不想要武器图谱了？”

“想。”他很诚实。

“那为什么还逼我？”

“得到了你，不就得到了武器图谱？”

呵呵。墨九冷笑：“你以为我会帮你？”

“你不帮吗？”完颜修眨眨好看的眼，笑得一脸促狭，还有一点点夹了邪佞的高深莫测，那一只不老实的手，又不自觉地爬上了墨九的腰，“等今日洞房花烛一过，你成了我的人，自然就会帮我了。这世上哪怕再凶悍的小母兽，最终也得臣服于……”

“放你娘的屁！”墨九恼了，“你才小母兽，你全家小母兽。”

说罢，她猛一下戳向完颜修的胸膛，审了审，觉得指下的胸肌还不错，点点头又挑高眉梢道：“你以为九爷就这么好糊弄？你不要以为长了一张好脸，我就会乖乖听话，不要以为我不晓得你心底的那点小算盘……不就是想收拾萧六郎吗？放了那几个小姑娘吧。”

慢慢敛住神色，她唇一牵，补充道：“不就是对付萧六郎吗？我帮你便是。”

“……”完颜修被她搞得有点糊涂。

先前看她小脸涨红，恼羞成怒的样子，他面上没有什么情绪，可心里却有点不踏实，如今见她话锋一转，为了救几个婢女的性命，竟然自告奋勇与他一同对付萧乾。

这个不按常理做事的女人，再一次让他奇怪。

他哪知道，墨九是明知挣扎不过，在有限的范围内，做出的最好选择？在他思量的时候，墨九已经自顾自挑了一套喜袍。

一边往身上套，她一边无所谓地笑说："结婚而已，老娘嫁人又不是第一次了，嫁你嫁他都是嫁，多嫁一次又何妨？大不了，我这辈子就忙活结婚这事好了。"

"为什么帮我？"他走近。

"我哪儿有帮你？"墨九呵呵冷笑，"我只是单纯地痛恨萧六郎罢了。"

微弱的光线下，她面色淡然，言辞却很跳脱。完颜修根本不敢相信，一双狭长的眸子微微眯起，凑近她的脸，犀利的视线，一动不动地凝视着她。

"为什么……恨他？"

墨九轻轻一笑，眼波如水般拂过他的脸。

"爱之深，恨之切，懂不懂？"

说罢，她白了她一眼，张开双臂，示意布里苏为她系上繁复的外袍，不以为然地叹息道："男女之间的感情很复杂，很深奥，像王爷这种兽类动物恐怕很难参透。"

"……"

"走吧？"

"……"

"走不走？"

"……"

看完颜修一直盯着自己发愣，墨九对着铜镜照了照漂亮的小脸，又抿了抿唇上的胭脂，回头望着他，目光如狐般狡黠，变被动为主动地冷笑。

"这大婚还办不办了？你在发什么傻？"

"……办！"

"去！"墨九斜剜他一眼，"连这点转变都接受不了，稍稍逗你几句，就被唬得一愣一愣的，你有什么资格做我的男人？"

"……"

两个人再出门的时候，画风就变了。墨九昂首挺胸走在前面，一副"逼良为娼"的样子，完颜修则走在她的后面，默默审视着她的背影，有点失神。

墨九这个妇人太合他的脾气，也太合他的口味了……以至他对这场婚礼有了更多的期待，甚至于不希望萧乾前来金州，更不想发生任何既定的变故。他想让婚礼正常地、顺利地举行下去，就像两个人原本就是倾心相付才筹备这盛世大婚一般。

喜堂上，热闹、喧哗。

赴宴的人，大多都是珒人，血统的不同，让他们的长相与南荣人有一些差别，显得粗犷得多。相比之下，墨九觉得像完颜修那样俊美的珒国男子，实在是少见。

她没有盖头，说话方便，当即就喊："完颜修！"

他嗯一声，迟疑问："何事？"

墨九微微昂头："你长得像你父亲还是母亲？"

在这样的场合，她冷不丁问这样的问题，再一次让完颜修莫名其妙，外加无言以对。

"为什么问这个？"

墨九扫视众人一圈，笑道："我瞅了瞅这些珒人，一个个都长得奇形怪状，没有一个好看的。可你却很漂亮，所以我猜想，你一定并非纯种，肯定是杂种了！"

完颜修："……"

满堂的宾客里，能听懂她的话的人，至少占了半数以上。

墨九一句"杂种"，差点没把那些人憋疯。

想笑又不敢笑，想骂又不敢骂，气氛特别怪异。

完颜修凝视她久久，终是缓过心底那口郁气。

"王妃真会开玩笑……"

看三皇子笑了，堂上众人也跟着打哈哈，恢复了先前的喜乐之色，一个个嘻嘻哈哈地闹起来。主持婚仪的高僧身着僧袍，看完颜修冲他递了一个眼色，赶紧双手合十，喊一声佛号。

"吉时到！"

这里没有高堂，完颜修自己就是最大的人物，故而很多礼数都省了，高僧站在喜堂上，正想让二人拜天地，就有一个侍卫跌跌撞撞地跑进来："报……报……急报……"

"急什么？"阿息保低吼，"好好说话！"

"王……王爷，南荣……萧……萧乾来了……"那侍卫像是受了惊吓，跪趴在堂上，双手奉上一封请柬。

堂上鸦雀无声。

两军交战虽不斩来使，可却没人说过不斩主帅。正常人、聪明人，但凡有一点警惕心的人，都不敢在这个时候公然到敌营去参加婚宴。所以，完颜修虽然发了请柬给萧乾，可无人相信他真敢来金州。

然而，萧乾来了。

而且，轻车简从，只有四名侍卫。

阿息保看着请柬上的名字，向完颜修投去一瞥。

完颜修唇一牵，掠过墨九的脸，见她神色安然，一双眼睛半合着，朦朦胧胧似蕴了一汪水雾，他越发看不懂这个女人了。她可以让萧乾为了她甘愿涉险赴金州，也可以坦然地与他走上喜堂，不以为意地面对一切突发状况。

这位向来眼高于顶的珒国三皇子，并没有意识到随着他对墨九认识的加深，随着他对墨九所言所行的好奇与兴趣的加深，他对这个女人的注意力以及关注度也越来越多……

他慢条斯理地道："请。"

萧乾的人还没有到达倚兰园，而是金州城外。

请柬也是直接从金州城门传到倚兰园里来的。所以，这个侍从一来一回的过程中，墨九就等不及了。当然她不是等不及与完颜修拜堂，而是等不及吃东西。

"闲着也是闲着，不如我先吃点好了？"他对完颜修说着，然后不待他回答，就在众人大惊失色的目光下，就近寻了一张酒席坐下，挽起广袖，抓起一只羊腿，就扯了一块肉放入嘴里，大快朵颐。

"味道不错！"她夸赞着，拍了拍手，完全不管脸上精致的妆容，又瞄上了桌案上的"酸奶"，舔了舔嘴巴："这个好吃！各位，我就不客气了啊。"

"哎，好好好！"

"要是再有一个羊肉锅子就更好了……"

想到羊肉锅子，她莫名地就想到了东寂，那个会做美食的男人。这个时候他也应当知道她被完颜修这个王八蛋掳到了金州吧？

东寂肯定也会担心她。他可千万不要想不通，跑到前线来……到时候若是她跑出去，岂不是就有机会吃上他做的羊肉锅子了？

她乱七八糟地想着，完全不看那些惊得快要傻掉的人。

旁人笑她太疯癫，她笑别人看不穿……如今的墨九，就是这样的情怀。在意别人的想法，只会亏待自己的胃。

萧六郎来了，她说什么也得想法子与他一块逃跑。他来了，也一定会想办法带走她，在这样的情况下，她最应该做的是什么？

不是激动，不是忐忑，更不是无脑地等待。

她要做的是吃饱肚子，储备能量，有备无患。

于是萧乾步入一片大红色的喜堂时，看见的就是这样一幅诡异的画面。整个堂上就墨九一个人在吃，而且她还吃得啧啧有声，津津有味，好像那是无上的美味珍馐，听得人嘴里都能生出唾沫。

他顿住脚步，目光穿过人群落在她的身上。

妖娆的脸孔，精致的妆容，一身大红的喜服，吃得满嘴是油……形象确实不怎么雅观，可却是他熟悉的墨九，那个离开了他一个多月，让他差点把头发愁白的墨九。

清冷的面孔微微一敛，他不管旁人，只唤一声。

“墨九！”

墨九擦了擦手，懒洋洋地回视他。

“你是来接我回去的吗？”

堂上氤氲的光线，恍惚似梦。

二人互视着，眼睛里似乎再无旁人。

萧乾黑眸浮浮沉沉，辨不清情绪，语气里却满是宠爱：“你吃饱了吗？”

“吃饱了。”墨九轻轻一叹，“就等你来了。”

“好。”

淡淡一个字，很熟悉的回答，很萧六郎似的简洁，却是在隔了一个月后再次见面时，他给她的最重的承诺，一种无视旁人，立于乱军之中的承诺。

墨九与他目光胶着一处，静静凝视着，好像彼此的空间里有某种凝合的物质，无形、无声……却可以把两个人紧紧黏合在一起，即便隔着无数人的距离，也似近在咫尺。

然而，这是在金州。

金州是完颜修的大本营。

倚兰园这个地方，里里外外也全都是完颜修的人。可萧乾只带了薛昉、击西、走南、闯北四个打扮得不伦不类的侍卫，看上去也并不是多能打的人，他自己能否走出这龙潭虎穴都没准，居然还敢与完颜修即将拜堂的王妃眉来眼去？

大多数珒人都以为萧乾吃了熊心豹子胆——疯了。

或者说，他色迷心窍了。

毕竟墨九确实是人间绝色，他们王爷不也是纡尊降贵不顾战事先娶妻吗？在他们看来，这一场婚宴除了是给萧乾的鸿门宴之外，王爷并非没有对她动心——他看墨九之时，那温柔的眼神怎么能骗得了人？

一片凝滞的气氛中，完颜修慢慢走到墨九身后。

先前，他就站在离她不远的地方，看着她与萧乾痴痴互视。

他冷笑着打量二人，一只手就轻轻搭上了墨九的肩膀：“王妃……”

低低唤着，他的手在她的肩膀上轻轻一捏，一种属于男性的温热感便夹杂着某种不悦的情绪透过那一层薄薄的衣裳传递给了墨九。

“既然吃饱了，就不要误了吉时！”

说罢，他扼住墨九的胳膊，稍稍一用力，让她不得不站起来，又微微一带，便将她拉入怀里，亲热地勾紧她的腰，意态闲闲地笑着，对萧乾扬声道："萧使君远道而来，一路舟车劳顿，还请先入座，待大婚礼成，本王再陪使君痛饮一场……"

"不必！"萧乾拒绝得很彻底，回答得也很干脆，"我不是来喝酒的，是来要人的。"

"要人？"完颜修揽紧墨九的腰，不让她挣扎，目光却含着一抹邪佞的笑，挑衅地微微昂首道，"本王这金州，穷乡僻壤，不毛之地，哪里有萧使君要的人？"

见他装傻，萧乾也不动声色。

完颜修再一次揽紧挣扎的墨九，胳膊的力度很大，那一种男性不服输的占有欲，在他的脸上展露无疑。可萧乾静静看着，脸上却无半点恼怒。

这一点，连墨九都服了他。

一般男人很难在这样的场合沉得住气。

可萧乾他就可以完全无视旁人，只淡淡地看着她，领着四个侍卫一步一步从人群中穿过。

一群珒人原本就拿他当敌人看待的，按理不应当让他为所欲为。可一来内心惧于他的威仪，二来并没有得到完颜修的命令，也不敢在王爷的大婚喜宴上轻举妄动。所以，萧乾一走近，他们就退开，生生给他从中让出一条路来，由着他直接走到了喜堂的中央。

这到底谁是主子？墨九哑然。

气场……一个人的气场太重要了。在珒人环绕之处，萧六郎强大的气场加上美艳的长相，简直就是力压全场的利器。

几个人对峙着，萧乾淡然自若。

"王爷，把人给我吧。"

完颜修唇角微微一弯："实不知使君要谁？"

萧乾抿抿唇，锐利的目光像一把利刃，劈向完颜修同样不逊色的俊颜，不冷不热地道："你的身边，我的女人。"

"你的女人？有意思。"完颜修哈哈一笑，低头仔细端详一下墨九的俏脸，似笑非笑道："墨家巨子不是曾经许配给萧大郎的吗？何时变成萧使君的女人了？这真是滑天下之大稽！"

"王爷也知道？"

知道她是萧家的媳妇，还敢强娶？

完颜修听出了他的弦外之音，却只笑笑。

"那又如何？本王不介意。我要她，她就是我的。"说罢他束紧墨九的小腰，见她的挣扎不像先前那么激烈，又稍稍放松一点，在她发间一嗅，用一种沉醉的神色，笑得风流倜傥，"再说，本王与王妃两情相悦，萧使君又为何不成全？"

“成不成全，我说了不算！”萧乾淡淡说着，目光移向墨九的脸，或许是久不相见，他向来清冷的视线中，竟有那么一丝贪婪：“这世上，没有人可以勉强她做不愿意的事。”

众人都愣住了。

这个萧乾简直太疯狂了！

在倚兰园里，在完颜修的面前，在有着无数珒国人的喜宴上，他居然敢这么猖狂，敢说这样的话？

他到底倚仗的是什么？

半晌，完颜修冷笑一声，眼底露出一丝轻蔑：“萧使君应当懂的，有些女人，只有强者才能拥有。你自身都是我砧板上的肉，这话未免太满。”

墨九也默默瞅着萧乾。

他虽然来了，可她还不知道他到底要怎样带她走……如果他带不走她，会不会自己也走不了？

她心下忐忑着，从头至尾，都没有吱声，一直在关注形势，不想错过任何一个转机。

但萧乾的样子太淡然了。

他并不说话，依然故我地朝完颜修与墨九走近，就像压根儿就不曾看见两侧蠢蠢欲动的珒兵，还有他们手上寒光闪闪的刀戟。

他的目光也一直望着墨九，望得她有一丝奇怪的恍惚，好像这满堂的披红挂彩，大红喜色，都是为了他们二人而准备。而这个正走向她的男人，其实是她今日的新郎，他过来，便是要与她成婚的。

“这个萧乾可真是张狂！”

“太狂妄了！该给他一点教训！”

“对！不然真以为我大珒国好欺负！”

人群中间，有人在对萧乾指指点点，义愤填膺。也有人趁机奚落他，戏谑他，嘲笑他：“萧使君，既然都来参加王爷的婚宴了，何不先坐下来喝杯水酒，做个朋友？那个孱弱的南荣，萧使君也不必回去了。回头跟了咱们王爷，断断少不得你的好处！”

这样的话对萧乾来说无异于侮辱。

可萧乾一言不发，黑眸沉沉，只盯着墨九，继续走近。

“六郎！”听着人群里起哄的声音，萧乾受得了，墨九却有些受不了。她与很多人一样，可以忍受加诸自己身上的屈辱，却见不得自己的家人或者爱人受一点点委屈。

锉心刻骨一般，她狠狠瞪向众人。

“都闭嘴！找死是不？”

吼完了，她又瞥向完颜修。

“放手！”

完颜修不答，手上力度加重。

“嘶！浑蛋——”墨九的胳膊被他捏得有一点疼痛，可她顾不得那许多，恨恨甩了甩，低声道：“这世上哪儿有强人所难的道理？当着这么多下属的面，你就不怕我嚷嚷几句，丢你的脸面吗？”

完颜修身如青松，挺拔而立，眸底蕴了一团火，却一动也不动。不回答墨九的话，他也不与她争执，一双厉目只盯住萧乾不放。

“看来萧使君早有准备，才会这般有恃无恐。说来听听，还有什么后招？”

萧乾站定在他面前。

三个人的距离很近，不过几步之遥。

墨九几乎可以闻到萧乾身上那独有的薄荷味，熟悉的气息，让她的心弦也仿若受到了震动一般强烈地弹奏着，更加受不了与完颜修这样靠近了。

她反手往完颜修抓去，想让他放手，他却置之不理。于是她越抓越狠，越抓越深，指甲都挖入了他的肉里，他不仅不放，反倒越握越紧——

“阿九稍待！”萧乾似是不想她折腾这个，也不想她受罪，淡淡出声阻止了她的小动作。

其实他何尝不知，若不是有他在面前，依墨九的性格，并不会太过计较这个，更不会挣扎得这样凶悍。

她在意的是他的脸面。

她不想在他的面前，她却被别的男人搂在怀里。

可这些事情，屈辱也好，丢人也好，原本就该由男人去战斗，与女人无关。该男人做的事，他不会回避，更无须女人去承受。

“王爷！”他看着完颜修，声音很淡，可一字一字出口，却似含有无尽的威仪，“龛谷、定远两座城，换一个人。”

龛谷、定远？这不都是金州的地盘吗？

完颜修一怔，便是在场中人也都愣住了。

金州各个城镇一直由珒兵占领，城防坚固，轻易攻之不破。而且此时此刻，南荣的大军还驻扎在均州，珒人至今也没有接到南荣军队开拔的消息，萧乾以一人之力如何拿得下龛谷、定远两座城来换墨九？

一惊之后，喜堂上再次哄笑起来。

“素闻萧使君人中龙凤，不承想，也会有信口开河的时候……哈哈哈！笑死老夫了——”

“什么作战如神，都是这样吹嘘出来的吧？”

“龛谷、定远乃我金州辖地，萧使君也不怕风大，闪了舌头……”

大多珒人都在嘲笑与议论。

只有完颜修与墨九比较冷静。

完颜修当然不信萧乾会是一个胡乱诳语的人。

而墨九是对萧乾有百分之百的信心。

他既然说得出口，那么龛谷、定远两座城就是他的了。

在众人的嘲笑声里，萧乾面色淡然，目光深幽，那一种运筹帷幄的大丈夫气概，不论立于何处，身处何种险境，都能让女子有绝对的安全感。

看着这样的他，墨九的内心几乎是澎湃的。

要知道，龛谷、定远是金州门户，也是珒人对阵南荣的门户。若萧乾拿下这两座城，南荣未战之前先胜一半，不仅可以打珒人一个措手不及，还可以力挫完颜修的锐气，从龛谷、定远直至金州全域，甚至顺势而上，直插临兆……都可以有预期的胜利。

可萧乾说，两座城，换她一个人。

墨九曾经听说过倾国倾城的故事……却从未想过有朝一日，自己也能价值两座城池。会有这样一个男人拿了两座城池来换回她。

半晌后，完颜修若有所思：“萧使君何意？”

萧乾打量着他，轻轻一笑：“换是不换？”

他胸有成竹的样子，终于让完颜修彻底相信了他一定有所倚仗，而不是故意讹诈他。神色一紧，他抓紧墨九的掌心，眸中已有愠怒之气。

“萧使君何不直接道明？”

不待萧乾回答，这时，先前那个侍卫又带着一脑门的汗水奔了进来。这一回，他比汇报萧乾单枪匹马入金州时面色更为紧张，说话也更加结巴。

“报……报……不好……报……”

“好好说话！”阿息保快要愁死了。

可那哥们儿真是不经吓，被众人冷眼一扫，通红的脸顿时如缺血般苍白一片，连话都说不顺溜……

好一会儿他才告诉众人事情的原委。

原来龛谷、定远两地的珒国驻兵包括一些当地民众，都莫名其妙地染上了瘟疫……此疫症来势汹汹，事先并无任何征兆，城里的郎中也都去瞧了，但没有一个人能说得清缘由，也无人能治。

驻将怀疑，是有人在水源里下毒。

喜堂上的气氛，顿时变了。

萧乾的“两座城，换一个人”也终于有了现实的意义，大家也是这时才反应过来，他为什么敢这样直入金州，站在完颜修的面前——

完颜修俊朗的面孔一点点变色。

龛谷、定远两座城的兵士近十万，不仅丧失了战斗力，还有性命之危。这意味着什么？意味着驻扎在均州的南荣军队可以直入龛谷、定远，再趁着他方寸大乱之际，直取金州。

到时候，丢掉的又何止两座城？

冷笑一声，他道：“萧使君好手段！”

这样的语带嘲弄，意指萧乾手段卑鄙，竟然用下毒这样下三烂的法子，可萧乾却不接这茬儿，只闲闲道：“比不上王爷！”

完颜修拿墨九逼婚，引他入金州。

他索性毒下两城，用以交换墨九。

说来也是五十步与一百步，谁也说不着谁。

一个战时抢女人，一个战时下毒……这两个男人之前还真的都没有干过这种没品格的事，而这一次，完颜修做了初一，萧乾做了十五。相对来说，萧乾的手段确实要狠一点，可对于外界的影响来说，完颜修的名声会更难听一点。

毕竟萧乾只是为了自保……

大惊之余，墨九很想竖起指头赞一句——六郎，干得漂亮！

可她抽不回手，完颜修狠狠揪紧了她：“萧使君就不怕走不出金州？你两座城，换一个人……我便是应了你放她，你又拿什么来换你自己？”

萧乾淡淡而视，语气薄、轻、透，带着一种莫名的感染力，很容易让人骇于他的言辞之中：“当然，王爷也可以把我扣在金州。只要你敢拿龛谷、定远两城十万人的性命来赌！”

“扣押？”完颜修笑了，“我会直接杀了你。”

缓缓环视一圈，他目光微闪，与萧乾打起了机锋：“萧使君可能还不知晓，陆机老人如今在我帐中。旁人解不了的瘟疫，他未必不能——”

唇扬一扬，萧乾笑了。

这个笑容在墨九看来，有那么一点欠揍。

“普天之下，我判官六说解不了，谁也别想解。”

想到陆机老人与萧乾的师徒关系，墨九几乎下意识就去人群里寻找陆机老人的身影……她很想知道这个老头儿听见自家徒弟这样狂妄，而且完全无视他，心里的阴影面积到底有多大。

可那老头儿却连人影子都没有，也不晓得出来与萧乾唱一个双簧，哄一哄完颜修。

她正思考，完颜修便冷哼道：“陆机老人呢？”

那个结巴侍卫额头上的冷汗，滴得更密了。

“……王……王爷，陆机老人晕……晕过去了。”

“晕过去了？”

众人吩吩抽气。

这个陆机老人长得虽然又干又瘦，可身子骨却健康得很，平常伤风凉寒都没有，怎么可能说晕就晕过去了？

于是那个结巴侍卫又花了许久的工夫，才说清楚。原来龛谷与定远出事之后，那边的驻守将军赶到金州，也不敢先来打扰办喜事的完颜修，而是直接找了陆机老人。

陆机老人先前一听瘟疫还有点小兴奋，一副跃跃欲试的样子，摩拳擦掌要去查探一番。可等他听完驻将对瘟疫的描述之后，突地大呼三声“天要亡我，天要亡我啊”就倒地不起，怎么唤都唤不醒了。

天都要亡他了，当然是他治不了！

整个喜堂里的人，都呆住了。

“判官六”虽然名满天下，但毕竟是后生晚辈，陆机老人成名在前，又有几十年的行医经历，他们没有想到，萧乾竟然比陆机老人还要胜上三分。

“十万人呢！”

“龛谷、定远一开……金州岂不完了？”

珒国部将在小声地议论，意思却很明显。

身为主帅的完颜修，没必要为了一个女人丧失两座城池的主动权，也不可以置十万大军的性命于不顾。

一个女人与十万人……这样的比例，在他们看来，连鱼与熊掌都称不上。他们的王爷根本就不需要考虑，就应当做出决策。

完颜修紧抿着唇，握紧墨九的手，轻轻摩挲，掌心那一层长期握剑挽弓留下的薄茧，掠过墨九白嫩的肌肤……有那么一刹那，墨九竟然强烈地感觉到了他的不舍。

他舍不得放弃她……

可迟疑着，在两座城与一个人之间，他终是选择了放开手，朝萧乾勾出一个勉强的笑容。

“来日战场，你我公平对决！”

萧乾瞄一眼他的手，眸底阴云密布。

“战场见！”

说罢他朝墨九伸出手。

这一回，换完颜修看着他的手。

“萧使君说话算话？”

萧乾剜他一眼："龛谷、定远都是你的。解药，等我安全到达均州，自会奉上！"

君子一言，一诺千金。

在这样的场合说出来的话，彼此都会遵守。

于是，完颜修紧蹙眉头，再找不到挽留的借口……

墨九瞥他一眼，几乎下意识就把手放入了萧乾的掌心，像是为了洗掉先前完颜修那短暂的摩挲带来的温热感，她在萧乾的手上擦了擦。

"六郎，走吧。"

"嗯。"萧乾抓紧她的手，头也不回。

多年之后，墨九还记得那一日的凶险，记得萧乾一袭风华地走入喜堂，看着她的眼睛，轻轻道出的那一个"好"字。从此，不论他们在未来的岁月里遇到什么凄风冷雨，只要他应诺了，她就会相信，相信他一定会有带她转危为安的本事。

这是一个女人对她男人的信任。

也是一个女人心甘情愿依靠的前提。

他拖着她的手，往外走去，墨九脸红红，一直凝视着他，并不看前方的路。

这一刻，她觉得画面很美。

她身上还穿着新娘的服饰，裙裾长长迤逦在地，萧乾一身黑色战甲，头盔红缨，两个人，一黑一红，从喜堂中间的人群中穿过，一言不发，接受着众人目光的洗礼，每过一处，人群纷纷让路、后退。只余他与她，四个侍卫漫不经心地前行，似在进行一个庄重而神圣的仪式。

出得倚兰园，墨九悬在心头的气落下，又有些紧张："萧六郎，虎口夺食的英雄壮举，也就你了，确实干得漂亮……不过以你的为人，不是从来不屑干这种偷鸡摸狗的事吗？"

"唉！"萧乾重重一叹，"所以阿九，这笔账得算你头上。"

"我？"墨九无辜地瞥他，"为什么是我？"

"你若不逃，又何来此事？"

"哦，逃？"墨九想想还真是，不由得捏了捏他的手，鼓着腮帮子道："好吧，我错了……你待如何？"

萧乾不答，胳膊一弯将她放于马上，而后自己翻身坐于她的身后，双手束紧她窄细的小腰，"驾"一声，待那黑马扬尘而去，他方才低头，凑近她的耳边。

"回均州，再收拾你！"

第十章　治情敌，临大敌

一路疾驰，萧乾一行到达均州，已是入夜时分。

大抵受战争的影响，均州城早早就宵禁了，长街短巷里，除了巡逻的南荣禁军守卫，一个行人都碰不见。墨九连续几个晚上没有睡好，回均州的颠簸中，一直昏昏欲睡，仙儿似的靠着萧乾，半点声音都没有。

萧乾嘴上说着到均州要“收拾”她，可不还没有到均州吗？所以在路上，墨九享受着帝王般的至尊待遇。萧乾将她裹在一件宽大的披风里，当宝似的紧搂在身前，生怕把她硌着碰着。墨九也是一个会享福的人，软着身子就闭上眼睛睡觉，管他马往东还是往西。若不是马匹时不时颠簸一下，让她睡不安宁，早不知梦几回周公了。

萧乾还住在均州知州安排的宅子里。

这个宅子有一个好听的名字，叫纯熙，取自《诗经》“时纯熙矣，是用大介”。

萧乾驾临均州，住进了自己的地方，均州知州自然不敢怠慢，在宅子里安排了不少伺候的人，小厮、丫头，数量极是庞大。据墨九的火眼金睛观察，几个小丫头长得都非常水灵、俏丽，绝非一般杂活丫头的姿色，一看那个知州就没有安好心，分明在存心给萧乾艳遇的机会……

时下的男人确实幸福。怪不得后世的男同胞人人都想穿越回去做王爷，这想左拥右抱就左拥右抱，想夜夜做新郎，夜夜都是新郎，小日子不要太美妙！

下意识地，她瞥一眼萧乾。他似乎没有发现宅子里有几株花骨朵，把墨九从马背上拎下来，看她似睡非睡地打个哈欠，他都没舍得让她下地，直接拦腰一抱就往宅子里走。

一众仆役大惊失色。

这个冷面冷心的萧大帅，居然有这样温情的一面？莫不是见鬼了？众人的目光尾随着他二人入宅，好一会儿才回神，紧跟着上去伺候。

萧乾进入正厅的时候，声东已经从龛谷回来，在等待他了。所以，萧乾依旧来不及“收拾”墨九。他把她抱回自己房里，让两个小丫头为她准备沐浴更衣，洗去路途的劳累，便去了书房与声东说正事。

一方面答应了完颜修，龛谷、定远的疫症解药，他得让人送过去，另一方面也是向声东了解一些情况。赵声东带人在龛谷和定远活动时，除了做下毒那件“偷鸡摸狗”的事，当然也没少趁机打探消息，将两城的驻军情况也都摸得一清二楚。

等声东领了新差事离去，又是一个时辰后。

“纯熙”宅子的后园，墨九早已换上一身干净轻软的寝袍倒在了萧乾的榻上与周公约会。

这些日子，她表面上淡然自若，可实实在在没有睡过一个安稳觉。如今总算到了萧乾的地盘上，她悬了许久的心，也终于落了下来。躺在他的床上，抱着他的枕头，闻着属于他的味道，她心里说不出来地踏实。

人安稳，觉也香。

口涎从嘴角滑到了枕头上，她也完全不知。

萧乾一身战甲未褪，入屋看着立在两侧的丫头，又看一眼未垂帐子的榻上那个毫无形象的小妇人，唇角微微一抽，摆了摆手，让两个丫头下去。

两个丫头偷偷瞄他，心有小鹿乱撞。

这样的萧乾是迷人的。

举手投足间，优雅风华，威严尊贵，偏生他的目光投向床上的墨九时，却不若平常的冷漠，会不由自主流露暖暖的温柔，像在看他捧在掌心的某件珍宝，让人越发迷恋这样的男人。

有女人被他宠着，是多么幸运！

两个小丫头心脏怦怦乱跳着，却没有一个敢像均州知州吩咐的那样“主动勾搭”萧使君，福了福身，一声未吭就乖乖退下去了。

萧乾撩起帐子，用帐钩挂好，默默坐在榻边看她。小小的、细白的脸，琼鼻樱唇，睡相有点憨态，唇角还微微翘起……看着很是乖巧，让人有疼爱的欲望。

他喟叹！

这个小妇人倒是睡得着。

哪怕天塌了，她依旧可以睡得很香。只是不知这一个多月，没有他在身边的一个多月，她是怎样过来的？在金州时，完颜修有没有欺负她？

想到完颜修，他没来由地就想到了声东说的那个夜晚，墨九被送入他的大帐，与他单独待过的一夜……

他眉头微蹙，眸底弥漫着浓浓的郁气。

没有男人是不介意的。哪怕是萧乾，也并非不介意，他的淡然自若，只不过是装出来的不介意。因为他不想给墨九添更多的心理负担。

他以为更难过的应当是她。可这个小妇人……哪里是有负担的样子？有那么一瞬，萧乾很想唤醒她，仔细问一问她与完颜修到底有没有发生什么。可骄傲如他，问不出口，也不想打扰她的睡眠……

于是，问？不问？两个矛盾的念头交织在脑子里。浮上来，压下去，浮上来，压下去，很快就变成了一种噬人的执念，时不时剜一下他的心。

唉！他伸手为她掖了掖被子，慢慢起身，准备离开。

说要收拾她，结果挨收拾的人到底是谁？

他苦笑着正要转身，袖口就被人拉住了……

心口一窒，他慢悠悠转过头，就对上一双似醒非醒的眼睛。那双眼睛半合半开着，像蒙了一层润润的水雾，朦朦胧胧，困惑、不解，看不太清。

末了，她还打个哈欠："六郎怎生又跑我的梦里来了？"

萧乾："……"

一个"又"字，激起春心无数。

他想到的是旖旎往事，美景如梦。她却像只看见了青草的兔子，眼睛都不眨地盯着他发傻，似乎还没有从梦里醒过来。

萧乾无奈地抽了抽袖子，可没有想到这货样子懵懵懂懂，力气却不小，硬是抽不开。

他只得坐在榻沿，抚了抚她的脸，温声软言道："做什么梦了？"

"哦。你不是梦？"墨九摇了摇头，像是醒过来了，一本正经地望着他道："我梦见一只呆头鹅，一个人坐在我的床边上唉声叹气，也不晓得他在想什么，脸色像吃了苍蝇那么难看，我正想问他，呆头鹅，呆头鹅，你是为什么心情不好呀？我去，我的梦就被你打断了。"

"……"萧乾看怪物似的看她。

"不管了！"墨九无赖地拽着他，顺势过去，盘腿在他的身侧，歪头直视着他的俊脸，"喂，萧六郎，你打断了我的梦，你得赔！"

梦怎么赔？

看她微微噘着的小嘴，粉嘟嘟的，极其可爱，萧乾有一种想咬一口的冲动。他忍了又忍，终是把手搭在她的肩膀上，扶住她往下摁。

"别贫嘴，乖乖睡一觉。这些天你累了。"

"赔不赔？"墨九不讲理，又直起身。

"怎么赔？"萧乾头大。

"梦里那个人没有告诉我的话，你告诉我就可以了。"墨九俏目微眯，懒洋洋地说罢，双手抱着颈子斜斜靠在床头，似笑非笑地睨着他：“快点赔！告诉我，我梦里的呆头鹅为什么不高兴啊？”

萧乾心里暗叹。

原来她看见了他不自觉流露出来的情绪，可这个小傻子并不直接问她，而是用这种迂回婉转的方式，给他留脸面。

萧乾不知道该感慨这个妇人心思太过敏感，还是该感谢她的善解人意。

轻轻抬手，他抚着她脸上残留的一道睡痕，大拇指怜爱地揉捏着，沉吟半晌，那一个纠缠于他内心的问题还是没有说出口。

他只道：“眼看大战就要开始了，我身为南荣主帅，操心的事情难免多，先前我便是在想战事。还有……”

顿了顿，他直盯住墨九的眼睛，手指放柔。

“我在想，是送你回临安，还是……”

“别！”墨九打断她，告饶道，“萧大帅，萧使君，你若不想再无头苍蝇似的找我一次，就千万不要送我回去。”

“战场之上瞬息万变。”他皱眉，“凶险也不可预期……”

“我不怕，与你在一起，我什么都不怕——”墨九眨了眨眼睛，乖乖地拉他过来，也靠坐在床头，自己却像只小鸟似的，侧过身子倒在他的身上，拿他当人肉靠垫。末了，她还舒服地感慨一声。

“人早晚都是要死的，与其苟且偷生，不如轰轰烈烈地死。战争怕什么吗，我又不是去前线，再说了，我又不是吃闲饭的人。有我在，可以帮上你的忙。”

“阿九……”萧乾看着她，说不出话。

“嗯？不信任我的本事？”墨九挑了挑眉梢，露出一抹志得意满的情绪：“六郎可不要忘了，我是墨家巨子，且不论墨家强大的情报网……就说机关与武器，这天下谁与争锋？”

“我不想借助你。”他突兀地说道。

“为什么？”墨九奇怪地拔高了嗓子，“我会吃人咋的？”

萧乾沉默一瞬，道：“我与你之间的情分，并不掺杂其他。”

这话说得很含糊，墨九考虑一瞬才明白他的意思。他是不想让人家说他丢弃了原本“清心寡欲”的信念，挖他大哥的墙脚，与大嫂好上，目的就是利用墨九，利用她懂得机关与武器制造，从而为自己谋利。

“哦了！”墨九漫不经心地摇头一叹，“那有什么？人的本事就是该利用的嘛，何况我俩之间还用在乎这个？别人不懂我，你也不懂吗？做这些事情，本来就是我的兴趣所在，你总不能让我整天干瞪眼睛吃白饭，或者到门口大槐树下数蚂蚱吧？”

萧乾被她的形容逗乐了。

沉默许久，他再三思考，终是嗯了一声。

“嗯什么嗯？”墨九打量着他的表情，唇角缓缓一扬，幽幽叹息一声，像是无奈，又像是困惑，身子倾过去，拿手抚上他的胸膛，往最硬的一块戳了戳，笑道：“可我这个人会算命，你先前愁眉苦脸的事，根本就不是这件事，对不对？”

萧乾一怔。

算命又不是读心，他不相信墨九能猜到。

“没有事。”

“还不肯承认？死鸭子嘴硬。”墨九手指有些痒痒，很想揪他，然后手指不听大脑使唤，果然就揪了一把，“看来你是不见棺材不掉泪。萧六郎，如果我猜到了，你怎么说？”

“猜到什么？”他奇怪地问。

“还在装傻？”墨九哼了哼，一副“我还不了解你”的表情，睨视着他道，“说吧，是不是有人说了我与完颜修的事，你心里吃味了？”

萧乾暗吸一口气，面色镇定如常……他怎么可能承认自己吃醋了，还是吃完颜修的醋？实际上，这也并非全然是吃醋，只是不舒服，觉得自己没有保护好她，让她遭受这样的罪。

他拉过枕头，示意她睡下。

“乖乖睡觉，不要胡思乱想了。”

墨九哪肯依他？白眼一翻，她横眼看他。

“再说一次，是我胡思乱想吗？”

“嗯。”

“萧六郎！”她怒，“找揍是不是？”

“……”

“我不怕告诉你，就你这点道行，我墨九闭着眼睛也能猜出来，你心里那些弯弯绕绕……”

小母老虎发威，样子有点凶。

不过，墨九嘴上说得高调，其实这个事还真不是她随便闭着眼睛就能猜出来的，而是在萧乾与声东说话的时候，薛昉偷偷溜进来，告诉她的。

薛昉这小子如今学聪明了。

为了自己少受一点主子的冷气折腾，这些小手段该使出来的时候，他一点都不会含糊。告诉墨九，他家主子为了完颜修这件事憋着火，是为了早点消灾，免得他家主子一直憋着气，他们哥几个就一直受着活罪。

当然，薛昉对墨九有信心，晓得她至少有一万种办法可以治得住他们家主子。只要她晓得了事情的原委，他们几个就解脱了。

于是他毫不犹豫地出卖了萧乾。

“阿九不要问我了。”萧乾不想提起这糟心事，含糊地说着，念头一转，终于想起来，他原本是想要收拾她的，怎么说着说着，反倒全成了他的不是？

一种无奈感深深掬着他的心，感慨一声，他摇摇头，觉得与墨九的相处模式得变一变了，也是时候振振夫纲了。

“阿九就没有什么要与我交代的？”

这个男人腹黑，晓得适时转换话题。

墨九暗自发笑，也由着他，装傻充愣道：“交代什么？”

他皱眉：“为什么当初要离开枢密使府？”

这是算旧账来了？墨九看着他阴恻恻的眸，却半分都不怕他：“不是我家六郎要做驸马爷了吗？我继续赖在府里不太方便。万一冒犯到你与公主的感情，或者惹到你们家的花花草草，那可是杀头的大罪……”

“其实我……”萧乾想到那时的境况，好多想要解释的话卡在喉咙口，又觉得没有必要再说了。

事过境迁，再解释反倒让她瞧不起。

于是他没有告诉她，当初应允娶玉嘉公主只是权宜之计。便是她不出手，他也会出手，绝计不会让玉嘉踏入枢密使府。

叹口气，他自顾自换了话题。

“你也是，太大胆了！为什么不知会我一声？”

墨九晓得他指的是至化帝与玉嘉公主之事，挑了挑眉，笑吟吟道：“怎么的，你心疼公主了？对哦，我还忘了告诉你……我入宫的时候，还看到一桩宫闱秘闻呢。”

把玉嘉与至化帝的事情简单地说了一下，她睁大眼珠子想看萧乾惊讶的反应，可他根本就没有半点情绪。这让墨九自己讶然了。

“六郎就不好奇吗？”

“旁人的事，与我何干？”

“好吧。”墨九翻白眼，“那什么与你有关？”

萧乾就着火光看她白皙的小脸，一寸寸巡视着，目光暗沉：“在画舫上，你就知道有伏敌，为什么不派人通知我？或者回府来避祸？你有事的时候，第一个想到的人，不应当是我吗？”

“我为什么要通知你？”墨九看他一副兴师问罪的样子，才不肯上他的当，把责任往自己身上揽。

她依旧笑吟吟地抓住他的“把柄”不放，酸溜溜地道：“那个时候六郎忙着呢。公主出了事，做驸马的不得鞍前马后地伺候着啊？你哪里有时间关心你家嫂子？”

“墨——九！”听她越说越不像话，连“嫂子”都出来了，萧乾就晓得这妇人铁了心不肯认账了，更不用说乖乖等着他收拾了。

他不再追问旁的，黑着一张脸，不高兴地瞪她：“你这妇人越来越刁蛮，看来今日不教教你夫纲二字怎么写，来日你就得上房揭瓦……”

“上房揭瓦何必来日，现在不就可以啊？”墨九含笑反问，突然觉得他先前那句话有什么不对：“等等，夫纲？什么夫纲？夫你个头啊，谁承认你的身份了，小叔子？”

一束昏黄的光线照在萧乾的脸上。

冷不丁拉下脸来，他的样子有点可怕。

墨九见他不说话，以为他还会像往常一样，认命地听任她唤这个令彼此尴尬的称呼。可他紧盯她，眸底一抹淡碎金的光芒闪过，突兀地顺了顺她的头发，冷不丁就张臂抱紧了她。

“阿九……”

他紧紧搂她入怀，像拥抱一件失而复得的珍宝，用力地抱着，低下头，拿下巴胡乱在她发窝里磨蹭着，哑着嗓子在她耳边小声说：

“以后不许这么唤我！

“也不许再随便离开！

“不管去哪里，都得先告知我！

“不要让我再为你担心！”

一句又一句命令似的霸道嘱咐，用他磁性阳刚又略带清冷的声音道来，含含糊糊地炸在墨九的耳边，扩散入心，暖融融的，瞬间便融化了她的心扉。

“六郎……”

她唤一声，也服气了。

能从金州顺利回来就好。

有些事情，确实不必计较对错。

“先前那件事……”

她想解释与完颜修的事。

可不待她说完，他的唇便低下来，堵住了她的。

萧乾是一个含蓄稳重的男人，很少主动热情地与她亲热。墨九被他急促的气息一撩，微微怔了怔，瞪大眼睛看着近在咫尺的俊脸，想笑，又笑不出来。也来不及说话，就被他发现了她的偷窥。

深睨她一眼，他一只手盖住她的眼睛，微凉的嘴唇继续在她的唇上辗转……

嗯！墨九是喜欢与他亲热的，他的唇很小心，很轻柔，灼灼的气息却暴露了他蠢蠢欲动的内心，那温软的呼吸拂在她的脸上，迅速激起一层鸡皮疙瘩，那种战栗一般的感觉，让她头脑几乎眩晕。

她是一个热情的姑娘，并不喜欢掩饰自己的感情。她拿下他蒙在脸上的手，双手如蛇一样缠上去，揽紧他的脖子。

“六郎……”

声若呢喃，细若虫鸣，清脆、勾人。

萧乾身子微微一僵，摁住她的后脑勺，就势将她压在榻上，热情地撬开了她的唇。同样的一个吻，缠绵里便有了一些粗暴，像是迫不及待，他退去隐忍，咬疼了她的唇。

嘶……墨九没有挣扎，更紧地拥住他，就着喘息的机会，猛地勒紧他的脖子，将脑袋埋入他的脖窝，听着他怦怦的心跳声，含笑轻嗔：“傻子，我与完颜修没有什么的……你也不想想，我这么聪明的姑娘，怎么可能让他得逞？”

萧乾身子停在上方，顿了顿，视线凝在她的脸上。

似乎为了先前的对她的误会有些告歉，又似是新一轮的烈火燃烧了他的神志，他没有回答，掌心宠溺地轻抚她头上青丝，一只手撑在她的身侧，另一只手慢慢伸向她的领口。

墨九一窒。

身子哆嗦一下，他已解开了她一个盘扣。

“六郎！”墨九微惊！

几乎下意识地，她摁住了他的手。

“不要。”

一来她只有十六岁，身子骨还可以再长长，二来陆机老人的话也确实吓住她了。虽然她是一个相信科学的人，可自己到底是穿越人士，而且墨家寡妇之事也处处透着玄幻，对于陆机老人最为“科学合理”的解释，她想不信都难……

不能因为一时的欢愉害了萧六郎。

深呼一口气，她再次盯住他的眼睛，摇头，再摇头。

她的拒绝，很直接。萧乾黑眸幽深，一眨不眨地看着她：“阿九……不愿意？”

墨九不晓得他到底是知道还是不知道她的病症，可在这样的时候，她不想说出“天寡”之事来败坏彼此的兴致。

“其实我有一个更好的法子。”她冲他飞了个媚眼，在他失神般的专注目光下，猛一把翻身将他压下。

她没有像往常一样，直接拉好衣服与他玩笑，而是紧紧抿唇直视着他，一举一动都带着一种妖惑的味道，慢腾腾将他的身子压在榻上，自己跪趴在他的面前，慢慢吻上他的唇，任由一头青丝散落在他的肩膀上。

“六郎，我伺候你一次，算是赔罪，也算是对你失去两城的补偿……”她变被动为主动，雪白的脸蛋上带着一抹小小的娇羞，灵动的眸子里也有一种若有似无的暗示。

然后她轻轻拉开他的衣袍。

“阿九……”萧乾呼吸一窒，几乎僵住。

“乖，不要动。”墨九低头，含上他的喉结。

她听到他喉结滚动，心跳加速，不由得低低一笑。

“我会好好对你的……”

小妇人甜软的嗓音像雨后的甘露，闻之心醉。萧乾手指微微一抬，像是想推开她。可在半空顿了顿，慢慢地，他又圈上她的腰。

“……这才乖。”她贝齿轻咬。

嗯一声，他脖子一仰，喊出一道销魂的“阿九”，便慢慢合上双眼，由着她为所欲为……

夜暖，春深。

情重，义浓。

墨九豁出小命不要，确实是为了报答萧乾对她的一番情意，也是为了“两城之重”给她带来的心理负担。但她万万没有想到，这么“伺候”了某人一次，从此，她总会无端端背上一堆稀奇古怪的债务，然后某人会厚着脸皮来找她“补偿”，而且他脸皮越来越厚，花样越来越多，一副食髓知味的样子，不知餍足，让她悔之晚矣。

此是后话，暂且不提。

却说墨九次日醒来，太阳都晒到窗口了。

她揉了揉酸痛的手，又龇了龇牙，觉得浑身都不舒服，就像被“鬼压床”一样，整个人都没有精神，打着哈欠起床，她并没有见到萧乾，只两个丫头低着脑袋站在门口，看到她出门，脸上飞起一片红云。

“姑娘起了？”

两个小丫头都是均州知州安排的，她们并不认识墨九，只晓得这姑娘一身艳妆，大红衣袍，是被萧大帅从外面抱回来的，肯定不是什么正经人家的姑娘……

也不怪人家乱想，墨九本来长得就又美又妖，加上大婚的妆容，人家自然以为她是哪个青楼的花魁，得了萧大帅的“临幸”，那目光里又羡又妒。

“大帅说姑娘起来，先去前厅用膳。”

“哦。”用膳是墨九喜欢的，“从哪儿走？”

“奴婢这便带姑娘过去。”

“哦哦。”墨九挠了挠鸡窝一样的头，没注意看两个小丫头的眼神，大步走在前面，袖袍飘飘。可她还没有走到前厅，就听见了两个熟悉的声音，一个是据说“晕过去”了的陆机老人，另一个是本应在临安的温静姝。

这，又唱的哪一出？

陆机老人和温静姝会在萧乾的宅子里，说来意外，可仔细一想，其实也不算太意外。

想来陆机那老头儿也不是诚心想给完颜修做什么“随军医生”，南荣与珒国的战事一开，他就晓得他的宝贝徒弟要披甲上阵，事先去了完颜修的大营，估计也是为了在关键时候可以助徒弟一臂之力。

当然，如今仗还没有打他就找来了，估计原因有二。第一，相比在完颜修那里受煎熬，他自然愿意到萧乾这里来吃香喝辣。第二，那一个让他大呼三声“天要亡我”的瘟疫，萧乾可解，他却不可解。

这种医之圣手，对于世俗的功名利禄或许没有那么大的追求，可是对于医道上的拦路虎，尤其是自已解不了的麻烦，一定会心生好奇，不破难题誓不休。

如此一来，这老头儿怕是赖上萧乾了。

墨九进入膳厅的时候，陆机老人正端坐在主位的一张紫檀木雕花大椅上。萧乾并不在室内，只有温静姝一个人陪在陆机老人的身边，一双素手轻抚茶盏，笑意盈盈地与他大道茶道。

什么茶韵、茶色、茶香、茶味的……墨九听得头都大了。不得不说，人无完人，她对机关巧术一道堪称大悟，可是对于茶道……与那些琴棋书画一样，皆是一窍不通。

不通也就罢了，关键是这货还有一个缺点。

她见不得不喜欢的人谈得兴高采烈。

懒洋洋走进去，她端过温静姝沏好的一小杯茶汤，看着那清丽诱人的颜色，微微抿唇一笑，如牛饮水一般倒入喉咙，而后在陆机老人和温静姝一副见鬼的目光瞪视下，哈哈一笑。

“好极好极，果然是好茶。”

她也懂得？陆机老人目光微亮：“好在何处？”

墨九道：“好处太多。”

陆机老人道：“何不一一道来？”

墨九道：“你看这大热天的，此茶解渴最佳……可称圣品。一入喉咙，水一样流下肚皮，干焦焦的喉咙管，也一下子就滋润了……好好好，太好了！”

陆机老人：“……”

他像看怪物一样地瞧着墨九，又心疼地瞥一眼被她喝光的茶杯，就差捶胸顿足了。

温静姝则是抿着唇微微低头，带一点笑意，对陆机道：“术业有专攻，嫂嫂不懂茶道，把如此精灵一般美妙的茶汤，当成解渴的普通茶水，属实是暴殄天物了。”

“呵呵！”墨九干笑一声，“静姝此言差矣！”

她睐着陆机老人与温静姝，似笑非笑地坐下来啃萧乾让人为她准备的温暖牌爱心早膳，懒洋洋地道："天生万物，只是各有不同而已。人且从无高低贵贱之分，何况茶？在我看来，能供人解渴的茶，能维系人基本生存的水都是世上精灵。又何来普通与天物之分？"

顿了顿，她又抬起眼皮撩温静姝一眼。

"就比如你与我。我比你年轻、貌美、逗人喜欢……难道说，我就是人中精灵，而静姝你就不是人了？换了旁人这样以貌取人，你会不会心酸难过？"

大言不惭地说自己年轻貌美……也就是墨九了。

可偏生她说的是事实，她确实比温静姝年轻貌美。

被她荒诞的对比一噎，温静姝脸色微微一变，手心微攥着，脸上维持着僵硬的微笑，却是一句话都说不出来。

而陆机老人对她的歪理邪说不以为然，却对那句"人且从无高低贵贱之分"有点感兴趣。

这话完全有别于时下之人的观念，算得上是一种新奇的理论。若换作旁人，肯定会觉得此女的观念简直有悖伦常，该浸猪笼、烧死，可他却饶有兴趣地盯着墨九。

"人生来皆有高低，有贵贱。为何你却说并无？"

墨九觉得与古人讲"人人平等"的观念有点牵强，加上水晶包子还有好几个，等会儿放凉了估计会影响口味。

于是，她不想花时间给陆机老人做科普教育了。

"高低贵贱只是自己给自己上的枷锁而已，不是说'王侯将相，宁有种乎'吗？有些人生来就凌驾于旁人之上，有些人生来就低人一等，表面看来，确实如此……可这高低与贵贱，其实都刻在皮上，而非在骨子里，旁人这么认为也就罢了，若自己也认命，那就真的低了，贱了……噫，难道我说错了？"

陆机老人琢磨一阵，点点头。

这个老头儿，原本就是个异类。从他东一锄头西一棒槌地四处瞎蹦跶，就可以看得出来，他是一个不喜欢受封建教条主义束缚的人，所以一般人接受不了的新观念，对他来说，反倒很容易引起共鸣。

他哈哈一笑，似心情很好，对墨九似乎也添了好态度。

"小小女娃，确有独到之处。也不枉六郎拿两城换你……"

墨九随口忽悠几句而已，没想到老头子能赞她，微微诧异一下，她咬着包子回头，瞪他一眼，防备地道："少夸我啊。这些水晶包子都是我的。"

陆机老人一愣。

刚想夸她聪慧，马上就原形毕露了。

看她护食的眼神，他又有些哭笑不得。

“小女娃娃，等会儿吃完了，我老人家有事与你说。”

“哦。”墨九瞥温静姝一眼，就知道肯定不是什么好事。于是想也不想就拒绝：“那也得看我有没有空闲了。”

陆机老人：“……”

墨九懒洋洋咬一口包子，咀嚼着，腮帮子鼓了起来：“等会儿我的事情还多着呢。六郎的事可都是头等大事，你一个糟老头子，有静姝伺候着你，逛逛园子，喝喝茶，提提笼子，遛遛鸟就得了呗。大战当前，就不要占用大家太多宝贵的时间了嘛。”

陆机老人心头气血再次翻滚。

那种熟悉的，上一次在金州被墨九气着的眩晕感又上了头。重重咳嗽一下，他道：“你这个小娃娃好没礼数，我老人家是这样的废物吗？你怎就不想想讨好我嘞，或许我能为你找到失颜之症的治疗法子？”

“我谢谢你了！”墨九头也不抬，咬着包子喝着粥，用那把精致的小勺子在碗里反复翻搅一番，懒洋洋地道，“青，出于蓝，而胜于蓝。冰，水为之，而寒于水。有萧六郎在，我估计是用不上你老人家了。”

她毫不客气地嫌弃，让陆机老人很受伤。

原本因为喝了温静姝的茶，与她论及茶道而生出的好心情，不过片刻工夫，就被墨九给破坏完了。他好心好意尊重她的意思，想先与她说道说道静姝的事再去找萧六郎，没有想到她却不领情，完全无法交谈。

他哼一声，脸色难看地拂袖而起。

“我老人家不与晚辈理论，找我徒弟去。”

说罢他转头看向温静姝：“我们走！”

温静姝人如其名，是一个温婉淑静的女子，嘴里轻道一声哎，回头瞄一眼墨九，却笑道：“师父先走，我与嫂嫂久未见面，说几句就过来。”

陆机老人与墨九不对付，回头瞪她一眼，哼一声：“快点，一会儿六郎等着你泡茶呢。他可是最喜欢你泡的雨前龙井。”

“咳咳咳！”墨九一口稀粥差点喷出来。

幼稚！这老头儿也太幼稚了。

居然想用这样的法子来打击她？

如果用温静姝就能对她造成伤害，那她还要不要活了啊？慢条斯理地擦了擦嘴巴，她对着陆机老人的背影，拔高嗓子大喊一声：“喂，老头子，外头风大，小心闪了舌头啊！还有你那个宝贝徒弟，要是有人要的话，赶紧差人领走，不必谢我！”

陆机老人当宝似的徒弟，在她那里却像个废旧货物，好像她分分钟想要把萧六郎送人似的。陆机老人气得肝一颤，脊背僵硬半晌，大抵晓得论嘴上功夫，他不是这小女娃的对手，索性装聋作哑，径直离去了。

膳厅里只剩墨九与温静姝二人。

墨九安静地吃着早饭，并不理会款款过来的温静姝。

静默片刻，还是温静姝率先开口："又见面了，嫂嫂。"

"是啊，幸会幸会！"

"每次见到嫂嫂，似乎都有不太好的事发生。"

这是说她惹祸吗？墨九笑道："静姝说得是，也是怪得很，我每次发生什么不好的事，也都能遇见你……"说罢她抬起头，凝视温静姝的脸，笑吟吟道："你说你到底是阴魂不散，还是我这些不太好的事都与你有关？"

这是两个女人自天隐山那一次长谈之后，第一次单独谈天。可彼此间的交流气氛，很明显比那一次更加不友好。

对于墨九的态度，温静姝是早就习惯了的，她并不生气，那脾气也养得格外温和，明明被墨九冷言冷语地挤对了，却不委屈，更不与她争执，只笑笑就过去，换了话题。

"嫂嫂害得我好惨。"

"我是好人，从不害人。"墨九很老实。

"嫂嫂上次说……"温静姝目光中带了一抹复杂的笑意，视线慢慢从她白皙的面孔挪到她平平的小腹，"你说你怀上了六郎的孩子，害得静姝伤心了好久呢。"

噫，这女人胆大了？

居然敢直接说出对萧六郎的心思了？

"疑似怀孕懂不懂？"墨九剜她一眼，"再说我与六郎怀不怀孩子，你伤的是什么心？你是萧六郎的二嫂，莫要忘了身份。"

"嫂嫂说的是自己吧？"温静姝苍白的唇有些凉。

"我啊？"墨九不以为意，盯着碗里的粥，"我与你不同。静姝未必不晓得，萧乾在金州亲口对着无数珒兵将领和完颜修说，我是他的女人……这个身份，是他亲口承认的，想来与静姝你，却是有几分不同的。"

温静姝一怔，眸底有阴霾拂过。

只一瞬她又恢复过来，轻轻摆出一个笑容。

"嫂嫂恐怕也不晓得，师父做主，我与二郎和离了。"

墨九心里咯噔一下。

不是为了这句话，而是她话里的潜台词。

她与萧二郎和离了，说明什么？说明她已经有了正大光明觊觎萧六郎的权利了？还有，陆机那个老糊涂是准备要为他的宝贝徒弟和宝贝侍女拉红线？

心里冷哼一声，墨九挑眉，不愠不火地瞄温静姝一眼。

"那又如何？"

温静姝笑笑起身："不如何。我只是想说，静姝如今已是自由之身，而嫂嫂，还是萧家长媳呢。你如此不顾身份，不顾妇德，与小叔子眉来眼去……"

"静姝大错特错！"墨九当即打断她，严肃地皱着眉头，一本正经道，"我与萧六郎那不叫眉来眼去，那叫奸夫淫妇……"

温静姝被她怔住，她却莞尔一笑。

"毕竟昨天晚上我就睡在萧六郎的床上……"

"……"

墨九在言辞上是从来不肯吃亏的，也很少有吃亏的时候，加上她根本就不在意温静姝特别在乎的那些教条与封建思想，故而，她打击起温静姝来，简直就是一个巴掌拍在墙上，抠都抠不下来。

最后，温静姝与陆机老人一样，是吃了她一肚子气走的。反倒是墨九，吃光了营养早膳，哼着小曲，负着双手，在两个一直拿怪异目光审视她的丫头带领下，在书房外面逮到了薛昉。

据他交代，萧六郎去了城外的驻军大营。

而薛昉是回宅子里来拿一份卷宗的，马上就得过去。

墨九二话不说，嚷嚷着就要跟他去。

薛昉起先是不肯应的，军营重地，都是老爷们，像墨姐儿这样水灵的姑娘去了，岂不是扰乱军心？可他落入了墨九的手里，又哪里挣扎得起来？

于是几番抗拒不过，他为墨九准备了一匹枣红马，二人一路到了均州城外的驻军大营。

让墨九不爽的是，陆机老人和温静姝居然也在。

不是女眷不能来吗？她恶狠狠瞪了薛昉一眼。

薛昉生怕惹火烧身，缩了缩脖子就下去了，连禀报都忘了。

墨九也不介意，一个人站在门口。

大帐里就三个人。一个是萧乾，一个是陆机，一个是温静姝，可气氛却有一点古怪，也不晓得陆机老人说了些什么，萧乾脸色不太好看，面无表情地坐在那里，紧紧抿唇不吱声，而温静姝这一回表现得却像一个小媳妇了，颔首垂目，默默伺候茶水。

真是贤惠啊！

墨九有点不明白，这些妇人为什么就不能在男人面前有点自我呢？非得表现得一副讨好的样子，不晓得男性本来就属"贱"的吗？

摇了摇头，她先在心底为温静姝的感情点了一根蜡，而后才慢腾腾走进去，似乎并没有看见陆机和温静姝也在，嫌弃地环顾四周，打了个喷嚏。

"萧六郎，你这里该喷些杀虫药了！没看见有两只苍蝇在飞吗？"

这样挑衅味十足的话，让陆机老人被她气得还没有平复的神经，再一次狂跳如雷，那一颗受伤的小心脏也在不停地呐喊——此女到底是何方妖孽投生，为何老天不收了她啊？！

萧乾看到墨九进来，面色稍稍添了一丝暖色。

无视她话里的不敬，他轻声问："阿九来了？"

墨九冲他莞尔一笑，走到他的面前，目光专注地凝视着他的脸："六郎是不是又有什么为难的事？"

萧乾叹息："并无。"

墨九眨眨眼睛，意有所指地道："你可千万甭跟我客气。你晓得的，做这种修枝剪叶的事，我最拿手。保证来一个掐死一个，来两个掐死一双。"

"又胡闹！"萧乾嗔怪地一瞥，并不太顾及陆机老人与温静姝在旁，牵着她的手，把她拉坐在自己的右侧位上，目光里有着浓浓的宠溺："阿九可有吃饱？"

墨九喜欢他关心自己的肚腹。

嗯一声，她点头："好饱。就是那个水晶包子，要是多几个就更好了……你看这样好不好，我帮你打苍蝇，你再让人给我做水晶包子，我要一连吃三天，天天吃，直到吃腻为止！"

萧乾："……"

这个妇人好吃不是一日两日了，她不仅可以把一切的事情转化为吃，还把他的恩师比喻成"苍蝇"，也着实大胆了些。

"阿九莫要胡说！"他在她手背上拍了拍，又望着陆机老人道："我来给你介绍一下，这位是我的恩师，陆机老人。"

墨九哦一声，仿若刚刚发现那老头儿一般，瞪大双眼道："幸会幸会，原来是六郎的师父啊！怪不得这么英俊……师父你好，我是墨九啊！"

陆机老人再一次气得心脏抽痛。

这小女娃分明不是第一天认识他，却能够装得像是第一次见面似的，脸上那严肃的样子，若不是因为她嘴里说的那只"苍蝇"就是自己，他也一定会被她骗了去。

哼一声，他不看墨九，只对萧乾道："如今你是长大了，翅膀也硬了，为师也管不住你了。但是，静姝是我从小看着长大的，为了你，她吃了那般多的苦，你若不管她，为师便是死也不能瞑目。"

萧乾面色微微沉下。

他不喜欢墨九听见这些糟心的事。

可墨九自己却不以为然："不对啊，师父老当益壮，身强体壮，依我观察，便是静姝死了，你都死不了！"

噗一声，陆机老人嘴里的茶水喷了。

"你……你……"他指着墨九，气得一句话说几次都说不明白，反倒是温静姝，安抚地顺着他的后背，微微责怪的眼波掠过萧六郎，又用一种无奈的表情对墨九道："嫂嫂，师父年纪大了，经不住你的玩笑，你怎么说静姝都无所谓，对老人家还是得客气一点，管管你的嘴。"

这货惯会含沙射影，这意思是说她暗地里欺负她了呗？

墨九服气了。

古时候的深宅妇人，总有那么一种柔情似水的淡淡忧伤，从来不肯真实地表达自己的意思，永远把自己放在一个由着男人来安排命运的可怜境地……旁人如此，温静姝也如此。

其实到目前为止，她并不恨温静姝。

因为她还没有做过什么让她十足讨厌的事。

相反，墨九有一点可怜她。

可怜她在这样恶劣的生存环境中，还能生出那么一点点攻击力，一点对她与萧六郎的感情造不成任何威胁的攻击力。

她深深看了温静姝一眼，笑了。

"六郎，这么点小事，你就允了吧。师父说得对，静姝也不容易，吃了那么多的苦……"

萧六郎的脸色，当即就黑了下来。

这个妇人，昨天晚上还在他的怀里，与他百般缠绵，温柔小意，今儿就变了一张脸，想把他推给旁人了？难道她会看不出来，陆机老人其实是想让他把温静姝收房？

黑眸微微一深，他盯住墨九。

"阿九又欠收拾了？"

一个"又"字，让墨九不免想到昨天晚上的"收拾"。她无辜地眨眨眼，手从案几上伸过去，越过一个青花的茶盏，慢慢搭上萧乾的胳膊，语气娇嗔。

"六郎也真是，收了静姝而已，那有什么？不就是多一个使唤丫头吗。反正我身边也缺个可意的人伺候，静姝伺候你师父也是有经验的，更懂得你的生活习性，左右都找人伺候，何不找一个熟悉的？"

墨九一言九鼎，当真就替萧六郎把温静姝给收成了丫头，留在了均州。

一个与丈夫和离的妇人，萧六郎当初都没有恋上，墨九不相信现在他会对她有什么想法。温静姝那一波波有趣的情感波涛，大多来自她自己的幻想，想来想去，终成心魔……这种有心魔的女人还是放在眼皮子底下安全些。若给她机会出去蹦跶，反而不妙。

入得萧乾的宅子，温静姝并没有主动找事，大多数时候，她除了料理一些日常杂事，便是一个人独自坐着发呆，那一副怨妇般忧伤凄楚的样子，像被人抛弃的可怜女子。

然而，往往有些情感，都是来自她的自编自演，在头脑里演绎的次数多了，就说服了她自己，硬生生把那个男人与自己的情感挂上了钩……实际上，男人一点不知情，也不感兴趣。

温静姝发呆的时间长了，话却越发少了。这样的改变，旁人倒不觉得有什么，但落入陆机老人的眼底，他便心痛了。在他心底，这个乖巧柔弱的女子，几乎与他女儿一般，他舍不得她受半分委屈。

私底下，他也骂温静姝，何苦由着墨九作践，答应她做什么侍女？

可温静姝只是笑笑："只要留在六郎身边，我做什么都可以。"

一般情况下，男人很难对柔弱无依的美丽女子产生抗拒心理。可萧乾毕竟有了墨九，换作以前，他或许会因为陆机老人的关系，对温静姝另眼相看，照顾一二，但现在他很难当着墨九的面去管另外一个女人的死活。

墨九为人性妒，尤其温静姝对萧乾有感情，他哪怕稍稍表现出一点点关心，都是一件吃力不讨好的事。说萧六郎情商低，其实有时候他很聪明。自打温静姝住进宅子，他一律交给墨九，不管她做什么，他始终睁一只眼，闭一只眼。

于是，墨九"勉为其难"添了一个侍女非侍女，姐妹非姐妹的丫头。

换了旁人遇到温静姝这样的对手，恐怕很难落得好下场。但墨九这个人吧，没事都能惹出一点事来让人不舒服，更何况她动了心思收拾温静姝。因此，温静姝确实如愿以偿地待在了萧乾的身边，可她的噩梦也开始了。

且不说墨九时不时有状况发生，一会儿打翻茶盅，一会儿打湿绣鞋，一会儿踩着狗屎，总得需要让温静姝来善后，就说只要有萧乾在身边，墨九那"毫不知耻"的、无时无刻的秀恩爱，就能让温静姝度日如年，头脑发涨，几欲崩溃。

墨九确实是一个狠角色。

一般女人对于觊觎自家男人的情敌，是能弄多远弄多远，眼不见心不烦。可她偏不。她直接把人弄到身边，分分钟虐成渣，用实际行动告诉温静姝，要么自己滚蛋，要么给她什么就得受着。

墨九与萧乾是恩爱的，恩爱得恨不能上天。

温静姝却是痛苦的，痛得恨不得一头撞死。

人人都觉得她在找虐，为什么不肯离去？

她也想过离开，可却不甘心。她爱了萧六郎那么多年，与他的情分比墨九更早了很多年，她怎会甘心输给墨九？她知道，如果她就此离去，又没了萧家媳妇的身份，从此可能连接触萧六郎的机会都没有。她又怎么甘心连见他一面都成奢望？！

人有时候就是犯贱，明知不可为，偏要为之。

她沉默寡言，忍气吞声，咬牙苦熬虽然辛苦，但她自己给自己编织了一个苦尽甘来的童话，倒也过得下去。

不过，陆机老人实在看不下去了。

他愤愤然在大营里找到萧乾，让他收拾收拾墨九，可萧乾却无言以对。

当天下午，萧乾回到宅子，想到陆机老人的话，仔细斟酌许久，方才对墨九开口：“阿九，宅子里也不缺侍女，让静姝自行去吧。”

墨九正在啃果子，闻言转过头来，瞪大眼珠瞅着他。

“哟喂，六郎这是心疼美人啦？”

萧乾眉头一皱：“你明知道……”

“我不知道！”墨九哼声打断他，把啃了一半的果子丢在盘子里，一副没了食欲的样子，嫌弃地看着萧乾道：“你们一个个的不要拿这种眼神看我好吗？好像就我一个是蛇蝎女。我请问你，是我强求她留下来的吗？是我生拉死拽让她来伺候我的吗？不是她自个儿觊觎我的男人，想方设法要留下来的吗？呵呵，到现在，连你也来怪我了？”

“阿九！”萧乾怕她生气，叹息一声，过去半搂住她，哄道，“我没有责怪你。我只是不想让师父难过……”

“成啊！这个简单。”墨九严肃地看着他，“不想让他难做，那你就依着他好了。直接把温静姝娶回来，不就皆大欢喜了？”

萧乾抿唇看着她：“你不讲道理。”

“恭喜你，说对了。”

墨九翻个白眼，拍拍手，一眼也不看他，大步往外走。被她“逃”怕了，萧乾一看她要走的架势，当即紧拽住她的手腕。

“你上哪儿？”

眉梢一扬，墨九回过头来，盯着他的眼：“小便，你去不去？”

“……”萧乾默默放了手。

墨九哼一声，掉头离去，心里恨得牙根儿痒痒。

若说以退为进的招数，没有人玩得比温静姝更顺溜了。

她一直对萧六郎有执念，可是人家不待见她，她能如何？也只有这一招还能有点效果了。至少，可以硌硬一下她墨九。

但凡是个正常女人，在这样的时候都会顺着萧乾的意思，让她离开算了。但墨九偏生不走寻常路，这一个碍眼的情敌，她就要放在身边，每天虐她千百遍……除非她自己受不了而离开，否则想她开口，门都没有。

当然，她也不会在这种时候犯轴跑路，甚至她都不会跟萧乾生气。

一来她不屑如此，二来与男人耍小性子，不仅会把一手好牌打烂，还容易把男人对她的耐性磨掉。她就是要让萧乾对她好，心甘情愿对她好，气死温静姝，让她知难而退。

小解完，墨九走出屏风，伺候的小丫头赶紧过来为她整理衣裙，另一个小姑娘则懂事地去处理马桶。

“慢！”墨九瞥她一眼，笑吟吟道，“心涟这细皮嫩肉的手，做这些粗活岂不是委屈了？”

两个丫头一个叫心涟，一个叫心漪。原本都是均州知州选出来伺候萧乾的，姿色自是上乘。这两日她们被墨九当成普通使唤丫头使着，一开始是不敢吭声，慢慢地，却是对这个整天笑吟吟的新主子有点惧怕。

她们都看见了她收拾温静姝，早早就对萧乾收了心，主动与墨九站在了同一个战壕里，做事也更加小意主动，没事也会仗势欺人地洗刷一下温静姝——毕竟自己吃不到的肉，也不想旁人分一杯羹。

心涟道：“姑娘，马桶我是处理习惯的，没那么娇气。”

“胡说！”墨九眉梢一挑，“叫静姝来吧，她才习惯。”

心涟一怔，立马抿嘴发笑：“哦，心涟这便去唤。”

温静姝正坐在院子里哀怨地望天，听得墨九唤她洗马桶，眼皮垂了垂，手心攥紧，二话不说便款款往里去。路上，好几个丫头都瞅着她，或沉默不语，或幸灾乐祸，眼神都往她身上瞄，窃窃私语。

陆机老人绕过庭院就见到这一幕，气得吹胡子瞪眼。

“静姝！跟老夫走——”

回眸看见陆机老人，温静姝双眼一湿，泪珠子差点掉下来，可她硬生生憋回去，那一副欲哭不哭，明明泪水在眼珠子里打转，还伪装坚强的样子，把一副柔弱之态刻画到了极致。

“师父，我无事……能伺候六郎与墨九，是静姝的荣幸。”

她越这样委曲求全，陆机老人越生气。

他哼哼着，大声吼道：“我就不信了，没有萧六郎，你会死——”

“是，静姝会死。”温静姝怯弱地瞄他一眼，又楚楚可怜地垂下眼皮，“今生若不能见到六郎，不能待在他的身边，便是吃山珍海味，得富贵荣华，静姝也无半点欢快。生不如死，也宁肯死……”

一番话情切切、意深浓，不巧萧乾过来找墨九，便适时地传入了他的耳朵。

温静姝是个聪明的女人，这样的柔情攻势，又是在背地里对旁人说起，实非一般男人可以抵挡得了的，但凡是一个雄性生物都对这种处处示弱处处委屈的女人没有免疫力。

然而，萧乾不同。

他原本就是一个性子凉薄的男人，而且先前才吃了墨九的苦头，这会儿实不敢招惹上她这档子事。一听见温静姝的话，他头皮发麻，眉头皱了皱，掉头就走。

……让她走也不是，留也不是，都会得罪墨九。

于是这货直接选择了躲。

陆机老人却瞧见了他：“站住！”

都说“一日为师终身为父”，萧乾如今的成就确实在陆机老人之上，但是他把陆机老人一直视为给他第二次生命的父亲般看待。

喟叹一声，他终是不忍拂他，转过头来：“师父也在？”

“还叫我做甚？”陆机老人一脸郁气，“看见我掉头就走，是嫌师父在这里碍眼了吧？哼，反正你有了媳妇忘了娘……不，忘了师。为师这就走。”

说罢他瞪一眼温静姝：“走！”

“师父……”温静姝轻唤着，满目凄惶。

“走不走？丢人现眼！”陆机老人气得脸都黑了。

温静姝咬咬下唇，扑通一声跪倒在地，叩了一个头：“师父，静姝对不住你。但静姝不走……”

陆机老人气得胡子都快竖起来了，可他也着实心疼这个吃尽苦头的姑娘。左右看了看，他终是无奈一叹，哼哼着指着萧乾道：“你堂堂丈夫，处处受制于一个妇人，是要丢尽为师的脸吗？分明她欺辱静姝，你却袖手旁观……”

“陆老先生，此言差矣！”墨九舒服完了出来，正好听见这句话。

她笑眯眯地走到温静姝与陆机老人的跟前，歪着头打量他们一下，又越过跪地的温静姝，走过去揽住萧乾的胳膊，小身板挺得笔直，回头对陆机老人鄙视一笑：“我从来就只听过塞钱塞粮的，没有听过硬塞女人的。陆老先生若是宝刀未老，又觉得静姝可堪人妻，何不自家娶回去，用金屋藏之？自家又不要，却偏生要塞给自己的徒弟，天下间哪儿有这样的师父？”

陆机老人差一点昏厥在地。

这货骂人损人也就罢了，竟然把他与温静姝扯到一块？

要知道，他都把温静姝当成女儿来看待的，这无疑是一种对他的亵渎。

若说之前他只是生气，那这一回是直接气得身子发颤。

“好个口无遮拦的小女娃娃，犯此口孽，你就不怕损及寿命？”

说到此，他又瞪住萧乾：“长渊，你看着办吧，你的女人如此辱你恩师……”

“辱？”墨九再一次抢过话头，义正词严地道，“何谓辱？你硬塞女人给萧六郎不是辱，别人硬塞女人给你就是辱？己所不欲，勿施于人。陆老将心比心，好生琢磨一下，你如今的气从何来？不就是因为受了侮辱？为何你辱得六郎，我就辱不得你？为何你气得六郎，我就气不得你？”

这口舌也太伶俐了，众人皆默，几个丫头更是把头垂得低低的。

陆机老人面色发白，手指发颤，人人都以为将会有一场狂风暴雨，可他一脸恼意，却没有再当众对墨九发飙，而是气得拂袖离去。不仅丫头们奇怪，便是萧乾也觉得有些奇怪。

他这个师父的性子他了解，倔强得几乎从不听人劝……除非他自己想通了，若不然他认着死理，就会一直犟下去。可师父居然没有反驳墨九，是不是代表不会再为难他了？

四周寂静一瞬，几个小丫头东看一下，西看一下，最后，目光都落在了墨九的脸上，想看她如何善后……

“都看我做甚？我脸上长花了？”墨九不悦地挑了挑眉，板起脸又转头对跪地的温静姝道：“静姝还不去洗马桶？是想把整个宅子的马桶一起洗完吗？”

温静姝含泪抬头。

这个墨九，竟辱她至此？

她几乎窒息……尤其萧乾没有为她说半句话。

脸色变了又变，她终是小心翼翼福身自去。

几个小丫头看这番情形，也识趣地退了下去。

萧乾握了握墨九藏在袖子里的手，低低唤她：“阿九还在生气？”

墨九抬眸，一头雾水地瞥着他：“我生什么气？犯得着吗？”想了想，她又为萧乾考虑一下，努嘴指了指陆机老人离去的方向：“六郎还是去哄哄你的宝贝师父吧，我怕他一时想不通寻短见。”

萧乾无奈一笑，宠溺地捏了捏墨九的面颊。

“师父只是一时气恼，很快就过去了。”

对陆机老人会不会很快气过，墨九其实没有信心，也不太担心。

既然萧乾都觉得无所谓，她当然不会去做那个讨人嫌的。

两个人慢慢从庭院出来，萧乾见她不吭声，好像有委屈也不想说的样子，对她更是珍爱了几分，走路握住她的手，有台阶提醒她注意脚下，穿过回廊告诉她小心撞头……那一副暖男的样子，对墨九极是受用。

有句话说，女人大多时候是没有爱情的，哪个男人对她好，她就跟哪个男人跑了……这句话其实基本没错。萧乾对她越好，她越把他放在心上，两个人的感情也就良性循环了。

在墨九看来，不是所有的爱情都能走到最后，但所有爱情其实都需要智慧来经营。墨九做这些，并非恃宠而骄，恣意妄为，相反，她也很珍视与萧乾的这份情感，也想要与他长长久久走下去，希望他一直能对她这般好。

但她对“爱情”一词没有信心。

看过太多恩爱情侣劳燕分飞，看过太多男人对女人今日宠爱备至明日就束之高阁，不理不睬，她想让他们的爱情保持新鲜，就得吃得住这个男人，让他时时受她吸引……美艳的容貌会老去，细水长流的情感却需要一些手段来耕耘。

这日夜里，萧乾找了个由头，希望能得到墨九的一些“补偿”。结果待了一刻钟，墨九却没有给他好脸色看，甚至都没有故意与他“秀恩爱”来硌硬温静姝。她懒洋洋地躺在床头，有一句没一句的，没半点精神头。

这么一看，萧乾心疼了：“是哪里不舒服？我给把把脉……”

“不必，我没事。”墨九把手挪开。

“分明就是脸色不好。”他皱眉。

“我脸色不好，是被人气的。”

“哪个人？”

“你！”

“……”

“萧六郎？”

“嗯？”

“今天晚上我睡你屋，你睡客房好不好？”

“你睡我屋可以，我也睡我屋……也可以。”

“不可以！”墨九瞪他，“我气还没有消，你出去吧。”

“……我走了，阿九可不要哭。”

“自恋了吧，哪个稀罕你？！”

“……”

于是，上赶着的女人不爱要，萧使君却被墨九撵出了屋子。

薛昉几个人看他一脸喜色地进去，却一脸郁气地出来，都有些不明白墨姐儿又把他们家主子怎么了。可看萧乾面色阴沉如山雨欲来的样子，几个侍卫的脸都变成了苦瓜。

面面相觑一眼，其他几个都不敢询问，只有击西胆大，笑吟吟地跟上去，小意地问：“主上，这是要去哪儿？”

萧乾回头看一眼几个面容扭曲的侍卫，轻轻掸一下衣袖，优雅地迈开大步：“书房。”

“九爷呢？”击西又问。

“有人惹她生气了，我得赶去收拾。”

几位侍卫当即就困惑了：“哪个……敢惹着九爷？”

萧乾斜剜他们一眼，似答了，又似没有回答。

“薛昉，把迟重与古璃阳喊到书房……”

萧乾这两日都在筹备攻打金州的战役，不出意外，三日后大军便要开拔。萧乾的事务确实是多，但今天都这个点了，他没有道理喊人去书房夜谈啊……难道那个得罪了九爷的人就是他自己，今儿晚上自罚睡书房，不敢入房睡觉？

不管这个世界如何变化，只要人还活着，命运的巨轮就会继续转动。

南荣至化三十一年四月初三，南荣大军从均州出发，沿汉江而上，兵临金州城下。

此前，金州辖内的龛谷与定远两县曾遭受百年不遇的“瘟疫”，十万珒兵受此症候影响。虽然得了萧乾的解药方子，但士气受挫，加上人体恢复尚需时日，哪怕萧乾厚道地给了珒兵三日喘息的时间，也无法避免他们的败势。

兵败如山倒。

萧乾将龛谷与定远收入囊中，几乎没费力气。

拿下两城，他稍作修整，一日后，便直抵金州城。

完颜修在城里，此番对上，算是二人的首次交战。

众所周知，守城难，攻城更难。尤其南荣兵体力较珒兵弱，兵员素质整体要差一些，向来进攻力度都很疲软。这一次与完颜修对阵金州，南荣军中多数将校不看好。对到底是强攻金州城，还是围点打援，很快形成两派，争论不休。

这时，从临安来的圣旨却传到了大营。

以两池换一人的事，萧乾是私自做主的。

当这件事传入朝廷时，那些老臣没少在宋熹面前戳萧乾的脊梁骨。用两座城换一个女人，说他分明就没有把南荣江山放在眼里，拿社稷当儿戏。

人人都以为皇帝肯定得就此象征性地斥责萧乾几句。没有料到，宋熹却以为，萧乾这叫战之以君子，靠实力打败完颜修，才能尽显南荣禁军的神威……不仅没有怪罪，反倒就此事特地嘉奖了萧乾，并再一次肯定了战前给他的特殊手令——对军政大事有独断之权。

独断，也就是他说了算。

南荣朝上上下下都似乎嗅到了什么不对。

最力挺萧乾的人，竟然是宋熹？

这两个人向来针锋相对的局势，什么时候改变的？

当然，没有人知道皇帝为什么这样做，私心里有猜测也不敢询问。但萧乾接到嘉许的圣旨，当即便对喋喋不休的争论做出了最后的决断——次日整军，对金州城进行第二次攻击……

第一次是佯攻探势，第二次是主攻，也便是打定主意与完颜修硬碰硬了。

珒兵这些年的烧杀抢夺，给南荣人留下了阴影。

硬碰硬，若是胜了，可助长南荣士气，若是败了……恐会一蹶不振。

对下面人的议论，萧乾不多言，也不解释。次日一早，设了香案，他朝临安城方向遥拜一下，便开始领将士祭天喝血酒，做最后一次战前动员。

一番慷慨激昂的陈词，引得场面热血沸腾。

大军拔营，气势磅礴，先前的低落已不复见。

墨九瞧着这画面，不免有些佩服萧乾这家伙。她咂咂嘴，见香案未撤，慢慢落在人群之后，偷偷摸了两个祭祀的果子入怀，这才骑马跟上了萧乾的步伐。从均州大营随他出征时，她便换上了一身男兵的甲胄，走在众将士的身侧，也不怎么打眼。

打仗的事，她并不在行，除了做点兵器改良以及搞几颗“万人敌”，她其实跟着萧乾也一直没什么事可做。不过，她并不是一个谦虚的人，第一天就毫不知耻地告诉萧乾，她就是他的定海神针，有她在，战争至少胜一半，剩下一半就凭他的本事了。

每一次她大言不惭，萧乾都笑而不语。

于是很快，南荣军中都晓得萧使君身边多了一位“小祖宗”。

也是这位“小祖宗”，可以把他们大帅吃得死死的。

不过，墨九也不是吃白饭来的。

这一次进攻金州，她出了大力。

几十颗“万人敌”，花了她不少工夫。

“万人敌”这种东西用来守城最好，攻城虽然效果差了点，但配合大军的进攻也确实有独到之处。南荣将士并没有使用过这样的火器，一开始操作都有些生疏。为此，萧乾专门拨了一个小队给墨九，用以训练。墨九称之为“神机小分队”，还兴致勃勃地表示，她今后要把这批人训练出来，用以研究新式火器与机关。

金州城。

冲锋的号角一响，烽火连天。

“杀！”

一声振臂高呼直入云霄，金州城外便是一片金铁的交错声。

“杀！杀啊！”

珒兵擅长马上作战，南荣这批禁军是萧乾的精锐，却也不错，加上弓兵营有墨九特地改良过的弓弩，虽然外观看上去差不多，可射程与准星比珒兵的武器高一筹，战事一开，局势就有点往南荣这边倒了。

不管是热兵器时代，还是冷兵器时代，武器装备的作用都不可小觑。有了墨九的助力，加上萧乾精湛的兵法与充分准备的攻城策略，还有珒兵连失龛谷与定远两城之后产生的微妙心理，几个因素一综合，尽管完颜修号称“用兵如神”，在势均力敌的对手面前，也难以挽回败局。

“杀！兄弟们杀啊！”

“为了国之荣誉而战！”

“为了南荣百姓而战！”

"为了我祖宗的地而战！"

"杀——啊！"

作战时的咆哮与呐喊，是为鼓舞士气。口号与信仰则是为鼓舞人心。每个人天生都是会怕死的，要想让人拼着老命不要也往前冲，就得赋予这场战争以信仰，给予兵士们战斗的勇气。

壮我山河，收复河山，是一个可以让无数铁骨男儿闻之挥汗流血的战斗理由，也是南荣大多数士兵的战斗信念。要想打胜仗，信念极为重要。一个主帅，如果可以最大限度地调动兵士们的战斗精神，那胜利的希望便大了许多。

萧乾正是一个有这样号召力的人。

他一身黑甲在阳光下闪着烁烁的寒光，一袭银红的披风在风中轻扬。

往人群里一站，他就是南荣士兵的信仰与神话。

他们看见他的人、他的马、他的脸、他的剑，信心便充盈于心。吼声更大，杀声更响，嘶吼的力道也仿佛要冲破云层，直入金州城。一炷香的工夫，南荣兵已逼近了城墙下，但金州城门紧闭，进攻的"萧"字纛旗上，也不知何时染上了鲜血。猩红的鲜血，带着一种摄人心魄的光芒，引领着南荣兵士前进。

"上，上万人敌——"

砰！

"这狗日的玩意儿，好用！"

"啥狗日的，你想挨大帅收拾了？"

一队专管"万人敌"的兵士骂骂咧咧，大声说笑着，看一颗"万人敌"在珒兵中间炸开，鲜血飞溅，脸上都是兴奋的光芒："杀，杀，杀光这些败类！"

南荣兵杀红了眼，珒兵的呐喊声也撕心裂肺，一场战事，往往开始的局势就能决定胜负。一个个珒兵带着嗜血的目光，在慢慢后退。

砰！城门被炸了，铿铿作响。

砰！粗大的圆木不停撞击着城门。

双方一直死磕着，爆炸声一道接一道传入城内，烧红了珒兵的眼，雨点般密集的箭支，从城墙上方飞射下来，南荣的兵卒沿着绳梯不停往城墙上攀爬，投石机一刻不停地在咆哮……尸身、血水，阳光下的这一片天地，似乎也在受惊地颤抖。

完颜修站在城楼上，看着潮水般汹涌而来的南荣兵士，一双赤红的眼半合着，许久都没有说话。

人都说，得千字引者，得天下。

得墨九者，得千字引。

也就是说……得墨九者，得天下！

这千字引虽然还未找到，可单单墨九一个人的本事已不可小觑。这一战，完颜修见识到了此生见过的最为猛烈的炸药，见识到了射得最远的弓弩……而这其实不过短短几日而已。若给墨九足够的时间，她还会造些什么鬼东西出来？

天空一片湛蓝之色，阳光掠过头顶。

鲜血在面前，呐喊声也一刻不停地破空传来。此时，珒兵还在死守，南荣兵也在勇往直前地进攻。城楼下面，一具具裹着鲜血的尸体，被踩得七零八碎的旌旗，丢掉的刀剑弓弩，还有一辆辆破损的战车，都在诉说着战争的残酷。

“报——”

一个脸上被溅了鲜血的将军冲过来，抹一把脸对完颜修道：“王爷！我们快要守不住了！你赶紧带兄弟们撤吧！”

“混账！”完颜修身边的阿息保低喝一声，“胜负未分，王爷如何能撤？”

“可是大将军……”

“可是什么？一群饭桶。若非你们无能，萧乾大军如何能长驱直入，不过两日便打到金州城？尔等草包也就罢了，竟撺掇王爷败撤而逃。”

在完颜修的征战史上，不战而逃的事，一次都没有。这一次固守金州，若无龛谷与定远的事情，其实他也不会败得这么快。但阿息保不愿承认，完颜修自己心里却很清楚，金州迟早要落入萧乾的手上。再继续耗下去，珒兵的伤亡更大，到时候，损兵折将，后面的战事会更加艰难。

留得青山在，不怕没柴烧。他是一个理性的人。

微微抬手阻止了阿息保的训示，完颜修紧紧抿唇，看着城楼下“万人敌”爆炸之后的滚滚浓烟，声音平静而严肃：“传令下去，后撤江对岸，炸掉浮桥！”

金州城就在汉江边上，届时，他们与南荣隔江对峙，便有大把的时间整肃军队，重新鼓舞士气，等待后方增援。而且隔了一道大江天险，就算南荣有威力极大的火器、有强力弓弩也是枉然。不管南荣兵要乘船过江，还是搭建浮桥，他都可以掌握主动权，攻其不备。

“是！”

阿息保应着，吩咐完几个将校，回头见完颜修怔怔立在风口上眺望，不由得也跟着上前望了一眼。

人群之中，立在萧乾身边的墨九，小小的个子，独自骑了一匹枣红马。距离太远，他们看不清她的面容，不过，大概是太过熟悉她的表情，似乎可以感觉得到她轻蔑的笑，还有那一种懒洋洋的不屑……

想到那一日的大婚，完颜修眸色更深。

久久，他不挪眸，也没有动作。

阿息保观之，小声道：“王爷，我们该走了！”

城楼下的喊杀声，把完颜修的声音衬得很低，阿息保与他隔得那么近，也没有听清他说了什么，只隐隐听到一句“早知今日，便不该……”

他不敢问完颜修到底在后悔什么，却猜到与墨九有关，不由得也叹道：“早有传闻说墨家巨子懂机关、善巧术，是个厉害的主儿，却不想竟如此了得，短短几日，竟让南荣兵如虎添翼——唉，若那日大婚成了，她便是我珒国王妃了，那得多好。”

这人也真是异想天开。

墨九是一个会束缚于婚仪的人吗？

轻呵一声，完颜修瞥他一眼，不再流连城楼下的那一点“美景”，匆匆走下台阶，翻身上马，一声“驾”，带着冷意的声音里，便有了那么一丝笃定，或者说固执。

“她早晚是我的。”

金州城主力一撤走，“固若金汤”便成了一场笑话。

完颜修离开不过半炷香时间，南荣兵就撞开了城门。喊打喊杀着蚂蚁一般密密麻麻地拥入城内。城中百姓是不可能帮助珒人的，他们早早就闭户不出，金州城内的街道上，除了留下死守的珒兵之外，一片空旷，如同一座死城。

南荣兵速度很快，踩过珒兵留下的尸体，扑向了完颜修撤离的方向。

可完颜修又岂是简单人物？一路有珒兵埋伏，小股围追堵截，等他们赶到汉江边上时，除了滔滔的江水，哪里还有完颜修的人？

“奶奶的，竟让那厮跑了！”

金州城里的厮杀声，一直未停，南荣大军清理完珒兵留下的军事设施，在长街短巷里，贴出告示安民。一直折腾到入夜之时，金州城方才恢复了平静。

如此，一场鲜血染就的战事结束了。

金州大捷，萧乾赢得一个漂亮的开门红。捷报一路往临安而去，金州城里的百姓也有人出来鸣鞭炮庆贺，热情地招呼着远道而来的南荣兵，看上去亲如一家。

上上下下一阵欢声笑语，可萧乾的眉头都没有舒展。

胜了，没有错！

但此胜并非明胜。他很清楚与先前下毒有关。

而且，就算他们暂时占领了金州，完颜修弃城离去时，损伤却不大，主力还保持着战斗力，隔了一条江，如今再要进攻，下一场战役，将会更为艰难！

江水呜咽，天地混沌。

风拂不开浓重的血腥味，凄厉的惨叫声犹然在耳。

站在可以眺望汉江之水的山坡上，萧乾一袭披风猎猎而飞：“阿九……”

“嗯？”墨九就站在他的身侧，歪头凝视一下他凝重的脸，“怎么回事，打了胜仗六郎还不高兴了？”

看着流动的江水，萧乾眸子微眯：“胜之不武啊！”

"管他武不武！胜者王，败者寇，别迂腐了啊，萧六郎，小心我鄙视你！"墨九笑吟吟说着，就去拉萧乾的胳膊，乖巧地哄他道："走啦，连续两日作战，你都没好生睡觉，趁着这会儿完颜修喝西北风去了，你也当回去补眠。待养足精神，再图来日。"

"好。"萧乾对她，向来温言细语。话虽不多，却很少不从，只要墨九不过分，他基本不会反对她的任何建议与意见。

这样的纵容，一开始军中很多人是不服气的。但随着"万人敌"与"改良弓弩"的出现，大营里上上下下，莫不服了墨九。好的武器可以保证他们的安全与性命，所以，墨九存在的意义，对他们而言，也不仅仅只是主帅的女人。

金州的街道上，不见那日的繁华，处处透着萧条与冷寂。

虽然南荣兵一直在安抚民众，可城内尸体还没有清理完，大战又刚刚过去，大多数的民众还是宁愿关门闭户躲在家里，也不愿意随便出来走动。所以，这一入夜，除了灯火下巡逻的南荣兵，几乎不见人。

萧乾的临时居所是薛昉安排的，墨九刚随他过去，还未入府，薛昉就迎出了大门。

小心看了墨九一眼，他低声道："使君，陆机老人在里面等你。"

这几日出门打仗，萧乾并没有带上师父，更不可能带上温静姝。

故而，他们是从均州赶过来的。

好不容易清静两日，又来了。这让萧乾有点恼火。

但对陆机老人，他没法子避而不见。

余光扫一下墨九漠然的脸，他对薛昉道："告诉他老人家，我马上过去。"

薛昉偷偷瞄一眼墨九，忐忑地领命下去了。

"阿九也累了一日，先去沐浴休息。"萧乾扶住墨九的肩膀，睨着她灯火下的俏丽小脸，轻声诱哄，"等我去见过师父，就来陪你。"

他不想墨九过去，是不想她与陆机老人起冲突，可墨九从来都不是一个肯听话的人，所以在说这句话之前，他以为得费些工夫与她解释。然而大出他的意料，墨九打个哈欠，眼皮都懒得抬，便直接应了。

"好，六郎早些回来，我给你备水。"

萧乾眸有狐疑："阿九……今日这么乖？"

"我一直是乖的。"墨九莞尔一笑，给他一个媚媚的眼波，径直离去。

不是她不介意温静姝与陆机老人的存在，而是她懂得适可而止。

这几日她收拾了温静姝，又何尝不是在打陆机老人的脸？本来她其实不算多讨厌那个老头儿，更何况他是萧乾的师父，说来与自古的"婆媳关系"也差不多，她可以给他一个下马威，不让他随便欺负自己，但有的时候，该给萧六郎留脸子，她必须得留。

这个男人是纵容她，但他不仅不是真正的妻奴、软脚虾，还是一个大男子主义极重的人。纵是他宠她，怜她，也是会有底线的。若她有了三分颜色，就天天开染房，难保不会消磨光他对她的宠爱……

女人啊，该乖的时候，一定得乖。

墨九沐浴完，漫不经心地躺在床上看书，心里寻思着这事，觉得自己真是英明神武。这样把事情交给萧乾去处理多好，眼不见，心不烦。若不然，面对着陆机老人和温静姝，她又哪里会有这般惬意的心境？

她等着，没想到会等那样久。

一个人看书到吃晚膳，萧乾才姗姗来迟。

站在房门口，他目光幽深，颀长的身影也似被灯火照得添了一丝阴霾。

看着墨九，他微微低目，许久没有说话。

墨九也回望他的眸，心里咯噔一跳。

未必……这样就听信了陆机老儿的谗言？

墨九放下书本，缓缓从床头直起脊背，不冷不热地扫他一眼："这地儿缺门神啊？还是在站着耍帅？"说罢见他不答，她挑眉笑笑，又冲他挤眼睛："六郎已经够帅了，不必刻意再摆姿势。哈哈，来得好，就等你了。我们走吧，我肚子饿了，去吃饭。"

那俊美的"门神"凝视着她，没有挪动目光。

墨九站在他身前五尺外，保持着安全距离，奇怪地打量他。

"做什么？不认识我了？毛病！"

墨九与他四目相对，越发觉得稀罕。他轮廓分明的五官掩在灯火的阴影里，俊美、野性，似乎每一处都嵌上了一种奇特的光芒。那样子并非生气，也没有怒火，可莫名地，就是让她觉得身上凉涔涔的，生出了鸡皮疙瘩。

"阿九，过来——"

他突然唤她，声音不太冷，却带着一种霸道。

墨九"呃"一声，觉得这货怎么一转眼就从奴隶到将军了？

她微眯着眸子，上上下下打量他："萧六郎，认识一个人，不要从别人的嘴里。了解一个人，也最好用你自己的眼睛……尤其是我墨九这样的人。"

这句话的暗示足够了，她相信他听得懂。

可萧乾听完她的"指点"，没有半点反应。见她不动，他面无表情地走近她，突地一把拎住了她的肩膀，在墨九紧张的惊讶声里，他另一只手却慢慢勾起了她的下巴。

她无奈抬头与他面对面，他却看着她不说话。

"发神经？"她咕哝。

萧乾目光专注，低头凝视她，大拇指慢慢抚过她的唇瓣，像在摩挲，又像在安抚……仔细体会，似乎还有几分大力，像是在生气。

“阿九，你可有事要告诉我？”

“我想想啊。”墨九眨眨眼睛，一本正经道，“要告诉你的事没有。不过你若是问我瞒了你什么事，那就太多了。不知六郎想听哪一件？”

萧乾虎口加力，把墨九下巴往上再抬一点，让她直面着他，眸色微微一黯，低头，视线专注地瞧着她紧绷的小脸：“不急，时间还长，我们一件一件说起。”

“吃火药了？”墨九瞅着他肃冷的眸子，猛一把拍开他的手，媚眼一飞，“想知道还不简单。坐下来，慢慢说！”

她把萧乾拉到一把靠背椅上坐好，自己也用脚一点点挪了一把小杌子坐在他的对面。托着腮、皱着眉，像是在努力地回忆，嘴里喃喃道：“比如我曾经幻想过你和东寂相好的样子，销魂又生香……这个算不算？”

萧乾的脸色一变，目光更为幽暗，似在咬牙。

“墨——九！”

“我在。”墨九乖乖举手，严肃正经的模样已经绷不住了，那笑容从弯弯的眉与眼神流露出来，让萧乾有些哭笑不得。

他掌心轻轻在她的头顶揉了揉，像责怪，更像宠爱：“你这脑袋瓜子怎么长的？怎会想出那男男断袖之事？”

“因为我腐……”墨九咯咯笑。

“腐？”

“你不懂啦！”墨九咳了咳，憋不住笑，“超时代的玩意儿，非同道中人，不可悟也——”

“好笑吗？”萧乾眉梢一挑。

“……还好还好，不好笑，但好看。”

轻哼一声，萧乾再次在她的脑袋上拍了拍，见她终于收敛了笑容，变得矜持了几分，不由得挑了挑眉，审视她的脸，正色问：“听说你怀孕了？”

“我？怀孕？”墨九瞪大眼睛，一脸无辜地盯他片刻，又老实地摸了摸肚皮，颇感意外地道：“萧六郎，这个消息有点惊人啊，我孩子来了，为什么不通知我，却通知了别人？快告诉我，谁嚼我舌根，坏我闺誉了？”

“还装傻？”萧乾黑着脸。

墨九抿唇看着他：“温静姝说的吗？”

她两辈子都没有睡过男人，也没有怀过孕，而撒谎怀孕的事就一次，在天隐山为了气温静姝信口胡诌的。不过，温静姝在这个时候让萧乾知道，是打什么鬼主意？就算她胡说八道怀了萧六郎的孩子，难道就能让萧六郎不喜欢她了吗？

叹口气，她严肃道："不要紧张！就算我怀上了，孩子也一定是你的。"

废话不是？有孩子当然必须是他的。

萧乾轻哼："为什么要胡说？"

墨九老实地回答："为了气她！谁让她有你送的蝶尾钗，我没有？她还动不动就拿那钗子来含沙射影地酸我。九爷我是这么容易被人治住的吗？不气死她，我就枉姓了一回九。"

萧乾嘴唇抽搐："你姓墨。"

"哦。"墨九揉鼻子，乖乖地应声，"不管姓什么，都一样。"

她一直装糊涂，装老实，就想把这挫事给闹过去。毕竟私底下说怀了男人的孩子，并不是那么有脸的事。可不论她怎么说，萧乾依旧板着一张冷脸，目光复杂地盯着她，总觉得满腹心事似的，这让墨九心里毛毛的，一个人的独角戏有点唱不下去了。

她唇角一撇："然后呢？我撒谎说怀孕又如何？"

他揉揉她的脸，低声斥责："墨九，你可知错？"

错？多大个错？墨九不明白他为什么这样在意这件小事，垂目想了片刻，她斜着眼睛瞄他。

"难道是我气着了温静姝，六郎心里不高兴了？"冷笑一声，她慢条斯理地酸他，"如果是这样，那我给她道歉，你要不要？"

她会道歉？

这句话连墨九自己都不肯相信。

一只胳膊伸过来，突兀地拘住她的腰。墨九微微一愕，正猜测这厮到底要如何，他突地加重力量，她只觉得身子一轻，就被他大力地抱过去，整个人落在了一个带着薄荷馨香的温暖怀抱。

"……要抱抱早说嘛，矫情！"

她笑吟吟地调侃着，话音未落，屁股上就挨了一下。

"萧六郎！"她咬牙，"你再打我试试？老子和你绝交！"

萧乾哼哼着，将她往怀里一搂，手臂绕过她的细腰。将她彻底挪过来抱坐腿上，视若珍宝一般搂得紧紧的，掌心则隔着一层薄薄的衣衫，在她后背上慢慢游弋，带着一种挑逗的、意味深长的撩。

"阿九可知，子嗣之事，儿戏不得？"

有这么严重吗？古人当真迂腐得紧。

墨九听着他胸腔里怦怦的心跳，乖乖地搂紧他的腰，将头搁在他肩膀上，往他宽厚温暖的怀抱里偎了偎，可怜巴巴地微叹。

"好嘛，就算是一件天大的事，你都揍过我了。扯平！"

"岂可扯平？"他声音凉薄，像还在生气。

“那你还想怎的？”墨九不悦地扫他，“一个大男人，至于吗？我又没说你怀上了我的孩子，这么计较干吗？”

“阿九……”萧乾哭笑不得，扳过她的身子，低头睨着她，头越来越低，离她的脸越来越近，末了，嘴唇轻贴在她的额头上，声音温柔得像过了一次温水，“你喜欢孩子吗？”

墨九吓了一跳。

这个啥意思？跳跃太快。

难道这厮想要儿子了？

细思萧乾的年纪，在这个时代确实不算小。像他这么大的男子，早就成家立业，孩子遍地跑了……墨九突然同情起他来，抛出一个温柔的媚眼，双手一勒，挂在他脖子上。

“喜欢，不过……”

想到自己尚不适合生育的年纪，想到陆机老人说的早衰及夭寡的缘由，她狐疑地瞥他：“我现在生不了。你该不会是想和别人去生孩子吧？”

“傻子！”萧乾闭上双眼，下巴在她额头上磨蹭一下，声音满满都是宠爱，却不再提孩子的事，而是直抒胸臆：“你胡乱编造谎言，给我造成了伤害，应当给一些补偿。”

墨九心里咯噔一声。

“你想让我生个孩子补偿你？”

“……你可愿意？”

“生不了咋办？”

“你也可以换一种方式……”

原来如此！这厮搞得神神秘秘，严肃慎重，说得模棱两可，结果就是为了一个“补偿”的福利。果然男人心底都住着一个孩子，只不过一般人心底的孩子满世界跑，而萧乾心底住着的孩子只会在她面前表现出来。

她温软的唇微微一抬，贴着他的眼睛吻了一下。

“你又想啦？”

萧乾小腹一热，掌心扼住她的后背往自己胸前一摁，嘴唇就着她细釉似的肌肤，慢慢从额头吻向她的眼、鼻子、耳珠，温柔的动作与宠溺的目光，几乎能溺死人。

“阿九……”

“嗯？咋啦？”

他把她小巧的耳珠含在嘴里，声音低而哑。

“为我生一个孩子可好？”

这样亲密的话题在肌肤相亲的时候说出来，又是在这样旖旎的气氛下，几乎是带着杀伤力的。若非天寡之事，墨九以为自己怕是顾不得年纪，也会沉浸在萧六郎营造的温柔里，由着他驯服成一只软绵绵的小羔羊。

她叹一口气，身子软软地靠着他。

“……再等几年吧。等我长大。”

萧乾身子僵硬一瞬，闭上眼睛，将她温软的耳珠细细亲吻，像是在怜爱一个乖巧的小生物，细致、耐心，略带磁性的声音也随着他急促的呼吸温柔地传入她的耳中。

“我怕等不及。”

有什么等不及的？他带了一点幽叹的声音，听着莫名有点伤感。墨九心脏怦怦跳着，并不知道他究竟何意，只能猜测到他是因为要渡河与完颜修开战，怕是心底不踏实……毕竟人在面对未知的战役时，应当都有对生死的顾虑。

她扼住他的肩膀，逼他与自己对视，然后对他莞尔。

“来得及的，有我在。没什么事不可以……来，肩膀借你靠靠！”

萧乾一怔。

盯住她，他许久没有吭声。

两个人互视着，时间宛若静止。

在他的一生中，从来没有想过靠着谁，不管想要什么东西，从来都靠自己的双手去拼杀，去搏斗。更没有想过，有一天，会有一个小女人，拍着她单薄的肩膀对他说，她可以让他依靠。

人本质上都是孤独的。

人的一生，其实都在寻找知己与同类。

萧乾或许不需要墨九的肩膀，却必定会感动于她借出的肩膀。

“阿九……”凝滞片刻，这个铮铮铁骨的男儿，突地紧紧拥住她，手臂越收越紧，呼吸越来越急，却许久都没有说话。就在墨九被他束在怀里快要不会喘气时，方听见他低哑的声音。

“唯有知音者，相思歌白头。有阿九今日一席话……”

他再次顿住，墨九没有耐心，追问：“如何？”

他目光微眯，似带了一抹勾魂夺魄的光芒：“我萧乾的孩子，只会由你墨九所出。”

噗一声，墨九差点笑场。

这算什么？为他生孩儿，便是他的感激吗？

她翻个白眼：“可不可以换一句，稍稍带点感觉的话？”

萧乾唇一勾：“我萧乾这一生，必不负墨九之恩。”

墨九身子微微一凝。

他并没有说，不负她之意，她之情，或者是其他。他用了一个“恩”字，用以表达对她的心意。她知道，对于萧六郎这个男人来说，这已经是他能给一个女人的最高情分。

她揉了揉眼睛，似笑非笑地瞥他一眼，想把太过严肃的氛围变得轻松些：“古人云，滴水恩，涌泉报……我既对你有恩，六郎当如何相报？”

“不止涌泉！”他深邃的眸子微闪，轻轻捏了捏她的鼻子，低哑的声音颇有一种玩味的暧昧，“我所有甘泉，都是你的。”

墨九大概用了上千个脑细胞方才体会出他话中的含意。耳朵尖一热，她瞋他一眼：“流氓！”

轻轻一笑，他将她身子轻拥于身前，说的是玩笑话，语气却极为认真：“我只会对阿九流氓！”

“好吧，我深感荣幸。”墨九憋住笑，也很严肃。

“你必须荣幸。”

墨九哼哼：“九爷肯让你耍流氓，你也应当感觉到荣幸才对。”

“是。”他低头凝视她久久，不知不觉，那眸底便添了一抹深沉，像夹杂着丝丝缕缕的情绪波动，或者说是一种不再孤独的欣慰，“人世有你，阿九，是我之幸，大幸，三生之幸。”

一连三个递进的“幸”，一句比一句重，让墨九甜入心尖。

女人其实很好哄，只要她的男人爱着她，宠着她，愿意给她一种独一无二的，区别于其他女人的纵容与怜爱，就可以俘获她的心。墨九亦然。

不过，她坐在萧乾怀里，感觉到他温热的身躯上铁一样的钢硬，却不得不板着脸，坚持着自己的想法：“尽管你的话让九爷很受用，可九爷目前却不能为你生孩子。”

他看着她，抿唇不语。

墨九见他没有太过激动，或者太过疑惑，猜测以他在医术上的造诣，大概早就晓得了陆机老人说的事……就算不晓得，陆机老人应当也告诉他了。

无法再瞒，她抬起头，拿自己的脸，贴上他的脸。

“你都知道的，还想那事，是不想要命了吗？”

她细腻的肌肤紧贴在萧乾的脸上，萧乾心里便无端温暖起来。

手臂一缩，他将她搂得更紧：“阿九……”

墨九觉得这货可能晓得了这个病，情绪有点受影响，也没有挣扎，只乖乖偎在他的怀里，拿温热的身体给他安慰，也给自己安慰：“我不怕的。我比我娘和方姬然都幸运，因为我找了一个男人，是天下第一神医。有六郎在，我就不信这破病治不好。”

抬头，她睨着他的眼：“你说呢？”

萧乾手一紧，嗯一声。

墨九笑吟吟道：“一年治不好，我们治两年，两年治不好，我们治十年，十年治不好，我们治二十年……”

萧乾目光深邃，嘴动了许久，才哑哑道出一个字。

“好。”

一个“好”字，向来都是这个男人最温柔的顺从。

很多时候，墨九觉得，这样的萧六郎，退去冷漠的面具之后，那一份独一无二的温柔，是会让人上瘾，让人沉沦的……她甚至在想：如果她那个怪病治不好，她有一天真的早衰，都来不及与他肌肤相亲，那是何等的悲哀？

思及此，墨九觉得眼眶有点发热。

可在这样温存的时刻，泪水只会破坏气氛，让他更添负担。

她也搂紧他，拼命眨了眨眼，把笑容泛在唇角。

“六郎……”

“嗯。”他更深地搂紧她。

“你不会没有信心吧？”

“有。”

“那就好。我也有。”

“嗯。”

相拥的两个人，心在一处，情绪便可互通有无。这一瞬，一切的烦心恼事都不存在，天地间似乎也唯有他二人而已。

夜虫唧唧，夜雨沥沥。

这是一个温馨的夜晚。

墨九都不觉得肚子饿了，脑子转动着，突地抬头，低低笑话他：“这些破事你且先放一放，想想如何渡江收拾完颜修吧。”

萧乾眉头一蹙，轻声道：“过江之事先放一放，我有礼物给你。”

礼物？萧六郎很少送她礼物。墨九抬起头，晶亮的眸子里，满是期待，毫不客气地摊开了手：“还不快拿来给我瞧瞧？”

他拍在她掌心，哭笑不得：“哪儿有这么猴急要东西的？”

墨九不高兴了：“礼物都还没有准备好，你就先说了，哪儿来的惊喜？”

他叹息一声，再次把她搂在怀里，似乎只有这样的深拥，才能让彼此的心得到安放。他用下巴磨蹭她的额头片刻，不看她的眼睛，低低道：“那个蝶尾钗，并非我送给温静姝的。”

这算是他的解释吗？墨九轻嗔：“那她还当宝？”

萧乾紧着双臂，像怕她跑掉，迟疑一瞬，又道：“是我帮她买的。”

墨九："……"这两者之间有什么区别？

她乖乖抿嘴，只拿眼剜他，并不问。但萧乾又怎会察觉不出她的情绪。

他低头一笑，刮了刮她的鼻头："那日入城为师父备药材，她看中一个蝶尾钗，但是身上没有银钱，我便替她掏了银钱而已。"

墨九默然。

依当时两人的关系，上个街，遇到女人喜欢的东西没有钱买，萧六郎身为男子，绅士风度地替她付了，其实也算不得什么……可温静姝却把蝶尾钗视若至宝这么多年，也够难为她了。

心里释然了，她嘴上却不饶人。

"那肯定是你有什么举动，让人家误会了呗？"

萧乾伸手揉了揉眉心，思考一瞬，道："那时穷，买完那钗，我便没有钱了。"

这一下，墨九懂了。

怪不得温静姝感动，心心念念了那么多年。

重重一哼，她斜眼睨着他："原来你们两个也是有故事的啊！萧六郎，你晓不晓得男人送女人头饰代表什么？"

萧乾学乖了，不还嘴，只摇头。

这样的他，让墨九说不出个道道来，只能无奈："好了，过去的事不提。那你准备送我什么礼物？又是什么样的礼物才能让你买了之后，就倾家荡产，一文银子都无的？"

如今的他，又怎么可能落魄到如此境地？墨九分明就是心里不爽，故意为难他。萧乾无奈，伸手抚上她的头，拍了拍，笑道："我亲自做一个钗子，如何？"

让萧乾做钗？墨九不太敢信。

他最是大男人，一般情况下，是放不下脸面的。

她撇嘴："真的？"

他垂眸低笑："真的。"

墨九哼哼："得让我戴得出门的，不能太丑！"

他笑笑，并不马上回答，抚在她腰上的手微微下移，顿了顿，隔着一层薄薄的衣料，轻轻摩挲一下，突地低头凑近她的耳："那阿九要怎么给我奖励？"

补偿没有要到，就要奖励？

他温厚的手触在她身上，墨九脸颊便有些发热。

"禽兽！"

萧乾哈哈一笑，抬手抱起她，往那一张软软的榻走去。墨九一惊，揪紧他肩膀上的衣服，突地把头侧过去，然后在他肩膀上狠狠咬了一口。

“回头再敢掏钱给哪个姑娘买钗买粉的，看我怎么收拾你。”

看她恶狠狠的神色里，似乎真有那么几分不悦，萧乾叹息一声，将她放在榻上，不免心生怜惜：“不敢了。当时并未多想，何况后来……她把钱还给我了。”

噗一声，墨九忍不住发笑：“那你要了没？”

萧乾正色道：“我和银钱又没仇，怎会不要？”

想到为了一支木钗闹的委屈，墨九再看他难得的贫劲，心里豁然开朗，扯着他的肩膀，将他往下一拉：“这还差不多。”

萧乾就势倒在她的身上，磨蹭般拱了拱，头便埋入了她的颈窝：“阿九……”

“嗯。”墨九把他搂得更紧，“看你这么乖，便奖励你好了。”

萧乾低头看着她含笑的大眼珠子，像是心生喜悦，又像是有一点感动。他看着她，看着这个属于自己的女人，一种岁月静好的感觉，让他神色越发温和，像紧拥珍宝一般，温柔地轻轻拂开她的发，唇印在她的额角：“……乖。”

“这话不要说得太早，我可不乖——”

墨九狡黠一笑，狐狸般翻过他的身子，慢慢趴在榻上，轻轻解开他的外袍，在他带着询问的目光里，将袍子往嘴里一咬，哗一声，就把一件名贵的衣袍撕碎……

然后，她带笑的眸子，一眨不眨地看着他，就着布条抬起他的手，束在榻头的木条上，慢慢低头，吻上他的唇，声音清透而清脆，带了一丝浅浅的妩媚。

“不许挣扎，阿九好好伺候你……”

一丝暖融融的灯火，映在她细白的脸上，仿若添了一些柔和的色泽，她微微挺起时不盈一握的腰，杨柳摆动一般，令人情动不已。铮铮男儿一生寡欲，竟敌不过她的一丝绕指柔。

萧乾声音微哑：“妖精！”

金州城。

不管这一片土地上经历过什么生死浩劫，次日的太阳照常会从东边的地平线上冉冉升起。

南荣至化三十一年四月初四，时节已至小满。

俗话说“小满大满江河满”，汉水地区的降雨，在这个时候，普遍较多。昨夜又是一场大雨，汉江的水位上涨，给人一种怒吼咆哮之状。可两岸的旷野，却一片葱葱郁郁的绿意，让这一片饱受战争蹂躏的土地，仍然呈现着一种欣欣向荣之态。

硝烟未尽，汉江两岸，依旧对峙。

这会儿天放晴了，萧乾便骑马沿着泥泞小道到达了汉江边，远眺北岸……滔滔的江心，在强降雨之后，江水带着一种混浊的污渍。不见血腥，不见厮杀，却无端让人对渡江心生凉意。

这样的鬼天气，若强行渡江，遇北岸的珒兵阻挠，一个不慎就得全军覆没于江中，那样的场面想都不敢想。

迟重站在萧乾的身侧，看了半晌，见萧乾始终不吭声，不由得啐了一口："狗日的完颜修也太诡滑了，不敢真刀真枪在金州与我们干一仗，竟做乌龟退守北岸！"

萧乾身姿不动，只有衣衫飘飘。

"换你，你如何做？"

迟重撇撇嘴，哼哼一声："换我，换我……也跑！"

"……"

萧乾不搭话，目光一动不动地望着江水。

很显然，他在思考御敌之法。迟重不再多言，只陪着他静站。看了一会儿，他掉转马头，又沿着江岸巡视。可二人走了没多远，却见一个鬼鬼祟祟的身影，提着衣袍便往水里去。

迟重喊了一声："谁在那里？"

那个人影从江沿抬起头，双手扒在岸堤上，看见萧乾与迟重过来，哭丧着脸，就像见到救命恩人一样。

"主上，你可算来了。"

那娇媚的声音，除了击西还会有谁？

萧乾面色一沉："你在这里做什么？"

"主上救命！"击西挥舞着双手，"九爷让我试水……"

试水？萧乾瞄他一眼，视线一挪，终于看见离击西站立的江岸不远的江水里，有一个人在拼命地划水。

"阿九？"

这时节，江水已不冷，可墨九没事去江里做什么？

萧乾怔了怔，打马走到岸边。马尾飞扬，江风将他身上的披风高高卷起，衬得他一双带了淡金暗芒的眸子异常明亮、深邃。如同嵌在夜空上的星，为苍穹下的汉江添了一抹别致的风流景致。

"阿九还不上来？"

他对着江里拼命划水的小女人低吼。

"六郎？我……我……累着了，上不来。"墨九远远观他凝重的面色，就晓得这厮心底恐怕不太舒坦了。此时她不先发制人，难道待他来要"补偿"吗？笑话！

她双臂来回划着水，佯装"虚弱"地道："原本我叫击西来就是为了关键时候援救我的，结果这厮磨磨叽叽也就罢了，你们把他喊住，是想淹死我吗？"

这货分明恶人先告状！

击西无辜地瘪着嘴巴，望着萧乾。

“主上，击西是冤……”

萧乾扫他一眼，击西立马换了话：“击西错了。”

迟重看击西忸忸怩怩的样子，摸着脑门一头冷汗，不吭声。击西还想为自己小小地辩护一下，只听扑通一声，萧乾已脱下甲胄，跳入江水中，那动作快得击西与迟重根本就没有来得及回神。

直到飞溅而来的水浪拍打在击西的脸上，他方才一脸愕然，俊脸上写满了不敢置信：“主上？好端端的，你也要闹自杀？不晓得击西怕水吗？”

没有人回答他，只有江风呼啸。

萧乾入水如一尾游鱼，矫健的身躯急蹿往前，往墨九的方向划去，很快便捞住她湿漉漉的身子，往怀里一拘。

“不要命了？”

看他怒气爆棚，墨九抿了抿嘴巴，便勾住他的脖子，乖乖地装蒙。

“要命，也要你。”

萧乾瞪她：“少来糊弄我。”

“没有，我喜欢你。”墨九装傻，眨着水灵灵的眼。

“再说一次！”他冷哼一声，黑沉着脸。

“我说我喜欢你，萧六郎！”墨九拔高声音，嘟嘴瞪他。

“好。”他点头。

墨九翻个白眼：“那你不要生气了。”

“不好。”萧乾脸一别，锁住她的腰，就往回划。

“好无耻！”

墨九是个懒人。

有萧乾拖着她上岸，她索性不动了，双手搂着他的脖子，瞥一眼他反射了粼粼波光的眸子，见他没了什么恼意，弯唇一笑，任由他带着她在这水流混浊的江中游动，眼珠子转动着，意态闲闲地看天上白云悠远，看击西美人张着一张嘴，拼命在岸边高喊什么，心里甜丝丝的，只觉岁月温柔，时光隽永。

萧六郎着急她的安危，于她，是一件人生幸事。

虽然拖着墨九划水，但萧乾的体力本来就好，游回岸边便没有花太多时间。一上岸，他拿起那件干爽的披风丢给她，便开始了兴师问罪。

“做什么去了？”

“游水啊。”墨九搔着发上的水珠，回答得理所当然。

“老实点回答！”萧乾哪里肯信她的胡扯？他揉了揉她湿透的头发，一脸嫌弃地皱了皱眉，拉过披风把她身子裹紧，“你这小胆，果然是养大了。还不快说？”

墨九莞尔："我哪儿有不老实？就是天热，想游水嘛。"

萧乾轻哼，深瞥她一眼，老鹰拎小鸡似的将她搁在马背上。

"回去收拾你——"

又收拾？墨九哭笑不得。

敢情这厮最近是"收拾"上瘾了？

她似笑非笑地斜眼睨他，见他跟着翻身上马，隔了一层湿透的衣衫，把她揽在身前，双臂紧紧的，似乎也没有太生气的样子。她咳了咳，不舒服地挪了挪身子，回头望他："好吧，我确实是有正经事才下水的……"

萧乾目光一凝："说！"

墨九舔了舔红润的嘴巴："我想吃鱼了，打算下去逮几条。一条清蒸，一条红烧，另外的养着，明儿再清蒸，再红烧。"

萧乾："……"

金州乃临江之城，两岸渔民众多，鱼并不是稀罕物，依萧乾的身份吃鱼更不是一件难事。可这几日受金州战争的影响，蔬菜、水果以及新鲜肉类都属奢侈品。而且两岸禁渔，金州的渔贩子早已闻风丧胆地关门闭户，哪里敢出来卖鱼？

可墨九的答案，萧乾信，也不信。

信是因为墨九是个彻彻底底的吃货，为了吃一口美食，她确实会干出很多不可思议的蠢事……

不信是因为大敌当前，她并非拎不清的妇人。

左右一想，他终是喟叹一声，心疼地道："想吃什么告诉我便是，我的女人，难道连一条鱼都吃不起吗？"

"不是一条鱼，是好多好多鱼……"

萧乾头痛她的较真，继续说教："不管多少鱼，何苦自己去抓？也不想想，对岸就是完颜修的人，一旦遇上珒兵探子，老子哪里去找两座城来换你？"

噗一声，墨九忍俊不禁。

萧乾很少说粗鲁的话，私底下也很少。可一声"老子"竟让她有一种天上神仙下凡接了地气的感觉……同时，也为自己对他的影响感到沾沾自喜。果然近墨者黑啊！

她回头瞟一眼他冷峻的侧脸，唇角微勾，带了一抹高深莫测的笑："可我想吃大鱼！还想亲自抓大鱼。"

"……多大的？"

"很大的。"

"太大我怕阿九吃不下。"

"……流氓！"墨九低骂。

"怎的？"萧乾一头雾水。

"你自己知道，淫佞！"

"……"萧乾紧抿嘴唇。

墨九憋不住，暗自低笑一声，看他果然一脸严肃，并无半分调侃的样子，也收拾起自己猥琐的小心思，正色道："我其实想吃北岸完颜修那条大鱼……"

萧乾的脸一下就黑了。

这货不解释还好，有了刚才那句似是而非的解释，这话就有了歧义。初时她还不觉得他郁积在胸，只盘算着自己那点小计谋，直到被萧乾铁青着脸抱下马，被冷风一吹，方才觉得湿透的身上，有一丝丝莫名的凉意。

打个喷嚏，她揉着鼻子："六郎怎么了？"

萧乾目视前方，步子迈得很快，衣袍带风，却不答话。

"神经！"墨九低笑一声，继续想事。

萧乾低头扫她一眼，深邃的眼微微合着，不理会墨九的调侃，更不理会营房两侧投来的关注目光，径直把墨九抱入房间，也不管她身上湿不湿，直接把她丢在榻上。

"做什么？"墨九揉背，"粗人！怜香惜玉懂不懂？"

萧乾斜睨她一眼，转身从箱笼里找出一套她的衣衫，丝毫不避嫌地放在床头上，然后又转了身："我让人给你打水洗洗。换好衣服，再说。"

"……"

这是秋后算账的意思？

男人的脾气还当真说来就来！

墨九揉了揉额头，有一种不祥的预感，估摸着这货一会儿又要找事要"补偿"，却没有意识到他到底怎么回事。不过，反正人已经被他抓回来了，先把身上的狼藉处理好再收拾他。

等她磨磨叽叽地擦干净身子，换好衣服，绞干头发，终于收拾妥当，外头的阳光已经收住，原本晴朗的天空，不知何时飘过几片乌云，眼看就要下雨了。

这夏季的天，变得可真快。

墨九无奈地摇摇头："这天，多像萧六郎的黑脸——"

"嗯？"萧乾推门就听见这句话，眉梢一挑，"阿九在说什么？"

墨九扭过头见他面无表情的样子，笑吟吟轻摇到他的面前，手腕轻轻勾住他的胳膊，热情地道："我说这天就像六郎你的脸，晴艳时，高华无双。阴云时，深邃魅人……"

"嘴上抹蜜了？"他冷眼。

"不！"墨九否认，"抹的是糖。"

“抹油都没用！”萧乾一脸严肃，“老实交代吧。”

“哦哦。”墨九低眉顺目，乖巧地轻声道，“说什么？关于吃鱼的事……”

“关于你游水的事。”

“哦哦。”墨九捋了捋耳际落下的碎发，晓得他不会相信自己那些乱七八糟的理由，就诚实道，“其实我是想亲自探测一下，汉江的水有多深，江面有多宽。”

“为了吃鱼？”萧乾唇一弯，似有了笑意。

“是。”墨九也笑，“为了吃对岸那条大鱼。”

萧乾轻哼，这会儿已经反应过来了：“想到什么法子了？”

墨九唇角闪过一丝难忍的笑意，继而严肃地叹一口气：“毕竟我是举世无双的天才，法子嘛，自然有的是。”

目光一转，她走到窗边，一把推开窗户，抬头望向窗外一片阴沉的天空，眼眸里有一种勾人心魂的自信光芒。

“萧六郎，九爷要让你见识一下现代化的战争。”

现代化战争？萧乾一脸黑沉：“现代化为何物？”

“就晓得你不懂。”墨九轻描淡写，“打仗嘛，不仅可以在地面上推进，真刀真枪地厮杀，其实还有很多高科技的法子呢……比如空中轰炸。”

空中轰炸，对萧乾来说，又是一个新鲜词。

不过她整句话合在一起，萧乾却很容易弄懂大抵意思。

南荣兵要过江御敌，必乘船过去。而大队人马与攻城器具要运载去对岸，只能从渡口登陆（因为船只吃水深，只有渡口才能靠岸，而且渡口地势开阔，有利于士兵上岸后迅速拉开战线）。可金州城到对岸，可供大队人马登陆的渡口就只有一个。完颜修不是傻子，不可能不派兵在渡口设防，采取防御措施。甚至于，他早就准备好了口袋，就等着南荣兵去钻。

所以，渡江的危险，就在于登陆上岸之后的推进。

若有“空中轰炸”配合地面推进，效果自然惊人。

于是墨九一句话，登时引起了萧乾的兴趣。

“阿九的意思是？可是……如何炸？”

墨九冲他嫣然一笑，慢腾腾绕到他的后背，双手搭上他的肩膀，轻轻为他拿捏着，声音放软，像个乖巧的小妇人：“六郎可还记得我在招信做过的木鸢吗？”

“嗯。”他当然记得，还曾被这东西洒了一身的酒。

“其实它还有一个名字，叫滑翔机……”

“嗯。”

他似懂非懂，墨九只当他懂了。

“那六郎记得‘千人敌’吗？”

“嗯。”他目光一亮，似有所悟。

墨九笑了：“若滑翔机配备‘千人敌’，如何？”

由于武器装备的缺失，从来没有人想过可以从天上攻击地下。墨九从现代借鉴而来的“轰炸机”方式，不仅对萧乾来说是震撼的，对整个天下的战争模式来说，都有推进作用与划时代的意义。

萧乾倏地侧身，把墨九拉到身前：“阿九仔细说说。”

墨九微微一笑，接下来向他细说了自己关于滑翔机载人与携带“千人敌”御敌，配合南荣大军地面推进的设想。萧乾兴致很高，但对她嘴里时不时蹦出来的一两个新鲜词，难得地保持了镇定，便耐心听她解释，仔细理解。

两个人讨论了约莫一个时辰，他看墨九的目光越来越深。

感受到他眸底的打量，墨九耳朵有点烧。

来自现代的事，是一个惊天大秘密，她不敢说。

哪怕是在萧乾面前，她也不敢说，怕被人当怪物……

“六郎这样看我做甚？”

萧乾精致的面孔似蒙了一层薄雾，看不透，却引人紧张。

“阿九会的东西，都是哪里学的？”

“……你不是知道吗？我娘啊！”

“你娘未必懂吧？”

“墨子都懂，我娘为什么不懂？”墨九撇撇嘴，一脸鄙视地道，“我大墨家的学识，凡夫俗子哪能望其项背？哼！”

墨九见萧乾又深深看她一眼，也不晓得他相信了没有，却没有再问。萧乾修长的手抚上她的脸，一点点摩挲着，慢慢拉过她坐在椅子上，自己蹲身，将她困于椅子与自己之间，静静凝视。

萧乾在她面前向来都是大男人似的存在。

这般将她放在比自己更高的位置上，专注而长久地盯着她，让墨九多少有点不适应，心里忐忑不安，有点找不着北。

“六郎怎么了？怪怪的！”

萧乾轻笑，荡出一抹令人心慌的暧昧：“我先前错怪你了。阿九，需要补偿吗？”

墨九面颊唰地一红，低头看他：“我看起来很饥渴？”

“还好。”萧乾唇角上扬，凑上去衔住她的唇，啄一口，哑声道：“要是不要？”

每次都是她“补偿”他，若他补偿会怎样？

墨九的心脏莫名地狂乱起来，慌乱得不敢直视他的眼。

一种说不上来的亢奋，或者说是紧张，让她的声音有些颤。

“……六郎准备怎么补偿我？”

“把我补偿给你，随你折腾。”

嗷！这厮也太不要脸了吧？

墨九很想大声喊，这个人绝对不是萧六郎。

可不待她反抗，他已将她从椅子上抱下来，轻吻一下她润泽的唇瓣，带着一抹让墨九心慌意乱的微笑将她抱了起来，一边往榻上去，一边意有所指地笑：“我很想知道，阿九还有什么法子没使出来……”

“无赖！”墨九嗔他，想了想道：“六郎，若不然我给你纳几房侍妾吧？你看你这魔鬼的性致，我真是扛不住啊！”

萧乾脸一沉：“阿九想得真周到。”

墨九嘿嘿一笑：“还好还好，你喜欢胖的还是瘦的？高的还是矮的？白的还是黑的？大的还是小的？”

萧乾剜她一眼，脸色极为难看：“就你这样的，找十个来。”

“十个？”墨九大惊失色，“你也太狠了吧？小王爷都没一次十个……哎哟喂！”她话未说完，已被他重重压在了榻上，只能委屈地揉揉鼻子，冲他翻个大白眼：“大爷，你能不能好好说话了？”

“对付小狐狸，就得直接收拾。”

呜……墨九捂脸。

萧乾拉开她的手：“怎么了？”

墨九一脸委屈，气得直踹他：“欺负人！”

“哦。”萧乾将她的手握在掌中，又压住她乱踢的腿，揉了揉她的脸颊，“那我错了，继续补偿你。”

墨九啊一声，气咻咻地哼哼：“无赖！”

这一番“补偿”花了好一会儿工夫，直到侍女在外间唤他们吃饭，墨九才鼓着腮帮子吐气，口干舌燥地道：“终于吃饭了，可饿死我了！”

“还饿？”萧乾一本正经地看她，“来，我瞧瞧……”

“小子放肆！”墨九拍开他的手，瞪住他道，“九爷饿了！要吃饭……”

这顿饭萧乾吃得心情极好，墨九却气鼓鼓的。两个人你看我一眼，我看你一眼，时不时地“眉来眼去”，暗自厮杀不停。旁人都以为他俩在调情，也不敢多看，只有墨九……心里苦啊！

下午的时候，萧乾便从禁军中挑选了一支精锐，带着与墨九几个人一起前往兴隆山——去砍木头，做滑翔机，做“千人敌”。

按理说这种事轮不到墨九做，可她就是一副闲不住的性子，贪玩好耍习惯了，更何况夏天上山凉爽是一个方面，另一个方面做滑翔机与“千人敌”也算是军事机密，若在金州城这种到处有完颜修耳目的地方进行，太不安全了，保密性也太差了。

那么，离金州较近的兴隆山最合适不过。

一行人上山时，雨早已落下，细细密密地洒在林间。

除了墨九与萧乾两个人之外，其余人都不知道他们到底上山做什么，只领命带着工具跟着他们两个人往上走。山上树木繁茂，枝条横行，小雨沥沥，小路又湿又滑，极是难行。萧乾不时抬剑为墨九清路，一路上呵护备至，墨九笑眯眯被他护在腋下，看着眼前这青山绿树，想着滑翔机携“千人敌”飞过江对岸，南荣大军再趁机争渡口的局面，不免喜上眉梢。

“萧六郎，等打下北岸，我要吃麻辣野兔……”

萧乾正忙着劈树枝，乍一听她的话，有些哭笑不得。

这小妇人走到山上要吃山上跑的，下到水里要吃水里游的，几乎没有一刻不想到吃。可偏生她这个小爱好，每次都能触及他心底的柔软，让他恨不得把世上最好的美食都端到她面前。

喟叹一声，他眸色柔软，朝她笑：“好。”

想着麻辣野兔的味道，墨九暗自咽了咽唾沫，显然并未满足，琢磨一阵，又道：“若滑翔机的效果好，你还得给我额外的奖励……毕竟我出脑又出力，最是辛苦，活儿不能白干的。”

“阿九要什么奖励？”萧乾问。

“一只山鸡炖蘑菇。”

“就这点要求？”

“在禁军中给我安排个将军做做？”

“……”

“那校尉？”

“……”

“副尉，总行了吧？”

听她把官职越说越小，萧乾唇角扬扬，大手揽了揽她的肩膀，声音清软，只有她能听见：“阿九无须做禁军将军，只需要乖乖做我的将军就行。”

墨九一怔。

没想到萧六郎这厮讲起甜言蜜语来，一点也不逊色啊。墨九哈哈一笑，不客气地道一声“好”，也不知想到了什么，眉梢一挑，又凝视着萧乾道，“六郎，等打到北岸，活捉完颜修好不好？”

“嗯？”萧乾不明所以。

墨九笑得有些阴恻："捉住他，再把他赏给我！"

萧六郎差一点呛住，脸色登时便难看了。

"你要他做甚？"

墨九嘿嘿一笑："到时候你就晓得了……"

山上海拔高，气温比山下低了许多。山风吹到脸上，有丝丝的凉意，一行人走到半山腰时，原本淅淅沥沥的小雨越下越大，还没有走到既定的地点，只听见轰隆一声，便响起雷来。

雷声隆隆，震耳欲聋。

眯眼望一下天，墨九不免有些紧张。

打雷的天气，在树木茂盛的山上行走很危险，万一被雷电劈到，那就不妙了。她紧紧抓住萧乾的手，一脸正色："六郎，我们得找一个地方躲雨，不能继续在林子里走。"

萧乾一脸冷肃地点点头，回头喊薛昉。

在队伍上山之前，薛昉在山下专门带了一个附近的樵夫指路。

这樵夫是个五十来岁的老头儿，打小就跟着家里爷爷在兴隆山上以砍柴为生，对附近的山势极为熟悉。听得大帅要找地方躲雨，他立马指向前方，说绕过前方的山坳子，就有山洞。他们附近的樵夫与猎户上山，遇到什么事，或者累了、困了，都会在那里歇歇脚，或者睡上一觉，第二天才回家。

上山做滑翔机，原本就非一日之功。

这一行人带老樵夫上来，也为找个妥当的地方安置。

听说有山洞，自然是好去处。

可众人没有想到，原本以为的山洞并非一个，而是一排。

那些山洞的洞门都开在石壁上，一个连着一个，一个串着一个，山洞大小不一，有一些是里间相连，有一些是独自存在，有点像土匪占山凿成的石窑。数量庞大的石洞群，由于风化，显得并不十分华丽，却有一种令人震惊的低调奢华。

这样的建筑群，非钢筋水泥可比——

墨九几乎是惊叹地随着老樵夫的指引进入洞中的。

转悠一会儿，她突觉个人渺小，又觉人类的伟大。

石洞已经有些年代了，而且，绝非寻常山洞。

这一点，墨九只观察片刻，心底就有数了。

但是，看着这一支人数众多的队伍，她没有把想法说出来。

一群人在洞内休息片刻，外间的雨便停了。这次上山是为做滑翔机与"千人敌"，另外便是寻找一处可以供滑翔机起飞的空旷地带。为了事情的保密性，上山的禁军将士在领命之后，便不被允许私自下山，更不可轻易离队。他们被分成了三五人一组，互相监督。

空寂的山林，顿时热闹起来。

趁着禁军兵士采伐木料的时候，墨九与萧乾，还有阴魂不散跟随上山的小王爷宋骜以及几个亲随，继续在一众石洞里面转悠。

人人都惊叹于这鬼斧神工的建凿，东看看，西逛逛，不时发出一两声赞叹。

可墨九却反常地沉默。

她的关注点，似乎也与旁人不同。

粗糙的石洞，表面上看并没有什么特别打眼的地方，老樵夫说，自打他记事起，这些山洞就一直存在，也一直空着，关于山洞的传说与神话故事不少，可它究竟是何时有的，何人造的，却无人知晓。

一路走走停停，他们进入最里面的一间石洞。

这个石洞很大，是整个山洞群里最大的一间。与旁的石洞一样，里面没有任何东西。唯一不同的地方，这个山洞中间的部分，有一个很深的凹槽。

这个凹槽很深，有一条长长的石凿阶梯相连。老樵夫说下面也是空着的，并无旁物。但众人已经走了这么久，也不差这一个地方，而且此处显得最为神秘，又岂肯错过？

众人下到凹槽，走过一条木板搭成的小径，发现里面居然还有一个小山洞。地方不大，可凿工却极精细，与外间相比，就像百姓之家与皇宫大院，简直有着天壤之别。

“噫，这石壁上是什么玩意儿？”

宋骜最是好奇这些东西，他比几个随从都走得快，一个人负手立在石壁跟前，寻思片刻，又回头望向墨九。

“小寡妇，你可真磨叽，快点来看！”

墨九瞪他一眼，慢腾腾走过去。

兴隆山地界在萧乾攻打下金州之前，一直由珒人管辖，可石壁上面的壁画手法，却非珒人所能。除去壁画，还有一些奇怪的文字，或者说符号，但由于年代久远，壁画的线条被风化不少，隐隐只能见到猪、羊、牛等动物的大概形状。不过奇怪的是，在一群动物壁画中间，却有一个人物形状的壁画。那人形壁画原本应是彩绘的，可岁月斑驳了颜色，便显得有些七零八落，东一块，西一块，不太能看得清原本的样子……

墨九从头到尾看了个遍，许久都没吭声。

见她的凝重状，宋骜有些忍不住。

“小寡妇，上面到底画的是什么？”

在他心底，墨九在这方面是高人，是个有本事的女人，有不懂的地方，问她准没错。

可墨九回头就瞪他："忍你第二次了哈！再喊一声小寡妇试试？看我能不能告诉你？"

宋骜咂咂嘴，笑得风流倜傥："敢问大少夫人……"

他话音未落，萧乾冷眼"嗖"地剜过来。

宋骜一怔，无辜地耸肩："枢密使夫人？"

噗！墨九被他可怜巴巴的样子逗乐了，哼哼一声，不再搭理他，转头与萧乾互望一眼，眸底满带情愫地笑了。

"六郎可晓得画的什么？"

萧乾目光微眯，深邃难辨："阿九以为呢？"

墨九也学着宋骜的样子，耸耸肩膀："我若知道还问你？"

萧乾回道："我要知道早告诉你了。"

两个人相视一笑，不再搭理求知欲极强的小王爷，就着台阶又往上走。宋骜一看没有戏，嘀咕道："小爷还以为又发现一个八卦墓，结果你俩逗我玩呢？"

石阶一共有六十六级，斜斜地延伸到上方。

刚走到台阶的一半，墨九突地停下。

她望向萧乾："六郎我有几句话与你说。"

"嗯？"萧乾站住，朝宋骜与几个随从使了个眼神："你们先上去。"

他的话向来没有商量的余地，哪怕宋骜是王爷，很多时候也会莫名其妙地听他的指挥……

长长的石阶上，几个人杂乱的脚步声，配着火把幽暗昏黄的光线，由于黑暗空间里没有人讲话，便添了一种莫名的阴森与诡奇。

终于，石阶上只剩墨九与萧乾了。

两个人对视，萧乾问："为什么把他们支走？"

墨九狡黠一笑，眸底满是得意的光芒："你说呢？"

萧乾唇一勾："那中间的壁画，是一幅仕女画……"

一种与爱人间生出来的默契感，让墨九满是愉悦。她轻笑一声，挽住萧乾的胳膊，又拽着他一步一步往下走，准备再探一次："我瞧着也像，但八卦墓的事，朝廷一直虎视眈眈。有宋骜在，还有他的随从，我不好随便乱说。"

"嗯。"萧乾表示赞同。

这一间石洞地形狭窄，若非那一幅半残的"仕女壁画"，若非墨九与萧乾二人都极为熟悉仕女画的样子，恐怕根本就不会与"八卦墓"联系起来。

可二人再次回到小山洞，将石壁仔仔细细琢磨了好半晌，依旧没有发现可以证明是八卦墓的有用信息……单从这个小山洞，根本就看不出什么来。

墨九也有些糊涂了。

这到底是不是一个八卦墓?

或者它只是与八卦墓有关?

揉一下额头，她低低呢喃：“难道只是巧合？”

毕竟，仕女图在古代并不是什么稀罕物，这个图案又有些残缺，确实不好辨别。她又在小山洞内来回走了几趟，并没有发现有机关之类的设置，整个山洞空荡荡的，一无所有。

“唉！”她叹口气，“不晓得这些山洞最初的用途，但就算不是八卦墓，拿它们来囤积滑翔机与‘千人敌’的原料，却是再好不过了。”

外面的树林里，雨雾茫茫，宛若仙境。

幽静的山间，禁军兵士忙碌着，咚咚的砍伐声似有回响。

墨九钻出山洞，伸一个懒腰。

“终于看见光了——”

她站在山洞前，又抬头望向高高的石壁。

这是一处陡峭的山壁，从上而下有无数的蔓藤，覆盖在山洞外面的石壁上，一片蔓藤绿油油的，有一点像爬山虎，可它们却不是爬山虎，而是一种墨九没有见过的植物。

她有点好奇，拿刀折了一根试了试，蔓藤的韧性极佳，她怀疑那些功夫好的人，完全可以凭借这些蔓藤爬上山顶去。

“阿九有什么发现？”萧乾看着她手上的蔓藤。

“没有。”墨九悻悻然丢掉蔓藤，又着腰身活动一下腰部，那转动的怪异的动作，让萧乾眉头一皱，她尴尬地呃一声，赶紧放手，深呼吸一口雨后的新鲜空气，指向树林的小径。

“六郎，我们也过去看看吧？”

萧乾本不愿去掺和兵士们的活儿，但墨九有兴趣在林中转悠，他自当奉陪。

两个人一前一后，走在雨后的林中。

萧乾紧拽着墨九的手，小心为她拨开树丫，往兵士们活动的树林深处而去。这次渡江之战，滑翔机不可能只做一个，所需数量庞大，那么需要的原料也多。而且，墨九对原料的材质，也有极高的要求。故而，林中的兵士们都在忙碌不停……

看到萧乾与墨九过来，兵士们纷纷招呼。

萧乾面无表情，偶尔点头，墨九则笑吟吟地回视，冲每一个招呼她的人微笑。

在禁军中，她与萧乾的关系已是一个尽人皆知的“秘密”，却无人敢随便提及他们二人敏感的身份。尤其墨九为人随和，比萧乾好相处，好多将士都喜欢她……当然，漂亮的姑娘，没有男人不喜欢。所以，她极有人缘。

慢慢走过兵士们的“工作区域”，两个人边走边聊，越走越远。墨九只当散步，也不管方向，胡乱地走着，时不时指着山间的野草问萧乾，那是什么植物，是不是什么药材。萧乾在这方面是行家里手，墨九想知道，他自然知无不言，言无不尽。

这般说说笑笑一会儿，墨九发现走到了一个陡坡边上。

雨后，林中雾大，山风也冷寂。

墨九打了个喷嚏，正准备拉他返回，眸子一侧，心脏猛地一窒：“萧六郎——快看！”

萧乾顺着她手指的方向看去，面色立即一沉。

只见林间雾色里，有一个身着南荣禁军服饰的兵士，狡兔似的，正趁人不备往林子深处蹿去，速度极快，看那个方向，似乎想伺机下山……

兴隆山的事，是绝密。此人这时下山有何目的？自然是去通风报信。几乎未加思考，萧乾已抬步追了过去，并低声吩咐墨九。

“阿九别动，在这儿等我。”

“哦。”墨九的心也几乎蹦出了喉咙。

在战事上她懂得不多，却晓得攻其不备的好处……若兴隆山的事情完颜修全部都知道了，滑翔机与“千人敌”的用处就会大打折扣，甚至落空。

没有人会乖乖等着挨炸，完颜修肯定会早做打算。

那么他们做了这么多，全是无用功。

一身冷汗地看着萧乾的背影，墨九也怕功亏一篑，眼睛一眨不眨，只觉浑身上下每一个毛孔都张开了，生怕那厮跑掉。

好在，萧乾的功夫非常人可比。他豹子似的穿梭林间，很快追上那人，手上长剑如利箭一般出手，“嗖”一声，直入那人的脊背……

“啊！”惨叫声里，那人软软倒下。

墨九松一口气，紧绷的面孔缓和下来，高扬起手，她正准备向萧乾喝彩，背后突地一股推力——

“啊”一声，这次换她惊叫。

她根本不知背后的人什么时候过来的。但巨大的推力之下，她的身体无法平衡，咚一声摔下坡去，整个人便如同滚石，一刻不停地往陡坡下面滚——

“阿九！”萧乾抽回长剑，猛地回头，几乎未及考虑便往墨九落下的地方奔去，嘴里大声喊：“都在做什么？抓人！”

薛昉与迟重在那边组织伐木。走南、闯北与击西三个其实就在他们身后的不远处，但山下戒严了，整片山上都是他们自己人，当萧乾与墨九独处的时候，三个人都很自觉地闪得稍稍远了一点，却没想到，出了这档子事。

走南与闯北追向了推墨九的人影，击西则哭喊着扑向斜坡：“九爷……啊！主上！来人啊！”

在击西的高呼声里，萧乾就势滚下坡去，身子不停借力翻滚，很快便追上了墨九。

彼此，墨九的手刚好抓住一株山茶树，稳住了下滑之势。没有想到，她的手刚刚抓稳，萧乾一个滚动来到身边，便将她往怀里一捞。

“阿九，我来了——”

墨九：“……你大爷的！”

两个人的重量不比一个人，山茶树受力不住，瞬间在萧乾的冲击力中扯断。于是，墨九苦逼的声音散在山风里，身子却落入了萧乾的怀里，随了他，继续往坡下滚。

冲击时的惯性很大，加上雨后的坡地本就湿滑，萧乾几次想要抓住点东西稳住身体都没有做到，为免墨九受伤，他只能放弃，双手稳稳护住她，用自己的身体为她抵御伤害。

“阿九小心……别探头。”

“我本来……很小心的！唉，这都是命！”

墨九咬牙切齿，强忍着想骂人的冲动，闭上眼睛，一直等滚到坡底，再也滚不动了，两个人的身子都停了下来，她发现自己还活着，方才松了一口气。

“命不错，还活着！”

不过她可怜的脚，却第三次受到擦刮，受伤了……

而且，还是那一只脚。

“你这是犯了什么煞星啊？”墨九揉着那只脚，不知该哭还是该笑，无辜地望着萧六郎，“下次救人的时候，能不能看清楚点？”

萧乾：“……”

墨九摇头，抬头看山坡：“你滚下来也就罢了，把我也给捎了下来。”

先前那一瞬可谓千钧一发，萧乾根本来不及想旁的，只想如何保护墨九，哪会料到有意外？这样护着她滚下来，他身上这会儿也是火辣辣地疼痛，擦刮伤比她厉害得多，但听见墨九的“嘶”声，他没说自己的伤处，只扶她坐起，蹲身去检查她的脚。

“阿九受伤了？”

墨九身上半湿，被冷风一呛，又打个喷嚏，一种要感冒的感觉，让她揉了揉鼻子，抬头望着不知多高的斜坡顶，挪了挪疼痛的脚，无奈道：“不是受伤了，是很受伤——”

萧乾脱下她的袜子检查，捏了捏她的脚，松口气：“只是轻伤，没什么事——”

“痛的人又不是你。”墨九撇嘴瞪他。

“嗯，我给你上药。”萧乾没有反驳，从怀里掏出常备的金创药，为墨九擦破的皮肉处擦上药粉，又撕下自己的袍角，将伤口紧紧包扎好，还打了一个漂亮的结。

“乖，忍忍，三两天就好了。”

看他小心翼翼的样子，墨九心里温暖，弯唇一笑。

“看你这么乖，我便饶你一次。”

“阿九可以不饶我……”他说得严肃。

“哦？”

“……我愿意补偿阿九的。”

听他说补偿，墨九头皮都麻了，打个哆嗦便推开他的手：“不要！我大人大量，还是饶了你吧……”

萧乾看她一副防备的样子，哭笑不得：“我再禽兽，也不会在这里。”

“对啊！”墨九哼哼，“你会记上账，秋后算。”

“知道就好！”萧乾环视一眼四周，将自己的外袍脱下来，紧紧裹在墨九的身上，然后扶住她跛脚而立，自己蹲在她的身前：“上来！”

看着他宽厚的背，墨九原本觉得自己有点倒霉的心思，又淡了。她笑着爬上他的背，拍了拍他的肩膀。

“谢谢我郎——”

这货的嘴很甜，尤其想甜的时候。

萧乾将她背起，轻叹而笑。

“抱紧我的脖子，小心别摔了！”

从斜坡滑下来的时候，他的背上擦破了一层皮，手臂上也受了些擦刮伤，若不然，以他的臂力，直接抱起她就好，根本就不用背了。可墨九并没有察觉，趴在他的背上，脑子在追溯遥远的回忆。

“好久没有人背过我了……有人背的感觉，真舒服啊。”

萧乾只是笑笑：“阿九喜欢就好。”于他而言，那点疼痛并不算什么，墨九细皮嫩肉的，若是受了伤，那才叫不得了。

林中潮湿，幽冷，墨九身上穿得不多，萧乾怕她冻着，背着走了一段，又紧了紧胳膊：“阿九忍耐一会儿，我们找地方上去。”

滑下来的地方是上不去了，萧乾四周寻找着，原本以为从旁边就能爬上之前的山洞。哪里晓得，这坡底竟然像一个木盆的底部，四周都是可下不好上的陡坡，他背着墨九转悠半晌，依旧没有找到上去的路……

“这破地方！”墨九低骂一声，又侧头望向萧乾：“六郎累了没有？放我下来吧。我可以走一段，或者我们休息一下。”

“不妨事。”他声音清淡，不以为意。

墨九抿抿嘴唇，猫一样软软地趴在他的背上，视线盯着他俊美的侧颜，心脏被一种狂涌上心尖的感动激荡着，低唤一声：“六郎……”

“嗯？”

“你为什么对我这般好？”

“你是阿九。”

“我若不叫阿九呢？”

“不叫阿九，也是你。”

“好吧。”墨九心里甜甜的，“往后六郎还会这样背别人吗？”

萧乾想也没想：“会。”

墨九一怔，掌心啪地击在他肩膀上。

“背谁？”

萧乾回眸，托着他的手往上抬了抬，平静道：“我们的孩子……”

墨九错愕一瞬，又笑了起来。

“谁说要给你生孩子了？”

“你那天答应的。”

“我可没答应……”墨九拖着悠长的嗓音，看着雨后的树丛，又莞尔道：“除非，你往后一直对我这样好，宠我、怜我、保护我，不会像有的男人那般，一旦得到，便束之高阁，不再珍惜。”

“当然。”

“一辈子宠？宠一辈子？”

“莫非我萧乾会宠不起一个女人？”

墨九束紧了他的脖子，笑容灿烂，用了一个极为文艺的词。

“萧六郎，我觉得上天让我来到这个世界，就是为了遇见你……”

她的话一语双关。

只可惜，萧乾似乎只听懂一半。

他沉默一瞬，道：“我会珍惜。”

找了许久都没有找到可以上去的路，萧乾准备返回原来的地方，等待禁军下来救援。

林中的草木都被雨水打湿了，鞋子踩在上面，有点打滑。他怕摔着墨九，走得很慢，很小心。墨九安静地趴在他背上，回味着二人的温情，观察着周围的环境。

薄薄的雾气中，四周光线很弱。

忽地，她看见前方陡坡的密林丛，眸子一亮。

“六郎，去那里看看？”

萧乾背她走过去，也是微微一愣。

那个地方，乍一看与旁处并无不同。一样杂草丛生，被低矮的植物与枝丫密布，可仔细观之，此处的草丛，分明比别的地方要稀松一些。

墨九吊住他的脖子，他拿长剑挑开杂草……

里面，露出一个窄小黝黑的洞口来。

墨九一怔：“这个山洞，会不会与上面的相连？”

萧乾默了默，把她放在原地：“我进去看看。”

长剑探在前面，他慢慢弯腰入洞。不多一会儿，他又出来了，不是空着手出来的，还抱了一堆干稻草。

“山洞很深，但此时不宜探查。”

此处的山洞群本来就透着玄乎，这个时候没有禁军救援，只有他二人在，墨九的脚受了伤，他自己身上也有擦伤，如果贸然进入山洞，那不是明智的举动。

墨九了然地点点头，由他背着又回到原地，就着他铺好的干稻草坐下，望天：“也不晓得击西他们什么时候下来。”

“不怕，很快。”萧乾安慰她。

墨九嗯一声，等他坐下，将头靠在他的肩膀上，心里却清楚，这样的陡坡，下来容易，上去得费些周折……其实最好的法子，就是等击西他们下来，再组织人手探索山洞。

然而此时，只能等。

等待的时间过得极慢，常会使人崩溃。但有萧乾在身边，墨九的心里倒没有什么恐慌。爱情的力量是巨大的，相爱相守的两个人不仅不会害怕艰难的处境，反而会在这样的处境里，找到更多的契合与感动。

互相依偎着，墨九叹息：“也不晓得是哪个王八蛋推我！”

萧乾目光暗了暗，没有回头。

墨九又道：“那个想跑下山的人，不晓得被你弄死没有。还有那个推我的人，六郎说他们是不是一伙的？我就不明白了，他们推我下来，有什么用，就算我摔死了，也改变不了战局嘛。”

萧乾看向她，似有深思：“阿九太小看自己了。”

墨九不知道，他却知道得很清楚。

随着他“两城换一人”的壮举以及金州战场的大捷，萧乾的威名较以往其实没有提高，反倒是墨家巨子墨九，价值两城，以及助萧乾夺下金州的本事，早已被人广为传颂。

这样的一个人，难保不会有人想除去。

“唉！”墨九搔了搔头，“果然太有才了容易招人忌恨！不过……”她冷不丁盯住萧六郎：“难保不是情杀啊。”

萧乾怔了一瞬，慢慢握住她的肩膀，将她揽在身前：“不管是谁，我都会让他血债血偿——”

“去去去，乌鸦嘴！”墨九抬头盯住他，翻了个白眼，“我又没死，什么血债血偿？”

萧乾唇角一扬，瞥向她的脚：“你流血了！”

“好嘛！”墨九看着被他包扎好的脚，稍稍活动一下，冷哼而笑，“有人要九爷死，九爷就偏不死。等老子活着回去，气死那些龟孙子。”

萧乾暗叹一口气，束了束她身上的外袍，小声道：“枯等无聊。阿九闭上眼睛休息一下，等会儿我会带你上去。”

看他脸色不太好，墨九抚了抚他的脸：“萧六郎，你冷吗？”

萧乾其实是身子有点疼痛，受了风不太舒服。

听她问及，他笑了笑：“怎会？我壮着呢。”

墨九不太相信，拉过他一只胳膊，就去探他的肌肤：“我摸摸看就知道了……”

本是极平常的举动，萧乾却迅速抽回手，搂过她压在怀里：“别动！我真的不冷，你靠着我休息一会儿。”

墨九奇怪他的反应，偷瞄一眼他的脸色，身子缩入他的怀里，觉得暖洋洋的，不由得又抓紧他的胳膊蹭了蹭。

这一蹭不打紧，听他微微吸气，墨九猛地反应过来。

从那么高的地方滚落，她被他护在怀里都受了伤，他身上会没有伤吗？这个男人哪！墨九又惊又恼，恼他，也恼自己，不由得瞪大一双眼睛，从他身上滑下来，扯开他的领口，偏头去看。

“你受伤了吧？犟驴子！”

萧乾微微偏开头：“皮外伤，我无事。”

墨九：“大爷，你能不能晓点事？”墨九不由分说，扒开他的外袍，就着他的金创药，便往他身上的伤口撒药粉。

做这个事，她到底不如萧乾专业。这一阵“疗伤”，她愣是把他浑身上下弄得凌乱不堪，衣衫散落，披头散发，那狼狈的样子，如同被女恶霸抢去山寨受尽凌辱……

于是，薛昉他们下来，看见的就是这样诡异的一幕。

第十一章　女人心，海底针

天色昏暗，雨雾茫茫。

林中怪异地安静下来，只有微风撩树的声音。

薛昉是第一个反应过来的人，这小子机灵，重重咳嗽一声，抬头望向陡坡，揉了揉眼睛，大声问道："我这眼睛……怎么突地看不清东西了？你等可是……"

这些侍卫也都是人精。看见萧使君衣衫半褪的狼狈一幕，他们都觉得心慌，生怕被主子秋后算账。于是，从击西、走南、闯北到其余的禁军，一个个都开了窍，不去看半裸的萧乾和瞠目结舌的墨九，跟着薛昉在原地打个圈地转，不停揉着眼睛瞎嚷嚷。

"正是，正是，我这眼睛，也看不见了。"

"……好像是……是雾大太了？"

"天啊！这是怎么回事？我的眼睛是怎么啦？啊，我的眼睛，你快点回来……快点回来……击西需要你啊！"

人群之中，击西叫唤的声音尤其诡异。

墨九看着这群人，嘴角抽搐一瞬，盯着萧乾包公一样的黑脸，不怀好意地龇了龇牙，赶紧手忙脚乱地为他穿衣，还热情地安抚了一句。

"六郎不怕，没事了……再说，九爷会对你负责的嘛。"

萧乾刚缓过来的面孔，再一次蒙上了阴霾。

捏一把墨九的鼻头，他低斥："……回头再治你。"

墨九不搭话，只哧哧地笑。萧乾哼一声，拨开她并不利索的手，自己把衣裳穿回去，待整理妥当，方才清清嗓子，一本正经地道："你们怎么下来的？"

这些侍卫，一个个衣裳整洁，当然不会像他们一样，是从坡顶滚下来的。那么，肯定就有上去的法子了。

"噫！"薛昉大声应道，"我好像听见萧使君的声音了，你们听见没有？"

萧乾："……"

墨九："……"

众侍卫七嘴八舌："正是使君。噫，我的眼睛好使了！"

"快看！"击西夸张地原地跳起，一脸感动地叹息，"天呢！主上在那里，真的是主上耶。哈哈哈，击西的眼睛又回来了……"

萧乾："……"

墨九："……"

这群家伙没有半点表演的天赋，一个个夸张又生涩，可还是给萧乾与墨九留了面子，要不然，那一幕也确实太尴尬，他们自己恐怕也得好几日睡不着觉。

当然，众侍卫并不知他二人在做什么，只是私心有些感慨。

他们家主子怎会混到了如今的地步？

被九爷扒光了衣衫，还任由九爷在他身上恣意"凌辱"，明明受了委屈，他不仅不斥责她，样子倒很享受……这还是他们认识的萧使君吗？

不过这些话憋在心里，无人敢问。

只时不时有人拿眼风偷偷在萧乾脸上扫。

"主上，您没事吧？"走南的声音里，也有质疑。

萧乾只当没有听出他话里的含意，淡淡道："没事，你们怎么下来的？"

看击西一双眼珠子骨碌碌转，不停往萧乾与墨九身上瞅，那一脸"是非精"的样子，闯北生怕他闯祸又要被笞臀，一把抓住他，接过话来："回禀主上，先前看九爷扯过那些蔓藤，很是坚韧，我们采了一些蔓藤，编成粗绳，从坡上滑下来的。"

萧乾点点头，看一眼这一众侍卫，并没有提及他与墨九在坡底发现的山洞，而是返身背起墨九，便与众人一道再次利用垂落的蔓藤爬上了坡顶。

看见萧乾背着墨九冒出坡顶，旺财便飞扑了过去，跟着他二人绕前绕后，嘴里"嗷嗷"不止，看样子很是高兴。

墨九见到旺财兄，也笑眯眯拿脚触了触它的狗头，旺财吓了一跳，脚爪子一滑，差点滚下坡去，吓得"嗷嗷"叫个不停。

见它又吐舌头又摇尾，墨九突地便想起把她推下去的人。

扭过头，她问薛昉："薛小郎，抓到推我的人了吗？"

"抓到了。"薛昉应了，瞥一眼萧乾的脸，言辞闪烁："可那个人嘴里含有毒囊，不待属下等拷问，便咬破毒囊，自尽身亡了。"

毒囊？墨九撇了撇嘴。

这什么鬼时代，难道遍地都是用毒高手？

到底是谁一心想要她的命？

人在暗，她在明，墨九想想这事，心里有点敲鼓。

可不论是谁干的，死无对证，那就不好办了。

“唉，脚痛！”她叹口气，束紧萧乾的脖子，不再追问。

一路过去，林间满是伐木的禁军，在洞外已经堆积了不少木料，看见他们回来，禁军们纷纷致礼招呼，眸底却是又惊又疑。

他们何曾见过萧乾背过女人？

而且，从坡底背到山洞里，他一步都没舍得让墨九自己走。

这样的画面，让他们不敢相信自己的眼睛。

萧乾眸子微沉，托着墨九的手臂也有些僵硬。墨九则不同，她轻松地趴在萧乾的背上，像一个检阅士兵的将军，满意地冲禁军士兵点头，微笑着看一张张古怪的脸庞……

“使君，这里走，房间已经备好了。”

这山上哪儿有房间？墨九撇嘴瞪他。

薛昉笑着上前引路，将萧乾引到山洞群里最为“豪华”的一个山洞里。这个山洞有一个高高的石台，上面已经铺好了干草，还有从山下带来的被褥等日用杂物，看上去确实像一个住房……

禁军们可以就地而歇，萧乾却不可能。薛昉伺候萧乾多年，自然懂得办妥当。不管走到哪里，出征还是办事，他从来就没有让萧乾为此操过心。

这次，也一样。

萧乾向他投去赞许的一瞥，把墨九放在高台的被褥上坐好，又低头瞥她的脚：“还痛吗？”

墨九摇了摇头，随即一想，又点点头：“痛。”

萧乾目光一凝，稍有紧张：“还痛？哪里痛？”

墨九伸长脖子凑向他的脸，却摸着心口：“这里痛……”

萧乾显然不解：“怎会？”

墨九眨眨眼，莞尔一笑：“我郎背我那样久，我怎会不心疼？”

萧乾哭笑不得，揉了揉她的脑袋：“贫嘴！”

话虽如此，墨九的话却让他心里彻底舒坦了，就连先前背着她被一干禁军围观时的别扭，也都烟消云散了。

这个世上的感情，从来都不可能是单方面付出就可以推进的，墨九适时地讨好，便是对男人最大的褒赞。

墨九最为关心的晚膳是在山上吃的。

禁军们都自带干粮，就着泉水啃馍馍充饥。萧乾也没有搞特殊，几个饼就着一袋小咸菜，比普通兵士吃得只稍稍好一点。

他啃一口，倒不觉得难以下咽，可墨九却一边吃一边伤心叹气。

“我好久没有吃肉了……想念得泪流满面。”

萧乾看了看她苦巴巴的脸，心疼地摸摸她的头。

“乖，下山就有的吃了。”

墨九默默啃一口馍馍，瘪着嘴巴，做宽面条泪水状：“还要等下山啊？泪流满面啊泪流满面……六郎，我怎么感觉活不下去了呢？”

萧乾深邃的眸子，落在她眨动的眼睛上，轻声拭她的眼睛，安抚道：“阿九不哭。想吃肉，还不简单？一会儿我上山去给你打野味去……”

墨九惊喜地盯着他，马上收敛“痛苦”的表情，一把抓住他的手：“你说真的？”

萧乾严肃地点头：“自然是真的。”说罢他反手将她的手握在掌中，宠溺的表情里，有一种说不出来的无奈：“阿九要吃肉，怎能不办？！”

“乖。”墨九认真看他，“……回头有奖。”

萧乾唇角微微上扬，没有搭话，只拿了灌满清水的牛皮袋子喂她喝水，淡声道：“阿九若吃不下，可以先想一想野兔、山鸡……要怎样做才好吃。”

墨九就着他的手喝水，考虑半晌，重重叹口气：“这山上什么佐料都没有，还能怎么吃？烧着吃呗！”

“阿九说得是。”

“但这样也不能尽兴……”墨九飞一眼萧乾，突地咂了咂嘴，笑吟吟道，“所以，六郎多打几只，我们明儿再采一点野菌带下山，这样，我就可以给你做焖烧野兔，野菌炖山鸡了……”

萧乾眉梢带笑：“好。”

墨九终于满意了，继续一边啃馍馍一边想着焖烧野兔伤心，还继续提要求：“一会儿你去打猎，我要跟着去。”

“你脚不好。”萧乾马上拒绝。

“已经好了啊！”墨九把半个馍馍含在嘴里，立马站起来在萧乾面前走了几圈，见他的脸色越来越难看，以为他不肯相信，又原地蹦跶几下：“看见没有，萧六郎，我完全没事……”

萧乾揉额，声音悠悠：“既然没事……何苦一直让我背？”

墨九扑过去，趴在他的肩头：“因为我喜欢啊！”

萧乾：“……”

这天晚上，山洞门口火把通明。

一众禁军都在按墨九的要求整理木材，可萧乾却要带着她上山去打野味。大晚上的，林间小径不好走，就为了满足一个妇人的口腹之欲，萧使君竟然丢下一众人，不顾自身安危上山，这样的举动，再一次刷新了众人的观点，令人不敢置信。

可众人见识过他对墨九的宠爱，又不得不信。

一个个只在心里叹息：使君已落入妇人之手，完矣！

不过，对于“野猎”这样的好事，宋骜却是表现出了极大的喜欢：“都说色令智昏，我以为那只适用于庸人，没有想到连长渊也不可避免。不过你放心，只要你把我也带去，我保证回京不会到处传扬你的事迹……哈哈哈。”

这厮脸皮厚，被他黏上甩都甩不掉。

萧乾虽很不情愿带上他，可最终还是允了……

于是，萧乾、墨九、宋骜、薛昉，还有几个侍卫一路随行。为了保障安全，薛昉又额外挑选了几个近卫亲信，而后便脱离大部队驻扎的山洞，上山打猎去了。

当然，打猎嘛，离不开猎犬，旺财兄很光荣地胜任了这个角色，欢天喜地地跑在前方，一会儿汪一声，一会儿嗷一声，撒着欢，逗着乐，也显得热闹。

众人脱离了组织开小灶，都有些兴奋，一路笑语不断。尤其是宋骜，表现得很积极，完全没有王爷的架子，一直打着头阵，直到再一次走到墨九滚下去的斜坡口，宋骜才惊觉不对。

“噫，怎么来这里了？”

没有外人在场，墨九也不再矫情了。

她回头看一眼萧乾，压着嗓子对宋骜撩眉：“下去探险。小王爷若是怕了，可以先回去，不过得保密……因为说不定就有宝藏呢。”

“探险？宝藏？怎么能少了我？！”宋骜眼睛都亮了，这事比打猎更让他有兴趣，不由得哈哈一笑，“我就说嘛，长渊再昏聩，又怎会为了你一个小寡妇不顾正事，大晚上的去打什么猎？果然有猫腻……”

“胡说！”萧乾沉声，“我是来打猎的。”

噗一声，墨九被这个笑话感动了。

她拽着萧乾的胳膊，轻轻掐了掐，见薛昉几个人正把蔓藤搓成的绳索往下甩，又拿着火把往坡下照了照，突地皱眉道：“六郎，我怎么感觉我的脚，还是有一点痛呢？”

萧乾：“……”

墨九笑眯眯回头：“六郎背我！”

众人一个接一个，沿着绳索滑了下去。

狗吠声也从坡顶一直持续到了坡底。

旺财兄是连滚带爬下坡的，看它如此，墨九有些头痛。

这厮一会儿该怎么上去呢？可见萧乾没有阻止，她也就没有多说，直到看见薛昉一直苦着脸看摇头摆尾的旺财，她才大抵晓得了——一会儿旺财兄也有人背了。

夜色朦胧，林中的雾气很大，有火把也不好辨别地形。好在萧乾天生方向感强，几乎没有费什么周折，他就领着几个人找到了下午发现的那个山洞。

这样的天色下，那个洞口，透着更多的幽凉与冷意。

萧乾白日里进去过，对众人大概吩咐了一下，便牵着墨九往里。薛昉与旺财自觉地走在了队伍的最前方开路。

黑暗的岩洞里，火把光线忽闪忽闪。

一行人屏气凝神，谁也没有说话。

安静的气氛，尤其令人生恐。

这个岩洞与上面的山洞不一样，不像是人工开凿的，完全是天然石洞的感觉。岩洞里面比较干燥，也非常深，走了好久，还没有到尽头……

墨九仔细寻找着蛛丝马迹。

可此地确实是一处天然岩洞，她越走越失望。

“难道又猜错了？与上面的山洞根本没有关系？”

萧乾紧了紧她的手：“不急，走到尽头再说。”

“嗯。”墨九点头称是，瞥一眼垂着大尾巴的旺财，目光微微一凝……这个岩洞好像越朝里头越潮湿了，旺财的尾巴都打湿了，一定是它东蹿西蹿时擦湿的。

“六郎！”她低唤。

“嗯？”萧乾低头看她，目光深深的。

“看看地面和岩壁。”

萧乾拿火把仔细照了照岩洞的石壁，又看了看脚下，发现确实全是潮湿的，与刚入洞时的干爽地面已完全不同。他问：“阿九想到了什么？”

“若非地下水，便是附近有水源。”

墨九话音刚落，便听见前方探路的薛昉传来一道惊呼。

“使君，九爷，这里有字。”

众人百无聊赖地走了这么久，早就想遇到个什么稀罕事了，要不然又怎能叫探险？听得薛昉的话，几个人都来了精神，七嘴八舌地跟上去，看着石壁上的字，随即又安静下来。

前方已经没有路了，这里便是尽头。可前方的岩壁上却有一道类似于石门样的方形，上面还写了几个篆刻字。

“误入者，至此留步！擅闯者，死！”

几个字很简单，却足以令人生惧，汗毛倒竖，又紧张又兴奋。

墨九严肃地瞥向萧乾，眸底有征询的意思。

萧乾回视她一眼，上前仔细端详一下那些字。

“阿九，怕不怕？”

都走到这里了，对于一个具有探险精神的人来说，怕……就奇怪了。墨九不答，向薛昉要了一把匕首，“唰唰”几下在墙上留下几个字。

“九爷到此，妖魔鬼怪速速退散！”

众人：“……”

她用行动向萧乾表明了态度，又把匕首递还给薛昉，笑着拍拍手：“好了，可以走了……”

众人再次看她：“……”

路都没有，走？怎么走？

墨九迟疑一下，方才反应过来。这几个人全都不懂机关，自然也看不出来，这个石洞虽然关着门，但说了“擅入者死”，机关也是明摆着的——就在那个死字的边上，有一个凸起的圆形石头，其实它是一个转盘，控制着门锁。

她上前用力扳动凸石，让它徐徐转动。然后吩咐走南用力推门，果然，紧闭的石门，便在哐哐声里打开了。

门一开，一股子潮腐之气扑面而来。

想到那句“擅入者死”，众人一身鸡皮疙瘩。

墨九唇一弯，看他们一个个脸色不霁，笑道：“若真要人死，根本就不必写那些字，谁杀人还事先提醒的？建造者写那行字，不过是为了挡住一部分胆小的人，不让他们入内而已。实际上，越是这样装神弄鬼，里头好处越是大大的……”

“九爷怎么知晓？”击西眼底闪着小星星，对她极是崇拜。

墨九笑着龇出几颗白生生的牙：“武侠小说里都这么写……”

众人：“……”

不管里头是什么，不管擅入者是不是必死无疑，既然已经走到了这一步，众人再无迟疑的可能。

一个跟上一个，一行人进入了石洞。

里头比外面狭窄了许多，道路窄得只能供二人并行，过道上，时不时有一股令人惊悚的冷风，夹着难闻的怪味，一直往脸上刮。而且，石洞的顶部，还在不停地滴水。

依旧是薛昉与旺财走在最前方。

狗的嗅觉与灵敏度都非常人能比。

若有危险，旺财的感知力，往往也强于常人。

可墨九发现，越往里走，旺财的尾巴也夹得越紧。

很显然，这家伙聪慧，晓得“探险”，也紧张得很。

然而，与众人初时的担心不同，一路上，除了甬道似的窄路，便再无其他障碍。甚至中途都没有一条岔路，除了滴水越来越厉害之外，并无任何特殊之处。

众人憋了一肚子的紧张，等走到石洞的尽头，发现有一扇与外间一模一样的石门，连凸石似的门锁都是一样的。

“九爷，打不打开？”

谁也不知门后是什么，却都信任墨九。

“不打开。”墨九严肃着脸，在众人的迟疑中，她扫了一眼，哼哼道，“不打开难道我们再走回去吗？”

这货有时候说话特别不中听，却句句击中要害。

走了这么久，都到尽头了，哪儿有不打开的道理？

照常是墨九扭动石门的锁，力气极大的走南一把推开石门。

外面依旧是一个岩洞，有一点像他们入内时的样子，只不过这个岩洞没有先前那个深，左右看看，不过十来丈的距离……

外面又是哪里？

薛昉让萧乾等在里面，自己拿着火把领了旺财钻出了岩洞。

外面是一个小树林，走了一段路，他看着眼前情形，整个人都惊住了。

“使君……”他再次匆匆返回岩洞，声音里是压抑不住的惊喜，“我们居然穿过了汉江，这边是汉江北岸！”

萧乾目光微沉，牵着墨九走出岩洞。

外间夜幕沉沉，大地的景象，不太分辨得清。

可爬上山坡远眺，不远处分明可见月下的汉江……

有了这样的便捷通道，再加上滑翔机载“千人敌”，这一战，南荣兵岂非必胜不可？墨九惊呆地看着夜幕下的苍穹与汉江水，惊喜不已。

“六郎，活捉完颜修！交给我……生炖！”

一行人回到兴隆山的山洞之后，谁也没有提及那一个可以直穿汉江地下的甬道，几名近卫更是被萧乾严令封口。

不过，萧乾在回去的路上，顺便射了一只野兔拎着，墨九也没有辜负他的极致“宠爱”，当着一干像看“祸水”一样看她的禁军兵士的面，做了一道没盐没味的烤兔肉。

大抵是饿狠了，禁军兵士们居然也觉得美味。

禁军将士心里，都道她如此恣意而为，是在挥霍萧乾的宠爱。

却无人知道她不过是寻一个掩人耳目的借口而已。

有了这一次“深夜狩猎为红颜”的事迹，军中将士看墨九的目光又复杂了许多。可墨九并不在意。别人怎么看她，从来与她无关，她做的事，怎么算都是赢家。

为了萧乾的战事胜利，她背负了这些坏名声，在萧乾看来，都是她受了委屈。可她受了委屈不说，还一心为他好，这样的女子，萧乾只会对她越来越好。

墨九很满意这样的状态。

只要萧六郎知道欠她的人情就行了。

于是她继续在禁军中“恃宠而骄”，整天吆五喝六，搞得无人敢惹，却又无人敢不敬重——毕竟在短短三天时间内，若非她的“技术指导”与亲力亲为，想要造出数百个可以飞翔的滑翔机，那简直就是痴人说梦。

故而大家都认为，她虽骄妄，却有骄妄的本事。

萧乾虽然宠她宠得有些过分，可她也确实有受宠的资本。

三日后，风向往北。

南荣与珒国胶着数日的渡河之战，终于打响。

晨时，一艘艘挂着风帆的桨轮船停在了汉江边上，南荣将士们正在有序地搬运战争辎重上船，做战前准备，江岸上，风雨未至，却有一种浓重的战争阴霾笼罩。

墨九这几天在山上累着了，回到金州城的宅子先是把自己好好洗刷了一遍，从头到脚，足足洗了半个时辰。等舒服透了，她换上干爽的衣服，湿着头发坐在院门口，懒洋洋地让心涟和心漪两个小丫头为她绞头发。

“姑娘的头发真好，又浓又黑……”

“是啊，奴婢没见过长得这样好的头发。”

“……奴婢是从没有见过长得像姑娘这样好看的人。”

两个小丫头的嘴巴都甜，抹了蜜似的，墨九也是俗人，听见人家夸奖，心里也会忍不住高兴。

她笑一下，半合着眼睛，突地想起一件事来。

“温静姝人呢？”

心涟放下帕子，拿木梳轻轻刮一下她的头发，小声道：“这会儿不知在哪里呢。不过说来也奇怪，奴婢先前见她来金州，还以为是继续伺候姑娘的呢。可没见她来院子，倒是整日跟着陆机老人。看样子，她是不会再甘心伺候姑娘了。”

墨九微抬眼皮：“也好。”

温静姝是那日与陆机老人一同从均州赶到金州的，墨九那会儿忙着滑翔机之事，并没有单独见过她，她自然也没有来找墨九。不过看这个情形，她这个“侍女”估计是受不住气，“跳槽”去了陆机老人那里。

少一个“情敌”在身边，墨九自然是乐意的。毕竟她并非真的差人伺候，温静姝如果懂得知难而退，那是再好不过的事，免得她花心思收拾她，也免得萧乾在陆机老人那里为难。

墨九其实并不太相信温静姝能断了对萧六郎的念想。

一个人的心魔与执念，又哪那么容易放下？

她心不在焉地想：或许温静姝是准备换一种方式了？

毕竟在她的身边，温静姝不仅接近不了萧六郎，还时不时受她的气。反而是在陆机老人的身边，她有着相当大的主动权……毕竟陆机老人有些真本事，还是萧乾的恩师，最为关键的是，他还宠爱温静姝。

说到底，陆机老人才是她追萧乾最有力的武器。

温静姝那么聪明的人，吃了这么多亏，又怎会看不透这一点?

墨九掀唇一笑，让心涟把头发盘好，像个少年儿郎似的，插上一支简单的发簪，换上一身便利的男装，便利索地出了门去找萧乾。

“九爷！等等我——”

击西屁颠屁颠地跟在后头。

“不许跟！”墨九回头瞪他。

“主上吩咐了，击西要跟着九爷的。若是击西跟丢了，主上又要笞臀了……”

看击西苦着脸的样子，墨九摇头。

“怕了你了。”

出了兴隆山的事情之后，萧乾担心墨九的安危，便派了击西过来保护她。偏生击西那家伙也是个好吃懒做的，似乎也挺喜欢这差事，整日跟在她身边，摇头晃脑的，极是得意。

墨九是女眷，一般禁军萧乾都不许他们靠近她的身侧，但对击西，他似乎没有这个顾虑。

所以，英姿飒爽的“九爷”负手走在前头，花枝招展的击西跟在她的后头，那幅诡异的画面，总给人一种雌雄易位的错觉。

一路上，击西都在碎嘴，念叨这个念叨那个，这让墨九很是怀疑这货到底有什么真本事让萧乾差了来保护她。但兴隆山那件事闹得她私心里也有点后怕，所以有这么个货跟着，她其实并不曾真的反对。

整个上午，南荣兵都在做战前准备。

墨九领着击西到达渡口的时候，已经快晌午了。

江边的风，越发大了起来，天色似乎也有些昏暗。

南荣的大军正从驻扎地陆续往汉江渡口开拔。

一排一排，铿锵而行，兵戈声刺耳，也热血。

渡口的码头上，很多将士席地而坐，吃着战前的最后一餐。

墨九负着手，在人群中没有寻到萧乾，却发现了温静姝。

几日不见，她整个人像是又瘦了一圈，但脸上温婉的笑容依旧，还是那么一个体贴的人。墨九看见她时，她正在热情地帮着将士们端食倒水，不是侍女，却干着比侍女还要低等的活儿，一张满带笑容的脸，为她在禁军里赢得了赞誉。

与骄纵狂妄的墨九相比，她完全是反面例子，女人中的女人。

这些将士当兵在外，平常也难以接触女子，有温静姝这么一个温柔的姑娘伺候在侧，哪个老爷们会不喜欢？

墨九立在渡口，看着这一幕，突地有些佩服温静姝。

一个能屈能伸的女人，是可怕的。

一个始终坚持心念的人，更是可怕的。

对萧六郎，温静姝果然从来不曾死心……

这一刻，墨九甚至想：如果她前几天在兴隆山上摔死了，萧六郎在短时间内或许会难以忘记她……但若云雨蛊得解，假以时日，在陆机老人的撮合下，天长日久相处下来，他会不会也能接受这么一个温柔可人的温静姝？

天底下，恐怕很少有男人会拒绝得彻底吧？

墨九冷笑一声，决定不上船了，只站在码头外围吃冷风，一直等到萧乾从船上下来看见她，她还在看着江水出神。

“阿九？”

萧乾见到她，脚步有些匆忙。

一走近，他便捂住了她的手：“你怎么来了？”

“我不能来啊？”墨九笑吟吟的，眸有凉意。

萧乾一怔，揽住她的腰，往人少的地方走，声音微沉：“这里事杂，人也多，我怕你不安全。”

墨九带着懒洋洋的笑，回头瞥一眼击西：“不是有这个家伙跟着我吗？再说，这里还有你在，我能有什么不安全的？”眨巴眨巴眼，她用余光扫一下正与将士笑着说话的温静姝，弯唇浅笑道：“莫非六郎怕我看见静姝？或者说，你允许她来，却不允许我来？”

“阿九说笑了。”萧乾头皮有些麻，“我并未让她来，是师父派她过来，给将士们送点防暑的汤药……她可能就在那里帮点忙了。”

“我可没说笑。六郎也不必为她解释。”墨九撇了撇嘴，喟叹道，“那天陆机老人找你，除了说我的坏话之外，是不是把温静姝又要回去了？唉，你说我好端端的少了一个侍女，也没人来跟我商量一下。当初我就该与她签个卖身契，要不然，哪能说走就走？”

萧乾眉头微皱，不吭声。

墨九晓得他是顾及陆机老人，有些事情确实抹不开面子，就像夹在婆媳之间的那个儿子一样，特别难做人，也不难为他，只冷冷一哼，瞥一眼江上的船舫。

“好了，都过去了，我也不是小气的人。”

我小气起来不是人……

这句潜台词她没有说。

要收拾谁，她也不必在萧六郎面前说。

她意有所指地努了努嘴，换了话题："你都准备好了？"

萧乾回头看一眼忙碌的大军，嗯一声，还担心她介怀温静姝的事，伸手理了理她的头发，小声道："阿九不要生气，回头我再与你细说……"

"不必细说了。"墨九翻个白眼，"不就是你那个师父想给你硬塞一个女人吗，小事一桩。只不过，他哪天真把九爷惹急了眼，看我不塞还十个八个女人给他，也不晓得他老人家，吃不吃得消？"

萧乾哭笑不得。

想到陆机老人那干瘦的身子被七八个姑娘围着扒衣的样子，墨九把自个儿逗乐了。可不巧，她刚噗一声笑完，就见陆机老人优哉悠哉地过来了。

说曹操曹操就到？

于是，墨九掩嘴，笑得更欢了。

陆机老人完全不知她到底在笑什么，黑沉着脸哼一声，怒其不争地瞥一眼自己的爱徒，叹口气，从他二人身边走过。

"孺子不可教也——"

墨九朝他吐吐舌头，轻哼："为老不尊也——"

陆机老人一回头，就看见她的鬼脸，一张老脸又气了个青黑。

墨九怕他当场发作，让萧六郎不好收场，再次撇嘴瞪他一眼，拉着萧六郎的衣衫就走，只剩陆机一个人站在原地吹胡子瞪眼……

而远处的温静姝，端着一个汤碗静静而立，看墨九笑嘻嘻地拽着萧乾离开，然后审视着萧乾看墨九时俊美的脸上不由自主流露出来的宠溺……

当一声，她手上的碗落在地上。

一名禁军惊道："温姑娘……"

温静姝回过神来，嘴里笑着说"没事"，可蹲身捡瓷碗的碎片时，那锐利的瓷片割破了她的手指，她也没有察觉，反而越握越紧，就像捏在手上的不是一块碎瓷片，而是一个仇人的命脉。只要她再用力一点，就可以捏死她一样。

未时许，汉江边上，号角吹响。

南岸的船只，驶离码头。

一艘接一艘，连成了一线，似与天接壤。

北岸的渡口上江风吹拂，把守的珒兵早已架好弓箭，摆好阵法，眼看南荣的船只一字排开地驶过来，目光炯炯地注视着，准备迎头痛击。

渡口处占地极宽，最适合珒国擅长的骑兵冲击。而且此地珒兵的主力，绵延了数里之远，早就布好了天罗地网，就等萧乾带人来钻。

对于这场战事，完颜修是极有把握的。

珒国骑兵的勇猛这几年的战事已有印证，非软弱无能的南荣兵可以抵抗。金州之战让萧乾占了便宜，完颜修很清楚与那一场“瘟疫”有关。说到底，那是南荣胜之不武。

但这次不同，他们占尽地理优势，兵士的身体也已康复，都等着一雪金州败走之耻，个个斗志昂扬。天时、地利、人和，此战他们必可取得大捷。

渡口的硝烟味，随着南荣船只的靠近，越来越浓。原本晴朗的天际，似乎也被蒙上了一层黑布，光线昏暗下来，江上的风，越发大了，是朝着珒兵的方向吹来的，风帆猎猎作响，旌旗也在哀号，吹得一些珒兵有些睁不开眼。

“今儿这妖风好大……”

有人在嘀咕，很快，又有人喝止。

“闭嘴！看好弓弩！”

渡口上很快安静下来，除了风声与珒兵将士低低的呼吸声，再无其他。南荣的船只越来越近，眼看就要靠岸登陆，一道古怪的号角声，突然从珒兵的背后传来。

呜——呜——

珒国将士有些糊涂，一个个面面相觑，都在发问。

“怎么回事？”

那号角声旁人听不出，他们却晓得，那是受袭求救的声音。

为了与萧乾这生死一战，完颜修将珒兵主力都布置在渡口，准备包萧乾的饺子。但大营驻地却有非常重要的东西——粮草物资，这是战争的重中之重。

呜——

那求救的号角，再一次吹响。

渡口上安静一瞬，完颜修突地低喝。

“阿息保，带人去看看！”

“是，三皇子！”阿息保刚刚转头，渡口的珒兵突地大喊起来：“快看，天哪！那是什么？”

他们指向的是天空，一个个露出了惊诧的表情。

天空中，一排密密麻麻的“老鹰”从远处飞过来，飞翔的位置很高，飞渡汉江，径直往码头的位置而来……这样的距离，这样的天色，他们看不清在天上飞的东西是什么，只觉得那一片片黑沉沉地压过来，有一种令人心窒的诡异。

呜——

这时，南荣的桨轮船上也响起了凄厉的号角。

“王爷，南荣兵准备登岸了。”

有珒兵大声呼喝，但那天上的“老鹰”与大营方向传来的救援号角声分散了很多珒兵的心，说不清楚为什么，大家心底都有些惶惶然。这种感觉，就好像分明要包围南荣兵的是他们，可他们却有一种被南荣兵给反包围了的错觉。

“不好了，王爷！”

阿息保的侍卫急匆匆打马过来，马嘶声里，他高声惊道：“南荣兵袭击了我们的粮草物资，如今正朝渡口方向围过来，要反攻我们。阿息保将军说，似乎袭击粮草那面的，也是南荣兵主力。”

完颜修心里一激，几乎不敢相信。

也是南荣兵主力？主力还有两队吗？

而且，那么多的人，是怎样从他们大后方钻出来的？

旌旗猎猎，号角声声。

薄薄的雾气，笼罩在江面上，也飘到了渡口。这一日的汉江北岸，整片天地都像被蒙上了一层阴霾，看不穿，看不透。

南荣的船只近了，一落锚，在弓兵密集的箭雨掩护下，手执盾牌的南荣兵士便排成一字，率先下船，与码头的珒兵战于一处。

头顶上，成排的滑翔机也适时从高空飞过……也是在这个时候，珒兵总算看清，那成片飞翔的东西并不是什么“老鹰”，而是可以载人的巨型“风筝”。

然而他们看清了，也晚了。那风筝上有序地落下一颗颗“千人敌”，炸向珒兵排好的阵型里。

珒兵大声惊呼着想要射杀天空中的南荣兵。可那滑翔机的起飞高度就像计算好的一般，以珒兵的弓箭射程，刚好短那么一点距离，根本就射不中，只能眼睁睁看他们在头顶盘旋飞过，不停落下足以要他们性命的“千人敌”。

轰隆的爆炸声中，浓烟四起。

“王爷，我们又中了南荣人的诡计了！”阿息保大喊着，抹着额头上的冷汗，骑马从硝烟弥漫的人群里挤过来，对完颜修大声道：“南荣兵的大部队从背后杀过来了——”

完颜修目光一沉：“多少人？”

阿息保摇头：“属下一时难以估算。人很多，似乎不比正面战场少。”

完颜修厉目里满是冷意。

开局不利，他已然明白，萧乾这次对他们的攻击，算是包了他们的饺子了。而且，还有空中覆盖与轰炸以及背后的突然袭击，让珒兵原本做好的防御工事形同虚设，原本他为萧乾做好的口袋，也被萧乾活生生从口袋的外围剪开了一道口子。

“杀！”

“冲啊！”

兵戈四起，杀声如雷。

完颜修抬头望向天上的滑翔机，听威力巨大的“千人敌”在阵中爆炸，一种由心而生的凉意从肌肤慢慢渗入骨头缝，紧紧扼住了他的神经。

他知道，这些都出自墨九那个女人之手。

换言之，那个女人掌握了摧毁一切的力量。

这样成片的轰炸，加上南荣兵的前后夹击，便是珒国骑兵再勇猛善战，也不得不被局限于这个渡口，发挥不出他们原有的战斗力。

而且，“千人敌”的爆炸威力虽然有限，无限的却是它对珒兵将士的心理产生的深远影响。

战斗的胜利取决于士气。

兵败如山倒的由来，也在于此。

往往开局的受制，将决定整个战局的胜负。

“啊！”“啊——”

惨叫声入耳，完颜修紧攥拳头，听马嘶叫，兵戈铿铿，看天上的鸟惊慌逃命，突然有一种英雄末路的沮丧感。

想他征战数年，无往不利……

为何至此，竟连败于一个妇人之手？

渡口上方浓烟滚滚，“千人敌”炸出来的碎石泥土扑面而来，与漫天的硝烟夹在一起，损毁的战车，倒地的旌旗，珒兵狼狈地应对着突如其来的袭击，有些应接不暇。

完颜修拔出腰刀，浓烟里的身影，冷漠而孤寂。

“众将士听令！”

他目光冷冷地扫向狼藉一片的珒兵阵列，黑眸里闪过一种冷肃的微光，一张隐在钢盔下的英俊面孔，被寒意渗得再无半分平常的清和。

“中路将士，正面迎击南荣军，确定主力位置。左右两路将士，按原计划深入两翼，沿江岸防御，防止南荣军迂回包抄，后路将士撕开口子，杀向我军大营，与其余各军相照应……”

历经数次生死大战，完颜修并非战场新将，自有泰山崩于前而面不改色的本事。有他临阵的冷静指挥，被南荣军杀得有些慌乱的珒兵慢慢镇定下来。

骑兵方阵涌出防御工事，如同泄潮的海浪似的涌向了南荣军，厮杀声不再若先前那般，主要来自南荣兵，以勇猛著称的珒兵终于使出了他们惯用的骑兵冲击。

这一战，整个大地似乎都在颤抖。

千人敌、投石机、呛人的黑色烟雾，飞溅的土石与鲜血、炸飞的人体，倒地的旗子与独轮车……杂乱无章的战场，让整个天地混沌一片，那惨烈画面，震撼人心。

太阳越升越高，白雾散去。

远处的江边上，静静停着一艘桨轮船。

萧乾与宋鹜站在甲板上，注视着渡口的战局。珒国骑兵几次冲入南荣兵阵，铁牛似的横冲直撞，可每次都被南荣的“千人敌”轰得四分五裂，不得不节节败退。

强悍的武器，果然是取得战争胜利的关键。

宋鹜目光里跳跃着兴奋的火焰，有些按捺不住：“长渊，小爷手心痒痒，我先下去找完颜修杀上几百个回合再说！”

“站住！”萧乾冷眼瞥他，按剑过去，厉声道，“你好好站在这里督军，不准下船。”

宋鹜一愣，当即就恼了：“为什么？”

萧乾道：“你是王爷。”

宋鹜低低骂一声，再一次抓狂似的爆了粗：“我好好一个大督军，不能上战场？难道你就让我站在这里远远地观战？”

“督军不观战，还亲自杀人？”

萧乾说罢越过他的身子，便往下走。

“喂，长渊呢。”宋鹜按着腰刀就跟上去，嬉皮笑脸地道，“咱讲点道理成不？金州之战你对我‘委以重任’，让我守着一群傻大兵搬运锅灶粮食，我也就忍了。这一战这么精彩，百年难得一遇，你居然也让我躲在船上喝西北风，也太不厚道了吧？”

“这才是厚道。”萧乾看他跟过来，牛皮糖似的黏着自己，皱了皱眉头，对身侧的薛昉低低吩咐道：“拦住小王爷，不许他下船。”

看宋鹜急得火烧火燎的样子，薛昉有点想笑。

“小王爷，请吧？”

宋鹜看薛昉横在面前，低低咒骂一声，对着萧乾的背影就大吼大叫：“萧长渊，小爷和你没完。”

萧乾头也不回，对薛昉道：“战后回金州，记得为小王爷安排两个侍妾，消消火。”

薛昉憋着笑，低垂着头，又道一声“是”，只把宋鹜气得恨不得拔刀砍他：“好你个萧长渊，看回头小爷怎么拾掇你，两个侍妾是吧，小爷我……”

“小王爷！”薛昉打断他的话，适时为主子排忧解难，笑吟吟道，“小王爷放心，两个不够，三个也没有问题的。”

“我×！好你个姓薛的，长胆了是吧？”宋鹜揪住他的衣领，见薛昉似笑非笑的样子，瞪他一眼，又哼哼着上了甲板，指着要跟过来的薛昉道：“站好！不许过来，小爷要一个人静静！”

私心里，宋鹜又怎会不晓得萧乾是为了他的安全着想？可看人家杀得热火朝天，他也想建功立业，手撕贼人好不好？

一肚子气恼的他，回到甲板上看远处硝烟弥漫，脑子里预备了成千上万个恶毒的法子要对付萧乾……其中最毒的一招，就是把侍妾藏到他的床上，让墨九发现。

"这个好。"

他正自发笑，背后突地传来一道低喊。

"小王爷……小王爷……"

熟悉的声音，吓得宋骜心肝都颤了。

难道小寡妇果然是神仙下凡历劫？他刚想收拾萧乾，她就出现了。宋骜急急回头一看，船舱门口有一颗小脑袋伸出来，片刻，又缩了回去。

嘿！果然是她。

他三两步回到船舱，就看见了穿着一身南荣禁军兵服的墨九。宋骜"做贼心虚"，微微眯了眯眼："小寡妇，你怎会藏在这里？"

墨九撇了撇嘴巴，叹口气。

"我与你一样的命运，同病相怜哪。"

"他也不要你跟来？"宋骜心里舒坦了。

"嗯。"墨九可怜巴巴地点头，"他要把我留在金州。"

"可你还不是跟来了？"宋骜又问。

"嗯。"墨九又点头，"我是留得住的人吗？"

"唉，长渊就是这样的德行。"宋骜虽然在萧乾那里吃了瘪，可他觉得自己这命就是贱得很，总是情不自禁地替他去解释，尤其不想墨九误会了他。

"他也是为了你好，小寡妇你就偷着乐吧。就我认识的萧长渊来讲，就一冷血动物，他肯这样费心护在羽翼下的人可不多。除了我，我只晓得一个你。"

"呃？"墨九眯了眯眼，戏谑地笑，"小王爷，咱能要点脸吗？"

宋骜一怔，怒了："啥意思？"

墨九抿唇，嘿嘿一乐："你敢说他不让你参战，不是因为顾及你王爷的身份，怕你出事，而是因为感情好，护着你？"

宋骜哼哼："当然。他就是担心我。"

"好吧，你与他是真爱。"墨九点点头，又莞尔一笑，"可你的真爱在外面杀敌，你就甘心躲在这破船上等着结果吗？外面可热闹得紧。"

宋骜眉梢一挑，来了兴致："不甘心又如何？"

墨九笑得有些得意："想不想建功立业，名垂千古？"

宋骜眼一亮："噫，小寡妇有什么法子，还不说来给小爷听听？"

对于他一声声的"小寡妇"称呼，墨九打心眼里不爽，可这货就是怎么威胁都改不了，她也就只能认命了。拖着宋骜坐在椅子上，她重重地拍拍他的肩膀，脸色严肃起来。

“我今儿心情好，准备帮你干成一桩大事。保管此一战后，让小王爷你声名鹊起，天下皆知……还能载入史册，彪炳春秋。”

有这样的好事，宋骜当然不会错过。浪荡了这么久，他又怎会真的安心做一个永远不学无术的皇子，让人瞧不上？

对墨九的话，他其实也有几分不信。毕竟这个小寡妇从来不会做亏本的买卖，既然有令他“声名鹊起”的好事，她拉上他去，大概只有一个原因——她需要他帮忙。

可即便心里晓得，宋骜也无法拒绝。

她能利用他，也是侧面佐证了他的价值。

细思一瞬，宋骜点头：“一言为定。”

墨九笑了：“一言为定。”

要成功骗过薛昉，对宋骜来说不是一件容易的事，可对于墨九来说，能在金州甩掉击西上了这艘船，要对付薛昉，那也是小菜一碟。

她突然出现在薛昉的面前，先把他吓了一跳，又笑眯眯把他请入了船舱，再然后，她就把薛昉关在了船舱里，自己与宋骜偷偷溜下了桨轮船。

当然在这之前，她没有忘记让宋骜换下那一身象征王爷身份的蟒袍，穿上普通南荣兵卒的衣服。

这时候的渡口处，已经被南荣兵控制了。

两个人一路走过去，几乎没有受到攻击。只不过，不时有南荣兵狐疑地看过来，目光里满是审视。但墨九一个笑靥如花的“嘘”，就让那些人赶紧转回了头，不再理会他们……

大多南荣兵卒都认识她和宋骜。他们穿成这样，她又拉拽着小王爷，谁知道是不是接受了什么秘密任务？谁敢出声？

就这般顺利绕到渡口左侧，墨九偷偷上了一个斜坡，翻过那道坡往前面走了一段路，便绕到了珒兵的左侧位置。

“哎呀娘！”宋骜趴在坡上，看着半空中乱飞的箭矢，重重揽住墨九的肩膀，呼一口长气，“还是小寡妇有法子，这样就顺利逃出来了……”

说到此处，他顿住：“噫，不对呀，我们逃出来干吗？小爷是要上阵杀敌的，不是出来躲猫猫的。你说让小爷建功立业，这里人都没有，怎么建功立业？”

墨九不理会他的瞎咧咧，大半个身子趴在坡上，把脑子缩在一篷杂草后面，眼睛一眨不眨地望着战场，过了好一会儿，方别过头，认真问：“若你是完颜修，在打不过之后，会怎么办？”

“还能怎么办？”宋骜冷哼，“这孙子已经跑过一次了，再跑一次，也不奇怪。”

墨九拍他头，笑道：“聪明！”

"别拍我，我又不是旺财。"宋鹜别扭地偏开脑袋，想想又凑了过去，趴在墨九的身边，小声道："可那孙子跑不跑，关咱什么事？"

墨九不正面回答，只勾唇一笑。

"等着瞧好了。"

珒兵素来骁勇善战，南荣兵虽占据了极大的开局优势，但是在这样主力对决的战场上，想要在短时间内拿下完颜修，也非易事。

在"千人敌"的攻势结束之后，两军终于陷入了胶着状态。南荣虽然依赖甬道的"暗渡"从背后两面夹击得到了胜利的优势，但一个时辰后，南荣兵的战斗意识出现了懈怠，反而珒兵的状况没有太大改变，战斗力也没有减弱。

这些珒人，确实有着强大的反击力。

"唉！"迟重奋力砍掉一个珒兵的头颅，转头对萧乾道，"珒狗果然了得，咱南荣的兵卒若有他们的战斗力，又何至于此？"

萧乾不语。

因为迟重说的都是实话。

南荣兵有那样多的优势，居然还没有在一个时辰内拿下对方主力，足以证明珒人的勇武。

不过这种取决于先天体力的战斗力，有时候确实也怪不得南荣人，这也是萧乾这些年，致力于打造南荣兵进攻和防守阵法的原因。

一人不足，只能十人来补。

而今日这一仗……

萧乾冷眼扫视着战场："胜败只在早晚。完颜修输定了。"

"是的。"迟重也看得清战局形势，想想又不免叹息道："这完颜修，确实是一个古今罕见的将帅之才，若这一次再惨败于此，便是连败两局，战神的威名受损不说，也不晓得珒国皇帝会不会再信任他。可惜了！可惜了！"

是英雄，重英雄。

在迟重看来，完颜修是个好对手。

而珒兵此战失利，也确实输得很倒霉。

若无墨九，完颜修与萧乾决一死战，恐胜负难说。

萧乾冷眼浅合着，并没有与迟重再搭话。

他注意着战局，突地低声喝问："怎么不见完颜修？"

迟重一呆，骑在马上眺望一下珒兵人群。

"这厮莫不是又跑了吧？这……不像他的为人啊。"

若是像金州那样的战局情况，他从大局考虑撤退是可能的。但是像这样的大决战，珒兵虽露败相，但南荣的三个优势——"千人敌"、滑翔机以及甬道突袭已经过去，目前来说，是南荣在借着萧乾的阵法来对付珒国的骑兵冲击。虽然珒兵在前一波袭击中可战人数锐减，但依旧可以一战。

那么，完颜修不太可能抛下将士临阵脱逃。

萧乾目光微眯，突然有一种奇怪的直觉。

“闯北，去看看墨九！”

骑在马匹上看敌军，无法看得太深，南荣兵也无法深入敌阵，所以完颜修究竟在哪里，混乱的战场上，谁也不太知情。

可墨九趴在制高点，却把战局看得很清楚。

“真是小看这厮了！”

她低喃着，心里有无数的海浪在上涌。

在此之前，她以为“千人敌”一炸，前后包抄，珒兵败相一露，用不了多久珒人就会败退。她之所以默默潜伏在这里，就是怕完颜修再次退守，会逮不住那厮。

可珒兵坚持了这么久，她对那个混账又有了新的衡量。

完颜修的威名，确实是打出来的，有些真本事。

“看来只能使用撒手锏了！”

在宋骜狐疑的目光注视中，墨九偷偷在坡顶的一棵树下刨出来一个包袱——里面装着两套珒兵甲胄，还有几颗“千人敌”。

催促宋骜再次换了衣裳，她又把两颗“千人敌”塞到宋骜的手上，小声道：“听说小王爷会说珒国话，接下来的事，就得拜托你了。”

宋骜有些奇怪，不时看着身上的衣服。

“这衣服……你早就准备好了？”

“那是，九爷做事，何时出过岔子？我说要完颜修，就必须要了他。”见宋骜依旧不解，墨九脸色严肃，解释道：“我昨日从甬道过来，在这里准备好了东西，就等着你来，擒贼先擒王了。”

宋骜嗯一声，对这个妇人又惊又怕。

“幸好你想对付的人不是我。”

“我对你……没兴趣！骚包一个。”

“那你对完颜修有兴趣？”

墨九眯眯眼：“好像有点。”

“你不怕长渊吃味？”

“奇怪！他吃什么味？”墨九观察着两军状态，又远远看一眼珒兵的观察哨，朝宋骜努了努嘴巴，两个人就从斜坡下方绕了过去，速度极快地穿过珒兵阵营。

“你们两个做什么的？鬼鬼祟祟。”有珒兵低喝。

宋骜果然说得一口流利的珒国话：“我俩刚才尿急，在外头撒了泡尿。”

那珒兵上下打量他："哪个营的？"

宋鹜虽是一个闲散王爷，却也并非什么都不懂的傻子，墨九来时已经与他交代过了，他回答起来，也算应对自如："兄弟，我们是派往南岸的斥侯，有紧要军务禀报王爷。"

那珒兵对他们陌生的面孔，有些生疑。

"有什么事就在这儿说，我自当禀报阿息保将军。"

宋鹜与墨九互望一眼，笑道："烦请告诉王爷，在北岸滩头二里外，有一个地下甬道，可直通南岸。这次突袭的南荣兵，便是从甬道过来的。这会儿甬道被南荣兵关闭，无人看守，我们或可有所作为……"

那珒兵大惊："竟有这等事？你们在这儿等着。"

有了这样的消息，那人自然不敢怠慢，迅速前往禀报。

这个时候，两军对垒的阵前，震耳欲聋的刀枪声与呐喊声还在持续，完颜修执马缰绳骑在马上，站在事先准备的工事后面，看一片片箭雨往外飞，双眉蹙得紧紧的。

浓郁的血腥味，蔓延在空气里。

无数的尸身，胡乱地堆在乱石与泥土上。

战争的残酷，早已烧红了他的眼。

一开始的战局失利，并没有打乱他的阵脚，他此时正凭着多年的战争经验与珒国骑兵的勇猛，想要最大限度地扳回战局。就算不能反败为胜，至少也要让南荣兵付出代价，咬下萧乾一块肉来……

"王爷，萧乾这厮极为熟悉我军的骑兵打法。今日南荣兵的阵法，分明就是专门针对咱们演练而成的。依末将看，便是没有那大鸟与火器，今日一战，胜负也实难预料。"

完颜修不想长他人志气，可皱了皱眉，也点头："可惜了，他生错了地方。南荣只靠一个萧乾，又能撑多久？不管此战输赢，我军早晚南下临安……"

"王爷！"这时，阿息保再次奔过来，"王爷，找到南荣兵背后偷袭的原因了。"

他将侍卫的禀报一一告诉了完颜修。

微怔之后，完颜修目光微亮，陷入了沉默。

珒兵败迹已露，他若能借此机会，领兵从地下甬道神不知鬼不觉地再入金州，突袭南荣大营，占领金州城，与北岸的人遥相呼应，不仅是杀出重围，这还叫以牙还牙。而且，这样一来，战局的胜负又另当别论。

仔细思量之后，他冷冷扫一下战场，转头对阿息保道："你在这里拖着萧乾的进攻，我亲自去看看。"

完颜修是个喜欢亲力亲为的王爷。

尤其是战场上的事，一切以亲眼所见为实，斥侯的话他不敢全信，没有见过甬道之前，到底能不能成功反渡南岸，他不敢肯定，得凭着自己的眼睛去判断。

一路骑马过去，地上到处都是破损的独轮车、投石机，还有将士的尸体与鲜血。完颜修领着一群人打马踏过，眉头都没有皱一下，更没有停留。

见他过来，一个珒兵迎上去："王爷。"

完颜修冷着脸："报信的斥侯人呢？"

那珒兵回头一看，呆了呆："刚才还在这里的。"

完颜修四处望了望，抿唇冷哼，正要训斥，突见一抹阴影从半空中飞过来，画出一道黑幽幽的弧线。不等他反应，砰一声，那东西就炸了开来。

可不就是墨九的"千人敌"？

"千人敌"一炸，浓烟顿时滚滚而起。

不偏不巧，那颗"千人敌"刚好炸在完颜修的面前，他坐骑受惊，高高扬起前蹄，嘶唤着往后退去。

而这个时候，另一颗"千人敌"再次炸响在坐骑的屁股后方，把完颜修身侧的两名侍卫当场炸飞，那马也吃不住疼痛，把完颜修从马背上重重甩在地上。

"什么人？"

完颜修微眯冷眼，低声厉喝。

"我，你祖姑奶奶。"

一道清甜的声音，透过浓烟传来，熟悉得令他心尖怪异地一颤。

"墨九？"他揉了揉眼睛，只见墨九静静站在他前方不远处，脸上带着笑，像一朵盛开在露水中的花，我见犹怜，便是他早已抽出了腰刀，也砍不下去。

"王爷，久违了！"

墨九再次轻笑，手上掂着一颗"千人敌"，轻盈的动作，好像那根本就不是杀人的火器，而是一支可以吹奏出优美旋律的笙笛，一举一动，美得绚烂而艳丽。

"你好大的胆子！"完颜修紧蹙眉头，隐忍着对她的不舍，刀身迅速自手上弹出，想要赶在她的"千人敌"出手之前，率先制住她。

奈何墨九站在那里，原就只为干扰他的视线，不待他的腰刀制住墨九，一柄长剑就架在了他的脖子上。

"不想死的，就老头点。"

这人说着一口流利的珒国话，让完颜修微微一怔。他跟着那人的剑身，慢慢挪动了两步，原想伺机而动，逃出掌握，奈何那人半点耐性都没有，他稍有异动，那长剑锋利的剑身，便入肉半分。

"不要考验小爷的耐性！"

那人又是轻声一笑，这熟悉的笑声让完颜修眉梢一挑，情不自禁地回头，看见了宋骜似笑非笑的脸："是你？"

宋骜愣住："你认识小爷？"

想他常年在临安风流快活，而完颜修身处北方大地，两个人向来没有交集。就算彼此听过对方的名字，也不可能见面就识得，还有这样的惊疑。

宋骜正自奇怪，便听见墨九冷哼一声。

"别听他瞎掰，他在转移你的注意力。"

哦一声，宋骜恍然大悟，剑身又朝完颜修的脖子压了压："果然还是小寡妇狡猾……哦不，小寡妇聪明。你这个狗屁的珒国王爷狡猾得很。想哄老子，没门！"

完颜修并不在意他损人的话，锐利的视线，死死盯着宋骜的脸，那眸底流转的情绪，就好像真的认识他一样，俊脸上挂着一种古怪的笑意。

"安王当真不识得我了？"

宋骜穿着珒兵的甲胄，若完颜修不曾识得他，断断喊不出"安王"两个字来。这一回，不仅宋骜，连墨九都有些惊诧了。

他们都相信，完颜修以前一定认识宋骜。

可他们之前，能有什么渊源？

最关键的是，宋骜压根儿就不记得自己曾经见过他。

他难得严肃了脸："你怎么认出我的？"

完颜修错愕一下："你忘记了？"

忘记了？墨九看他古怪的表情，也有一探究竟的八卦之心。但此时有无数的珒兵围了上来，根本不是叙旧的时候，尤其这样的"叙旧"，完全有可能是完颜修的诡计，他在拖延时间以寻机逃跑。

思及此，墨九脸色一沉："完颜修，少废话，落到我的手上，你就认栽吧。甭说你认识小王爷，就算你认识南荣皇帝，也没有人能够救得了你。"

完颜修回头看她，目光有笑，声音却充满了无奈。

"栽在巨子手里，小王深以为幸。"

"哦？"墨九质疑地挑了挑眉，"真幸？那好嘞，你赶紧吆喝一下，让你的人停手，也好少死几个人。要不然，再杀下去，两败俱伤，死伤无数，你们还是一个败字，又有什么意义呢？"

听得她半真半假、半怜半损的话，完颜修面不改色，只目光复杂地看着她，淡淡一笑："身为军人，战死沙场是死得其所。我不怕死，我手下的将士更不怕死。"

他这么说的意思是，抓住了他，对战局也没有影响？墨九呵呵一笑："那真是对不住王爷了，我墨九从来不做无用之功。"

说罢她不再与完颜修辩驳，斗嘴上功夫，而是直接让宋骜押着他，从围过来的珒兵人群里穿过，再一次走上了先前他们埋伏过的小山坡。

远远看着杀声震天的战场，墨九摸出一个哨子吹了起来。

哨声很尖厉刺耳。

几道哨声后，他们成功地引起了混乱战场上的人的注意。人群齐刷刷望过来，微微袅袅的山坡上，站着男装打扮的墨九。

她洪亮的声音刺破了硝烟，传入阵中："珒兵都看好了！你们的王爷已经被我掳获，你们放下武器，立即投降，这样或可保一命！否则，今日的北岸渡口，就是你们的坟墓。何苦来哉？"

珒兵怒瞪着双眼，看向她。

她的手上，确实是他们的王爷完颜修。

一个他们视为神祇的战将。

她怎么会不知不觉地掳了他去的？

众人哗然，惊叫声四起。

也就在这一刹那，好几个珒兵因为这一瞬的迟疑与紧张，死于南荣兵的刀下。

人在濒临死亡时的号叫声，最是令人惊悚。

墨九鸡皮疙瘩掉一地，对着萧乾大吼。

"大帅，投降就不杀啊！"

萧乾立在马上，看山坡上英姿飒爽的女子，一动不动地静立好久，方才抿紧嘴巴，抬高手臂，阴沉着一张冷脸，厉声喝道："停！"

南荣兵一收手，主帅被擒的珒兵也自然停战了。

一场血腥的战事，似乎霎时便烟消云散。

墨九觉得自己功德无量，可干了这么一件大事，她的后背上也有些许汗湿。

默默看一眼围上来的珒兵与南荣兵，她下巴微微一抬，扫向那些人，高声喊道："珒国人输了就输了，有点气度啊，不要给我玩阴的。还有，你们的王爷，如今是我的俘虏，你们不要妄想救回他，否则，我就要他的小命。"

珒兵果然停下脚步。

墨九瞥一眼完颜修，又轻声笑道："不过你们放心，他既然是我的人了，我自然会好好饲养他的。"

她出格的话，洪亮震天，引得全场惊呼。

今日的完颜修，一身铿亮的战甲，身系精工巧绣的披风，腰身紧束，玉带战靴，鼻梁挺秀，有几分高傲，有几分狂妄，更有几分俊美。

莫非墨九看上他了？

要晓得，他俩差一点拜堂呢。

这到底是打仗还是抢亲？

众人腹诽，小声议论，完颜修却像被雷电劈中了，怪怪地看她片刻，唇角露出一抹邪佞的笑。

“你要怎生饲养我？”

墨九眯眼，怪怪地冷笑：“带你上天，包你舒服。”

完颜修一怔，唇角抿了抿，带出一抹浪荡的笑：“小王恭候小娘子垂怜。”

墨九唇角一扬，负手掉头就走。

“小王爷，带上他，跟我来。”

宋骜啐一口：“到底哪个是王爷？”

远处的战场上，萧乾黑眸微合，满是危险的光芒。

南荣与珒国，萧乾对阵完颜修，这一场举世瞩目的战役以戏剧化的方式结束了。

可除了那些亲历战场的人之外，很难从几行冰冷的文字，以及后来史书上的寥寥几笔感受到那一日的硝烟、战火、鲜血、死亡，以及那些个令人匪夷所思的意外。

在后来的史书上，有学者称，这次战争的失利，是珒国在随后对南荣、北勐发动的数次战事失败的前因，也是珒人覆国的导火索。

完颜修之于珒国，相当于萧乾之于南荣。完颜修的阵前被掳，让珒国皇帝不得不重新拟定战术方针，重新委派战将……

若仅仅如此，也就罢了。毕竟瘦死的骆驼比马大，珒国内有强主强将，外有悍勇兵卒，武力震慑天下，少了一个完颜修，也不至于从此一蹶不振。

但世上的事，总有共通性。任何一个组织的瓦解，往往都不是来自外部因素，而是被内部吞食。珒国皇室长期的政斗，让完颜修在金州的失利，亢奋了一些皇子的热血，在他们的操作下，珒国皇帝竟然也相信了传闻——“若修不愿，为何而败？”

于是，不再信任完颜修的珒国，面对屡战屡胜的萧乾以及勇猛善战的北勐雄狮，不得不渐渐地走向了夕阳西落……

此是后话，暂且不提。

只说此番金州北岸大捷，萧乾的战术谋略、墨九的机械巧术、宋骜的神武悍勇，很快便以疾风般的速度传扬开去。

真真假假、假假真真。“墨九生擒完颜修”一事，很快便演变成了无数个不同的版本，甚至为这一场没有温度的战役，增添了香艳的笔墨。

民间野史上，更是为墨九涂上了浓墨重彩的一笔，意指她被掳之后，与完颜修在金州有过一夕风流，且委身嫁之，却又在逃回萧乾身边后，以美色惑之，导致完颜修兵败金州，成为她的裙下之臣。

汉江之水滔滔，说不尽的风流故事……

硝烟未散，江面旷野，处处烟雾袅袅。

墨九哪晓得会生出那么多事，捉住完颜修，她兴奋得很，与宋骜那个“督军”商量着办去了，看萧乾没有给她好脸色，她也没有凑过去与他说话。

不管怎么样，活捉了完颜修，减少了南荣兵的伤亡，赢得了正面战场上的绝对胜利，不仅她墨九是大功一件，连带着那个混账王爷宋骜，也成了军中津津乐道的人物。

看他扼住完颜修不慌不忙地从敌军中走出来的样子，谁敢说他宋骜不是热血须眉？谁敢说小王爷只晓得吃喝嫖赌？

打了胜仗，南荣兵个个都兴奋得很。可他们还在兴致勃勃地善后，萧乾便乘船返回了金州。

从北岸的烽火战场到隔江的金州城，他神色微寒、怪异、冷峻，却不见太多恼意，只是沉沉的眸色里，依然蕴满了狂风骤雨，让几个熟悉的侍卫，心下惶惶。

走南、闯北亦步亦趋，走路都小心翼翼，被墨九锁在船舱里误了事的薛昉，更是头都不敢抬，生怕一个不小心就惹火烧身。

偏生击西是一个没有眼力见的人。

他与薛昉的命运一样，被墨九锁在了金州的宅子里。只不过，他比薛昉更加倒霉一点——嘴被墨九用布条堵住，手脚也都被她用粗麻绳捆在了大梁上，见到萧乾推门进来，那叫一个楚楚可怜，嘴里呜呜有声。

“主上——”嘴巴一得解放，他便呜咽着喊叫起来。等闯北为他松了绑，他扑通一声瘫倒在地上，失声哀号。

“您得给击西做主啊，九爷欺负人！说好与击西玩一个好玩的游戏，结果击西输了，她把击西捆在这里，就走了，就真的走了……”

看击西刚刚蠢过又在犯蠢，闯北站在萧乾的背后，一直冲他挤眼。萧乾分明就在生墨九的气，他还哪壶不开提哪壶，这不是屁股痒痒，成心想被笞臀吗？

可击西哪晓得厉害？

他看萧乾黑沉着脸，又瞥见闯北怪异的面色，不由得一愣：“闯北眼睛不舒服？挤来挤去做什么？哦，难道仗打输了？”

闯北：“……”

击西想想，吓住了：“难道是九爷又逃了？”

闯北总觉得“墨九看上完颜修”这个事，比九爷逃掉还要严重。可瞥见萧乾的冷脸，他不想代击西挨打，只轻咳一声提醒。

“击西，主子累了，还不给泡茶？”

哦一声，击西拭了拭并没有泪水的眼角，察觉了今儿的气氛有些不对，不敢再瞎咧咧，却在转身时，又问一句：“泡哪个茶呢？是九爷昨日亲自给主上做的佛手甘露茶，还是那一罐铁观音？”

说到这里，他憋不住心里的疑惑，找死地又问：“对哦，怎么不见九爷呢？难道九爷出什么事了？”

闯北抚额。

击西这货愣是不开窍啊。

主子这会儿明显与墨九别扭着，他看不出来？

为免击西又犯错，闯北见萧乾尚无责怪的意思，赶紧趁着泡茶的工夫把击西拉开，把北岸那事说了一下，又仔细交代：

“在主上跟前说话，仔细着点。能不提九爷与完颜修，你就不要提。若不然屁股开花，可没有人再管你！”

击西可怜地眨眼：“你也不管我了？”

闯北道一声“阿弥陀佛”，哼哼道：“你若不争气，佛都度不了你，我又如何管得了？”

击西瘪瘪嘴，扫他一眼，乖乖把茶水捧过去，放在萧乾的桌案上，又垂目致歉道：“主上，都是击西不好。”

萧乾嘴皮一动，摆手，示意他下去。

可沉浸在“悲愤”之中的击西浑然不觉，也看不见闯北瞪大的一双眼，自个儿垂目嘀咕：

“若非击西中了九爷的计，九爷就不会跟去北岸；若九爷不去北岸，就不会去抓完颜修；若九爷不去抓完颜修，就不会看上完颜修；若九爷不看上完颜修，就不会抛弃主上……”

啪一下，萧乾将茶盏重重放下。

闯北默默退后，双手合十。

薛昉头皮发麻，只装耳聋。

走南眉头狠跳，觉得击西离死不远了。

只有击西一个人不觉得危险，他嘴巴抿了抿，惊诧地问：“是茶水太烫了吗？主上，这个佛手甘露茶，可是九爷亲自为主上做的呢。九爷还说，泡茶的水得滚，还得趁着烫的时候喝下嘴，才有滋味。”

一个“亲自”的词，让萧乾起伏的胸膛平息下来。他静静看着击西，好一会儿，慢腾腾揉额。

“你能活到现在，真是上天垂怜。”

“不。”击西摇头，嘻嘻一笑，“击西能活到现在，是主上垂怜。若无主上搭救，击西早就尸骨无存了。所以，主上的事，就是击西的事。主上若不开心，击西的屁股就是主上的……”

呃！墨九大步入内，听见的就是最后这一句诡异的话。

她眉梢挑了挑，瞥一眼黑沉着脸的萧乾，又看一眼急欲表忠心的击西，弯唇浅笑："好像我错过了什么劲爆的好戏？"

萧乾抿唇不语，面色不霁。

击西却是高兴起来："九爷你来了？"

墨九嗯一声，不晓得萧六郎这厮到底在与她生什么气。想她好不容易设计生擒完颜修，那是多大的功劳啊！虽然她事先没有经过他允许，但就算将功抵过，想来他也应当高兴才是。

然而，在北岸时，她远远一瞥，这货不仅没有夸奖她的意思，那一张铁青的脸，好像她欠了他八百吊钱没有还似的。

"怎么了？不欢迎我来？"

她疑惑地看着萧乾，满目生疑。

可萧乾不疾不徐地挽了挽衣袖，拿过茶盏似是想要喝一口，还未入喉，又重重放下，冷着脸站起来。

"战后诸事未了，我得去趟大营。"

说罢他连寒暄的时间都不给她，抬步便往外面走。墨九有点莫名其妙——昨儿晚上两个人还偷偷摸摸亲了一回嘴，怎么转头就变了天？始乱终弃也不至于这样吧？

"站住！"她低喝一声。

萧乾回头，面色冷淡："有事？"

墨九觉得这厮俊美的脸上莫名有一种欠揍的傲娇，可当着这么多人，她到底没有揍他，而是公事公办道："你答应过我的，活捉了完颜修，归我处置。你该不会后悔吧？"

按理来说，完颜修是珒国王爷，活捉了他也不能轻易交由墨九来处置。可墨九有些小聪明，她硬生生扯上小王爷宋骜，以宋骜的王爷身份与督军身份，加上得了萧乾的首肯，那自然就没有问题了。

"只要你不把他弄死。"考虑一瞬，萧乾淡声回道。

墨九听了嘿嘿一笑，半眯着眼道："放心吧，我怎么舍得弄死他？他可是我的宝贝，我稀罕还稀罕不过来呢。"

这货说话随性，哪会想那么深？

分明就是一句反语，可萧乾听了就是暧昧。原本她之前被完颜修的人捉去大营，两个人就独处过一夜，加上又有"大婚"的渊源，对时下的男人来说，她目前的言行，完全就是一种对夫权的挑战。

墨九不懂。

萧乾皱眉，却不便说。

他私心里相信墨九，不想显得自己太小气。然而，男儿胸襟再宽，也免不得在感情上容不得一粒沙子。他不想与她生气，却又忍不住生气。结果，他只能自个儿伤神，装着一副无所谓的样子，转头出门。

墨九瞧他背影，一头雾水问击西：“你家主子吃炸药了？”

击西摇头：“没有，吃的分明就是火。”

呃！墨九回头，想问问最了解萧乾的薛昉。可薛昉这小子在桨轮船上被她收拾过，有点打怵。见她看过来，紧张地低着头就出去，跟上萧乾的脚步，半分都不敢再惹墨九。

墨九：“难道都疯了？”

金州这所宅子，占地很大。

薛昉战战兢兢地跟在萧乾的背后，从书房往前门走，可就在穿过回廊时，却突地看见两个人在荷塘一侧的亭子里。

一个是被反剪双手绑在柱子上的完颜修，另一个是抱着双臂看热闹的小王爷宋骜。另外，远远地还有几个侍卫站在荷亭外面指指点点，小声议论。

萧乾眉头一蹙，停下脚步。

薛昉察言观色，赶紧唤一个侍卫过来，问道：“珒国王爷是重犯，谁把他捆在荷亭里的？”

侍卫见着萧乾有些紧张，双腿发着软，说话也有些大舌头：“回……回使君的话，是九爷让捆在那里的。”

墨九？薛昉瞟一眼萧乾微沉的脸色，又清了清嗓子，问侍卫：“九爷把他捆在此处做什么？”

侍卫挠了挠头，似乎也有些不理解：“九爷说，此处风景尚好，空气新鲜，待完颜修赏够风光，吸足氧气，保持好肉质的鲜嫩，她才好食用……”

肉质……鲜嫩？

想到墨九对吃的执念，薛昉莫名打个冷战。

九爷说生炖，难道还真要把他吃掉？

他恶寒不已，可萧乾想到的分明与他不同。

在他与墨九两个人私底下亲热时，他常从墨九的嘴里听见一个新鲜词——“小鲜肉”，并且他晓得小鲜肉是墨九形容年轻俊美的男子用的。

那么完颜修，可不就是墨九嘴里的“小鲜肉”？同时，侍卫所言的“鲜嫩”与“食用”，也就不免让他想入非非，一张俊脸更是黑如锅底。

“她还说什么？”

侍卫垂着头，并未察觉使君的情绪，像是想到墨九说的话有些好笑，又接着道："九爷还让人准备一条小马鞭，说她要亲自骑一骑完颜修这头倔驴子……"

骑一骑?

想到骑的画面，萧乾心尖一麻，听不下去了。

他抬手，厉声道："够了！"

似乎再难容忍墨九的胡闹，他万年难得一变的清冷脸上，一片黑沉，冷声吩咐道："去，把完颜修押入金州大牢，听候处置。"

侍卫一呆："是。"

冷冷一哼，萧乾往前走了几步，似不尽意，又回头道："完颜修是珒国王爷，虽是败军之将，也慢待不得。去金州城找两个干净的小娘，随他入狱伺候着，务必让王爷舒坦了。"

"啊？！"侍卫小声抽气。

看萧乾脸色一沉，他飞快合拢嘴。

"是。属下这便去办。"

侍卫急匆匆离去，荷亭里的宋骜这时也发现了萧乾。他高喊一声，不停地招手。可萧乾见到他，原就难看的面色，似乎更添一层阴霾。

他不搭理宋骜，转头对薛昉道："别忘了小王爷。找人伺候着，免得他整天多事。"

这明显是迁怒嘛!

薛昉心里明镜似的，觉得宋骜冤枉得很，可为免自己也被主子摊派上两个侍妾，到时候吃不消，他咽了咽唾沫，赶紧点头。

"是，使君。"

待墨九兴致勃勃地准备好了辣椒水、小马鞭、红蜡烛等一系列用具准备好好饲养完颜修的时候，荷亭里已人去楼空。

得知他的去向，她满脸无奈。

萧乾说话向来一言九鼎。

这货什么时候学得这样坏?

前头答应她完颜修归她处置了，后脚就把人给弄去了金州大牢，这不是消遣她玩耍吗？再说，完颜修被投入了大牢，她上次被掳时身中"酥筋丸"的痛苦，找谁去出气?

"哼！萧六郎，专程与我作对。"

踢一脚回廊里的鹅卵石，她正准备去找萧六郎要人，心涟和心漪两个丫头就过来了。

两个丫头低着头，垂着目，双手叠放在小腹上，不时紧张瞄她的脸色，样子都有点古怪。

墨九奇怪："怎么回事？"

心涟平常较为健谈一些，可今儿却很别扭，反复抿了几次嘴唇，她方才低低道："姑娘，听说薛侍统要给小王爷安排侍妾……"

呃！

墨九挑眉，打量着她俩："所以呢？"

心涟和心漪都是姿色上佳的美人，站在一起更显风姿妖娆，楚楚动人。原本她们两个就是均州知州安排给萧乾的侍妾，只不过萧乾对她们没有兴趣，加上墨九对温静姝的狂野镇压，让她们看懂了眉眼高低，不敢再放肆而已。

但这样的一双碧人，又怎会甘愿做一世丫头？

心涟见心漪不敢吭声，斟酌道："姑娘为人良善，对奴婢二人甚好，奴婢也想一生一世为姑娘做牛做马。可……眼看奴婢两个的年岁大了，恰逢这样的机会，想请姑娘做个主……"

说到这里，她噤声。

"奴婢想成为小王爷侍妾……"说罢，她不好意思地低垂着头，与心漪皆双手垂落在裙侧，恭顺地等着墨九发话。

"你们都想好了？"墨九歪了歪头，想要看清她们的表情，可两个丫头却把头垂得更低："请姑娘成全。"

"水灵灵的人，何苦作践自己？"墨九淡声而叹，感慨也是由心而生的。

宋骜虽然生得俊美，又怎会是她们的良人？

就算那厮裤腰带松，这二位有幸上了他的床榻，讨得他的欢心，事后最大的好处，也无非就是被他收入安王府做个侍妾，一生与旁的女子分享一个男人，为了争宠斗得头破血流。

"找个踏实的民间男子为夫，不比在王府强？"

心涟抿嘴不作声，可心底却不认同墨九的话。尤其是墨九有了萧乾那样的男人爱护，再这样教训她们，虽她是诚心，于她们而言，也不过是一个站着说话不腰疼的得势妇人而已。

心漪见墨九神色严肃，考虑半晌，咬着下唇，一字一顿地下着决心："姑娘不知我等苦处。更何况，这个世上，又有何处是女子的好归宿？心漪一生，宁做高门妾，不做蓬门妻。"

墨九微微一怔。

这个理论倒与后世那句"宁肯在宝马车上哭，也不愿在自行车上笑"一个道理。看来古今妇女的择偶标准，也有相同之处。

更何况，宋骜又何止是高富帅？

她揉了揉额头："去找薛昉吧，就说我同意的。"

两个丫头大喜，先前对她的嫌隙一扫而空，欣然福身千恩万谢几句，末了，又露出不舍的眸光，道："姑娘，那个温静姝也回宅子了，阴着一张死人脸，殷勤地伴着陆机老人。奴婢总觉得她不安好心。"

"来得好。"唇一扬，墨九讪笑，"九爷正愁无趣呢。"

心涟和心漪互看一眼，叹口气。

"咬人的狗不叫，姑娘仔细些，总归是好的。"

墨九看着面前这两个美艳的女子，动了动嘴皮，想嘱咐的话又咽了回去。从后世穿越而来，她的心底向来揣着众生平等的价值观，对她们两个其实也一样。

若她们诚心伺候着她，回头有机会她肯定会为她们择一佳婿，让她们过好余生。可如今，既然人家要自甘堕落，她纵有心挽救，又有什么意义？

摆了摆手，她道："去吧。"

"诺。"

两个丫头兴冲冲下去了。

墨九观之，她们对她，其实并无留恋。

她们有着自己对花花世界的念想，想飞得更高，更远，想让翅膀更硬……毕竟不是玫儿啊。

莫名地，墨九有些想念玫儿了。

也不知那小丫头在临安，还好不好。

更不知这一场仗还要打多久，她何时才能回去，过上自己逍遥快活的巨子生活，继续她的八卦墓之旅。

想到八卦墓，她又想到兴隆山。

想到兴隆山，也不免想到完颜修。

不行，仇还得报！她还得找萧乾好好摆摆话。

双手叉着腰，她大声喊："击西！"

依她猜测，击西这货这会儿应当会藏在她的左右，可唤了好几声，都没有动静，她不免错愕。

萧六郎也太狠了吧？

生个气而已，连保护她的人都撤了？

墨九哼哼一声，继续往回走，准备寻了击西领她去大营找萧乾理论。这时，却见前方过来一个男子，高大有型的身上套着冷冰的甲胄。一张僵尸似的脸上，没有任何表情。

"九姑娘……"

喜欢唤她九姑娘的人其实不多。

而辜二，就是其中一个。

墨九眨下眼睛："好久不见，辜将军也过来了？噫，这些日子在军中没有见到你。"

说罢她才反应过来，辜二并非在萧六郎的麾下，而是直属皇帝的殿前司都指挥使。

这么说……

她的脑子里，刹那划过一个温暖的人影。

不待她问，辜二便证实了她的猜想。

"公子请你一叙。"

辜二如今已是殿前司的都指挥使，能直管于他，并被他恭敬地称为"公子"的人，这个世上除了东寂，再无旁人。

可东寂远在临安，怎会忽然到了金州？

墨九询问的目光瞥向辜二，他却泥鳅似的滑开。

"九姑娘，请吧？"

"呵。你这狡猾真是千年不变。"墨九笑着负手，慢悠悠地迈开步子，边走边调侃，"辜将军什么时候说话，也能多一点表情？以前我瞧你就够像僵尸人了，如今官越做越大，都大到皇帝跟前了，怎么脸上也不见多几分笑颜？"

辜二的脸，有刹那僵硬。

当然，这样的改变不明显。

因为他大多数时候都是那样的一副面孔。

墨九并不试图改变他人的行事风格，只随意与辜二絮叨几句，便跟着他的脚步从回廊往中庭而去。一面走，她一面观察。从辜二的表情来看，东寂到金州，似乎并没有惊动旁人，只不知萧六郎这会儿晓得没有？她需不需要派人通知他一下？

可那厮好像还在生她的气呢？

唉！她心里感慨，谈情说爱真是麻烦。

一阵微风拂来，她打个喷嚏，揉一下鼻子，正猜测是不是萧六郎在惦念她，便见心涟和心漪两个丫头从宋骜的屋子里出来，一袭薄纱的裙裾拖在地上，行色匆匆，一头绾好的发有些凌乱，脸色略显苍白，似乎不太好看。

墨九心道：这都搞完事了？宋骜那厮也太快了吧？

这快枪手！回头她非得嘲笑他几句不可。

"姑娘！"心涟抬头见到墨九，福身施礼。

"嗯。"墨九含笑的目光带着审视，从她二人身上溜来溜去，正待拐弯抹角地问几句宋小王爷的闺房秘事，便见宋骜那厮也慢腾腾地从屋里出来了。

站在廊下，他笑了一声，对心涟勾了勾手指头。

"你，过来！"

心涟脸色一白，看着廊下鲜衣怒马的俊美皇子，再不若先前想到宋骜时的花痴模样，甚至脚步都有点迟疑，一步一步挪到宋骜面前，手心攥紧，声音都有点颤。

“小王爷有何吩咐？”

宋骜抚了抚额，淡然自若地笑道：“去告诉姓薛的，让他找他家主子给我弄点药来。”

心涟一怔：“什么药？”

宋骜讪笑：“你说呢？他送老子两个美人，不给弄点药来，不是让你们看老子的笑话？”

心涟体味到他话里的意思，小脸微微一红，动了动嘴皮，像是想说什么，可终究不敢多言，只低低道一声“是”，便默默退了下去。

心漪看见她离开，也像被厉鬼撵了似的，匆匆向宋骜和墨九福了福身告辞，便脚步仓皇地下去找薛昉了。

这情形有点奇怪了。

墨九怔了怔，挑眉道：“小王爷这是还不够尽兴？怎么把两个美人吓成这副德行？”

宋骜冷哼一声，脸色难看地瞪着她：“我告诉你啊，小寡妇，等萧长渊回来，小爷一定要好好和他算账！好端端的弄俩娘们儿来什么意思？真当小爷是酒囊饭袋，在战场上还要玩女人是不是？”

墨九心道：难道不是？

宋骜犹自不悦：“敢坏小爷名声！回头看我不弄几个娘们儿，扒光了放他被窝里，看他干是不干！”

墨九对男人的报复心表示汗颜。

说来宋骜平常没少玩女人，心涟与心漪两姐妹长得确实不错，属于女人中的极品，可今儿他也不晓得为什么，看到两个漂亮小娘含羞带怯地入屋，他就像尾巴被人给扯住了似的，不仅硌硬得慌，甚至有一点恼羞成怒，一时没压住火气，当即发了火，把两个小娘吓得落荒而逃。

“小王爷这是真的转性了？”墨九狐疑一下，哂笑：“还是嫌心涟和心漪两个丫头不够水灵？你放心，回头我与薛昉说一声，这金州城里，肯定有比她们对小王爷胃口的姑娘。”

“放屁！”宋骜脸一沉，“小爷对小娘没兴趣！”

墨九惊讶：“那是……开始喜欢小倌了？”

宋骜磨牙：“……小寡妇！信不信小爷扒你皮？”

“呃！”墨九眯了眯眼，“小王爷勿恼！主要是你这突然从禽兽变成了衣冠禽兽，着实让我有点不解……”

宋鹜对她的讥讽不以为意，目光掠过她的面孔，扬了扬唇角，眉宇间有一种怪异的嘚瑟，就连语气也轻快起来。

“小爷已经想好了，在我儿子出生之前，小爷绝不再碰任何女人，就算是为儿子积点德，做个好爹！”

噗一声，墨九忍俊不禁。

这样有节操的男人，还是风流情种宋鹜吗？

她像是不认识他似的，一双狡黠的眸子上上下下打量他。片刻，确定他没有开玩笑，方才慢慢朝他作了一揖：“这真真儿是极好的！我替彭欣谢谢你了。但愿小王爷的话是由心而发，而非一时情绪。”

“拭目以待好了。”宋熹挑眉。

“嗯嗯，这样最好了。”墨九点头不止，“小王爷，我还有点事，先行一步。”

说罢她便转身，宋鹜瞥一眼辜二，目光微微一沉：“上哪儿去？我正准备找你一同去牢里找完颜修呢。今儿在荷亭里，我还没来得及问他什么时候识得我的，他就被长渊给押走了，奶奶的……”

看辜二已有几分不耐烦，墨九随口打个哈哈。

“不急不急，回头再说。”

若不是东寂在等，墨九真的很想留下来多奚落宋鹜几句。不过，宋鹜那句话，不管能坚持几天，至少他能说出这样的话来，她都为彭欣感到高兴，甚至也希望宋鹜在有了儿子以后，真能收心，只对彭欣母子好……

虽然这种可能性微乎其微，可她是一个愿意相信美好与奇迹的人，浪子回头金不换，谁说宋鹜就不能回头？

庭院里的风，带着莲荷的气息，幽香，淡雅，吹皱了墨九的心扉。临安一别，她许久未见东寂了，平常也很少想起他。可私心里，不管她愿意承认还是不愿意承认，东寂于她而言，是一个特殊的存在。

至于这种特殊情绪到底是什么，她一时分辨不清。

庭院里很清静，屋子里也莫名安静。

正堂里，宋熹负手而立，背对着她，墨色的长发绾在头上，束一个精美的墨玉冠，背影显得丰神俊朗，干净俊逸。他望着墙上的一幅画，似陷入了沉思，身姿久久不动。

辜二瞥墨九一眼，拱手道：“公子，九姑娘来了。”

宋熹脊背微僵，并没有在第一时间转身。

迟疑一瞬，他慢慢回头，如同电影中的慢镜头一般，脸上带出一个久违的、温暖的笑痕，如同正午的阳光，火辣辣地照入墨九的心底，瞬间便生出了暖意。

她含笑福身："陛下……"

"叫我名字！"宋熹打断她，目光停留在她的脸上，笑意不减："我此次微服到金州，并无旁人知晓，阿九在我面前，更不需要客套。"

墨九唇角扯了扯，只道出一个"哦"字。

宋熹站立片刻，从屋内走过来，站在她的面前，炯炯的目光中，闪烁着一种不知名的情绪，像跳跃的火焰，滚烫、灼热，似久别重逢的友人想要深情拥抱，却又不得不拼命克制。

"九儿，你瘦了！"

是吗？墨九双手抚了抚面颊，笑道："这随军打仗的日子，确实不如在临安好吃好喝地养着自在，瘦是在所难免的。"

感受到东寂一双审视的眸子，墨九清了清嗓子，四周张望一下，转移了话题："这金州天天打仗不得安生，东寂不在皇宫里享福，却是跑到这里做甚？"

宋熹微微一笑："微服私访啊！"

微服私访？墨九只晓得清代的乾隆皇帝最爱干这样的事，没有想到东寂这么有先进意识，居然也晓得微服私访？

她抿唇笑道："不错不错，像一个有作为的好皇帝。"

宋熹并不多言，只瞥头看了辜二一眼。

"我自然不是白来的，顺便也为九儿准备了些吃的。"

"哈哈哈。"墨九原本紧绷的神经，一下子就放松了。说到底，她与东寂因食结缘，因食成友，到最后也脱不开一个"食"字的友谊了。

她欣喜道："果然还是东寂了解我。"

两个人相对而坐，隔了一张楠木桌案，相视而笑。辜指挥使便在旁边充当着小断的角色，把之前从临安快马送过来的碧海白鱼、竹乡鲜笋，还有一盘桂花肉，一壶梨觞一一摆在中间。

放好碗筷，辜二默默退下。

想了想，他瞄墨九一眼，又补充道："这桂花肉与碧海白鱼，是公子亲自下厨做的，为免天气太热失了味，特地从冰窖取冰冷藏，快马送到金州，方才我去唤九姑娘时，才让人加热的……"

墨九拿着筷子的手微微一顿。

早就听说唐明皇为了博杨贵妃一笑而派千里快马送荔枝，没有想到她墨九也会有这样的奇遇。

而且还是皇帝亲手做的。

她望向东寂，真诚一笑："谢谢。"

东寂回眸，面色温暖："既是食友，小事一桩。"

他说是小事，但墨九却不把这当成小事。

如果东寂还是当初的东宫太子，做一顿饭倒也花费不了他太多时间。可如今的他贵为南荣皇帝，又是在与珒国开战之机，身居高位的他，每天都会有处理不完的政务，批阅不完的奏折，各路人马的闲言碎语，王公大臣的攻讦是非……他的忙碌，即使她没有做过皇帝，也能想象。

所以这桂花肉与碧海白鱼，来之不易。

她轻轻叹一口气，半开玩笑半认真地道："为了让我吃上正宗的临安桂花肉，东寂费了这么多苦心，我是决计不能辜负了的。所以，今儿这些菜都归我，我保证全部扫入肚腹，不留半点在人间。"

东寂笑着，将一块折叠得整整齐齐的帕子，放在她的面前："不急，慢慢吃。这三五日我还不会回京，你想吃什么，尽管开口……"

"谢谢！谢谢！"墨九嘴里咀嚼着，含含糊糊道，"这个我可就真的消受不起了，皇帝千里迢迢来给我做厨子，这事要是传出去，我恐怕真成红颜祸水，得被人当妖怪烧死了。"

而且，就算旁人不宰了她……萧六郎恐怕也会宰了她。

想到萧六郎那一双冷飕飕的眸子，墨九觉得耳朵有一点发热。她揉了揉鼻子，继续吃。

食物是特地为她准备的，东寂并不怎么动筷子，只是手握一杯梨觞，浅抿、慢饮，目光偶尔瞟向支摘窗外，看那一片片被风吹得在空中飞舞的残红，渐渐远去，目光有一些迷茫。

夏季的花，盛开正旺。

这个庭院郁郁葱葱，幽静清雅，他能这样与墨九对坐而饮，光景美好得竟有那么几分不真实。兴许是心底念想得太久，如今得偿所愿，他微微笑着，心底竟涌出一种感动的热流。

喜欢一个人，求不了天长地久，能求得这样安静与她对坐而食的片刻，也是上天的眷顾了。

庭外花香沁人心脾，屋内他静坐而思。一颗爱慕她的心，早已如那菩提之台，被他天天拂拭，已无半分世俗的尘埃……而她，在他的菩提台上越沉越香，慢慢就变成了他岁月里最美的一杯梨觞。

"公子……"

门口传来轻轻的叩门声。

墨九端着酒杯回头，见是心涟端了一个托盘过来。

"薛侍统交代，给公子送上雨前龙井……"

薛侍统？墨九愣了愣，反应过来。

对哦，宋熹来到金州，住进了萧乾的宅子，不可能不派人知会萧乾。薛昉已经知晓他来，萧乾自然也会知道……可萧六郎为什么还不回来接驾？

难道说他还在生气？墨九撇嘴。

心涟款款入内，看见宋熹心脏怦怦直跳。

她与心漪一开始属意的人是萧乾，可萧乾却是一根木头，根本就不解风情，不识她姐妹二人的好。后来她们退而求其次，觉得宋骜小王爷也不错，虽俊美不若萧乾，却生得风流倜傥，且观他眉目，是一个善解人意的男子，这才向他自荐枕席。

……哪里料到，会被宋骜赶了出来？

她们不甘心做侍婢，一辈子伺候人。可已经被均州知州送给了萧乾，若不能抓住救命稻草爬上岸，那么可能真就是做奴婢的命了。想她们从小被培养，就为伺候男人而生，怎么可能甘心？

薛昉让她来送茶，她先前不乐意。

这一入屋子，顿时便亮了眼。

宋骜也算长得好看俊气，可到底年纪轻，显得浮躁了一些。俊气有余，沉稳不足。这个被所有人恭顺地称为“公子”的男人，似乎天生就有一种凌驾于人的尊贵，一看便是位高权重的男子。而且他面色和善，嘴角上扬时，那微微勾起的迷人笑容，简直让她挪不开眼。

若能跟了这样的男子，此生不愁富贵荣华了吧？

心涟把茶放在桌案上时，发现自己的手都在抖。

“公子请用茶……”

宋熹嗯一声，并不多言。

见她磨蹭着还不退下，辜二皱眉道：“退下吧。”

心涟嘴里应着，目光却情不自禁地停留在宋熹的脸上，后退的脚步，也根本就不听使唤……

她异样的神色，自然引起了墨九与宋熹的注意。

宋熹眉目一沉，似有不悦。见状，深谙“伴君如伴虎”的墨九赶紧咳嗽一声，低低道：“可惜了，梨觞酒只得一壶。更可惜，喝一壶，就少一壶。这世上的憾事，莫过于此也。”

心涟伺候过她，墨九不想她因此被迁怒。

毕竟像东寂这样的男人，确实太过吸引女子的目光了，这本身并非心涟的错，怪就怪他太勾人。

于是，她又补充：“东寂可有想过，再造梨觞？”

宋熹的注意力果然被她吸引了过去。

他不再理会一个小丫头的爱慕观望，只浅浅对墨九一笑：“这想法我与九儿一样，早已有过多次。只可惜，萧氏家酿传承至今，或许是失了原来的酿酒方子，不管怎么改良，都不再是梨觞的味道。”

“可惜，可惜！”

墨九感叹着，并不真心在意这个。

“这一次来金州，东寂还有公务吧？”

她随口问着，并没有想过东寂能把真实的行程目的告诉她，只不过，为了彼此的话题能够轻松地继续下去而已。

可东寂却点了点头，目光浅浅一眯，正色道：“此次来，一为看看你，二嘛，听说兴隆山上有发现……”

墨九心里一怔。

兴隆山上的事，东寂知道多少？

她笑了笑，并没有接着问下去。

“这个事啊，回头再细说。”

两个人身份的差异与距离，有些话不方便说得太透，那样只会让彼此都尴尬。于是由墨九起头，两个人有一搭没一搭地说起了其他。

而从门口默默退下去的心涟，心尖都揪紧了——

都说“女人心，海底针”，而女人的嫉妒心，有时候也很可怕。想她二人想跟萧乾，结果从天而降一个墨九，连半杯羹都没有分给她们。宋骜与墨九也走得很近，几乎称兄道弟一样亲昵，就连这个俊美的“公子”，看墨九的目光里，也是满满的爱慕。

人之心，向来不患寡而患不均，一个女人得到这样多优秀男子的关注，本身就是一种罪过。

出得庭院时，见到心漪，说起此间的事时，心涟的语气里，已经有了满满的酸味：“都是人生父母养的，人家这命，怎么就这般不同？”

心漪叹口气：“姐姐小声些，小心被人听去。”

“小声又如何？听去又如何？”心涟嘟了嘟嘴巴，瞥着心漪道，“妹妹难道就甘心一辈子与人为奴，听她吆喝使唤？等年纪大了，容色不在，随便配给一个小厮，生儿育女，从此与荣华富贵错身而过？”

“不甘心，又能如何？”

心涟咽一口唾沫：“只要有心，总会有法子。”

墨九并不知道自己一番好心，却换来了旁人的嫉恨。她吃着东寂亲手为她准备的酒菜，好奇地问起了许多临安府的旧人旧事。

原本她宋熹以皇帝之尊应当不知情才对，没有想到，但凡她问及的人和事，他都能一一回答出来。包括大墨家的近况、墨妄、方姬然，她怡然居的娘、玫儿、蓝姑姑，甚至蓝姑姑的儿子沈加载今年春闱的考试成绩和彭欣肚子里的孩子，都详细告知给她。

“哈哈！”墨九听得开心不已，拿筷子敲着碗，“东寂，你这个皇帝做得真成百晓生了，国家大事，江湖趣闻，民间野史，一样都没有错过啊。”

东寂淡淡点头。

停顿一瞬，他突地掀起眸子。

“完颜修，可有怎么你？”

墨九怔了怔，嘿嘿一笑：“你想问的是什么？”

外界对于她与完颜修的传闻极是不堪，宋熹不愿意相信以她的聪慧会在完颜修的手上吃亏，可到底她也只是一个女子……他有些心疼她受的那些苦，可他的身份，却没有关心太多的资格。

喟叹一声，他道：“我南荣子民，怎能任人侮辱？”

墨九笑得差点被呛住，摆了摆手道：“放心吧，他没有怎么着我，你应该问一问，我准备怎么着他才对。”

宋熹眉一挑：“你准备怎么着他？”

墨九呃一声，想到自己那些不入流的法子，嫣然一笑，把话岔开了：“这种小事，就不劳陛下操心了。”看着面前快光掉的盘子，她摸了摸肚子，打个饱嗝道：“酒足饭饱，我得去休息一下。多谢盛情款待喽！”

看她说得随性，宋熹松了口气。

只要她真的没事，那就好。

他漫不经心地笑：“我来金州，原也盼着你的款待呢。”

墨九抬眸看她，面颊被他火热的目光盯得有一点窘迫，不由得避开他的眸子，打个哈欠道：“今儿累着了，天又晚了，等明儿吧，我亲自下厨，为东寂接风洗尘。”

宋熹笑：“一言为定。”

“一言为定。”墨九打个响指，撑着桌案站起身，笑眯眯地道：“你放心好了，来而不往非礼也，我厨艺虽不如你，但填饱你的肚子，绝对没有问题。”

“那我静待。”东寂唇角一弯，见她起身原本想要扶一把，可那一只痒痒的手，终究还是抚在了青花瓷的茶盏上。

“告辞！”

“回见！”

他一动不动地坐在原位，看着墨九与辜二点头示意，而后转身离去，那只手一直把玩着手上的茶盏，半点声息都无。

然而，就在这短暂的时间里，他却想了很多。想起他听说她出事时彻夜难眠在大殿上走来走去的样子，想起他下厨做桂花肉时就为听她说声“好吃”的心心念念，想起他心急火燎快马到金州的急切……可想了许多，也终归只是想。他连怎么开口让她留下来，多陪他一会儿，都说不出口。

她走得很快，似乎并无留恋。

可他的目光追随着她的脚步，却越发控制不住。

心脏胡乱地跳着，他目光忽闪忽闪，深邃难辨。想他贵为皇帝，富有四海。可面对她的时候，却不知为什么，总会有一种难言的卑微，做了这么多，也只换得她一笑而已。

“九儿……”

就在她跨出门槛的一瞬，他听见了自己的声音。

墨九听出他声音里的颤意，觉得有些不对劲，回头时，目光里就带了一丝关切的审视：“怎么了？你身子不舒服？”

东寂浅笑，摇头：“没有。”

墨九松口气，莞尔：“怎么的？还有事？”

宋熹张了张口，心里的念想说不出来，只望着她出神。

“嗯？咋了？”墨九觉得他古怪得很，可她等了许久，他还是沉默着，一直看着她不说话。

墨九考虑一瞬，以为他是为了兴隆山上的事，那个与八卦墓有关的东西不好开口，不由得一叹：“大家是朋友，有什么不好说的？……你说吧，既然吃了你的，我就嘴短。一般的要求，我都能答应的。”

她无奈的低叹声，撞击着宋熹的心脏。

抿了抿嘴唇，他微微一笑，声音宛若蚊鸣。

“好。我也吃了你的，任何时候你需要我，我都会帮你。”

停顿片刻，他目光深幽一眯，一字一顿补充：“不论何事，不问缘由。”

宋熹突然微服出现在金州的战争前线，几乎没有惊动任何人，便是萧乾也没有预料到。可得到消息的时候，他却以校场练兵为由，没有第一时间返回宅子去觐见皇帝。

身为他贴身侍卫的薛昉大抵能猜出他为什么别扭，却无法理解他这样的逸群于世的男子会为一个妇人别扭成这样。

心里叹着气，薛昉独自回宅子安置好了宋熹，再回校场的时候，原以为萧乾会询问一下皇帝入住的情况，可萧乾执锐披甲，该做什么做什么，似乎半分都不关心。

薛昉纳闷了。

这主子的脾性也太难猜了。

他到底是不在意呢，还是太在意？

思量一瞬，他大步上前，抱拳提醒："使君，属下回来了。"

萧乾头也没回，嗯一声："我看见了。"

薛昉无语抿唇片刻，观察着他的脸色，又压低嗓子："陛下已安顿好了。"

嗯一声，萧乾按住腰刀，目光巡视般落在校场上的禁军方阵上，再不言语。

"陛下带了些吃的，与墨姐儿同食了晚膳……"薛昉又下了重手。

又听他若有似无地回应一声嗯，薛昉有一种说不下去的感觉。

不是在闹别扭吗？这样以毒攻毒都激不起他的反应？

薛昉迟疑片刻，看萧乾并未阻止，他猜度着主子的意思，又继续零碎地念叨："吃过晚膳之后，二人聊了几句，墨姐儿便告辞离开了，并未多做逗留。在院子里，墨姐儿遇到小王爷纠缠，要拉她去找完颜修，可墨姐儿并不像寻常那样与小王爷打趣，她像是心绪不太宁安，几句话摆脱了小王爷，便拂袖而去……"

萧乾目光微微一眯。

他一晃而过的情绪，没有逃过薛昉的眼。

果然说墨九心情不好，他就有动静。

心里一喜，他赶紧道："使君可要回去瞅瞅？陛下也还等着您呢。"

萧乾攥紧手指，似是思量了一瞬，可他并不回答薛昉，只忽然掉头对着校场上几名练兵的将校道："都随我入中军大帐来。"

"是，大帅！"

几名将校早就发现萧乾今儿的情绪不对劲，可他做事一丝不苟，似乎又与往常没有什么区别，他们心里各自都揣着自己的小九九，不敢言语。如今听见大帅召见"内谈"，不由得高悬起心脏，小心翼翼地跟上去。

萧乾端坐主位，把一份军报丢在桌上。

"传阅一下。"

几名将校依次翻阅了军报，面面相觑一眼，其中一人抱拳道："大帅，完颜修已被我军掳获，珒人少了他，短时间内应当翻不出什么风浪。依末将观之，两场大战下来，我军伤耗过大，呈疲软之态，此时应当结寨筑防、提升兵力、休养生息，不应继续与珒兵死战……"

"嗯？"萧乾抬头，淡淡扫视众人，"你几个都这样看？"

几名将校默认不语，迟重却皱眉，上前抱拳道："大帅，末将以为，珒人失完颜修，正是军心涣散之时，我军应当趁此机会，一鼓作气北进为佳。"

萧乾赞许地看了迟重一眼，又冷冷剜向其余几个软懦惯了明显想多一事不如少一事，能不打就不打，只要珒人暂时不来犯，就可以回去吃香喝辣的家伙。直到他们脊背生寒，他方才慢条斯理地起身，走向大帐中间的沙盘，修长的手指指向汉江以北，大大地画了一个圈。

“即日起，加紧在金州及淮水一线修筑防御工事……”

说到此，见几名将校明显松一口气，他声音突地一凉：“传令下去，后日一早，全军开拔，争取两日内拿下临兆，七日内将邓州、唐州、蔡州、颖州、泗州等淮北一线的珒国占区拿下……再一路挺进北地。”

几名想早早结束战事的将校，暗吸一口凉气。

看萧乾的样子，这一战是准备打到珒国老巢去的？

来均州之前，他们无不想着等赶跑了珒人就回去抱老婆生孩子，根本没有继续往北的动力……这些年他们居于临安府的富足生活，早已失却进取心，什么国仇家恨也都抛于了脑后。如今一听萧乾之言，一个个希望破灭，不免都有些打蔫。

一名将校鼓起勇气，抱拳道：“大帅，此事可需请示朝廷？”

萧乾冷冷扫他一眼：“你在质疑本座的决断？”

那人立即低下头：“末将不敢！”

萧乾抬头，冷声道：“大军到达临兆，稍事休整即速开始攻城。诸位谨记，机不可失，失不再来。一个建功立业、名垂青史的机会就摆在你们面前，切不可懈怠，务必抓紧时间，拿下临兆。”

“末将领命！”

“下去准备！”

“诺。”

在萧乾吩咐众将校的时候，薛昉一直默默无语，等大帐里的人都出去了，只剩他二人时，他拿过炉子上的水壶，往萧乾凉却的茶盏里续上热水，安静地站在他面前。

“使君，此事会不会操之过急？”

那几名将校虽然有些贪生怕死，可有一点却是没有说错。两场大战下来，南荣兵确实也有些精力不济，疲乏偷懒，也确实需要时间休整，再整肃军备。就算要一鼓作气，也不急于那三两日。更何况，如今宋熹人就在宅子里，他完全可以先回去与他相商再决定的。

他以为萧乾还在闹别扭。

可萧乾面色淡然，清冷如水的脸上什么情绪都没有。

揉着额头，好一会儿，他若有所思地望向沙盘。

“燕雀安知鸿鹄之志？”

薛昉心里一窒，哦一声，不敢再多话。

萧乾一个人深思片刻，目光紧盯沙盘，突地转头，淡淡道：“走吧，回去。”

薛昉有点跟不上他的节奏，抿了抿唇："是。"

他拿过萧乾搭在椅上的披风，替他披在肩膀上，却发现萧乾的目光越过沙盘上的崇山峻岭，视线胶着在北方大地一望无垠的大草原上，久久都没有收回来。

这么一阵磨叽，等萧乾与薛昉骑马入城的时候，天已擦黑。

城墙上的守卫见到二人，迅速开门放行，可萧乾却没有加快马步，而是慢条斯理，像在检阅军队似的，慢慢打马穿过门洞，回到城西的宅子。

有宋熹驾临，整个宅子的气氛便有些不同。

一派宁静的氛围下，处处暗哨，戒备森严。

在这些细节上，薛昉从来没出过纰漏，安防做得极好。

书房里灯火通明，宋熹果然还没有入睡，在安静而耐心地等着萧乾。

萧乾入内，长长的披风带出来的凉风，将油灯的火舌扇得闪烁不止。

"微臣参见陛下。"

宋熹身姿放松地坐于案后，察看着近期的军报。听见声音，他抬头，看见背光站在门口的萧乾，微微一笑，就像根本没有察觉他脸上的冷漠之态，轻声道："萧爱卿辛苦了，快请坐！"

萧乾手肘轻轻一拂披风，端正地在他案前的座椅上坐下，挺直的脊背，锐利的眼神，肃寒的面孔，仿佛他身处的不是有南荣皇帝在的书房，而是那个尸积成山、血流成河的战场。而他此时也不是南荣的枢密使，天下兵马大元帅，只是一个铁骨铮铮的军人。

"陛下此番到金州，可有要事？"

他凉薄的声音里，只阐明了一件事——宋熹不该来。

宋熹听懂了他话里的意味，轻轻一笑，唇角弯起。

"将士们在外风餐露宿，为国捐躯，我实在难以在临安坐享其成，过来看看。"

萧乾微合的锐眼微微一挑，若有似无地扫了一眼他的面色，淡淡道："陛下康健安稳，便是百姓之福。此番前来，若让有心人觑见，对南荣、对整个征北大军，都非幸事，陛下，事先应当思虑周全一些。"

他的话并没有错。

在战时，皇帝私自出宫，若遇险境，让南荣朝廷如何自处？

宋熹听出了他的弦外之音，也听见了他第一次使用的"征北大军"一词。

沉吟片刻，他问："决定了？"

萧乾直视他的眼，目光如炬："陛下不想？"

宋熹抿了抿唇，笑容里有一丝恍惚："三千里河山犹在悲切，天下热血男儿，当如萧爱卿豪情。朕只叹不能御驾亲征，与使君共酬壮志，收拾旧山河。"

他回答得如此爽利，萧乾略微意外。

凝视着宋熹，他挑了挑眉："谢陛下。"

"萧乾。"宋熹直呼他名字，短暂地停顿一瞬，突然道："勇士安天下，当无软肋。她跟在你身边，可助你一臂之力，原是好事，可她也成了你的掣肘。又何必让她受无端牵连？"

萧乾目光浅眯，与他视线碰撞在一起。

两个人默默而视，静静交锋。

这一夜，书房里的灯火，三更才灭。

萧乾与宋熹究竟说了些什么，没有旁人知晓。外面守候的侍卫只知道待萧乾出来的时候，天边的圆月已照亮了大地，将皎洁的月光华丽地倾泻在宁和的这所深宅上方，淡淡，再淡淡，就像从来没有发生过任何事情一样。

更响三下，墨九还未睡熟。

吃了一餐东寂快马从临安送来的美味桂花肉，墨九这时候的情绪并不是很好。她在感情上有些迟钝，可若是真的迟钝到看不出来东寂对她的情意，那她就是矫情了。

然而，她对处理情感之事，却是无奈的，尤其对于东寂。

她很清楚自己情牵萧六郎，再无旁人。但东寂悄悄地来，出现在她的生命中，默默地守护，轻而易举就在她的生命中留下了一笔。无关情爱，无关暧昧。她知道，即便过去很多年，年轮模糊掉他们的容颜，东寂从容的、轻暖的笑，也会一直留存在她与萧六郎岁月静好的流年里。

辗转着，她难得地多愁善感着。

想着，烦着，她翻个身，微微叹息一声，便听见了推门的声音。

这间屋子是萧乾的，墨九习惯了没事就睡在他的床上，反正他对她"规矩"得很，走了五十步，怎么也不肯走出一百步，对他，她没有什么可担心的。尤其是今日，她明知他那般离去肯定在生气，她偏生要黏上来收拾他。那感觉就像耍赖的小女孩一样，吃不着，非得吃。而这种情绪，也似乎只会出现在萧六郎的面前。

所以，除了萧乾之外，推门的不会有别人。

蜷了蜷身子，她撩开帐子，看向门口的高大剪影。

"六郎回来了？"

女子呢喃一般的声音，低缓、轻柔，似夹杂了一抹怨怼。

"嗯。"萧乾一改白日的别扭与生硬，坐到床沿上睨她片刻，探手抚了抚她的脸，声音浅而凉，"没有睡着，还是我把你吵醒了？"

噫，这厮不生气了？

或者说，他自个儿生一阵闷气，想通了？

墨九捋了捋披散在肩的长发，打个哈欠，往床里头挤了挤，瞥他道："没事，你没吵着我，是我自己睡得不踏实。"末了，她问："六郎营中事情都安排好了？"

"嗯。"萧乾的掌心没有离开她的脸，似乎有些不舍般轻轻地揉抚片刻，又皱了皱眉头，看向她和衣而躺的样子："怎么不洗漱就睡下？"

墨九嘴一撇："没心情。"

洗漱还要看心情？这叫"洁癖患者"萧六郎情何以堪？

萧乾眉心紧蹙着，对她的回答似乎不满意："为何没心情？"

墨九唇一弯，突然茅塞顿开。

这货该不会是在吃醋吧？他以为她是为了东寂没心情？

虽然是有那么一点点，可她用脑袋担保自己打死都不会承认的。

哼哼一声，她懒洋洋地叹息："谁让有个人生我气来着？而且，我却不晓得人家为什么生气。你说我无端端受人脸色，心情能好吗？"看他脸色沉郁，默不作声，墨九又高高抬起脚："喏，你看，脸没洗，脚也没洗，什么都没洗，我就这样躺在了你的床上。洁癖郎，还敢生气吗？"

她说的是怨怼的话，可披散的长发凌乱着，脸上一道枕压的睡痕也显得有点滑稽，再配上一张红嘟嘟的嘴巴，忽闪忽闪的长睫毛，便添了几分娇气，像一个撒娇的孩子。

萧乾无奈一笑，拍拍她高跷的腿，起身道："我去差人备水……"

"不要！"墨九一个鹞子翻身，迅速扯着他的衣袖便坐起来，"你还没有说清楚为什么生气呢，我不洗，偏要臭着你！"

"哪儿有这样讨价还价的？"萧乾扼住她的肩膀，试图抽回袖子。

可墨九多拧的人呢？死死拽住他，她下巴高抬，一副似笑非笑的揶揄模样里，满满都是不怀好意的捉弄。

"除非你亲自给我洗，我才要考虑原不原谅你。"

萧使君有严重的洁癖，见天把自己捯饬得整洁利索，可从来没有亲自动手捯饬过旁人。墨九原本也只是玩笑着将他一军，以为这个大男子主义泛滥的男人，干不出帮妇人洗浴的事，没有料到，他略一迟疑就出去唤人备水了。

噫？墨九一愣，难不成他真要帮她洗？不能吧。

她怀疑地趿上鞋子跟上去，左左右右地打量他。

"萧六郎，你转性了？"

萧乾看她一眼，并不回答。

很快，两个侍卫便抬了木桶去隔间的净房，热气腾腾的水氤氲得让墨九睁不开眼。

“喂，萧六郎……”她润了润嘴巴，看他玩真的，自己却缺勇气了，“嘿嘿，这不像你会干的事。”

萧乾慢条斯理地脱下外袍，挽高袖子，清凉的眸底带着一抹笑。

“小娘子，请入净房？”

这货很少说这般轻佻的话，墨九噎了一下，还是有点不敢相信他要纡尊降贵亲自为她服务。斜睨着他，她一步一步拖着脚走过去，倚在净房的门框上，隔了一层薄薄的热雾看萧乾高远出尘的俊脸，无法从他的表情上判断出他到底是认真的还是在与她“斗智斗勇”，看哪个先扛不住认输。

“嗯？”萧乾低笑，“怕了？”

墨九唇一弯，走到他身边。

“那就劳驾六郎了。”

“无妨，为小娘子洗浴，是本座之幸。”萧乾低幽磁性的声音，夹杂着一种莫名的喑哑，勾出韵味十足的尾音，仿佛可以撩人心弦的羽毛，轻飘飘一下，就让墨九心跳加快，脑子也有点晕……

她清清嗓子，克制着心里的澎湃，笑道：“最难消受美男恩，既然六郎自愿，那姑娘就受了。”

净房光洁的四壁，是一种类似于镜子的材质，精工巧制，增加了光线的明亮度，也映出了萧乾丰朗俊逸的面孔，那颜值高得让墨九在伸手解自个儿衣衫时，突然有点手抖，试了好几次都解不开盘扣。

“我来。”萧乾温柔的声音擦着她的耳际而过。

墨九一窒，正想拒绝，他已伸手过来为她宽衣。

“……喂！”她低唤。

“嗯？”他头低下，呼吸落在她的面颊，轻缓、温热，撩拨一般低低浅浅，“乖，别动！”

两个人之前有过比这更为亲密的举动，可萧乾这般为她宽衣解带却是第一次。而且这样的氛围让墨九有些束手束脚，让在二人问题上一向高调主动的她，突然找不北，放不开了。尤其眼睁睁看着外衫从肩膀滑落地面，只剩一件小衣时，她终于忍不住。

“好了好了，我自己来。”墨九摁住他的手，与他深邃的眸子互望一眼，突地又觉得有点好笑。

至于吗？两个人何必斗这个气？

冲他翻个大白眼，她捡起外袍披上，合拢领口，径直往木桶走去：“本宫要沐浴，六郎可以退下了。”

不管怎么说，她还是黄花大闺女呢，越是在心上人面前，越会不好意思。真让她当着萧六郎的面沐浴，或者让他来给她洗澡，不如直接杀了她好了。而且，尽管墨九也觉得自个儿长得不错，可在风华绝代的萧乾面前，她对自己的身材，还是有点怪异的不自信。

“阿九！”背后，萧乾突地唤她一声。

“啥事？”墨九想着事，随口应着，正待回头，腰上突地一紧，一只有力的胳膊束紧她的腰身，强行将她的身子扭转了过去。

这孟浪的举动丝毫也不像淡然自若的萧六郎。墨九一怔，想要嗤笑他一声，他却已将她的腰往怀里紧紧一裹，低头噙上她微张的馨香檀口，几近急切地辗转于她的唇。

……嗯？墨九惊讶地瞪着他，说不出话。

萧乾轻轻吻她，见她一直大睁着眼睛，唇角微挑，喟叹着轻松一笑，闭上眼睛，掌心同时慢慢覆上她的眼：“阿九专心一点。”

眼前忽地一黑，墨九的世界里便只剩下他的气息。

清香的，淡雅的，温柔的，缱绻的……他的吻正如他这个人，该柔和的时候柔和得暖人心扉，该霸道的时候也绝不会允许她有丝毫的挣扎与退却。他大手扼着她的后脑勺，慢慢加深了这个吻，像一个掌握天下的王者，迫得她不得不为配合他的身高，将双脚高高踮起。

恋人之心，如许情重。

墨九从来不排斥与他亲热，但一来衣衫落地，穿得太过清凉，二来萧乾今儿的情绪似乎不对劲，让她久久无法进入状态。

“萧六郎！”察觉到他莫名的急切，她拳头在他心窝上捶一下，迫使他放开了她，“痛！”

他一窒，松开她的唇。

墨九大口喘息着，红着脸昂头看他：“你今儿吃错药了？”

他低头深深凝视她片刻，默默地抱紧，力度大得似是恨不得与她融为一体，却半声都不吭。

净房在旖旎中安静下来。

木桶里的热水，袅袅荡出热气，让整个空间如同笼罩了一层仙气，经由镜面反射，相拥的两个人，一个俊，一个美，画面唯美得像置身于天宫之中，浪漫的矛盾里，又有着难得的和谐。

他道：“阿九，我只是想对你好。”

世上最美的爱情，是灵魂与灵魂的碰撞。每个女人的骨子里都渴望着温情，希望自己的男人能够像宠孩子般宠着她，懂得她的心思，尊重她的决定，理解她的悲伤与快乐，分享她的每一个小情绪，有着灵犀般的默契。

萧六郎纯粹而浓烈的情愫，墨九感受到了。

于是，她不由得又犯了女人常有的通病。

“六郎会一直对我这样好的吧？至少，在云雨蛊没解之前，不会轻易变心吧？”

萧乾失笑，轻抚她的头发：“我们之间，与云雨蛊何干？阿九放心，不是一直，是一辈子。”

这不是睁眼说瞎话吗？他们两个之间分明就与云雨蛊有关好不好？那个不容忽视的问题一直摆在中间，墨九可不会像他那么“大气”地直接抛弃掉云雨蛊。哼哼一声，她在他怀里挣扎一下，轻嗔他：“还一辈子呢？！有些人真是健忘，今儿白日的时候，是哪个家伙与我置气，黑着一张脸，对我不理不睬的？”

“嗯？是哪个欠收拾的得罪了我阿九？”萧乾搂紧她，脸严肃下来，“阿九快告诉我，我这便去收拾他。”

这样一个俊得毁天灭地的美男装傻充愣的样子，着实帅得惨绝人寰。墨九心大性宽，原本对萧乾就没有什么怨气，被他这么一逗，心里便有些乐不可支。不过，有一句话他却是说对了，有些人就是欠收拾，她这次，一定得给他点教训。

“还装傻？哼！老虎不发威，你当我是病猫？”墨九使劲戳他胸膛，“除了你，还有哪个敢欺负我？”

“我？”萧乾一脸蒙，“我有这么浑吗？竟敢得罪阿九，我胆子也太大了吧？”

“当然有。”墨九冷眼剜他，“不准再装蒜！”

“哦。”他老实地应了，执起她的手吻了一下，正色道：“阿九，是我不好，不会有下次了。”

“呵呵。”墨九干笑，“若有下次，如何是好？”

萧乾皱眉，慎重地考虑一瞬，再一次吻她手背：“若有下次，阿九就狠狠罚我。欺负一次，你就罚一次。”

今儿太阳打西边出来了？萧六郎竟然这么好说话，不仅会道歉，还这么会哄女人？

墨九微微眯眼，打量着他的脸：“小狗才骗人？”

“骗人是旺财。”

“好嘛。”墨九觉得旺财挺可爱的，也就不想再与他计较了。轻轻偎入他的怀里，她双手束紧他的腰，小女人似的拿脸蹭了蹭他的胸口，小声道：“夜深了，六郎先去睡，我等一下来陪你。”

“不行。”他断然拒绝。

“怎的，又反了你？”她抬头。

“我得亲自为阿九洗干净，再坦诚地接受阿九的‘惩罚’，这样才安心……”

墨九怔了怔，终于反应过来他先前说的“惩罚”是个什么鬼。

一咬牙，她恼而嗔之：“……流氓，出去！”

他浅笑不答，只是头一偏，低下，堵住她微翘的唇。

“嗯！”墨九无奈地发现，这货越来越会耍流氓了，而且还耍得这样帅。

见她没有再挣扎，萧乾微合的眸子睨一眼她细白无瑕的脸蛋，一边轻轻慢慢地吻她，一边解开她的小衣，薄凉而喑哑的声音，从她的唇，一点一点转移到她精致的锁骨：“阿九，云雨蛊……似乎又长大了。”

墨九心尖一缩，像得到了某种心理暗示似的，登时不太淡定了，浑身上下像有蚂蚁在爬，也不知是自己情动难抑，还是云雨蛊在挑战她的理智，靠着他的身子越来越软，双脚几乎不能依靠自己的力量站立。

“六郎，失颜之症……”

她在提醒她，用自己仅存的理性。

“嗯。”他缓一口气，“我只是说为你搓背而已。”

墨九瞪着他清俊的面孔，嗔怪：“你在戏弄我？”

“我胆子没那么大。”

扑哧一声，墨九忍俊不禁：“越来越贫！”

“阿九，”萧乾忽地肃然了面孔，视线微低，“可记得醉红颜？”

“当然。”想到中了“醉红颜”毒的那一段惨不忍睹的日子，墨九一脸无奈，“提起它做甚，你莫非又想整我？”

萧乾摇头，慢慢把她身上仅剩的衣料扯去，错开视线，将她抱入木桶，淡淡道：“醉红颜并非我有意整你。在识得你之前，我研究方姬然的病情有几年了，治疗的法子目前还没有想到。故而，我想要预防，醉红颜虽有毒性，会令你暂时失颜，可它却是我唯一想到的预防之药……”

啊？！

这简直就是从天而降的惊喜。

墨九几乎忘了自己光着身子坐在木桶里，而他就在面前，一脸抑止不住的欢愉：“真的？六郎不是安慰我的？”

“嗯。”萧乾考虑一瞬，低头在她唇上啃了一口，“可到底有无效果，目前我不敢肯定。”

墨九升起的希望，瞬间变成了忐忑。

墨九无奈地挑了挑眉，晓得他尽力了，心里一软，柔声道：“不如我们试试？”

萧乾目光微暖：“如何试？”

"这个简单呢……"墨九笑着看他，"我们做过之后，不就知道了？"

她原是玩笑的话，萧乾听完却很认真。正经着面孔，他抚住她微湿的长发，从上到下柔情地摩挲片刻，轻轻挑开，低头在她光洁的耳际一吻，哑声道："我也很想。"

这样缠绵的话，让墨九敏感的小心肝止不住猛跳。情绪一上头，她双臂蛇一般缠上他的脖子，目光胶着在他俊美的容色中不能自拔："逗你玩呢，傻阿郎！我即便不顾及你，还得顾及自己呢。怎么着你也是我要凑合着用一辈子的人，两三下把你祸祸出问题了，那我不得把肠子悔青？"

萧乾呼吸渐促："阿九可知逗我的下场？"

"下场？还上场呢。"墨九哼哼，"你待如何？"

萧乾炽烈的目光从她的脸，一点一点转移到波光潋滟的水面上，看一波一波的涟漪间，女子掩不住的姣好，一种熟悉的火缓缓从下腹升起，迅速蹿至四肢百骸，烧得他目光赤红，几乎不受控制地扼紧了她的身子。

"你想做什么？"墨九满是风情地瞟他一眼，逗他上瘾。

"你说我想做什么？"萧乾双手松了松，搭上她的肩膀，像握不住她滑嫩的肌肤，冷不丁往下一滑，一捏，墨九惊呼一声，双颊通红地看着他，"你……"

一个字没落下，墨九便听得他轻笑："我想为你擦背。"

……这是被他反逗了？

墨九深呼吸一口气，尽量无视他艳绝魅惑的眼，淡定地转过身去趴在桶边上，舒服地半合着眼，把线条匀称的后背留给他："来吧，英雄！"

萧乾轻笑一声，掬了水抚上她的背。

她肌肤原就很美，凝脂一般惹眼，那水珠顺着她的脊背往下，一滴一滴，晶莹、透亮，衬得她肌肤越发细白，晃得他视线一凝，情不自禁低头，吻上那一滴下滑的水珠，慢慢吮、慢慢游弋……墨九受不得这般怜惜，身子微微一颤，在这突如其来的温存里，几乎不会思考，思绪一片空白，低低哼出的声音，尽是娇嗔。

"萧六郎……你个禽兽。"

萧乾抬起头，继续往她后背掬水，就着软软的帕子一点点为她温柔擦拭，潋滟的眼波中，荡漾着说不出的情动，呼吸也寸寸温暖。

"阿九可懂得什么是禽兽？"

他在背后，墨九看不见，这样近距离的温柔，让她心弦乱弹，声音又软又哑。

"当然懂得，不就是你这样的？"

萧乾轻笑："我若禽兽，可就没你了。"

没她了，这话什么意思？墨九回眸一瞪："请你摸着良心解释一下。"

萧乾对她时不时飙出那些与众不同的言语早已习惯，眸光暖暖罩着她的脸，似荡着一圈柔情的光晕："在你之前，想让我禽兽的女子如过江之鲫，我若真行那禽兽之事，身边又如何还有阿九？"

"好像有些道理。"墨九唇角绽开一个灿烂的笑容，戏谑地飞他一眼道，"不过六郎这是在自夸，天下女人都想睡你吧？"

萧乾严肃地点点头："嗯，哭着喊着想睡……"

墨九噗一声："不要脸。"

萧乾笑着拿湿漉漉的帕子抚了抚她的脸："难道阿九不想睡？"

墨九一脸都是水，恼嗔地拍开他的手："讨厌，哪个想睡你了？"

他皱眉道："不想睡我，你想睡哪个？"

墨九哼哼，斜剜他一眼："你没见多少优秀的男子，排着队地等着九爷去临幸？"

普天之下也就墨九这个妇人敢大言不惭地说这句话了，而且……这还是令他烦躁的实事。想到大牢里的完颜修，别院里的宋熹，还有各种乱七八糟眼神使劲往她身上瞄的男子，萧乾莫名心堵，为她擦身子时，手上的帕子重了重，动作再不如先前温柔。

墨九见他硌硬了，心里不由得大乐："怎么，六郎这是酸了？别这样嘛，看你排队时间较早，九爷肯定会优先考虑你的……"

"小东西！"萧乾似乎磨了磨牙，突地低头，恨恨在她嘴上嘬了一口。

"嘶！"墨九不依，"亲痛我了，要赔！"

萧乾哭笑不得地点了点她的脑门，目光怪异地瞄着水波里的身子："老实点，不然……"

"不然如何？"

"不然我洗一个晚上。"

"唉，你这个人太没幽默感了！玩笑而已，洗一个晚上，不把我洗脱一层皮吗？"

萧乾但笑不语。

墨九见不得他镇定如常的样子，突地直起上身，脸对脸看着他，用一种媚媚的声音娇娇地问："萧六郎，其实我有些好奇……你说你看了一辈子清心寡欲的书，到底懂不懂得如何男欢女爱？"

这样暧昧的话，让萧乾心口一窒，差点把持不住。

"墨——九。"他一字一顿地唤她，"我是男人！"

墨九扑哧一笑，手指抚上他的身子："这个我验证过了呀，货真价实的男人！"

"你再逗我？"

“逗你如何？”墨九对他魅惑地眨了眨眼，轻轻呵气，“你吃了我？”

萧乾伸手逮住她，就往木桶外面提。墨九大窘，身子不由自主地往水里沉。可她的力气怎么奈何得了他？只听她啊地惊呼一声，身子突地离开木桶，湿漉漉地露在他的面前。悬空的惊恐，让她情不自禁揪紧萧乾的胳膊。这时，他却揽住她的腰，将她狠狠拽入怀里。

“我便吃你试试。”

灯火忽闪忽闪，带着夜的魅惑，也清晰地映衬了两个人狂乱的心跳。

这么一“吃”便是小半个时辰，墨九身子有些疲乏，精神头却异常亢奋，蜷缩在萧乾微湿的怀里，她面色娇若桃花，却窘迫得一眼也不敢看他……在她挑衅他那句话之前，她真的以为像萧六郎这样清寡淡然的男子，对男女之事是一窍不通的。

至少，他不会比她懂得多。

可她太低估古人的情商开发程度了……尤其是萧六郎这样爱读书爱学习的古人。

当她被他“吃”得渣都不剩，只能像一只软脚虾似的蜷缩着，再无半点斗嘴的力气时，终于不得不承认。

“太过轻敌，果然容易全军覆没。古人诚不欺我也……”

萧乾低低浅笑，一只精壮的手臂置于她的脑后，一只手轻抚着她的脸蛋，哑声道：“阿九可是美了？”

美？！当然美了。墨九想着先前狂浪一般涌来的激情，还有那变得不像自己能把控的欲念，心里莫名一窒。兴许是云雨蛊的作用，兴许是恩爱后遗症，一种怪异的患得患失感，让向来心大性野的她，突然儿女情长地柔弱起来。

“萧六郎！”她侧过身子，手圈着他的脖子，一点一点凑过去，观察着他的脸色，“除我之外，你从此再不能钟情旁妇，更不能对别的女子做出这样的事。否则，我怀疑我会不会气得亲手宰了你……”

唇角往上一扬，萧乾脸上掠过一抹柔情。

他没有回答，只是温柔地拂开她垂落的发丝，在她额头印上一个吻。

“一个墨九，足矣。”

墨九满意了，靠着他温暖的身子，舒舒服服地一叹。

“六郎，你觉得我这个人……好不好？”

女人一旦确定心意，在心爱的人面前，总会有那么一丝丝的不确定。墨九也如是。

萧乾紧紧搂住她：“很好。”

墨九眼睛笑得几乎弯成了月牙，她一动不动地打量着萧乾，觉得她的六郎真是好看得不行。每一个地方都好看。五官轮廓，身高身材，几乎全方位无死角，便是连肌肤的韧度与嘴唇的柔软性，都那么有诱惑力。

忍不住心里感恩一般的情绪，她又问：“我哪里好？请举例说明。”

萧乾向来不是会说好听话的男人，闻言微微一怔，笑着搂了搂她。

“你脾气很好，几乎从不生气。就算生气，也很好哄。”

好嘛！墨九得意地翘了翘唇角：“还有呢？请继续举例。”

萧乾想了想：“你待人很好，不管对方身份高低，富贵贫贱，在你的眼里，全都一视同仁。阿九，你是特别的。”

嘿嘿一声，墨九被夸得有点飘飘然了：“还有吗？”

萧乾专注地盯着她小小的脸，手在她腰间慢慢摩挲着，也不知想到什么，忽而低声一笑：“你品性很好，收拾人从来都不会在明面上，一般都暗地里下毒手，会给人保留一点尊严。”

这是夸还是贬？

墨九嗤一声，抬头瞪他：“果然夸奖不过三句，你就现了原形……”咳了一下，她又莞尔：“不过这也算是优点啊。还有吗？继续说，越多越好！”

“因为你是我的女人，所以，你的一切都是好的。”低低喟叹一声，萧乾的唇堵住她的唇，辗转吮拥片刻，他目光微沉，慢慢抬起头，流连般落在她的脸上，用一种欲语还休的表情盯住她，慢腾腾从枕头下掏出一个方形的紫檀木盒子，递到她的面前。

“这是什么？”墨九狐疑地接过来。

瞥他一眼，她正要打开，他却摁住她的手：“回头再看。”

这个人好生奇怪。回头指的是什么时候？

一种不安的情绪袭上心间，墨九不太踏实了：“六郎这是做甚？神神秘秘的可不像你。”

萧乾大拇指摩挲着她的唇角，眼里有一丝不舍。

“明日大军开拔临兆，阿九，我得走了……”

墨九心里一紧，眸子微眯：“然后呢？”

“……”他深深注视她，紧紧抿唇。

“说话！”

“……”

“说话！”墨九沉了声。

萧乾眸色一闪，视线瞥开，语气里似乎夹裹了千言万语的无奈。

“宋熹说，兴隆山上应当就是八卦墓之一，你留下来助他。”

第十二章　一场辜负，一场情深

这完全不像萧六郎能说出来的话。

墨九仰头看他片刻，突地扑哧一声，像往常那般笑得满脸阳光。

“六郎开什么玩笑？兴隆山上有八卦墓？我都没有确定的事，宋熹连山都没有上去过，他凭什么确定？你居然还相信了，不要太逗哦！”

在他的面前，墨九已经不再设防，一向有什么说什么。她这个时候想的，便是宋熹在想法子诓骗萧六郎。可他听完她的话，眸子沉沉间，竟有一丝复杂的愧疚，一闪而过。

墨九敏感地捕捉他的情绪，瞬间抽紧了心脏。

“你不是开玩笑的？”

“不是。”萧乾突然垂目，“是真的。”

墨九慢慢放开束在他腰间的手，目光里的笑意慢慢敛住，抿了抿嘴唇，倔强而冷漠地看着他：“你先前说，我不爱生气是不是？”

萧乾眉宇间有着淡淡的涩意：“阿九……你懂的……”

“我问你，是不是？”墨九拔高了声音。

“是。”

“有点意思！”墨九脸色如同暴风雨前的天空，布满了阴霾。可睨他片刻，她仿佛在乍然间便想通了，又似乎在怒极反笑，一改先前的恼怒，似笑非笑地冷讽道：“那你是不知道，不爱生气的人，一旦生起气来，神仙都拦不住。”

“阿九……”萧乾又唤她一声，喟叹道：“八卦墓不是你的兴趣？”

“对啊，八卦墓是我的兴趣，你还真的了解我。”墨九咬了咬牙，用一种冷漠的目光看着他，声音里有淡淡的调侃，“可编一个兴隆山上有八卦墓的谎话来留住我，那就不是我的兴趣了。萧六郎，你真当我是傻子呢，还是太看轻我的智慧了？

有什么想法，你不能直接告诉我吗？拐弯抹角的你累不累？”

“唉！”

萧乾突然重重一叹。

“阿九，此番北去，不仅危机重重，也凶险万分。你也知道，这场战争对我意味着什么，它不仅是南荣的战事，也是我的一场命运之战。你知道的，我不能出半分差错，也错不起……”

“所以，我成了你的负累？”墨九挑眉。

“不。”萧乾否认，“你从来都不是我的负累，相反，你能给我很大的帮助，但是我不愿意自己喜欢的女人跟着我吃苦，陪着我赴一场前途未知的腥风血雨。”

呵呵一笑，墨九目光微湿：“你凭什么就认定我不喜欢吃苦，不喜欢与你一起赴一场前途未知的腥风血雨？子非鱼，焉知鱼之乐。若我就愿意与你一起吃苦，愿意与你一起风雨兼程走向未知呢？”

“你是妇人，身娇体贵，当让人捧在手心里，当宝一般呵护着，免风吹，免雨打，不应当受此辛劳……甚至会有性命之忧。”

“萧六郎！”墨九高高仰着下巴，“这些你问过我了吗？”

“阿九，不要固执！”他素来淡然的声音，难得地出现起伏，“若我成王，哪怕倾尽天下，也自当来接你。若我为寇，也愿你有更好更自在的未来……”

“好玩，真好玩！”墨九笑了起来，“云雨蛊呢？你打算怎么办？”

萧乾嘴唇动了动，没有言语。

墨九盯着他的眼，又笑：“我的失颜之症呢？你也不管了？”

“我不会不管你。”他的手轻轻抚上她的脸，专注的视线灼灼盯着她，“阿九，你等着我，我一定会治好你。我萧乾这一生，可不管任何人，也不会不管你。你等着我回来！”

墨九冷笑：“不，我等不起。毕竟还有那么多人排队等我宠幸，既然你弃了权，就别怪我选择别人。这世上，没有一个女人会空守无望地等待，尤其是对一个从来不拿她当回事的男人，更不值得等。”

萧乾目光危险地一眯，看着她不说话。

“萧六郎，你与他串通好的吧？”墨九冰冷的声音，有着淡淡的嘲弄，“找一个八卦墓的拙劣借口，让我心甘情愿地留下来，兴高采烈地去探墓玩耍。其实兴隆山上哪儿有什么八卦墓，若有，凭我的眼睛，又怎会看不出来？萧六郎，其实你真实的想法，是希望我与宋熹一起回临安，对不对？”

她问得声色俱厉，萧乾却默默无言。

有时候，与这样的闷驴子说话，墨九觉得特别伤脑筋。

“萧六郎，你一定觉得自己很伟大对不对？觉得这全都是为了我好是不是？”

“阿九，并非如此……”他叹息一声，似乎想向她解释什么，探手紧握她的肩膀。

“别碰我！”墨九挥开他的胳膊，一双艳美的眸子浅合着，样子越发桀骜不驯，“我记得我曾经说过，我最不喜欢被人安排命运。我决定了做什么事，就有付出代价的承受力。我就算死在战场又如何？只要是我自己选择的，我就会心甘情愿。”

“阿九……”

一双有力的手臂搂紧了她的腰。

他温暖的体温，熟悉诱人的清香，清清浅浅传入她的呼吸里。

毕竟是心爱的男人……墨九心里一软，将脸靠在他的肩膀上，把心里的不满都咽了下去，低低道：“只要你说肯让我随你一起，陪着你北征，我保证，从此不会再为你添麻烦，也不会再让自己陷入险境。”

“阿九当知道，战场不适合女子。”萧乾的语气满是无奈，“而且我让你留在金州，还有别的……”

不待他说完，墨九猛地抬头，堵住他的嘴巴。

她似乎不想听他那些喋喋不休的规劝话语，热情地撬开他的唇，灵巧的舌挑动着他的神经，动作急切得似乎想要证明什么，吻着他，吮着他，身子偎着他，若有似无地磨蹭着他，含糊道：“什么也不准再说，你先前才轻薄过我的，你就得对我负责，可不能始乱终弃……萧六郎，做男人不能这样的！”

“阿九！”萧乾扼住她的肩膀，将她推离寸许，低头睨着她的唇，“你听我说！”

墨九心里一紧，绷着面色，弯唇冷笑道：“不必再说，我都懂了。最后再问你一句，你不改决定，是不是？”

看她小脸上傲然凌人的光芒，萧乾的呼吸一紧。

迟疑一瞬，他合眼：“不改。”

“好样的，萧六郎，算你狠。刚从床上爬起来，就可以这样冷血无情地将人拒之千里，算我墨九长见识了！”墨九点点头，目光里飙着凉飕飕的寒意，“既然你不愿同进退，共生死，既然你铁了心要为我好，那我也不能辜负了你的期望。”

见他沉默不语，墨九恨恨地咬了咬牙，慢腾腾从床上爬起，手撑在床沿上顿了片刻，也不知想到了什么，忽而又回头，带着一抹轻笑揶揄道：“怪不得萧使君先前肯纡尊降贵，为我做那等下贱的事，原来是心中有愧！”

“不是……”他声音微哑，“与此无关。”

“不是无关，是太有关了。一个甜枣，一个巴掌，你的行为让我不得不怀疑，那颗甜枣只是巴掌的等价交换。”墨九是个牙尖嘴利的姑娘，自有她强辩的理由，尤其是在这样的时候，她心肺里都是火，说出来的话，自然不太中听。

“萧六郎，我真觉得依你的本事，你不去专业伺候女人，真是可惜了……啧啧！”墨九坏坏地舔了舔下唇，用一双雾蒙蒙的眼睛看着他，慢慢凑近，在他俊逸非凡的脸上捏了一把，轻轻呵气道，“这么美的颜，这么棒的活儿，那么细致的伺候，莫说你让我留下来，便是你什么更过分的要求，我都会答应的。”

“阿九！”

比起这样皮笑肉不笑的墨九，萧乾更愿意看她生气。

“你当知晓，我对你的情分，从不掺杂其他……”

“是啊，确实没有掺杂其他。你不过是怕我生气，想先安抚好我罢了。恭喜你，你如愿了，我很舒服——”墨九轻飘飘瞄他一眼，一件件套好衣服，趿上鞋子立于床头，又道：“实在不好意思，这段时间给你添了好多麻烦，让你提心吊胆，还痛失两城。萧使君的想法我都懂的，毕竟男儿志在四方，若情感被一个妇人束缚，不仅贻笑大方，让天下人耻笑，也实在灭了你男子威风……”

看萧乾目光寸寸变凉，墨九心头的火仍是未灭。

“所以，你且放心，这种闺房里的乐事，我是不会随便告诉别人的。毕竟我还盼着下次嘛。六郎下次有兴趣了，或是受不了云雨蛊的折腾了，记得约我……”

“墨九！”萧乾眉心紧皱着，对她这样的态度有些头大，可在这个妇人的面前，他纵有千般恼意，万般情绪，都没有办法发泄……而且，她也不是一个会给他机会发泄情绪的主儿。

三两句贬损的话说完，她头也不回就往外走。

萧乾缓缓坐起，无奈地叹息。

“天快亮了，你去哪里？”

墨九回眸一笑，眼波在灯火下，似有浅浅的流波辗转，无半分恼意，却字字刺骨：“我去反思。看看我墨九这个人到底是有多讨厌，刚刚与人‘奸情’完，就被人当瘟神一样地从身边驱逐了……”

萧乾俊脸一沉，抿紧薄唇，凉凉地看她。

他似乎在因为她的话生气？

那冷飕飕的气场，让墨九有点不适应。

有多久萧六郎没有用这样的目光看她了？

其实她作一下，以为萧乾会像在净房时一样，束了她的腰，生气地把她带上床，然后压上来，低低呵斥她“你这妇人，实在拿你无法，你爱去就去吧”，可她等了好半晌，他也没有动静。横竖下不来台，她心里怨怼更浓，内心怒意如同燎原之火，迅速燃遍了全身。

哼，了不起啊？

他不让她去，她自己就不能去吗？

这个世上谁能挡住她的脚步不成？

这般想通，她掉头，脚步迈得更大，也坚定不少。

“阿九！”她不抱希望了，他却唤了她。

几乎刹那，墨九就没有出息地选择了原谅他。

如果他向她道个歉，她就原谅他好了。毕竟萧乾这个男人是个古人，大男子主义思想严重，他受的教育与她不同，他的价值观也与她不同，好多事情她不能用对现代男人的理论去看待他……关键的是她很清楚，他实实在在是为了她的安全考虑。

她想了很多，可结果只等到他一句话。

“把我给你的东西，带上。”

墨九心里那个恨呀。

这个男人也太可恨了，他就不能挽留她一下？或者哄她几句？

心火再一次被他撩起，她回头，冷冰冰抬起下巴：“不好意思，姑娘不稀罕！”

萧乾坐于床沿，静静地看她，眸光浮动间，情绪复杂难辨。

“别闹了，好吗？”

墨九回视着他，眼睛瞪了好一会儿：“我不想与你闹。最后只有一个要求，回头我去大牢里看看完颜修，希望你能同意。”

萧乾沉吟久久，方道：“好。”

“……谢谢！”

一声疏远的“谢谢”说罢，墨九在油灯忽闪忽闪的光线里，与他对视着，慢慢挪动脚步，又走回床榻边上，安静地看着他，突地一闭眼，慢慢低头，吻上他的唇。

温暖的接触，让他身子刹那僵硬：“阿九……”

可墨九并没有与他温存，只蜻蜓点水地亲了一下，便抬头错开身子，将那个长方形的檀木盒子拿起来，在手里掂了掂，背身而行。

“六郎保重！”

萧乾的手臂触上她轻软的衣料。

有那么一瞬，他想抓住她。

可终究，他伸在半空中的手慢慢放下，深呼吸一口气，看着她的背影。

“阿九，对不起。”

墨九回头，冲他一笑：“一个怀抱就能解决的事，何必说对不起？”

眸底闪过一丝不舍，萧乾默然无语。

屋子里，再一次寂静下来，油灯里的火舌舔着灯火，映出的孤寂影子，只有他一人。过了良久，他低哑的嗓音再一次喃喃出口：“失了天下，我总有夺回的一天。若失了你，我将一无所有。阿九，我赌不起。”

这个时节的天，一会儿晴一会儿雨，比孩儿的脸变得还快。

天亮的时候，太阳金灿灿地挂在天际，如火山爆发的岩浆，把天地笼罩成了一个巨大的蒸笼。公鸡叫，兵戈起，金州城在经历了一番变故之后，迎来了新一轮战事的开始，民众涌动的热情被火辣辣的太阳一灼，情绪沸腾着，再难平息。

又要开战了！

南荣这次要主动北上了！

珒国王爷完颜修被掳，萧乾明日北征，珒国要完蛋了！

各种各样的传闻充斥在金州这座不大的城池里，也传入了城外的南荣大营。大军即将开拔，营里忙碌，却不显杂乱。每个将士各司其职，准备着行程，并没有人发现今儿他们一向仙风高华的大帅有什么不同。

可眼精的人，到底不一样。

从薛昉、宋骜、迟重到四大侍卫，个个都了解他的性子。从他策马入大营开始，几个人见着他，能躲就躲，躲不过的都不敢轻易出声。他们都得见了风吹草动，今儿凌晨墨九独自从他房里气咻咻出来，独自回了她的香闺就寝——从入金州，这还是第一次。

两个人吵架了？闹别扭了？谈崩了？

不管是哪一种情况，对他们几个来说，都是“人间地狱”，就怕被墨九抛弃了的萧乾大发雷霆，找他们的事。可他照常做事，看军报，睇沙盘，督促将校们做事，再三核实行军路线，他平静得有些诡异。

另一头，墨九睡到日上三竿才起身，梳妆打扮得比往常精细了几分，裙裾钗环，薄施粉黛，那叫一个光鲜靓丽。精神头十足地出门，她谁也不爱搭理，就邀了宋熹一人去吃喝玩乐。

金州城虽经历了大战，可到底是边陲重镇，精美的吃食、独有的风味自然也不缺。加上有宋熹相伴，两个志同道合的食友在一起，她的样子，那叫一个轻松自在，嘚瑟愉快，神采飞扬……

两人弃车步行，一上午的时间几乎逛遍了金州。

这个金州，与墨九见过的任何一座城镇都不同。它原是南荣的土地，被珒人占领多年，所以在南荣原有风土人情的基础上，又融入了一些珒国的特色，不谈国家荣辱，这样的金州美食，是别具一格的，也是让墨九心满意足的。

今儿恰逢金州大热，一片暑气覆盖之下的金州城墙巍峨高耸，城楼下的民众都在观望南荣大军的盛事，挤得水泄不通，指指点点。南荣大军次日开拔，震动了整个金州城，热气熏人的风中，似乎都卷入了一层浓浓的硝烟味。

墨九与宋熹混迹在人群里，只当几个远远追在背后的侍卫不存在。她微笑着吃糖、吃饼、吃茶、吃酒，吃各种各样琳琅满目的小吃，宋熹耐心相伴，偶尔与她讨论几句对美食的看法，把她逗得乐不可支。

这般玩耍着，等她的胃都抗议了，终于结束了吃货之旅。

“没有想到啊，你没带我吃遍临安城，却把金州城吃遍了……”

想到当初在楚州萧府里许下的承诺，宋熹脸上浮起暖暖的微笑。

“只要九儿愿意，临安又有何不可？”

“哈哈！”墨九笑道，“等回临安，继续。”

“你说了算！”宋熹的样子，也很轻松。

脱下帝王的战袍，像寻常百姓那般生活，食遍人间烟火，他似乎也很享受。墨九观察他片刻，看了一眼川流不息的人群，皱了皱眉头，有点不耐烦在人群里被挤得像肉夹馍了。

“东寂！”她指着高高的城楼问宋熹，“我们可以去上面看吗？”

城楼上面，都有南荣禁军在把守。加之又是战时，是严格禁止百姓上去的。但这样的事难不倒宋熹，他闻言微微一笑，回头朝贴身太监李福使了一个眼色，李福那货弓了弓身子挤上前去，不一会儿就回来了，摆着一脸的笑。

“公子，姑娘，请！”

台阶被烈日烤得连鞋子踩上去，都有些烫脚。

墨九在民众诧异与惊艳的目光里，与宋熹一前一后沿着台阶上了城楼，一起站在金州大门的城墙处，看城外蚂蚁一般涌动的禁军将士，看旌旗战车，看战马金戈，目光猛地一眯。

艳阳如炽，她在这里吹暖风，萧乾这会儿又在做什么？她其实是想与他并肩策马，一同驰骋在这苍茫大地上的。不论成败，她都不怕，也做好了充分的心理准备。可此刻，他继续走在他选择的道路上，而她只能站在他背后的温室里……看他马蹄铿铿，踏破汉江，北征而去。

眼眶忽地一热，她揉了揉眼。

“怎么了？”宋熹低头睨她，扶住她的肩膀，“心里难受了？”

墨九不着痕迹地挣脱他的手，侧着身子轻轻一笑：“城头风还挺大，刚上来就迷了眼。”

“我看看？”

“不用，揉揉就好。”

她说得很轻松，就像真的没有难过一样。宋熹俊逸的脸上闪过刹那的不舍，心里默默一叹，站在她的身前，为她挡住不知从何处吹来的微风，柔和的声音也散在那风中，落入她的耳际。

“这里没有旁人，你想哭就哭，我不会笑话你。”

瞥他一眼，墨九扑哧乐了：“我为什么要哭？你们两个商量好了哄着我，骗着我，为了我的安全也算煞费苦心了，我不是应当开心才对吗？”

她这样直言不讳，宋熹却微微一怔。

“为什么你生他的气，却不生我的气？”

墨九迟疑一瞬：“因为你不是他。他是我的男人，而你是我的朋友。”

很多时候，最最伤人的不是谎言，而是实话。

墨九对宋熹说的话，其实是天下女人的共同心声。女子的心都很柔软，可以对人微笑、给人宽容。但因为深爱，反而对自己的男人要求更高，哪怕会惹得他们生气，不理解，可因为他是自己的男人，就必须“享受”这与旁人不一样的待遇。至于朋友，只要彼此相处融洽，可以开心玩耍，就能继续友谊，她也不会计较那么多。

可这样的真实，如一把重锤，击在宋熹的心上，让他突然有一点喘不过气来。

“谢谢你能把我当朋友，也谢谢你的原谅。”

“不必客气，其实像你这样的朋友，普天下，我也就一个。”墨九肯定了他在自己心里的蓝颜地位和与众不同，突地又长长叹一口气，拍拍他的胳膊，指了指城楼的台阶：“我还有点事得去办，先行一步了，回头一起吃晚膳。”

哦。独一无二的地位让宋熹的心情爽朗不少，那淡淡的情绪也都散了去，立在风口上，他柔目微合，衣袍飘荡，没有帝王的严肃，温润的样子像极了一个翩翩佳公子：“晚上我们吃什么？”

“我说过要亲自下厨请你的，不会食言的。你等我。”

“嗯，我等你。”宋熹轻笑，“风雨无阻。”

“风雨无阻——”墨九的心情似乎没有因为与萧乾的不愉快受什么影响，冲宋熹挥了挥手，径直离去。

回到宅子，她换下汗湿的衣裳，穿了套轻便的裙装，拎上一坛金州酒，让灶上准备了几个可口的小菜装在食盒里，准备去金州大牢里探访一下故人——完颜修。

“姑娘……”

刚出灶房，她就碰见了心涟与心漪。

这姐妹两个生得天姿国色，无奈遇到的男人都拒绝了她们，脸上不免添了一些郁气，墨九扫她们一眼，心里微微一叹，唇角扬起，笑道：“怎么的，今儿不值扫，在这儿瞎逛什么？”

她并不揭短，只轻松打趣。

心涟瞥着她艳光四射的小脸，咬了咬下唇，样子有点难堪。

“我们专程过来找姑娘的……”

“哦。有事？”墨九眸子微眯。

“姑娘……”心漪抢在心涟前面接过话。见墨九似笑非笑的面色，并无半分责怪与看不起，似乎松了一口气，吧嗒一下便落下泪来，冲她福身道：“是薛侍统让我姐妹二人回来继续伺候姑娘。”

“哦，不过我其实……”墨九润了润嘴唇，笑吟吟道，“并不是很需要人伺候，一个人也可以过得很好的。你们两个若是不甘愿留在我身边，我可以和薛昉说说，让他放你们离开。要嫁人，要如何，全由你们自愿。”

有一句话萧乾说对了，在墨九的眼里，人与人是平等的，从无高低贵贱之分，尤其这样两个花骨朵似的女子，若成天留在她的身边，为她端茶倒水，做下人的粗活，她也会有暴殄天物的感觉——

与人方便，自己方便，能够成全旁人的时候，她向来不吝啬。

心漪一怔，感动地颤了颤嘴唇，却哭着跪下来。

“姑娘，奴婢愿跟着你，再无二心。之前是奴婢眼皮子浅，总想着攀龙附凤，想那浮在天际的荣华富贵。可昨日小王爷一句话，却把奴婢点醒了……”

哦？墨九挑了挑眉，宋骜还能说出什么金句来不成？

“小王爷说，男人喜欢征服，只会爱上自己追来的女人，从不会将上赶着爬床的女人放在心上，除非他们别无选择。即便是男人一时性起，睡了她们，了不得也只当一时玩物。人贵在自重，妇人更应如此，才能得到男子怜爱。”

说到这里，心漪慢慢抬起头，每一句话都情真意切：“之前奴婢一直不明白，为何萧使君独宠姑娘，那一个个优秀的男子，也都心悦姑娘，甘愿臣服在姑娘的裙下……如今奴婢想明白了。”

还有理论研究？

墨九但笑不语，只想听她如何说。

心漪似是下定了决心，咬了咬唇继续道：“是奴婢没有把自己当成一个人，把身体当成货物与赌注，男子才不把奴婢当成人。而姑娘一直把自己当成一个人在活，爱着自己，心疼着自己，从不依附男子而生，这才获得了萧使君这般男子的怜爱与爱重。”

墨九淡淡瞥她，好半天没有言语。

不得不说，宋骜试遍花丛，也没白干，他到底说了一句明白话。

男人有时候，确实就有这么个贱性……越是黏他，越不把女人当回事。

她缓一口气，半合眼道：“可你们留在我身边，我给不了你们任何想要的。”

心漪摇了摇头：“奴婢不要什么。奴婢能跟在姑娘身边，就可以学得很多东西了。学姑娘的豁达开朗，学姑娘的为人处世，若有一天，奴婢也有姑娘一样的自信睿智，相信会有好郎君一心一意待我……”

墨九弯唇一笑，冲她点点头，目光淡淡挪向心涟。

心涟是姐姐，这姑娘的自尊心比心漪更强一些，昨日被宋骜从屋子里撵出来的事，宅子里的人从上到下都知晓了，虽然刚过一夜而已，这两个如花似玉的女子，也被人在私底下说得极是不堪，她可有像心漪一样想通？

迎上她探究的目光，心涟窘迫的脸色有点挂不住，却也堪堪跪了下来。

“奴婢与妹妹一般，愿为姑娘马前卒！只愿学得姑娘万分之一便足矣。”

墨九静静看着她们，许久没有吭声。

看她沉吟思考，两个丫头久久都不敢动弹。

天气太热了，暑气蒸得她们浑身汗湿，额头上很快滑下了汗水。

“求姑娘恩准！”

“求姑娘恩准！”

一人一个脆生生的响头，即便是铁石心肠的人也会被软化。

淡淡扫向她们额际的汗水，墨九慢吞吞把食盒递上去。

“走吧，陪我去金州大牢。”

墨九向来欣赏敢于向命运抗争的勇敢女人。

这两个小丫头打小被人贩子卖为“瘦马”，受的教育都是如何讨好男人，如何伺候男人，在那样的环境下长大，她们的心思会长歪，其实不奇怪。所以，她们如今的醒悟与思考，在她看来，也是难能可贵的。

时下的妇人，大多不思考。她们从来不去想自己的命运为何会如此，一生束缚于那后宅，如瓮中的鳖，除了倚仗男人一日三餐的供养，再无其他挣扎……所以，她也珍惜这样的醒悟。

金州大牢在城北。

大抵是萧乾已经差人打过招呼了，墨九领两个丫头过去，牢头恭顺地接待了她们，还亲自在前头带路，一无询问，二无阻止，点头哈腰的样子，像伺候自家的亲祖宗。

对此墨九很满意。

金州大牢的环境，比墨九猜测的更差。

外面阳光灿烂，温暖舒适，可牢室里却阴气沉沉，不知多少年没有接受过阳光的沐浴了。她领着两个丫头走过长长的甬道，浑身冷飕飕的，却非凉爽的舒坦，而是汗毛倒竖的不适。而且，时不时还能看见一两只受了惊吓四处飞窜的老鼠，更是看得人肝颤。

同一片蓝天下，两个截然不同的环境。

怪不得“牢狱之灾”，是人最不愿意经历的噩梦。

尤其那完颜修，一个高高在上的皇子，从来都是翻手为云覆手为雨的人物，何时这样被人强硬地控制过自由与命运？这对于他来说，算得上是此生不遇的奇耻大辱了吧？

这么一想，墨九心里又痛快了几分。看来萧六郎对他的处罚是对的，怎么也应当让他尝一尝失去自由，身陷牢狱的滋味，才能解去她当日在金州所受之辱与心头之恨。

她哼哼一声，恢复了一贯从容的笑容。

可是，当她走入关押完颜修的牢室时，却惊愕住了。

这一间，该不会是金州大牢的顶级牢房吧？

不仅有床有椅，有茶有书，还额外给他配备了两个美女！

完颜修斜倚在床头上，枕着厚厚的枕头，一副慵懒的轻闲样子。两名美女一个跪在他的身边为他捶腿，一个恭顺地拿了一把木梳，轻梳着他的长发，在为他编发辫。

这哪里是坐牢啊？人间极乐好不？

墨九牙根突然有点痒，原本想看他笑话的心思全都喂了旺财，一双眸子瞬间转冷，在掠过完颜修意态闲闲的神色时，突然有一点想问候萧六郎家的祖宗了。

牢头见她一会儿晴一会儿阴，小心翼翼地把牢门打开，又小退两步，躬身摊手道："姑娘，您请！"

墨九冷冷嗯一声，扭头对他道："麻烦你了，我待一会儿就走。去吧！"

"是是是。"牢头恭敬地低垂着头，不敢看她漂亮的小脸，手心里都捏出了汗，"薛侍统差人来打过招呼了，这个人的一切事由任姑娘处置，不管姑娘待多久，我等都不会干涉。"

这样啊？墨九斜斜睨着他，阴郁的心思一散，又乐呵起来。

摆摆手，她道："行，你们退下吧。"

牢头应着，领着两个狱卒退下去了。

墨九收回了问候萧六郎祖宗的想法，慢条斯理地步入牢室，轻松地环抱双臂，看着眼睛都不抬的完颜修，冷哼一声，似笑非笑地揶揄道："好家伙，王爷的心可真大！没有听见九爷来了？"

"来了又如何？"完颜修喃喃着，像是快睡着了。

"没有听见他们说，你的命握在九爷的手里？"

完颜修挑了挑嘴角，漫不经心地睁开眼睛，回敬给她一个轻松的笑，拍拍袖子闲闲道："本王辛苦了一辈子，好不容易得此机会，放下军务，自在享乐，这会儿心宽得很，哪里管什么命不命的？这啊，就是好命！"

墨九拳头打在棉花上，心里的晴空登时飘了雨："你不怕死？"

完颜修似是沉醉在两个美人的柔情中，打个哈欠懒洋洋道："死在战场是死，死在温柔乡里也是死。若可以选择，宁愿死在战场，还是死在温柔乡？"抬了抬眉，他见墨九冷笑，也跟着笑道："萧使君能给这般厚待，本王知足了！回头若有机会，也定会给他同等的待遇。"

"你想得美！"墨九在心涟拉开的椅子上坐下，不轻不重地嘲弄道，"看来这大牢把王爷关傻了。你以为你还会有机会出得去？"

完颜修浅浅眯眸："我还活着不是吗？只要活着，就有希望。"

"好像有点道理。"墨九摸鼻浅笑，突然觉得对这个家伙的仇恨，其实不如之前想的那样深……甚至那些恶毒的整他的法子，如果真用在这样的美男子身上，她还有点不落忍，怕遭天谴。

"唉！我真是一个心底纯善的女子……"她道，"先吃着，我想想怎么收拾你吧。"

完颜修弧线完美的唇角挑了挑，几不可察地掠过一抹笑，瞥向心漪放在桌上的食盒："巨子能来看我，还备上美食，那是修之福，必须承你情意。"

说到此处，他风流地拍拍捶腿女子的小脸，邪邪地柔声道："乖，去帮着把酒菜端上桌，本王要与巨子痛饮几杯。"

他浪荡风骚的动作，让那小娘有些羞涩。若有似无地嗯一声，她风情万种地瞥了完颜修一眼，揉了揉被他拍痛的脸，娇声嗔怪："王爷，你弄痛人家了。"

完颜修笑得邪佞："你不就喜欢本王弄痛你吗？"

小娘低眉咬唇，更加羞恼不堪："王爷……"

她的羞窘，逗得完颜修哈哈大笑："乖，先去摆食，爷晚些再疼你。"

墨九翻个大白眼，有些无语了！原本她是来羞辱完颜修这厮的，结果人家享尽了人间艳福不说，还当着她的面与美人调情，大秀风骚，也简直太不要脸了。

轻咳一声，她道："王爷可需要我暂时离开，稍后再来？"

"不必不必！"完颜修笑着，长腿慢慢落下榻，早有美人替他套上鞋，而他懒洋洋地由人伺候着，等整理好了衣冠，把两名美人打发了出去，方才坐于墨九的对面，瞥一眼那几盘小菜与心涟斟好的酒杯。

"能有机会与巨子痛饮，修此生足矣！"

他半开玩笑半认真的话，又得了墨九一个白眼。

"我可不是来与你叙旧的，陪你喝点酒，是为让你一会儿少点痛。"舔了舔唇，她补充道："毕竟我很仁慈。"

完颜修不在意地哈哈一笑，修长的手指握着酒杯，昂头一饮而尽。

墨九觉得这货的心真大，不由得凝眉："你就不怕我在酒里下毒？"

完颜修轻睨着她，意犹未尽地抿了抿唇，突然严肃了脸。

“能死在巨子手上，是修之福，此生无怨。”

他专注凝视的目光中，有那么几分不加掩饰的淡淡情愫，这让墨九心里狠狠一跳，不免有点费解。这男人还真是一种奇葩的生物，一声又一声地赞着她，从来不吝啬对她的好感与情意，可他似乎忘了，先前还与两个美人在床上翻滚……

难道他是想说，我的心是你的，可我的身体是天下女人的吗？

扑哧一笑，她被自己的想法逗乐了，牵唇而笑。

“修王爷真是一颗多情种子，走到哪里就哪里开花。想来你这套路也不知骗了多少无知少女了，只可惜……”

“可惜对巨子无用。”完颜修哈哈一笑，摸了摸高挺的鼻梁，笑道，“正是此理。故而，我们只喝酒，不谈风月……”

“我们之间并无风月可谈。”

“那巨子想谈什么？”他再次敛住表情，认真看她。

墨九与他对视，目光交锋片刻，眉头微微一皱：“有一件事情，想问王爷。”

“说！”完颜修懒懒喝酒。

“当日我被人掳去你军大营，下了酥筋丸的毒，独自一人躺在大帐里，先遇上几名醉酒的珒兵骚扰，差一点被他们轻薄了去。当时，我以为只是碰巧，可回头想了又想，若我是阿息保，要献给王爷的女人，身子又不能动弹，他为何不派专人看守着我？为何那几个醉酒的士兵，敢随便进入阿息保安排的营帐？为何他们来的时候，布里苏那个丫头又刚好不在？”

完颜修目光一凝：“巨子是说……有人故意的？”

“我只是做此猜想。”墨九道，“我知晓下毒之事原与王爷无关，虽然对王爷有些愤然，可如今擒了王爷回来，还影响了南荣与珒国的战局，你也从此身陷牢狱，报复其实足够了。所以我只是想，酥筋丸如此神药，阿息保这样的莽夫不该懂得才对。”

“是他找陆机老人要的。”完颜修很肯定地告诉她。

“是他去要的，还是陆机主动给他的？或者是陆机游说他用此法的？”

这件事完颜修从头到尾都没有参与，所得到的消息，也都出自阿息保的事后禀报。如今被墨九再三追问，他似乎也不敢确定。考虑一瞬，他突地笑道：“陆机如今人就在南荣营中，你何不直接问他？或者让萧乾去问他？”

若他会说，墨九又何须这么麻烦？

瞥着完颜修的笑脸，墨九张了张嘴，却没有出声。

她是来探完颜修口风的，她又怎么可能反被他探了去，把与萧乾和陆机老人的种种告诉他？完颜修自在地喝着酒，看她半晌无言，唇角扬出一抹笑意：“或许只是巨子多想了？”

墨九目光微阴："或许是。"

她心底当然不认为是自己多想，这件事的猫腻如附骨之疽，一旦产生怀疑入了心，就很难消退，除非她能弄清楚事情的始末。毕竟那一夜的经历太过惊恐，若果然有人诚心整她，她又怎能坐视，怎能不防?

她是怀疑陆机老人的。

可潜意识却告诉她，那个老头儿怪是怪了点，讨厌是讨厌了一点，对她也确实不怎么友好，但若说他这个年龄还会干出这样缺德的事，似乎又有点牵强。更何况，他教出了一个萧乾这样的徒弟，想来品行不会坏到哪里去。萧乾更不是识人不清的人，陆机老人若有这般心机，恐怕萧乾也不会待他如此尊敬了。

若非陆机，又会是谁?

如此反复思考一遍，她面色慢慢凝重起来。

"难道与她有关？"

完颜修不晓得她指的是谁，默默喝了三杯酒，看她还在发怔，几不可察地皱一下眉头，摇头失笑道："巨子来大牢探我，到底是请我喝酒的，还是探听消息的?或者是如你所说，是为折磨我而来？"

墨九看着这个狡猾得如狐狸一般的家伙，冷冷挑眉道："你是皮痒了，等不及挨我收拾了？"

完颜修面色一敛，认真点头："是，有点等不及了。"

墨九哼一声："矫情什么？不急！来日方长，我还得在金州留一段日子，你先好吃好喝养着身子，享着好福，等再长得康健一些，我自然会下手。"

完颜修猛地凑过头来，目光含笑地睨着她，唇角微勾，神色略显风流，压低的嗓音里，有一种揶揄的无赖："巨子不曾试过，怎知我身子不康健？若不然，让你检查一下？"

被这厮调戏了？墨九嗯一声，却也不恼，只冷眼横过去："小皮鞭蘸盐水的滋味，修王爷可有尝过？"

完颜修似是认真地琢磨了一下，睫毛轻轻一垂，脸上竟浮出几分类似腼腆的笑意来："若巨子喜欢这般情趣，修配合一下也无不可。只怕到时候……巨子会承受不住。"

墨九刚端起酒杯，闻罢噗一声，喷出一口酒。

"完颜修啊完颜修，给你三分颜色，你还开上染房了？我告诉你啊，你现在是我的阶下囚，你的小命就捏在九爷我的手里。九爷喜欢让你吃顿好的，喝点小酒，你就偷着乐吧，还敢趁机调戏我，是嫌命太长？"

"呵呵！不敢不敢，我想讨好你还来不及呢。"完颜修直起身子，风流倜傥地斜倚在椅背上，懒洋洋从袖子里掏出一样东西，在墨九的面前晃了晃，轻放在桌面上：“巨子看看，可还喜欢？”

“什么鬼？”墨九狐疑地看去。

那是一个用黑曜石精工雕成的鸟……不，严格来说，它并非普通的鸟，而是一只看上去像老鹰，但姿态比老鹰更威猛，眼神也比老鹰更锐利的动物。

墨九斜斜瞥他：“长得不怎么漂亮，不太喜欢。”

完颜修一如既往带着半嘲半讽的笑：“它叫海东青……”

墨九心里一颤，再次瞟他一眼，却不作声。

这海东青是何物，若换了旁人兴许不知情，但墨九好歹吃过专业饭，晓得它的来历。海东青曾是某些民族的信仰图腾，传说它是世界上飞得最高和最快的鸟，有“万鹰之神”“神的使者”的含意，十万只神鹰才出得一只“海东青”，是一种神圣的象征。

那么，完颜修佩戴的海东青图腾，更是一种身份的象征。

可墨九不识他的意图，只装作不懂。

事实证明，女人有时候装傻比扮聪明更招男人待见。

完颜修看她抿着粉嘟嘟的唇，瞪着一双水灵灵的眼睛，极是逗人喜欢，不禁心情大好。两个人相处的时日不多，可他对墨九这个女人的性子，却有了那么几分了解。

但凡墨九想做的事，天王老子来了都挡不住，也劝不住，所以他敢肯定她一定会把这件事情追究到底。若换了旁人，他自然不会理会她要如何，可对墨九，大抵便是一桩孽缘了，在墨九面前，他无论如何也横不起来，也见不得她陷入为难的样子。他想，便是她要天上的星星，他也肯去为她摘下来，只求红颜一笑，更何况力所能及的事？

叹一口气，他拿过海东青石，在掌中摩挲着，半开玩笑半认真地笑：“以前修不解周幽王点烽火为褒姒一笑，唐明皇送荔枝只为佳人解馋是为何故，甚至也不解萧乾拿两城换一个女人是犯的哪门子病……”

说到这里，他停住，拿眼瞄墨九，只摇头发笑。

墨九听得莫名其妙：“周幽王、唐明皇、萧乾与这个海东青何干？莫非他们都是同一个祖宗？”

完颜修嘴角抽了抽，将摸得温热的海东青石递到她的面前：“拿着这个。若有一日你为此事找到阿息保，你问他，他必会告诉你真相。若你不幸落入珒兵手上，凭它也可换得一命。”

“哦？”墨九似笑非笑地瞥一眼，却不伸手去接，“无事献殷勤，非奸即盗。我可不敢平白无故收人东西。说吧，你有什么要求？”

完颜修一愣，随即哈哈大笑。

“算是谢你的。”

“谢我？”

“谢你留修小命到如今。”

“可你依旧无法活着出去。”

“无妨！”完颜修笑眯眯看她一眼，狭长的眼眸里划过一抹微亮的光芒，他把桌上的小菜挨个儿尝了一遍，又亲自为墨九斟满一杯酒，与她碰了碰：“即便喝完这杯酒就得上黄泉路……”

说罢他又笑，墨九冷哼：“如何？”

完颜修收住笑意，正色道：“修也会在黄泉路上等你。”

“等我报仇啊？放心，等你被黑白无常带去投胎了，我还好好地活着呢。”

“不报仇！”完颜修抿了抿唇，“只想问问你，可不可以与我一起走奈何桥，一起去投胎，下一世，忘了萧乾，与我在一起？”

墨九心里一阵恶寒，肩膀抖了抖，觉得鸡皮疙瘩上了身。

“要不要这么肉麻？说得好像你果然喜欢我似的。”

“当然……”完颜修斜斜睨她，“是假的，哈哈哈。”

爽朗的笑声里，他昂头喝光了杯里的酒，笑盈盈地看着墨九，突地拿手指撑着额头，眼睛一眨不眨地盯住她，那专注的模样竟然性感得要命：“墨九，为什么会有两个你？难道是上天感应到了我的期望，派了另一个你来安抚我？”

墨九的唇角狠狠一抽搐：“那是因为你喝大了，眼花。”

“没有。”完颜修笑道，“你可知我在珒国有一个什么绰号？”

“什么？”墨九好奇地挑眉，戏谑问，“酒仙、酒神、酒圣、酒鬼、酒棍？”

“酒祖宗！”完颜修脸上还带着笑，一张俊气的脸灿烂得似乎开成了一朵花，帅气得极为要命，若非墨九定力好，心里又有萧六郎，非得迷失在他这醉意朦胧的笑容里不可。

咳一声，她指了指几个盘子：“吃点菜吧你，还酒祖宗呢，我看你醉得连亲爹是谁都快忘了！”

“亲爹，呵呵，亲爹……又何曾想起我？”

听他似醉非醉的叹息，还有突然间变得灰败的脸色，墨九笑容微微一僵，嫌弃地翻个白眼：“没想到修王爷身在牢里，知晓的事还不少？是谁告诉你的？”

“这个……”完颜修淡笑，“还用旁人来说吗？”

“你猜的？”

“……不必猜，也知。”

完颜修被掳入狱，珒国那边其实一直风起云涌，没有消停。珒国皇帝从一开始的愤怒，到后来听信谗言对完颜修产生怀疑，这些事墨九都知晓。不仅如此，珒国皇帝甚至都没有采取对完颜修的营救措施，更没有出示官方文件与南荣进行谈判与交换……

亲生父子做到如此，确实令人心寒。

墨九看着不停灌酒的完颜修，有那么一瞬的同情：“你为珒国也算立下了汗马功劳，你亲爹这样待你，也太过薄情了。你心里……怨恨吧？”

“恨？恨什么？”完颜修语气带笑，音调却凉入骨髓，“我们草原人，信奉的是真本事，不是血亲。谁有本事谁就是王者，修不慎成为巨子的俘虏，那是修本事不够，怨不得人！成为弃棋，也是必然。”

墨九：“……”

这都什么逻辑？

没本事的儿子，就不是儿子了？

那珒国皇帝究竟有多少儿子可以用作棋子啊？

“……墨九，我好像真的醉了。”完颜修目光有些散乱，他突地收回视线，低垂下头，握住拳头紧紧扶住额头，整个上半身都差点趴上桌了。

墨九好笑地瞪过去，正想笑话他，却见他张了张嘴，唇边忽地溢出一口鲜血，顺着下颌滴入酒杯，迅速扩散成一抹殷红，散在酒液里，像开出的一朵妖艳花，场面极是惊悚。

“完颜修！”墨九大惊，飞快地看一眼他的酒杯，又拎了拎空掉的酒壶，不知道问题究竟出在哪里，却不能让完颜修真的死在这里。就算不为这海东青石，他毕竟是珒国王爷，若就这般死在牢里，死在她的手里，怎么都说不清楚了。

“快来人呢！”

她大声喊着，连忙过去扶住他。

完颜修的嘴里，不停在溢血，神志已有些昏迷，无法回答她任何问题。墨九凝眉想了一阵，虽不知他到底中的什么毒，可以这般笑着倒下，却还是顺手从怀里掏出萧乾给她的常备解毒丸，倒出一粒，捏住他的鼻子，逼他吞咽入喉。

“你撑住了，完颜修！”

“……”他眼皮翻了翻，已无法回答。

“你若死了，老子就洗不清了。”

牢头匆匆带人进来，看到牢内情形大吃一惊：“这……”

“快！”墨九回头瞪他，“去请大夫。”

牢头愣了一下，指指完颜修，又指指墨九，似乎还没有转过弯来，迟疑道：“姑娘，不是你……不是你……吗？”

“滚！”墨九恼了，“你哪只眼睛看见老子毒害他了？快去请大夫！”

牢头似乎有点经验，看一眼完颜修瞬间苍白的面色和唇角的血迹，大着胆子过来翻了翻他的眼皮，摇了摇头，道：“不瞒九儿姑娘，这金州城经了此番战乱，有本事的大夫早就举家外逃了，恐怕一时，请不到好大夫能治他了。”

墨九啐了一口，想了想，厉色道：“来，你来看好他，我去找人！”

这一日的金州大营，气氛紧张、压抑。上上下下都在忙碌着，脚不沾地。这个点，校场上正在点兵，萧乾刚过去交代完明儿凌晨的行程就被陆机老人叫回了大帐。

这些日子，因为温静姝与墨九的事，这师徒二人的关系有些微妙的僵硬，陆机老人已经好多天都不曾来找过他了，在这个节骨眼上，他突然找过来，萧乾想了想，不免头大。

“恩师有何事要吩咐弟子？”

陆机老人哼一声，吹胡子瞪眼：“没事为师不能来？”

萧乾喟叹一声：“外间情形恩师都已看见，弟子明日便要领兵北上，许多事情得安排。若恩师无甚要事，不如等我从北边回来再说，可好？”

“除了那个妇人之事，其他人的事，都非要事？”陆机老人酸不溜秋地反嗤一句，看萧乾面色微沉，又不满地冷哼：“为师早些年看你是个有出息的孩子，这才把毕生所学传授给你。可你怎么回报我的？怎么越活越回去了？你看看为了那妇人，你都惹出多大笑话了？满城风雨，沸沸扬扬……是你脸上有光，还是为师老脸有光？”

不喜欢人家指摘墨九，萧乾沉着的脸色更难看了几分：“是非在人口，何必管它？恩师年岁大了，多将息身子重要，弟子的事，你老少操劳……”

“你这是嫌我这个老东西碍你事了？”陆机老人原就是个火暴脾气，见萧乾三番四次为墨九说话，完全不顾及他这个师父的情绪，老脸上有些挂不住，说话也尖刻不少，“萧六郎，你翅膀硬了，为师也不想管你，可你不顾及师父，也得顾及顾及自己的名声吧？你是真不知道还是假不知道，外头说得多难听……”

“恩师！”萧乾打断他，眉头紧皱着默了默，并不继续这个话题，而是冷冰冰沉着脸，重复道：“恩师若无要事，弟子这便差人送你回去……弟子真的很忙。”

“小子出息了，忙了，见不得师父了。好好好，我走。”陆机老人气哼哼地扭头，想了想似乎又有点不甘心，黑着脸对他道：“为师也好些日子没回漠北了，这老胳膊老腿的，风一程，雨一程，怕路上孤单不安全，就随你大军一起吧。”

说罢这老头儿瓮声瓮气地哼一声，扭头就走。

萧乾一怔，伸了伸手，还没有来得及阻止他，薛昉已撩帘进入大帐。他看萧乾脸色不好，微微一怔，方才抱拳见礼。

“使君，金州大牢出事了！”

“何事？”萧乾揉了揉太阳穴，一脸疲惫。

薛昉抿了抿唇，把墨九拎了酒菜探访完颜修的事拣紧要的说了，包括他们谈笑风生对坐而饮的情况，看萧乾脸色越来越难看，赶紧打住，直接说结果。

“吃了墨姐儿带去的酒菜，完颜修突然中毒吐血，昏厥不醒……墨姐儿这会儿正乘了马车往城外赶。依属下看，她恐怕是想来找使君去救完颜修。”

萧乾面色凝重，久久不言。

薛昉猜度着他的情绪，小声道：“若使君不欲救人……还是先躲一躲好了，一会儿墨姐儿来了，我自会应付。”

躲？估计普天之下除了墨九，薛昉不敢因为任何人对萧乾说出一个“躲”字来。萧乾面色难看地剜他一眼，亦不做争辩，只凉凉道：“墨九是对的，完颜修死不得——”

“使君是要救他？”

嗯一声，萧乾并不多言，拿过披风系上，大步出了大帐。薛昉怔了一瞬，赶紧牵了青骢过来，将缰绳递上去：“使君……”

萧乾接过缰绳，一跃而上：“墨九走的是哪条道儿？”

这个他哪里知晓？薛昉无言以对，只能策马跟上。

“出城就一条官道……”

两个人一前一后，越过兵来兵往的大营就往金州城的方向而去。

由于萧乾治军素来不许扰民，所以南荣大军的驻地离金州城有好几里的路程，骑马也得一会儿工夫。

薛昉紧跟在萧乾的后面，原以为会先在道儿上遇见墨九的马车，不想，还在半道儿就看见一个禁军快马加鞭地过来，见到萧乾，他直接勒马翻身落下，由于速度太快，差点栽一个大跟头。

“大……大帅！”

薛昉好笑不已：“何事如此惊慌？”

那禁军三两下爬起来，扶了扶歪掉的帽子，单膝叩地，抱拳对萧乾道：“大事不好了，大帅！珒国皇子完颜修在金州大牢中了剧毒……”

这事萧乾已然知晓，并不奇怪，眼看路上已有不少行人往这边张望，他抬手让那禁军起来，小声问：“路上可有遇见九姑娘？”

那禁军摇了摇头：“不曾见到！”

萧乾偏头看向薛昉，目光里有责备之意。薛昉无辜地撇了撇嘴，他哪里晓得墨姐儿会抽什么风，路上改道抄近路走也不是不可能的啊。

看萧乾急切的样子，他咕哝：“也不晓得是急着给完颜修看病，还是自己想见墨姐儿了……”

昨夜萧乾与墨九吵了架，经了这大半天的疏冷，这主子心里头恐怕早就长了草，正愁找不到台阶下，找不到理由去见墨九吧？完颜修出了事，他这么热情援救，分明就是假公济私嘛。

薛昉觉得自己的猜测一定是对的，错就错在不小心说了出来。

萧乾一鞭子抽在他的马屁股上："你在说甚？"

薛昉始料不及，被马一下带出老远，惊恐地啊一声，赶紧抓好缰绳，回头嘿嘿一笑："属下什么也没说——"

萧乾哼哼一声，加快了马步。

路上，三个人左看右看，就是不见墨九，心道这回确实是走岔了道儿了，不由得有些叹息。但救人如救火，萧乾确实不愿意完颜修就这般死去，更不想墨九落人口实。

他没有犹豫，径直骑马奔向金州大牢。

金州大牢的门口，几个狱卒见到他亲自打马过来，齐齐跪倒在地上请安。等听他问及完颜修，更是吓得脸都白了，就连一向镇定的牢头也有点口齿不清。

"大帅！人……人不是让九姑娘接走了吗？"

"接走了？"薛昉先前得到击西的消息分明就是墨九独自出城了，她又怎么会回头接走了完颜修？

"怎么回事？"萧乾似乎意识到什么，声音微厉。

牢头看他脸色不好看，紧张得汗如雨下："回禀……禀大帅，九儿姑娘原本离开了大牢，说是要去请大夫医治完颜修……可不过片刻，她又转回来了，说一来一回太耽误工夫，让我几个把完颜修抬上马车，径直离去了……"

薛昉一听，沉吟着望向萧乾："难道真是墨姐儿……"

他太了解墨九这个人了，不仅有"疯症"的历史，还经常干一些奇奇怪怪的事，思想更与常人有些差别。一来一回这个说法，也很靠谱，很像墨九的脾性……

"不是她。"萧乾冷声道。

"使君为何如此肯定？"薛昉奇道。

萧乾剜他一眼，并不作答，心里却很清楚，墨九不会做这样蠢的事情。他曾经告诉过她，中毒之人不好来回搬运，不会做紧急处置的人最好不要随便动他。除非她想完颜修死，要不然不会这么干。

可如果不是她，又会是谁？

难道牢头还能认错了人不成？

这个时候，牢头像是突然反应过来什么似的，双眼圆瞪一下，猛地一拍大腿，苦着脸，滴着汗，可怜巴巴地磕头道："大帅，是……是小的该死，是小的该死！"

薛昉厉色："还有什么没交代的？说！"

牢头想到先前的事，恨不得去撞墙了事。理了理思绪，他一股脑说来，声音微微颤抖："九儿姑娘离开时是乘马车的，再回来说要抬人的时候，却是她身边的丫头来使唤的……"

薛昉猛瞪眼睛："这么说，你没见墨姐儿，就把人交出去了？"

"不不不，小的万万不敢！便是吃人的胆子，也不敢这么莽撞，可小的确实有些疏忽了……"牢头急得直摆头，又重重磕头道，"事出紧急，完颜修已然昏迷不醒，浑身上下都是血，小的几个抬他出来的时候，九儿姑娘就坐在马车里的，她撩了帘子，小的匆匆看她一眼，就吩咐人抬上去了……"

想到那匆忙间的一眼，牢头又拍脑门。

"都是小的该死……"

"那车里到底是不是墨姐儿？"薛昉急得声音都发了狠。

牢头歪着脸，整个身子都软了下去："看那个样子……是她。但就那么一眼，她就放了帘子，小的不敢盯着看，也不敢让九儿姑娘再撩帘子，就没再细查……"

说到此，他猛地抬起头，言之凿凿道："但九儿姑娘身边的丫头小的却是见到的，也正因为此，小的也没好多问，便差几个兄弟把人扶上去了，想着得先救人……"

"你个糊涂虫！"薛昉恨铁不成钢，"哪儿有你这般办事的？"

牢头满脸通红，瞥一眼沉默不言的萧乾，又飞眼瞄薛昉："不是薛侍统吩咐的吗？但凡完颜修的事情，一律……一律都由九儿姑娘做主，姑娘要提人走，小的哪里敢盘问？"

薛昉一怔，正要再斥，却被萧乾喝住："还不快追？！"

"是！"薛昉应完，却见萧乾已骑马匆匆往来路而去，赶紧紧跟几步，喊道："使君这是去哪里？"

"回营！"萧乾的声音从风中传来，人已去得老远。

墨九抄近路独自一人骑马到南荣兵大营的时候，萧乾刚离开不久。营门口的守卫看她急匆匆赶来，满头都是汗水，不免有些纳闷：这二位爷在搞什么呢？一个刚走，一个又来？

对于墨九，平常空穴来风的传闻听多了，营里众将士都好奇得很，她的马刚停下，就引来三三两两的围观。迟重正在大校场上，愣怔一瞬，心里喊一声"我的姑奶奶"，赶紧迎上去。

"都愣在这里做甚？该干啥干啥去！"

兵士们被他大眼珠子一瞪，全作鸟兽散。

迟重这才笑呵呵抱拳："九爷是来找大帅的？"

墨九勒着马在门口走着小碎步，目光朝里张望："是的，迟重大哥，萧六郎在吗？"

迟重取下头上的铁盔，摇了摇头，奇怪地道："大帅刚刚出去了，九爷找他有急事？"

完颜修在金州大牢发生的事，目前没法子定性，墨九自然不便与旁人说太多。她思考一阵，没有正面回答，又问："迟重大哥可知六郎去了哪里？"

迟重再一次摇头，大抵也晓得墨九不方便告诉自己，不再追问，只嘿嘿一笑："若不然九爷先去大帐喝会儿茶，稍事休息等待？大帅没有特别交代过，就不会走得太远。一会儿也就该回来了。"

那边完颜修中毒十万火急，墨九确实是着急的。可在这个没有手机和其余通信工具的时代，要在一个城市里找一个人简直难如登天，她除了老实等待，确实没有旁的法子了。

营门哐哐打开了，迟重为她牵了马，引领她往里走。墨九微垂着头，紧紧抿唇，一路被巡守的兵士们围观"盯梢"，也打不起精神来应付。

事到如今，她只希望完颜修福大命大，可以逃过一劫。

她在大帐里等，迟重亲自泡了茶水来，守了她一会儿，看她闷不吭声，他不好一直陪侍在旁，只让她有事吩咐便自行出去了。墨九一个人待在萧乾的大帐里，坐立不安。

为了排遣心里的情绪，她四处察看起来。

这里四处都是萧乾活动过的痕迹。

桌案上的书翻了一半，静静地摊在那里。

砚台上搭了一支狼毫，上头还蘸着未干的墨汁。

一幅简易地图悬挂在桌案后方的帐子上，上面用朱砂标注了一些记号，像是行军方向与战术位置。墨九默默走近，负手细看一会儿地图，手指头慢慢抬起，在地图上比画着路线，一会儿皱眉，一会儿点头，也不知想到了什么，一直到萧乾风尘仆仆地回来，她伫立的姿势都没有改变，那一副凝重严肃的样子，倒有几分像沉思时的萧乾。

"在想什么？"

萧乾的脚步停在帐门口，背后跟着迟重。

墨九回头，盈盈双目一瞥，迟重赶紧垂下头，不敢与她直视，萧乾却眼睛一眨不眨地盯着她，俊朗的脸上并无特别情绪，只那一刹那瞟来的目光里，仿佛有一丝轻柔的暖意划过她的脸蛋。

"你回来了？"想到要拜托他的事，墨九骤然一喜，也顾不得两个人之间的不愉快，大步过去拽了他的胳膊就拉，"走，赶紧跟我去一趟金州大牢救人，路上再与你细说！"

"救完颜修？"萧乾平静地握紧她的手，待她吃惊看来，他垂了眸子，直视她的眼睛，“来不及了。”

嗯？墨九心里一窒，腿脚如同灌了千斤重的石块，再也迈不动，面上也流露出一抹不忍：“……完颜修他，死了？”

人在没有准备的时候，情感表现最为真实。这一瞬，墨九脸上的不忍心与难过，没有逃过萧乾的眼睛。他安静地看着她，眸子浅浅一眯，一袭银红的披风在身后艳阳的照耀下莫名有一些肃冷之态：“他失踪了。”

失踪了？墨九倒抽一口凉气：“金州大牢是豆腐做的，好端端一个人，会失踪了？”

她一脸懵懂的样子极为坦荡，萧乾略略皱眉，把在金州大牢得到的消息告诉了她。墨九听着，脸色忽明忽暗，没有显得太过惊慌和不安，只淡淡抿唇，似笑非笑问他：“你信我吗？”

“信。”萧乾只有一个字，简洁，也有力。

“为什么？”

“因为你是墨九。”

“谢谢！”

瞥一眼他俊美的脸上不带作假的平静，墨九心知这厮真的没有怀疑过她，心里稍稍得到了一点安慰。忌讳迟重在旁，她没有多说，只将在牢里与完颜修的交谈从头到尾过了一遍脑子，却没有发现什么线索。

冷笑一声，她道：“这件事不晓得哪个干的，必须赞一句干得漂亮。萧六郎，那个牢头眼里像我的人是谁我不知道，但丫头嘛……心漪是跟我一块乘马车过来的，心涟留在金州大牢照应。半道上，我嫌马车走大道太慢，独自骑马跑了。这会儿，心漪应当还在马车上——”

萧乾点点头，并没有多说，带了几个人与墨九一道，很快便寻到了被她半道留在路边的马车。马车里，心漪还在打盹，冷不丁听见几匹马嘚嘚而来，撩帘子一看这么几个人，吓得赶紧下车请安。

“奴婢见过大帅，姑娘……”

墨九冷冷盯着她，直奔主题：“你与心涟串通好的？”

突如其来的问话，吓了心漪一跳。她惊恐地咬着下唇，目光从墨九凉飕飕的面孔扫向萧乾冷鸷的眼神，再瞥向几个侍卫个个愤恨的目光，脚下颤了颤，扑通一声，跪在满是尘土的路面上。

“奴婢不知姑娘所问何事。若是我姐姐不小心冒犯了姑娘，还望姑娘多多宽恕，我姐姐她性子急——”

“还在装！”墨九沉喝一声，打断她，“快说，你们准备把完颜修带去哪里？又是何人指使你们这样做的？幕后的人是谁？”

“完颜修？”心漪脸上全是不明所以的狐疑，“他不是还在牢里吗？”

一问三不知，墨九已不想听她再说什么了。不管心漪与心涟是不是一伙的，事到如今，错信了人的她，已不敢再相信这个看上去无害的姑娘了。而且，就算不是一伙的，两姐妹整日待在一块，多多少少也能问出一些情况来。

她垂了垂眸子：“萧六郎，人在这里，你看着办好了。”

一听这话，心漪脸都白了，颤巍巍喊一声：“姑娘……”

萧乾不轻不重地嗯一声，撇头望向薛昉：“押入大牢候审！”

“不，不要啊！”心漪跪在地上，嗵嗵叩着响头，再顾不得平常极为注意的姿容仪态，额头抵在泥地上，紧张得身子都在颤抖，“奴婢真的不知发生了什么事情，望大帅明察，奴婢之前一直和姑娘在一起，姑娘骑马走后，奴婢就坐在马车里等姑娘，没有见过什么人，也没见过姐姐。大帅，饶命！大帅，饶了奴婢吧！”

牢狱是个什么样子，在这之前心漪不知情，可今儿陪着墨九去了一趟金州大牢，那里的阴暗、潮湿、满地跑的老鼠，仿佛还沾着人血的铁链，各种各样的刑具，让她不敢想象自己被关进去会是什么惨状……

她求饶不停，薛昉皱眉，脚停在她的面前，并不去碰她。

“自己起来！”

心漪眼看求萧乾没有用，哀怨的眼神又瞥向墨九。可墨九头一偏，分明就不为所动。她吸了吸鼻子，泪珠子便滚落下来，哇一声哭完，她突然匍匐着身子往墨九的身边爬去，一把抱紧她的小腿，哀求不已。

“姑娘救救我，奴婢是冤枉的啊，奴婢真的不知道姐姐犯了何事……姑娘，救救我，救救奴婢！”

墨九望天闭了闭眼睛，没有动弹，也没有推她，只对薛昉凉凉道：“有劳薛小郎了。”

这句话的意思很明白，她不想再对心漪多说什么，更不想被她纠缠，薛昉哪里敢任由一个女子在他面前哭哭泣泣？三两步过来，他抓紧心漪的胳膊就拎了起来，顺手推给跟随的一名侍卫。

“带去金州大牢，让陈胖子好好招呼！”

陈胖子便是那个领墨九见完颜修的牢头，这个人看着忠厚老实，却是金州大牢有名的“招待一把手”，在他的手上染过不少鲜血，也结过不少案子，当然，其中免不了冤假错案。

一个女人的生死不在这些男人的关心范围之内，除了墨九给了心漪一个深深的凝视，心里有刹那的迟疑之外，几个男人早已翻身上马，继续往金州城而去。

路上，谁也没有说话。

萧乾默默走在墨九的身侧，盯着她冷冰冰的小脸，久久，方问：“还在生气？”

“没有！与你气不着。”墨九回过头来，斜斜挑了挑眉，漫不经心地道：“你说心漪的样子，像不像在说谎？”

萧乾晓得这个小妇人刀子嘴，豆腐心，看着横行无忌像个恶霸一般，其实有着天生的怜悯心肠。他叹口气，朝她摊手：“把手给我。”

墨九一怔，目光落在那只手上。

他的手长年握剑，掌心有一层薄薄的茧，却没有因此而影响美观，每一个细节都很好看。指节修长、肤质干净，显得有力而阳刚，似乎仅凭一只手就能给女人安全感。

可墨九并没有伸手。

她依旧紧握住缰绳，脊背挺得笔直，眼观鼻，鼻观心，一副淡然自若的样子，似是对他余怒未消：“有什么就说嘛，离得又不远，我听得见。”

萧乾打量着她别扭的脸，收回手，卷了卷，复又握在缰绳上，回答了她上一个问题：“她是不是同伙，审一下就知道了。”

“嗯。”墨九点头，“就怕屈打成招。”

“……”

“我这个人的感觉很准的。心漪这个人，并没有心涟的浮躁与虚荣，性子有些软弱，不像干得出这等轰轰烈烈大事的人。我心里其实是愿意相信她的。只是……我怕了，不敢再随便相信人。有时候一颗真心托付出去，若被辜负，就会输得血本无归。”

“……”

萧乾轻瞄她一眼：“你在说谁？”

“说事实。”

“嗯！”萧乾淡淡回应一声，唇角几不可察地微微勾了一下，一双深眸里便带出一抹藏不住的笑痕来：“阿九何时学会了思考这些人性之道？”

“我一直会思考。”

“是吗？”萧乾淡笑，“以前倒没发现你也有人性。”

“……萧六郎！”墨九怒目，“你在说我不是人？”

“是你说的。”

哼！墨九发现他在没话找话，扭过头去不吭声。

萧乾低笑一声，并不与她的小性子较劲。而远远跟在后面的几个侍卫，听见这样的对白，都不免替自家主子汗颜，深感她在妻奴之道上越走越远了……

其实萧乾从来都不是一个好脾气的人。尤其对待女人更没有耐心。大抵是由于他自己风华绝代、美冠南荣，不论多么漂亮的美人，他从来连正眼都没有给一个，遑论这般纵容与宠溺了。

果然一物降一物，这墨九天生就是来克他的。

两位主子没劲斗嘴了，一行人便陷入了沉寂。

这时的天际，残阳似血，一片金灿灿的余辉照耀在大地上，为每个人都投下了一个影子，长长短短地落在干燥的地面上，与远山近树融为一体，竟有一种诗般的意境。

繁华、落日、矛盾……一切终将化为云烟。墨九的视线穿过一片灿烂的夕阳金辉，看向远处的城郭与旌旗，有刹那的迷茫。她踏着时空而来，穿越一世，便是要将这一寸寸光阴都浪费在与萧六郎斗气的烦躁之中吗？

要不然她先服个软算了？

她别过头去，深深凝视着他，摆出一个妖娆的笑容，正寻思等萧乾回头，就抛给他一个媚眼，吓他一跳。然而，不待萧乾回头看到她的妩媚与妥协，薛昉那货就领了两名禁军匆匆过来，面色潮红，满头大汗地从马上跳下来，对萧乾抱拳施礼：“萧使君！”

不过小半个时辰，他就回来了？

萧乾目光浅眯：“找到人了？”

薛昉看一眼墨九，轻轻摇头，拭了拭额头上的汗，小声道：“目前还没有发现完颜修的踪迹，不过，我们的人在城东一处农田里，发现了心涟的尸体……还有那一辆丢弃的马车。”

“死了？”

“是！死了。”

死了，也就再无对证了！

很显然，心涟是得了人的好处与承诺，方才干出帮忙转移完颜修的事来，只不过，她以为事后可以得到自己想要的荣华富贵，不料却被人在半路上灭口，抛尸农田，从此一缕香魂都化了土，命都没了，哪里来的富贵？

自作孽不可活，心涟有这样的结局，墨九私心里不同情，除了感慨乱世人命贱之外，对那个安排计划的人倒有些佩服了——这样的心狠手辣，心思缜密，是一个好对手。

“阿九……”

听见萧乾沉沉的声音，墨九的思绪被打断，回眸看见他突然凉却的双眼，心里微微一惊：“怎么了？”

萧乾沉默一瞬：“我就送你到这里了，得先回大营。”

明儿出征，今日他一定很忙乱，这个时候确实没有时间与她你侬我侬。墨九瞟一眼前方的城门，低低嗯了一声，觉得鼻子有点莫名的酸，却没哭，而是笑了出来。

“好，你忙你的。”

“嗯。”萧乾没再看她湿漉漉的眼睛，冷着脸吩咐薛昉：“送姑娘回去，另外派人仔细搜查完颜修的下落。”

墨九其实并非死缠烂打的人，可她都放下身段主动向他示好了，临别时分了，他还这样漠视她，不由得气不打一处来。深呼吸一口气，她委屈地问他：“萧六郎，你就没有旁的话对我说？”

这姑娘平常很坚强，很少这副模样，那强忍眼泪的样子，让萧乾皱了皱眉，将马挨近她的身侧，强行拉过她的手来，在掌中紧紧一握：“等我回来。”

天气太热，城门处的风都是热的，墨九对着光看他的脸，觉得眼睛有些刺痛……她不想在众人面前丢脸而泣，将眼睛眯成了一条细缝，压着嗓子低低问：“最后一次问你，可不可以让我跟你去？”

“不可以。”

“哦。”墨九慢吞吞收回手，“我明白了。”

“明白什么？”滑过掌心的小手有一些冰凉，萧乾心里一动，感觉到一种莫名的心酸……他知道这是云雨蛊传递的情绪，不免也跟着有了离愁，在墨九缓缓拉开的笑容里，又重复了一遍：“阿九明白了什么？”

墨九认真盯住他的眼睛，忽而一笑。

“当你很爱很爱一个人的时候，他就不会那么爱你了。”

太阳很快落入了地平线，这一天的金州城格外纷乱。搜查完颜修的禁军，几乎把整座金州城都翻了过来，简直就是一场倾城之乱。

兴许是老天也感应到世人的情绪，入夜时分，一改白日的燥热，下起了一场绵绵的细雨，为即将出征的南荣将士降了温，也把墨九居住的这所宅子点缀得像一幅夜色下的水墨画。

几个时辰过去，禁军依旧没有找出完颜修，这一出有预谋的瞒天过海计，设计得天衣无缝，原本就令人防不胜防，但事情被传扬出去，对墨九的议论就多起来……

毕竟并非人人都是萧乾，都会选择无条件地相信她。

之前她与完颜修的事，便有些香艳的传言，如今她去了大牢与完颜修痛饮“叙旧”之后，人就无缘无故地消失了，而且传言说还是她“亲自”接走的……这也怪不得旁人，换了她自己，也不能相信她的清白。

当然她也懒得辩解。

相信她的人，不需要她解释。

不相信她的人，解释了也没什么用。

这天晚膳她是与东寂一起吃的，也信守自己的承诺亲自下了厨，做了满满当当一桌子好菜，除了喝的酒比平常多了不少，席间她一直眉开眼笑，看不出半点异样。宋熹知晓今日之事，没有责怪，也没有安慰。

所谓朋友，便是关键时候的陪伴。

两个人兴高采烈地吃到夜幕深浓，喝得颠三倒四。

于是墨九的名声又被浓墨重彩地画上了一笔——淫贱。

在这个节骨眼上，她没有半分愧疚，依旧故我的行事作风，让太多人对她有看法。可墨九就是这么一个禀性，心里有再多的情绪也不会轻易地表露出来“自己受了伤”。

“你怎么越喝酒越开心？”酒过三巡时，宋熹笑问。

“开心不好吗？”墨九也跟着笑，揉着肚皮又灌一杯酒。

“真不在意那些闲言碎语？”

“在意了，人家就不说了吗？”

“……”

“呵呵！”墨九打了个酒嗝，“既然管不了别人的嘴巴，我又何苦在意，自找不舒服？”

看她眉眼弯弯，宋熹从她手里夺过酒杯，幽幽一叹：“肯承认自己难过了，是勇敢，不会丢人的。”

“不！”墨九把酒杯又夺回来，懒洋洋斟满，“只拿笑脸待人，这是一种基本的人际礼貌。”

宋熹顿了一瞬：“我懂。”

“你懂？”墨九哈哈一笑，“我都不懂，你懂什么？”

“你很懦弱。所以，也会逃避。”

“……嗯，我很懦弱。”

“可你也很坚强。从来不会流泪。”

“……嗯，我很坚强。”

“你也太执着。明明那么在意他，却要假装不在意。”

墨九握住酒杯的手微微一紧，沉思一会儿，慢慢摩挲着白瓷光滑的表面，红着一张微醺的脸蛋，一本正经地道：“古往今来最让人捉摸不透的东西是什么？不就是感情吗？你看多少伟人骚客、豪杰名士都参悟不透，又何况我一个小小女子？我性子古怪，并不是一个优秀的女子，此一生，能得到萧乾的包容，是我的幸运……至于未来，不管我与他能不能走到最后……”

喉咙哽咽了一下，她一字一顿道：“我都会感谢他，曾经将世上女子都汲汲祈求的宠爱，亲手捧到我的面前。”

宋熹微微一怔，盯着她久久不语。

最后一句话，他其实不该说的，说了反倒触了她的心和她的情。原本好端端的酒局，一瞬间似乎就因为这句话而破坏了气氛。明明她就在他的面前笑靥如花，他却偏要让她伤感……明明他可以拥有她短暂的情感，也是唯一的情感，却被他搞砸了。

一提萧乾，她就离他好远。

他很想伸出手将她搂入怀里，可他却知道，纵然他拥住了她，手心里也是一片空寂，什么都握不牢。好像他就迟了一步，却把一切都错过了。

墨九看他一直出神，重重敲了敲桌子："喂，喝酒啊！在想什么？"

宋熹抬眸一笑："我在想，总归人心向善，别人说你什么，也是希望看见最好的你……"

"是吗？我不这般认为。"墨九拿着酒杯晃悠着，轻松地笑道，"人心啊，妙就妙在不仅骗人，连自己都骗。虚伪道德的面具戴久了，便长在了肉里，与脸皮融为了一体，连自己都分辨不出来哪个是自己喽。"

看宋熹抿唇不语，墨九目光悠悠，哂笑道："东寂你信吗？不管每天有多少人恭维你，把你捧得比他家祖宗还高，但是，在这个世界上，真正希望你过得好的人，其实没有几个。当然，我就更不用说了，不管我好与坏，善与恶，有几个人是打心眼里关心呢？那些说教的，嘲笑的，讽刺的，站在道德制高点的人，他们当真就带着拯救世界的崇高道德观了吗？不！他们不过是看看热闹和稀奇，以满足自己的精神需求……"

"九儿，"宋熹唤她名字，"不承想……你也偏激。"

"这并非偏激，而是豁达。为什么人要为了顾及旁人的想法而改变自己呢？哈哈哈，我能成为人们茶余饭后的笑料，给人带来娱乐，我瞬间感觉自己伟大了起来！哈哈哈！"大笑着，她使劲捶了几下桌子，把酒杯又端了起来："来，碰一个！"

"你今天很多道理……"

"是！"墨九虚指一下桌面上的汤盅，"要不然我为什么要炖一锅鸡汤呢？心里没了鸡汤，就得胃里来补嘛。"

也不管东寂听不听得懂她说的"鸡汤"是什么意思，她自顾自地喝完酒，又带出一串的笑声。而后，她再满一杯，一灌入喉，喝完水似的咂了咂嘴巴，手撑桌面，慢悠悠起身。

"今儿到此为止，明日再与你一决高下。我得回去了。"

她揉着自己不太舒服的胃，慢吞吞往屋外走，宋熹盯着她的背影，突地喊住她："明日大军开拔后，随我回临安吧。你的身边，有太多不安定因素，谁也料不准何时出什么状况……"

匹夫无罪，怀璧其罪。这是墨九一直都知道的道理，自从全天下人都知道她是墨家巨子之后，她便已经被推上了风口浪尖，如今遇到的事，不过是漫漫人生中的九牛一毛罢了。她相信，只要千字引不面世，她的麻烦与纷扰就不会间断。

可临安，就是安生的所在吗？

她回眸一笑："你不是说兴隆山有八卦墓吗？还没有寻墓，怎么就走？"

宋熹皱眉，考虑一瞬道："我派人查探过了，兴隆山上只是普通的石洞，最不简单的便是那一个连通汉江的地下甬道了。其余，并没有出奇之处。"

"哈哈！"墨九笑道，"你小子总算说实话了。你看，编这么一个理由把我留下，我也不能相信，你们也编得累，何苦呢？有什么想法，都直接告诉我，不就好了吗？我呢，其实是一个非常容易被说服的人。"

说到此处，她摇晃着身子，撑了一下额头，喃喃着出去了。

"可为什么萧六郎就不肯明白呢？"

这天晚上，她依旧没有去萧乾的屋里睡，尽管她知道，他今晚一定会在营中，不会回宅子。因为他的行李都已经让薛昉收拾好拿走了。大军天不亮就要开拔，今天晚上先锋营也要提前出发，营里的事务会格外忙，想来他也来不及回来再与她道别了……

唉！

悠悠叹一口气，她转个身仍是睡不着。一颗心就像被涌动的潮水逼迫着，不停翻腾……当然，也有可能是胃，她喝酒喝多了难受。

乱七八糟地想着，她打个哈欠终究坐了起来，慢吞吞从枕头下掏出那个紫檀木的长盒来，放在膝盖上，静静观望了许久，摩挲好几次，方才慢慢打开。

拿到它时，她其实已经猜出来是什么东西了。

没有了好奇感，又与他置着气，她塞在枕头下就没有理会。

可这会儿，她却很想看看……

一股熟悉的馨香扑面而来，用喜红色的丝绒铺陈着的盒子里面，放着一支木头钗子，雕工精美，像模像样，一点也不比专业的匠人做得差。

看得出来，萧六郎是花了心思的。

她眼眸一眯，心里的不痛快又缓解了不少。

"算你有点良心！不过，这雕的是什么鬼？"

木钗上面的饰物不是蝴蝶，而是一只蜜蜂……

而且不是普通的蜜蜂，像极了当初云雨蛊宿体的两只金蜂……

心里一阵澎湃，墨九拿起木钗，对着灯火仔细端详片刻，将它紧紧贴在胸口，在纷乱的心跳声中，目光慢慢落在盒子底部，木钗之前放在那里，压有一方洁白的纸笺。

展开纸笺反复细读，她像被火烧了屁股似的，慌忙下床找鞋。

"六郎，等我——"

天还没有亮，金州城一夜的小雨刚刚消停，但河岸上的草丛、树木都被雨水灌了个透心，那一条通往码头的大道上，也泥泞一片。兵卒、马匹、战车往路上一踩，叽咕叽咕，便冒出泥浆来，溅得道边的小草全裹了一层黄泥。

南荣大军陆续登船，先锋营昨夜已率先渡过汉江，这会儿，一艘艘桨轮船停在码头上，与江水连成一片，极为壮观。有好事的百姓早早便起来了，远远地躲着观看这场盛事。汉江之水滔滔，微风阵阵，排成两列的南荣禁军秩序井然地通往渡口，声势浩大，却无半点喧哗之声。

萧乾远征北上的步伐，迈出了关键的一步。

前路生死未知，每个人的心底都很沉重。

萧乾骑在青骢马上，重甲在身，头上加盔，高站在汉江边一块巨石上面，看着汉江中行驶的船只，岸上沉默行军的兵卒，一人一马在潮湿的凉风中一动不动，只有他身上的披风在猎猎翻滚。

——"你信我吗？"

——"信。"

——"萧六郎，你就没有旁的话对我说？"

——"等我回来！"

——"最后一次问你，可不可以让我跟你去？"

——"不可以。"

——"我明白了。"

——"阿九明白了什么？"

——"当你很爱很爱一个人的时候，他就不会那么爱你了。"

悠悠的风声中，昨日在金州城门与墨九匆匆而别的对话，一句一句魔咒似的传入他的耳朵。当时事出紧急，他来不及向她交代什么，也来不及向她道别，便急匆匆赶回了大营，对一些行军布置进行了调整。

因为完颜修失踪了。

一个完颜修对珒兵的影响力，萧乾恐怕比珒国皇帝的认识还要深刻得多。有完颜修统领的珒兵和没有完颜修统领的珒兵，在他的眼里更是有着本质的区别。

完颜修的存在便是珒兵勇猛士气的保证。所以押在大牢的完颜修突然失踪，也打断了他的进攻步骤，让他不得不将先前拟定的一些计划，包括步兵和骑兵的调配等，都做一些更改，以应对突发状况。

战事的主帅，一个决定都错不得……

但临阵换计，这都需要时间来安排。故而好多想好要与墨九交代的话，总归也只剩下了那一句"等我回来"。在大营里一直忙碌到现在，将士们登船了，他原本可以掐着时间策马回宅子一趟，可这时，阿九应当还在睡觉……而且错过了那个时间点，好多话似乎又都说不出来了。

他淡然的面色掠过刹那的苦涩，锐利的目光顺着河面上袅袅的烟波，望向不见边际的江心，慢慢地，合上眼睛，迎风而立，只觉胸口上压了一块沉重的巨石——

是缺少了什么？还是有什么事情没有做完？

“大帅！”薛昉和赵声东骑马过来，走到他的身侧，薛昉望一眼他的脸色，将手上的一个信封递上去，“击西托人传过来的，说要使君亲启——”

击西？他不是陪着墨九吗？萧乾思忖着，慢吞吞拆开信封，洁白的信笺上娟秀的字迹，有着独特的笔风，似乎从不属于这个时代的笔触是旁人模仿不来的……

阿九？是的，是阿九。

萧乾瞳孔闪过一抹光亮，迅速将信笺连同信封一起揣入怀里，勒一下马缰绳掉转马头，不待薛昉和赵声东二人反应，“驾”一声，便策马沿着汉江岸飞奔而去。

薛昉和赵声东面面相觑：“主上这是怎么了？”

“不知。”

南荣大军马上就要离开金州了，整军肃穆而待，时辰也早就定下，谁也不能无故拖延，影响大军进程。可这样的时候，萧乾却径直离去，没有与任何人打招呼，这与他平素的行事风格完全相悖，连他自己也觉得荒唐。

然而，他控制不住。

当他看见墨九的字迹，说她在江左岸的那个渔棚里等他“约会”的时候，他热血上涌，心潮澎湃，好像青葱少年接到心爱女子的情信，连心跳都加快了许多。

心里那一块大石头也终于落下去了，心情也瞬间恢复正常。

原来他一直念念的，正是没有与她正式道别。

马奔驰在青草地上，耳边是呼啸的风声，周围是天亮前寂静的暗影，潮湿的天地里，马蹄声很弱。这样的清晨，去赴一个约会，一种久违的激情从他心底升起。

他微眯眸子，望向长长的江岸，矮小的茅草渔棚慢慢出现在了视野里，滔滔江水击打在岸边，茅草房的四周生长着水草与芦苇，迎着微风，婀娜地摇曳着，衬得站在芦苇丛中的女子，越发娇艳欲滴。

“阿九！”

数丈开外，他放缓了马步。

他怕，怕马蹄溅起的泥水弄脏她洁白的裙裾。

一步一步挪动着，也不知是晨初的薄雾透过了他厚重的甲胄，还是他的汗水湿透了他的里衣……想到她昨日的气恼，他竟然有些不敢走近。

墨九站在渔棚外的芦苇丛中，脸上带着浅浅的微笑，看见他慢慢朝自己走来，提了提过长的裙摆，一步步小心地踩着湿漉漉的青草迎了上去：“以为你没有时间来了呢。”

她在笑，一直在笑，她的美丽，让整片天地都失了颜色，也让心悦她的男子再也把持不住。一股热血冲入脑门，萧乾翻身下马，丢掉马缰绳，速度极快地朝她奔过去。

“阿九！”

嗯一声，她柔顺地顿步，等他过来。

他大步走到她的面前时，微微一顿，低下头，深邃的眸子审视她一瞬，猛地将她重重纳入怀里，嗓音微哑：“怎么不直接去军中找我，还让人传什么信？”

“这不是学你？”墨九浅笑。

“你看见了？”

“是啊，看见了的。”墨九伏在他的怀里，抚着他钢铁一般坚硬的战甲，开玩笑一般轻松地笑，“再说我也不想扰乱了你的军心。让将士们看见他们的大帅临出征了，还抱着女人儿女情长，岂非都没有心思打仗了？”

她清婉的声音，轻快、自在，无半分不满与怨怼，只一瞬，就把萧乾包裹在身的重重盔甲击穿，让他一直坚强的心肠变得柔软。

双臂紧了又紧，他深拥她，喟叹一口气：“阿九，对不起！”

“哦？”墨九抿唇而笑，“哪里又对不起我了？”

“没能给你一个安生的环境，也未尽保护之责。身为男人，是我的失职。”

“不。我喜欢的是你，便是如今你的样子。”墨九环抱住他的腰，闭上眼睛靠着他，静静地想了想，突地从怀里掏出一个用绸布紧裹着的东西来，塞入他的怀里：“我也有东西送给你呢。”

萧乾低头一看：“是什么？”

墨九摇了摇头，把额头抵在他的胸口，声音略带羞涩地道：“等只有你一个人的时候，才可以打开看。千万不要让人瞅见了，可晓得了？”

“晓得了。”他学着她的音调，低笑一声，搂紧她。

这一刻的苍穹，浓雾茫茫，这一刻的江边，惊涛拍岸，可芦苇丛中的两个人，却显得安宁而美好。微光透过朦胧的雨雾，薄薄地洒落在二人身上，萧乾冰冷的甲胄便把怀里的姑娘衬得更为娇小，也格外美。

她出门走得急切，身上穿着入睡时的一身纯白色衣裙，长发未绾发髻，瀑布一般披散在身后，长及细腰。简单、清新，没有华丽的妖娆与艳丽，却有一种露水般的唯美清和，宛若一个从天而降的神女，让他热血沸腾，克制不住心里的感动。

“阿九，我得感谢老天，让你属于我。”

噗！萧乾难得说这样动情的甜言蜜语，墨九听了轻笑一声，手指头在他的怀里一下一下轻轻戳着，带了一些小女儿的娇憨之态：“这个时候来谢不嫌晚吗？笨死了！晓得感谢老天，却不晓得在离开之前多与我说几句话。”

“……”

“你这个男人呢，说闷吧，偶尔还骚包。说骚包吧，大多时候都闷——”揶揄着他，墨九想想又撇嘴而笑：“依我看，你这心肠歹毒着呢，是不是故意不与我道别，就想让我对你日思夜盼，不能成眠，不仅没工夫去找男人，说不准还会变成一块望夫石，变成一个大丑女，再也不招男人待见了，对吧？”

“就算变丑又如何？”也不知是因了她这句玩笑的话，还是对她“失颜之症”的安慰，萧乾眉头狠狠皱了一下，束在她后背上的掌心狠狠一勒，紧得几乎把她细窄的腰折断，“不管你变成什么样子，只要你是墨九，就是我的人，我不会嫌弃你。”

一股暖流滑过心尖，墨九微微一笑，仰着脖子看他，大眼睛里满满都是感动，可出口的话，却跟着微勾的唇，带出一丝戏谑：“你可不就是嫌弃我了？若不然，怎舍得把我一人留下……”

“阿九，对不起……”他第二次致歉，喉咙微微一凝，带着临别前的离愁之绪，一个滚烫的吻轻轻落在她的额头，向来锐利的眼神，变得温情脉脉，抚她头发的动作，缓慢、缠绵，在和煦的微光中，脸上是满满的宠溺与无奈。

“此番北上，无异于刀尖上行走，每时每刻都有危险。我可以不要命，却不能让你也跟着我受罪。这是一个男人应当为自己女人考虑的周全。”

墨九吸了一下鼻子。

今儿本就下了雨，潮湿得很，这厮为何还来催泪？

她将脸在他怀里蹭了蹭，双手缓缓环住他的脖子，踮起脚啃一口他坚毅的下巴：“六郎，为你死，我也是甘愿的。”

“傻瓜！”萧乾心潮一激，捂紧她的嘴巴，低沉的声音里有一种紧张与急切，“大清早的，不许说如此不吉利的话。你要好好地活着等我归来。这乱世，人不如狗，做人不易，妇人更不易。我不在的日子，你要好好照顾自己。”

这便是告别的交代了吧？

墨九生来不喜离别，最断肠，也偏是离愁。

她再一次吸了吸鼻子，把涌动的泪意强忍下去，冲萧乾露出一个灿若春花的微笑，还俏皮地噘了噘嘴巴：“你且放心去吧。我会好好的，吃得、睡得、跑得、跳得，还有，必不负你所望……”

必不负你所望——几个字她说得格外慎重。

萧乾浓密的眉头深深一蹙，那一只抚在她身上的手，像被什么黏住了一般，眼看天色渐渐亮开，却怎么也抽不开身离去。江边出征的螺角吹响了，高亢、凌厉，带着一种壮志凌云的豪迈，也预示着离开的时辰到了。

他紧紧搂住她，头垂在她的肩膀上。

“小傻子！我不重要，重要的是你。”

墨九继续眨着眼睛，不想泪水滚落。

“我傻，你就不傻吗？六郎，我们都傻。”

爱上一个人，智商便会急速下降，傻的人何止是她，其实也有他。她心里不忍离别，唇却微翘，眼也弯弯，给他的笑容越发甜美，一双紧盯着他的勾魂眸子里，是诉不尽的情深，仿佛想把一生一世的美丽，都在这一刻绽放于他的面前，让他永远记住她此时的笑容，在战场上无往而不胜。

“阿九……”

他轻轻唤她，如同立誓般沉声道：“不破珒国，萧乾无脸回来见你。”

“我相信你可以。”墨九莞尔一笑，带着少女般纯粹的爱慕与欣赏，看着自己即将离别的情郎，脸颊上荡漾着一层淡淡的光晕，与晨曦的薄雾融在一起，令情意更长，“我的六郎，是世间最棒的男儿。只盼苍天不负，让我郎将乾坤逆转！”

“阿九……”萧乾抱着她，紧紧闭眼。

人生得一知己，重若千金。墨九不仅是他的爱人，也是他的知己。她知他，懂他，愿意助他，却从不拘束于他……这一刻他的眼窝也是热的。

“萧乾此生得一墨九，是老天之恩，必将不负！”

“六郎！”

“嗯？”

“有人来了……”墨九听见了远远传来的马蹄声，萧乾自然也听见了。无须多考虑，他也知晓是前来寻他的人。螺角已吹，就要启程了，若知晓主帅不见，一会儿军中便得炸开锅。

他得走了。

尽管有不舍，也得走了。

他捋了捋披风，回眸望了一眼江岸，牵住墨九的小手，往那一个雨雾里的渔棚走去：“你在里面待一会儿。等我离开，你再回去。”

“嗯。”墨九轻声应着，朝他一笑。她晓得这时与他在此私会，传出去影响不好，去渔棚暂时等待是最好的法子。

一入渔棚，窄小的空间里，满是干燥的稻草味，她蹙了蹙鼻子，四处张望一下，轻轻笑道：“这真是一个偷情的好地方呢，若不是时间紧迫，我俩还可以温存一会儿。”

萧乾唇角一勾，怜爱地捏捏她的鼻子，在她嫌弃的哼声里，慢慢地，他放开她的手，低哑着嗓子道：“阿九，我走了。”

哦！墨九咬着下唇，待他转身，又突地唤住他，目光直勾勾落在他的脸上，点了点自己的唇："亲我一下。"

外面呼啸而来的马蹄声越来越近，隐约还可以听见一群人大声呼唤"大帅"的声音。时间的脚步就像套在人心底的枷锁，每一秒都显得弥足珍贵……

萧乾却没有迟疑，将她重重扯入怀里，紧紧一抱，火热的唇便压在她微颤的唇上，辗转吸吮，似要把未来长长的思念都化在这一个吻里。

轻颤的是唇，也是心。

墨九轻轻喘着气，双手紧勒着他身上坚硬的甲胄，与他浑然忘我地亲吻着，脑子里浮动的却是旌旗十里、鲜血万丈、厮杀呐喊、马嘶震天的战场。倒下的战车、成堆的尸体……还有骑在马上，身染鲜血高举长剑的萧六郎。

"六郎，我舍不得你。"

强烈的离愁终于堆积到极点，她眼窝里滚烫……

有一些情绪，再也控制不住。两行清泪缓缓落下，顺着滑入两个人相连的唇间，被他火热的唇片轻轻吻去，又温情地传递给她。泪水的苦涩，正如这一场战争，以及即将因为战争而分开的人们。

一吻毕，墨九喘着气，哑着嗓子对他道："希望有一天，这世界再无战争，时政稳定，百姓安宁，而我们可以一同老去，赏一个轮回的春夏秋冬，赴一场永不会结束的爱恋。"

"我答应你！"萧乾重重捏她的手，"阿九，我答应你。必有一天，再无战争，时政稳定，百姓安宁。而我，与你一同老去。"

"六郎……"墨九扑入他怀里，声音里已有哭腔。

"乖！"萧乾轻轻抚了抚她的后背，慢慢将她推开，大步走出渔棚，没有回头，却重复了那一句话："勿相送。等我回来！"

勿相送，却成伤。

墨九怔怔看着他甲胄下的袍角消失在渔棚，门口空荡荡的，已空无一人。一股冷风灌进来，将她唇上与他热吻过的余温吹冷，也将远去的马蹄声清晰地传入她的耳朵。

远处的士兵在欢呼"大帅"，她的世界，却突然空茫。

一波波眩晕般的情绪主宰了她的思绪，她挪不开脚步，也没有勇气冲出去送他。

冷风里，只有一句她的喃喃："六郎，我等你回来。"